William Faulkner
UMA FÁBULA

TRADUÇÃO *Olívia Krähenbühl*
PREFÁCIO *Martim Vasques da Cunha*

2ª EDIÇÃO

EDITORA
NOVA
FRONTEIRA

Título original: *A Fable*

© 1959, 1954 by William Faulkner

Esta tradução foi publicada mediante acordo com a Random House, uma marca e divisão pertencente à Penguin Random House LLC.

Direitos de edição da obra em língua portuguesa no Brasil adquiridos pela EDITORA NOVA FRONTEIRA PARTICIPAÇÕES S.A. Todos os direitos reservados. Nenhuma parte desta obra pode ser apropriada e estocada em sistema de banco de dados ou processo similar, em qualquer forma ou meio, seja eletrônico, de fotocópia, gravação etc., sem a permissão do detentor do copirraite.

EDITORA NOVA FRONTEIRA PARTICIPAÇÕES S.A.
Rua Candelária, 60 — 7º andar — Centro — 20091-020
Rio de Janeiro — RJ — Brasil
Tel.: (21) 3882-8200

Imagem de capa: John Singer Sargent
"Gassed"
OST, 1918-1919
Imperial War Museum, Londres

Dados Internacionais de Catalogação na Publicação (CIP)
(Câmara Brasileira do Livro, SP, Brasil)

Faulkner, William
  Uma fábula / William Faulkner ; tradução Olívia Krähenbühl. - 2. ed. - Rio de Janeiro : Nova Fronteira, 2021.
(Clássicos de Ouro)
  480 p.

  Título original: *A Fable*
  ISBN 978-65-5640-045-7

  1. Ficção americana I. Título II. Série.

21-68810   CDD-813

Índices para catálogo sistemático:
1. Ficão : Literatura norte-americana 813

Aline Graziele Benitez - Bibliotecária - CRB-1/3129

Para minha filha, Jill

A William Bacher e Henry Hathaway, de Beverly Hills, Califórnia, que tiveram a ideia que gerou a atual forma deste livro; a James Street, em cujo *Look away* li a história do homem enforcado e do passarinho; e a Hodding Carter e Ben Wasson, da Levee Press, que publicaram em edição limitada a versão original da história do cavalo de corridas roubado, quero deixar aqui meu reconhecido agradecimento.

SUMÁRIO

Prefácio: De fábulas e travessias, por Martim Vasques da Cunha 9

Quarta-feira 19
Segunda-feira, noite de segunda-feira 36
Noite de terça-feira 74
Segunda-feira, terça-feira, quarta-feira 106
Terça-feira, quarta-feira 143
Terça-feira, quarta-feira, noite de quarta-feira 162
Noite de quarta-feira 238
Quinta-feira, noite de quinta-feira 342
Sexta-feira, sábado, domingo 419
Amanhã 440

Prefácio
De fábulas e travessias

> Jesus ficará em agonia até o fim do mundo.
> Não se deve dormir durante esse tempo.
> Pascal, *Pensamentos*.

Quando William Faulkner morreu, em 1962, a sua situação na literatura mundial era igual à da personagem Lena Grove, a protagonista do romance *Luz em agosto*: sentado junto ao caminho do condado mítico de Yoknapatawpha, contemplando a sua obra forjada na astúcia, na solidão e no exílio do Sul americano, ele pensou: "Venho do Mississippi. Boa caminhada. Toda a estrada a pé, desde o Mississippi." *Ainda não fez sessenta e quatro anos que ando e já estou mais longe de casa do que nunca. Estou mais longe de Oxford, minha cidade natal, do que já estive alguma vez desde os meus doze anos.* E foi assim que Faulkner se foi, talvez sem saber que, décadas após a sua partida definitiva do caminho sulista, ele seria o exemplo perfeito do que um verdadeiro escritor é capaz quando assume o risco de fazer a aposta de Pascal.

Mas qual é a relação entre um escritor americano e um dos maiores pensadores religiosos de todos os tempos? Faulkner é sempre retratado como um escritor do desespero que, mesmo com seus tons dourados, típicos de uma região devastada por uma guerra civil, seria uma espécie de irmão gêmeo dos existencialistas Sartre e Camus (aliás, admiradores ardorosos do seu trabalho); já Blaise Pascal (1623-1662) é o maior apologeta do Cristianismo na modernidade, um dos poucos opositores ao solipsismo de Descartes, além de ser o autor daquele livro que provoca um terremoto na alma de cada leitor que o lê — *Pensamentos* (escritos em 1660, dois anos antes da sua morte, e publicados postumamente em 1670). Sujeitos díspares, se forem vistos apenas na superfície. Nada mais errado.

Faulkner e Pascal têm muito em comum porque ambos praticaram o mesmo Cristianismo agonizante que moldaria também os espíritos de escritores como Kierkegaard, W.H. Auden, Miguel de Unamuno e Graham Greene. Essa expressão — "Cristianismo agonizante" — não é um mero pleonasmo. A agonia é uma das características centrais da religião cristã; e o fato de que, junto com a incerteza, ela provoca uma perturbação na alma humana que será resolvida somente com uma verdadeira *metanoia* move também uma conversão individual que cria um mal-estar na nossa sociedade a atingir a essência de uma outra vida, diferente da econômica, psíquica ou sexual — enfim, uma vida secreta.

A aposta de Pascal leva em conta justamente o problema de como se atinge esse tipo de vida. O raciocínio é muito simples: existem pessoas que não se importam com a imortalidade da alma e sequer se importam se há realmente um outro reino além deste mundo. Para Pascal, elas não podem ser chamadas de apóstatas. Como ele também era um apologeta que precisava provar que o Cristianismo é *a* verdade por meio da lógica e da razão (afinal, era também um matemático que praticamente sistematizou a probabilidade), temos assim a necessidade de usar o raciocínio da aposta: se o sujeito permanecer na sua vida normal, sem se preocupar com os assuntos divinos, ele não perderá nada. Continuará com sua medíocre existência, com sua acomodada boçalidade. Mas se ele se dedicar aos assuntos divinos e comprovar, com suas experiências, que eles existem e levam à verdade do Cristianismo, seu ganho foi nada mais, nada menos do que a vida eterna. Logo, a possibilidade de ganhar na aposta é tanto de 50% para que sua vida não mude e continue na mesma toada de mediocridade, como de 50% para que a verdadeira vida do espírito ilumine a condição humana até o fim dos tempos. Realmente, uma aposta irrecusável, pois, como diria Bob Dylan em "Like a Rolling Stone", *"when you've got nothing, you've got nothing to lose"* [quando não se tem nada, não se tem nada a perder].

William Faulkner foi o exemplo encarnado do escritor que aceita a aposta de Pascal até as últimas consequências — e que, no final, saiu vitorioso. Seu Cristianismo agonizante era o do "salve, Cristo, esses pobres filhos da puta" (como diria o reverendo bêbado Gail Hightower, em uma das cenas célebres de *Luz em agosto*), o de homens e mulheres que, por mais que sofressem, sempre suportaram o fardo dos seus destinos porque sabiam que a condição humana é a de aguentar o máximo a cruz que lhes é imposta. Essa é a única escolha possível para um personagem faulkneriano: abraçar a incerteza e tentar ser um pardal que acompanha um falcão, pois estes têm mais chance de escapar ilesos das pedradas da vida e dos trovões de Deus. Obviamente, o próprio romancista fez a mesma coisa na sua vida, e sua biografia deveria ser um modelo para todos os escritores do passado, presente e futuro.

Faulkner sabia que, para ser um escritor, não é fundamental ser rico. A literatura não é uma profissão. É um *exorcismo*, é uma luta interior na qual o artista, depois de ter lutado com seus segredos mais demoníacos, transcende tudo isso com uma obra de arte. O trabalho com as palavras, na busca pela linguagem cifrada do Sagrado, é a mais implacável das vidas secretas. De certa forma, o escritor é uma espécie de *imitatio Christi* [imitação de Cristo]: *"only drowning men could see him"* [apenas os afogados conseguem vê-lo], cantava Leonard Cohen em "Susanne". Ele nunca deve duvidar das suas capacidades para escrever; só precisa de um emprego que dê teto e comida. Como disse o próprio Faulkner em uma entrevista memorável para a *Paris Review* (a propósito, feita pela sua amante na época, a jornalista Jean Stein):

> O escritor não precisa de liberdade econômica. Tudo de que precisa é de lápis e papel. Eu nunca soube que algo bom em literatura tivesse se originado da aceitação de uma oferta gratuita de dinheiro. O bom escritor nunca pede auxílio a uma instituição cultural. Está ocupado demais escrevendo alguma coisa. Se não é um escritor de primeira classe, ilude-se dizendo que não tem tempo ou liberdade econômica. Pode surgir arte boa de assaltantes, contrabandistas ou ladrões de cavalos. As pessoas na verdade têm medo de descobrir que podem suportar muita adversidade e pobreza. Têm medo de descobrir que são mais resistentes do que pensam. Nada pode destruir o bom escritor. A única coisa que pode alterar o bom escritor é a morte. Os bons não têm tempo para pensar no sucesso ou em ganhar dinheiro. O sucesso é feminino e como uma mulher; se você se curva diante dela, ela passa por cima de você. Então o jeito de tratá-la é dar-lhe as costas da mão. Aí, talvez, ela venha a rastejar.

E ele cumpriu cada palavra que disse. Faulkner foi carteiro, vendedor de carros, lavador de pratos e segurança enquanto escrevia os romances que o transformariam em um dos maiores nomes do modernismo na língua inglesa, junto com James Joyce, Ezra Pound e T.S. Eliot — *O som e a fúria* (1929), *Enquanto agonizo* (1930), *Luz em Agosto* (1932), *Absalão, Absalão!* (1936) e *Palmeiras selvagens* (1938). Nestas cinco obras-primas, o Cristianismo agonizante aparece em um virtuosismo técnico e um questionamento filosófico que não deixam pedra sobre pedra. Faulkner narra como o niilismo corrói toda uma família (em *O som e a fúria* e *Absalão, Absalão!* — dois dos livros mais impenetráveis da literatura mundial); como a esperança vive lado a lado com o desespero (*Luz em Agosto*, um romance que este humilde prefaciador daria as mãos para escrevê-lo); como a família, muitas vezes, pode ser seu maior obstáculo (*Enquanto agonizo*, impecável em sua técnica de monólogos interiores); e como o verdadeiro amor entre um homem e uma mulher só pode existir se ambos se entregarem à incerteza da existência (*Palmeiras selvagens*, a grande paródia que Faulkner fez do seu amigo, Ernest Hemingway).

Esses livros foram a razão principal para Faulkner vencer o surpreendente Prêmio Nobel em 1949. Mas, mesmo assim, ele não parou em seu trabalho. O universo mítico do condado de Yoknapatawpha se expandia em trabalhos singulares como *Réquiem para uma negra* (1951), *O povoado* (1940), *A cidade* (1957), *A mansão* (1959) (estes três últimos títulos formam a chamada "trilogia Snopes"), *Os invictos* (1962) — e tinha suas idiossincrasias, como a alegoria cristã *Uma fábula* (1954), que transpunha a paixão de Cristo para um motim militar na Primeira Guerra Mundial.

Para quem faltou às aulas de história, a Primeira Guerra Mundial (1914-1918) foi o grande evento traumático da geração da qual Faulkner fazia parte. Foi uma carnificina sem precedentes, até mesmo para quem acompanha a história geral dos conflitos humanos. Como bem descreveu o historiador Daniel Schönpflug em *A era do cometa: o fim da Primeira Guerra e o limiar de um novo mundo* (2017),

> ao longo de 1914 a 1918, o conflito transformou-se de uma disputa entre as forças da [chamada] Entente — França, Grã-Bretanha e Rússia — e do triunvirato formato pelo Império

Alemão, pelo Império Austro-Húngaro e pela Itália numa confrontação de caráter global. A guerra não foi travada não apenas na Europa, mas também no Oriente Médio, na África, no Extremo Oriente, assim como nos oceanos. Assim, entre os 16 milhões de soldados que perderam a vida durante a Primeira Guerra Mundial não havia apenas europeus: 800 mil turcos, 116 mil norte-americanos, 74 mil hindus, 65 mil canadenses, 62 mil australianos, 26 mil argelinos, 20 mil argelinos da colônia denominada África Oriental Alemã (Tanzânia), 18 mil neozelandeses, 12 mil indochineses, 10 mil africanos do Sudoeste Africano Alemão (Namíbia), 9 mil sul-africanos e 415 japoneses foram mortos.

E apesar do fim da Guerra ter sido determinado em uma simples assinatura de contrato, feita no dia 11 de novembro de 1918, às 5h20 da manhã, num vagão de trem, mesmo assim esse arranjo foi apenas o primeiro passo para as verdadeiras negociações de paz, até que uma série de acordos, dos quais o último foi firmado só em 1923, encerrasse definitivamente a guerra; até então, as ações militares e os conflitos prosseguiram em muitos lugares: no front ocidental, o cessar-fogo foi seguido pelo avanço das tropas aliadas até o Reno e pela ocupação de sua margem direita. Nos Balcãs, a Hungria e a Romênia se confrontavam. No Báltico, a Letônia lutava por sua independência da jovem União Soviética. Além disso, a morte continuava a assolar o mundo por causa de uma epidemia mundial, a gripe espanhola, que custou a vida de um número de pessoas maior do que o das vítimas somadas de todas as batalhas da guerra.

Como se não bastasse tudo isso descrito acima, os conflitos entre a Irlanda e a Inglaterra, entre a Polônia e a Lituânia, entre a Turquia e a República Armênia, assim como entre a Turquia e a Grécia acenderiam as chamas de novas guerras. Ao mesmo tempo, a Revolução Russa de 1917 desencadeou guerras civis sangrentas entre seguidores e inimigos dos bolcheviques na Europa do Leste e no continente asiático, que se estenderiam até 1922.

A grandiosidade da desgraça impressiona porque é nítido, ao ler os números dos mortos envolvidos nessas matanças, que, como diria Niall Ferguson em *A guerra do mundo: a era do ódio na história* (2006), a Primeira Guerra Mundial foi o evento que destruiu completamente qualquer esperança de existir uma globalização saudável no mundo moderno. Neste clima de "o mundo é a minha ostra", um cidadão normal que vivia, por exemplo, em Londres, possuía — segundo a descrição feita por ninguém menos que o economista John Maynard Keynes (citado por Ferguson) —,

> condições de conseguir na mesma hora, se assim o desejar, meios baratos e confortáveis de viajar para qualquer país ou clima sem passaporte ou outra formalidade, tinha condições de enviar seu empregado à agência bancária mais próxima para obter um suprimento de metais preciosos que parecesse adequado, e tinha então condições de ir para o estrangeiro, sem ter conhecimento da religião, da língua ou dos costumes gerais, levando pessoalmente dinheiro em espécie; e se consideraria muito ofendido e muito surpreendido com a menor interferência.

Tendo como cenário dramático justamente o desabamento desta aparente felicidade, o romance *Uma fábula*, de William Faulkner, expande tanto tematicamente como formalmente o estilhaçamento de um mundo que então terminava. Escrito durante longos e árduos nove anos — em um momento biográfico no qual Faulkner já era reconhecido entre seus pares, graças ao Nobel em 1949, mas sofria com ataques severos de depressão, acentuados pelo relacionamento abusivo com o álcool —, o livro veio durante uma conversa com o cineasta Henry Hathaway (a quem o autor agradece a ideia inicial em uma nota extremamente simpática). Era uma época na qual o criador de *O som e a fúria* comia o pão que o diabo amassou em Hollywood, trabalhando como roteirista para Warner Bros. por 350 dólares a semana (uma pechincha de que Jack Warner, o dono do estúdio, se gabava publicamente em jantares com seus pares inescrupulosos).

O enredo que Hathaway deu de presente a Faulkner foi o seguinte: e se o símbolo do Soldado Desconhecido desta guerra específica — imortalizado numa estátua francesa — fosse uma nova versão da história da morte e ressurreição de Jesus Cristo? O que atraiu a Faulkner foram três possibilidades dramáticas: a primeira, recontar, ao seu modo, a maior "fábula" de todos os tempos (a de Jesus de Nazaré); a segunda, lidar novamente com o tema da Primeira Guerra Mundial, algo que já fizera em outros três romances que não foram tão bem recebidos quanto os seus livros da saga sulista (no caso, *Soldier's Pay* [1926], *Mosquitoes* [1927] e *Pylon* [1935]), mas que o marcou profundamente na sua vida pessoal, já que ele alegava ter sido aviador da Força Aérea Canadense durante o conflito; e a terceira, mas não menos importante, era escrever em estilos que ainda não havia experimentado em seus livros anteriores — os de Henry James, Joseph Conrad e Ford Madox Ford, autores contemporâneos à Primeira Guerra e que sempre brincavam, literariamente, com a percepção da consciência individual diante da destruição das certezas históricas.

O desafio era enorme — e não à toa que Faulkner demorou quase uma década para completar aquilo que ele chamava aos seus amigos e familiares de "meu melhor livro e minha obra mais complexa". Quando foi lançado, em 1954, *Uma fábula* ganhou alguns prêmios (entre eles, o Pulitzer), mas, com o passar do tempo, a crítica especializada começou a afirmar que se tratava de um "fracasso memorável". Um erro de juízo colossal.

Na verdade, *Uma fábula* antecipa livros que, nos anos 1960, seriam considerados subversivos para a discussão do papel da hierarquia militar, em especial na época conturbada da guerra do Vietnam (como, por exemplo, *Ardil 22* [1961], de Joseph Heller). Também dialoga com clássicos desconhecidos, publicados logo depois da Primeira Guerra, como *Glória feita de sangue* (1935), de Humphrey Cobb, posteriormente transformado no filme homônimo de Stanley Kubrick em 1957, com Kirk Douglas no papel principal.

Faulkner usa e abusa da técnica de fragmentação dos pontos de vista para contar a história de um motim que, na verdade, ao paralisar a rixa entre franceses e alemães, simplesmente faz cessar a guerra por um dia. É a aposta de Pascal concretizada no paroxismo absoluto. O responsável por essa façanha seria um simples cabo que convenceu mais doze soldados a não atacarem mais. O motivo? Ninguém sabe. Este enigma perturba os generais e seus estafetas de farda, pois, segundo eles, a guerra precisa continuar de qualquer maneira, já que ela é a continuação da natureza humana. Dessa maneira, os treze rebeldes (aqui, o paralelo com os apóstolos cristãos é inevitável) são condenados a serem fuzilados — e o líder deles, o misterioso cabo, é enterrado nos fundos da sua casa simples, localizada no campo francês. Contudo, com os bombardeios derradeiros da guerra, o seu lar é destruído — e seus despojos são recolhidos, entre tantos outros, na famosa estátua francesa do Soldado Desconhecido.

Isto é somente um simples resumo do que esse romance memorável realmente contém nas suas páginas. O importante, aqui, é o modo como Faulkner conta a sua fábula — e o modo como, devido ao seu poder narrativo, ele provoca no leitor a sensação de ter feito uma travessia espiritual idiossincrática, assim como ocorre quando lemos os *Pensamentos* de Pascal. Apesar de aparentemente deslocado do resto da sua obra — afinal, não há referência à Guerra Civil Americana ou ao problema do racismo e da misoginia, como ocorre nas histórias que se passam em Yoknapatawpha —, ainda assim *Uma fábula* é uma meditação pungente sobre o único tema que preocupou Faulkner durante a sua existência, conforme o próprio explicou em um discurso dirigido a estudantes na década de 1960, antes de morrer: "o coração humano em luta consigo mesmo".

Por isso, no ano da sua morte, em 1962, William Faulkner estava relativamente oculto, sendo reconhecido apenas por quem realmente o admirava. Afinal, a sua história do Cristo agonizante, provocando uma rebelião silenciosa em plena Primeira Guerra Mundial, lembrava a uma parte da crítica a famosa (e terrível) sentença de Blaise Pascal a respeito da nossa eterna condição — *"Jesus ficará em agonia até o fim do mundo. Não se deve dormir durante esse tempo"*. Somente agora, em um tempo em que as pessoas procuram escapar dessa incerteza a qual não encontra paz sequer no sono, semelhante ao diabo a fugir da cruz, que sua literatura difícil e exigente começa novamente a fascinar as pessoas com o aguilhão da grande arte. E é também nesse momento que a aposta de Pascal se torna mais importante como nunca, pelo simples motivo de que as pessoas se esqueceram de como fazer a escolha certa e suportar suas consequências doloridas. Elas desejam o sucesso como fim, a felicidade como meio, mas esqueceram que não importa a meta. O que vale é a travessia — e as fábulas que surgem a partir dela. A obra de Faulkner e o seu exemplo como escritor para as gerações futuras, além da beleza da vida secreta que motiva a aposta de Pascal, deveriam ser ensino obrigatório para nossos jovens. Pois, sem dúvida nenhuma, William Faulkner sabia que, sentado em seu caminho, contemplando o trabalho de toda uma vida, ele nunca teria dado uma caminhada tão longa e tão boa se não tivesse arriscado uma aposta que somente um grande ser humano teria a coragem de fazer.

Martim Vasques da Cunha
Doutor em ética e filosofia política pela Universidade de São Paulo, colaborador dos jornais *O Estado de São Paulo* e *Folha de São Paulo* e autor dos livros *Crise e utopia: O dilema de Thomas More* (2012), *A poeira da glória* (2015), *A tirania dos especialistas* (2019), *O contágio da mentira* (2020) e *Um democrata do Direito* (2021).

Quarta-feira

Muito antes de soarem os primeiros clarins no quartel da cidade e nos acantonamentos que a rodeavam, a maioria das pessoas no interior dela já estava desperta. Não foi preciso levantarem-se dos colchões de palha ou das ralas enxergas de suas habitações coletivas, densas como cortiços, porque poucas dentre elas, excetuando as crianças, puderam sequer deitar-se. Ao contrário, passaram a noite inteira junto às pobres lareiras e aos fogos mortiços dos braseiros, confundidas numa vasta irmandade de temor e apreensão, até que a noite finalmente se escoasse, dando início a um novo dia de temor e apreensão.

O regimento original fora recrutado nesse mesmo distrito, efetivamente recrutado em pessoa por um daqueles gloriosos tarimbeiros, que seria mais tarde marechal de Napoleão, e que, entregando o regimento nas mãos do próprio imperador, ao mesmo tempo transformou-se numa das estrelas mais ferozes daquela constelação que encheu com seu portento a metade do céu e crestou a metade da terra com seu raio. E a maioria das substituições subsequentes se fez com gente desse mesmo distrito, de modo que aqueles velhos, em sua maior parte, não só eram nele veteranos em seu tempo, e não só aquelas crianças do sexo masculino eram a ele destinadas quando o tempo chegasse, mas toda aquela gente se compunha de ascendentes e famílias, não apenas os então idosos ascendentes e famílias dos homens condenados, mas de pais, mães, esposas e noivas, cujos filhos, irmãos, maridos, pais e noivos bem poderiam achar-se entre os condenados, só não se achando mercê da pura cegueira da sorte e do acaso.

Ainda antes que se dissipassem os ecos dos clarins, já os confins do viveiro vomitavam gente. Um aviador francês ou inglês ou americano (nesse caso, até um alemão — tivesse ele temeridade e sorte para tanto) seria capaz de observar muito melhor os telheiros e as habitações coletivas a esvaziarem-se em viela, beco e *cul-de-sac* anônimo, e viela, beco e *cul-de-sac* a transformarem-se em ruas, como riachos se transformam em ribeiros e ribeiros em rios, até que a cidade inteira dir-se-ia derramada pelas largas avenidas abaixo, convergentes, como os raios de uma roda, para a Place de Ville, inundando-a, para em seguida avançar como uma onda não refluída até os portões vazios do Hôtel de Ville, onde as três sentinelas das três nações cobatalhantes flanqueavam os três mastros vazios que aguardavam as três bandeiras concordes.

Aí, defrontaram as primeiras tropas: um corpo de cavalaria de guarnição, empurrado pela embocadura da larga avenida principal que conduzia da Place de Ville até a velha porta, aberta naquilo que fora outrora o antigo muro ocidental da cidade, já se achava postado à espera, como se o burburinho inicial da enchente o houvesse precedido no próprio quarto de dormir do governador militar. Mas a multidão não dava atenção à cavalaria; ao contrário, continuava a comprimir-se para dentro da Place, ora se atrasando e parando, mercê do próprio peso de sua massa congesta, ora se agitando e mudando, constante e imperceptivelmente, no interior da própria massa, enquanto defrontava, perplexa e resignada na luz que nascia, a porta do Hôtel de Ville.

Nesse instante o canhão da alvorada estrondejou no velho forte ao alto da cidade; as três bandeiras irromperam simultaneamente não se soube de onde, e subiram nos três mastros. E irrompendo, o que galgaram e encimaram foi ainda a madrugada, onde ficaram suspensas, um momento paradas. Quando, porém, se desfraldaram na primeira brisa da manhã, já o fizeram em pleno sol, arremessando para a luz suas mútuas cores, que eram três — o vermelho do orgulho e da coragem, o branco da pureza e da constância, o azul da honra e da verdade. O bulevar vazio atrás da cavalaria iluminou-se então, subitamente, de uma luz que arremessou as altas sombras dos homens e dos cavalos para fora, em cima da multidão, como se a cavalaria estivesse a desfechar um ataque sobre ela. Mas em verdade era apenas o povo que avançava sobre a cavalaria; a massa, que não fazia ruído algum. Quase muda, só era irresistível na coesão de seus frágeis componentes, assim como a onda nas gotas que a compõem. Achava-se presente um oficial, embora um primeiro-sargento parecesse comandar, e por um instante a cavalaria nada fez. Logo, porém, o primeiro-sargento soltou um grito — não uma ordem de comando, porquanto a tropa não se mexeu —, mas um som que não tinha similar, qualquer coisa de ininteligível, um débil grito desamparado no instante evanescente e que pairou no ar como um daqueles débeis gritos musicais e sem origem das altas cotovias invisíveis, que enchiam então o céu sobre a cidade. O grito que seguiu o primeiro foi no entanto uma voz de comando; mas era demasiado tarde: a multidão ia já varrendo de roldão os militares, irresistível na humildade passiva e triunfadora com que carregava os frágeis ossos e a carne para o âmago da órbita de ferro feita de cascos e de sabres; na negligência desatenta, no quase desprezo resignado e submisso de mártires entrando numa arena de leões...

A cavalaria mantinha-se ainda firme. Não rompida até então, começava entretanto a retroceder; mas fazia-o voltada sempre para a frente, como se apanhada em bloco toda ela — o branco dos olhos dos cavalos, sofreados em rédea curta, a rolar-lhes nas órbitas; os rostos miúdos dos cavaleiros boquiabertos em gritos inaudíveis sob os sabres erguidos — tudo recuando a um só tempo, como as efígies marciais de um palácio, solar ou museu estripados, varridos de roldão na enchente que os arrasou, transformando em cascalho as criptas de pedra do seu glorioso recato... Aí, o oficial montado libertou-se. Por um instante dir-se-ia que só ele se agitava, pois era o único a pairar acima da multidão que então se repartia, fluindo para ambos os seus flancos. Agora, porém, avançava, metendo os peitos do cavalo ainda sofreado em rédea curta, sopitado em ferro, por entre a multidão que refervia. Uma voz gritou em algum lugar debaixo do cavalo — uma criança, uma mulher, talvez uma voz de homem, que o medo ou a dor fazia estridulamente eunucoide —, enquanto ele forçava o cavalo a continuar, fitando e negaceando através do rio humano que nada fazia para evitá-lo; que aceitava o cavalo como a água aceita a arremetida de uma quilha... Em seguida, desapareceu. Mais acelerada, a multidão agora derramava-se pelo bulevar, e impelindo a cavalaria para os flancos, obstruía os cruzamentos, como um rio na enchente obstrui a foz de seus tributários, até que finalmente também o bulevar se transformava num denso lago férvido e sem voz.

Antes disso, porém, chegara a infantaria, desembocando da Place de Ville na retaguarda da multidão, antes ainda que o oficial de cavalaria tivesse podido apresentar-se ao oficial do dia que teria despachado o servente que teria intimado o ordenança que teria interrompido no ato de barbear e da ablução o ajudante que teria ido acordar sob o barrete de dormir o governador-militar que teria telefonado ao comandante da infantaria no forte ou enviado a este um mensageiro... Tratava-se, com efeito, de todo um batalhão, armado, mas sem mochila, a emergir da Place de Ville em cerrada coluna de marcha, precedido por um carro leve de combate, de viseira fechada para a ação, à medida que avançava, partia ao meio a multidão, como a quilha de um quebra-gelo a fender e a arrojar ambas as metades da massa tumultuosa para além das calçadas, enquanto a infantaria marchava na sua esteira em duas filas paralelas, até que finalmente todo o bulevar, desde a Place de Ville até a antiga porta da cidade, ficou de novo desimpedido e vazio entre as tênues fileiras entrançadas de fuzis, onde baionetas se calavam.

Uma pequena comoção surgiu então num ponto, atrás do dique de baionetas; sua área não mediria dez pés e não se expandiu, de modo que somente os que se achavam perto sabiam o que ocorria ou ocorrera. E quando um sargento de pelotão se abaixou sob os fuzis compactos e abriu caminho com o ombro, também aí não havia muito o que ver: apenas uma moça, magrinha e malvestida, jazendo em terra, desmaiada. Deitada no solo, tal qual caíra, era um triste montão de roupas em andrajos e cheias do pó das viagens, como se de muito longe ela viesse e quase sempre a pé, ou em rudes carroças campestres, e agora estivesse deitada ali, no exíguo espaço em forma de sepultura que se abrira para ela cair dentro dele, ou, como se tal fosse a sua intenção, para nele cair morta, enquanto aqueles que aparentemente nada fizeram para abrir um espaço onde ela pudesse pôr-se em pé e respirar, rodeavam-na, olhando-a calados, como em geral faz toda a gente, até que alguém fizesse o primeiro gesto. E foi o sargento quem o fez:

— Levantem-na ao menos — disse com rispidez. — Levem-na para um lugar onde não seja pisada.

Nisto, um homem avançou; e enquanto ele e o sargento se abaixavam, a mulher abriu os olhos, e até envidou cooperar com o sargento, que ensaiava pô-la de pé, não com rudeza, apenas impaciente ante a incapacidade estupidamente complicada dos civis em todos os tempos, particularmente ante a desta civil, que assim o fazia atrasar-se além do necessário fora do posto.

— Quem a acompanha? — perguntou. Mas ninguém respondeu; só se viam os rostos atentos e calados. Era evidente não estar o sargento à espera de resposta, pois já corria o olhar em derredor, embora provavelmente já soubesse impossível sacar a moça dentre a multidão, ainda mesmo que alguém se oferecesse para tomá-la a seu cargo. Fitou-a novamente e recomeçou a falar, desta vez dirigindo-se diretamente à moça. Logo, porém, se interrompeu, sanguíneo, sopitando-se — o homem entroncado que ele era, já quarentão, com seus bigodes de salteador siciliano e a ostentar na túnica as fitas de serviço e de campanha de três continentes e dois hemisférios; cuja estatura racial havia um século Napoleão fizera encurtar-se de duas ou três polegadas, assim como César havia encurtado a dos italianos, e, Aníbal, a das peças anônimas do frontispício de sua glória; homem que era sem dúvida um marido e um pai, e que teria sido (talvez mesmo pudesse e o quisesse ser) guardião de pipas de vinho nos Halles, de Paris, houvessem-no os fados atirado, e mais os Halles de Paris, a qualquer outro palco que não este.

Olhou de novo os rostos resignados.

— Alguém não quererá... — começou.

— Ela está com fome — disse uma voz.

— Bem — tornou o sargento. — Não terá alguém...

A mão, porém, já se estendia, e, dentro dela, o pão. Uma ponta apenas: suja e um pouco morna do calor do bolso que a trouxera. O sargento apanhou-a: mas quando lhe ofereceu, a moça recusou rapidamente, relanceando a vista em torno com uma expressão no rosto e nos olhos que se diria de terror, a expressão de alguém que procurasse um caminho de escape. O sargento arremessou-lhe o pão:

— Olhe aí — disse asperamente, com aquela rudeza que não era ausência de bondade, mas simples impaciência. — Coma. De bom ou mau grado tem de ficar aí e assistir à passagem dele.

Ela, porém, tornou a recusar, repudiando o pão; não o dom que dele se fazia, mas o próprio pão; não àquele que o havia oferecido, mas a si mesma. Era como se quisesse desviar dele o olhar, ao mesmo tempo que se sabia incapaz de fazê-lo. Os circunstantes ainda a fitavam quando se rendeu. Os olhos, o corpo inteiro, contradiziam a recusa da boca, os olhos já devorando o pão antes que a mão se espichasse para apanhá-lo arrancando-o ao sargento e segurando-o de encontro ao rosto com as duas mãos, como a escondê-lo de alguém que acaso tentasse arrebatá-lo, como a ocultar a própria voracidade ante aqueles que a viam, como uma espécie de roedor a roer o pão, o olhar dardejando sem parar por cima das mãos ocultadoras, não só furtivo, não só misterioso, mas aflito, vigilante, aterrado, ora se acendendo, ora se apagando para tornar a acender-se, como uma brasa sobre a qual soprasse... Agora, porém, já se refazia, e o sargento dispunha-se a partir, quando a mesma voz se fez ouvir.

Evidentemente, essa voz pertencia ao dono da mão que estendera o pão; mas se o sargento agora o notava, não o deixou transparecer. Não podia, porém, deixar de observar que aquele rosto não era dali, de modo algum não o era, nem daquela hora, nem daquele tempo, nem daquele lugar; e não apenas da França não o era, mas também num raio de quarenta quilômetros da frente ocidental; e não o era justamente naquela quarta-feira ou em qualquer outra quarta-feira de fins de maio de mil novecentos e dezoito: — rosto de homem já não muito moço, mas cuja aparência o era, se contrastada com a dos demais homens entre os quais (ou antes, acima dos quais, pois era assim alto, assim irrepreensível) ele se encontrava — saudável, ereto, natural, metido numa blusa desbotada e em grosseiras calças encimando uns sujos sapatos de consertador de estradas ou talvez de estucador, e que, para se encontrar ali, precisamente naquele dia e naquele lugar da Terra, deveria ser algum soldado que, sem perigo, com toda a segurança e para todo o sempre, desde o dia 5 de agosto (e havia disso quatro anos) tivesse recebido baixa por invalidez, e que entretanto, se assim era, não o demonstrava; e se o sargento o notara e assim pensara, só num lampejo do olhar o revelou. E quando o homem retomou a palavra fê-lo dirigindo-se ao sargento, que agora já não alimentava nenhuma dúvida sobre aquilo que pressentira.

— Agora, ela comeu o pão — disse, referindo-se à mulher. — Com essa migalha devia ter comprado a imunidade para sua própria dor, não acha?

O sargento já voltava as costas, já se punha a caminho, quando a voz — um murmúrio — o fez parar; murmúrio não tanto dócil quanto sereno, não tanto experimental quanto suave, e trespassado, como qualidade última, de inocência. De modo que naquele segundo, no instante de pausa que precedeu a reviravolta, o sargento pôde ver e sentir que todos aqueles rostos atentos estavam fitos não nele nem no homem da voz, mas em alguma coisa intangível que a voz criara de repente no próprio ar, de permeio entre os dois. Viu então, também ele, aquela "alguma coisa", que outra não era senão o próprio tecido que o revestia. Voltando-se, então, e olhando para trás, não só para o homem que acabava de falar, mas para todos os rostos que o circundavam, pareceu-lhe contemplar, com uma espécie de dor e mágoa embotadas, intérminas, oniscientes e tão longamente suportadas que a elas já se habituara ao ponto de, ao recordá-las, já não sentir sequer um laivo de tristeza; pareceu-lhe, com efeito, contemplar toda a raça humana através da barreira insuperável que era a vocação e o ganha-pão aos quais, vinte anos fazia agora, ele não só se dedicara, mas também entregara não apenas sua vida, mas seus ossos e sua carne; pareceu-lhe, efetivamente, que todo o círculo de tranquilos rostos atentos se deixava manchar de um pálido, mais indelével reflexo azul-horizonte... Porque fora sempre assim, e apenas a cor mudava — o pardo e o branco do deserto e dos trópicos; o intensamente berrante vermelho-e-azul do velho uniforme, e, agora, aquele azul-camaleão, fazia três anos já... E no entanto, esperara; não só esperara como aceitara, mercê da renúncia à própria volição, ao temor da fome e à faculdade de decidir, ao ponto de fazer-se pagar uns poucos soldos certos por dia em troca do privilégio e do direito da eterna imunidade aos seus apetites naturais, sem outro custo que não o da obediência e a exposição ao risco de seus tenros ossos e carne quebradiços... Em consequência (e fazia agora vinte anos), habituara-se a contemplar os cidadãos anônimos do mundo civil através do isolamento e da insularidade que lhe conferia sua própria imunidade inconteste; a contemplá-los com uma espécie de desprezo natural a invasores estranhos, destituídos de qualquer direito e apenas aturados — que assim eram ele e os de sua classe, entretecidos e entrelaçados na irmandade inexpugnável da bravura e do sofrimento em comum, todos juntos metendo os peitos através daquele mundo, graças à aguçada e cortante quilha de suas listras e barras e estrelas e galões; metendo os peitos como um navio blindado (ou, havia um ano, um carro de combate) a fender um cardume de peixes... Eis, porém, que alguma coisa acontecia; e, olhando à volta aqueles rostos que a tensão da espera repuxava (e que todos incluía, exceto o da moça, pois só ela não o olhava, a ponta do pão ainda côncava de encontro ao rosto que não cessava de mastigar entre as magras mãos sujas de terra, de modo que não só ele, mas ambos — ele próprio, e a moça sem nome e sem parentes — dir-se-iam postados, sem poder respirar, no fundo de uma cova estreita); e, olhando à volta, julgou sentir, com uma espécie de horror, que era ele o estranho, não apenas estranho, mas obsoleto; que naquele dia, havia já vinte anos, em recompensa do direito e do privilégio de trazer ao peito da túnica manchada de batalhas as sujas listas simbólicas da luta — emblemas de bravura, sofrimento, fidelidade, angústia física e sacrifícios —, em recompensa disso, havia ele vendido seu direito de primogenitura na raça humana. Contudo, não o deixou transparecer; impediam-lhe as próprias condecorações, e, o fato de trazê-las era ainda o penhor de que não o deixaria transparecer...

— Então? — perguntou.

— Tratava-se de todo o regimento — disse sonhadoramente o homem alto naquele seu sussurro de timbre masculino, tranquilo, abaritonado, quase de quem meditasse de maneira audível. — Do regimento inteiro. Na hora zero ninguém se abalou da trincheira, exceto os oficiais de linha e alguns oficiais não comissionados. Não foi assim?

— E depois? — tornou a perguntar o sargento.

— Por que seria que o boche não atacou? — prosseguiu o homem alto. — Por que não atacou ao perceber que não aparecíamos? Ao perceber que, de um jeito ou de outro, o ataque se frustrara? Fazia-se, na frente, como de ordinário, o tiro progressivo, o mesmo acontecendo ao fogo de barragem; mas quando este cessou e a hora chegou, só os chefes de setor largaram a trincheira; mas a tropa, essa não. O que não devia ter passado despercebido ao boche, não acha? Quando a gente vive quatro anos face a face com outra frente situada apenas a um milhar de metros adiante, claro! pode-se perfeitamente perceber a frustração de um ataque; pode-se até perceber o motivo por que se frustrou. E não se diga que isto se deveu à barragem: ao contrário, é por causa dela que a gente sai da trincheira e ataca; justamente para fugir ao ataque das bombas alheias — às vezes, até das nossas, hein?

O sargento só fazia olhar o homem alto; não lhe era preciso fazer outra coisa, desde que aos outros lhe era possível senti-los — os dos rostos atentos e tranquilos, tranquilamente respirando e escutando, sem deixar perder-se o mais insignificante pormenor. — Polícia de campanha — disse afinal com voz amarga, trespassada de desdém. — Decerto já é tempo de passar uma revista nesse uniforme aí... — E espichou a mão: — Deixe ver isso...

O homem alto continuava a olhá-lo serenamente; a seguir enfiou a mão em algum canto debaixo da blusa, e quando a mão reapareceu, vinha estendendo ao outro os papéis dobrados uma vez — manchados, encardidos, amarfanhados nos cantos. O sargento os tomou e abriu, mas ainda aí sem ver, pois continuava circunvagando o olhar por aqueles rostos atentos e parados — enquanto o homem alto ainda o fitava, sereno como quem aguarda, para em seguida falar, remoto, calmo, quase ausente, em tom de conversa:

— Ontem ao meio-dia suspendeu-se o fogo em toda a frente, menos o da artilharia de sinalização: um canhão para cada bateria, de dez em dez metros; e às quinze horas, os ingleses e os americanos também suspenderam. Quando tudo serenou, pudemos ouvir os boches fazendo a mesma coisa; de modo que ao pôr do sol do dia de ontem, o fogo foi suspenso em toda a França, exceto o de sinalização, que este era preciso conservar por algum tempo, pois todo aquele silêncio, caindo de repente do céu em cima da raça humana, bem poderia aniquilá-la...

Rápido, num só movimento, o sargento tornou a dobrar os papéis, devolveu-os ao homem, ou só o fez na aparência, pois antes que aquele pudesse erguer a mão para apanhá-los, já a mão do sargento agarrava-lhe o peito da blusa, segurando, ao mesmo tempo que o bolo de papéis amarfanhados, o grosseiro tecido da blusa, e sacudindo-os, não o homem da fala, mas o sargento pondo-se em convulsão, seu rosto de bandido siciliano roçando o nariz no nariz do outro, os dentes descoloridos e estragados entreabrindo-se para deixar sair a fala que não vinha, ante o homem que prosseguia em seu murmúrio sereno e lento:

— E agora Gragnon, o general de divisão, vem comboiando todos eles. Vai pedir ordem ao generalíssimo para os fuzilar, uma vez que tamanha paz e tamanho silêncio, caindo sem aviso prévio em cima da raça humana...

— Nem ao menos polícia de campanha... — disse o sargento com fúria na voz ardente; — mas defensor...

Disse-o, naquele sussurro furioso, não mais alto que a voz do outro, e a que os rostos atentos e estáticos em derredor pareciam não dar ouvido nem atenção, assim como não deram ouvido ou atenção à voz daquele homem; assim como não deram ouvido ou atenção à identidade e à proveniência daquela mulher que ainda roía a ponta do pão, despedaçando-a sem parar por trás das mãos em concha, e que ainda os olhava com aquela fixidez e ausência de curiosidade peculiar aos surdos.

— Pergunte a esses degenerados, a cuja passagem você veio assistir; pergunte se eles também acham que houve deserção...

— Também já sei — replicou o outro. — Foi isso o que eu disse. O senhor revistou meus papéis...

— O que também vai fazer o ajudante do comandante de polícia — disse o sargento, atirando-se não contra o homem, mas para o caminho em frente; donde novamente voltou, ainda agarrando na mão os papéis amarfanhados, para desta vez abrir caminho por meio de ambos — os cotovelos e as mãos — rumo ao bulevar; em seguida outra vez parou subitamente, endireitou a cabeça com uma sacudidela, e, enquanto todos o fitavam, como que se ergueu de corpo inteiro para olhar além e acima das cabeças e dos rostos aglomerados, na direção da antiga porta da cidade. Então todos ouviram (não só o sargento que regressava ouviu, ao mergulhar sob a linha compacta dos fuzis, mas ouviu-o também a moça que até parou de mastigar por trás das mãos em concha) — quando, como uma só cabeça e um só corpo, as cabeças e os corpos num só bloco voltaram as costas ao sargento e à mulher, e encararam o bulevar; não porque lhes parecessem desprezíveis o choque da conturbação dela e o espetáculo da sua mitigação, mas porque, como um vento levantando-se, vinha agora do bulevar um rumor, que descia da antiga porta da cidade. Excetuando os brados dos comandantes de seção na infantaria desdobrada em linha junto às guias da calçada, o som não tanto se compunha de vozes como de um suspiro, de uma exaltação se propagando de peito a peito bulevar acima — como se a ansiedade noturna, algum tempo inerte sob a opressão da expectativa, agora, que um novo dia estava a pique de revelar a realidade que durante a escuridão fora apenas medo, se estivesse acumulando numa grande vaga ofuscadora para ao mesmo tempo o dia nascente jorrar sobre eles, ao entrar na cidade o primeiro carro.

Vinham nele os três generais. Andava depressa, tão depressa, que o chocalhar dos fuzis e os brados dos comandantes, à medida que cada seção apresentava armas para de novo retinir à voz de "descansar", se faziam não apenas contínuos, mas sobrepostos, de modo que o carro parecia avançar sob um prolongado estrépito de ferro, como de asas invisíveis emplumadas de aço — o comprido carro coberto de pó, pintado como um encouraçado, fazendo esvoaçar o pendão do comandante supremo dos exércitos aliados.

Vinham na traseira os três generais, sentados lado a lado, por entre um duro reluzir de ajudantes; os três generais — três anciãos — que exerciam respectivamente o comando individual sobre os três exércitos individuais, sendo que um dentre eles, por consentimento mútuo e comum acordo, exercia o comando supremo sobre os outros (e, por essa mesma razão e direito, o exercia abaixo e ao largo e acima da metade daquele conturbado continente); em suma, os três generais: o britânico, o americano, e, no meio destes, o generalíssimo, um homem franzino e grisalho, de rosto grave, inteligente e cético, já descrente de tudo, exceto do seu ceticismo, da sua inteligência e do seu poder sem limites; a passarem, os três, como um relâmpago, por entre aquela imensa estupefação aterrada e cheia de assombro, para logo desaparecerem, à medida que os comandantes de seção davam vozes de comando, e as botas e os fuzis voltavam à simples posição de sentido.

Os caminhões vinham logo atrás. Corriam rápidos, em ordem cerrada e aparentemente interminável, uma vez que era todo o regimento. E contudo não se ouvia ainda nenhum rumor concertado e definidamente humano, nem sequer, desta vez, as estrondosas ejaculações da continência militar; ouvia-se, apenas, um surdo tumulto, o deslocar-se do movimento no interior da própria multidão, que media a velocidade do primeiro caminhão num silêncio entre assombrado e incrédulo, onde a dor e o terror pareciam subir de ponto à aproximação de cada veículo, envolvê-lo enquanto passava, segui-lo à medida que se afastava; silêncio apenas interrompido, aqui e ali, quando alguém — uma mulher — soltou um grito, ao deparar com um rosto dentre os que desfilavam; rosto que, devido à velocidade do caminhão, havia já passado e desaparecido, antes que o reconhecimento se fizesse, e que o ronco do caminhão seguinte já dissolvia, antes que o reconhecimento se fizesse grito; de modo que os caminhões, todos eles, pareciam correr ainda mais depressa que o carro dos generais, como se este, dispondo da metade do continente supinamente deitada ante o cofre do seu motor, pudesse, somente ele, deleitar-se com os vagares do ócio, enquanto os caminhões, cujo destino podia ser agora computado em apenas segundos, só tivessem a esporeá-los o acicate da vergonha.

Eram, esses caminhões, veículos abertos, contornados de altas grades de ripa e adequados ao transporte de gado, e agora transbordavam, como de gado, de homens em pé, descobertos, desarmados, sujos das linhas de frente, trazendo nos rostos insones, de barba crescida, certo ar desesperado de provocação, e fitando a multidão como animais ferozes, como se nunca antes houvessem visto seres humanos ou fossem agora incapazes de os ver ou, vendo-os, não os pudessem reconhecer como tais. Rostos que eram rostos sonâmbulos voltados para trás, a olharem através de pesadelos, a ninguém reconhecendo, nem às coisas mais familiares, e a olharem ferozmente à volta no instante fugidio e irrevogável, e, como se tangidos à pressa para a própria execução, avançando quais relâmpagos, rápidos, sucessivos, curiosamente idênticos, não a despeito de possuir cada um deles a sua individualidade própria e o seu próprio nome, mas pelo próprio fato de os possuir; todos idênticos, não devido à identidade da sorte, mas por transportarem para a sorte comum a todos, um nome e uma individualidade, acrescidos daquele íntimo sentimento, o mais completo dentre todos:

a capacidade para aquela solidão na qual todos temos de morrer. E avançavam quais relâmpagos, como se, inconscientes, não fossem parte nem tivessem interesse na violência e na velocidade com as quais rijamente avançavam, a modo de fantasmas ou aparições ou talvez figuras recortadas sem profundidade em folhas de flandres ou de papel-cartão, e arrebatadas para uma violenta repetição a um palco destinado a encenar uma pantomima de dor e de fatalidade.

Agora, porém, o rumor se concentrava num débil alarido, partindo de algum ponto na Place de Ville, onde o primeiro caminhão aportava naquele instante. Com efeito, um agudo alarido, mas diluído na distância, sem timbre de vindita mas transbordante de provocação, ao mesmo tempo impregnado de uma nota impessoal, como se os homens dos quais provinha não fossem seus autores, mas simplesmente passassem por ele como por um estrepitoso e inesperado aguaceiro de primavera. Alarido que, evidentemente, provinha do Hôtel de Ville, onde agora passavam os primeiros caminhões, e onde as três sentinelas continuavam postadas sob as três bandeiras, murchas na calmaria que sucedeu à brisa da madrugada, e onde, nos degraus de pedra ante a porta, o velho generalíssimo, à frente dos dois outros que o seguiram ao parar o carro, postara-se e voltara-se, os dois generais menos importantes parando, e como ele, voltando-se, ambos num degrau acima do dele, e pois, mais altos do que ele, tão grisalhos ambos quanto ele, ambos um pouco atrás, ainda que não um atrás do outro enquanto o primeiro caminhão desfilava, e os homens descobertos, desgrenhados, sonambúlicos, talvez já despertos à vista das três bandeiras, ou talvez à vista dos três velhos, cuja insularidade seguiu a aglomeração do bulevar, mas despertos, e num ápice adivinhando, identificando os três vistosos anciãos armados, não só por justapostos às três bandeiras, mas insulados da multidão, como três portadores de peste no centro vazio de uma cidade espavorida em fuga, ou talvez como os três últimos sobreviventes de uma cidade que a peste varrera — imunes, impérvios, vistosos e armados os três, e, ao parecer, tão inofensivos no tempo quanto as figuras de um retrato que só fazia empalidecer desde quando fora tirado, havia cinquenta ou sessenta anos — enquanto os caminhões desfilavam com seus homens despertos, e, como um só homem, berrando, gesticulando as mãos crispadas em direção das três figuras impassíveis, o berro propagando-se de caminhão a caminhão à medida que cada um penetrava, acelerado, a zona do alarido, até que o último deles, desaparecendo, dir-se-ia arrastar em sua esteira uma nuvem de inútil execração perdida e condenada, onde se comprimiam caras boquiabertas e punhos crispados, à moda da evanescente nuvem de poeira que ele próprio acabara de levantar. Como a poeira que ficou suspensa no ar ainda muito tempo depois que o objeto que a produzira — o movimento, o atrito, o corpo, o ímpeto, a velocidade — desaparecesse, dissolvendo-se na distância. Porque agora já todo o bulevar se enchia de alarido, não mais provocador, mas incrédulo e cheio de espanto, paralelos os dois blocos de gente e impelidos para trás com sua massa compacta de corpos e sombrias caras boquiabertas, num frenesi de imprecação. Porque ainda restava um último caminhão, também este avançando rápido; e conquanto mediassem uns duzentos metros entre ele e o caminhão que o precedera, este último parecia correr duas vezes mais depressa do que o carro esvoaçante de pendões, que conduzia os três generais. Parecia, entretanto, avançar no mais absoluto silêncio, como se trouxesse no bojo alguma coisa que se diria clandestina; pois enquanto os demais haviam passado ruidosamente, quase com violência, como numa despedida cheia de desespero e vergonha, este surgiu e sumiu-se rápido, num silêncio discreto, como se aos homens que o conduziam não repugnasse a meta à qual se destinavam, mas o conteúdo do próprio caminhão.

Era este veículo aberto como os outros, e nada distinguindo-se dos outros, exceto pelo carregamento, pois enquanto os outros vinham chegando, atulhados de homens em pé, este último não transportava mais que treze, também estes de cabeça descoberta, sujos, tisnados da batalha, mas com a diferença de estarem algemados, acorrentados uns aos outros e ao próprio caminhão, como animais selvagens, de modo que à primeira vista se diriam não só estrangeiros, mas gente de outra raça e de outra espécie, forasteiros e inatuais; e embora trouxessem nas placas da gola os mesmos números regimentais, afiguravam-se estranhos ao resto do regimento que não só os precedera por aquele intervalo irredutível, mas que ao mesmo tempo se diria estar fugindo diante deles; estranhos, não apenas pelas algemas e por estarem separados dos outros, mas também pela sua própria atitude e expressão; pois se os demais rostos divisados no atropelo dos caminhões restantes se apresentavam consumidos, estremunhados como rostos de homens muito tempo entorpecidos sob o efeito do éter, os rostos destes treze se diriam apenas graves, atentos, vigilantes. E ao aproximar-se mais, viu-se que quatro dentre os treze eram em verdade estrangeiros, remotos não só pelos grilhões e por se acharem apartados do resto do regimento, mas porque, contra o panorama de fundo da cidade e do solo por onde o caminhão se precipitava, conduzindo-os, semelhavam seus rostos os de quatro montanheses num país sem montanhas; de quatro camponeses numa terra sem gente de campo; estranhos, com efeito, até para os outros nove entre os quais se achavam manietados e acorrentados, pois enquanto os outros nove se apresentavam graves, atentos e um pouco — não muito — preocupados, três dentre os quatro não-franceses pareciam apenas algo perplexos, e contudo alertas, quase dignos, curiosos, e interessados: campônios montanheses (com quem se pareciam), entrando pela primeira vez na cidade comercial de um vale estranho, digamos; homens de súbito apanhados no tumulto de uma língua estranha que não esperavam compreender, e na qual não tinham grande interesse, em consequência não lhes importando o que ela pudesse significar; isso, no que dizia respeito aos três não-franceses, porque naquele mesmo instante a própria multidão discernira que aquele quarto homem era, de qualquer maneira, estranho aos outros três, fosse isso apenas devido ao fato de haver ele se transformado no alvo único da vituperação, do terror e da fúria populares. Porque era a este homem — contra ele — que a multidão erguia as vozes e os punhos cerrados, mal se dando conta dos doze restantes. Postado junto à parte fronteira do caminhão, ele descansava a mão imóvel na ripa superior da grade, de modo a tornar visíveis a laçada da corrente entre os punhos e as divisas de cabo na manga; quanto ao rosto, era tão estranho quanto os demais — um rosto de camponês da montanha (no que se assemelhava aos dos três últimos) mas um pouco mais moço que os demais, seus olhos abaixados fitando o mar de olhos e punhos e bocas abertas que ia ficando para trás; em suma, um rosto tão atento como os doze restantes, mas sem deles trazer o ar de desapontamento e de preocupação; um rosto simplesmente curioso, tranquilo, atento, revelando alguma coisa que não se percebia nos demais — um ar de compreensão, de entendimento completamente isento de compaixão, como se o dono dele já tivesse previsto, sem censura ou piedade, o tumulto que se erguia e marchava na esteira do caminhão, à medida que este avançava célere para a Place de Ville, onde os três generais continuavam postados na escada do Hôtel, como um grupo posando ante a câmara fotográfica. Talvez desta vez olhassem apenas a justaposição das três bandeiras que começavam a drapejar ao vento diurno, que mudara de feição, pois com certeza nenhum dos três não-franceses, e, provavelmente, nenhum dos outros doze, reparara na significação das três bandeiras dessemelhantes, nem sequer vira os três anciãos condecorados e agaloados, de pé sob elas. Mas o décimo terceiro homem foi talvez o único a percebê-lo, vendo-o e notando-o: seu próprio olhar cruzando-se, ao passar, com o do generalíssimo, cujo olhar homem algum, em qualquer dos caminhões, podia garantir haver fitado diretamente qualquer deles; mas ambos se fitando intensamente naquele minuto que não podia durar, dada a velocidade do veículo:— no caminhão acelerado, o rosto camponês sobre as divisas de cabo e os punhos manietados; e, na escada do Hôtel, o envelhecido rosto inescrutável, acima das estrelas do supremo comando e dos vivos galões de honra e glória; um ao outro fitando-se no instante fugidio...

Mas o caminhão desapareceu logo em seguida. O velho generalíssimo voltou-se, os dois confrades voltaram-se com ele, flanquearam-no, rigidamente protocolares; as três sentinelas fizeram continência e avançaram para apresentar armas, enquanto o luzido e ágil ajudante saltava para abrir a porta do veículo.

Desta vez, porém, a comoção passou despercebida, não só por causa do alarido e do tumulto que subiam de ponto, como por causa da própria multidão, que agora se punha em marcha. Tratava-se da mesma moça que desmaiara. Ainda roía o pão quando surgiu o último veículo. Deixou, então, de roer, e os que se encontravam perto, mais tarde se lembraram de que ela avançou, soltou um grito e quis correr, varando a multidão em direção à rua, como para interceptar ou apanhar o caminhão. Mas exatamente naquele instante todos avançaram na mesma direção, até aqueles cujas costas ela procurava agarrar com as unhas, e ante cujos rostos pôs-se a gritar, querendo dizer alguma coisa através do bolo de pão que trazia na boca, já meio deglutido. Todos, porém, haviam-na esquecido, e ali ficara somente o homem que lhe estendera o pão e cujo peito ela martelava com as mãos ainda engalfinhadas sobre o fragmento da côdea, ao mesmo tempo em que se esforçava por gritar-lhe alguma coisa através do bolo empapado de saliva.

Começou então a cuspir sobre ele o pão mastigado; não que o fizesse de propósito, deliberadamente, mas porque não tinha tempo de voltar a cabeça para o lado e esvaziar a boca para falar; já agora berrando alguma coisa à frente dele, através dos borrifos da saliva e da massa de pão meio deglutida. Mas o homem também começou a correr, limpando a cara na manga, desaparecendo na multidão que afinal irrompia por entre as linhas entrançadas de fuzis e derramava-se no leito da rua. Sempre agarrada ao que lhe restava do pão, a mulher também correu. Emparelhada algum tempo com os demais, correu e esfuziou entre eles numa velocidade que se diria maior que a de todos os outros, enquanto a massa de povo extravasava-se bulevar acima, na esteira dos caminhões em disparada. Logo, porém, os caminhões ultrapassados pela mulher começaram, por sua vez, a alcançá-la, ultrapassando-a em seguida, de modo que dentro em pouco ela ofegava, aos tropeções, no interior de uns restos evanescentes de grupos em dispersão, como se a corrida lhe fosse agora um retrocesso inútil e frenético, contrário ao movimento da cidade inteira, contrário ao movimento do mundo inteiro, ao ponto de, atingindo a Place de Ville, parecer-lhe que toda a humanidade se escoara e desaparecera, legando a ela, abandonado a ela, o largo bulevar mais uma vez vazio até a Place; legando, naquele instante, a cidade inteira e a própria Terra, àquela mulher franzina, ainda quase adolescente, que teria sido bela algum dia e ainda poderia vir a sê-lo — dessem-lhe um leito, um bocado de comida, um pouco de água quente, um sabão, um pente, e qualquer coisa — fosse o que fosse — que seus olhos pediam — àquela mulher de pé na Place agora vazia, e que ali ficara, torcendo as mãos.

Segunda-feira, noite de segunda-feira

Quando primeiro lhe foi proposto aceitar ou recusar o comando do ataque, o general-comandante da divisão, da qual aquele regimento fazia parte, respondeu sem pestanejar: — Pois não, obrigado. Que é? — pois ali se lhe afigurava finalmente residir a oportunidade necessária, por ele desejada tantos anos, que era impossível calcular-lhes o número; em verdade tantos anos, que (e agora compreendia) dava já por perdida toda a esperança de que ela se lhe deparasse alguma vez. A certa altura do seu passado — em algum momento preciso — que agora não poderia especificar, algo sucedera, se não a ele, à carreira que abraçara.

Com efeito, julgava-se destinado pelos fatos a ser a corporificação do soldado perfeito: sem passado, sem peias — completo. Sua primeira recordação dizia respeito aos Pireneus, a um orfanato ali dirigido por uma irmandade de freiras, onde não existia registro algum da sua filiação, nem ao menos um registro digno de conservar--se clandestino. Aos dezessete anos alistara-se; aos vinte e quatro completara três anos de sargento com um destino de tal forma promissor, que o comandante do regimento (este, um soldado que se fizera por si mesmo nas fileiras) não deu trégua a ninguém, antes de obter para o seu protegido o acesso à escola de oficiais; na altura de 1914, já apresentava uma esplêndida folha de serviços no posto de coronel de *spahis* do deserto, e, logo após, na própria França, era brigadeiro a iniciar uma carreira impecável; de modo que, a todos quantos criam nele e acompanharam-lhe a ascensão (pois não era influente nem possuía amigos além daqueles que ele próprio granjeara, tal aquele obscuro coronel do seu tempo de sargento, e outros só obtidos por esforço próprio e uma fé de ofício irrepreensível), parecia não haver limites que lhe tolhessem o destino excetuando, naturalmente, o fim prematuro da própria guerra.

Foi então que a coisa aconteceu. Para falar a verdade, não a ele, que ainda era o mesmo soldado competente e sem peias — completo

— mas que parecia haver perdido, ou deixado extraviar-se em algum lugar, em algum ponto, o velho hábito, ou o manto, ou a aura, ou a afinidade para com quase todos os bons êxitos de rotina nos quais se diria ele mover-se outrora como dentro da própria farda; como se não ele, mas seu próprio destino houvesse diminuído o passo; não mudado, mas apenas retardado a andadura; ideia da qual seus superiores pareciam compartilhar, desde que ele recebera (com efeito, mais cedo do que alguns) junto com a nova estrela do chapéu, não apenas a divisão que lhe adveio com ela, mas ainda todas as oportunidades reveladoras de que seus superiores ainda o acreditavam capaz de recuperar ou redescobrir o segredo dos seus bons êxitos de outrora.

Fazia, porém, dois anos disso, e havia agora um ano que até as oportunidades tinham deixado de surgir, como se enfim seus superiores houvessem cedido à crença que ele próprio alimentava — de que a maré alta das suas esperanças e ambições se enchera havia três anos, isto é, três anos antes que o derradeiro refluxo do seu destino tivesse afinal vazado sob ele, abandonando-o como simples general de divisão encalhado numa guerra a pique de extinguir-se. Naturalmente a guerra ainda duraria algum tempo; os americanos, inocentes e recém-chegados, levariam provavelmente mais um ano para descobrir que os alemães só podiam ser exauridos, nunca vencidos. A guerra, essa poderia durar mais dez anos, talvez mais vinte, até que a França e a Inglaterra desaparecessem como íntegras militares e políticas, e ela se visse transformada em coisa de um pugilo de americanos aos quais faltariam até os navios que os conduzissem de regresso ao seu país, e que ali ficariam combatendo com galhos de árvores decepadas, vigotas de casas derruídas, estilhaços de baionetas, canos de canhões imprestáveis, fragmentos enferrujados, extraídos de aeroplanos em pedaços, e pedras de muros divisórios de campos afogados em mato; combatendo esqueletos de companhias alemãs, reforçadas por uns poucos franceses e britânicos tão duros quanto ele na sua capacidade de resistência, ele que haveria sempre de resistir, imune à nacionalidade, à exaustão e até à vitória — ocasião em que esperava estar ele próprio já morto e enterrado.

Julgava-se, de ordinário, incapaz de esperar; e só capacitado a ousar, sem medo ou desfalecimento ou remorso, dentro da simples, porém férrea moldura do destino, que, assim o acreditava, jamais o trairia enquanto continuasse a ousar sem desfalecimento ou dúvida ou remorso, mas que agora se diria tê-lo abandonado, deixando-lhe apenas a capacidade de ousar; isso, até dois dias atrás, quando o comandante do corpo mandou chamá-lo.

Era, esse comandante, seu único amigo na França, ou em qualquer outro lugar sobre a superfície da Terra. Foram companheiros e subalternos no mesmo regimento onde ele servira comissionado. Lallemont, porém, ainda que homem pobre, possuía, ao mesmo tempo que habilidade, um número suficiente daquelas relações que não apenas fazem toda a diferença entre um comandante de corpo e um comandante de divisão com o mesmo tempo de serviço, mas também concorrem para situá-lo em posição deveras favorável na corrida para a próxima vacância no comando do exército. Se bem que, ouvindo de Lallemont "Tenho uma coisa para você... desde que a aceite", nesse instante percebeu que aquilo que julgara ser a sua capacidade de ousar, achava-se ainda levemente embaciada por uma espécie de esperança sem raízes, espécie que sem dúvida constitui a dieta dos fracos... Mas de um modo geral, também esse fato não discrepava do resto: embora estivesse aparentemente abandonado pelo destino, ainda assim sentia que não se equivocara ao entregar a vida como a havia entregado, pois mesmo relegado à margem, nunca abandonara a vocação que escolhera, e, na hora da necessidade, ela decerto se lembrava dele...

Respondeu então a Lallemont:

— Obrigado. De que se trata?

E Lallemont contou. Foi quando, num relance, julgou haver compreendido mal. Logo, porém, essa impressão se desfez, à medida que tentava visualizar o quadro. O ataque vinha já condenado desde o embrião, e quem quer que o comandasse, desfechando-o, compartilharia da mesma condenação. Não que o seu experimentado discernimento profissional lhe sugerisse que o assunto, tal como o comandante o apresentara, fosse verdadeiramente crítico, e, em consequência, mais que suspeito. Nem isto era empecilho a que o aceitasse. Ao contrário, nele via um desafio que o destino lhe lançava, como a demonstrar-lhe que não o abandonara definitivamente...

E todavia, o que o seu experimentado discernimento profissional percebera, num ápice, foi o fato de que esse particular ataque devia, propositadamente, frustrar-se: o sacrifício estava já traçado, já previsto algum plano mais vasto, onde qualquer um dos dois desfechos, vitória ou derrota, era o que menos importava; o único objetivo era desfechar-se o ataque; mais que isso (pois vinte e tantos anos de experiência e dedicação haviam-no suprido de clarividência), percebia da coisa não somente a fachada, o que estava à vista de todo o mundo, mas também os fundos: o ataque mais em conta seria na verdade o ataque falhado, e, pois, inofensivo a todo o mundo se levado a efeito por um homem sem amigos ou padrinhos que pudessem fazer espernear o pessoal das cinco estrelas do estado-maior, ou o das rosetas vermelhas, no Quai d'Orsay... E todavia não lhe ocorreu a figura do grisalho ancião do Hôtel de Ville em Chaulnesmont. Mas um pensamento assaltou-o, rápido: *Lallemont está é tratando de salvar a própria cabeça...* Sentiu-se, então, irremediavelmente perdido; e pensou: *Isso é coisa de Mãe Bidé...* E em voz alta:

— Não posso consentir-me uma derrota...

— Receberá em troca uma condecoração — disse o comandante do corpo.

— Não tenho suficiente hierarquia para obter a condecoração que se costuma dar aos derrotados...

— Desta vez tem — tornou o comandante do corpo.

— Então, a coisa é grave assim? — perguntou o comandante de divisão. — É assim tão séria, tão premente... E o que separa Bidé do bastão de comando não passa de uma simples divisão de infantaria? E essa divisão... a minha?

Fitaram-se um ao outro, retesados. Foi quando o comandante do corpo fez menção de falar, no que foi atalhado pelo comandante de divisão: — Ponha isso na reserva — disse; ou melhor, o que deu a entender foi isso; mas o que disse foi na verdade uma frase energicamente sucinta, uma frase obscena, que aprendera em seu tempo de oficial não comissionado naquele regimento africano que se recrutara nas varreduras das sarjetas e dos cárceres da Europa, ocasião em que o comandante do corpo e ele ainda não se conheciam. Para enfim terminar, resumindo: — Quer então dizer que não me dão liberdade de escolha?

— Exatamente — respondeu o comandante do corpo.

Era um costume que ele tinha, o comandante de divisão, aquele de acompanhar seus ataques do posto de observação mais avançado; era um costume que fazia até constar da sua folha de serviços. Desta vez arranjaram-lhe um posto especialmente preparado numa elevação, revestido e protegido por sacos de areia atrás de uma chapa de aço, com um telefone ligado diretamente ao quartel-general, e outro ao comandante da artilharia; desse posto, de relógio sincronizado em punho, enquanto o fogo de barragem preliminar zunia e crepitava na altura, rumo às cercas alemãs, ele contemplava lá embaixo sua própria linha de frente, e mais a linha do lado oposto, a qual (agora o sabia) mesmo aqueles que o haviam encarregado do ataque não pretendiam romper. Olhava-as como da poltrona de um balcão na ópera ou da poltrona de um camarote; não, porém, de qualquer camarote, senão do próprio camarote real, como se, mercê da régia dispensação, fosse dado à vítima contemplar, num esplêndido isolamento, os preparativos que se faziam para a sua própria execução; como se lhe fosse dado contemplar não apenas a cena final da ópera, mas seu próprio fim, antes que o removessem irrevogavelmente, e para todo o sempre, para alguma atividade nos bastidores, para a zona da retaguarda, onde se armavam e equipavam as divisões que iriam colher no combate a morte gloriosa e a fama imortal; quanto ao que a ele se referia, só lhe seria dado daí em diante colher todas as esperanças, menos a da glória; todos os direitos, menos o de morrer por eles... Naturalmente, podia ainda desertar: mas para onde ir? Para quem? Os únicos povos a aceitarem um general francês derrotado era um povo até então afastado da guerra: o holandês, que escapava ao curso normal das invasões alemãs, e o espanhol; este, porém, demasiado pobre para aventurar-se a entrar nela, mesmo numa incursão de apenas dois dias (como fizera o português, por simples emotividade, por vontade de trocar de cenário), em cujo caso — isto é, no caso espanhol — ele nem ao menos seria pago para arriscar a vida e os restos da sua reputação... Logo, porém, corrigiu-se, pensando que o homem nunca é demasiado pobre para comprar ambas as coisas — a guerra e a bebida. Sua mulher e seus filhos andarão descalços, mas haverá sempre quem lhe pague a bebida ou a arma; e pensava: — *Ainda há mais. Um negociante rival seria a última pessoa no mundo a quem se dirigiria um homem precisado de empréstimo para estabelecer-se no comércio de vinhos. Mas uma nação que se prepara para a guerra é capaz de tomar emprestado à própria nação que visa a combater...*

Mas o que em verdade aconteceu não foi um fracasso oriundo da derrota: foi um motim. Ao levantar-se a barragem, ele já não olhava a cena lá embaixo, mas o mostrador do relógio. Não precisava da vista para acompanhar os ataques. Depois de observá-los por três anos de sob suas estrelas, afizera-se em técnico, não somente no prever derrotas como também no predizer, com a maior exatidão, *quando, onde*, em que ponto do tempo e do terreno, os comandados se anulariam, inofensivos — isto, mesmo que não estivesse familiarizado com as tropas atacantes, o que não acontecia com estas, que ele conhecia por haver escolhido esse mesmo regimento ainda na véspera, conhecendo-lhe, por uma parte, não apenas a condição em que se encontrava, mas também a fé posta no mesmo por seu coronel, e o rol das suas esplêndidas ações; por outro lado, calculara-lhe a bravura, contrastando-a com a dos outros três da mesma divisão, concluindo que o regimento atacaria com o ímpeto máximo que dele se exigisse; e embora a derrota preordenada equivalesse ao seu naufrágio temporário, ou, quem sabe, à sua ruína permanente, isto viria no final das contas a pesar menos na força e no moral dessa divisão do que na força e no moral das três restantes; pois jamais poderia convencer-se (e respirou fundo), sequer ouvir falar, que escolhera aquele regimento dentre a sua divisão, da mesma forma pela qual o comandante do grupo escolhera aquela divisão dentre os seus exércitos.

Consequentemente, só fazia acompanhar os saltos do ponteiro, esperando que este marcasse o ponto exato, quando todos os soldados, avançando sobre a cerca de arame, a atravessassem para o outro lado. Olhou, então, e não viu absolutamente nada: nada no espaço além da cerca, que, naquela altura, já devia estar repleta de soldados correndo e soldados caídos. O que viu foi apenas alguns vultos abaixados ao comprido do seu próprio parapeito, figuras que, sem realizarem nenhum movimento de avanço, aparentemente gritavam, berravam e gesticulavam rolando trincheira abaixo — oficiais de linha e oficiais não comissionados, companhias e comandantes de seção — indubitavelmente traídos, como ele o fora. Compreendeu então o que se passava. Mas não perdeu a calma, pensando sem paixão, até sem espanto: — *Também isto me estava reservado...* — e deixou cair o binóculo dentro do estojo sobre o peito, fechou-lhe a tampa com um estalido, e dirigindo-se ao ajudante que estava a seu lado, disse, indicando a linha de comunicação para o quartel-general do corpo: — Diga que o ataque não pôde sair da trincheira. Diga que notifiquem a artilharia. Diga que estou de saída... — e apanhando o fone do outro aparelho, passou uma ordem: — Fala Gragnon. Quero dois fogos de barragem. Realinhe um deles na cerca inimiga, outra nas trincheiras de comunicação, atrás do regimento n.º... Prossiga até contraordem do corpo. — E pendurou o fone, encaminhando-se para a saída.

— Comandante! — gritou-lhe o ajudante no outro telefone. — Está na linha o general Lallemont em pessoa!

Mas o comandante de divisão nem ao menos fez uma pausa; continuou andando pelo túnel, que súbito se escancarou em pleno dia, quando só então parou para atentar no crescente rechinar de bombas sobre a sua cabeça; pondo-se a escutar com uma solicitude que se diria desprendida, como se ele próprio não passasse de um mensageiro ou agente de ligação enviado ali para verificar se as armas disparavam ou não, e em seguida regressar com o relatório para junto dos superiores.

Vinte anos haviam decorrido — e o primeiro fiapo de trancelim ainda não se havia oxidado em sua manga — desde quando teve como aceite e instituída a norma e primeira pedra do edifício da sua carreira: *Um comandante deve ser tão odiado ou pelo menos tão temido por suas tropas, que estas, imunizadas pela fúria, sejam levadas a enfrentar qualquer desvantagem, a qualquer tempo e em qualquer lugar.* Mas ainda aí não parou, apenas entreparou, o rosto levantado, como um mensageiro acautelando-se ante a possibilidade, naqueles aos quais ia prestar a informação, de lhe exigirem também a garantia da vista ou então o regresso à distância já percorrida a fim de retificar algum equívoco. E pensava: *Só não pretendi que me odiassem tanto, ao ponto de se recusarem completamente a atacar; pois não pensava que um comandante pudesse ser tão odiado assim; até hoje cedo não sabia que soldados pudessem odiar assim, enquanto soldados...* — E tranquilo: *Seria tão natural contraordenar a barragem, levantá-la, deixar que atravessassem... e a coisa seria obliterada, apagar-se-ia, e eu só precisaria dizer que estavam a postos e às minhas ordens antes de iniciarem o ataque, e ninguém me refutaria, mesmo porque os que pudessem fazê-lo já não estariam vivos...* Assim ia ele pensando, numa veia que reputava não sardônica, sequer zombeteira, mas de simples humor: *Com um regimento amotinado e dono da linha, eles vão invadir e destruir toda a divisão em dez ou quinze minutos. Diante disso, até os que lhe estão doando o bastão de comando saberão encarecer a dádiva...* — E recomeçou a andar, avançando mais uma centena de metros quase até o fim da trincheira de comunicação, onde seu carro devia estar à espera. Aí parou — parou completamente: não seria capaz de dizer há quanto tempo aquilo vinha acontecendo, nem há quanto tempo o estaria ouvindo, mas era claro que não se tratava de nenhum fogo concentrado da retaguarda de um único regimento: ao contrário, o que agora ouvia era uma fúria desencadeada de bateria a bateria, à direita e à esquerda e ao comprido de toda a frente, como se todas as peças, sem exceção, no setor inteirinho, se pusessem a crepitar em conjunto no ruidoso frenesi da ação. *Atravessaram a cerca,* pensou. *Atravessaram. Toda a linha caiu. Já não se trata de um único regimento amotinado, mas de toda a nossa linha...* — e, incapaz de conter-se, já se voltava para subir trincheira acima, dizendo-se: — *Agora é tarde. Impossível chegar a tempo...* — ao que já se conformava, quase devolvido à normalidade, devolvido, quando menos, às suas experimentadas lógica e razão militares, conquanto sentisse a necessidade de lançar mão daquilo a que chamava *humor* (e que agora também chamava *espírito*: quem sabe o *espírito* da desesperação...) a fim de retornar à lógica e à razão: *Tolices... Que razão teriam para empreender o assalto neste instante? Como poderiam os boches saber, ainda antes de mim, que um dos meus regimentos decidira amotinar-se? E, caso o soubessem, como se poderiam permitir conceder a Bidé seu marechalato alemão à razão de um único regimento por vez?* — e recomeçou a andar, dizendo tranquilo, e, desta vez, em voz alta: — É esse o estrondo que faz um general ao cair...

Dois *howitzers* de campanha atiravam quase em cima do carro parado. Não se achavam ali de madrugada, e agora o motorista não o ouviria se ele falasse, por isso permaneceu calado; ao entrar fez um gesto peremptório, e foi sentar-se no assento traseiro, tranquilo, teso, paralelo por um minuto com o pandemônio de canhões que se prolongava ainda além do alcance do seu ouvido; estava ainda tranquilo ao descer do carro, em frente ao quartel-general do corpo, e a princípio nem ao menos percebeu que o comandante do corpo o esperava junto à porta; razão por que se voltou a meio caminho e retornou ao carro, martelando o passo, quando o comandante o alcançou, e pousando-lhe a mão no braço, ensaiou atraí-lo a um lado, para o lugar onde estacionava o carro do quartel-general. Enunciou então o comandante do corpo o nome do comandante do exército:
— Espera-nos — disse.
— E depois dele, Bidé... — acrescentou o comandante de divisão.
— Quero ouvir de sua própria boca a autorização para os fuzilar...
— Entre — tornou o comandante do corpo, tocando-lhe outra vez o braço, quase a empurrá-lo para dentro do carro onde o seguiu batendo a porta, enquanto o carro já arrancava em disparada, o ordenança dando um salto para alcançar o para-lama: dentro em pouco ambos correndo ao longo e embaixo da ruidosa paralela do horizonte — o comandante de divisão, entesado, ereto, imóvel, fitando à frente, enquanto o comandante do corpo, recostado no carro, olhava-o, talvez olhando apenas aquilo que o rosto calmo e impassível do companheiro deixava transparecer...
— Mas suponhamos que ele recuse — disse afinal o comandante do corpo.
— Espero que o faça — tornou o comandante de divisão. — Só o que peço é que me remeta preso para Chaulnesmont.
— Mas olhe aqui — disse o comandante do corpo. — Você ainda não percebeu que para Bidé não tem a menor importância o fracasso ou o bom êxito do ataque? Que nem mesmo lhe importa o modo por que o ataque fracassou, nem lhe importa o fato de o ataque ter sido desfechado ou não? Que de qualquer jeito — e é isso o que deseja — ele vai obter o bastão de marechal?
— Ainda que os boches nos arrasem?

— *"Nos"* arrasem? — repetiu o comandante de corpo. — Ora, escute. — E sacudiu a mão para leste, onde, apesar da pressa em que iam, o comandante de divisão podia ouvir o estrondo se alastrando ainda mais rápido do que lhe era possível perceber. — A intenção dos boches não é arrasar-nos. Você precisa compreender: eles não podem existir sem nós, nem nós sem eles. E embora já não restasse ninguém na França para conferir a Bidé seu bastão de marechal, ainda assim se encontraria um boche (nem que fosse um soldado raso), o qual seria suficientemente guindado nas fileiras francesas para desempenhar esse papel... E você não percebe que Bidé o escolheu para o sacrifício, não porque você fosse Charles Gragnon, mas porque naquele instante você era o general de divisão Gragnon — era-o exatamente naquele instante, naquele dia, naquela mesma hora?

— Arrasar-*nos*? — repetiu o comandante do corpo.

— De modo que perdi a batalha na linha de frente, não às seis horas de hoje, mas já anteontem, no quartel-general; ou, quem sabe, já a havia perdido há dez anos, talvez há quarenta e cinco...

— Não perdeu nada absolutamente — disse o comandante do corpo.

— Perdi todo um regimento. E nem ao menos num ataque regular, mas fuzilado pelo esquadrão de metralhadoras de um comandante de polícia...

— Seja por isto ou por aquilo, não tem importância a maneira como morrem...

— Como não tem? Para mim tem muita. O modo como morrem é a própria razão pela qual morrem. Consta da minha fé de ofício...

— Bolas! — exclamou o comandante do corpo.

— O que perdi foi simplesmente Charles Gragnon; enquanto o que salvei foi a França...

— Salvou a nós todos — disse o comandante do corpo.

— Nós? — repetiu o comandante de divisão.

— Sim, nós — tornou o comandante do corpo, numa voz áspera, estuante de orgulho; — lugares-tenentes, capitães, majores, coronéis, sargentos, todos os que possuem idêntico privilégio: o de algum dia jazerem num ataúde de general ou de marechal, entre as bandeiras de glória da nossa nação, no Palácio dos Inválidos...

— Só que os americanos, os ingleses e os alemães não chamam de "Inválidos" o panteão deles...

— Bem, bem... — disse o comandante do corpo, prosseguindo: — ... e tudo isso em recompensa de uma simples fidelidade, de uma simples dedicação, da nossa aceitação em correr um risco insignificante e apostar uma pequena parada que, a ser inglória, não valeria mais que a de qualquer bobalhão que a sorte contemplasse com uma não menor obscuridade... Derrotado, diz você. Derrotado. Charles Gragnon, de sargento a general de divisão antes dos quarenta e cinco anos... isto é, antes dos quarenta e sete...

— E logo depois, perdido...

— Faz dois meses, aconteceu a mesma coisa com aquele tenente--general, comandante do exército na Picardia...

— E com certo boche, que perdeu contato, e deixou extraviarem--se bússola e mapa na Bélgica, faz três anos — disse o comandante de divisão. — E com aquele sujeito que pensou sair vencedor em Verdun. E com aquele que pensou que o Chemin des Dames era vulnerável, só porque possuía nome de mulher... — Acrescentando: — De sorte que não somos nós os que mutuamente nos derrotamos, pois nem ao menos estamos reciprocamente nos combatendo. O que em verdade dizima nossas fileiras é uma guerra anônima. Uma guerra que a todos nos dizima: a capitães e coronéis, a ingleses, americanos e alemães, e a nós, franceses; a todos quantos combatemos ombro a ombro, as costas resguardadas pela comprida e invencível muralha da nossa gloriosa tradição; a todos nós, que damos e pedimos... Que *pedimos*? Se nem ao menos aceitamos quartel...

— Bolas! — disse novamente o comandante do corpo. — Nosso inimigo é o próprio homem; a vasta massa fervilhante e submissa a um mourejar contínuo, da qual ele faz parte... Uma vez em cada período da sua existência inglória, um dentre nós, gigante de estatura, surge subitamente e sem aviso no centro de uma nação, e, como a moça leiteira na manteigaria, com a espada em lugar da pá, amontoa e bate e endurece a massa maleável, conseguindo mantê-la coesa por algum tempo e com uma finalidade em vista. Nunca, porém, para sempre, nem por muito tempo: não raro, antes que ele vire as costas, já a massa se derrete, perde a coesão, e, cada vez mais rápido, regressa ao vil anonimato donde proveio. Exatamente como aconteceu hoje de manhã... — E o comandante do corpo fez de novo o mesmo gesto indicativo.

— Como? Que foi que aconteceu hoje de manhã? — perguntou o comandante de divisão; ao que o comandante do corpo respondeu quase exatamente aquilo que o comandante do grupo diria uma hora depois:

— Não; não é possível que você não saiba o que aconteceu...

— Sei que pus a perder Charles Gragnon...

— Bolas! — exclamou o comandante do corpo. — Não se perdeu coisa nenhuma. Fomos apenas obrigados a afrontar sem aviso um risco profissional. Içamo-los pelos cordões das botas, da lama ignominiosa onde se atolavam... Mais um minuto, e teriam mudado a face do mundo. Nunca, porém, o fazem. Só sabem afrouxar, como fizeram seus comandados hoje de manhã... Como sempre o farão. Nós é que não! Arrastá-los vamos a mais uma vez, de bom ou mau grado, quando chegar a hora; e de novo afrouxarão... Nós, porém, jamais afrouxaremos. Nós, não.

Já o comandante do exército estava à espera. O carro quase não parou para apanhá-lo, e assim que se pôs em movimento, o comandante de divisão declarou, pela segunda vez, naquela voz tranquila e sem relevo, sem o mínimo laivo de paixão:

—Vou mandá-los fuzilar, naturalmente.

O comandante do exército não respondeu, nem o comandante de divisão esperava que o fizesse; nem teria ouvido a resposta se ele a desse, pois deixara de atentar em ambas as vozes que uma à outra sussurravam frases curtas, rápidas, incompletas, com as quais o comandante do corpo resumia e passava em revista para o comandante do exército, citando-lhe os números e as designações, os regimentos de outras divisões em ambos os flancos da sua, até que ambas as vozes acabaram por embutir, bloco a bloco, todos os regimentos, no longo mosaico de toda a frente militar.

Dando a contrassenha nos portões do castelo (dali não se ouvia nenhum tiro, nem naquele instante nem em tempo algum) entraram no parque, levando um guia no para-lama, de modo que não foi preciso fazerem alto à entrada de entalhe rococó, mas, fazendo uma curva, viram-se num pátio fervilhante de ordenanças, de correios e motocicletas pipocando; não sem antes haverem passado (e o comandante de divisão nem o notou ou sequer lhe deu importância) pelos dois carros esvoaçando pendões que conduziam os dois outros comandantes militares; e por mais um terceiro carro, que era britânico; e por mais um quarto, que nem fora fabricado daquele lado do Atlântico — rumando em seguida para a *porte-cochère* nos fundos do castelo, e daí diretamente para o atravancado e sórdido cubículo, não muito maior que uma prensa de passar roupa, espetado — como uma espora num bolo de noiva — no *bijou* italianizado do castelo onde o comandante do grupo dirigia os assuntos dos seus exércitos.

    Estavam todos ali: os comandantes dos dois exércitos que compunham o grupo dos exércitos, com seus pesados bigodes luxuriantes e fartos, já afeitos à colher do almoço mercê do ritual cotidiano da sopa; o chefe inglês do estado-maior (não se apresentaria mais teso ou indomavelmente jovem se trouxesse o colete à mostra no lado externo da túnica), com seus galões de cor viva e seus fiapos de metal e suas abas escarlates, bigodes e cabelos encanecidos, e olhos azuis, da cor da fria guerra; o coronel americano, com sua cara de magnata de empresas de navegação (com efeito, o era, ou, quando menos, era o rebento e herdeiro de um deles); ou melhor, com sua cara à século dezoito, herdada de algum antecessor, ou antepassado, que aos vinte e cinco anos se retirara do tombadilho de um navio negreiro que fazia o tráfico na Passagem do Meio, e que aos trinta já podia contemplar o próprio nome traçado em iluminuras de vitral acima do seu banco de devoção nas alturas de Beacon Hill. Era este o hóspede, o privilegiado (pois três anos decorridos, aquela guerra ainda não dizia respeito à sua nação) que trouxera para o conclave um leve ar empertigado e reprovador de solteirão e hóspede privilegiado; um ar, uma qualidade, uma feição em verdade quase vitorianos, desde os seus cômodos sapatões de velho e suas simples perneiras de couro (de carroceiro de Northumberland — sapatos e perneiras lindamente polidos, mas indisfarçavelmente adquiridos em época e lugares diferentes, de modo a não combinarem na cor, muito menos combinando com o seu cinto de oficial de artilharia, que, também este, fora indisfarçavelmente adquirido em dois lugares diferentes, e pois, perfazendo quatro diferentes tonalidades), e as simples calças estreitas, cortadas no mesmo pano da jaqueta curta que remontava, isenta de qualquer fiapo de metal, até ao comprido pescoço contornado pelo teso debrum da gola de linho, a lembrar coleira de sacerdote, quase completamente fechada na nuca. Contava-se uma anedota alusiva a esse uniforme, ou antes, alusiva a quem o usava, no caso presente o coronel, o qual, ao fazer a ronda dos ranchos, logo após a instalação do quartel-general americano (fazia seis meses disso), foi certa manhã abordado por um oficial novato — não de Boston, este, mas de Nova Iorque — enfarpelado, em tecido Bedford de oficial britânico, numa túnica de longas abas ainda que de gola remontada, talhada por alfaiate londrino (o coronel iria encontrar mais tarde inúmeras duplicatas da mesma, mas não naquela época, pois estava-se em 1917); o jovem oficial, diziam, mostrava-se algo acanhado, talvez até atemorizado, quem sabe até desejoso de não ser o primeiro a apresentar-se vestido com aquele uniforme, e dizendo ante o frio olhar de banqueiro do seu superior: — Eu não devia ter feito isso, não acha? A forma é péssima; e esta macaqueação, de péssimo gosto... — Ao que o coronel, muito amável, retorquiu imediatamente: — E por que não? Em 1783, os ingleses nos ensinaram a arte militar, perdendo uma guerra para nós... É natural que em 1917 nos emprestem seu uniforme a fim de ganharmos uma guerra para eles...

Mas o alvo de todos os olhares era Mãe Bidé, o general de gabinete, e marechal boa-vida, a sofrer a implacabilidade da voz calma e gelada do comandante de divisão, que ali estava não para demandar justiça para si, mas apenas para defender a sua folha de serviços; Bidé, o comandante do grupo, que há vinte e cinco anos não levara para debaixo do sol ofuscante da África nenhuma inclinação pelas armas (o que mais tarde se revelaria) nem sequer uma simples sede normal de glória ou graduação, mas sim uma inexorável e fria preocupação com o funcionamento daquele orifício forrado de mucosa no interior das suas calças militares, preocupação que o seguia (e até o precedia) de tropa a esquadrão, a regimento, a brigada, a divisão, e corpo, e exército, e corpo de exército, à medida que avançava e subia, tanto mais imune ao mal, quanto mais suas estrelas cresciam em número e seu talento militar descobria finalidade e campo de ação, e agora, já não mais inexorável homenzinho grosso, saudável, barrigudo, com o seu quê de quitandeiro satisfeito, retirado aos cinquenta anos dos negócios, e que dez anos depois se houvesse transvestido, meio a contragosto, para um baile de máscaras, na túnica mal-ajustada de soldado raso, despida da mais insignificante condecoração, ou de qualquer insígnia de graduação, e cujo nome verdadeiro gozava de autoridade, havia já quinze anos, junto aos que estudavam o preparo das tropas, e, havia quatro anos, era uma palavra de passe junto aos comandantes de campanha que estudavam a melhor maneira de as combater.

Ao sentarem-se o comandante do corpo e o comandante do exército, Bidé não convidou o comandante de divisão a imitá-los: e pelo que foi dado ao comandante de divisão perceber, o comandante do grupo sequer lhe notara a presença, deixando-o estar ali de pé, enquanto a parte espontânea e distraída de sua atenção fazia a recapitulação tediosa de divisões e regimentos, não apenas consoante à posição dele na frente, mas consoante às suas folhas de serviços no passado e seus distritos de origem, e os nomes e as folhas de serviços de seus oficiais; rápido e sucinto, falava o comandante do exército, ainda sem nenhum susto na voz e sem nada dizer de muito importante, apenas alerta, cauteloso, exato. E observando — ou não observando especificamente o comandante do grupo, pois em verdade não observava coisa nenhuma, mas apenas olhava firme o comandante do grupo, ou na sua direção, o que fazia desde que entrara ali, subitamente cônscio de que não só não se lembrava quando fora a última vez que piscara os olhos, mas também que não tinha necessidade alguma de os piscar — pareceu-lhe que o comandante do grupo não estava escutando, ainda que o estivesse, cortês, tranquila, distraidamente, até que de repente percebeu que aquele o fitava, havia já muitos segundos. Pareceu-lhe, então, que os demais também notaram isso, pois o comandante do exército parou de falar, e depois disse:

— Este aqui é Gragnon. A divisão pertencia-lhe.

— Ah, sim — fez o comandante do grupo; e no mesmo tom amável e sem inflexão, dirigiu-se ao comandante de divisão: — Muito obrigado. Pode voltar às suas tropas —, e tornou a virar-se para o comandante do exército: — Às ordens. — Ao que a voz do comandante do exército se fez de novo ouvir mais meio minuto, enquanto o comandante de divisão, retesado e sem ao menos piscar os olhos, nada fitava em particular, ainda rígido e sem piscar quando a voz do comandante do exército novamente interrompeu-se; mas o comandante de divisão não se deu sequer o incômodo de recuperar por trás dos olhos a sua faculdade de visão, nem mesmo quando o comandante do grupo tornou a se dirigir a ele:

— E então?

Postado de pé, não exatamente em posição de sentido, mas sem fitar coisa alguma em particular, simplesmente fitando o olhar num inalterável nível de visão acima da cabeça do comandante do grupo, fez então o comandante de divisão seu pedido formal de licença para a execução de todo o regimento. O comandante do grupo ouviu-o impassível de princípio a fim.

— Deferido como requer — disse afinal. — Volte às suas tropas.

O comandante de divisão continuou parado. Talvez não tivesse ouvido a ordem. O comandante do grupo repoltreou-se na cadeira, e sem ao menos volver a cabeça, disse ao comandante do exército:
— Henrique, quer acompanhar estes senhores à salinha de visitas? Sirva-lhes vinho, uísque, chá — o que quiserem... — E dirigindo-se ao coronel americano num inglês bastante sofrível: — Conheço de nome a Coca-Cola americana. Sinto muito, e apresento-lhe minhas escusas por não a termos aqui para lhe servir. Mas em breve trataremos de obtê-la; pois não?

— Obrigado, general — disse o coronel num francês melhor do que sofrível. — As únicas condições europeias que declinamos de aceitar... são as alemãs!

Em seguida saíram, a porta fechando-se atrás deles. O comandante de divisão continuava impassível. O comandante do grupo fitou-o. A voz se lhe fez simplesmente amável, sem traço algum de zombaria:
— General de divisão... Seu caminho foi comprido, da África para cá... sargento Gragnon.

— O seu também, Mãe Bidé... — tornou o comandante de divisão, enunciando com voz fria e sem relevo, sem qualquer inflexão ou ênfase, o apelido repetido não secretamente, mas a distância, quando o apelidado já não podia ouvi-lo; apelido talvez inventado na segurança inviolável do seu estado sem graduação, pelas tropas de linha, que assim aludiam ao comandante do grupo, desde que este aparecera como subalterno no regimento africano, onde o comandante de divisão já servia no posto de sargento: — Com efeito, um caminho bem comprido, senhor General-Gabinete, futuro Marechal-Boa--Vida... — Mas o rosto do comandante do grupo continuava inalterado e a voz calma, conquanto nesta se insinuasse a sombra de alguma coisa, de algo especulativo e até ligeiramente atônito, embora o comandante de divisão pudesse provar que ele ao menos não reparara nisso. Falou então o comandante do grupo:

— Tenho agora a certeza, uma certeza maior do que pensava ou esperava. Quando você entrou, senti que talvez lhe devesse pedir desculpas. Agora estou certo de que devo...

— Está-se rebaixando... — disse o comandante de divisão. — Como poderia um homem suspeitoso da própria infalibilidade obter tantas estrelas? E como pode um homem com tantas estrelas alimentar qualquer dúvida que seja?

O comandante do grupo fitou mais um instante o comandante de divisão. Em seguida falou: — Impossível você não compreender como é pouco importante morrerem ou viverem esses três milhares de soldados ou apenas aqueles quatro... Não compreender que esse estado de coisas ultrapassa a possibilidade de lhe dar remédio ou mudá-lo mercê da simples execução de três milhares de soldados ou do dobro que fosse...

— Fale por você — retorquiu o comandante de divisão. — Por mim, já vi mais de dez vezes três milhares de franceses mortos. Mas pergunta você: "Mortos pela mão de outros franceses?" E eu lhe direi... — E o comandante de divisão pôs-se a recitar de cor, a frio, sem ênfase, quase telegráfico: — *Comité des Forges. De Ferrovie*. S.P.A.D. O povo de Billancourt. Para não mencionar os ingleses e os americanos, que não são franceses, a menos que nos derrotem... E que lhes importa, a esses três milhares, ou a dez vezes três milhares de franceses, quando estiverem mortos? E que importa saber quem foi que os matou, desde que o bom êxito nos favoreça?

— Por "bom êxito" você quer dizer "vitória" — disse o comandante do grupo. — E por "nós", naturalmente alude à França...

Friamente, com voz inexpressiva, o comandante de divisão repetiu o lacônico, explícito expletivo de tarimba da lenda de Cambronne.

— Eis um fato; não uma resposta — disse o comandante do grupo.

O comandante de divisão tomou de novo a palavra:

— Amanhã me darão uma condecoração; para você, antes que morra, um bastão de marechal. Se o preço da minha condecoração é um regimento só, o seu bastão de marechal vai sair muito barato...

E o comandante do grupo:

— O que você quer é que eu endosse o seu requerimento para convocar uma corte marcial. Propõe-me escolher entre enviá-lo ao comandante-chefe, e compeli-lo a ir de moto próprio à procura dele. — O comandante de divisão nem se mexeu. Claro que não iria, e ambos o sabiam. — Volte ao quartel-general — disse o comandante do grupo. — Lá será notificado da audiência do marechal, em Chaulnesmont.

Acompanhado do comandante do corpo, o comandante de divisão regressou ao quartel-general, onde apanhou seu próprio carro; talvez não se lembrasse de que o comandante do corpo não o convidara para o lanche, o que era coisa de somenos, pois de qualquer maneira teria declinado. Dissera-lhe o comandante do grupo que voltasse ao quartel-general: era uma ordem. Talvez não estivesse cônscio da desobediência quando entrou no carro e disse laconicamente ao motorista: — Para o *front*. — Eram quase duas horas, por conseguinte muito tarde. Há muito já devia o regimento ter sido evacuado, desarmado, substituído, e agora era tarde para assistir-lhe à passagem e verificar com seus próprios olhos que a coisa em verdade acontecera, tão certo como haver ele entreparado na trincheira de comunicação para certificar-se de que a artilharia continuava a atirar. Sentia-se como um mestre-cuca que se ausentasse da cozinha por duas ou três horas, e que agora regressasse para ver chamuscado, ou talvez estourado, o manjar que estava preparando; que regressasse, não para prestar auxílio ou dar conselhos sobre a melhor maneira de repor tudo em ordem, mas simplesmente para averiguar o que teria restado após a remoção dos estragos; não para chorar sobre estes, que isto seria desperdício, mas simplesmente para ver, verificar, sem contudo entregar-se inteiramente ao caso, e pois, pensando em qualquer outra coisa, tranquilo, imóvel dentro do carro que rodava, e a carregar dentro de si, como um líquido selado numa garrafa térmica, a inflexível, a firme determinação de obter justiça a qualquer preço para a sua patente, e inteira justificação para a sua folha de serviços.

Por isso não percebeu a princípio o que o havia espantado, o que tão dolorosamente o havia impressionado. Com voz ríspida, disse então ao motorista: — Pare! — e continuou sentado dentro do carro, o sonoro silêncio à sua volta ainda inescrutado, pois até aquele instante só ouvira o estrondo dos tiroteios; ele, que já não era o homem só e condecorado a rodar num carro do estado-maior atrás da frente francesa, mas um simples menino abandonado, deitado de bruços no muro de pedra junto a uma vila dos Pireneus, e onde, conforme todos os relatórios escritos ou fatos evocados, ele não fora nunca outra coisa senão um pobre órfão, que agora aprestava os ouvidos para ouvir o chiado da mesma cigarra rechinando na maranha de hervas calcinadas numa explosão de cordite atrás da escarpa que, desde o último inverno, se via balizada pela cauda esquelética de um aeroplano alemão abatido. Alta e invisível, uma cotovia desfiava o seu timbre quase de todo líquido, como se fosse o de quatro pequeninas moedas arremessadas sem pressa numa taça de prata maleável. O comandante de divisão e o motorista olharam-se um instante, até que o primeiro disse ríspido, em voz alta: — Adiante! — e o carro reencetou a marcha; e, não havia dúvida, lá estava de novo a cotovia, incrível e serena, a alternar com o áureo silêncio sonoro; e tão insuportável, que ele tinha vontade de tapar os ouvidos com as mãos e enterrar a cabeça no solo até que a cotovia voltasse a interromper o silêncio com seu timbre liquefeito.

Posto que naquele momento as duas baterias camufladas a um canto não estivessem atirando, os soldados junto delas revelavam grande atividade: flanqueavam-nas pesados *howitzers* e os artilheiros viam-no chegar calados, a andar com passo martelado, o peito taurino, varonil, aparentemente impermeável, indestrutível, condecorado, exaltado, e, no âmbito desse ângulo de visão especial na superfície da Terra, ainda supremo e onipotente, mas sem se atrever, graças àquelas mesmas condecorações, a perguntar quem comandava ali quando o fogo fora suspenso, ou de quem procedera a ordem para suspendê-lo, enquanto se lembrava de ter ouvido falar durante toda a carreira das armas, da marca inextirpável que a guerra deixa no rosto do homem, e que ele jamais vira, para ver agora a marca deixada pela paz... Aquele silêncio, sabia-o, ia ainda além da frente divisionária, ainda além das duas frentes que flanqueavam; compreendeu então o que pretendiam dizer o comandante do corpo e o comandante do exército quando se dirigiram a ele quase nas mesmas palavras: — Não é possível que você ignore o que está acontecendo... — E pensava: *Nem ao menos me será facultada uma corte marcial que me julgue por incompetência. A guerra terminou; impossível um julgamento em corte marcial; isso já não interessa a ninguém; baseado apenas nos regulamentos militares, não há ninguém que se julgue obrigado a exigir justiça para a minha folha de serviços.*

— Quem comanda aqui? — perguntou. Mas antes que o capitão pudesse responder, surgiu por trás dos caminhões a figura do major. — Aqui é Gragnon — disse o comandante de divisão. — Vocês resistem, naturalmente.

— Sim, general — respondeu o major. — Foi a ordem que veio com a contraordem. — Que é que há? — Que acontece? — estas últimas palavras dirigidas às costas do comandante de divisão que se voltava para reencetar a marcha, rigidamente ereto, com a vista um pouco ofuscada. Uma bateria fez fogo a dois quilômetros, talvez um pouco além, para os lados do sul: era uma áspera salva estrondejando; e o passo martelado, sem pressa, corpulento, varonil, indestrutível, ele sentiu dentro de si um rompimento, uma rendição; o fluir de alguma coisa que, no menino órfão, resguardado na intimidade do seu muro solitário dos Pireneus, seriam lágrimas, não mais visíveis então do que agora, não mais de dor naquela época do que agora seriam de inflexibilidade. Outra bateria atirou — uma descarga — a menos de um quilômetro; o comandante de divisão não hesitou, e já a meio caminho, apenas mudou de rumo, e em vez de entrar na trincheira de comunicação, galgou rapidamente a escarpa no interior do bolsão que lhe ficava atrás; ainda não corria, mas caminhava tão depressa, ao ponto de achar-se a considerável distância quando a bateria seguinte disparou (e era uma daquelas que acabava de deixar), como se o próprio criador daquele silêncio o estivesse sublinhando, chamando para ele a atenção dos homens com golpes compassados e sem sentido e a dizer ao débil rumor de cada estalo: — Está ouvindo? Está ouvindo?

O quartel-general da sua primeira brigada era o porão de uma casa de fazenda em ruínas. Havia ali muitas pessoas; ele, porém, não se demorava no lugar o tempo suficiente para reconhecer qualquer delas, embora o pretendesse ou experimentasse; e tendo ali entrado, tornou a sair quase imediatamente, puxando o próprio braço da mão do ajudante, seu companheiro no posto de observador na ocasião em que o ataque falhara. Contudo não deixou de apanhar a garrafa que aquele lhe oferecia, a aguardente escorregando-lhe pela garganta como água choca, despercebida e insípida, ligeiramente aquecida pelo calor do corpo do ajudante. Raro momento, aquele, na solidão e no orgulho do seu posto, quando lhe era possível ser apenas o comandante Gragnon, ao invés do comandante de divisão Gragnon. — Mas o que... — ia ele dizendo.

—Vamos — falou rápido o ajudante. Mas o comandante de divisão tornou a puxar o braço, sacando-o da mão do ajudante, e recomeçou a andar, não atrás dele, mas precedendo-o a curta distância, até entrar no terreiro da fazenda, onde estacou, voltando-se em seguida:

— Agora — disse.

E o ajudante:

— Então... não lhe disseram nada?

O comandante não respondeu; imóvel; como um touro, indestrutível; e indestrutível como um touro, inteiramente calmo. O ajudante pôs-se então a contar: — A *coisa* está parando. Ao meio-dia, toda a nossa frente — não apenas a divisão e o corpo, mas toda a frente francesa — recebeu contraordem, exceto as patrulhas aéreas e artilharia, como aquela acolá, naquele canto. Os aviadores já não cruzam para o lado de lá; estão apenas patrulhando acima e abaixo do *front*, e as ordens da artilharia dizem respeito ao alinhamento dela, não contra os boches, mas entre eles e nós, exatamente no lugar que os americanos chamam "terra de ninguém". Os boches estão fazendo a mesma coisa com a artilharia deles e a arma aérea. Os britânicos e os americanos também receberam ordem de cessar fogo às treze horas, a ver se os boches fazem o mesmo lá do lado deles... — O comandante de divisão fitava-o, perplexo. — E não se trata apenas da nossa divisão. Estão todas incluídas: as nossas e as dos boches. — Mas percebendo que, mesmo assim, o comandante de divisão ainda não compreendia, prosseguiu: — São os soldados. As tropas. Não só aquele regimento nem apenas a nossa divisão, mas todos os soldados rasos em toda a frente de combate; os alemães também suspenderam o fogo assim que levantamos nossa barragem, o que para eles era a grande oportunidade de nos atacarem, pois deviam ter percebido que o nosso regimento amotinado recusara-se a isso; foram, porém, mais longe do que nós, pois nem ao menos fizeram funcionar a artilharia: puseram em ação apenas os aviões, que também já não cruzam para o lado de cá, limitando-se a patrulhas paralelas à frente. Embora os franceses nada saibam com certeza no tocante aos britânicos, aos americanos e aos alemães que defrontam. Só vão ficar sabendo depois das quinze horas. Mas foram só os soldados; os próprios sargentos não sabiam ou suspeitavam de coisa alguma, nem receberam qualquer aviso. Não se sabe se foi por acaso que marcaram antecipadamente uma data coincidindo com a do nosso ataque ou se eles tinham antes um sinal convencionado que passaram a usar, ao terem a certeza da deserção de hoje...

— Mentira — disse o comandante de divisão. — Foram as tropas?

— Toda a linha, de sargento para baixo...

— Mentira — tornou o comandante de divisão, com uma vasta paciência indomável e arraigada. — Não compreende? Não é capaz de ver a diferença entre um simples regimento amotinado — e um motim é coisa que acontece a qualquer um, a qualquer hora — e o mesmo regimento que, tomando na véspera uma trincheira, no dia seguinte (e simplesmente porque traiu) é capaz de tomar de assalto uma vila, e até uma praça fortificada? E ainda assim vem contar-me toda essa... (e tornou a empregar aquele sucinto expletivo de tarimba). — As tropas, hein? — prosseguiu. — Ao contrário: foram os oficiais, os marechais e os generais, os que decretaram a ordem de hoje de manhã; como uma derrota antecipada; planejada por técnicos e oficiais do estado-maior, e embutida na especificação de pura derrota; e fui eu quem lhes forneceu essa derrota sob a forma de um regimento amotinado; derrota da qual ainda outros oficiais e generais e marechais colherão o preço à custa da minha reputação.

Mas os soldados! Sempre estive junto deles sob o mesmo fogo. Bem verdade que os levei à matança, mas eu também estava lá, e lá permaneci à testa deles até o dia em que me foram dadas tantas estrelas, ao ponto de me proibirem receber mais alguma, ainda que fosse uma só. Não: não foram os soldados. Estes compreendem, embora você não seja capaz de compreender. O próprio regimento amotinado compreende; sabia o risco em que incorria quando se recusou a sair da trincheira. Risco? Sem nenhuma dúvida! Eu é que não podia ter feito outra coisa. Não pela minha reputação ou pela minha folha de serviços ou pela folha de serviços da divisão sob meu comando, mas pela futura segurança dos soldados, pelas tropas e a oficialidade de todas as outras divisões e regimentos, cujas vidas poderão, amanhã, ou no próximo ano, ser sacrificadas por qualquer outro regimento que se esquive, que se revolte, que se recuse ao combate, a exemplo desse que vou fazer executar... — Mas corrigiu-se: — Que eu *ia*...

"Já digo *ia* e não *vou*"... — pensou, ao passo que o ajudante o fitava com um espanto mesclado de incredulidade.

— Mas será possível? — perguntou. — O senhor sustenta que a trégua se faz somente para o privar, como comandante de divisão, do seu direito de mandar fuzilar o regimento?

— Não é a minha reputação que está em jogo — disse rápido o comandante; — tampouco minha folha de serviço; mas a folha de serviço e o bom nome da divisão. Que mais podia ser? Ou que outra razão lhes assiste... — e piscava rápida e doridamente os olhos, enquanto o ajudante tornava a sacar do bolso o frasco de aguardente, e, tirando-lhe a rolha, empurrava-o de encontro à mão do comandante.

— As tropas — tornou este a dizer.

— Olhe aí — disse o ajudante. O comandante apanhou o frasco.

— Obrigado — disse, chegando o frasco aos lábios. — Os soldados. As tropas. Todas, todas elas, em desafio, revoltadas, não contra o inimigo mas contra nós, os oficiais, que não só as seguíamos onde quer que fossem, mas também as conduzíamos... nós, os primeiros à testa, e que outra coisa não lhes desejávamos senão a glória, e que outra coisa não lhes pedíamos exceto a coragem...

— Beba, meu comandante — disse o ajudante. — Vamos.

— Ah, sim — tornou o comandante de divisão; e tomando um gole de aguardente, devolveu o frasco, dizendo: — Obrigado. — Fez em seguida um movimento, porém antes de completá-lo já o ajudante (que fazia parte da família militar do comandante, desde que este obtivera sua primeira estrela de brigadeiro) lhe apresentava um lenço lavado e imaculadamente branco, ainda dobrado sob a pressão do ferro de engomar. — Obrigado — repetiu o comandante de divisão apanhando o lenço e enxugando os bigodes; depois ali ficou mais um instante a piscar rápido e dolorido, o lenço ainda aberto na mão, para em seguida dizer com simplicidade e de maneira audível: — Acabemos com isso.

— Meu comandante... — ia dizendo o ajudante.

— Hein? — perguntou o comandante, tornando a piscar, já agora mais firme, não dolorido, tampouco rápido: — Está bem — disse e virou as costas.

— Quer que o acompanhe? — perguntou o ajudante.

— Não, não — respondeu o comandante encetando a marcha. — Fique aqui. Podem precisar de você. Para o caso de acontecer alguma coisa... — e a voz não lhe esmoreceu, simplesmente interrompeu-se ao pôr-se ele a andar, viril, inexpugnável na cadência do passo martelado com que se aproximava dos artilheiros que surgiam na crista do declive fronteiro, a levar o lenço aberto na mão, como se levasse subordinada uma bandeira de trégua da qual se envergonhasse ou pela qual sofresse irremediavelmente... O major fez continência. O comandante retribuiu-a e entrou no carro, que imediatamente rodou; o motorista já fizera a curva. O estardalhaço alemão não ficava longe e logo o alcançaram.

— Pare aqui — disse ele, e saltou do carro. — Continue rodando. Volto já; — e ainda com o lenço na mão, sem esperar que o carro recomeçasse a rodar, galgou o barranco entre as ervas chamuscadas pela explosão de cordite. Indubitavelmente o lugar era aquele; havia-o marcado, embora a sua súbita aparição fosse bem capaz de assustar o minúsculo bichinho. Este, porém, ainda devia estar ali. Acocorando-se, buscando com afinco, apartando com delicadeza os talos de erva, talvez fosse capaz de avistá-lo naquele capim dos Pireneus; avistar o bichinho rasteiro e intimorato, só que aguardava que ele se imobilizasse, voltasse à solidão que era a sua origem, sua ancestralidade e seu direito de nascença, que voltasse às irmãs, que diziam (o próprio pai, ao chegar com aquele afeto inconsolável nos olhos e nas mãos suavíssimas, porém estéreis, mãos que jamais acariciaram ou espancaram por amor e terror e esperança e orgulho a carne de um menino saído de sua carne e portador da mesma imortalidade afeiçoada no mesmo amor intolerante, na mesma esperança e no mesmo orgulho, mais sábio talvez que as irmãs, e menos terno que a ternura delas, todavia não menos compassivo, e, à semelhança delas, tudo ignorando):—A mãe de Cristo, a mãe de todos nós, é também sua mãe. Mas isso não bastava: o que ele queria não era uma mãe que o fosse de toda gente, mas a mãe de *um* só, a única de que precisava para aguardar com calma que a diminuta criatura se habituasse ao seu advento súbito, quando então haveria de fazer-se ouvir, conciso e experimental, o primeiro trilo, a crescente inflexão, a quase interrogação ou prova da sua presença ali; ao que ele responderia com uma única palavra sussurrada de encontro à pedra feroz do sol a pino, onde encostara o rosto. Com efeito, não se enganara: evidentemente, não se tratava da cigarra dos Pireneus, mas da sua irmã do norte e seu chiado em miniatura — insistente, impessoal, constante, discreto e ininterrupto em algum lugar entre a confusão de motores e canhões enferrujados, arames enegrecidos e paus chamuscados; espécie de som ronronante que, assim o imaginava, podia provir da boca dormente de uma criancinha em torno do mamilo entorpecido.

O edifício do quartel-general da divisão era chamado pelo seu proprietário "minha casa de campo", e fora construído por um homem que ganhara muitos milhões na Bolsa de Paris, donde regressara ao torrão natal para ali instalar uma amante argentina; instituindo não apenas o símbolo e o monumento, mas trazendo com estes, de volta ao cenário da sua infância e juventude, a prova dos seus bons êxitos, a prova do seu "eu bem dizia" para a apresentar aos anciões (o prefeito, o médico, o advogado, o juiz) os quais outrora haviam feito o prognóstico de que ele nunca chegaria a coisa que prestasse; e que foi bem recompensado, não apenas no seu patriotismo, mas também no seu devotamento, na ocasião em que os militares propuseram ocupar-lhe a casa, pois em primeiro lugar a argentina só se ausentara de Paris sob pressão.

A mensagem do quartel-general do corpo estava à espera do comandante de divisão: *Chaulnesmont. Quarta-feira, 15 horas. Está sendo esperado. Aguarde no quartel a passagem do carro* — leu ele, para em seguida enfiar, amarfanhando-os, o papel e o lenço do ajudante no bolso da túnica; depois entrou em casa (mas que casa era a dele desde os dezoito anos, quando pela primeira vez envergara o uniforme que de então em diante haveria de ser a sua verdadeira "casa", tal como a carapaça é o domicílio da tartaruga) e viu abrirem-se à sua frente o cansaço e o vácuo das cinco ou seis horas que ainda faltavam para a noite cair. Não tinha o hábito de beber; nunca pensava em beber, exceto quando enxergava a bebida; como se a houvesse esquecido, até que alguém a pusesse na sua mão, tal qual fizera o ajudante com o frasco de aguardente. Mas imediata e completamente tirou a ideia do sentido, e exatamente pela mesma razão que teria se fosse beberrão: ainda que deixasse oficialmente de ser o comandante de divisão Gragnon no momento em que recebera do comandante do corpo a ordem de prisão, ainda assim teria de continuar existindo como o comandante de divisão Gragnon por mais cinco, seis ou sete horas, por mais um dia ou dois provavelmente.

Súbito, porém, lhe ocorreu, no trajeto entre o quartel oficial e o seu quartel particular, o que melhor lhe convinha para encher o tempo; e depois de passar pelo seu quarto de dormir, exíguo cubículo apainelado que o milionário designava de "sala de armas" e onde havia uma espingarda que jamais fizera um disparo, uma cabeça de veado-galheiro reconstituída (não era grande coisa) e uma truta empalhada, ambos adquiridos, e mais a dita espingarda, numa única e mesma loja, dirigiu-se para o aposento onde dormiam três de seus ajudantes, e que era nada menos do que o ninho de amor ainda trescalante a algum vago efluvio da argentina, embora restasse dela ali, a menos que fosse algum vestígio de alma penada, precisamente aquilo que os nórdicos consideram o antípoda do frenesi libidinoso — e descobriu o volume no interior de um maltratado baú, no qual um dos ajudantes tinha o dever de transportar os petrechos não oficiais do pessoal do quartel-general. E ao apanhar o livro nas mãos, foi como se o seu finado proprietário reaparecesse de repente, antigo membro que fora do estado-maior do comandante de divisão, homem magro, excessivamente alto, a constituição delicada roçando pela languidez, e sobre cujos pendores sexuais o comandante de divisão alimentava suas dúvidas, talvez erroneamente, sem contudo importar-se demasiado com uns e outros. Havia ele entrado para a família militar do então brigadeiro, um pouco antes de obter este sua divisão, e, segundo o comandante descobrira tempos depois, o homenzinho também era rebento anônimo de um orfanato — fato esse (não o livro nem a leitura, admitia-o o comandante em seus momentos mais íntimos, com uma espécie de selvagem autodesprezo) que era a causa de estar ele com tanta frequência cônscio da presença do outro, que lia não aos golinhos nem aos arrancos e, sem dúvida, evitando enterrar a cabeça no livro (era um ajudante consciencioso), até que afinal o comandante de divisão começou a pensar que o maltratado volume de cantos amassados é que era o ajudante, e, o próprio homem, o ordenança do ajudante... E certa noite, estando ambos à espera de um correio que traria da linha de frente uma lista de prisioneiros deixada de assinar pela negligência de certo brigadeiro (o ajudante era juiz advogado geral divisionário), o comandante fez-lhe uma pergunta, para em seguida ouvir a resposta num frio espanto distraído:

— Fui costureiro em Paris...

— O quê? Costureiro? — perguntou o comandante de divisão.

— Sim: fazia roupas de mulher. E conhecia o ofício. Podia progredir. Mas não era isso o que eu queria: era o heroísmo...

— Queria o quê? — tornou o comandante de divisão.

— O senhor sabe: queria ser herói. Mas ao contrário disso, fazia roupas de mulher... Pensei então em virar ator. Henrique V — antes Tartufo que nada —, até Cirano servia. Mas tudo isso era simples representação, mero fingimento; isto é, outrem, não eu. Foi então que descobri que era melhor escrever.

— Escrever?

— Escrever peças. Escrevo eu mesmo as peças, em vez de apenas representar as cenas de heroísmo que os outros escreveram. Inventar eu mesmo as proezas e os feitos de glória; criar eu mesmo umas personagens bastante heroicas para as representar, enfrentá-las, resisti-las...

— Mas isso também não é fingir? Também não é fazer de conta? — perguntou o general.

— Mas ao menos fui eu que escrevi, que inventei, que criei... — (O general não discernia aí nenhuma humildade a modo da ovelha, que é mansa e ao mesmo tempo arisca.) — Quisera ter feito ao menos isso...

— Oh! — disse o general. — E esse é o livro.

— Não, não — tornou o ajudante. — O autor deste livro é outro. Ainda não escrevi o meu.

— Ainda não escreveu? E tempo não lhe tem faltado... — disse-o sem perceber que exprimia seu próprio desprezo ou que talvez tentasse escondê-lo ou já houvesse experimentado escondê-lo. Nessa altura, o ajudante já não era manso nem arisco; e o general, se em verdade era cego para o desespero, não o seria decerto para a intrepidez.

— Ainda não sei o suficiente — tornou o ajudante. — Tive de chegar ao ponto de poder fechar os livros para então descobrir...

— Descobrir nos livros? Descobrir o quê?

— Exemplos de heroísmo. E a glória; como os homens a alcançaram e como a suportaram depois de alcançada, e como a outra gente se arranjou para viver com os homens que a alcançaram... a honra, o sacrifício... e a piedade e a compaixão necessárias para a gente ser digna da honra e do sacrifício; e a coragem necessária para se experimentar compaixão; e o orgulho necessário para ter-se coragem...

— Coragem necessária para se experimentar compaixão?

— Sim. Coragem. Quando a compaixão nos abandona, o mundo esmaga-nos. É preciso orgulho para uma tal bravura...

— Orgulho de quê? — perguntou o general.

— Ainda não sei, mas é isso mesmo o que pretendo descobrir. — Serenidade não era ou talvez o general lhe desse um nome diferente. — E hei de descobrir. Está nos livros.

— Neste aqui? — perguntou o general.

— Sim — disse o ajudante, e morreu; isto é, o general deu por falta dele um dia de manhã, ou melhor, durante toda uma manhã, o general não foi capaz de pôr-lhe a vista em cima. Levou duas horas para descobrir-lhe o paradeiro, três ou quatro para ficar sabendo o que lhe acontecera, mas nunca pôde saber por que, nem como, o ajudante se metera entre ambas as linhas, lugar esse onde o juiz advogado assistente de um general de divisão não tinha o direito de estar, nem negócio algum a tratar, e onde o viram sentado — assim lhe contara o agente de ligação — junto de outro agente de ligação, este, regimental, por trás do muro vizinho de um recanto onde estacionavam os carros oficiais, e onde, assim afirmava o agente de ligação ter dito ao ajudante, o inimigo disparava seus canhonaços pela primeira vez naquela manhã. Todo o mundo foi avisado, mas um carro surgiu e continuou avançando, embora o ajudante, tendo corrido para o meio da estrada, abrisse os braços, acenando-lhe para que se desviasse, e continuasse a acenar, mesmo depois que o agente de ligação deu o alarma de uma bomba que vinha assobiando, o que o próprio ajudante não podia absolutamente ter deixado de ouvir ao mesmo tempo que ignorava completamente viajarem no tal carro uma rica expatriada norte-americana, uma viúva, cujo filho servia numa esquadrilha aérea francesa a alguns quilômetros de distância, e que mantinha em Paris um asilo de órfãos de guerra, e que agora ali vinha acompanhada de um major do estado-maior, bem relacionado em Paris. Por conseguinte não houve lugar onde se dependurasse a medalha quando o sucedido se espalhou, e não houve corpo que se pudesse identificar para se enterrar com ele a medalha, razão por que esta ainda se encontrava no interior daquele baú escangalhado, que seus sucessores superintendiam de posto a posto depois que ele morreu. Mas o comandante de divisão já apanhava o livro, lia-lhe o título, relia-o numa crescente exasperação, para a seguir enunciá-lo quase em voz alta: *Muito Bem. Foi Blas que escreveu. Mas... como se chama o livro?* — percebendo, então, que o que acabava de ler era o título do livro, que por isso deveria ter por assunto um homem; e ia pensando, *sim, sim,* ao relembrar retalhos, fragmentos, ecos daquela noite de há dois anos, dizendo afinal em voz alta, *Gil Blas,* e concentrando-se para escutar, não fosse talvez sair dentre as páginas fechadas, atravessando a capa para chegar ao título, algum rumor, algum eco do trovão, o fragoroso estrépito, o toque de clarins e de trombetas, o... *Como era mesmo?* — pensou. — *A glória, a honra, a coragem, o orgulho...*

Voltou ao quarto levando consigo o livro. Exceto o leito de campanha, o baú e a escrivaninha, os demais móveis pertenciam ao dono da casa e à argentina. Dir-se-ia todos comprados na mesma loja, provavelmente por telefone. Puxando, então, a cadeira, a única, até a luz da janela, para junto da truta empalhada, sentou-se e principiou a ler — rígido, vagaroso, sem mexer os lábios, impassível na sua fortaleza e no seu sofrimento, como se a época fosse a de cinquenta anos atrás e ele estivesse posando para uma fotografia. Não demorou muito, e escureceu. A porta abriu-se hesitante, abriu-se mais e sem ruído, e um ordenança entrou, aproximou-se da mesa e aprontou-se para acender a lâmpada sobre ela, enquanto o comandante de divisão nem sequer o consentiu com um olhar, nem mesmo quando a suave luz da empola elétrica fez ouvir um estalido e explodiu brilhante e sem rumor na página que ele trazia aberta na mão; o ordenança saiu, e ele continuou a ler, e ainda lia, quando o ordenança colocou a bandeja sobre a mesa junto à lâmpada e tornou a sair. Então depôs lentamente o livro e virou-se para a bandeja, permanecendo imóvel mais um minuto, e a encarar quase como fizera com o livro fechado, a bandeja que trazia uma travessa coberta, o pão, o prato, os talheres, o copo e as garrafas de vinho, rum e *cassis*, os quais, havia já três anos, via sempre na mesma bandeja, as mesmíssimas garrafas que jamais tocara, com suas mesmas rolhas cada dia retiradas e com as quais cada dia se tornavam a tapar, rolhas ainda havia pouco espanadas da sua camada de pó, o líquido das garrafas sempre no mesmo nível deixado pelo vinhateiro e o destilador que o engarrafaram. Nas solitárias refeições de bandeja, não usava garfo nem faca, mas comia sem voracidade, com efeito, sem nenhuma grosseria no ato de comer; mas com simplicidade, rapidez e eficiência, punha a comida na boca, para isso empregando os dedos e as migas de pão empapadas em molho. Terminada a refeição, fez uma pausa insignificante, não de indecisão, mas apenas para se lembrar qual era o bolso, e aí apanhou o lenço do ajudante com o qual limpou escrupulosamente os dedos e os bigodes, atirando-o em seguida na bandeja; empurrou depois a cadeira para trás, apanhou o livro, e, segurando-o meio levantado, fez uma nova pausa, embora não fosse possível saber-se o que estava a fitar: se a página aberta à sua frente ou a janela escancarada por onde lhe fugiam os olhos e os ouvidos para a escuridão lá fora grávida de primavera e do múltiplo silêncio apaziguante, emoldurados na janela. Ergueu então o livro mais um pouco e nele entrou, marchou para dentro dele, assim como um paciente ingressa no consultório de um dentista para um último e insignificante exame antes de saldar a conta, e pôs-se a ler, rígido e inflexível, acima do lerdo desenvolvimento das páginas, sem omitir ou saltar ou elidir uma só palavra, e com uma estupefação ungida de respeito, mas fria e incrédula, não à vista daquelas sombras de homens e mulheres fictícios, nos quais naturalmente não acreditava — além disso, tudo se passara em outro país há muito tempo, e nem por ser verdadeiro poderia golpear-lhe ou afetar-lhe a vida, destruindo-a — mas estupefação perante a capacidade, a industriosidade e — admitia-o — a competência do homem que assim podia lembrar-se de todos aqueles acontecimentos e pô-los por escrito.

Mas imediatamente despertou de todo recuperando a consciência, e até chegou a consultar o relógio, antes de apanhar do chão o livro que caíra. No mais, nenhum sobressalto de preocupação ou susto, como se soubesse de antemão que era capaz de alcançar folgadamente o castelo ainda antes do amanhecer. Não que isso fizesse alguma diferença, pois planejara para aquela noite um simples encontro com o comandante do grupo. Assim, pois, dormiu sem pretender dormir, e acordou sem precisar que o acordassem, com tempo de sobra para o encontro com o general, uma vez que, ao menos tecnicamente, a noite ainda era a noite daquele mesmo dia.

A madrugada não raiara, e ele já passava pela sentinela da casa da guarda (ia sozinho no carro, ele mesmo na direção), e, depois de cruzar o portão, entrou na aleia que corria direta sob os arcos através da escuridão primaveril vibrante de rouxinóis pré-matinais, e seguiu para o castelo. Um salteador bem-sucedido fora quem escolhera o lugar e o parque onde o castelo assentava; um parente remoto de uma rainha de França havia-o restaurado no estilo italiano da sua terra nativa; foram algum tempo seus proprietários os descendentes marqueses desse parente; depois, veio a república; depois, um marechal de Napoleão; depois, um milionário levantino; mas agora, havia já quatro anos, era para todos os fins propriedade do general que comandava o grupo convizinho dos exércitos franceses. O comandante de divisão só percebeu os rouxinóis ao entrar no parque, e talvez nesse momento foi que compreendeu que não seria nunca possuidor de nenhuma dessas coisas: comando do exército, castelo forte ou cantiga de rouxinóis para ouvidos de comandantes de divisão condenados, que ali vinham resignar a ambas as coisas: o passado e o futuro... A madrugada ainda não raiara, e ele fazia uma parada abrupta em frente do sombrio edifício — um edifício menos Luís qualquer coisa do que florentino, e mais barroco do que Luís qualquer coisa ou florentino, e freou o carro num repelão, exatamente como faria com um cavalo desenfreado; em seguida saltou, batendo a porta atrás de si na noite silenciosa, como se atirasse as rédeas a um cavalariço, sem primeiro verificar se a cabeça do cavalo ficara presa, e começou a galgar os rasos e largos degraus que levavam ao terraço de pedra com sua balaustrada esculpida e suas urnas engrinaldadas em pedra de talha. Mas nem todo o antigo gótico estava ausente dali: velho de dois ou três dias, via-se ante a porta do terraço um montão de estrume, como se o príncipe salteador tivesse regressado; ou talvez partido ainda na antevéspera, e o que o comandante de divisão olhou de relance, a pensar que a forragem oriunda daquele solo de greda calcária emprestara aos cavalos uma constituição apenas balofa, simplesmente os distendia com o seu pobre volume transitório. Nada tinham, com efeito, da velocidade e da resistência dos animais de raça do deserto — duros árabes enxutos e velozes, carne e osso habilitados a viver de um quase nada, até às vezes com desprezo por esse quase nada. Não só os cavalos, mas também o homem (e pensava: *Sadio eu era antes de rever a França*), cuja longevidade sobrevive à própria vida, tornando--o seu próprio pobre, mendigo de si mesmo, pensando, como outros pensaram e disseram antes dele, que o soldado não deve sobreviver ao primeiro fogo, e em seguida deixando inteiramente de pensar para marchar a passo martelado em direção à porta, onde bateu com o punho — decidido, vigoroso, peremptório.

Viu então a vela e ouviu os pés. Abriu-se a porta, e o que surgiu à sua frente não foi nenhum oficial de cabelos revoltos à Faubourg Saint-Germain, mas um simples soldado raso. Era um tipo maduro, com suas botas de infantaria desamarradas e os suspensórios pendentes, a outra mão sem vela a segurar as calças sobre uma suja camisa lilás de paisano, cuja gola sem colarinho se fechava por um botão de cobre azinhavrado, do tamanho e formato de uma presa de lobo. O homem não mudara; certamente a camisa também não era outra, e era bem possível que o comandante de divisão estivesse então a ver os mesmos — camisa e homem — que vira havia quinze anos, quando Bidé acabava de obter sua patente de capitão e um posto de instrutor na École Militaire, altura em que ele e a mulher (quando ainda subalterno, esta o acompanhara à África, embora não passasse além de um sótão na cidade nativa de Orã) puderam enfim voltar a dormir sob o mesmo teto; evidentemente, o mesmo soldado, e portador, naquela época, de um avental de baeta sobre a suja camisa violácea, a esfregar a varanda e a escada, enquanto a mulher o vigiava como um sargentão, na cintura um grosso molho de chaves que fazia tilintar a cada um dos acessos convulsivos que o acometiam e que a levavam a resmungar, ele com o mesmíssimo avental de baeta servindo às refeições; na aparência, o mesmo soldado (ou quando menos, um soldado assim grandalhão), mas a camisa era decerto a mesma oito anos depois, ocasião em que Bidé passou a coronel com soldo suficiente para a aquisição e a manutenção de um cavalo, quando então já servia à mesa com um avental branco amarrado à gola da camisa sem colarinho, o vasto molho de chaves tilintando então de encontro a autêntico cetim ou fúnebre seda verdadeira a cada um dos acessos convulsivos, dele, o mesmo avental encimando as mesmas pesadas botas que transportavam para junto das viandas o cheiro de estrume e estábulo, o mesmo polegar monstruoso ainda se plantando no rebordo das terrinas de sopa.

O comandante de divisão seguiu a vela até o quarto de dormir, que o salteador cavaleiro, e igualmente a sombra do marechal do império, teriam fitado com uma incredulidade repassada de desdém; quarto onde os marqueses descendentes do florentino teriam ou não dormido, mas onde o levantino com certeza dormira — e viu alguma coisa que, agora percebia, não esperara achar mudada, embora o homem que a usara já não fosse o mesmo.

Postado aos pés da cama, e olhando para além do espaldar entalhado de guirlandas pintadas, o comandante de divisão fitava o comandante do grupo reclinado numa pilha de travesseiros, na cabeça o mesmo barrete de dormir, e, no corpo, a mesma camisola que levara para a África havia vinte e cinco anos, época em que lhe fora necessário deixar a mulher torrando sob os beirais daquele sótão de Orã, pois o dinheiro andava curto (era filho único de uma viúva que vivia, ou lutava por viver, da pensão do marido, mestre-escola na Savoia, sendo ela filha única de um primeiro-sargento aposentado da Marinha) e em seu primeiro estágio de oficial subalterno, ele teve de ausentar-se para um posto avançado; ele que, ainda agora, em nada se parecia com um soldado francês, e que naquele primeiro dia, vinte e cinco anos passados, já se diria completa, ou melhor, criminosamente mal configurado, espécie de mestre-escola tuberculoso não apenas condenado à derrota, mas à pobreza e ao suicídio, pesando então ainda menos de cem libras (estava agora mais forte, até gordo, e a certa altura da sua carreira de foguete retardado, os óculos haviam-lhe desaparecido) e portador de umas lentes de aumento tão ferozes que ficava quase cego, sem elas, e ainda com elas era quase cego, pois a terça parte do tempo as embaciava de suor até a opacidade, outra terça parte gastava-a a enxugá-las com a ponta do albornoz para poder enxergar, antes que o suor de novo as empanasse; portador, igualmente, para a vida de campanha daquele regimento de cavalaria no deserto, de um certo resquício de mosteiro, de alguma coisa do feroz fulgor frio e intolerante e ofuscador e impassível que ardia à meia-noite na sagrada assepsia dos laboratórios de clínica ou de pesquisa; a implacável preocupação com o homem, não em sua qualidade de instrumento imperial, ainda menos em sua qualidade de criatura fraca, mas dotada de galantaria, a suportar sem desmaio nos ossos e na carne o imenso fardo da sua longa tradição inexplicável ou da sua jornada incompreensível; tampouco preocupação com a sua qualidade de bicho funcional, mas com a sua qualidade de máquina funcional, no mesmo sentido em que a minhoca funciona: animal vivo com a finalidade pura e simples de transportar o próprio *habitat* na distância do seu comprimento corporal, sem contudo verdadeiramente caminhar, e o qual, com o concurso do tempo, não deixaria de mudar sobre toda a face da Terra aquela polegada infinitesimal, cujo resultado era ficarem afinal seus próprios maxilares, cegos e insaciáveis, a mastigarem coisa nenhuma sobre o abismo vertiginoso;

a preocupação, em suma, fria, arrasadora, desdenhosa, com as saídas, os orifícios e mucosas corporais, como se ele não fosse dotado de todas essas coisas (declarava que nenhum exército valia mais que o próprio ânus, pois mesmo sem pés podia ir de rastos para o combate) e que por isso recebera o apelido apenas cochichado a princípio com desdém e ironia, a seguir com susto e raiva, depois com ira, depois com mágoa e fúria impotentes, pois a sua luta implacável em provar a própria doutrina logo se espalhara além do pelotão para as tropas e os esquadrões, onde (então simples subtenente de cavalaria, nem sequer oficial médico) não tinha nenhum direito nem mantinha relações de espécie alguma; apelido que, dentro em breve, se pronunciava não mais com raiva e visando a injuriá-lo ou a ridicularizá-lo, pois àquela altura toda a guarnição africana já conhecia a receita que, sentado em sua tenda, ele dera ao comandante do regimento com o fito de se recuperarem duas sentinelas avançadas, capturadas certa noite por um bando de nativos montados de determinada tribo, que logo após desapareceram com a velocidade de antílopes; receita tão acertada que, logo depois, ainda sentado em sua tenda, ensinava ao próprio general a maneira infalível para a obtenção de água potável num posto avançado até então castigado pela seca, o que também se provou receita acertadíssima. Fora, a seguir, promovido do coronelato da sala de aulas para o comando de uma divisão de campanha de 1914, e após três anos nomeado general competente e bem-sucedido de um grupo do exército, dessa forma içando-se, não oficialmente, a segundo candidato ao bastão de marechal (e tinha menos de cinquenta anos!) — e finalmente ali recostado, com seu barrete e camisola de flanela, na luxuosa cama do quarto alumiado pela vela de um barato castiçal de folha de flandres rococó que o ordenança colocara sobre a mesa de cabeceira, e, todo ele, ressumando um ar de senador ex-verdureiro, surpreendido, não porém assustado ou preocupado, no interior de um suntuoso lupanar.

—Você estava com a razão — disse-lhe o comandante de divisão.
— Não irei a Chaulnesmont.
— Quer dizer que lutou a noite inteira... — volveu o comandante do grupo. — Com que anjo?

— Com o quê? — perguntou o comandante de divisão, piscando um segundo os olhos, para a seguir dizer calmo e firme, tal um homem a avançar firme para a treva mais completa, e que enquanto avançava fosse retirando da túnica um papel dobrado, que deixou cair nos joelhos cobertos do comandante do grupo: — Não lutei tanto tempo assim...

O comandante do grupo nem ao menos tocou no papel. Só fez relancear a vista pelo comandante de divisão, dizendo então amavelmente: — E agora?

— É o meu pedido de demissão — disse aquele.

— Julga então tudo acabado?

— O quê? A guerra? — perguntou o comandante de divisão.

— Oh, não! Ainda resta uma coisa que posso fazer como civil. Em outros tempos fui bom veterinário; e bom ferrador. Ou até, quem sabe, ainda possa dirigir uma linha de produção (é assim que se diz, não é?) em alguma fábrica de munições...

— E daí? — perguntou o comandante do grupo.

O comandante de divisão fitou-o não mais que um segundo.

— Oh, quando a guerra terminar... É a isso que alude? Terei então deixado a França... Talvez vá para o Pacífico Sul... Alguma ilha...

— Como Gauguin — disse com calma o comandante do grupo.

— Como quem?

— Como Gauguin; um homem que um dia descobriu que também estava farto da França, e partiu para o Pacífico Sul e pôs-se a pintar.

— Mas o lugar a que alude é outro — disse imediatamente o comandante de divisão. — É um lugar onde não deve haver muita gente precisando de que lhe pintem as casas.

Estendendo a mão, o comandante do grupo apanhou o papel dobrado, voltou-se, e segurando por um canto o papel ainda dobrado, colocou-o sobre a chama da vela, até que o mesmo se acendeu e rompeu a queimar-se, o comandante do grupo continuando a segurá-lo até que ele caísse crepitando dentro do urinol junto à cama; depois, num só movimento, deixou-se escorregar pelos travesseiros abaixo até espichar-se em todo o comprimento; e puxando as cobertas até o queixo: — Chaulnesmont, amanhã às três horas — disse. — Ora! Mas se hoje já estamos no amanhã!

O comandante de divisão sentiu então que a consciência lhe despertava para a alteração, para o dia, para o amanhã invencível e sem memória que vem depois; para o amanhã que é imune ao homem, e que o homem é impotente para desviar. A véspera — o dia de ontem — dera testemunho dele e sua fúria e já o primeiro amanhã lançaria a ambos no esquecimento. Escoaram-se os minutos, um ou dois, antes de ele perceber que o comandante do grupo continuava a falar: —
... Se o mundo julga desejar a suspensão da guerra por vinte e cinco ou trinta anos, que pense! Mas não assim! Não como um grupo de camponeses num campo ceifado a meio, e que repentinamente atira ao ombro as foices e as marmitas, e vai saindo... Assim não! Hoje à tarde, Chaulnesmont...

— Mas os regulamentos continuam em vigor — disse asperamente o comandante de divisão. — Os nossos regulamentos. Ou os executamos ou perecemos — capitães e coronéis — não importa o preço...

— Não fui eu quem inventou a guerra — disse o comandante do grupo. — A guerra foi que nos criou. Dos lombos da voraz e indestrutível ambição do homem foi que saltaram os capitães e os coronéis, em resposta à necessidade do próprio homem. O responsável é o próprio homem: não se esquivará a nós...

— Responsável por mim é que ele não é... — disse o comandante de divisão.

— Por você... — tornou o comandante do grupo. — Conforme o caso, até podemos permitir que as tropas e a oficialidade nos abandonem; é esse um dos pré-requisitos da sorte e do destino delas, em seu eterno papel de tropas e oficialidade. Podem até interromper as guerras, como já o fizeram e voltarão a fazer, a nós compete evitar que venham a saber que em verdade foram elas que consumaram esse ato. Que a imensa, desordenada, fervilhante massa humana se arregimente para fazer cessar a guerra... se quiser; que o faça — sempre que evitemos torná-la sabedora de que foi ela quem o fez. Você disse ainda há pouco que a nós cabe fazer executar os regulamentos ou perecer. Mas a simples abolição de um regulamento não possui tal força de destruição. Para destruir-nos, basta apagar-se da memória do homem uma única palavra. Isso, porém, jamais sucederá. Sabe que palavra é essa?

O comandante de divisão fitou-o um instante, depois disse:
— Qual?

— Pátria — respondeu o comandante do grupo, já levantando a extremidade das cobertas, preparando-se para puxá-las até a cabeça e tapar o rosto. — É isso mesmo. Que continuem acreditando que têm o poder de fazer cessar a guerra, contanto que jamais suspeitem terem sido eles mesmos os que a fizeram cessar. — Nesse ínterim, as cobertas subiam, deixando apenas visíveis o nariz, os olhos e o barrete do comandante. — E que persistam acreditando que *amanhã* serão capazes de dar cabo da guerra. Deixarão então de acreditar que ainda *hoje* serão capazes de acabar com ela... *Amanhã*. Ainda *amanhã*. Outra vez *amanhã!* O amanhã é a esperança de que os revestimos. As três estrelas que o sargento Gragnon obteve por esforço próprio, sem o concurso dos homens ou de Deus, acarretaram-lhe a ruína, comandante! Denomine-o martírio por amor à humanidade... e tê-la salvo. Hoje de tarde — *Chaulnesmont*.

Mas naquele momento o comandante de divisão já não era comandante; menos ainda o sargento de vinte e cinco anos antes, cujo orgulho implacável consistia em jamais aceitar vantagem de ninguém.

— Mas eu... — disse. — Que vai ser de mim?

Nesse instante até o barrete desaparecera; e atravessando as cobertas, apenas uma voz longínqua e abafada chegou-lhe aos ouvidos:

— Não sei — dizia. — Vai ser glorioso.

Noite de terça-feira

Um pouco depois de meia-noite daquela terça-feira (e era então quarta), dois soldados britânicos descansavam no calço de tiro de uma linha de frente francesa sob o montão de escória de Béthune. Haviam-na contemplado há dois meses, não só de outro ângulo, mas de outra direção, pois até aquela data a relação da linha com a cidade parecia ajustada a uma vida mais perdurável que a da memória. Quando, porém, a dita linha se rompeu, não mais se refez em linha fixa. A velha galeria subterrânea ainda existia, coberta pelo sibilo e o cheiro nauseabundo de cordite comunicando-se com a superfície apenas pelos dois extremos: um deles aberto em um ponto qualquer do Mancha, o outro no ápice da França, de modo a formar a galeria uma barriga ante o furacão germânico, à semelhança da corda de um varal a pique de ser arrancada pelo vento. Desde as três horas da tarde anterior (ou antes, da manhã da véspera, pois os franceses se amotinaram ao meio-dia), a linha avançava o seu inútil bolsão contra o peso aéreo germânico afinal detido, e até menosprezado, pois, com o cair da noite, a última patrulha aérea se recolhera ao pouso, só ficando a funcionar os projetores que, com um débil sibilo, um longo sorvo abafado, descreviam seus arcos lá no alto por trás da cerca de arame às escuras, para desabrocharem e caírem em paraquedas suspensos de encontro à escuridão, com a fria e espessa cor e contextura das luzes de operação num necrotério de polícia, para em seguida deslizarem silenciosas no ar caliginoso como gotas de graxa a escorrerem numa vidraça, enquanto ao longe, lá para o norte, percebiam-se o pisca--pisca e o baque espaçados de um só canhão, um canhão grande, atirando sem estrépito, como se atirasse para o Mancha ou o próprio mar do Norte numa distância de cinquenta milhas, ou talvez para algum alvo ainda mais vasto e mais remoto — o cosmo, o espaço, o infinito —, a erguer a voz contra o *Absoluto,* o *Eu Sou* último — voz de canhão inofensivo: a férrea maxila de Dis, desdentada, incansável, impotente — rugindo.

Um dos soldados era sentinela, e estava de pé no calço de tiro, ligeiramente apoiado ao muro, de encontro à brecha acolchoada de sacos de areia, onde encostara o fuzil carregado, o cão do gatilho erguido e o pino de segurança destravado. Fora indubitavelmente tratador de cavalos na vida civil, pois embora vestido de cáqui, e depois de quatro anos de guerra na infantaria, ainda assim o seu andar dir-se-ia envolvido numa aura, num eflúvio de cavalariças e salas de arreios. De feições duras, parecia trazer para a lama francesa e flamenga, entre as pernas de seu corpo de jóquei, um resquício de cavalos resistentes, ligeiros e finos, e de círculos de apostas, o capacete de aço tombando-lhe sobre a testa no mesmo ângulo displicente do imundo boné pesadamente axadrezado, que fora a insígnia da velha vocação defunta à qual se dedicara. Isto, porém, inferido apenas do seu ar e aparência, não que ele jamais se abrisse com alguém; seus próprios companheiros de batalhão, os que viveram o suficiente para o conhecer no decurso daqueles quatro anos, nada sabiam do seu passado, como se acaso ele não tivesse passado algum nem houvesse nascido até o dia 4 de agosto de 1914... Sujeito em verdade paradoxal, que nada tinha de comum com um batalhão de infantaria, e igualmente um enigma, ao ponto de, seis meses depois de entrar no batalhão (e isto acontecera nas proximidades do Natal de 1914), o coronel que o comandava ser citado a comparecer a Whitehall a fim de fazer um relatório específico a seu respeito. O caso é que as autoridades haviam descoberto que onze soldados do batalhão ao qual pertencia, fizeram-no beneficiário das suas apólices militares de seguro de vida; quando, porém, o coronel chegou ao Ministério da Guerra, já o número primitivo aumentara para vinte, e embora o coronel, antes de deixar o batalhão, tivesse procedido por conta própria a uma acurada investigação que durou dois dias, ainda assim não ficou mais bem informado que o pessoal de Londres. Tudo ignoravam os oficiais da companhia, e, dos oficiais não comissionados, o coronel ouviu apenas boatos e falatórios; por sua vez, os próprios soldados, quando inquiridos, só demonstraram uma ignorância surpreendida e alvar, conquanto respeitosa, até no que dizia respeito à existência do homem em questão, do que resultou (e eram onze, quando a Secretaria da Guerra recebeu o relatório; vinte, quando o coronel chegou a

Londres, e tendo o coronel estado ausente doze horas do batalhão, ao fim e ao cabo já ninguém sabia a quanto montava o número total dos desistentes das apólices) os soldados procurarem o primeiro-sargento do batalhão, e, com grande compostura formalizados, e ao parecer, de sua livre vontade, requererem (o que era de seu direito fazer, pois não possuíam herdeiros legais), sendo o dever do império aquiescer ao que lhe era requerido. Quanto ao homem propriamente dito...

— Mas que diz ele sobre o assunto? — perguntava o major encarregado do inquérito não oficial. E após uma pausa: — O senhor ainda não o interrogou; não é?

O coronel encolheu os ombros. — Por quê?

— Ora, por quê! — disse o major. —Tenho a tentação de interrogá-lo, nem que seja só para saber o que andará ele vendendo aos companheiros...

— Prefiro saber quanto lhe pagam aqueles que, tendo herdeiros legais, não estão em condições de reformar o seguro... — disse o coronel.

— Pagam-lhe com a própria alma, claro... — disse o major — ...pois a vida já a empenharam...

Isso foi tudo. No conjunto dos *Regulamentos do Rei*, segundo os quais se esmiuçava, examinava e aprovava cada atividade, posição e intenção concebíveis, fossem elas cáquis ou azuis, nada havia que o incriminasse: o homem não infringira a disciplina, não traficara com o inimigo, não deixara de polir nenhum metal do fardamento nem de enrolar as perneiras como convinha, nem de fazer, quando necessário, a continência regulamentar. Apesar disso o coronel não dava mostras de querer ir-se embora; interrogou-o então o major, movendo-o a isso alguma coisa que ia além da simples curiosidade:

—Vamos. Diga o que é.

— Não posso — respondeu o coronel. — Há uma única palavra para o caso: amor... — E continuou explicando que aquele estúpido sujeitinho, sorumbático, sujo, insociável, em verdade quase repelente, e que jamais fora visto a beber ou a jogar (nos dois últimos meses o primeiro-sargento do batalhão e o sargento-ordenança do coronel sacrificaram — iniciativa não oficial naturalmente — uma boa parte das suas horas de repouso e folga para surgirem inesperadamente nos abrigos, alojamentos e cafés frequentados pela soldadesca, a fim de verificarem se o homem bebia ou jogava), e que se diria não ter nenhum amigo debaixo do sol, e que entretanto, de cada vez que o primeiro-sargento e o sargento-ordenança entravam num dos abrigos ou casernas onde ele se achava, encontravam-no rodeado de soldados. Nem sempre os mesmos, pois o que havia era uma sucessão ininterrupta de caras novas, de modo que em cada intervalo entre dois soldos, o rol de chamada de todo o batalhão poderia fazê-lo qualquer pessoa sentada junto à tarimba do homem; e no próprio dia de pagamento, ou no dia seguinte, ou dois dias depois, a fila, a cauda, prolongava-se até a rua, a modo de pessoas esperando à porta de um cinema, enquanto o abrigo, ou a caserna, ou o alojamento, transbordava até a rua de homens em pé, quando não sentados ou acocorados junto à tarimba, ou no canto onde o homem jazia estendido, e frequentemente dormindo, a fila sorumbática, resignada e muda, aguardando como pessoas a aguardarem na sala de espera de um dentista, mas a aguardarem (essa a verdade, se outra não fosse, como em breve perceberam o primeiro-sargento e o sargento--ordenança) que o primeiro-sargento e o sargento-ordenança se retirassem.

— E você, por que não dá um galão a esse sujeito? — perguntou o major. — Se é por amor que os soldados lhe fazem presente das apólices de seguro, por que não aproveitá-lo para a maior glória das armas inglesas?

— Mas como? — disse o coronel. — Comprar com uma fitinha quem já se apoderou de todo o batalhão?

— E você, por que também não lhe transfere o seu seguro e a caderneta de pagamento?

— Farei isso... se ele me der tempo — disse o coronel. E o assunto morreu aí. As quatorze horas que se seguiram o coronel passou-as em companhia da mulher, mas no dia seguinte ao meio-dia já se achava em Boulogne, e às seis da tarde o seu carro dava entrada na vila, em cujas casernas descansava todo o batalhão.

— Pare aí — disse a certa altura ao motorista; e ficou um instante parado a observar a fila de soldados que avançava a passo infinitesimal para um portão aberto num daqueles pátios de pedra porejantes de umidade, com os quais vêm os franceses, há um milhar de anos, pontilhando os campos da Picardia, do Artois ou de Flandres, dir-se-ia que na intenção de alojar ali, entre duas batalhas, as tropas das nações aliadas que acorressem a assisti-los na luta pela própria conservação. *Não*, pensava o coronel, *não parece cinema; a expectativa não é tão grande assim, embora a insistência seja o dobro mais forte. Dir-se-ia um desfile no lado externo de uma latrina.* — Pode continuar — disse ao motorista.

O outro soldado era agente de ligação do batalhão. Estava sentado no calço de tiro, tendo ao lado o fuzil e apoiava-se, meio reclinado, na parede da trincheira; trazia as botas e as perneiras não encrostadas da lama seca das trincheiras, mas polvilhadas com a poeira recente das estradas, sua atitude demonstrando não tanto a indolência como a fadiga e o esgotamento que o possuíam. Com a diferença de não ser aquilo apenas puro esgotamento, havendo, ao contrário, algo tenso debaixo disso, de modo a parecer que o esgotamento não o invadira inteiramente, mas apenas assentava nele como a poeira da estrada lhe assentava nas botas; estava sentado ali, havia cinco ou seis minutos, e a falar ininterruptamente numa voz destituída de qualquer sinal de esgotamento.

Outrora, nos velhos tempos movimentados a que chamavam "paz", fora não apenas arquiteto bem-sucedido, mas um bom arquiteto, embora na vida particular fosse também esteta, e, até certo ponto, talvez um "precioso". Àquela mesma hora, nos bons tempos passados, decerto estaria em algum restaurante do Soho ou em algum estúdio (ou, a sorte ajudando, em algum salão de Mayfair, ou, uma vez ao menos, talvez duas, ou mesmo três, em alguma alcova) a participar, talvez um pouco excessivamente, de alguma discussão sobre arte, política, a vida, talvez ambas, ou as três simultaneamente. Fora um dos primeiros voluntários londrinos, e soldado em Loos; e embora não trouxesse galão algum na manga nem ao menos um galão de cabo, ainda assim conseguira desvencilhar seu pelotão, fazendo-o atravessar com vida o canal da Mancha e comandando-o, durante cinco dias, em Passchendaele; fora nele confirmado, depois removido do campo da luta para a escola de oficiais, e em 1916 era já portador, fazia cinco meses, do seu único galão, quando naquela noite deixou o posto e entrou no abrigo onde o comandante da sua companhia fazia a barba com o auxílio de uma lata Maconochie.

— Quero minha demissão — disse.

Sem parar de barbear-se, e sem fazer o menor movimento para ver no espelho o reflexo do outro, o comandante da companhia respondeu: — Todos queremos a mesma coisa. — Aí, a navalha imobilizou-se. — Fala sério? Muito bem. Suba à trincheira, pespegue um tiro no pé. Naturalmente, nunca se é demitido só por causa disso. Mas...

— Compreendo — disse o outro — mas não é isso; não desejo afastar-me daqui; — e tocou rapidamente o galão do ombro esquerdo com as pontas dos dedos da mão direita, que em seguida deixou cair. — O que já não quero é esta coisa aqui no ombro...

— Quer então voltar a ser tropa; ir para junto das tropas — disse o comandante da companhia. — De tal modo tem amor ao homem, que seu único desejo é dormir na mesma lama em que ele dorme...

— Isso mesmo — tornou o outro — apenas ao contrário. Tenho-lhe ódio. Está ouvindo? — E a mão fez de novo um movimento, um gesto para fora, tornando a cair. — Não sente o cheiro que ele espalha?

Isto ele já dizia no abrigo, sessenta degraus abaixo da superfície, não apenas entre surdos rumores e murmúrios abafados, mas também imerso no cheiro nauseabundo, na imundície, na fedentina dos hábitos peculiares aos humanos; não que isto proviesse dos ossos e da carne defunta a apodrecerem na lama, mas dos ossos e da carne viventes que por tanto tempo vinham utilizando-se da mesma lama para dormir e comer em sua superfície.

— Quando me é possível — sabendo o que fui, o que sou e o que serei, e presumindo, naturalmente, que continue a gozar entre os eleitos do favor de respirar, e que provavelmente continuarei vivendo (e, ao que parece, alguns dentre nós terão de continuar, não pergunte por quê); quando me é possível, pela simples consciência de trazer na túnica este emblema, possuir não só o poder de dar ordens a vastos rebanhos de homens com todo um governo militarizado a apoiar-me, como também possuir o direito impune de os fuzilar com minha própria mão quando desobedecerem àquelas ordens; aí percebo quão merecedor de medo e aversão e ódio é o homem.

— Não precisamente do seu ódio, do seu medo e da sua aversão — disse o comandante da companhia.
— Justo — disse o outro. — Sou apenas alguém que não pode aguentar essa coisa.
— Que *não quer* aguentar — disse o comandante da companhia.
— Que não pode aguentar — disse o outro.
— Que não quer aguentar — tornou a dizer o comandante da companhia.
— Seja — disse o outro. — Preciso voltar para junto dele na estrumeira. Talvez então me liberte...
— Libertar-se do quê? — perguntou o comandante da companhia.
—Também não sei — tornou o outro. —Talvez da obrigação de efetuar eternamente, a intervalos inevitáveis, aquela espécie de masturbação no tocante à raça humana, e que se chama "esperança". Mas agora basta. Pensei em dirigir-me diretamente à brigada. Ganharia tempo. Mas, nesse caso, o coronel ficaria ofendido ao ver-se posto à margem. Ando à procura daquilo que *Os Regulamentos do Rei e da Ordem* chamam "canais", mas não consigo descobrir quem tenha ao menos lido esse livro...

Todavia não foi assim tão fácil. O comandante do batalhão recusou-lhe deferimento; ele (o agente de ligação) foi à presença do brigadeiro, um rapaz de seus vinte e sete anos, egresso havia quase quatro de Sandhurst e já portador de uma Estrela de Mons, uma Cruz Militar e um galão, uma insígnia da Ordem do Serviço Distinto e uma *Croix de Guerre* francesa, mais qualquer coisa do rei dos belgas e três listras por ferimento em combate, e que não podia — não que não quisesse; que não podia — absolutamente acreditar em seus ouvidos, muito menos compreender o que lhe estava a dizer tal importuno, ao qual respondia:

— Ouso dizer que você já teve a lembrança de dar um tiro no pé. Se assim for levante primeiro a pistola cerca de sessenta polegadas. Também pode saltar pelo parapeito, hein? Melhor ainda: varar a cerca de arame quando estiver por perto...

Mas a coisa foi simples, depois que ele descobriu o método de executá-la. Esperou, porém, até obter licença. Precisava indefectivelmente fazer aquilo; o que não queria era desertar. Conhecera em Londres uma moça, uma mulher jovem, não uma profissional, nem ainda uma amadora de categoria, portadora de uma gravidez de dois ou três meses que atribuía a um dentre três homens, dois dos quais foram mortos na mesma quinzena e na mesma milha nas cercanias da floresta de Nieppe, enquanto o último estava então na Mesopotâmia, mas que naquela altura não entendia nem a ele nem a ela e que por isso (assim julgara na ocasião) estava pronto a colaborar na trama, se recebesse em troca uma determinada quantia — uma quantia duas vezes maior do que aquela que a moça sugerira, e que representava todo o saldo do depósito que o engenheiro, agora agente de ligação, tinha no Banco Cox; trama cuja sordidez e qualidade meretrícia só encontravam paralelo no cinema americano, e que era deixarem-se ambos surpreender em delito tão ultrajantemente público e flagrante, tão completamente inequívoco e impróprio a qualquer outra interpretação, que qualquer pessoa, ainda os mais graduados moralistas de campanha, a cujo cargo se confiava a conduta dos oficiais novos de origem anglo-saxônica, teriam se recusado absolutamente a aceitar, quanto mais a acreditar que fosse verdadeiro.

Mas o plano provou bem. Na manhã seguinte, na antessala do quartel de Knightsbridge, um oficial destacado pelo estado-maior oferecia-lhe como alternativa para a preservação da honra do regimento, o privilégio por ele requerido do comandante da companhia, e, a seguir, do comandante do batalhão, e, finalmente, em França, do próprio brigadeiro, havia já três meses; e três noites depois, ao cruzar a Estação Vitória para entrar na fila que ia em demanda de um vagão já repleto de soldados no mesmo trem de regresso que dez dias antes o trouxera de Dover na primeira classe de oficiais, descobriu que se enganara a respeito da moça, da qual já nem se lembrava, quando ela se lhe dirigiu:

— Não deu certo — disse ela.

— Deu sim — respondeu ele.

— Mas você já vai de volta! Pensei que queria perder a comissão para não ter de voltar. — E em seguida agarrou-se a ele, admoestando-o entre lágrimas: — Você mentiu! Mentiu sempre! O que queria era voltar. Queria voltar a ser soldado raso; um perfeito idiota de soldado raso... — E puxava-o pelo braço. —Venha comigo. Os portões ainda estão abertos.

— Não — disse ele recuando. — O plano saiu bem.

—Venha comigo — disse ela sacudindo-o. — Estou prática nessas coisas: há um trem que poderá tomar amanhã cedo; em Boulogne não darão pela sua ausência até amanhã de noite.

A fila deu de andar, e ele quis segui-la. Mas a moça agarrava-o com mais força:

— Não me entende? — gritou. — Não posso devolver seu dinheiro até amanhã de manhã!

— Deixe-me ir — tornou ele. — Tenho de entrar no vagão; arranjar um canto para a dormida.

— Esse trem só sai dentro de duas horas. Quantos trens você pensa que já vi partir? Venha! Meu quarto fica a dez minutos daqui.

— Largue-me — disse ele pondo-se a caminho. — Adeus!

— Só duas horas! — gritou-lhe um sargento. Mas fazia tanto tempo que um oficial não comissionado não se dirigia a ele daquela maneira, que nem percebeu que aquilo era com ele. Com um movimento rápido e brutal, desvencilhou-se da moça, e vendo aberta atrás de si a porta de um vagão, saltou para o compartimento, atirou a mochila e o fuzil num montão de outras mochilas e fuzis, e, aos tropeções, entre uma confusão de pernas, puxou a porta após si enquanto ela gritava pelo vão que ia aos poucos se fechando:

— Mas você ainda não disse para onde devo enviar o dinheiro!

—Adeus! — tornou ele, acabando de fechar a porta, abandonando a moça no degrau, onde ela ficou dependurada a alguma coisa até que o trem arrancou, o rosto dela boquiaberto e obstinado a avançar paralelo por trás do vidro surdo, até que um polícia militar a puxou fora dali: o rosto dela, não o trem, desferindo um voo subitâneo para em seguida desaparecer.

Foi em 1914 que ele partiu com os londrinos, junto aos quais estava afeta sua comissão, mas desta vez seu destino era um batalhão de fronteiriços de Northumberland. Precedera-o sua folha de serviços, e um cabo o aguardava no embarcadouro de Boulogne a fim de o conduzir à antessala do Posto de Transporte Ferroviário. O tenente fora seu colega na escola de oficiais.

— Passou-lhes a perna, hein? — disse o tenente. — Não precisa contar: não quero saber. Daqui você vai direto para o batalhão de números. — Sou amigo do Jaime: é o nome do tenente-coronel que o comanda. Meus dentes nasceram ao mesmo tempo que os dele; foi no Saliente, no ano passado. Você quer um pelotão? Ou prefere ser telefonista? Ou ordenança do primeiro-sargento?

— Quero ser agente de ligação — respondeu. E assim se fez. A palavra do tenente do Posto de Transporte Ferroviário cumpriu-se à risca. Não apenas a sua folha de serviços, mas todo o seu passado o precederam no batalhão, e antes de decorrer a primeira semana, chegavam aos ouvidos do coronel; provavelmente porque ele (o agente de ligação) estava autorizado a usar (mas não usava, pois a condecoração era de oficial, e entre os soldados com os quais ia agora comer e dormir, aquela fita na túnica lhe teria exigido fôlego para explicações) um caramelo listrado, igual ao do coronel, que também não era soldado profissional: por causa disso, e ainda por outro motivo — conquanto ele não acreditasse que ambos os assuntos tivessem entre si uma relação que não fosse meramente incidental.

— Olhe aqui — disse o coronel. — Você não veio para criar perturbações. Tenha a certeza de que o melhor é continuar devagarinho e fazer tudo direito até ao fim. Há aqui um sujeito que bem pode ser agitador — pelo menos capaz de cometer algum excesso que revele suas verdadeiras intenções. (E disse o nome do sujeito.) Pertence à mesma companhia para a qual o designaram.

— Mas eu ainda não posso dar início às indagações — disse o agente de ligação. — Os soldados ainda não se acham à vontade comigo; não dirão coisa alguma. E ainda que dissessem, eu não seria capaz de convencê-los, mesmo que quisesse.

— Nem mesmo fulano? — e aí o coronel tornou a citar o nome do sujeito. — Que será que ele pretende? Você não sabe?

— Acho que não sou agitador — disse o agente de ligação. — Em todo caso, não sou espião. Não se esqueça de que isto já não existe — disse, tocando levemente o próprio ombro com a mão.

— Duvido de que você mesmo se esqueça disso... — falou o coronel. — Você está querendo é iludir-se. E se é mesmo verdade que odeia o homem, leve a pistola para as latrinas e livre-se dele...

— Sim senhor — disse o agente de ligação com a maior impassibilidade.
— Se precisa odiar alguém, odeie os alemães.
— Sim senhor — disse o agente de ligação.
— Então? Não responde?
— Todos os alemães, com todos os seus amigos e parentes, não bastam para compor um homem.
— Para mim, bastam — disse o coronel. — É preferível bastarem para você também. Não me obrigue a lembrar-lhe sua estrela de oficial. Também conheço os homens — esses que, na esperança de serem citados como ministros de gabinete ou primeiros-ministros da vitória, fornecem os soldados para isso que aí está. Homens que, para se enriquecerem ou ficarem milionários, suprem aqueles com granadas e fuzis. Homens que, na esperança de serem chamados algum dia marechal de campo, Visconde de Plugstreet ou Conde de Loos, inventam os jogos a que chamam "planos". Homens que, para vencerem uma guerra, se movimentam, e cavam se possível, e inventam se necessário, um inimigo contra o qual combater. Isso já não lhe soa como uma promessa?
— Sim — disse o agente de ligação.
— Bem — disse o coronel. — Agora vá, e não se esqueça...
E foi o que ele fez, às vezes em serviço, mas principalmente nos intervalos em que o batalhão descansava nas casernas: o fuzil dependurado às costas — distintivo e insígnia do seu cargo — e, num dos bolsos, um papelucho assinado pelo coronel ou seu ajudante, para qualquer emergência. Não raro, pedia carona aos transportes que passavam — caminhões, ambulâncias vazias, motocicletas com *side-cars* desocupados; de outras vezes, quando em zonas de descanso, fingia de estafeta e escamoteava uma motocicleta para uso próprio. Viam-no muitas vezes sentado em latas vazias de petróleo, em hangares de esquadrilhas de reconhecimento ou bombardeio, em galpões de material de artilharia ou em estacionamentos de viaturas, nas portas traseiras dos postos de campanha, nos hospitais e fortes divisionários, em cozinhas e cantinas, junto aos balcões de zinco, minúsculos como brinquedos, dos botequins dos lugarejos — sempre calado, como dissera ao coronel, mas de ouvidos alerta.

Assim foi que obtivera informações quase imediatas sobre os treze soldados franceses — ou melhor, sobre os treze soldados portadores de uniformes franceses — conhecidos, havia mais de um ano, entre todas as tropas abaixo de sargento nas forças inglesas, e, evidentemente, também nas francesas, ao mesmo tempo em que percebia ser ele o último soldado abaixo de sargento em toda a frente aliada a ficar sabendo do caso, e a razão por que tão tarde o sabia: apenas cinco meses antes era ainda oficial, cujas divisas para sempre lhe barravam e interditavam o direito e a liberdade às paixões mais simples, às esperanças e aos temores (saudade de casa, rusgas com a mulher, o pagamento da prestação, a cerveja aguada e o xelim cotidiano, insuficiente para a adquirir em quantidade satisfatória, para não falar no direito que lhe assistia de ter medo da morte), a toda aquela confederação de camaradagem que habilita o homem a suportar o peso da guerra; sendo que a surpresa consistia no fato de lhe ser permitido, a ele que já fora oficial, o inteiro conhecimento do caso onde estavam envolvidos os treze soldados portadores do uniforme francês.

Seu informante era soldado no corpo de serviço do exército, membro e pregador leigo de uma pequena congregação não conformista de Southwark; com uma folha corrida impecável, fora meio porteiro e meio criado de confiança numa firma jurídica do Colégio dos Advogados, cargo onde seu pai o precedera e onde seu filho certamente o haveria de suceder, não fosse o júri de Old Bailey, na primavera de 1914, haver-lhe acusado o filho de arrombador e ladrão, só não o prendendo devido ao juiz que então presidia o tribunal, sujeito não somente humanitário, porém membro da mesma sociedade filatélica à qual pertencia o chefe da citada firma jurídica; motivo por que se permitiu ao filho do velho empregado alistar-se no dia seguinte, quando partiu para a Bélgica e foi dado como desaparecido em Mons — tudo isso em três semanas — o que todo mundo acreditou, menos o pai, que por sua vez pediu e obteve licença da firma para alistar-se (e lhe deram pela simples razão de não acreditarem que ele conseguisse passar no exame médico); e oito meses depois, o pai também se achava na França, onde, passado mais um ano, ainda insistia em obter uma licença, e, falhando esta, em obter uma transferência para alguma unidade mais próxima de Mons, a fim de procurar o filho, embora há muito tempo nem pronunciasse o nome dele, como se já houvesse esquecido a razão por que o buscava e apenas se lembrasse do nome do lugar ao qual se dirigia — pregador laico, todavia, meio guarda-noturno e meio enfermeiro, sua folha de serviços impecável, junto às sucessivas (para ele) crianças, que dirigiam um vasto depósito de munições atrás de St. Omer, onde uma tarde relatou ao agente de ligação o caso dos treze soldados franceses.

— Vá falar com eles — disse. — Sabe a língua da estranja, entenderá o que dizem...

— Pensei que eram nove os que deviam falar francês e não falam; os outros quatro não falam nenhuma língua...

— Não precisam falar. Vá avistar-se com ele.

— Com ele? — disse o agente de ligação. — Então agora é um só?

— E antigamente também não foi um só? — perguntou o porteiro. — Não bastou apenas um, para ensinar a mesma coisa há dois mil anos, para nos ensinar a dizer apenas isso: Basta! E dizerem-no, não só os sargentos e os cabos, porém nós todos — alemães, colonos, franceses, todos os estrangeiros que estão conosco nesta lama, e dizerem-no todos a uma: Basta! Basta de mortos, de mutilados, de perdidos. Coisa tão fácil e tão simples, que até o ser humano — criatura tão saturada de maldade, de pecado e loucura — poderia compreender, e nela depositar a sua fé. Agora vá: aviste-se com ele...

Mas o agente de ligação não o fez; não o fez imediatamente. Não que fosse difícil descobri-los, pois estavam a qualquer tempo na zona britânica, a ressaltarem do monótono fundo cáqui, integrando aquele grupo de homens fardados de azul-horizonte, os quais embora sujos da batalha, haveriam de sobressair como um ramo de junquilhos num fosso da Escócia. Não, não iria; ainda não. Por isso nem ao menos tentou. Não se atrevia. Fora oficial, ainda que apenas cinco meses; e embora repudiasse o posto, algo inextirpável perdurava nele, assim como no padre que atirou fora a batina, e no assassino que se arrependeu, os quais, embora de coração sem batina e de regenerado coração, continuam a carregar consigo, como um catalisador, o indelével eflúvio da antiga condição. Nem ao menos tinha a coragem de aproximar-se da fímbria de uma multidão aglomerada em torno deles, quanto mais de andar, passar ou parar no mesmo ambiente daquele cerúleo grupo de esperança; tudo isto, ao mesmo tempo em que a si mesmo se dizia que aquilo não era possível, e que bastava ser possível para precisar andar escondido aos olhos das autoridades, uma vez que a própria autoridade, brutesca, todo-poderosa e insuscetível de desafio, se revelaria impotente ante aquela maciça passividade resignada e irresistível. E pensava: *Podiam fuzilar apenas certo número dentre nós, antes de gastarem o último fuzil e a última pistola, e consumirem a última granada viva...* — e a seguir, visualizava: primeiro, a orla anônima de subalternos e escreventes entre os quais ele outrora se encontrava, agora enviados para junto das rodas e dos tornos mecânicos para os conservarem rodando no estriamento de tambores de fuzis e no municiamento de granadas; depois, crescendo o terror e o frenesi, a camada seguinte: capitães, majores, secretários e *attachés*, com seus jaezes marciais e condecorações e calças listradas e pastas, entre latas de gasolina e estilhaços esvoaçantes; depois, os oficiais de campanha: coronéis, senadores, membros do Parlamento, e, por último, os embaixadores, os ministros e os generais menores, ineptos e frenéticos entre as rodas que diminuíam de velocidade e os rolamentos que se derretiam, enquanto os velhos, o último pugilo de reis, presidentes, marechais de campo, barões da carne podre e dos torninhos para calçado, as costas apoiadas no último baluarte do seu mundo real, do seu mundo crível, do seu mundo digno de fé, e consumidos, exaustos, não pela fartura de sangue, mas com o olho tenso de tanto visar, os músculos distendidos de tanto apontar e os dedos crispados de tanto premir, dariam execução à derradeira fuzilaria sem destino, tão dispersiva como se a tivessem dirigido para a superfície do mar. — Não é que eu não creia na coisa — disse. — Mas é que ela não pode ser verdadeira. Agora nada há que nos salve; até Ele já não nos quer...

Com efeito, já não aguardava coisa alguma, pensava; e apenas vigiava. Era de novo inverno, a longa linha ininterrupta dos Alpes até o mar quase parada na asquerosa menopausa da lama; seria este o momento propício para os treze, com as tropas na linha de frente um pouco livres para se lembrarem de um tempo de calor, de limpeza e roupa enxuta, e, no que dizia respeito a ele próprio e aos outros doze (pensava, quase com impaciência, *Bem, bem, também são treze*) para se lembrarem de um solo agora não apenas inculto, mas até já intumescido, onde se abria (ao agente de ligação) uma pequena clareira para pensar, recordar e sentir medo; para pensar que o pior não era morrer, mas a indignidade no método de morrer; pois até o condenado à morte era nisso superior: tinha hora certa e prazo marcado com bastante antecedência para reunir força e encarar a morte como convinha; era-lhe por igual concedido um certo isolamento onde esconder sua fraqueza, caso vacilasse; o que era muito diferente de receber simultaneamente as duas — a sentença e a execução — no mesmo súbito relâmpago, não em repouso, mas correndo, tropeçando, carregado — de ferros chocalhantes como uma besta de carga, no meio da chacina que o podia apanhar de qualquer ângulo — pela frente, do alto, pela retaguarda — ofegante, coberto de vérmina, tresandando seu próprio cheiro nauseabundo sem que deparasse com um retiro onde largar a água e o excremento que carregava dentro de si. Até sabia (o agente de ligação) o que estava aguardando: o momento justo em meio à estagnação, quando afinal a autoridade tomasse conhecimento da estranha, absurda mancha azul florindo no seu fosso... O que poderia ocorrer a qualquer momento, pois aquilo a que em verdade assistia era a uma corrida. O inverno tocava o fim, houvera tempo suficiente à disposição dos treze, um tempo que afinal estava a pique de esgotar-se. Dentro em pouco seria de novo a primavera, a jucunda quadra iluminada a levantar-se sob os pés em poeira seca e buliçosa. Muito antes, porém, aqueles que mandavam nos Whitehalls, nos Quai d'Orsays, no Unter den qualquer coisa e nas Gargleplatzes, teriam já planejada alguma coisa nova, embora fosse coisa já falhada anteriormente. E súbito percebeu por que não importava às autoridades conhecerem ou não da atividade dos treze homens. Com efeito, não lhes era preciso conhecê-la, pois não apenas a autoridade, mas o próprio tempo militava a favor dela; que necessidade então de perseguirem, levantarem a caça e fazerem executar treze homens apenas, quando a mesma vocação deles era a defesa da autoridade, e seu lenitivo?

Mas o tempo expirou. Chegara a primavera, e com ela os americanos (era 1918) a atropelarem-se freneticamente pelo Atlântico, rumo à Europa, antes que fosse muito tarde e as sobras se acabassem e tivesse início a invasão; a velha e râncida maré germânica inundando as cidades do Somme e da Picardia, as quais se poderia julgar terem servido aos alemães de aprendizado, e um mês depois tudo inundado ao longo do Aisne, os secretários em Paris mais uma vez fechando com um estalo suas sovadas e agora inúteis pastas ministeriais. Maio chegou, e foi de novo o Marne, as tropas americanas contra--atacando entre cidades arrasadas, que se poderiam julgar para sempre isentadas... Mas o agente de ligação já não tinha tempo de pensar: andava ocupadíssimo; havia duas semanas que ele e seu fuzil até então descarregado faziam parte de um verdadeiro pelotão da retaguarda; ocupadíssimo, com efeito, aprendendo a marchar às arrecuas, a tal ponto que, para substituir o suplício do pensamento, pôs-se a evocar um trecho lido outrora nos bons tempos, quando ainda lhe era possível crer; um trecho provavelmente lido em Oxford (podia até ver a página), embora esse trecho lhe parecesse agora muito mais recente do que naquela época, até demasiado recente, ao ponto de perdurar intacto até aquele instante:

Eis que perpetrei fornicação,
Mas em outro país; além disso,
É morta a meretriz.

Quando enfim a coisa aconteceu, foi apanhado de surpresa. Imobilizara-se a onda, e ele voltara a agente de ligação. Era madrugada quando regressou ao quartel-general da divisão, e duas horas depois dormia na tarimba de um soldado ausente em trabalho pesado, quando chegou um ordenança, notificando-o a comparecer ao posto.
— Você guia motocicleta? — disse o coronel.
E ele, de si para consigo: — O senhor devia saber. — E em voz alta: — Guio, sim senhor.
— Vá ao quartel-general do corpo. Precisam de correios. Um caminhão o apanhará com mais outros na divisão.
Nem ao menos a si mesmo perguntou: — *Outros? Que outros?* — mas refletiu: — *Mataram a cobra, e agora querem desfazer-se dos pedaços*; e pôs-se a caminho do quartel-general da divisão, onde mais oito mensageiros de outro batalhão, e mais outro caminhão, achavam-se esperando; eram agora nove à espera do transporte especial que os

conduzisse ao posto de agentes especiais fora do quartel-general do corpo, que de ordinário fervilhava de correios — ele continuando na ignorância, sem receber nenhum aviso, nem ao menos estranhando, quanto mais se importando, concentrado por detrás de uma leve careta informe, que era quase um sorriso em meio àquilo que só não era uma completa ruína, porque ele o conhecia de velho e de revelho; e pensava: *Uma cobra maior do que previam, que é preciso matar e em seguida esconder...*

De nada o informaram no quartel-general do corpo, nem durante as duas horas da maior correria, quando entregava, trocava e recebia mensagens de pessoas e para pessoas que não conhecera nem ao tempo de suas viagens; pessoas que não eram oficiais não comissionados, porém majores, coronéis, às vezes até generais aos quais se dirigia pessoalmente em parques de artilharia e de viaturas, junto a colunas de bagagem e de artilharia, camufladas à margem dos caminhos e a aguardarem a noite para reencetar a marcha, junto a baterias em posição, e alas da Arma Aérea, e aeródromos de carga — já não mais estranhando coisa alguma, concentrado, como estava, por detrás daquela tênue careta que até podia ser sorriso, ele que não fora impunemente soldado em França por vinte e um meses, e oficial por cinco, razão essa não pequena por que desenvolvera ao máximo a sua faculdade discriminatória, a sua faculdade de compreender as coisas quando as via; exemplo, a incômoda e pesada maquinaria de guerra rangendo os ferros ao fazer canhestramente um "alto" a fim de virar de bordo e, com outro ranger de ferros, reencetar com estardalhaço a marcha em direção contrária — a onda sem dono da vitória exaurida no seu próprio torvelinho, retrocedendo em concomitância com o seu refluir, consumida não pelo seu próprio ímpeto moribundo, mas como que atolada nos resíduos das suas vitórias; parecendo-lhe, ao agente de ligação, que percorrera velozmente, e por muitos dias, todas as estradas da zona interna, sem ao menos perceber a região que percorria; como também mais tarde seria incapaz de lembrar-se onde fora, em que instante, em que lugar, qual a voz anônima — de um caminhão que passava, de uma motocicleta, quiçá de alguma sala de oficiais onde entregara uma mensagem para receber em troca uma outra — que dizia assim: "Os franceses suspenderam o fogo hoje cedo", continuando ele a rodar, a acelerar a marcha até a plena explosão do sol lá fora, antes de compreender o que acabara de ouvir...

Passava uma hora do meio-dia quando afinal topou com a primeira cara: a cara de um cabo de pé junto ao balcão de um botequim numa rua da vila, e que já antes frequentara a antessala do velho batalhão, quando ele ainda servia de oficial ali; diminuiu, então, a marcha da motocicleta, fez uma parada, mas continuou montado; e foi essa a primeira vez.

— Não — dizia o cabo. — Foi um regimento só. O caso é que estão lançando um ataque dos maiores na defesa e nas comunicações alemãs, em todo o comprimento da frente e neste mesmo minutinho. Estão nisso desde madrugada...

— Mas um regimento recusou-se a atacar — disse o agente de ligação. — Um regimento recusou-se... — Mas o cabo já não o olhava.

— Beba um trago — disse.

— Você engana-se — disse o agente de ligação. — Toda a frente francesa cessou fogo ao meio-dia.

— A nossa não — disse o cabo.

— Ainda não — disse o agente de ligação. — Isso ainda vai demorar um pouco...

O cabo, porém, não o olhava e nada respondeu. Com um gesto leve e rápido, o agente de ligação tocou um dos ombros com a mão desimpedida: — Aqui já não há nada — observou.

— Beba um trago — disse o cabo sem olhá-lo.

Uma hora depois, já o agente de ligação se encontrava bastante próximo da linha de fogo para enxergar o sudário de fumo e poeira, assim como ouvir o estrondo furioso dos canhões concentrados no fio do horizonte; às três horas, embora de outro ponto numa distância de doze milhas, ouvia o fogo de barragem diluir-se em explosões ordenadamente espaçadas, e, ao parecer, inofensivas como salvas ou tiros de sinalização, e julgou ver toda a comprida linha que subia desde as praias do mar para o longo aclive da França até a velha e gasta cumeeira da Europa — uma linha acocorada, rastejante, atulhada de homens sujos e ruidosos, que fazia quatro anos já se haviam esquecido da posição ereta; homens atônitos, desorientados, incapazes de crer no que ouviam, embora (agora o sabia) fossem dela avisados com antecedência e a esperança transbordasse de seus corações. E ele pensava, quase a falar em voz alta: *Então é assim. Não era que não acreditássemos: simplesmente não éramos capazes de acreditar, pois já havíamos desaprendido de acreditar. E é esta a coisa mais terrível que nos fizeram: a mais terrível.*

Nessa altura foi tudo, e por mais vinte e quatro horas ele continuou na ignorância dos acontecimentos. Esperava-os um primeiro-sargento quando naquela noite regressaram e de novo se reuniram no quartel-general do corpo — os nove da sua divisão, e talvez duas dúzias de outros, pertencentes a diferentes unidades do corpo. — Qual o mais antigo aqui? — perguntou o primeiro-sargento; e sem ao menos esperar por si mesmo, perpassou o olhar rapidamente à volta, e com o instinto infalível da vocação, destacou um homem dos seus trinta anos, cuja aparência combinava exatamente com aquilo que ele realmente era, isto é, com um cabo de lanceiros da Guarnição Fronteiriça Noroeste, desmobilizado em 1912. — Vai comandar de sargento — disse. — Requisite cama e comida para aqui. — E volveu a fitá-los: — Acho que não é preciso pedir-lhes que não falem...

— Falar o quê? — perguntou um deles. — Que sabemos nós para falar?

— Refiro-me àquele assunto — disse o primeiro-sargento. — Estão dispensados até a alvorada. Debandar! — E isso foi tudo naquela altura.

Dormiram todos no piso de pedra de um corredor, serviram-lhes almoço (um bom almoço: aquele era o quartel-general do corpo...) antes que silenciasse o toque da alvorada; os outros clarins ouvidos por eles e o agente de ligação pertenciam aos demais quartéis-generais de corpos e divisões, a parques e depósitos onde a motocicleta o conduziu durante mais um dia igual ao da véspera, na modesta tarefa de contribuir, montado ou a pé, para levar a guerra a uma interrupção, a um alto, a uma trégua; manhã e tardes acima e abaixo da zona interna, não sob um sudário de paz, mas sob a opressão onírica de um alvoroço de dia santo... Ao cair da noite, esperava-os o mesmo primeiro-sargento: aos nove da divisão do agente e às duas dúzias dos outros. — Acabou-se — disse o primeiro-sargento. — Estão à espera de vocês os caminhões para a volta. *Acabou-se,* pensava o mensageiro, *é isso o que a gente tem de fazer; é tudo quanto precisa fazer, tudo quanto Ele pediu e o motivo por que morreu, há mil e oitocentos e oitenta e cinco anos,* já agora no caminhão, na companhia dos trinta e tantos soldados, o resplendor crepuscular do ocaso desvanecendo-se no céu como um mar de desespero a refluir sem praias ou marés, e a deixar para trás somente uma dor tranquila e uma tranquila esperança. Súbito o caminhão parou, e ele curvou-se sobre a grade para saber a causa: era uma estrada impossível de varar, a tal ponto se achava atravancada de viaturas; estrada que, agora se lembrava, ia no rumo do sudeste, partindo de algum ponto vizinho a Boulogne, mas agora se coalhava de caminhões cobertos e às escuras, um ao outro emendados como uma fila de elefantes, de modo que o caminhão que os conduzia foi forçado a parar, fazendo-os descer ali: que cada qual buscasse o próprio destino como melhor lhe aprouvesse, os companheiros dele logo se dispersando para o deixarem sozinho ao resplendor do crepúsculo, enquanto passavam por ele as viaturas a se arrastarem interminavelmente, até que um vulto, uma voz, gritou-lhe o nome do interior de um dos caminhões: — Depressa! Suba depressa! Quero mostrar-lhe uma coisa! — Ao que o agente de ligação precipitou-se, já armando o pulo para subir, quando o reconheceu: tratava-se do mesmo velho vigia do depósito de munições de St. Omer, o tal que, havia quatro anos, viera à França em procura do filho, e o primeiro a torná-lo sabedor do caso dos treze soldados franceses.

Três horas depois da meia-noite, já ele se encontrava no espaldão de tiro, em cuja abertura a sentinela se inclinava, enquanto de espaço a espaço as estrelas das granadas fungavam, sussurrando, para pipocarem deslizando pela oleosa escuridão do céu, ao mesmo tempo que o canhão pisca-piscava ao longe, retumbando, para em seguida a uma pausa tornar a piscar com estardalhaço. A voz saía-lhe repassada de alguma coisa que não era cansaço — uma voz de sonho, fluente, pelos modos, alheia a si mesma, e que, ao mesmo tempo, se diria incapaz de chamar atenção onde quer que fosse. E todavia, cada vez que falava, a sentinela, sem ao menos apoiar o rosto na abertura, era sacudida por um estremecimento, uma espécie de movimento convulso e insuportável, como de alguém aguilhoado ainda além da própria capacidade de resistência.

— Um regimento — dizia o agente de ligação. — Um regimento francês. Só mesmo um tolo pode considerar a guerra uma condição; é demasiado cara. A guerra é um episódio, uma crise, uma febre, cuja finalidade é livrar da febre o organismo. A finalidade da guerra é, pois, acabar com a guerra. Faz seis mil anos que o sabemos. O problema foi havermos precisado de seis mil anos para aprender. Seis mil anos lutamos iludidos, pensando que o único jeito de acabar com a guerra era reunir mais regimentos e batalhões do que o inimigo ou vice-
-versa, e atacarem-se uns aos outros até uma das partes ficar arrasada, quando então o combate teria de cessar por falta de elementos para continuá-lo. Mas enganávamo-nos, pois ontem cedo, só porque se recusou a efetuar um ataque, um único regimento francês fez com que todos parássemos de combater...

Ainda desta vez a sentinela não se mexeu, encostada, ou antes, retesada, no muro da trincheira sob o ângulo empinado do capacete imóvel, a espiar pela abertura numa atitude que se diria displicente, não fosse a rigidez das costas e dos ombros — imobilidade encimando imobilidade —, como se se retesasse não de encontro ao muro de terra, mas contra o ar quieto e vazio por trás dela. O agente de ligação também não se mexeu, embora seu discurso quase equivalesse a um volver de cabeça e a um olhar deitado diretamente à nuca da sentinela. — Que é que vê? — perguntou-lhe. — Não lhe entra pelos olhos nenhuma novidade? Pensa que está vendo a mesma tira fedorenta de terra sem dono, sem valia e cheia de fúria, estendida entre a nossa cerca e a alemã, que você há quatro anos espia por um buraco entre sacos de areia? Pensa que está a ver a mesma guerra que acreditávamos não saber como se acabaria, a exemplo de um orador não profissional procurando desesperadamente um fecho para seu discurso? Aí é que se engana. Pois agora você até pode sair da trincheira, pelo menos dentro dos próximos quinze minutos, digamos, e provavelmente não será morto. Sim, talvez seja essa a grande novidade: a de você poder desentocar-se, ficar em posição ereta e passar a vista em derredor — concedendo-se, naturalmente, que ainda possamos assumir a posição ereta... Mas novamente a aprenderemos. Quem é que sabe? Em quatro ou cinco anos, talvez seja possível readquirirmos a flexibilidade dos músculos do pescoço, ao ponto de reaprendermos a baixar a cabeça em lugar de apenas curvá-la para esperar o golpe, tal como vimos fazendo nestes quatro anos intermináveis; ou dentro de dez anos, quem sabe, tornaremos a aprender... — A sentinela nem piscou, a modo de um cego posto subitamente ao alcance de uma ameaça cujo primeiro sinal ele precisaria antes traduzir em termos de algum sentido secundário, antes que fosse demasiado tarde para apará-la. — Vamos — dizia o agente de ligação. — Você é homem do mundo. Na verdade, é homem do mundo desde ontem ao meio-dia, embora não lhe contassem nada até ao bater das quinze horas. Com efeito: agora todos somos homens deste mundo, todos quantos morremos no dia 4 de agosto, há quatro anos...

A sentinela teve de novo um estremecimento, e a voz saiu-lhe num murmúrio grosso, furioso e áspero: — Pela última vez: já o avisei.

— ... e todo o medo, e a dúvida, e a agonia, e a dor, e os piolhos... Porque a guerra acabou, hein? Não acabou?

— Sim! — disse a sentinela.

— Natural que acabou... Você alistou-se em 1915, não foi? Presenciou uma parte da guerra; logo, deve saber quando uma guerra acaba.

— Acabou! — disse a sentinela. — Não ouviu os canhões silenciando mesmo em frente de você?

— Então, por que não voltamos para casa?

— Por quê? — Será possível fazer retirar toda a linha de uma vez só? Abandonar de uma vez todo o *front*?

— E por que não? — tornou o agente de ligação. — A guerra não acabou? — disse; e foi como se tivesse cravado os olhos na sentinela, como faz o matador com o touro, deixando ao animal apenas a capacidade para a vigilância. — Acabou. Terminou. Feito. Acabaram-se as revistas. Amanhã vai ser a volta para casa. Amanhã de noite, a estas horas, vamos tirar da cama das nossas mulheres e das nossas amantes os fabricantes de torninhos para calçado e de estopins Enfield... (Pensou num relance: *Ele vai dar me um pontapé...*) — Mas prosseguiu: — Sinto muito. Não sabia que tinha mulher...

— Já não tenho — tornou a sentinela no seu trêmulo murmúrio. — Mas acabemos com isso! Pelo sangue de Cristo!

— Claro que já não tem! Como é sabido! Mas naturalmente conhece uma moça de algum bar de *High street*, ou de algum bar do centro — uma moça da cidade maior — Houndsditch ou Bermondsey, aí dos seus quarenta anos, mas aparentando menos cinco, e que teve suas trapalhadas — quem não as tem? —; mas suponha que ela as teve: quem não a prefere (tipo de sorte!), a ela, que sabe dar valor a um homem, a uma dessas desavergonhadas que trocam de amigo a cada trem que parte...

A sentinela começou então a praguejar no mesmo áspero timbre cheio e igual, insultando o agente com a obscena e pesada ausência de imaginação comum às cavalarias, às salas de arreios e às áreas dos fundos da sua antiga profissão, até que o agente de ligação ergueu-se leve e rápido enquanto a sentinela demandava a saída, seu andar uma série de sacudidelas a lembrar um brinquedo mecânico cuja mola tivesse desandado, resmungando com voz trêmula, cheia de fúria: — Não se esqueça. Já lhe avisei que dois homens vêm vindo pela transversal; sobem a trincheira, um atrás do outro; irreconhecíveis pelos uniformes; um com a vareta de oficial, o outro com divisas de sargento.

— Que posto? — perguntou o oficial.

— Dois-nove — respondeu a sentinela. O oficial já levantava o pé para transpor o calço de tiro, quando viu, ou pareceu ver, o agente de ligação.

— Quem é aquele ali? — perguntou. O agente de ligação começou a pôr-se em pé com suficiente prontidão, porém sem pressa. O sargento pronunciou-lhe o nome.

— Fazia parte daquele destacamento especial de agentes, que o corpo recrutou ontem cedo. Foram dispensados e mandados para os abrigos. Assim que se apresentaram hoje de noite no quartel, receberam ordem de ficar nos abrigos. Este é um deles.

— Ah! — exclamou o oficial, quando o sargento citou o nome do agente de ligação. — Por que motivo não está no abrigo?

Ouvindo isso, o agente de ligação ergueu-se, apanhou o fuzil, e, voltando-se com certo desembaraço, dirigiu-se para a trincheira, onde logo desapareceu detrás da barricada. Só então o oficial acabou de dar o passo sobre o calço de tiro. Logo, ambos os capacetes gêmeos inclinavam-se imóveis entre os sacos de areia, seus donos espiando pelo buraco do abrigo. A sentinela murmurou então numa voz tão surda, que se diria impossível de ser captada pelo sargento a seis pés de distância:

— Mais alguma coisa à vista, meu oficial?

Ao ouvir a pergunta, o oficial espiou mais meio minuto pelo buraco. Em seguida voltou-se e começou a descer para a barricada, a sentinela voltando-se com ele, o sargento de novo alinhando-se atrás do oficial, que começara a andar e prosseguia falando:

— Quando render a sentinela, volte para o abrigo e não saia de lá. — Em seguida afastaram-se. Já a sentinela se dirigia para a abertura, quando fez uma pausa. O agente de ligação estava abaixo dele, na barricada; e enquanto se entreolharam, a granada de sinalização fungou, riscou no céu o seu arco escarninho e abriu-se em paraquedas, seu débil resplendor banhando o rosto erguido do agente de ligação; e mesmo depois que o clarão desapareceu, ali se atardando, como se o seu brilho não fosse um reflexo, mas água, talvez graxa; falou então o agente de ligação num murmúrio concentrado, cheio de ira, não mais alto que um suspiro:

— Está vendo agora? A nós não nos compete perguntar o *quê* ou o *porquê*, mas simplesmente metermo-nos num buraco no chão e ficar ali até que eles decidam. Não até que decidam fazer a coisa, que já sabem qual é. É natural não nos consultarem. Nem diriam coisa alguma, se não fossem obrigados a isso, se não tivessem de contar ao menos uma parte, se não precisassem dizer a vocês alguma coisa, antes que algum de nós (os agentes especiais convocados ontem pelo corpo) voltasse com a noite para contar a vocês o que ficaram sabendo lá fora. Mesmo assim, só disseram o que convinha para criar em vocês um estado de espírito favorável à ordem que iam dar: a da retirada para os abrigos, e sua permanência ali. E até eu de nada saberia a tempo, não fosse esta noite, quando voltei, ter esbarrado com aquele comboio de caminhões. — Mas também não é isso: eu soube justo a tempo o que estavam tramando. Todos já sabem, sem exceção, que alguma coisa vai mal. Não percebe? Houve qualquer coisa lá embaixo na frente francesa, ontem de manhã cedo — um regimento falhou — omitiu-se — amotinou-se. — Não sabemos nem havemos de saber o que houve, pois ninguém nos dirá. Além disso, o importante não é o que houve, mas o que veio depois. Ontem de madrugada um regimento francês fez qualquer coisa — fez ou deixou de fazer qualquer coisa que um regimento na linha de frente não deve fazer ou deixar de fazer, por cuja causa toda a guerra na Europa Ocidental ficou suspensa às três horas da tarde de ontem; compreende? Quando a gente está em guerra e uma unidade falha, a última coisa que se faz, ou que se tem o atrevimento de fazer, é desistir. Ao contrário: o que a gente deve fazer é lançar mão de todos os recursos de que dispõe, e atirá-los na luta com toda a força e urgência, pois sabe-se que o inimigo fará exatamente isso, assim que descobrir, ou apenas desconfiar, que as coisas não vão lá muito bem aqui do nosso lado. Claro, a gente fica com uma unidade a menos para enfrentá-lo: mas a nossa esperança, nossa única esperança, é a seguinte: se a iniciativa nos couber, e andarmos depressa, nosso ímpeto e a surpresa no ataque nos compensarão um pouco pela perda de uma unidade. Mas não foi isso o que eles fizeram. Ao contrário, houve uma trégua, expediu-se uma contraordem: para os franceses, ao meio-dia; para nós e os americanos, três horas depois. E não só para nós, mas também para os alemães; percebe? Como é possível expedir-se uma contraordem numa guerra, a menos que o inimigo também esteja de acordo com ela? E por que teria o boche concordado após quatro anos de agacho sob a barragem (o que decerto lhe ensinou a prever a iminência de um ataque), desde que ataque não houve, ou falhou, ou fosse lá o que fosse (e quatro anos decerto bastaram para ele aprender a não errar nas suas suposições); e quando a mensagem, o sinal, a requisição, ou coisa que o valha, chegou em forma de contraordem, por que teria ele concordado, a menos que o assistisse uma razão tão boa quanto a nossa, quem sabe uma razão igual à nossa? Evidentemente, a mesmíssima razão: os treze soldados franceses nunca tiveram, em três anos, a menor dificuldade em percorrer toda a nossa zona interna; e por que não haveriam, uma vez por outra, de fazer o mesmo com os alemães? A menos que a gente tenha na mão uma certa e determinada papeleta devidamente assinada, é muito mais difícil ir-se daqui para Paris do que para Berlim! Mas para ir-se daqui para leste, só uma coisa é necessária: um uniforme inglês, francês ou americano. Ou, quem sabe, nem foi preciso eles irem até lá! Quem sabe o próprio vento, ou uma corrente de ar, foi que levou a notícia para além da cerca alemã... Ou nem corrente de ar: quem sabe o próprio ar se espalhando por atrito de uma molécula imponderável e invisível a outra molécula imponderável e invisível, como uma epidemia se alastrando, como a varíola, o medo, ou a esperança... Como um punhado de homens como nós — como nós que aqui estamos atolados nesta lama — e todos dizendo a uma: Basta! Acabemos com isto! Você não vê? Não vê que não aguentam? Não podem permitir que isto aconteça, ainda não podem permitir que isto cesse inteiramente, muito menos permitir que pare assim, desta forma... os dois barcos no rio, a corrida a meio, e de repente as duas tripulações desmontando sem nenhum aviso os remos dos suportes e dizendo em uníssono: Não queremos mais remar! Não, não é possível! A coisa tem de continuar. É como um jogo de críquete ou de futebol, iniciado de acordo com uma série de regras mutuamente aceitas, com as quais, pacífica e formalmente, ambos os times concordaram; regras que terão de vigorar até ao fim do jogo, do contrário toda a teoria do arbitramento, todo o edifício político e econômico, experimentado e provado de grau em grau, e no qual se baseia toda a civilizada harmonia das nações, não passará de conversa fiada... Ainda mais: até aquele delgado e duro anel de aço e sangue humano, que leva para a altura todo o edifício nacional, fazendo-o remontar, glorioso e ameaçador, entre as estrelas, e por causa do qual os moços que se lhe consagram recebem transporte grátis e até são pagos para irem morrer de morte violenta em lugares que os próprios autores e repartidores de mapas jamais viram, tudo para que um peregrino, ali tropeçando nos futuros cem ou mil anos, esteja ainda habilitado a dizer: É este um lugar (ou foi outrora) que é a Inglaterra para sempre... (ou a França ou os Estados Unidos...) — Não: não pode ser. Não se atrevem, não se atreverão. Já começaram não se atrevendo... Escute aqui: esta noite voltei de carona num caminhão. Quer saber o que havia dentro dele? Granadas AA. Era uma coluna de caminhões de quase três milhas de comprido, todos cheios até as bordas de granadas AA. Imagine só: três milhas de granadas AA; número tão excessivo, ao ponto de ser preciso medi-lo em milhas; e no entanto parece que foram granadas o que faltou na frente de Amiens há dois meses passados! E fique sabendo: é necessária uma quantidade muito maior de munição para suspender-se uma guerra (seja isso por dez minutos) do que para atalhar uma simples ofensiva. O encarregado do caminhão era um velho, meu conhecido, que há três anos espera no depósito de munições em St. Omer que se encaminhe um seu requerimento, onde ele pede licença e permissão para ir a Mons procurar o filho que não voltou (ou que não pôde ou não quis voltar; seja como for, que deixou de voltar) naquela tarde, da qual já lá vão quatro anos... O velho mostrou-me uma das granadas: estava vazia! Não emperrada: vazia! Completa, intacta, mas sem metralha! Capaz de acender-se, capaz de explodir... mas inofensiva! Por fora, igual às outras. O próprio pai dela, no seu clube do West End (ou de Birmingham, ou de Leeds, ou de Manchester, ou de qualquer lugar onde se encontre um fabricante de granada), não seria capaz de notar a diferença, que só mesmo um espertalhão refinadíssimo seria capaz de perceber. Espantoso! Decerto labutaram a noite inteira e todo o dia como castores, alterando e castrando, no depósito de munições, três milhas de granadas AA! Ou, quem sabe se elas já estavam castradas com antecedência; em quatro anos de guerra, não é de admirar que até os anglo-saxões aprendam a calcular a longo prazo...

E prosseguia falando, a voz já não sonhadora, mas fluente e rápida, enquanto no caminhão que agora avançava, os três — ele, o velho e o motorista, apertados na exígua cabina às escuras, ao ponto de ele sentir em toda a sua extensão o rijo e exultante corpo do velho que se lhe aconchegava, a voz deste soando ao princípio alquebrada e atônita, conforme à sua própria compleição, ambas as vozes se emparelhando lado a lado a modo de um método na loucura, racional e inconsequente como as vozes de duas crianças:

— Pelo sinal! — gritou o velho. — O arauto! Para dar a conhecer ao mundo inteiro que Ele ressurgiu!

— Um sinal de granadas AA? De três milhas de granadas AA? Não bastava um só canhão como arauto? E se bastava um só canhão, por que retardar a Sua ressurreição com o estrondo de três milhas de granadas? E caso uma granada corresponda a um canhão, por que só três milhas de canhões? Por que não um número suficiente de granadas para cada canhão postado entre a Suíça e o canal da Mancha? E nós — por que não nos haverem avisado? Avisado, para Lhe podermos dar as boas-vindas? E por que só clarins, e não trombetas? As trombetas não O assustariam... a Ele que bem as conhece...

— Mas o Livro não ensina que Ele há de voltar no meio de raios e trovões?

— Sim, mas não no meio da pólvora — disse o agente de ligação.

— Então, que o homem faça barulho! — gritou a voz alquebrada.

— Que o homem celebre aleluias e jubileus com os próprios instrumentos com que está matando! — ambos racionais e fantásticos quais crianças, e, como estas, igualmente cruéis.

— E ao mesmo tempo que O procura, também procura seu filho? — perguntou o agente de ligação.

— Meu filho? — tornou o velho. — Meu filho morreu.

— É isso o que eu quis dizer — disse o agente de ligação. — Não era o que o senhor também queria dizer?

— Irra! — exclamou o velho, a interjeição soando a um jato de saliva. — Que importa que Ele traga ou deixe de trazer meu filho? Meu filho, ou teu filho, ou o filho de outro qualquer? *Meu* filho? Ou os milhões de filhos que perdemos desde aquele dia, faz quatro anos, ou os bilhões de filhos que se perderam, faz mil, oitocentos e oitenta e cinco anos... Os filhos, que Ele chamará novamente à vida, serão somente aqueles que morreram desde as oito horas da manhã de hoje. Meu filho? *Meu* filho? — e aí o agente de ligação saltou do veículo (a coluna fizera alto. Achava-se junto às linhas, em verdade logo abaixo delas, ou daquilo que até as três horas da tarde constituía a linha de frente, o que o agente de ligação imediatamente percebeu, embora nunca tivesse estado ali. É que não fora apenas soldado de infantaria a entrar nas linhas e a sair delas durante vinte e tantos meses, mas também agente de ligação a percorrê-las todas as noites por mais de sete meses, razão por que nem um só minuto duvidou do lugar onde estava, assim como não duvida um velho lobo, ou lince, nas proximidades da armadilha), e pôs-se a caminhar em direção à testa da coluna, que fizera alto. Aí parou na sombra, olhando as sentinelas armadas e os polícias militares que dividiam a coluna por seções, cada uma com um guia em cada caminhão-chefe, e onde cada seção, à medida que era destacada, saía da estrada e se embrenhava nos campos e nos bosques para além dos quais se desenrolava a linha de frente. Não ficou muito tempo observando a cena, pois dentro em pouco abordou-o um cabo de baioneta calada, o qual, rapidamente contornando o caminhão, dirigiu-se rumo à sombra onde estava o agente de ligação.

— Volte para o caminhão — comandou.

Aí, o agente de ligação declarou sua identidade, citando o batalhão a que pertencia e o respectivo setor.

— Mas que diabo anda fazendo aqui? — perguntou o cabo.

— Espero uma carona.

— Mas não neste lugar — tornou o cabo. — Vamos: saia daí! E depressa! — e ficou a fitá-lo até que a escuridão o envolveu (ao agente de ligação) e este saiu da estrada para entrar no bosque, donde rumou em direção ao *front*, onde se escarrapachou no calço de tiro, abaixo da sentinela impassível na sua fúria contida. Os olhos semicerrados, como se cochilasse, na mesma voz macia, sonhadora, incoerente, continuava contando: como fora que, envolvido na sombra, vira a equipagem de uma bateria antiaérea, munida de tochas veladas, descarregar as granadas vazias dos caminhões, trocando-as em seguida por suas próprias munições vivas; e mais adiante, ao reencetar a caminhada, como tornou a ver novas luzes veladas, e outro caminhão ocupado em executar a mesma substituição; e à meia-noite, em outro bosque — ou naquilo que fora um bosque, pois o que restava era um rouxinol pousado algures na retaguarda — já não caminhando, mas postado de costas junto ao cadáver de uma árvore crestada pelas explosões, e a ouvir ainda, além da idiota reiteração do pássaro, os caminhões se arrastando clandestinos e sem interrupção pela treva, já não atentando neles, porém ouvindo-os, desde que naquele momento o que buscava era descobrir alguma coisa perdida, ou momentaneamente extraviada, e que afinal, ocorrendo-lhe, pensou ele poder colocar sobre ela o dedo da memória, não fosse a mesma ocorrer-lhe às avessas, fluindo-lhe célere e mansa pelo intelecto, e todavia às avessas, assim: *Em Cristo a morte tem fim em Adão que começou.*

— Indubitavelmente verdadeira, porém errada; não a verdade errada, mas o momento errado, o desejado momento errado e necessário; e procurando ver claro, fez de novo a tentativa, e lá estava ela: *Em Cristo a morte tem fim em Adão que começou* — ainda verdadeira, ainda errada e sem nenhum consolo; mas antes que conseguisse pensar com clareza, a resposta certa lá estava — serena, intacta, instantânea; e lá estivera — parecia-lhe — o tempo todo, enquanto ele se amofinava, pensando havê-la perdido:

... mas em outro país; além disso,
é morta a meretriz.

O clarão subia agora da sua própria trincheira, não a vinte metros atrás da paralela, mas tão perto que, antes de apagar-se, a sentinela pôde distinguir à sua luz, de um verde cadavérico, que aquilo que banhava o rosto do agente de ligação não era graxa nem um suposta refração (às quais se pareciam), mas água, simplesmente.

— Um corredor maciço de inofensivas baterias antiaéreas, começando em nosso parapeito e exatamente na largura do alcance onde as baterias, uma em cada rampa, sabiam ser tempo perdido atirar num aeroplano que passasse voando direito entre elas no seu regresso ao aeródromo de Villeneuve Blanche; de modo que para qualquer pessoa, que não um general, tudo estava perfeitamente normal; e se houvesse atropelo bastante e lances de surpresa na hora da ação, o aspecto desta seria perfeitamente normal aos olhos dos próprios soldados azafamados no transporte de granadas para as calcar aos golpes nos canhões, bater os obturadores das culatras, apertar os tirantes e criar bolhas d'água nas mãos com o constante e rápido retirar de cartuchos ardentes para dar lugar aos que vinham logo em seguida — isso tudo para não falar dos que ficavam encolhidos na linha de frente a fim de fugir às vistas do homem, para o caso de um aeroplano, voando para Villeneuve, estar também carregado de idêntica munição, isto é, castrada munição na véspera em algum lugar que seria para os hunos o que era St. Omer para os franceses... Ainda assim, para se ver e ouvir, a ação se desenrolaria normalmente, embora os hunos continuassem a voar sem serem molestados, acima da estrada de Villeneuve, o que não era absolutamente de causar espécie, pois o próprio pessoal do corpo da Aeronáutica não afirmava que as baterias antiaéreas nunca derrubavam coisa nenhuma? É fácil perceber como se deve agir antes de o emissário alemão, ou qualquer outro emissário, chegar a Paris ou a Chaulnesmont, ou seja lá onde for, e ele e a pessoa (qualquer que esta seja) com quem tiver de fazer um acordo, o fizerem — um acordo não sobre a coisa (isso não constitui problema), mas sobre a maneira de fazê-la, para em seguida voltar à Alemanha a relatar o que ficou combinado. De nossa parte, nem é preciso começar, pois os franceses, isto é, aquele regimento francês, já arcou sozinho com o fardo. O que é preciso é não deixar que ele caia, ou vacile, ou pare um segundo sequer. Temos de agir agora, amanhã (amanhã? já estamos no amanhã; o agora é hoje), agir como agiu o regimento francês; não só nós, porém todo o batalhão: isto é, subir amanhã cedo parapeito acima, atravessar a cerca de arame com as mãos vazias — sem fuzil, sem nada — e caminhar para a cerca dos alemães, até que eles nos vejam, até que uma porção de alemães nos vejam — um regimento, um batalhão, ou apenas uma só companhia, ou quem sabe, um único alemão, pois basta-nos um só. E você é o único capaz de fazer isso. Pode-se dizer que é dono de todo o batalhão, dispõe de cada um e de todos os seus soldados, de cabo para baixo; é beneficiário do seguro de todos os seus membros, de todos quantos não têm mulher, e credor dos restantes, sob garantia dos soldos do mês que vem; tem tudo isso pendurado aí na cintura, e a coisa a dizer-lhes é uma só: que o acompanhem sem medo quando você disser: Venham! Irei com você para convencer os primeiros, assim que renda a sentinela; e todos hão de ver que, apoiando-os eu, você também me apoia, e amanhã cedo, ou no raiar do sol, quando os alemães nos virem todos juntos, quando o resto da Europa nos puder ver, ou for obrigado a ver-nos, ou não mais puder deixar de ver-nos...

Aí se interrompeu, pensando: *Ele vai dar um pontapé na minha cara...* e, com efeito, a bota da sentinela golpeou-lhe o lado do maxilar, fazendo-lhe a cabeça arrancar para trás num repelão, ainda antes que o corpo caísse, o tênue fluir da água que lhe deslizava pelo rosto espirrando com o golpe, tal um fino borrifo de saliva, talvez de orvalho, ou leve chuvisco de folha arrancada, a sentinela golpeando-o com outro pontapé, que desta vez o fez recuar e cair sobre o calço de tiro; e prosseguia a sentinela golpeando-lhe com a bota o rosto já inconsciente, quando o oficial e o sargento surgiram a correr pela paralela, a sentinela arquejante já pisando o inerme rosto prostrado:

— Por Cristo, cale a boca! Cale a boca! — quando o sargento o agarrou, sacudindo-o para junto das guardas. Agarrada pelo sargento, a sentinela rodopiava sem interrupção, acutilando a torto e a direito com o fuzil invertido o rosto que lhe estava mais próximo. Era do oficial, esse rosto, mas a sentinela nada via, e continuava a rodopiar rumo ao calço de tiro, o sargento ainda agarrado à sua cintura, a sentinela ainda golpeando com a coronha do fuzil a cabeça ensanguentada do agente de ligação, até que o sargento, com a mão que tinha livre, tateou o coldre à procura da pistola e destravou-lhe o pino de segurança:

— Espere aí — disse o oficial, limpando no punho o sangue da boca e sacudindo-o no chão. — Segure-o. — E sem voltar a cabeça, falou quase em voz alta na direção da paralela: — Dois-oito. Passe a senha de cabo.

Já espumando, sem consciência de estar agarrado pelo sargento, a sentinela ainda brandia a coronha do fuzil na direção da serena cabeça sanguinolenta do agente de ligação, até que o sargento falou muito próximo, quase junto do seu ouvido.

— Dois-sete... de cabo — repetiu uma voz além da paralela; depois, mais fraca, outra voz além dessa:

— Dois-seis... cabo.

— Use a bota — murmurou o sargento. — Um pontapé... Faça-o engolir os dentes.

Segunda-feira, terça-feira, quarta-feira

Já havia virado em direitura do aeródromo, quando viu o Harry Tate. A princípio ficou apenas observando, aprontando-se para ultrapassá-lo sem risco; eram tão grandes, esses Harry Tate, andavam tão devagar, que era fácil, à falta de cuidado, cometer-se o erro de superestimá-los. Mas logo percebeu que aquele Harry Tate evidentemente não só esperava, mas na realidade acreditava poder cortar-lhe o caminho. Habitualmente eram os Harry Tate tripulados por dois australianos, ou por um general e um piloto, mas aquele sem dúvida trazia no bojo um general, pois só devido a algum fator esotérico, ou seja, a alguma altíssima patente, podia um R.E.8 alimentar mesmo em sonho a esperança de apanhar um S.E. e mandá-lo descer.

O que indubitavelmente era a pretensão daquele Harry Tate, pensava o rapaz enquanto afogava o motor e fazia o S.E. pairar em parafuso bem em cima do campo de aterrissagem. O ocupante do Harry Tate era com efeito um general (ambos os acroplanos voaram um ou dois segundos paralelos), e do posto do observador, uma mão calçada numa fina luva de passeio acenou-lhe peremptória, ordenando-lhe que descesse. Inclinando então as asas em sinal de reconhecimento, o rapaz picou direto para o campo, pensando: *Por que hei de ser eu? Que foi que fiz? Como será que me descobriram?* ao mesmo tempo em que lhe vinha a súbita visão de um céu coberto de R.E.8 aos montes, cada um com o seu general a empurrar uma lista enorme obtida num telefone frenético e onde se liam os nomes de todos os aviadores ausentes em voo escoteiro, os generais a perseguirem os aviadores um a um em todo o *front*, atropelando-os para fora das áreas internas, compelindo-os um a um a aterrissarem...

Nesse ínterim chegou ao aeródromo, e viu no chão a faixa de sinalização. Desde a escola da base aérea nunca mais vira outra, de modo que ainda levou algum tempo para reconhecer o que era aquilo; e só depois de ver os demais aeroplanos pousados, ou aterrissando, ou demandando o campo para aterrissar, é que compreendeu ser aquela faixa o sinal peremptório de emergência comandando a Força Aérea em peso a aterrissar; o que ele também fez, com maior velocidade e ímpeto do que convinha a um S.E. (cujos infelizes hábitos de pousar em terra eram de todos conhecidos) e daí rodou para a pista, onde, ainda antes de desligar o motor, ouviu o mecânico gritando:

— Para o rancho, chefe! Ordem do major! Para o rancho, já, já.

— O quê? Isso é comigo? — perguntou o rapaz.

— Com todo mundo! — disse o mecânico. — Com toda a esquadrilha! Depressa!

O moço saltou para a pista e saiu correndo; de fôlego tão novo, ia fazer dezenove anos só no ano seguinte, e tão novo de guerra, que, embora a Royal Air Force contasse apenas seis semanas de vida, a dele não era aquela túnica universal de emblemas RFC superpostos nos remanescentes da velha insígnia do regimento e usada pelos veteranos transferidos. Não era, igualmente, a velha túnica de oficial da Força Aérea, mas o uniforme da RAF, diga-se que bem pouco marcial e o seu tanto epiceno com aquele cinto de pano e sem platinas, lembrando o paletó do chefe adulto de um clube neocristão de meninotes, a estreita orla azul-pálida ao redor dos punhos e o chapéu sem emblema, que se diria o de um polícia de campanha, até que a gente reparasse nos modestos botõezinhos de ouro fosco a cada lado do distintivo, botõezinhos que lembravam *clips* de *lingerie*, ou, digamos, os seletos presentes de batismo ofertados por padrinhos cujo gosto precisava corresponder ao volume da carteira...

Um ano antes, ainda frequentava a escola, e estava à espera não do seu décimo-oitavo aniversário e idade legal para alistar-se, mas à espera do seu décimo-sétimo aniversário, mais o término, ou o desencargo da promessa que fizera à mãe viúva (era filho único) de continuar a frequentar as aulas até a obtenção do diploma. O que não só cumpriu, como o cumpriu com notas altas, embora todo o seu pensamento, todo o seu ser, vivesse insone, sedento ante um sonoro rol de heroísmos: Ball, McCudden, Mannock, Bishop, Barker, Rhys Davies, e, acima de tudo, a Inglaterra, simplesmente... Fazia só três semanas, ainda estava em sua pátria inscrito no quadro de pilotos, candidato a um posto na linha de frente — o de escoteiro do ar habilitado de avião estacionário, e digno de merecer do rei a inscrição: "Nossa Fé repousamos, e Nossa Confiança depositamos, em nosso Leal e Bem-Amado Gerald David"... Mas a notícia publicada no Diário do Governo viera revelar que se fizera demasiado tarde para isso. Com efeito, fora designado não para a RFC mas para a RAF, pois a RFC deixara de existir a 1.º de abril, isto é, dois dias antes que lhe fosse concedido o comissionamento: razão por que aquela meia-noite de março lhe soara a dobre de finados. Uma porta se lhe fechara para a glória; a própria imortalidade expirava num anticlímax prematuro; não mais o velho comissionamento na velha Força gloriosa, irmandade de heróis à qual se consagrara a despeito daquela dor no coração materno; não mais o velho comissionamento, que Albert Ball levara à imortalidade, e que Bishop, Mannock e McCudden ainda sustentavam a golpes de incomparáveis recordes... A ele caberia apenas aquela coisa recém-nascida, nem carne nem ave, muito menos um bom arenque vermelho; a ele, que passara um ano inteiro concordando com o coração freneticamente irracional de sua mãe, um feroz coração irremediavelmente imune a veleidades de glória; que passara ainda outro ano exercitando-se, labutando como um castor, ou como o proverbialíssimo troiano, a fim de compensar a sua própria inabilidade de dizer "não" às lágrimas de uma mulher...

Era, porém, demasiado tarde. Os que inventaram em seu benefício os alfinetes de *lingerie*, as calças de oficial em vez do róseo Bedford encordoado, o cinto de oficial e as botas altas, haviam-lhe trancado ao mesmo tempo a porta da antessala dos heróis. Nos átrios não nacionais do Valala, as sombras não nacionais de franceses, alemães e britânicos, por igual conquistados e conquistadores — Immelman, Guynemer, Boelcke e Ball, todos idênticos, não na imensa franco-maçonaria da morte, mas na franco-maçonaria eleita e exclusiva da aviação —, todos tocariam entre si suas canecas sem fundo, nunca, porém, brindando em sua honra. Os herdeiros daqueles — Bishop, Mannock, Voss, McCudden, Fonck, Barker, Richthofen e Nungesser — ainda fenderiam o ar de terrestre fundamento, mediando o passo de suas sombras esvoaçantes pelas velozes muralhas dos cúmulos, licenciados e intangíveis, já confiados na imortalidade embora estivessem vivos... mas nada disto lhe haveria de caber. Certo, a bravura e a glória sempre existiriam, enquanto houvesse homens para as conquistar. A bravura seria, com efeito, a mesma de sempre; a glória, porém, é que seria de outra espécie. E havia de pertencer-lhe: sob uma forma secundária de Elísio, talvez, ou um atalho traçado sobre o cadáver da infantaria, talvez um pouco mais, além disso; mas pertencer-lhe-ia, a ele que não fora o primeiro a quem ocorrera a seguinte pergunta: *Que não teria eu feito pela glória da mãe-pátria, tivesse ela apenas me emparelhado com a sua necessidade?*

Dir-se-ia, porém, que também o resto lhe seria negado: as três semanas gastas no aeródromo, quase que só na prática da artilharia (no que ficou perito, ao ponto de ele próprio admirar sua perícia); um giro cauteloso e bem protegido (Bridesman, o major e seu comandante-aviador, mais um recruta bisonho) até as linhas, a fim de ver como eram elas e aprender o caminho de regresso; e, ainda na véspera, após o lanche, estando ele em sua barraca, onde ensaiava escrever uma carta à mãe, Bridesman enfiou a cabeça no vão da porta e deu-lhe a notícia oficial, esperada por ele há tanto tempo, desde o seu décimo sétimo aniversário:

— Com Levine; saída para amanhã. Às onze horas. Antes de levantar voo, lembrar de não esquecer o que venho dizendo que é preciso lembrar...

E naquela manhã, foi assim que subira, perfazendo o que seria verdadeiramente o fim da sua incontestada reclusão aérea, o adeus a seu aprendizado, e, por assim dizer, o adeus à sua virgindade aviatória — quando o general do Harry Tate o enviou sem mais aquela de volta à terra, onde ele saltou ainda antes que o aeroplano parasse, e, esporeado pelo mecânico, correu para o rancho, ali chegando em último lugar, pois a maioria dos aviadores já estava presente, excetuando o pessoal da esquadrilha, que ainda se achava fora, o major falando, uma das pernas comodamente a um canto da mesa: acabava de chegar (ele, o major) do quartel-general, onde se avistara com o general-comandante, chegado directamente de Poperinghe; os franceses haviam proposto um armistício, que devia começar ao meio-dia — doze horas. Isso, porém, não significava coisa nenhuma; que os da esquadrilha não se esquecessem de que os ingleses não pediram armistício, tampouco os americanos; e, conhecendo os franceses como ele os conhecia, por haver lutado com eles lado a lado durante quatro anos, dizia o major não poder acreditar que isso tivesse para os mesmos uma significação muito grande. Fosse lá o que fosse, haveria uma trégua, uma contraordem de uma hora ou duas, talvez de um dia inteiro. Tratava-se, porém, de uma trégua francesa, não nossa, dizia o major relanceando o olhar pelos rapazes, displicente, calmo, até certo ponto negligente, e a falar com a mesma voz indiferente e desprendida atitude com que sabia conduzir toda a esquadrilha numa noite de pândega, de exuberante pandemônio, e, sem que alguém pusesse reparo senão depois, voltar a uma sobriedade suficiente para arcar com o trabalho do dia seguinte, o que não era a menor das razões porque, ainda que não fosse caçador de hunos, era um dos mais queridos e competentes comandantes da esquadrilha em França, embora o rapaz ainda não estivesse ali tempo bastante para estar enfronhado em tudo isso. Sabia, não obstante, que aquela — a do major Bridesman — era uma voz verdadeira, a voz autêntica da ilha invencível, a qual, não apenas com os seus dezoito anos, com a promessa do resto de seus dias que ele bem poderia perder se o fizesse, era seu desejo defender com júbilo e orgulho, e com gratidão preservar: — Porque nós, os ingleses, não abandonamos a luta. — Nem nós nem os americanos. A guerra não acabou. Ninguém falou em nosso nome; e ninguém, senão nós mesmos, faremos nossa própria paz. Os voos continuam como de ordinário. Podem debandar.

O rapaz, porém, já não se perguntava o *porquê* do acontecimento, mas a maneira, o *como*, do acontecimento. Nunca ouvira falar numa suspensão ou trégua de guerra. Pouco sabia do assunto, e, com respeito à guerra, percebia que era grande a sua ignorância. Mas perguntaria a Bridesman...Via em volta os rapazes dispersando-se, ao mesmo tempo em que dava pela ausência de Bridesman e dos demais comandantes da esquadrilha; não só Bridesman, mas Witt e também Sibleigh, o que, no caso de Witt, queria dizer que naquela mesma manhã ele ainda se encontrava em missão da Operação Aérea C, o que vinha ratificar as palavras do major, concernentes a estar a aviação prosseguindo na luta. Com efeito, a Operação Aérea C prosseguia, e se ele verdadeiramente sabia quem era Bridesman (e decerto o sabia após três semanas de convívio), a Operação Aérea B também prosseguiria. Olhando o relógio, viu que eram dez e meia, isto é, faltavam trinta minutos para o início da Operação Aérea B; havia tempo de acabar a carta à mãe, interrompida na véspera por Bridesman; poderia também (pois só dali a trinta minutos a guerra começaria oficialmente para ele) escrever a outra — aquela carta lacônica, discreta e de modesto heroísmo, que mais tarde se acharia entre seus pertences, na ocasião em que alguém os arrecadasse para resolver o que devia ou não ser devolvido à sua mãe... Ao mesmo tempo ia pensando que a patrulha só levantava voo às onze, ao passo que a contraordem seria dada às doze, o que lhe facultava uma hora de sobra — uma hora, não: o voo até ao *front* consumia dez minutos, donde lhe sobrarem apenas cinquenta minutos; cinquenta minutos! e no entanto suficientes para ele bater os recordes de Bishop, de McCudden e de Mannock, ao mesmo tempo suficientes para o inimigo derrubá-lo em terra... Ia já caminhando para a porta, quando ouviu ruído de motores largando o voo, subindo sobre o aeródromo... Correu então para os hangares, onde lhe disseram que aquela largada não era sequer a Operação Aérea B, ao que ele, incrédulo e espantado, gritou para o sargento:

— Quer dizer que os três comandantes e seus adjuntos saíram todos numa patrulha só? — Os canhões atiravam, não com os mesmos tiros que ele ouvira anteriormente, mas com furiosos tiros simultâneos numa extensão muito vasta, seu estardalhaço já presente a sudeste antes que a audibilidade se fizesse, e continuando a existir a noroeste, após cessada a audibilidade.

— Avançam! — gritou para o sargento. — Os franceses nos traíram! Deixaram livre a passagem para os alemães!

— Com efeito! — disse o sargento. — Não será preferível o senhor dar uma chegadinha no escritório? Quem sabe se lá estão precisando do senhor...

— Está certo — respondeu ele, desandando a correr de regresso ao aeródromo vazio sob um céu estrondejando a fúria dos canhões distantes, até que chegou ao escritório, que lhe pareceu ainda pior do que vazio: o cabo não apenas sentado, como sempre, por trás do telefone, mas a fitá-lo por cima do exemplar do *Punch*, o mesmo exemplar amarfanhado de três semanas atrás, quando ele o vira pela primeira vez.

— Onde está o major? — perguntou.

— Lá embaixo na ala — disse o cabo.
— Lá embaixo na ala? — repetiu aos gritos, incrédulo, reencetando a correria, quando viu pela porta em frente, dentro do rancho, o resto dos novos recrutas, seus colegas de esquadrilha, todos sentados e calados, como se o ajudante não apenas lhes tivesse dado voz de prisão, mas também ali estivesse montando guarda junto à mesa, com seu cachimbo, seu galão de mutilado, sua letra O de observador e o emblema de uma asa só a encimar-lhe a fita da Estrela de Mons, ao mesmo tempo que tinha aberta à sua frente a página do problema enxadrístico do *Times* do domingo anterior, e o tabuleiro de xadrez da esquadrilha.
— Estão ouvindo? Estão ouvindo? — berrou o rapaz, irrompendo rancho adentro, berrando de tal jeito que ficou impossibilitado de ouvir o ajudante, que também começou a berrar:
— *Onde esteve?*
— Nos hangares — respondeu o rapaz. — Era para eu ter saído junto com a patrulha!
— Quem o mandou apresentar-se aqui?
— Apresentar-me? — perguntou. — O sargento-aviador Conventículo... número... — acrescentou.
— Seu nome é...
— Levine.
— Pois bem, Levine: faz três semanas que chegou, e ainda não sabe que esta esquadrilha é dirigida por pessoas especialmente nomeadas, e até qualificadas para isso. Quando você ganhou esse emblema, ganhou junto um livro de regulamentos, não foi? A utilidade desse livro é impedir que você quebre a cabeça como vem fazendo... Mas decerto ainda não teve tempo de dar uma espiada nele...
— É isso mesmo — respondeu o rapaz. — Que deseja de mim?
— Sente-se por aí e fique quieto. No que diz respeito a esta esquadrilha, a guerra foi suspensa ao meio-dia. Já não haverá voo... até segunda ordem. Às doze horas, os canhões começaram a atirar. O major sabia disso com antecedência. Vão parar de atirar às quinze. E agora é você que fica sabendo disso com antecedência...
— Suspensa? A guerra vai ser suspensa? — perguntou. — Mas você não vê...

— Sente-se! — ordenou o ajudante.
— ...se a suspendem agora, não vê que estamos batidos, que estamos perdidos...
— Sente-se!
O rapaz calou-se, mas logo em seguida não se conteve:
— É ordem de prisão?
— Prefere que o seja?
— Está bem — disse, e sentou-se.
Passavam vinte e dois minutos das doze, e agora já não eram as paredes Nissen que tremiam, mas o próprio ar que elas continham. Treze horas daí a pouco; depois quatorze, e toda a força lá fora reduzida a uma fatigada diástole de partículas donde o sol refrangia para as janelas do ocidente; nenhuma alteração até às quinze horas, a esquadrilha reduzida a um punhado de novatos que mal sabiam onde ficava o *front*, e, pior ainda, todos sob o comando de um homem que nunca fora outra coisa senão um observador de meia-tigela que até havia abandonado esse encargo por um tabuleiro de xadrez, ao mesmo tempo abandonando os demais rapazes que trouxeram — ou que deviam ter trazido — da Inglaterra a mesma gratidão que ele trouxera, o mesmo orgulho, e a sede e a esperança... Postou-se então ereto, a ouvir o silêncio cair como uma pedra de mó num poço; depois saíram todos a um só tempo e dirigiram-se para a cavidade destelhada donde as paredes e o teto, feitos de canhonaços longínquos, foram rompidos e arrancados assim como um ciclone rompe as paredes e o teto de um retângulo de vácuo que ainda há pouco era um hangar, sem consentir à audibilidade um ponto em que se apoie, ela por conseguinte estourando no vácuo como os tímpanos estouram nas grandes altitudes, até que finalmente o próprio estrondo horríssono deixou de existir.
— Parece que a coisa vai ser agora — disse alguém por trás dele.
— Que coisa? Não! Não é possível! — exclamou o rapaz. — A guerra não acabou! Não ouviu o que disse o major? Os americanos também continuam firmes! E você acha que Monaghan (Monaghan era americano, fazia parte da Operação Aérea B; e embora só tivesse três semanas de vooo, já marcava uma contagem de três e fração) também vai desistir? E mesmo que os outros desistam...

— Mas aí se interrompeu, ao descobrir de repente que todos o fitavam austeros e calados, como se estivessem a ouvir um verdadeiro comandante-aviador...

— Diga o que pensa, Levine — pediu um dos rapazes.

— Eu? — tornou ele. — Sobre o quê? — E disse com seus botões: *Perguntem a Collyer... que virou ama-seca...* E amargo: — Perguntem a Collyer... — a Collyer que, com seu cachimbo, sua calva incipiente e sua cara bonachona e gorda, era então o único regente inglês daquela meia milha quadrada de terra francesa, anjo custódio da sua honra e orgulho; a Collyer que três anos antes provavelmente trouxera à França (de acordo com a lenda que nas primeiras semanas de guerra corria na esquadrilha, ele, Collyer, fora derrubado por um lanceiro dos ulanos, quando então se fez observador do ar, já na primeira semana de voo logrando sobreviver a seu piloto na queda de um R.E., daí em diante ajudante de esquadrilha, e portador da mesma e única condecoração, e, dizia a lenda, do mesmo cachimbo sempre frio) do mesmo sentimento, da mesma fé, da mesma fome (ou fosse lá o que fosse) outrora intolerantes e insaciáveis como os do próprio rapaz, mas que Collyer perdera ou pusera à margem, assim como pusera a guerra para sempre à margem, firmando-se afinal, seguro e inatingível, no seu posto da base aérea, onde a sede da vitória e a tumescência da bravura já não mais o poderiam perturbar; e o rapaz continuando a pensar, *oh, sim, perguntem a Collyer,* e completando o pensamento que a cessação do bombardeio interrompera no refeitório: *Também Collyer vai desistir da guerra. Já abandonou tudo, e há tanto tempo, que já nem se lembra de haver perdido alguma coisa...* — *Ouvi a Inglaterra morrendo...* — disse tranquilo de si para consigo, e, a seguir, em voz alta: — Pensa o quê? Esse barulho? Qual nada! A julgar pelo barulho, não há nada demais; não acham?

Às cinco horas o general-comandante do Harry Tate da brigada depositava o major quase no interior da varanda da secretaria. Um pouco antes de o sol se pôr, dois caminhões chegavam ao aeródromo; e, espiando da sua barraca, o rapaz viu a infantaria com seus fuzis e capacetes de aço desfilando um instante no capim empoeirado atrás da secretaria, para em seguida dispersar-se em esquadrões; ao pôr do sol, a patrulha aérea dos comandantes aviadores e seus adjuntos, a qual, à semelhança da Operação Aérea B, havia saído ao meio-dia, ainda não tinha regressado, o que resultava numa ausência três vezes mais longa do que permitiria a quota de gasolina de uma patrulha ou de um S.E. Jantou no refeitório com os demais (o major estava ausente, embora lá se achassem alguns oficiais mais velhos, inclusive o oficial de infantaria, mas o rapaz não poderia dizer onde tinham estado nem quando regressaram), metade dos quais ele sabia ignorarem o que se passava, enquanto a outra metade ele não sabia dizer até que ponto o ignorava ou lhe era indiferente — e ainda a refeição não terminara, o ajudante levantou-se e ali permaneceu apenas o tempo para dizer, não, porém, aos mais velhos:

— Não estão confinados às casernas. Entendam apenas que qualquer outro lugar lhes é interdito.

— E a vila?

—Villeneuve Blanche? Também. Conquanto ela não seja um esgoto de iniquidades. Vão com Levine para as barracas, enrodilhem-se na cama, leiam os regulamentos... O lugar de Levine é lá... — Fez então uma pausa. Depois acrescentou: — Os hangares também: interditos.

— E por que iríamos aos hangares a esta hora da noite? — perguntou alguém.

— Não sei — respondeu o ajudante. — Mas não vão lá.

Começaram então a dispersar-se, ficando ele ali até depois que os serventes puseram o refeitório em ordem para aquela noite, e ainda ali permanecendo, quando ouviu o rumor de um automóvel que, sem parar no refeitório, deu a volta em direção à secretaria, onde, através do delgado tabique, pôde ouvir rumor de passos e, a seguir, de vozes: eram o major e Bridesman, e os outros dois comandantes-aviadores, mas nenhum S.E. aterrissara naquele aeródromo depois que escureceu, pois nada ouvira, como também não tinha ouvido o barulho do carro. Sentado ali, não lhe era possível, embora quisesse, distinguir o que diziam as vozes, quando estas se interromperam abruptamente e um segundo depois a porta abriu-se e o ajudante entreparou um instante no limiar para em seguida avançar, dizendo enquanto empurrava a porta atrás de si: —Volte para sua barraca!

— Está bem — respondeu ele, levantando-se. O ajudante, porém, uma vez no refeitório, fechou completamente a porta, e disse-lhe numa voz repassada de bondade:
— Por que não deixa de pensar nessa história?
— Estou deixando — respondeu ele. — Mas não sei fazer mais nada, pois não posso compreender que a guerra tivesse acabado quando em verdade não acabou, ou que não acabou, se de fato acabou...
— Volte para sua barraca — disse o ajudante. E ele saiu para a escuridão e o silêncio, caminhando direto para as barracas, até emergir do ângulo de visão do refeitório; chegando aí, deu por precaução mais uns vinte passos antes de voltar-se na direção dos hangares, sempre pensando que a sua perturbação era em verdade uma coisa muito simples e resultava de nunca antes ter sabido ouvir o silêncio. Tinha treze anos, quase quatorze, ao estalar a guerra, mas era bem possível que aos quatro anos já não pudesse suportar o silêncio, negando-o imediatamente para começar no mesmo instante a fazer qualquer coisa que o rompesse, assim como fazem as crianças de seis ou dez anos, quando o próprio ruído falha, e que, na falta de escuridão ou esconderijo, refugiam-se em armários embutidos, em guarda-louças, em cantinhos debaixo da cama ou do piano — seu último recurso para fugirem do silêncio. Tudo isso ia pensando o rapaz ao contornar a esquina do hangar, ao ouvir a senha e ao ver a brecha de luz sob as portas não apenas fechadas, mas trancadas a cadeado — coisa que nunca vira antes, nem ele nem qualquer outra pessoa daquela esquadrilha ou de qualquer outra — e súbito estancando com a ponta de uma baioneta a seis polegadas do estômago.
— Ora essa! — disse. — Qual é minha culpa agora?
O homem, porém, não respondeu. — Cabo da guarda! — gritou. — Posto número quatro!
E o cabo da guarda apareceu.
— Segundo-tenente Levine — disse o rapaz. — Meu aeroplano está nesse hangar...
— Não, não entra. Nem que fosse o general Haig em pessoa e tivesse esquecido a espada lá dentro — disse o cabo.
— Está bem — tornou o rapaz virando as costas, pensando no sargento-aviador Conventículo, soldado bastante experimentado para

saber que eram bem poucas as situações militares que se não pudessem resolver ao simples brado de "Sargento!". Era principalmente isso, mas também algo mais: era a relação, não só entre ele e o sargento Conventículo, mas entre as duas raças às quais respectivamente pertenciam. Homem de meia-idade, esse sargento Conventículo, irlandês de compleição, e pertencente àquela raça da qual todos quantos conhecera se chamavam Evans ou Morgan, exceção feita de dois ou três, de nome Deuteronômio, Tabernáculo ou Conventículo, à maneira do Velho Testamento; povo musical e taciturno, familiarizado com o mistério como se o respirasse, nascido sem temor ou preocupação com o conhecimento e as relações do homem com suas obscuras origens subterrâneas, que melhor seria nunca surgissem à luz, e cujos nomes, musicais e nebulosos, os demais homens não podiam sequer pronunciar, de modo que, ao emergirem eles dos seus pantanais e fortalezas para o mundo racional onde os homens continuavam lutando para esquecer seus sombrios começos ainda consentiam em ser chamados pelos nomes aterradores e ciumentos, extraídos dos antigos e ferozes anais hebraicos, nomes com os quais nenhum outro povo se sentiu tão à vontade quanto aquele; lembrando Napoleão, na Áustria, que mandou chamar à sua presença os seus súditos (isto é, os súditos de seu filho), cujos nomes eram de difícil pronúncia, e dizendo-lhes o seguinte: — Seu nome fica sendo Wolf ou Hoff ou Fox ou Berg ou Schneider — tudo de acordo com a aparência de cada um ou o lugar onde morava ou a profissão que exercia... Tudo isso, porém, o rapaz pensou num relance. Restava-lhe ainda uma fonte, uma fonte segura, mas também esta não muito certa, e, fora dela, mais nada: era a barraca de Bridesman e de Cowrie (requisito indispensável de bravura para ser capitão: meia barraca como recompensa. A do major era inteirinha dele...), onde Cowrie o olhava recostado no travesseiro enquanto Bridesman, sentado no outro catre, acendia a vela e principiava a falar:

— Claro, a guerra não se acabou. Está tão longe disso, que amanhã mesmo vai haver serviço para vocês. Está satisfeito?

— Bem — tornou o rapaz. — Mas afinal o que foi que houve? Que história é essa? Faz trinta minutos que uma sentinela armada me barrou o ingresso no hangar, e ainda por cima chamou o cabo da guarda; e as portas do hangar estavam trancadas a cadeado e tudo aceso lá dentro; ouvi gente mexendo-se, só não pude passar adiante da baioneta. Quando me obrigaram a voltar, ouvi barulho de caminhão e vi uma tocha mexendo-se lá embaixo, junto às baterias antiaéreas, para cá da vila; decerto é munição fresca que estão mandando lá para cima, pois as baterias antiaéreas também pararam hoje ao meio-dia; decerto eles também precisam de um mundo de munição para poderem parar...

— Se eu lhe contar o que é, promete esquecer isso, voltar à barraca e meter-se na cama?

— Prometo — respondeu ele. — Não peço outra coisa: só queria saber... E se for verdade que fomos derrotados, também quero sofrer a parte que me cabe...

— Derrotados, bolas! Nesta guerra ninguém tem força para derrotar seja lá o que for... com exceção dos americanos, quando chegar a hora.

— Que sejam bem-vindos — comentou Cowrie. Bridesman, porém, continuou:

— Hoje cedo um regimento francês amotinou-se; recusou-se a sair da trincheira. Quando os franceses puseram-se a indagar a razão, pareceu que... Mas isso não tem maior importância.

— Como não tem maior importância?

— Tratava-se apenas de uma parte desleal da infantaria; das tropas que guardavam a linha. Mas os outros regimentos se abstiveram. Pareciam saber com antecedência que aquele regimento se rebelaria, e só esperavam pelo resultado. Mas os franceses não se arriscam. Já mandaram retirar o regimento, substituindo-o por outro, e levaram para cima os canhões a fim de iniciarem uma barragem pesada ao longo de todo o *front*, uma barragem igual à nossa de hoje cedo. Só para dar tempo de sabermos o que se estava passando. Só isso, nada mais.

— Como, só isso? — perguntou o rapaz. Cowrie pusera um cigarro na boca, e, soerguido num dos cotovelos, espichava a mão para a vela, mas fez uma pausa ainda menor que a fração de um segundo.

— E os hunos, o que faziam todo esse tempo? A guerra acabou-se — afirmou tranquilamente.

— Acabou-se coisa nenhuma — tornou Bridesman com voz áspera. — Você não ouviu o que o major disse ao meio-dia?
— Ouvi, sim — tornou Cowrie calmamente. — A guerra acabou-se. Pobre infantaria malcheirosa e sanguinolenta — franceses, americanos, alemães, nós próprios... Pobre infantaria, esteja onde estiver... Então é isso o que andam escondendo...
— Escondendo? — repetiu Bridesman. — Escondendo o quê? Não há nada a esconder. Digo-lhe que a guerra não se acabou. Pois não estou dizendo que amanhã mesmo haverá serviço para nós?
— Está bem — disse o rapaz — A guerra não se acabou. Mas como pode ser isso?
— Não é possível que a guerra acabe. Com que fim você imagina que fizemos a barragem de hoje — nós, os franceses, os americanos — uma barragem que abrangia toda a frente, desde o canal da Mancha para o interior, e fizemos estourar um suprimento de munição que dava para meio ano — se não fosse a nossa intenção deter os hunos, até sabermos o que melhor nos convém?
— Sabermos o que melhor nos convém? Então diga: que faziam eles esta noite em nosso hangar?
— Nada! — respondeu Bridesman.
— Que faziam no hangar da Operação Aérea B, Bridesman? — perguntou o rapaz.
O maço de cigarros estava em cima do caixote de embalagem que servia de mesa entre os dois catres. Bridesman voltou-se a meio e espichou a mão; antes, porém, de alcançar o maço, Cowrie, deitado de costas com um braço sob a cabeça, já estendia, mesmo sem olhar, o cigarro aceso, que Bridesman apanhou.
— Obrigado — disse, novamente volvendo o olhar para o rapaz. — O que faziam... não sei. — E, em seguida, forte e áspero: — Nem quero saber. Só sei que amanhã temos serviço, e você vai nele. Se tem alguma boa razão para não ir, é só falar: arranjo substituto.
— Não, não tenho — disse o rapaz. — Boa noite.
— Boa noite — respondeu alguém.
Mas no "amanhã" nada houve. Nada, exceto a alva, o despontar do dia, o próprio "amanhã". Nenhuma patrulha decolou na madrugada, pois se o fizesse ele teria ouvido, acordado como estava há muito

tempo. Na pista também não havia um só aeroplano, quando, na hora do rancho, ele se dirigiu para o refeitório; o próprio quadro-negro, onde Collyer julgava indispensável garatujar a giz algum aviso que ninguém lia, estava em branco. No refeitório, ficou sentado à mesa já deserta, onde Bridesman forçosamente o haveria de ver mais cedo ou mais tarde, caso o desejasse. Divisava dali, no outro lado do aeródromo, os hangares vazios e sem vida, e observava a rendição, de duas em duas horas, dos guardas marcando passo pela comprida manhã comatosa, despojada de qualquer atividade sob o suave silêncio do céu.

Deu meio-dia, e ele então viu o Harry Tate aterrissar, rodar em seguida na direção da secretaria e desligar o motor, enquanto uma capa de trincheira saltava do assento do observador, retirava o capacete e as lentes, atirando-os para dentro da carlinga, donde sacou a vareta e o chapéu vermelho, de brilhos metálicos. Sentaram-se todos à mesa do lanche: o general e seu piloto, o oficial de infantaria e todo o esquadrão; era o primeiro lanche do qual se lembrava não estar ausente ao menos um esquadrão, às vezes dois, o general levantando-se para dizer a mesma coisa que o major dissera, mas não tão bem, pois levou mais tempo para dizê-lo:

— A guerra continua. Não que os franceses nos sejam necessários. Podíamos simplesmente ter recuado até aos portos do Mancha, relegando Paris aos hunos. O que não seria a primeira vez... Claro: ficariam muito cheios de si — o que também não seria a primeira vez. Águas passadas... O que fizemos foi iludir os hunos, pois os franceses estão novamente na brecha. Que o dia de hoje se considere feriado — pois é essa a característica dos feriados: acabar depressa. Há entre vocês alguns que não estão lamentando muito o término desse feriado... — E citou nomes, pois estava sempre em dia com as folhas de serviços, e a todos conhecia: — Thorpe, Osgood, De Marchi, Monaghan, autores de tantas proezas e que ainda melhores vão fazê-las, agora que os franceses tomaram uma lição; as férias serão mais compridas da próxima vez, quando a cessação do fogo provier da outra margem do Reno. Então, sim: adeus, revistas e ordens de debandar! — O rapaz, porém, ainda não ouvia rumor algum (talvez ninguém esperasse ouvi-lo), e dirigiram-se todos para fora, onde o motor do Harry Tate já roncava e o major corria a recolocar a vareta e o chapéu vermelho na carlinga, donde retirou o capacete, que ajudou a pôr na cabeça do general, este logo após entrando no Harry Tate e o major berrando: — 'Tenção! — ao mesmo tempo que fazia a continência, enquanto por seu turno o general sacudia o punho fechado de polegar em riste, e o Harry Tate começava a rodar estrepitosamente...

Desceu a tarde, e tudo continuou na mesma. Seria melhor permanecer no refeitório, num lugar onde Bridesman pudesse vê-lo ou descobri-lo se quisesse, mas desta vez a espera foi tão comprida quanto o fora a da manhã; no entanto sabia agora que nada esperara pela manhã, pois àquela altura ainda não podia acreditar no que vinha acontecendo; mas na hora do lanche Bridesman seria obrigado a enxergá-lo, pois sentara-se logo à sua frente, do outro lado da mesa. Com efeito, todo o esquadrão ficou por ali, sentado ou pervagando nas proximidades (os novatos, os bisonhos, os *hunos* como ele), Villeneuve Blanche ou mesmo só Villeneuve, que Collyer chamara de "esgoto", permanecendo fora dos limites permitidos, e por isso — por estar além dos limites permitidos — foi talvez a primeira vez em toda a sua história que um cidadão não nascido nela sentiu de maneira específica o desejo de visitá-la... De resto poderia voltar à barraca; havia ali a carta que principiara a escrever à mãe, mas a verdade é que lhe seria impossível continuá-la, pois a trégua do dia anterior como que borrava das palavras toda a significação que continham, apagando a própria base onde repousavam a intenção e a finalidade da missiva.

E todavia encaminhou-se para a barraca, apanhou ali um livro e deitou-se no catre a ler. Assim fazendo talvez para mostrar, para provar à velha matéria — aos seus ossos e à sua carne — que nada mais esperava. Ou talvez para exemplar o corpo com um sentimento de renúncia e abnegação. Ou talvez nem se tratasse da sua carne e de seus ossos, mas dos nervos simplesmente, e dos músculos, há tanto tempo preparados por um governo em séria crise, ainda que temporária, para a prossecução de um ofício altamente especializado e que de repente, desaparecida a crise, resolveu antecipadamente o dilema que a exigira, antes que ao rapaz lhe fosse concedida a oportunidade de retribuir ao menos o custeio de uma tal preparação... Claro, não se tratava de desejo de glória: apenas da retribuição do custeio. Os louros da glória, embora moderadamente viçosos, traziam nas folhas sangue humano; e isto só era permitido quando a mãe-pátria estava em risco. A paz vinha abolir a coroa de louros, e o homem que agora pretendesse escolher entre a paz e a glória, melhor seria para ele não altear a voz...

Mas, positivamente, aquilo não era ler, e o *Gaston de la Tour* devia ser lido por quem quer que, embora deitado, o trouxesse aberto à sua frente... Por conseguinte lia — tranquilo, resignado, já sem qualquer entusiasmo. Sua vida tinha agora um futuro, que duraria eternamente; só lhe restava descobrir o que fazer de tal futuro, agora que o seu único ofício — o de piloto de avião de bombardeio para derrubar (ou esforçar-se em derrubar) outro avião de bombardeio — se tornara obsoleto. Dali a pouco era o jantar, e o ato de comer esgotaria, ou libertaria, uma pequena parcela das quatro (contando com o chá, talvez das cinco) horas dentre as vinte e quatro, se ele comesse devagar; seriam, depois, mais oito horas de sono ou mesmo nove (se fizesse isso com igual lentidão), o que viria a resultar em menos da metade do tempo a pesar-lhe nas mãos. Certo, não compareceria à mesa do chá ou do jantar; guardava ainda intacto quase um quarto de libra de chocolate que a mãe lhe mandara na semana anterior, e era coisa de somenos ele preferir, ao chocolate, o chá e o jantar. Provavelmente no dia seguinte, os novatos, os recrutas, os hunos seriam enviados de volta à Inglaterra; e se lhe era forçoso regressar a Londres com a túnica despida de condecorações, ao menos não o obrigassem a levar de volta o quarto de libra de chocolate a derreter-lhe na mão, como acontece a uma criança que regressa adormecida da feira. Ao mesmo tempo, quem assim se revelava capaz de espichar a comida e a dormida pelas quatorze horas dentre as vinte e quatro do dia, decerto também seria capaz de espichar a leitura do *Gaston de la Tour* pelas horas que ainda sobravam naquele dia viúvo, até emendá-lo com a noite: até emendá-lo com a escuridão e o sono.

Depois, amanheceu. Eram já três horas da tarde, e ele desistira de esperar fosse lá o que fosse. Com efeito, completavam-se vinte e quatro horas nas quais não lhe fora mister lembrar-se de que não esperava fosse lá o que fosse — quando o cabo-ordenança apontou subitamente à porta da barraca.

— Que é? — perguntou. — Que é?

— Uma patrulha, chefe — disse o cabo. — Vai sair nestes trinta minutos.

— Toda a esquadrilha?

— O capitão Bridesman diz que sim.

— Nestes trinta minutos? — perguntou. — Desgraçado, por que não havia de... Bom! Trinta minutos. Já vou. Obrigado.

Era-lhe desnecessário terminar a carta; não que para isso trinta minutos não bastassem; não bastavam era para o seu retorno ao estado de espírito anterior, para aquela crença de que a carta era uma coisa indispensável. Bastava-lhe assiná-la, e, em seguida, metê-la no envelope; dispensava-se de a reler, pois ainda se lembrava perfeitamente:

"... perigo nenhum, absolutamente. Antes da primeira prova, eu já sabia que era capaz de voar, e cheguei a ficar perito no tiro, e até o capitão Bridesman confessa que deixei de ser uma ameaça à vida em formação; de modo que, quando eu assentar, posso até servir na esquadrilha..."

E que mais poderia acrescentar? Que mais dizer a uma mulher que não era apenas mãe, porém unicamente mãe, ainda que uma mãe meio órfã? Às avessas, naturalmente; mas qualquer pessoa era capaz de compreender o que ele queria dizer com isso; e quem seria essa qualquer pessoa, que talvez até lhe pudesse sugerir um pós-escrito para a carta; um pós-escrito assim, digamos:

P.S. — Aí vai uma piada: faz dois dias, nos mandaram suspender o fogo ao meio-dia; se a senhora soubesse, podia ficar em paz desde aquela hora até as três da tarde de hoje; podia ter saído de consciência leve para ir tomar chá dois dias seguidos; desejo que tivesse ido e tivesse ficado para o jantar, mas sem esquecer que o xerez faz muito mal à sua pele...

Mas não sobrou tempo para o pós-escrito. Já os motores roncavam, e, olhando para fora, viu ele os três aviões em frente do hangar, os motores funcionando e os mecânicos locomovendo-se à volta deles, a sentinela montando guarda junto às portas trancadas. Ao pé de um canteiro de relva, em frente da secretaria, estava parado um carro do estado-maior; e encerrando a carta com "saudades de Davi", dobrou-a, meteu-a no envelope, e, já no rancho, viu o servente do major atravessar para a secretaria com uma braçada de instrumentos aeronáuticos. Dir-se-ia que Bridesman não saíra uma só vez da secretaria, o que só fez mais tarde, quando o rapaz o viu vindo do hangar já revestido do uniforme da patrulha, de modo que não seriam de sua propriedade aqueles instrumentos aeronáuticos. Aí, a porta da secretaria abriu-se, e Bridesman surgiu dizendo: — Muito bem: vá apanhar seus... — e estacou, pois o rapaz já tinha tudo: mapas, luvas, capacete, cachenê, e a respectiva pistola no bolso de joelho do sobretudo Sidcott. Saíram então os dois, encaminhando-se para os três aeroplanos pousados em frente do hangar B.

— São só três — disse o rapaz. — Quem mais vai?

— O major — respondeu Bridesman.

— Oh, sim — tornou ele. — Por que razão ele me escolheu?

— Não sei, não. Decerto por sorteio na copa de algum chapéu... Se não quer ir, diga: substituo-o. Mas acho que foi mesmo por sorteio na copa de algum chapéu...

— Ora, por que não havia de querer? Só achava que... — e interrompeu-se.

— Achava o quê? — perguntou Bridesman.

— Nada — respondeu. Mas sem saber por que o fazia, recomeçou a falar: — Acho que o major ficou sabendo da história, e quando quis um dos colegas para isto, lembrou-se de mim... — Acrescentando que naquela tal manhã, quando o julgavam fora, treinando, ou provavelmente em alguma ação de envolvimento, o que em verdade fazia era baixar quarenta ou cinquenta segundos com o aparelho desarmado, diretamente em cima das trincheiras alemãs ou em cima daquilo que supunha constituir a linha de frente alemã: — Na hora, a gente não tem medo. O medo vem depois... — E prosseguiu: — É como a broca do dentista, que começa a zumbir antes de a gente abrir a boca. É preciso abrir a boca, a gente sabe que vai abri-la; mas saber que precisa abri-la ou simplesmente abri-la, não adianta nada, pois mesmo depois de fechar a boca a broca recomeça a zumbir, e é preciso a gente abrir a boca logo em seguida ou amanhã ou dentro de seis meses, e a coisa zumbe novamente e a gente tem de tornar a abrir a boca... pois não há lugar para onde se possa fugir... — E rematou: — Talvez seja só isso. E quando for muito tarde, e não se puder evitá-lo, talvez a gente nem se importe de morrer...

— Não sei — disse Bridesman. — Alguma vez já acertaram em você? Há algum buraco de tiro em seu avião?

— Não — respondeu ele. — Talvez agora acertem.

E aí foi Bridesman quem fez uma pausa.

— Olhe aqui — disse afinal. — Isto não passa de um emprego. E você já sabe para que serve esta esquadrilha.

— Sei; descobrir os hunos.

— ... e rebentá-los.

— Fala igual a Monaghan: "Ora! Não fiz mais que correr atrás dele e rebentar o rabo daquele filho da p..."

— Pois é; imite-o — disse Bridesman. — Agora vamos. — E saíram. O rapaz, porém, só fez relancear a vista pelos três aeroplanos.

— Seu trem ainda não voltou — disse.

— Não — respondeu Bridesman. — Vou subir no de Monaghan.

Nesse ínterim chegou o major, e todos saíram. Ao passar pela secretaria, o rapaz viu um pequeno furgão fechado, que vinha vindo da estrada, mas não teve tempo de observá-lo detidamente antes da decolagem nem de olhar para baixo lá do alto, quando fazia a curva. O furgão era uma viatura da espécie daquelas geralmente usadas pelo pessoal do comandante de polícia; e ao ganhar altura para a formação, o rapaz pôde ver não um carro só, porém dois, ambos estacionados atrás do refeitório — não os simples carros sujos do oficialato, mas da espécie daqueles que costumavam transportar os oficiais da guarda da segurança montada destacados em serviço junto à oficialidade do corpo e aos comandantes do Exército. O rapaz estava então do lado oposto a Bridesman, além da cauda do avião do major; continuavam subindo, mas no rumo do sul, de modo a poderem os três aproximar-se em quadrado da linha de frente, o que fizeram, continuando os três a ganhar altura. Bridesman sacudiu ligeiramente as asas do aparelho, fez uma curva e se afastou; o rapaz fez o mesmo, num rápido segundo, o suficiente para ultrapassar os Vickers e entrar na Alemanha, ou, pelo menos, tomar o rumo da Alemanha, e, alinhando a Lewis no quadrante, disparou-a e fez a curva de regresso. Por seu turno, o major virava para noroeste, em linha paralela e em cima do *front*, enquanto o rapaz continuava subindo, mas sem ponto de referência que denunciasse ou revelasse a linha de frente, que não poderia reconhecer, mesmo que a visse, por não a ter visto mais de duas vezes; o que viu foram dois balões cativos, separados um do outro cerca de meia milha, a flutuarem acima das trincheiras britânicas, e dois outros, quase exatamente fronteiros, acima das alemãs; não viu, contudo, nenhuma pocira, sombra, explosão ou jato de fumaça em volutas, perdido e sem origem, a sair de alguma coisa, e, nem bem dissipado, já recomeçado; nem viu o menor lampejo de canhões, como uma vez os vira, ainda que daquela altura talvez não fosse mesmo possível distinguir seus clarões; tudo, com efeito, parado, a lembrar o correlativo de um mapa, e à semelhança do que haveria de ser a região naquela data em que, segundo o general, o último canhão da outra margem do Reno disparasse o último tiro na direção do minúsculo espaço, antes que a Terra, num só convulso vagalhão, se precipitasse para o cobrir e esconder à luz do dia e à vista do homem...

 Ao fechar o interruptor para a virada, o rapaz deu de frente com o major. Sempre ganhando altura, cruzaram os dois para o outro lado, bem em cima do balão britânico mais alto e em direitura do alemão. Aí, ele também viu: uma explosão de fumaça branca, à frente e muito abaixo de ambos, e, logo em seguida, os quatro asteriscos de quatro únicas explosões para o lado leste. Não houve tempo de verificar onde apontavam, pois no mesmo minuto as baterias antiaéreas alemãs puseram-se a pipocar em toda a volta ou já teriam começado a fazê-lo rumo a leste, onde o major mergulhava ligeiramente. O rapaz nada via, exceto o fumo negro das baterias antiaéreas alemãs, que se diria estarem por toda parte; de tal maneira, que foi obrigado a atravessar uma das explosões — agachado, convulsivamente enrodilhado sobre si mesmo, na expectativa do sibilo e do estouro que tão bem conhecia. O major e ele talvez voassem a grande velocidade, num verdadeiro voo de mergulho, quando, pela primeira vez, o rapaz percebeu a ausência de Bridesman; já se pusera a imaginar o que lhe teria acontecido, quando deu de chofre com o avião de dois lugares...

Ignorava a espécie à qual o mesmo pertencia, pois nunca antes vira coisa semelhante, nem ao menos qualquer outro avião alemão. À sua frente Bridesman picava na vertical, e, seguindo-lhe no encalço, percebeu desta vez a ausência do major, o que logo esqueceu, para então descer quase na reta com Bridesman, quase em cima do avião alemão, que agora rumava para oeste; pôde então ver a traçadora de Bridesman alvejar certeiramente o avião de dois lugares, e, a seguir, Bridesman arrancando e afastando-se; disparou então sua própria traçadora, sem contudo poder averiguar se acertara ou não no avião germânico, as baterias alemãs atirando ainda antes que ele fosse visível, como se atirassem a esmo, sem a preocupação de acertar, sem ao menos se preocuparem com o fato de haverem ou não acertado o alvo... De repente, porém, pareceu-lhe que uma bomba explodia à sua direita, entre os dois planos do aparelho, e pensou: *Não ouço nenhum estouro; talvez porque esta bomba vai derrubar-me antes que eu tenha tempo de atirar...* Mas de repente surgiu de novo o avião de dois lugares, isto é, não precisamente o avião, mas as brancas explosões das baterias antiaéreas inglesas assinalando-o, talvez na intenção dele ou dos outros dois, enquanto um S.E. (devia ser o major, pois Bridesman não chegaria assim tão longe) picava, rumo às explosões. Surgiu então Bridesman, quase a roçar-lhe a ponta da asa, ambos se afundando nos cúmulos negrejantes das baterias inimigas, como dois pardais envolvidos num torvelinho de folhas mortas; viu em seguida os dois balões cativos, reparou que havia sol ou lembrou-se de que havia ou viu o sol simplesmente... Nesse preciso instante se lhe depararam os três — o avião de dois lugares emergindo nítido dentre os dois balões cativos alemães, e em sua auréola de fumaça branca, voando perfeitamente reto, perfeitamente equilibrado na linha que passava pela terra de ninguém, exatamente entre os dois balões britânicos, o major atrás e acima do avião, Bridesman e ele talvez meia milha para trás, ambos imersos numa escura nuvem de fumaça, os quatro como quatro contas deslizando num fio, e dois deles nem ao menos muito velozes, pois ele e Bridesman alcançaram o major quase imediatamente. Aí, talvez pela cara que ele (o rapaz) fazia, o major acenou num relance para que ele e Bridesman voltassem a formar. O que fez, sem ao menos reduzir o motor, Bridesman seguindo logo atrás, ambos ultrapassando o major, e o rapaz pensando: *Decerto me enganei. Decerto não era a bateria dos hunos, mas a nossa, que ouvi naquele dia;* e ainda assim pensava, conservando certa dianteira sobre Bridesman, logo anulada ao se emparelharem e entrarem juntos no alvejante bulcão que envolvia o aparelho de dois lugares, antes que alguém pudesse dar aviso aos artilheiros para suspenderem os disparos, até que, desaparecendo à volta dele e Bridesman o último fiapo do último jato de fumaça, ambos tornaram a ver o avião de dois lugares voando direito, sereno, equilibrado, na direção do sol que se punha. Apertou então o botão, empurrou a alavanca, assestou a traçadora para apanhá-lo em cheio, e empurrando a alavanca até o fim, puxou-a depois para si — quando viu o motor, a nuca do piloto, logo o observador sentado, ereto como se estivesse numa limusine a caminho da ópera, a metralhadora em desuso enviesada no quadrante atrás do observador, como um guarda--chuva enrolado pendente de um cabide, o observador voltando-se devagar e fitando diretamente a traçadora, depois a ele diretamente, e com uma das mãos levantando resolutamente da cara as lentes de aviador, pondo à mostra a sua cara prussiana, a sua cara de general prussiano... Por havê-las visto nos últimos três anos, conhecia inúmeras caricaturas do príncipe herdeiro Hohenzollern, razão por que lhe era impossível deixar de reconhecer, caso a encontrasse, a cara de um general prussiano — aquela cara que o fitava de monóculo assestado, logo retirado e que em seguida voltava a olhar firme para a frente.

Aí o rapaz acelerou e ultrapassou-o; já divisava embaixo o aeródromo, quando se lembrou da bateria antiaérea na entrada da aldeia, onde na véspera à noite vira a tocha e ouvira o rumor do caminhão; da apertada curva em vertical, via nitidamente os artilheiros, aos quais acenou, sacudindo a mão e gritando: — Atirem! Atirem! É a última oportunidade! — a seguir afastando-se de esguelha para regressar em voo picado e atirar na bateria e nos pálidos discos dos rostos voltados para cima e que o olhavam agir; mas, ao ganhar altura, viu um homem que antes não vira, postado junto à orla do bosque, atrás da bateria. Um leve empurrão no manete e no leme, e enquadrou o estranho no campo da Aldis; depois, ganhando altura para se livrar das árvores, levava a convicção de haver acertado a umas dez polegadas mais ou menos do umbigo daquele homem postado junto ao bosque... Viu de novo o aeródromo e o avião de dois lugares se apresentando para aterrissar, e os dois S.E., um acima e outro atrás, tangendo-o para baixo. Ele próprio ainda se achava a grande altura, embora voasse a uma velocidade menor; porém mesmo depois da canhestra derrapagem lateral, ainda poderia arrancar o frágil trem de aterrissagem do S.E., coisa facílima até nas aterrissagens normais. Mas o S.E. aguentou firme.

Foi ele o primeiro a aterrissar, e, ainda correndo sobre as rodas, ficou um instante indeciso, sem se lembrar de onde fora que tinha visto aquilo, logo porém lembrando-se claramente, e dando a volta com a maior velocidade possível (algum dia ainda se poriam freios naqueles aparelhos; seus pilotos de agora, se continuassem vivos, seriam provavelmente testemunhas da inovação), divisou nas proximidades da secretaria um lampejo de metal e escarlate, enquanto via a infantaria vir desembocando numa esquina do edifício; desligara o motor e já rodava na pista de concreto para além dos hangares, onde três mecânicos acorreram ao seu encontro para serem despedidos com um leve aceno; continuou a rodar até o canto extremo do campo, e lá estava aquilo, no mesmo lugar onde o vira na semana anterior; desligou então o contato e, saltando para o solo, viu ali pousado o avião alemão de dois lugares, Bridesman e o major aterrissando, os três aparelhos já rodando, deslizantes como um grupo bamboleante de gansos, a caminho da secretaria, onde, esplendorosos e belos, o escarlate e o brônzeo refulgiam ao sol, à frente da infantaria ali postada. O rapaz corria agora um pouco pesadamente em seus borzeguins de aviador, e a cerimônia já havia começado quando ele chegou: o major, o capitão Bridesman e seus ajudantes: Thorpe, Monaghan e os demais componentes da Operação Aérea B. No meio deles, os três ajudantes de campo de Poperinghe, magníficos em seus fulgores de metal e escarlate, e seus faiscantes emblemas de guardas; vinha a seguir o oficial de infantaria com seu pelotão a postos desenrolando-se em duas filas abertas, e todos, sem exceção, de frente para o aparelho germânico.

— Bridesman — ia dizendo o rapaz, quando o major bradou: — 'Tenção! — ao que o oficial de infantaria comandou: — Apresentar... armas! — E foi em posição de continência que ele viu o piloto alemão saltar do aparelho, e, retesando-se todo, assumir posição de sentido junto à asa, enquanto o homem que ele vira no assento de observador retirava o capacete e os óculos, deixando-os cair na carlinga, de cujo interior retirou um boné que colocou na cabeça, ao mesmo tempo que, com um gesto da mão vazia, a modo de um mágico exibindo uma carta de baralho, entalou no olho um monóculo; depois, saltando do aeroplano, olhou de frente o piloto e disse-lhe rápido uma frase em alemão, ao que o piloto voltou à posição de descanso; desfechou-lhe em seguida uma ordem, e o piloto voltou à posição de sentido; então, sem mais pressa do que aquela que demonstrara ao retirar o capacete, mas ainda com suficiente urgência para evitar que alguém o interrompesse, sacou de alguma parte uma pistola, chegou até a acertar a mira, e enquanto o piloto se retesava todo (teria mais ou menos dezoito anos) fixando o olhar não no cano da pistola, mas no monóculo, alvejou-o com um tiro no meio da cara e voltou-lhe as costas ainda antes que o corpo principiasse a cair estertorante; cambiou então a pistola para a mão enluvada, e já fazia menção de retribuir a continência, quando Monaghan, saltando por cima do corpo do piloto, atirou o outro para o interior do aeroplano, antes que Bridesman e Thorpe pudessem intervir para impedi-lo.

— Idiota! — exclamou Bridesman. — Não sabe que um general huno não luta com estranhos?

— Estranhos? — replicou Monaghan. — Não sou nenhum estranho. Quero é matar este filho da p... Para isso viajei duas mil milhas de navio. Para matar até o último deles, e voltar para minha terra!

— Bridesman — tornou a dizer o rapaz; mas o major voltou a berrar: — 'Tenção aí! 'Tenção! — e o rapaz teve de ficar em continência enquanto o alemão endireitava o corpo (nem chegou a derrubar o monóculo), atirava ao ar a pistola, e, agarrando-a pelo cano, apresentava-a com a coronha para a frente ao major; com a coronha para a frente depois, tirando do punho um lenço com o qual limpou o peito e a manga da túnica, no lugar exato onde Monaghan tocara, fitou este último não mais que um segundo e sem qualquer expressão detrás do monóculo; tornou a colocar o lenço no punho, bateu os calcanhares, e novamente retesado para retribuir à continência pôs-se em seguida a marchar direto para a frente, rumo ao grupo de oficiais, como se este não estivesse ali nem precisasse de abrir alas ou quiçá dispersar-se para desimpedir o caminho e abrir-lhe passagem, os três oficiais da guarda seguindo logo atrás dele entre as duas filas abertas da infantaria, na direção do refeitório; aí, disse o major a Collyer:

— Suma com isso. Não sei se querem ou não querem, mas nós é que não queremos isso aqui.

— Bridesman — ia o rapaz tornando a dizer.

— Bolas! — exclamou Bridesman, cuspindo forte. — É inútil passar pelo refeitório. Tenho uma garrafa na barraca. — E alcançando o rapaz: — Aonde vai?

— É por pouco — respondeu ele; mas no mesmo instante, Bridesman deu com a vista no aeroplano.

— Que é que há com seu trem? Vi-o aterrissar, e aterrissou muito bem.

— Não há nada — respondeu o rapaz. — Deixei-o lá por causa de uma lata vazia de gasolina no meio do mato, onde escorei a cauda dele.

Com efeito, lá estava a lata com seu brilho enferrujado e baço na tarde agonizante. — Por que a guerra acabou, não é verdade? Com certeza é essa a conversa que vão ter com aquele general alemão. Mas por que haviam de escolher esse caminho, quando bastava içarem um lençol branco ou uma toalha de mesa? Devem existir muitas toalhas de mesa em Poperinghe, e o alemão também deve ter a dele lá no quartel-general, talvez roubada a uma francesa... E temos de pagar uma dívida àquele pobre piloto ensanguentado... Não está nos regulamentos, mas a coisa foi feita às avessas: em primeiro lugar, ele devia ter tirado a cruz de ferro do próprio peito para pendurá-la ao peito do outro... Então, sim, podia alvejá-lo...

— Idiota — comentou Bridesman. — Seu rematado idiota!

— Bem: a ausência será curta; alguns minutos apenas...

— Deixe estar — pediu Bridesman. — Por favor deixe estar.

— Só quero ver como ficou — disse o rapaz. — Depois volto. Um minutinho só...

— E depois promete não pensar mais nisso?

— Naturalmente. Que mais posso fazer? Só queria ver de perto... — E pondo em posição a lata vazia de gasolina, ergueu a cauda do S.E. e fê-la rodar até ajustar-se à lata, onde ela ficou num ângulo um pouco mais aberto que o da decolagem, ou de um voo rasante, o nariz inclinado apenas na medida justa, e Bridesman desta vez se recusando com um veemente "Não"!

— Desgraçado de mim, se fizer isso...

— Então pedirei... — e o rapaz hesitou, para em seguida dizer rápido, com uma ponta de astúcia: — ...a Monaghan. Ele o fará. Principalmente se eu puder alcançar o furgão ou o carro do estado--maior ou seja lá o que for, e tomar de empréstimo o chapéu do general alemão... Quem sabe se não basta só o monóculo... ou só a pistola, para a carregar na mão...

— Vá por você — disse Bridesman. — Estava lá, viu o que atiraram em nós e o que nós atirávamos naquele avião de dois lugares. Você ficou atirando nele uns cinco ou seis segundos de uma vez. Vi sua traçadora alvejá-lo do motor à cauda, passando pelo monóculo...

— Então, você viu — disse o rapaz. — Entre.

— Ora, deixe disso...

— Já deixei, e há muito tempo. Mas agora, pela última vez: entre.

— Mas é assim que você vai deixar de pensar nisso?

— Ora, você até parece um disco rachado.

— Bom. Então calce as rodas — disse Bridesman. O rapaz arranjou dois calços e equilibrou a fuselagem, enquanto Bridesman entrava na carlinga. Deu depois a volta para examinar a frente, e achou tudo em ordem; via o declive da capota e a Aldis ligeiramente inclinada, pois apesar da sua estatura maior que a de muitos, a capota e a Aldis ainda estavam demasiado altas para ele. Podia naturalmente alçar-se na ponta dos pés e cobrir o rosto com os braços, para o caso de haver algum resto da carga com que carregaram os cartuchos naquele percurso de vinte pés da noite anterior, e isso, apesar de nunca ter visto nenhum deles explodir ou sacudir o avião de dois lugares, embora tivesse estado mesmo acima deste durante os cinco ou seis segundos aos quais Bridesman aludira. A hélice já estava com o circuito aberto, de modo que a engrenagem Constantinesco podia funcionar ou não funcionar ou sabia-se lá o que aconteceria, desde que permitisse a passagem das balas. Só restava alinhar o cano da Aldis na altura da cabeça de Bridesman, que estava atrás do para-brisa; mas

Bridesman já se debruçava para fora daquele, dizendo: — Olhe lá! Você prometeu...

— Está bem — tornou o rapaz. — Já vou.

— Está perto demais — disse Bridesman. — É uma traçadora não explosiva. Pode queimá-lo...

— Certo — respondeu ele recuando, mas sem tirar os olhos da pequena vigia negra por onde a arma disparava. — Estou é pensando como foi que fizeram isso. Julguei que a traçadora era a própria bala ardendo. Mas como é que puderam fabricar traçadoras sem bala dentro? Sabe como foi isso? Isto é: de que é feita a munição da traçadora: de bolinhas de pão? Mas o pão se queimaria na ruptura. Quem sabe se não são bolinhas de madeira embebidas em fósforo! O que não deixa de ter graça, hein? Ontem de noite o nosso hangar trancado a sete chaves, um guarda armado passeando de lá para cá no escuro e no frio cá de fora e também dentro de alguém, talvez de Collyer... Um jogador de xadrez deve ter muita prática no manejo do canivete... Parece filosófico, esse sestro de aparar madeira com canivete... e dizem que o xadrez é jogo de filósofos; ou, quem sabe se quem fez aquilo não foi algum mecânico pretendente a cabo ou algum cabo pretendente a sargento, embora a guerra esteja no fim... Não, não é nada impossível um cabo obter mais um galão no caminho de volta, antes de ser desmobilizado... Ou quem sabe se a Força Aérea não vai ser dissolvida? Tanta gente deixou o berço para se engajar na F.A., isso ainda antes de aprender qualquer outro ofício, e toda essa gente precisa comer uma vez por outra; mas o que fará se a paz chegar? — E o rapaz continuava recuando e falando, enquanto Bridesman lhe acenava para que se afastasse, ao mesmo tempo em que alinhava a Aldis. — Já três anos aqui, o tal cabo, e nada aconteceu! — continuava o rapaz. — Então, certa noite, munido de um canivete e de uma braçada de blocos de madeira, ele se tranca no hangar e faz o que nem Ball nem McCudden nem Mannock nem Bishop, nem ninguém fez: obriga um general alemão a aterrissar intacto! Irá daqui a pouco ao Palácio de Buckingham receber as cangalhas...[1] — se até lá ainda

---

[1] Cangalhas — no original, *barnacle*, correspondente a óculos no inglês coloquial. Naturalmente, aqui, as lentes do aviador. (N. da T.)

houver licença, pois a coisa já acabou, isto é, a coisa da qual a gente poderia licenciar-se... Mas se continua, qual a condecoração que se costuma conferir por um feito igual a esse, Bridesman? Está bem, está bem — acrescentou, respondendo ao aceno de Bridesman. — Não se incomode. Vou cobrir também o rosto...

O que em verdade não era necessário; o rastilho de fogo já enviesava para o chão, e por um triz lhe teria descido peito abaixo. Dando então uma última vista d'olhos na Aldis a fim de a alinhar, curvou um pouco a cabeça e cruzou ambos os braços rente ao rosto, repetindo: — Está bem — para logo em seguida ouvir um rumor de matraca, ver a sombria rosa em miniatura piscar no cristal do seu relógio de pulso, e sentir a luz dura golpear-lhe o peito (eram umas bolinhas especiais; mas se ele estivesse a três pés da boca do cano e não a trinta, tê-lo-iam matado tão depressa como se fossem balas. Apesar disso agachou-se no interior da explosão, evitando não o recuo, mas a queda; recuo durante o qual o ângulo de declive, a alça de mira ter-lhe-iam subido peito acima, e ele teria na certa recebido a última explosão em pleno rosto, antes que Bridesman pudesse fazer parar a máquina) com amargos toque-toque e sentindo, ainda antes do calor, o cheiro virulento de pano queimado.

— Tire a roupa! — gritou Bridesman. — Apagar isso não é possível! Tire o macacão, c'os diabos! — E o próprio Bridesman já lhe arrancava o macacão, rasgando-o de alto a baixo, enquanto ele esperneava desvencilhando-se das botas de aviador, do macacão e seu insidioso cheiro invisível a arder apagado...

— Está satisfeito agora? Está? — perguntou Bridesman.

— Estou, obrigado — respondeu ele. — Agora vai tudo bem. Mas por que foi que o general desfechou um tiro no piloto?

— Olhe aí — acrescentou Bridesman —, não vamos deixar isso no avião. E apanhado o macacão com uma perna, fez menção de atirá-lo fora.

— Espere — disse o rapaz detendo-o —; deixe-me tirar a pistola daí. Se a abandono, me debitam na intendência. — Tirou então a pistola do bolso de joelho do macacão, deixou-a cair no bolso da túnica.

— Agora atire isso fora — disse Bridesman. Ele, porém, continuou retendo o macacão.

— Vou levá-lo para o incinerador — explicou. — Não vale a pena largá-lo aqui.
— Bom — disse Bridesman. — Agora vamos.
— Vou atirá-lo no incinerador; depois irei para sua barraca.
— Traga-o para a barraca. Lá mandamos o servente atirá-lo no incinerador...
— Olhe outra vez esse disco rachado...

Bridesman deixou soltar-se de suas mãos uma das pernas do macacão, mas o rapaz continuava parado.

— Quer dizer que depois você aparece na barraca...
— Claro que sim — respondeu. — Mas tenho de ir antes aos hangares me apresentar para a chamada. Mas diga lá, Bridesman: por que foi que ele matou o piloto?
— Matou porque se trata de um aviador alemão — respondeu Bridesman com uma espécie de paciência enfurecida. — Os alemães fazem a guerra de conformidade com os regulamentos. Segundo estes, o piloto alemão que faz aterrissar um aeroplano alemão não avariado e que conduz no bojo um general alemão, depositando-o em aeródromo inimigo, ou é traidor, ou é covarde, e em qualquer dos casos está condenado a morrer. Quando almoçava hoje cedo sua cerveja com salsichas, o desgraçado decerto já sabia a sorte que o esperava... Se o general não o matasse, os alemães matariam o general assim que o tivessem nas unhas. Mas agora largue isso aí; vamos para a barraca.
— Está bem — respondeu o rapaz. Mas vendo Bridesman afastar-se, não teve coragem de enrolar o macacão a fim de transportá-lo para o incinerador. E que diferença isso faria agora? pensou; e enrolando o macacão, apanhou as botas e dirigiu-se para os hangares. Viu aberto o hangar da Operação B, os mecânicos recolhendo os aviões de Bridesman e do major; decerto o regulamento não lhes permitia recolherem um avião germânico no mesmo galpão britânico, mas sem dúvida obrigava pelo menos seis bretões (os quais, na provável ausência da infantaria, seriam mecânicos da aeronáutica, desabituados aos fuzis e às vigílias noturnas) a vararem a noite inteira armados, revezando-se em torno do avião. — Tive uma pane — explicou ele ao primeiro mecânico. — Encontrei uma

granada viva dentro do meu avião. Foi o capitão Bridesman quem descobriu. Pode recolhê-lo.

— Está bem, chefe — respondeu o mecânico; e o rapaz pôs-se a andar, carregando consigo o macacão. Fez a volta aos hangares, e entrando na escuridão, rumo ao incinerador que ficava atrás do refeitório dos soldados, súbito mudou de direção e encaminhou-se para as latrinas. Lá dentro devia estar escuro como breu, a menos que alguém já lá estivesse, munido de uma tocha acesa. (Collyer usava um castiçal de folha; ao ir para as latrinas, ou dali regressando, parecia um monge com a tonsura da calva e os suspensórios amarrados em torno da cintura sob o paletó desabotoado.) Estava escuro, e o cheiro do macacão ficou mais forte lá dentro. Largando então no chão as botas de aviador, o rapaz desenrolou o macacão, mas, apesar daquela escuridão de breu, não conseguiu ver nada, exceto a lenta combustão invisível e densa, ininterrupta. Haviam-lhe contado que no ano anterior um membro da última Operação B tivera os ossos da canela atingidos por uma traçadora, e os médicos ainda continuavam a raspá-los, à medida que o fósforo os ia corroendo. Thorpe acrescentara estar iminente a amputação da perna desde o joelho, a ver se aquilo tinha um paradeiro. O erro daquele pobre-diabo de piloto alemão foi não se ter adiado a saída da patrulha para dali a dois dias, digamos (ou para o dia seguinte, nesse caso; ou para aquele mesmo dia — só que Collyer não teria permitido); e como lhe teria sido possível prevê-lo um ano atrás, quando ele próprio conhecia na esquadrilha alguém que só o descobrira quando os artilheiros o assinalaram com a fumaça branca das baterias, alguém que, mesmo assim, se recusara a acreditar nos próprios olhos?... Pôs-se então a enrolar novamente o macacão e a tatear em procura das botas na escuridão de breu (já não lhe parecia tão densa depois que a ela se habituara; as paredes de lona captavam um pouco de luminosidade, como se o dia se atrasasse entre elas depois de se acabar lá fora) até que as encontrou. A noite não descera de todo, o que ia acontecer dali a duas ou três horas; dirigiu-se então diretamente à barraca de Bridesman, só parando para colocar junto à entrada o macacão enrolado. Bridesman lavava-se, em mangas de camisa. No caixote entre sua cama e a de Cowrie, uma garrafa de uísque entre as canecas de escovas de dente, dele e de

Cowrie. Bridesman enxugou as mãos, e sem desenrolar as mangas da camisa sacudiu as duas escovas fora das canecas, entornou uísque dentro delas e passou para o rapaz a caneca de Cowrie.

— Tome — disse. — Se o uísque não presta, ao menos queima até o último micróbio deixado aí por Cowrie. Os seus também. — E ambos beberam. — Mais um trago? — perguntou Bridesman.

— Não, obrigado. Que destino vão dar aos aeroplanos?

—Vão dar ao quê? — perguntou Bridesman.

— Aos aeroplanos; aos nossos *ônibus*... Ainda não tive tempo de fazer nada com o meu. Mas podia fazer, se houvesse tempo. Por exemplo, acabar com ele. Atirá-lo contra alguma coisa; contra um outro aeroplano parado na pista, quem sabe o seu. Acabar com ele, acabar com dois de uma vez só, antes que sejam vendidos para a América do Sul ou para os levantinos. Desse modo ninguém poderá levar os aeroplanos da esquadrilha para alguma força fora desta. Ninguém! Nem mesmo uma pessoa transvestida na farda de um general de ópera-cômica... Quem sabe se Collyer me deixa voar mais uma vez? Depois, destruo-o...

Bridesman caminhou firme para ele com a garrafa na mão.

— Levante a caneca — disse.

— Não, obrigado. Sabe acaso quando voltamos à Inglaterra?

— Bebe ou não bebe? — perguntou Bridesman.

— Não, obrigado.

— Bom — tornou Bridesman. — Mas agora escolha: ou beber ou calar a boca, esquecer isso, dar o assunto por terminado. O que prefere?

— Mas por que não para de dizer "esqueça isso"? Esquecer o quê? Claro, a infantaria será a primeira a voltar. Pobres soldados rasos, há quatro anos atolados na lama! Duas semanas de licença, e nenhum motivo de alegria ou espanto por estarem ainda vivos! Só saem da lama para limpar os fuzis e fazer a contagem da ração de tiro, e dali a duas semanas repetir a mesmíssima coisa... Não há mesmo razão para espanto, até o término da guerra. Natural que sejam os primeiros a regressar e a jogar fora o fuzil para sempre. E quem sabe se depois de duas semanas em casa, até conseguirão livrar-se dos piolhos! Então, sim, nada mais lhes restará a fazer por toda a eternidade, exceto labutar o dia inteiro, à noite ir ao boteco e em seguida voltar para casa e dormir com a mulher numa cama asseada...

Bridesman empinava de tal modo a garrafa, que se diria estar a pique de golpear com ela o rapaz. — Isso que está dizendo aí vale tanto quanto... Mas com os diabos! Levante a caneca!

— Não, obrigado — disse ele, pousando a caneca em cima do caixote. — Está certo — acrescentou. — Já dei o assunto por acabado.

— Então vá para sua barraca lavar-se, depois espere no refeitório. Jantaremos em Madame Milhaud.

— Collyer tornou a repetir hoje cedo que ninguém tem permissão de sair do aeródromo. Aí deve haver coisa. Não há dúvida de que é mais difícil interromper uma guerra do que a iniciar. Muito obrigado pelo uísque.

E saiu. Podia desde logo sentir o cheiro de pano queimado, mesmo antes de emergir completamente da barraca de Bridesman. Abaixou-se, apanhou o macacão e dirigiu-se para a sua própria. Encontrou-a deserta, naturalmente; aquela noite era quase certo haver festa ou, quem sabe, até uma pagodeira, no salão do refeitório. Nem acendeu a lâmpada; mas deixando cair as botas, empurrou-as com o pé para debaixo da cama; depois colocou no chão o macacão cuidadosamente enrolado e deitou-se de costas em cima dele, ali permanecendo muito quieto, em meio à espúria semelhança de escuridão e de hora de dormir que as paredes encerravam, a aspirar o cheiro da lenta combustão... Estava ainda deitado quando ouviu Burk xingando e a porta fechando-se com estardalhaço.

— Santo Deus! Que fedor é esse?

— É meu macacão — respondeu ainda deitado, enquanto alguém acendia a lâmpada. — Está pegando fogo.

— Por que diabo trouxe isso aqui para dentro? — perguntou Burk. — Quer incendiar a barraca?

— Tem razão — respondeu ele atirando as pernas fora da cama e levantando-se, em seguida apanhando o macacão enquanto os demais o olhavam cheios de curiosidade, Demarchi junto à lâmpada ainda segurando na mão o fósforo aceso. — Que é que há? E a farra desta noite? Foi adiada? — E Burk recomeçou a xingar (era a Collyer), até que veio a explicação de Demarchi:

— Collyer mandou fechar o boteco.

O rapaz saiu; a noite não descera de todo, pois era ainda capaz de ver as horas: vinte e duas (não; simplesmente dez horas p.m., pois agora até o tempo andava à paisana). Dando a volta à barraca, descansou o macacão no chão, junto à parede, não demasiado junto, enquanto o céu abria em todo o noroeste a sua vasta janela de catedral a esfumar-se e ele se punha à escuta do silêncio multiforme, povoado dos minúsculos rumores que nunca antes ouvira na França nem sabia existirem ali, pois sempre lhe parecera fazerem parte da própria Inglaterra. Mas não era capaz de lembrar-se se realmente os havia ouvido nas noites inglesas, ou se alguém, um dia, se referira a eles, pois quatro anos antes, quando tais rumores noturnos e pacíficos eram a lei, ou eram, pelo menos, de rigor, ele não passava de uma criança cheia de cobiça por um uniforme de escoteiro... Ao regresso pôde ainda rastrear o cheiro até a porta, e até o interior da barraca, embora aí dentro não pudesse jurar se realmente o sentia ou não. Estavam todos deitados, e ele vestiu o pijama, apagou a lâmpada e enfiou-se na cama como convinha — rígido, quieto, deitado de costas. Os outros já roncavam — Burk era um grande roncador, mas zangava-se sempre que alguém lhe dizia isso — de modo que não lhe foi possível aproximar-se de alguém, ou de alguma coisa, exceto da noite que passava, do tempo que se escoava, os grânulos do tempo, sussurrando num débil murmúrio farfalhante, a entrarem e a saírem do que quer que fosse, onde quer que entrassem, donde quer que saíssem. Tornou então a jogar as pernas para fora da cama, e tateando em silêncio em procura das botas, calçou-as, pôs-se em pé, apanhou a jaqueta, sem fazer ruído vestiu-a e saiu, já sentindo o cheiro antes de chegar à porta; rodeando então a barraca, sentou-se no chão ao pé do macacão, as costas apoiadas na parede, a noite em torno não mais escura agora do que às vinte e duas horas (isto é, às dez p.m.), a ampla janela de catedral rodando devagar para o oriente, até que, súbito, ainda antes que se percebesse, ela se encheria de luz, renovando-se em luz...Viria em seguida o sol e, depois, o amanhã... Mas os soldados não esperariam pelo amanhã. Àquela hora, já as longas filas da infantaria, agachadas na treva, vinham-se arrastando para fora das amargas, das bárbaras e fedorentas valas e fossas e cavernas fatais, onde viveram por quatro anos, seus olhos a piscarem entre a desconfiança e o assombro, o olhar circunvagando em lampejos de incrédula suspeita... Persistente, ele ainda fazia um esforço para ouvir; um esforço para ouvi-la, a ela que devia ser muito mais forte, muito mais rumorosa do que qualquer assomo de suspeita ou de incredulidade: a voz de todas as mulheres do mundo ocidental, a partir do que fora outrora a frente russa, e a descer até o oceano Atlântico, e ainda além deste; a voz das alemãs, das francesas, das inglesas, das italianas, canadenses, americanas e australianas, não apenas daquelas que perderam filhos, maridos, irmãos e noivos, pois aquela voz já pairava no ar desde o instante em que o primeiro deles tombou morto (por quatro anos viveram as tropas com aquela voz nos ouvidos), mas a voz que se levantara ainda na véspera, ou naquela mesma manhã, ou no instante preciso em que aquilo aconteceu; voz que saía do peito de todas as mulheres que poderiam ter perdido um filho, um irmão, um marido ou um noivo naquela mesma manhã, ou no dia seguinte, se a guerra não houvesse cessado, e que agora já não mais precisavam perder coisa alguma, pois aquela voz (não das mulheres de sua casa; de sua mãe, por exemplo, que nada perdera ou arriscara; o tempo não dera para isso) era um som muito mais rumoroso que o da simples suspeita, tão rumoroso que os homens ainda eram incapazes de crer em seus ouvidos, enquanto as mulheres ainda eram capazes de crer, e de fato criam em tudo quanto desejavam, sem fazer distinção (não queriam nem lhes era preciso fazê-la) entre ambas as vozes, a do desafogo e a da dor.

Não sua mãe, que se encontrava em casa, junto ao Tâmisa e além de Lambeth, casa onde ele nascera e sempre vivera, e da qual seu pai, até o último dia de vida (morrera havia dez anos) saía diariamente para a City, onde era diretor do escritório londrino de um grande estabelecimento americano do comércio de algodão; ambos — seu pai e sua mãe — haviam começado tarde, caso fosse ele o homem ao qual ela devia dedicar toda a sua capacidade feminina de dor e de carinho, sendo ela a mulher para a qual (a História insistia nisso, e, segundo o que fora obrigado a ouvir nos refeitórios, estava inclinado a admitir que a História tinha razão, pois os homens sempre a tiveram) teria ele de ir granjear guirlandas, ou, quando menos, raminhos de louro, na própria boca dos canhões. Lembrou-se então (foi a única vez) da ocasião em que com mais dois outros festejava seu comissionamento na arma aérea; quando, reunindo seus recursos, foram os três jantar no Savoy, e McCudden entrou no salão — ou que acabasse de conquistar mais algumas condecorações, ou talvez, mais alguns hunos, possivelmente ambas as coisas, ou, com efeito, ambas as coisas indubitavelmente — e foi uma ovação, não de homens, mas de mulheres, eles três olhando as mulheres que se diriam mais belas e mais incontáveis que teorias de anjos, todas a atirarem-se quais ramalhetes vivos para junto do herói. Fitando-as, uma única ideia ocorreu aos três, embora nenhum deles a exprimisse em voz alta: — Esperem e verão!

Mas o tempo foi demasiado curto para isso. Ainda lhe restava a mãe, e ele pensava com desespero que as mulheres não se deixam comover um til pela glória, e, em sendo mães, até se tornam irascíveis quando se fala de uniforme. Súbito, porém, percebeu que, fosse lá onde fosse, sua própria mãe teria sido a mais ruidosa das manifestantes — ela que nunca teve a intenção de perder, sequer arriscar, coisa alguma na guerra, e que agora se provava cheia de razão. Porque às mulheres pouco lhes importa saber se em verdade existe alguém que a ganhe ou a perca. Isso, porém, era coisa de somenos, para a Inglaterra inclusive: que Ludendorff avançasse até Amiens, enviesando a seguir pelo litoral, e embarcasse em seus navios para cruzar o Mancha e tomar de assalto tudo quanto quisesse, entre Goodwin Sands, Ponta de Terra e Rocha do Bispo, incluindo a própria Londres — tudo isso não teria maior importância. Porque Londres era a Inglaterra, tanto quanto a espuma é a cerveja; mas a espuma não é a cerveja, e ninguém há que perca tempo se amofinando por causa disso, nem Lundendorff teria tempo para respirar, ou para se regozijar com a desgraça alheia, pois ainda assim lhe restariam todas as árvores de todos os bosques para ele envolver e subjugar, uma por uma, e todas as pedras de todos os muros de toda a Inglaterra — isso, para não falar dos três homens escondidos em todas as tavernas, as quais seria preciso derrubar tijolo a tijolo antes de os porem a descoberto... E quando o fossem, também isso não teria maior importância, pois sempre haveria outra taverna com outros três homens na encruzilhada mais próxima, e na Europa não havia tantos alemães, ou tantos homens de qualquer outra nação, ou lugar, para dar cabo deles... Aí, tornou a desenrolar o macacão. Da primeira vez que o fez, o que viu foi uma série de rodelas queimadas imbricando-se umas nas outras em toda a altura do peito — rodelas que agora formavam um só buraco esfiapado esparramando-se em direção à gola, ao cinto e às axilas, de modo que no dia seguinte de manhã toda a frente estaria por certo consumida. A combustão era com efeito constante, firme, regular, invencível; podia-se confiar nela como Ball confiara, e McCudden e Immelman e Guynemer e Nungesser, e os americanos que, à maneira de Monaghan, se dispunham a morrer ainda antes que a sua nação tivesse verdadeiramente entrado na guerra, a fim de proporcionarem a essa mesma nação um rol de nomes dos quais ela se orgulhasse; e as tropas de terra — pobre infantaria bisonha! — atoladas na lama, e, com elas, todos quantos jamais haviam clamado por segurança ou se rebelado contra sua eterna submissão aos superiores hierárquicos, que provavelmente agiam com a melhor das intenções, mas que apenas pediam que a insegurança inevitável, e o fato de a haverem arrostado, muitos aceitando-a e por isso morrendo, fossem tidos em conta pelas nações — em Paris, em Berlim, em Washington, em Londres e em Roma —, intactos, incontestes e a tudo sobrelevando, exceto à vitória heroica e à não menos heroica derrota, a uma das quais seria concedida a glória, enquanto da outra se apagaria a vergonha.

Terça-feira, quarta-feira

A segunda vez em que alguém poderia tê-la visto para não mais a esquecer, achava-se a moça postada junto à porta oriental da cidade, e só teria chamado a atenção por causa do tempo interminável que ali estava junto ao arco, a encarar cada rosto que entrava, para em seguida desviar rápido a vista para o seguinte, ainda antes que o anterior houvesse de todo se afastado.
  Mas ninguém reparava nela ao ponto de poder mais tarde relembrá-la, pois junto à porta não havia mais ninguém, senão ela, em quem se pudesse pôr reparo. Ainda aqueles que antes de entrar se aglomeravam incessantemente do lado de fora, haviam já entrado na cidade com o espírito e a inteligência, muito tempo antes que seus corpos entrassem nela — o medo e a aflição que os possuíam já emendando com o imenso e crescente reservatório de medo e aflição que a cidade continha, conquanto os corpos deles ainda andassem fora, a afogar as lerdas estradas que para ela convergiam.
  Foi na véspera, uma terça-feira, que eles principiaram a chegar, logo depois que a notícia do regimento amotinado e sua prisão chegou pela primeira vez àquele distrito, e ainda antes que o dito regimento fosse levado de volta a Chaulnesmont, onde o velho generalíssimo supremo iria decidir da sua sorte. Durante toda a noite houve na cidade uma inundação de gente, que se prolongou até a manhã seguinte no encalço do regimento, no rastro da própria poeira levantada pelos caminhões que transportavam atropeladamente os prisioneiros para a cidade, para o interior dela e através dela sem interrupção, avançando os demais a pé, ou em rudes carroças campestres, para se aglomerarem junto à porta onde a moça estava a postos, esquadrinhando um a um todos os rostos, com uma rapidez desmedida e infatigável: — aldeões, lavradores, operários, artesãos, taverneiros, escreventes, metalúrgicos; homens outros, que já haviam por seu turno servido naquele regimento; homens e mulheres outros, que eram parentes e famílias dos homens que agora lhes pertenciam

e que eram agora vigiados de perto, sob ameaça de execução, no cercado de prisioneiros situado na outra banda da cidade — homens e mulheres que, não fosse a pura cegueira da sorte e do acaso, seriam seus parentes ou famílias, o que alguns dentre eles decerto haveriam de ser na próxima vez.

Ao saírem aquele dia de suas casas, ignoravam quase tudo o que se referia aos últimos acontecimentos, e bem pouco ficariam sabendo pelas demais pessoas encontradas ou alcançadas na estrada, ou pelas quais foram alcançados antes de chegarem à cidade, pois também estas prosseguiam na mesma mútua faina de terror e desespero. Tudo quanto sabiam era que na madrugada da véspera aquele regimento se amotinara, recusando-se a sair para o ataque. Não que houvesse fraquejado; o que fizera fora simplesmente recusar-se a atacar, recusando-se a sair da trincheira, não antes nem no início do ataque, porém depois; e isto sem qualquer aviso prévio, sem nenhuma intimação ainda ao mais insignificante cabo de lanceiros dentre os oficiais designados para o conduzir, assim declinando de dar cumprimento àquele ato ritual que, após quatro anos, se tornara, no rito formal da guerra, uma parte tão integrante e inevitável como a grande marcha com a qual todas as noites se inaugura o baile de gala numa temporada de festivais ou de carnaval. Na noite anterior o regimento fora transferido para as linhas de frente, após duas semanas de descanso e preparação que teriam desenganado ainda o mais cru dos recrutas sobre o destino que lhe estava reservado; isso, sem mencionar a repentina azáfama e o rebuliço que teve de atravessar às apalpadelas e no escuro, em demanda do *front*; o avanço e o recuo compacto dos canhões; as guinadas cegas e o rastejar de caixas e caminhões que só podiam conter munição; a própria artilharia, concentrada no outeiro ocupado pelo inimigo, e suficiente para notificar ambas as linhas, por muitos quilômetros em ambas as direções, de que alguma coisa estava a pique de acontecer naquele ponto; as turmas de sapadores saindo e entrando incessantemente, e, de madrugada, todo o regimento de prontidão, calado e dócil, enquanto se levantava a barragem da linha inimiga a fim de cercar-lhe a frente e isolá-la dos reforços; mas, ainda aí, nenhum aviso, nenhuma intimação. Os comandantes de companhia e de seção, os oficiais de linha e os não comissionados haviam já saído da trincheira, quando, olhando para trás, viram que nenhum soldado os seguia; ao mesmo tempo, sem nenhum indício ou sinal de soldado a soldado, toda a linha de três mil homens desenrolada a um de fundo por toda a frente do regimento, dir-se-ia como um só homem e sem nenhuma comunicação entre si, à maneira (claro, inversamente!) de uma fila de pássaros num fio de telefone, que levantasse voo ao mesmo tempo como um pássaro só, ao que o comandante da divisão da qual aquele regimento fazia parte, arrastou-o para fora da trincheira e deu-lhe voz de prisão, do que resultou, ao meio-dia daquele mesmo dia — uma segunda-feira —, na frente francesa e na frente alemã que a defrontava desde os Alpes ao Aisne, cessar toda a atividade, exceto a das patrulhas aéreas e a da artilharia com suas descargas espaçadas, que mais se diriam tiros de sinalização; e mais ou menos às três horas da mesma tarde, as frentes americana e inglesa, mais o inimigo que as defrontava, agiram de igual maneira, e agora o comandante da divisão, da qual o regimento constituía uma unidade, providenciava o regresso do mesmo para o grande quartel-general de Chaulnesmont, onde ele próprio deveria comparecer às três horas de quarta-feira à tarde (e ninguém se espantava, ou desconfiava ante o fato de estar toda uma população civil da zona rural informada, com dois dias de antecedência, não só do propósito e intenção, mas também do horário de uma conferência a realizar-se entre as mais altas patentes da hierarquia militar) e onde com o apoio ou pelo menos a aquiescência de seus superiores imediatos — o comandante do corpo ao qual pertencia a divisão, e o comandante do Exército ao qual o corpo pertencia —, iria ele em pessoa requerer do velho generalíssimo a permissão de executar, homem a homem, todo o regimento.

Isso era quanto sabiam ao se precipitarem para a cidade os velhos, as mulheres e as crianças — os pais, esposas, parentes e amantes daqueles três mil homens que o velho generalíssimo em Chaulnesmont poderia aniquilar no dia seguinte simplesmente levantando um dedo. Era, com efeito, toda uma zona rural, ofegante e trôpega, atônita e frenética, a convergir em peso para a cidade, os que a compunham dilacerados não entre o medo e a esperança, mas pelo próprio medo e a própria dor; ao mesmo tempo sem destino, já que a esperança se lhes esvaíra, e deixando atrás seus lares, campos e negócios para acorrerem à cidade, não por moto-próprio, mas arrancados pela dor e o medo de suas choças e cabanas e fossos, arrastados de bom ou mau grado para longe de tudo quanto lhes era familiar; deixando para trás aldeias e fazendas e demandando a cidade para o mero encontro de uma dor com outra dor (pois a dor e a ansiedade, assim como a pobreza, jamais esquecem os que lhes pertencem) para se juntarem na cidade já congestionada, sem outra vontade ou desejo que não fosse o de descarregarem a dor e a ansiedade no vasto conglomerado citadino, onde bramiam todas as forças e paixões — o medo, a dor, o desespero, a impotência, o terror, a força inconteste, a vontade indômita; a vontade, ou o desejo, de partilhar, de participar de todas as coisas como do próprio ar que todos respiravam e, por conseguinte, do mesmo ar que ambas as partes respiravam: de um lado, a multidão dos aflitos e arquiaflitos; do outro, o ancião solitário, supremo, onipotente, inacessível por detrás da porta de pedra entalhada, atrás das sentinelas e das três bandeiras simbólicas do Hôtel de Ville — velho negociante da morte por atacado, que ele era, com poder para condenar todo o regimento, sem que lhe fizessem falta aqueles três milhares de homens do seu negócio, assim como não lhe faria falta o gesto de assentimento da cabeça ou do reverso da mão levantada com que os poderia salvar. O povo, porém, não acreditava que tivesse a guerra terminado. Durara demasiado, para agora cessar dessa maneira abrupta, e extinguir-se da noite para o dia em tão curto prazo... Decerto a si mesma se suspendera, não que o fizessem os homens — aquela mesma guerra impenetrável, alheia perante a angústia, os dilaceramentos da carne, e às ondas, uma após outra, de mesquinhas vitórias e derrotas, lembrando efêmeros e reiterados enxames e remoinhos de insetos numa estrumeira, a zumbirem ante os canhões e os gritos dos feridos: "Caluda! Sosseguem um pouquinho!" — em toda aquela faixa de terra que ia desde os Alpes até o mar, e que rostos vigilantes coalhavam, aguardando num desprendimento sem lábios e sem pálpebras, um momento, um dia, dois dias, que o homem grisalho de Chaulnesmont levantasse a mão...

Com quatro anos de guerra, acostumaram-se a ela. Durante quatro anos até aprenderam a viver com ela e junto dela, ou melhor, sob ela como sob um fato, ou uma condição da natureza, ou uma lei física — as privações e as perdas, o terror e a ameaça, avultando como um tornado interrompido ou um macaréu embargado por um simples, frágil dique; a mutilação e a morte de maridos, pais, noivos e filhos, como se perdê-los na guerra não passasse de um mero risco profissional, peculiar ao casamento, à paternidade, à procriação e ao amor... Isto, não apenas enquanto a guerra perdurasse, mas também depois que oficialmente ela se acabasse, como se, para limpar o quarto vago, a guerra só conhecesse ou possuísse uma única vassoura: a morte; como se, atingidos pelo efêmero salpico da lama da guerra, sua imundície e o medo físico, tivessem os homens sido absolvidos somente com a alternativa de uma pena capital, a modo de doença incurável — assim a guerra ignora sua própria cessação, até que reduza a pó as últimas cinzas inúteis e frias da sua saciedade e os rótulos da sua tarefa inacabada. Mas tivesse ela cessado ou não, ainda assim os homens do regimento teriam de morrer, um a um, de morte prematura; e desde que o regimento, como unidade, fora responsável pela sua cessação, também ele teria de morrer como unidade, mercê dos velhos e obsoletos métodos de guerra, ainda que não por outra razão que não fosse a de habilitar seus executores a verificarem a volta dos fuzis ao depósito da intendência a fim de serem desligados e desmobilizados. A única medida capaz de salvar o regimento seria verdadeiramente a continuação da guerra, mas isto era para ele um paradoxo, ao mesmo tempo que uma aflição; graças ao motim, havia ele feito cessar a guerra; salvara a França (só a França? A Inglaterra também, e todo o Ocidente, pois antes não houvera nenhuma outra barreira capaz de deter o avanço dos alemães desde a invasão de março na frente de Amiens), e agora sua recompensa era aquela: os três mil soldados, salvadores da França e do mundo, iam agora perder a vida não no ato da salvação, porém depois de o haverem realizado, de modo que para esses soldados salvadores do mundo, o mundo que salvaram não valia o preço que por ele pagaram; com efeito, não o valia, para aqueles três mil homens que compunham o regimento; porque iam todos morrer, e o mundo, o Ocidente, a França e o resto, nada mais lhes importava, todavia importando para as esposas, os pais, os filhos, os irmãos e as irmãs e os noivos que, nesse caso, tudo teriam sacrificado para a salvação da França e do mundo; o regimento, não já uma unidade integrada numa resistência, numa nação, coparticipante no sofrimento, na dor e nas privações acarretadas pela ameaça alemã — mas um pequeno distrito solitário, um clã, quase uma família, a levantar-se em pé de guerra contra aquela Europa Ocidental, que seus filhos e pais e maridos e amantes pretenderam salvar... Ao mesmo tempo, se a guerra perdurasse, ao menos alguns dentre aqueles amantes, e filhos, e pais e maridos teriam escapado com um simples ferimento, enquanto agora, passados o terror e a ameaça, aqueles pais e amantes e maridos e filhos teriam todos de morrer...

Mas ao chegarem à cidade, não encontraram ali nenhum manso lago de consternada resignação, mas um caldeirão fervente de fúria e desalento. Já então sabiam que o regimento não se amotinara de mútuo acordo e intenção (fossem estes planejados ou não), mas fora, ao contrário, seduzido, levado à traição para o motim, por um mero esquadrão de doze soldados chefiados por seu cabo; sabiam que os três mil homens se deixaram corromper, um a um, até o crime capital e sua prática, à própria sombra dos fuzis que seriam seu castigo, por um punhado de treze homens, quatro dos quais, incluindo o cabo que os chefiava, nem sequer eram franceses de nascimento, três dentre eles nem ao menos eram franceses naturalizados. Com efeito, apenas um dentre os quatro sabia francês. Dir-se-ia que os próprios registros militares ignoravam a nacionalidade deles, cuja presença num regimento francês, ou no próprio exército francês na França, era contraditória e obscura, embora eles estivessem ali (ou precisassem estar ali) graças a incúria de informação ou de registro em algum recrutamento da Legião Estrangeira, desde que os exércitos não costumam perder para sempre coisa alguma que tenha sido descrita, numerada, datada, assinada e contra-assinada num farrapo de papel; a bota, a baioneta, o camelo, até o regimento podem por sua vez levar sumiço, sem deixar após si qualquer vestígio material; mas o registro, o nome, a patente, a designação do posto daquele, seja lá quem for, que os empregou por último, não desaparecerão jamais. Os nove soldados restantes do esquadrão eram franceses, mas apenas três tinham mais de trinta anos, sendo que dois tinham mais de cinquenta. Mas a folha de serviços de todos era impecável, não só a partir de agosto de 1914, mas a partir do dia em que o mais velho deles completara dezoito anos e fora recrutado, havia disso trinta e cinco anos já.

Na manhã seguinte, uma quarta-feira, ficaram sabendo o que ainda ignoravam: que apesar de avisados e alertados pelo fogo de barragem de que um ataque era iminente, os postos de observação alemães deviam em verdade ter percebido que a tropa se recusava a sair da trincheira na pegada dos oficiais; apesar disso, não contra-atacaram; e na mesma ocasião — oportunidade melhor, e a mais inestimável, sobrevinda em meio à confusão e ao tumulto da substituição em pleno dia do regimento rebelado e já não mais digno de confiança —, nem assim efetuaram os alemães qualquer movimento de oposição, nem mesmo uma barragem na trincheira de comunicação onde se cruzavam o regimento substituído e o regimento substituto; de modo que, uma hora depois da substituição do regimento e sua detenção, a atividade da infantaria cessou inteiramente no setor, e duas horas mais tarde o general que comandava a divisão do regimento, seu comandante de corpo, seu comandante do exército, um coronel do estado-maior americano e o chefe britânico do estado-maior dos comandantes-chefes, se reuniam a portas trancadas com o general comandante do grupo de exércitos, quando então, à medida que os boatos e as informações engrossavam, soube-se que não apenas os soldados rasos dos outros três regimentos da divisão, mas também de ambas as divisões das suas flanco-guardas, tinham ciência de que o ataque se desfecharia, mas que o regimento em questão se negaria a tomar parte nele; e que (já os oficiais comandantes da polícia militar com seus sargentos se movimentavam rapidamente, aguilhoados pelo espanto, o sobressalto e a incredulidade também, enquanto os telefones tilintavam, os telégrafos matraqueavam e os estafetas motorizados entravam e saíam com estardalhaço dos pátios) não só o cabo estrangeiro e o estranho conglomerado do seu esquadrão eram pessoalmente conhecidos por todos os soldados nas três divisões, como também, havia mais de dois anos, aqueles treze homens — o cabo obscuro, cujo nome poucos sabiam, e ainda os que o sabiam não eram capazes de pronunciar direito, e cuja presença no regimento, ao mesmo tempo que a daqueles outros três aparentemente originários da mesma nacionalidade centro-europeia, era um enigma, pois nenhum deles parecia ter existido antes do dia em que surgiram para se materializarem os três, sem nenhuma causa ou origem, no depósito da intendência, onde foram supridos de uniforme e equipamento, e os nove restantes, que até aquela manhã eram autênticos franceses irrepreocháveis, e, ainda mais, soldados franceses, todos os quais, nos dois últimos anos, costumavam passar suas folgas e licenças nos acantonamentos de descanso das tropas combatentes, não apenas em toda a zona militar francesa, mas também na britânica e na americana, às vezes individualmente, porém com mais frequência em sua indivisível totalidade de esquadrão — os treze em sua totalidade (três dos quais nem falavam francês) costumavam visitar durante dias inteiros, às vezes semanas a fio, não apenas as tropas francesas, mas também as britânicas e as americanas, o que fora ocasião de os inspetores e os inquiridores, com seus cinturões e abas e estrelas e listas e águias e guirlandas e emblemas, compreenderem não a enormidade, mas a monstruosidade, a incredibilidade, a monstruosa incredibilidade, a incrível monstruosidade, com que se defrontavam no momento em que souberam que em três desses períodos de licença de duas semanas, dois no ano anterior e mais um no mês que acabava de findar (havia portanto menos de três semanas), todo o esquadrão desaparecera da própria França, eclipsando-se um dia de manhã com seus salvo--condutos, e seus cartões de transporte e de ração, das casernas onde descansava para reaparecer nas fileiras após duas semanas de ausência com os salvo-condutos e os cartões intactos, isentos de qualquer carimbo; incrível e monstruoso tudo isso, pois durante quatro anos, havia em toda a Terra um só lugar onde três homens de uniforme poderiam ir sem precisar para isso de papéis carimbados, sem precisar, com efeito, de nenhum papel, mas apenas da escuridão e um par de alicates... E os investigadores e inquiridores, os inspetores-gerais e os comandantes de polícia, flanqueados por pelotões de oficiais não comissionados e da polícia militar, suas pistolas ao alcance da mão nos coldres desafivelados, todos cheios de pressa e possuídos de uma calma que antes se diria uma fúria contida, percorrendo agora e penetrando a linha ininterrupta de homens imundos, manchados, sem divisas e sem galões, designados apenas por números em série, e alinhados desde a Alsácia até o canal da Mancha, os quais, fazia agora quase quatro anos, aguentaram insones os revezamentos por trás dos fuzis carregados e apontados nas aberturas daquele calço de tiro ininterrupto, mas que absolutamente já não vigiavam a linha alemã em frente, como se houvessem voltado as costas à guerra e vigiassem tão somente os inquiridores e os inspetores, os alarmados, os atônitos, os ofendidos... Um heliógrafo começou então a piscar do posto de observação francês e outro respondeu por trás da linha fronteiriça alemã; e ao meio-dia daquela segunda-feira, toda a frente francesa e a alemã, que a defrontava, silenciaram, no que foram imitadas, às três horas, pelas frentes americana e inglesa; de modo que, ao cair da noite, os densos viveiros subterrâneos jaziam mortos como Pompeia e Cartago, sob o constante arco vigilante, o espocar de foguetes e o lerdo pisca-pisca dos canhões ribombando surdamente na retaguarda.

À massa do povo se deparava agora um protagonista para o sofrimento, um objeto para a execração, quando, naquela quarta-feira, ia ela palmilhando, ofegante e atropelada, os quilômetros da derradeira confluência acima da qual a cidade erguia ao sol as espiras e as ameias do seu dourado diadema. Despejava-se a massa pelas antigas portas da cidade, e aí se comprimia, fazendo-se uma só com o vasto e sombrio cercado, onde até a véspera pompeava sereno o férreo esplendor marcial da cidade agora transformada em fervedouro, em tumulto a extravasar-se na esteira dos caminhões em fuga.

Avançando céleres, logo aqueles distanciaram-se da multidão, cuja vanguarda, ao emergirem eles na planície ensolarada, tornou a avistá-los que fugiam desabaladamente, num sorvedouro turbilhonante de poeira cor de prímula em direção à confusa pilha camuflada a tinta, que um quilômetro mais além, era o campo dos prisioneiros.

Um instante, porém, parecendo incapaz de discernir, ou distinguir, os caminhões, a multidão estacou, refluindo então intumescida sobre si mesma, como um verme cego que, de súbito atirado ao sol, se encolhesse interdito — de modo que se diria repudiá-la o próprio movimento numa ondulação fugidia, como a linha de um vento invisível a lançar por terra uma meda de trigo. Logo, porém, já a multidão distinguia, ou localizava, a poeira célere, e então irrompeu, ondulou, não obstante sem correr, porque — composta de velhos, mulheres e crianças — havia já perdido o fôlego na travessia da cidade, e agora já não gritava, pois também havia perdido a voz; mas atropelando-se, ofegando, tropeçando, e tendo já deixado a cidade para trás, começava a espalhar-se em leque na planície, de modo a não mais parecer um verme, mas de novo a onda marinha que varrera de madrugada a Place de Ville.

Com efeito, a multidão não tinha plano algum; como uma onda, tinha apenas movimento, e, aberta em leque na planície, dir-se-ia ter agora mais largura que profundidade, e, como uma onda, ganhar celeridade à medida que se aproximava do campo de prisioneiros — onda avizinhando-se da praia e avançando até bater contra a barreira de arame, onde estacou um instante, antes de dividir-se em duas ondas menores, ambas então fluindo em direções contrárias ao longo da cerca até se desmancharem.

Isso foi tudo. O instinto e a dor haviam-nos aguilhoado, mas o movimento os carregou por uma hora, e, a alguns dentre eles por vinte e quatro horas, conduzindo-os a todos para ali, onde os arrojou como uma batelada de refugo em todo o comprimento da cerca. (O edifício fora outrora uma fábrica, nos bons dias passados e proscritos daquilo que as nações chamam de "paz": um retângulo de paredes de tijolo, naquela época recoberto de pacífica hera, mas no ano anterior convertido em repartição de recrutamento e treinamento, mercê do acréscimo de uma cinquentena de barracas geométricas de tábua e papelão, construídas de material adquirido com dinheiro americano e serradas em partes numeradas por máquinas americanas nos Estados Unidos, transportadas por mar e juntadas com estardalhaço por engenheiros e artesãos americanos num monstrengo, num portento, num monumento erigido à espantosa rapidez e eficiência de uma nação, e ainda na véspera reconvertido num chiqueiro à prova de homem para conter o regimento amotinado, mercê da adição de barricadas de arame eletrificado e torres de holofotes e espaldões de metralhadoras e fossos e passadiços suspensos para os guardas, enquanto sapadores franceses e tropas de serviço ainda teciam ali mais barricadas e espichavam mais fios letais para as coroar); em seguida abandonando-os, deixando-os jazer ao longo da barreira num montão indestrinçável, quais vítimas ressurretas depois de um holocausto a olharem os fios repuxados, ameaçadores e intransponíveis para além dos quais o regimento iria desaparecer de maneira tão completa como se nunca houvesse existido, enquanto as coisas em torno — a primavera ensolarada, a manhã jucunda, o céu sonoro de cotovias, o reluzente arame novo (mesmo visto de perto, ao ponto de se poder tocá-lo com a mão, tinha a aparência de aranhol ou efêmero ouropel de Natal, o que emprestava à turma de trabalhadores enredados em suas voltas o ar indiferente de aldeões enfeitando a praça para alguma festa da paróquia), a praça d'armas vazia, as barracas sem vivalma, e os senegaleses da guarda orgulhosamente recostados no alto, ao longo dos passadiços, a emprestarem uma displicência berrantemente teatral à mesquinha sordidez de seus uniformes que lembravam os de um grupo de cantores americanos de cara preta e que se houvessem transvestido atropeladamente em alguma casa de penhores e agora se diria estarem cismando com a multidão — contemplativos, alheios, inescrutáveis, sem revelarem o mínimo interesse.

E era tudo. Por vinte e quatro horas a multidão se animara no desejo de chegar ali, e afinal ali estava, ao longo da cerca, como uma batelada de destroços de naufrágio, sem ao menos ver o arame de encontro ao qual embatia, muito menos enxergando fosse o que fosse além da cerca naquele meio minuto que levou para perceber não o fato de ela, a multidão, não ter plano algum ao chegar, nem o fato de o movimento que lhe servira em lugar de plano ter sido um movimento que só durara o tempo da existência do espaço onde caminhava, mas o fato de que o próprio movimento a traíra, conduzindo-a até ali não apenas na medida de tempo que lhe custou para cobrir aquele quilômetro entre a cidade e a prisão, mas na medida de tempo que lhe custaria para retroceder até a cidade e a Place de Ville, que, em primeiro lugar (agora compreendia) nunca devera ter deixado, de modo que, fosse qual fosse a velocidade empregada na volta, ela sempre chegaria demasiado tarde ao ponto de partida. E todavia ficou ainda ali mais um minuto, parada de encontro à cerca para além da qual as turmas de serviço se movimentavam lentas entre as infindáveis voltas de ouropel, só parando para lançarem à multidão um olhar tranquilo e indiferente, enquanto os vistosos senegaleses, refestelados num desdém letárgico entre as metralhadoras que tudo encimavam — os brancos empenhados no trabalho dentro da cerca e os brancos empenhados na dor fora dela — fumavam cigarros e alisavam negligentemente o fio das baionetas com seus largos polegares escuros, sem sequer condescenderem em lançar-lhe uma vista d'olhos.

Mas nem mesmo um aviador postado imóvel no ríspido vento azul poderia dizer exatamente quando começou a reviravolta entre a multidão, pois assim como a minhoca, cega e acéfala, na aparência destituída de qualquer órgão que a alerte do perigo, ou lhe indique o melhor caminho para o evitar, é capaz de mover-se a um aviso imediato e a uma velocidade instantânea em qualquer direção, assim também começou a multidão a refluir em massa para a cidade, iniciando a fuga, a um só tempo, como os pássaros — atropelada, cansada, indomável, persistente na sua capacidade não só para o sofrimento mas também para o frenesi, e derramando-se de súbito entre as duas filas de tropas alinhadas em todo o comprimento do caminho que conduzia à cidade (desta vez parecia tratar-se de uma brigada completa de cavalaria formada em fila, e a defrontar, do outro lado da estrada desimpedida, um número correspondente de infantaria, todos novamente sem mochila, mas ainda trazendo suas baionetas caladas, e, desta vez, granadas de mão, e, com seus piquetes, um lança-chamas de mangueira enrolada com seu bocal, enquanto no último extremo da cidade, outra vez se divisava o carro de combate por detrás do arco de suas portas a espreitar como um cachorro carrancudo e meio covarde à entrada do seu canil), sem demonstrar ter reparado na chegada das tropas ou sequer notado ou quanto mais sentido curiosidade pela sua presença. As tropas também não davam a menor atenção ao povo e, conquanto alertas, estavam em verdade quase recostadas nos cavalos e nos fuzis conteirados, como se a multidão que fluía entre elas mais não fosse que uma manada de gado do oeste americano, que, posta uma vez a marchar dentro do próprio vórtice, era uma garantia não apenas da sua própria tranquilidade mas igualmente da ordem pública.

Tornando a atravessar a cidade, chegaram à Place de Ville, que de novo encheram até as grades apontadas em ferro de lança, junto às quais as três sentinelas flanqueavam a porta vazia sob as três bandeiras desfraldadas ao vento matinal. Mesmo depois de preenchido todo o espaço, homens e mulheres continuavam a comprimir-se no interior da Place ainda convencidos de que, por mais depressa que tivessem regressado do campo de prisioneiros, ainda assim chegariam demasiado tarde, pois embora não tivessem visto nenhum portador da ordem de execução passar por eles na estrada, estavam todavia convencidos de que algum portador o fizera. Continuavam, no entanto, a comprimir-se na Place, como se os últimos a chegar não pudessem aceitar a palavra de aviso que recuava até os derradeiros dentre eles, mas precisassem verificar, ou se esforçassem por verificar por si mesmos, o fato de que teriam deixado o correio passar despercebido por eles, o fato de que verdadeiramente haviam chegado demasiado tarde; continuavam, não obstante, a comprimir-se para dentro da Place, até que, embora desejassem retroceder, precipitados e ofegantes, para o cercado de presos a fim de ao menos se sentirem mais próximos do lugar onde lhes fosse dado ouvir a rajada que significava ficarem eles despojados de alguma coisa — embora o desejassem, faltar-lhes-ia espaço para se virarem, e iniciarem a corrida, imobilizados e fixos como estavam pela própria densidade naquela cisterna de pedra, cujas paredes eram mais velhas que Clóvis ou Carlos Magno —, até que súbito lhes ocorreu a ideia de que não poderiam estar atrasados, que era impossível estarem de tal maneira atrasados, e que, fossem quais fossem os erros e os equívocos de horário, de direção ou de geografia cometidos, mesmo assim não seria possível chegarem atrasados para a execução, assim como também não lhes era possível evitar que ela se efetuasse, desde que a única razão daquele aflito e frenético afluxo para a cidade visava a estarem eles presentes à chegada do comandante de divisão que ali viria pedir ao velho general encerrado atrás das portas que eles estavam a encarar, licença para fazer executar todo o regimento; e o comandante de divisão só era esperado no local depois das três horas daquela mesma tarde.

Restava-lhes, pois, esperar. Já passava um pouco das nove, e, ao soarem as dez, três cabos, os três respectivamente flanqueados por um soldado da sua nação — um americano, um inglês e um francês — emergiram das arcadas nos fundos do Hôtel de Ville, e renderam cada sentinela da nação correspondente, conduzindo a seguir os substituídos de volta pelas arcadas. Bateu então meio-dia. Concentraram-se as sombras espichadas do ocidente; os mesmos cabos surgiram acompanhados de três novas sentinelas e substituíram as que se achavam ante as guaritas, afastando-se em seguida; era a hora, aquela, quando nos bons dias mortos dos tempos de paz, os homens voltavam para casa a fim de comer, talvez repousar um pouco, agora, porém, nenhum se mexeu; suas sombras já se arrastavam para leste, de novo encompridando-se; às duas horas, os três cabos surgiram pela terceira vez, e pela terceira vez os três pares repetiram a marcha, batendo os calcanhares na cerimônia bi-horária para em seguida se afastarem.

 Desta vez o carro vinha subindo o bulevar com tamanha velocidade, que chegou a ultrapassar seus próprios batedores. A multidão só teve tempo de recuar freneticamente, abrindo alas para deixá-lo entrar na Place, em seguida amalgamando-se atrás dele que atravessava a Place em disparada para estacar em frente do Hôtel de Ville, num jato explosivo de poeira. Aquele era também um carro do estado--maior, mas vinha sujo de pó, incrustado de lama seca, evidência de que regressava não apenas da zona de operações, mas da própria linha de frente, embora no seu pendão se vissem as cinco estrelas de um general comandante do exército. Após quatro anos, até as crianças seriam capazes de reconhecer o carro como tal, e mesmo sem pendão, as próprias crianças teriam reconhecido dois dentre os seus ocupantes — o homem grosso de peito taurino, comandante da divisão do regimento, e que principiava já a levantar-se sem sequer esperar que o carro parasse, e o homem alto, com um ar professoral, e que seria o oficial ajudante do comandante do grupo do Exército, do comandante de divisão, saltando este do carro antes que o ordenança que ladeava o motorista tivesse tempo de abrir-lhe a porta do compartimento traseiro, e já martelando o passo com suas curtas e rígidas pernas de cavalgar, na direção da entrada desimpedida do Hôtel de Ville, flanqueada pelas sentinelas, tudo isso ainda antes que o oficial ajudante pudesse mexer-se. Este afinal se levantou, apanhando com a mão um comprido objeto no assento que lhe estava mais próximo, objeto logo reconhecido pela multidão, tanto pelos homens como pelas mulheres que, embora refluídos, pendiam para a frente, elevando as vozes num rumor que não era de execração, porque não era nem ao menos dirigido ao comandante de divisão, que a este jamais culparam, mesmo antes de tomarem conhecimento do cabo estrangeiro; e até depois que este apareceu, embora ainda temessem o comandante de divisão em sua qualidade de pré-requisito essencial do medo que os invadia e instrumento da dor que sofriam, ainda assim não o culpavam; que ele não apenas era um soldado francês, mas um soldado leal e bravo, impossibilitado de fazer outra coisa exceto aquela mesma, pois em nada mais acreditava exceto naquilo; sem todavia culpá-lo, pois era devido a homens como aquele que a França resistira todo o tempo, cercada como estava, e combatida, pela inveja e o ciúme; enfim, um vero soldado, do qual não apenas a honra, e a honra da sua divisão, mas a própria honra da profissão de comando, desde as tropas e os esquadrões aos exércitos e aos grupos dos exércitos, se achavam comprometidos; além disso um francês ante o qual a segurança da mãe-pátria correra perigo ou fora pelo menos ameaçada de perigo. Logo, porém, lhes pareceu (ou a alguns dentre a multidão pareceu) que nos breves minutos anteriores ao reconhecimento da significação do objeto que o oficial ajudante retirara do assento a seu lado — pareceu-lhes um momento terem percebido nele um sentimento cheio de piedade; como se ele fosse não só francês e soldado, mas um francês e soldado que primeiro precisou ser homem antes de ser francês e fazer-se soldado, e que no entanto, para alcançar o alto privilégio de ser francês e soldado leal e bravo, tivera antes de perder seu direito ao estado do homem, e dele abdicar; e lá onde o direito do povo era apenas dor e sofrimento, o dele era o direito de decretá-los, de modo que só lhe cabia partilhar da perda, nunca do sofrimento, vítima que ele era, à semelhança deles, da sua própria classe e alta posição.

Viram então todos que objeto era aquele que o oficial ajudante carregava; era um sabre. Ao saltar do carro, levava, na verdade, dois sabres: um deles pendurado ao cinto de ordenança, o outro na mão, os arneses deste enrolados no punho e a bainha sob o braço. Até as crianças sabiam a significação daquilo, isto é, sabiam que o comandante de divisão também vinha preso. Então uma voz se elevou da multidão, como se apenas naquele instante ela compreendesse que os soldados do regimento iam todos morrer; voz não só de agonia, mas de renúncia, de quase aceitação, ao ponto de o próprio comandante de divisão fazer uma pausa e virar-se para fitar aqueles homens e mulheres que se diria estarem a vê-lo pela primeira vez — a vítima, que ele era, não só da sua classe e alta posição, mas, à semelhança deles, vítima do mesmo instante temporal e geográfico que destruíra o regimento sem contudo possuir nenhum direito sobre o destino do mesmo; solitário, sem família, desamparado, a um só tempo pária e órfão deles, cujo decreto de orfandade cumpriria até o fim, por sua vez deixando-os na orfandade; repudiado com antecedência por todos eles, de quem comprara o alto privilégio da resistência, da fidelidade e da abnegação com a perda do seu direito de primogenitura na humanidade, na compaixão, na piedade e até no seu direito de morrer. Fez então uma pausa e virou-se para fitá-los, logo, porém, reencetou a marcha, dirigindo-se a passo martelado para os degraus de pedra e a porta deserta, o oficial ajudante acompanhando-o com o sabre enrolado sob o braço, as três sentinelas apresentando armas com um retinir de fuzis enquanto ele galgava os degraus, e, antes que alguém o precedesse, abria a porta num repelão deixando-lhe à mostra o negro bocejo, e entrava — sua figura atarracada e curta, o homem sem família, condenado e intrépido — desaparecendo empertigado e sem soltar-se, para além do negro limiar, como se (para a massa compacta de rostos e olhos observando) ele tivesse desaparecido no abismo ou no próprio inferno.

Fizera-se, porém, demasiado tarde. Se os homens e mulheres da multidão pudessem locomover-se, teriam chegado à cerca da prisão com tempo suficiente de ouvirem o dobre a finados; agora, porém, devido à imobilidade forçada, só teriam o privilégio de contemplar o carrasco preparando o laço vazio. Dentro em pouco chegariam os mensageiros e os batedores armados, os quais golpeando-as com o pé, restituiriam vida às motocicletas estacionadas nas áreas; os carros, por seu turno, se aproximariam da porta, donde sairiam os oficiais — não o generalíssimo nem os dois generais de graduação inferior nem o comandante de divisão compelido a esta medida de plena expiação pela sua presença na condenação cujo porta-voz ele fora; não, não seria nenhum deles, mas os comandantes de polícia, isto é, os especialistas; aqueles que, por vocação e afinidade, foram eleitos, e, como se bispos o fizessem, escolhidos, preparados e consagrados na imutável hierarquia da guerra como mordomos de homens tais, para presidirem com toda a impunidade e autoridade dos usos civilizados, o fuzilamento metódico e formal de um grupo de homens por outro grupo de homens, todos revestidos do mesmo uniforme, pois de outro modo se conspurcaria o direito ou seria este violado; preparados, com efeito, para aquele instante e aquele fim, como carinhosamente se preparam cavalos de corrida pela habilidade do homem, seu conhecimento e seu cuidado até o instante de saltarem a barreira e estrugirem os gritos de vitória na última baliza em St. Léger ou no Derby; a seguir, os carros do estado-maior se afastariam céleres, distanciando-se estrondosamente com seus pendões, dando a comer sua poeira evanescente à multidão no seu regresso ao cercado dos prisioneiros que, sabia-o agora, nunca deveria ter deixado.

Se aqueles homens e mulheres pudessem locomover-se, apenas a correria mais desabalada poderia fazê-los chegar à cerca da prisão a tempo de ouvir o eco moribundo dos estampidos, o dissipar-se da fumaça que os deixaria órfãos e sem prole e viúvos; mas impossível mover-se, muito menos fazer uma volta completa. Toda a Place era uma geleia de rostos boquiabertos, dos quais se levantava uma voz que não era um grito, mas quase um murmúrio, quase um queixume da multidão que fitava o sombrio edifício sepulcral onde os dois generais, com suas panóplias e insígnias e instrumentos de glória, desapareceram como num mausoléu de heróis, de onde, se alguma coisa houvesse de surgir, não seria outra senão a própria morte. Os olhos arregalados, atônitos, doloridos, aqueles homens e mulheres eram incapazes de se locomover em qualquer direção, a menos que os da frente se atirassem em cima da cavalaria, ou debaixo dela, destruindo-a para morrer com ela, assim legando ao regimento condenado ao menos aquele instante adicional de respiração compreendido no tempo necessário para uma nova formação.

Mas nada disso aconteceu. Dentro em breve surgiu entre as arcadas um correio, um simples estafeta; estava só, e demonstrava uma total indiferença pela multidão ou por qualquer outra coisa que dissesse respeito a ela, inclusive à perturbação que a agitava. Sequer a olhou, de modo que a voz, ainda quase um murmúrio, deixou de ouvir-se, enquanto ele cavalgava uma das motocicletas ali estacionadas e se afastava, não na direção do campo de prisioneiros, mas na do bulevar, empurrando a máquina pipocante entre as pernas abertas, pois não era possível pô-la a correr com a rapidez suficiente para manter-lhe o equilíbrio, a multidão abrindo-se apenas o bastante para o deixar passar e em seguida fechando-se atrás dele, cujo avanço se fazia notar por imprecações urgentes e constantes — solitárias, urgentes e irritantes como o grito perdido de uma ave selvagem. Dali a instantes surgiram mais dois estafetas, idênticos ao primeiro até no ar de íntima e cômoda displicência, e saíram montados em outras duas máquinas, seu avanço imperceptível e infinitesimal igualmente marcado de gritos: — Deixem passar, degenerados... Raça de carneiros... Camelos...

Isso foi tudo. Veio em seguida o ocaso, e enquanto subia a preamar da noite, a vazante do dia reboou abruptamente com um diapasão ordenado e discordante de clarins; ordenados, porque todos soavam de uma vez; discordantes, porque faziam ouvir não apenas um toque, porém três: o *Battre aux champs* dos franceses, o *Last post* dos ingleses e o *Retreat* dos americanos; toques principiados na cidade espalhando-se de acantonamento e caserna a acantonamento e caserna, alteando-se e abaixando-se à medida que, ordeira e regulada, a brônzea garganta da guerra proclamava, afirmando sombria e estrídula o fim do dia, encimando o ritual da revista com vozes de "Montar!" e "Atenção!", enquanto os velhos guardas, guardiães do dia, rendiam a guarda aos do dia seguinte, já os seis sargentos chegando, cada um acompanhado da sua guarda nova ou velha, as seis filas em marcha e em voltas ordenadas, cada uma encarnando a sua rígida contraparte justaposta, as vozes de comando latidas em três diferentes línguas a ressoarem na mesma discordância uníssona dos clarins no *staccato* de *poste* e *riposte* enquanto os guardas rendiam e as três sentinelas reassumiam seus postos. Resoluto e profundo, o canhão do crepúsculo estrondejou na velha cidadela, com o rumor de uma única baqueta feltrada de tambor que houvesse caído uma só vez na taça invertida do ar vazio e retumbante, para em seguida dissipar-se, deliberada e lenta, até que finalmente, sem nenhuma sutura a marcar-lhe o fim, acabou por se perder no drapejar com que as bandeiras, milhares e brilhantes flores gloriosas em todo o continente beligerante, voltaram a pender, outra vez murchas, ao longo de seus mastros.

A multidão pôde enfim caminhar. O murmúrio esvaecente do canhonaço e as bandeiras que se arriavam foram talvez o escoadouro por onde derivou o que a mantinha congelada. Agora aqueles homens e mulheres até podiam ir depressa para casa, comer um bocado e em seguida voltar. Começaram então a andar num passo que era quase de corrida, só andando em passo natural quando não podiam correr, e voltando a correr na primeira oportunidade — exaustos, indômitos, incansáveis — enquanto a maré vazante da manhã refluía para o crepúsculo e para além da cidade escura e apaziguada pela noite, rumo aos alojamentos e viveiros donde proviera. Eram, aqueles homens e mulheres, como a turma de revezamento de uma fábrica que estivesse furiosamente reduzindo a sequência do dia e da noite na produção de granadas para um exército em recuo, mas não derrotado ainda — os olhos deles injetados de sangue pela exposição à fumaça, os cabelos e o vestuário tresandando, atropelando-se uns aos outros para chegarem a casa, comerem e em seguida regressarem, e todavia já comendo a comida que estava à sua espera, ao mesmo tempo correndo ao encontro dela, e já de volta às máquinas lustrosas, rangentes e ininterruptas, enquanto ainda mastigavam e engoliam a comida que não haveriam de provar.

Terça-feira, quarta-feira, noite de quarta-feira

Foi no fim da primavera de 1916 que o agente de ligação se apresentou no batalhão. A brigada fora toda transferida de Flandres para a Picardia, onde repousava em acantonamentos vizinhos de Amiens e se reequipava recebendo recrutas a fim de compor uma íntegra nos acontecimentos que seriam mais tarde conhecidos como a Primeira Batalha do Somme — assunto que iria proporcionar até aos que sobreviveram para recordar Loos e o canal da Mancha, não só alguma coisa por que empalidecer, mas a descoberta de que ainda restava algo para os fazer empalidecer.

O agente de ligação desembarcara naquela mesma madrugada do barco de licenciados que o trouxera de Dover. De Boulogne em diante obtivera carona de um caminhão, e o primeiro homem que encontrou forneceu-lhe as informações necessárias, de modo que chegou a hora e a tempo à secretaria da brigada com a ordem do seu posto na mão, esperando ali encontrar um cabo ou sargento, ou, quando menos, um ajudante de brigada; mas o que encontrou foi o próprio brigadeiro sentado atrás da escrivaninha com uma carta na mão, o qual foi logo dizendo:

— 'tarde! Um momentinho, sim?

O agente de ligação aquiesceu e então viu entrar um capitão que devia mais tarde conhecer como comandante de uma das companhias do batalhão para o qual seria designado. Acompanhava-o um soldado magro e vigoroso, de ar taciturno, que à primeira vista pareceu ao agente de ligação trazer entre as pernas em arco e as mãos a forma de um cavalo; enquanto isso o brigadeiro dizia com volubilidade:

— Estejam à vontade, estejam à vontade... — e desdobrava a carta, corria por ela os olhos e dirigia-se ao soldado:

— Chegou hoje cedo por um correio especial. Veio de Paris. Nos Estados Unidos há alguém que o procura. Deve ser pessoa importante, para que o governo francês se dê o incômodo de procurá-lo, utilizando para isso vários canais, e em seguida mandar de Paris para cá um correio especial. O nome do homem que o procura é... (e olhou de novo a carta) Tobe Sutterfield: Reverendo Tobe Sutterfield.

Nessa altura o agente de ligação também se pôs a observar o soldado, olhando a tempo não apenas de o ver como de o ouvir dizer, rápido, ríspido, resoluto: — Não pode ser.

— Não *senhor* — insinuou o capitão.

— Como não? — perguntou o brigadeiro. — Trata-se de um americano; um pastor protestante, um negro. Sabe quem é?

— Não — respondeu o soldado.

— Decerto já previa a resposta que o senhor ia dar; por isso pedi-lhe que se lembre do Missúri...

— Não, não me lembro — tornou o soldado, áspero, duro, deliberado. — Nunca estive no Missúri; ignoro toda essa história.

— Diga *senhor* — tornou a corrigir o capitão.

— Não tem mais nada a dizer? — perguntou o brigadeiro.

— Não senhor — respondeu o soldado.

— Muito bem — disse o brigadeiro. — Podem ir.

E ambos saíram, enquanto o agente de ligação, em rígida posição de sentido, antes sentiu do que viu o brigadeiro abrir a ordem da brigada e começar a lê-la, para em seguida fitá-lo sem mover a cabeça, apenas relanceando o olhar para cima, logo baixando-o sobre o papel, enquanto ele (o agente de ligação) pensava tranquilamente: *Não é desta vez. A graduação é muita.* E continuando a pensar: *Nem vai ser o coronel, mas o ajudante.* O que de ordinário podia acontecer duas semanas depois, uma vez que para um agente de ligação formalmente designado para um batalhão de combate, tal posição equivalia à de qualquer outro de seus membros, de modo que oficialmente ele continuava "descansando" até o momento de regressar às linhas; e não fosse a coincidência, era bem provável que ainda continuasse "descansando"; e, com efeito, o agente de ligação não se apresentou ao primeiro-sargento, mas à própria coincidência, ao entrar duas horas depois no acantonamento que lhe fora indicado, e onde, ao guardar seus petrechos, voltou a ver o mesmo homem que duas horas antes vira no escritório do brigadeiro — o tal soldado taciturno, com sua aura quase insubordinada de estábulo, e que, a julgar pela aparência, era capaz de definhar e morrer um dia depois que o afastassem para mais longe de Whitechapel do que, talvez, do prado de Newmarket, e que era entretanto suficientemente importante para ser procurado por intermédio de canais oficiais por um americano, ou agente, ou agência — o americano, ou a agência, com certeza deveras importante para usar o governo francês como intermediário, e ele, o soldado, suficientemente importante para repudiar qualquer aproximação, e que agora estava sentado na tarimba com um grosso cinto porta-notas, de couro, aberto num dos joelhos, tendo no outro uma caderneta de assentamentos, amassada nos cantos. Achavam-se de pé à sua frente três ou quatro soldados, para cada um dos quais ele contava algumas poucas notas francesas sacadas do cinto de couro, fazendo em seguida, com o toco do lápis, uma anotação na caderneta.

No dia seguinte, a mesma cena; e no dia depois deste, e ainda no que a este seguiu, a mesma cena repetindo-se logo depois da revista para a chamada e a inspeção; as caras, diferentes e em número variável: dois ou três, algumas vezes um só; sempre havia, porém, ao menos um, o cinto porta-notas, aparentemente inexaurível, ou, quando menos, sem fundo, adelgando-se dia a dia, o toco de lápis insistindo em anotações tediosas na caderneta ensebada. Chegou depois o quinto dia e foi logo depois do rancho. Era dia de soldo, e, aproximando-se do acantonamento, o agente de ligação tresvariou um instante, pensando que era ali que se efetuava uma grande parte do desfile dos recebedores em fila, estendendo-se em cauda até a rua, todos esperando a vez para se meterem lá dentro, de modo que o agente de ligação encontrou dificuldade até mesmo para entrar no seu próprio domínio e ali postar-se, contemplando a cena pelo inverso: os fregueses, os clientes, os pacientes — fosse o que fosse — fazendo voltar ao cinto porta-notas os ensebados, esfiapados pacotes de notas francesas, enquanto o tedioso toco de lápis continuava a insistir nos mesmos tediosos assentamentos; e o agente de ligação ainda estava lá quando o ordenança, que ele vira a primeira manhã na antessala da brigada, entrou, e irrompendo linha adentro, disse ao homem da tarimba: — Venha. Desta vez o apanharam. Chegou o p... do automóvel de Paris com o p... do primeiro-ministro; — e continuando a olhar o agente de ligação viu o homem da tarimba guardar sem pressa a caderneta e o toco de lápis no cinto porta-notas, que afivelou em seguida, e

depois voltar-se para trás, enrolando o porta-notas dentro do cobertor, feito o que imediatamente se levantou para seguir o ordenança, enquanto o agente de ligação se dirigia ao soldado que lhe estava mais próximo na linha agora interrompida e já em vias de dispersão:
— Que quer dizer isso? Para que esse dinheiro? Agora que ele saiu, por que não aproveitam? Agora que ele está fora e não pode fazer assentamentos... — Mas a resposta que recebeu em troca foram apenas alguns olhares desconfiados, cheios de reserva e já se dispersando. Sem esperar nem isso, saiu então para a rua calçada de pedra, onde se deparou com um daqueles compridos automóveis franceses lutuosamente negros, em geral usados pelos altos funcionários do governo. Vinha nele o motorista uniformizado, e, ao lado deste, um capitão; nos banquinhos de mola, um oficial inglês e um negro magro e jovem, e, atrás destes, no assento traseiro, uma senhora de meia-idade envolvida em ricas peliças, e que outra não era senão uma rica americana (que o agente de ligação não conhecia, mas que não era estranha à maioria dos franceses, pois seu dinheiro sustentava parcialmente uma esquadrilha aérea francesa, onde tinha um filho piloto), e um francês que não era o primeiro-ministro (e o agente de ligação sabia-o) mas era, quando menos, um primeiro secretário de gabinete de qualquer coisa; sentado entre os dois, um negro velho, de cartola puída e escovada, sob a qual se destacava um rosto sereno e nobre de cônsul romano idealizado; do lado de fora, o dono do cinto porta-notas — teso como um poste e a olhar sem ver, postado em continência a ninguém e a coisa alguma, mas todavia postado em continência, de novo teso como um poste a uma distância de dez passos, o negro se inclinando para dirigir-lhe a palavra, em seguida descendo do carro, o agente de ligação observando também isso, e não só o agente de ligação, mas os circunstantes em sua totalidade observando: as seis pessoas no interior do carro, o ordenança que fora chamar o homem da tarimba, os soldados (quase trinta) que se arrastavam na fila quando o ordenança irrompeu por ela — todos seguindo-o até a rua para estacionarem em frente à porta do acantonamento, todos a observá-lo, ou, quem sabe, até a esperar por ele; os dois homens ligeiramente afastados dos restantes — o dono do cinto porta-notas ainda teso como um poste em sua atitude de repúdio inexorável, enquanto a nobre cabeça

serena, o tranquilo rosto imperial e cor de chocolate se dirigia a ele em tom de sussurro. Isso durou ainda menos de um minuto, quando então o negro se virou e voltou para o carro, onde entrou, o agente de ligação não esperando para ver o resto, mas acompanhando o branco para o acantonamento, enquanto o grupo junto à porta se abria para dar-lhe passagem e tornava a fechar-se depois que ele passou, até que o agente de ligação fez parar o derradeiro deles, tocando-o, agarrando-lhe a manga:

— O dinheiro — disse. — Que história é essa?

— É a associação — respondeu o soldado.

— Bem, bem — tornou o agente de ligação com uma ponta de impertinência. — Mas como é que a gente arranja? Qualquer um pode...

— Pode sim — tornou o soldado. — A gente pede dez mangos. No próximo soldo é que a gente começa a pagar: seis pence por dia durante trinta dias.

— Bem entendido, se a gente estiver viva até lá — disse o agente de ligação.

— Certo... — tornou o outro. — Quando a gente acaba de pagar, recomeça...

— E se a gente morrer antes? — perguntou o agente de ligação.

Mas aí o soldado apenas olhou-o, e ele continuou, com uma ponta de arrogância:

— Está bem, está bem: não sou tão estúpido assim. Estar vivo daqui a um ano bem que vale seiscentos por cento, seja lá do que for...

O soldado, porém, fitava-o com uma expressão de tal curiosidade no fundo dos olhos, que o agente de ligação acrescentou depressa:

— Então? Que é que há?

—Vê-se que é novo aqui — disse o outro.

— É verdade — respondeu o agente de ligação. — Ainda na semana passada estava em Londres... Por que diz isso?

— A taxa não é tão alta, se você for um... for um dos... — e aí a voz do soldado interrompeu-se, cessou por completo, enquanto os olhos ainda o fitavam cheios de curiosidade e com uma expressão de tal modo intencional, que ao agente de ligação pareceu estar o seu olhar sendo puxado para fora como por uma força física, na direção

do lugar onde a mão do homem pendia junto ao flanco: momento esse em que a mão adejou num gesto, num sinal tão breve, tão rápido, antes de novamente se imobilizar de encontro à perna cáqui do dono, que o agente de ligação mal podia acreditar nos próprios olhos.
— Como? — perguntou. — Como?
Mas já o rosto se fechara, inescrutável, e o soldado virava-se para partir.
— Por que não lhe pergunta você mesmo? Ele não morde... Nem você tem obrigação de ficar com os dez mangos, se não quiser...
O agente de ligação olhava agora o comprido carro recuar e encher a rua exígua em seu regresso para o lugar donde proviera. Não tinha ainda se avistado com o ajudante do batalhão, que, no pior dos casos, não podia ter patente mais alta que a de capitão, nem ser tão velho quanto ele, de maneira que os preliminares não tomariam demasiado tempo. Talvez não passassem disto:
O ajudante: *Então você é o tal? Por que não trouxe a sua Cruz Militar? Ou também lhe tomaram ao mesmo tempo que a Estrela de Oficial?*
E ele: *Não sei. Será que posso trazer uma Cruz Militar em cima disto?*
E o ajudante: *Também não sei. O que mais você queria? Seu prazo expira segunda-feira na sala de oficiais.*
Faria então uma pergunta; ele que, nessa altura, adivinhara quem fosse aquela americana rica, pois havia dois anos que a Europa, ou seja a França, andava cheia de tais mulheres portadoras dos opulentos nomes, oriundos de Filadélfia, Wall Street e Long Island, e cujo dinheiro mantinha unidades de ambulâncias e esquadrilhas aéreas na frente francesa, e comitês e organizações por cujo intermédio os Estados Unidos aparavam não somente os golpes alemães, mas os da própria guerra; faria então uma pergunta, dizendo: *Mas por que há de ser aqui? Que tenham uma organização dirigida por um negro velho com ar de pregador não conformista, até aí, concedo! Mas por que foi que o governo francês o mandou até aqui em carro do estado para uma visita de apenas dois minutos a um soldado raso de um batalhão de infantaria inglês?* Oh, sim, podia perguntar sem que a resposta lhe viesse, exceto a que aludia ao nome do velho negro, que, aliás, ele já sabia, não sendo portanto isso o que carecia, ou precisava, ou devia saber para o caso em que a paz se firmasse. Passavam-se mais três dias, a partir daquela segunda-feira

na qual, tendo-se apresentado na sala de despachos, se tornara oficialmente membro da família do batalhão e pudera enfim entabular relações com o cabo encarregado da correspondência e ter assim entre as mãos o documento oficial assinado pelo comandante-chefe de Poperinghe, onde vinha não só o nome do negro, mas o sonoro nome com retumbâncias de órgão, da organização ou comitê que ele presidia: Les Amis Myriades et Anonymes à la France de Tout le Monde — título esse, ou designação essa, tão imenso em sua suntuosidade, tão retumbante de grandeza e fé, que se diria inteiramente liberto do homem e suas agonias; tão majestático em sua capacidade empírea, tão imponderável e impalpável sobre a face da Terra, como a sombra de uma nuvem; e tivesse ele tido a veleidade de querer sacar alguma informação, ou mesmo aquele quase nada (para não falar do resto) do dono do cinto porta-notas, aí teria, com efeito, errado: erro que lhe custou cinco xelins em francos na ocasião em que, perseguindo o homem, postou-se de repente à sua frente obrigando-o a parar e dizendo-lhe abrupto e insolente:

— Quem é esse tal Reverendo Tobe Sutterfield?

E ali ficou parado mais de um minuto sob uma chuva de grosseiros impropérios, até que pôde enfim dizer:

— Já acabou? Então desculpe. Passe-me dez mangos. E ficou olhando enquanto o outro inscrevia seu nome na caderneta de cantos amarrotados e lhe entregava os francos que ele nem iria gastar, de modo que, em tempo oportuno, trinta vezes os seis pence acabariam voltando às fontes nas mesmas notas originárias. Mas o principal era haver entabulado com o soldado uma relação de trabalho, uma relação de conversa; e devido aos seus contatos com a sala de despachos, podia agora tirar vantagem dessas relações, sem que lhe fosse necessário bloquear o caminho do homem para dizer, por exemplo:

— É segredo do estado-maior, mas acho bom você ficar sabendo: esta noite, voltamos...

O homem fitou-o.

—Vai haver coisa — acrescentou. —Trouxeram para cá um mundo de tropas. O combate está iminente. Os que inventaram Loos não podem dormir em seus louros para sempre...

O homem, porém, só fazia fitá-lo.

— Seu dinheiro está em risco. Conto, que é para você se acautelar. Quem é que sabe? Pode bem ser que você escape com vida. Por isso, em vez de exigir de nós apenas seis pence por dia, exija tudo de uma vez e enterre em algum lugar...

O homem continuava olhando-o, mas sem nenhum desprezo; e súbito o agente de ligação pensou com humildade, até com certo envilecimento: *O sujeito tem lá a sua ética, como um banqueiro a tem; não para uso dos clientes em sua qualidade de pessoas, mas na sua qualidade de clientes; todavia, desconhece a piedade; é capaz de arruinar a qualquer um e a todo mundo, sem a menor perturbação, desde que aqueles aceitem a parada; é essa a ética da sua vocação, do seu comércio, da sua profissão. É pureza. Não; mais que isso: é castidade, como a da mulher de César...* — Naquela mesma noite o batalhão foi enviado ao *front* e o agente de ligação acertou em cheio: quando voltou — e o que dele restava foi mais ou menos sessenta por cento — trazia para sempre atravessado na lembrança, como a cicatriz de um ferro em brasa, o nome do riacho não mais largo, em certos lugares, do que um jato de aguaceiro trazido pelo vento, e outros nomes do Somme — Arras e Albert, Bapaume, e St. Quentin, e Beaumont Hamel — todos inextirpáveis, duradouros como a capacidade para o alento e as lágrimas. E prosseguia o agente de ligação:

— Quer dizer que tudo aquilo lá fora é apenas um perfeito estado de pânico, saudável e normal como um craque na praça; um estado necessário para que o organismo se conserve vigoroso e sadio? Que os que nele morreram, e os que ainda vão morrer, estavam destinados a isso, assim como os corretores e os comerciantes miúdos, sem habilidade ou inteligência ou talvez sem dinheiro suficiente a respaldá-los têm por alto destino suicidar-se a fim de preservar a solvência do edifício da finança?

E o outro, olhando-o sem nenhum desprezo, sem demonstrar piedade, talvez apenas esperando que o agente de ligação se calasse, disse então:

— Como é? Quer ou não quer os cobres?

O agente de ligação recebeu o dinheiro, todo ele em francos, e desta vez gastou-os, percebendo pela primeira vez, e pensando, como a finança se assemelha à poesia, naquilo de requerer e exigir doador e recebedor a fim de perdurar; cantor e ouvinte, banqueiro e tomador de empréstimo, comprador e vendedor, cada qual com sua ética própria, ambos insuspeitáveis, ambos imaculados no seu devotamento e sua fé; e ia pensando: *O fracassado fui eu; o falsificador, o traidor.*

Gastou o dinheiro (o que comumente fazia de uma só assentada em modestas orgias de comida e bebida, e em companhia de qualquer pessoa que com ele as partilhasse), e continuou cumprindo à risca seu contrato de seis pence a seis pence, para em seguida tomar emprestados outros dez xelins com a mesma candura do católico romano entregue às suas devoções ou penitências. Assim passou o outono e todo o inverno. Dentro em breve chegaria a primavera e com ela seu período de licença, e sobre este refletia serenamente, sem nenhum pesar ou mágoa: *Eu podia voltar para casa, para Londres, naturalmente. Pois o que mais se poderia fazer com um subalterno demitido, neste ano da graça de Nosso Senhor de mil novecentos e dezessete, senão armá-lo de um fuzil e uma baioneta, o que, aliás, já tenho...* Súbito, porém, e na maior calma, ocorreu-lhe o que lhe seria possível fazer com essa liberdade, com a liberdade para a qual já não tinha emprego, pois para ela já não havia lugar sobre a face da Terra: pediria desta vez não xelins, porém libras, estipulando seu valor não em xelins, porém em libras, não apenas na sua peregrinação de regresso à época e ao lugar onde existira outrora o perdido espírito de liberdade do homem, mas também naquilo que tornava possível essa peregrinação; pedindo desta vez dez libras, ele mesmo estipulando a taxa e o juro de dez xelins por dia durante trinta dias...

— Vai a Paris festejar essa p... de Medalha de Conduta Distinta, hein? — disse o outro.

— E por que não? — tornou ele apanhando as dez libras trocadas em francos. E foi com o espectro da própria mocidade morta havia quinze anos que refez o perímetro da sua vida defunta (vivida numa época em que o animava não só a esperança mas também a fé deambulando pelo vale outrora agreste onde se acachapava a simples pedra cor de cinza de São Sulpício, e deixando para o fim a tortuosa e exígua travessa onde residira três anos. Nesse trajeto, passou primeiro pela Sorbonne sem entrar nela e apenas retardando o passo; passou em seguida por outros sítios familiares da Rive Gauche — o cais, a ponte, a galeria, o jardim e o café — onde gastara seus fartos ócios e seu frugal dinheiro; mas não foi senão na segunda manhã sentimental e solitária, após o café e o *Figaro*; era 8 de abril, e um transatlântico, praticamente abarrotado de americanos, fora torpedeado na véspera, ao largo da Irlanda; pensou sereno e sem lágrimas: *Agora eles têm de entrar; e juntos arrasaremos os dois hemisférios* — no *Deux Magots* tomou pelo caminho mais comprido, que eram os Jardins de Luxemburgo com suas governantas e soldados mutilados (reinava de novo a primavera; no outono vindouro, talvez se vissem ali alguns uniformes americanos), suas efígies manchadas, de deuses e rainhas, e entrou na rua Vaugirard já alongando a vista para distinguir a estreita brecha que era a rua Servandoni, e a mansarda à qual chamava outrora sua "casa" (quem sabe se Monsieur e Madame Gargne, o senhorio e a senhoria, ainda estavam ali para o acolher) quando deparou com aquele objeto — a bandeira, a faixa de pano impressa, suspensa sobre a arcada onde outrora desfilavam carruagens de duques e de príncipes, a proclamar sua grandiosa e humilde afirmação no velho bairro aristocrático: Les Amis Myriades et Anonymes à la France de Tout le Monde — ele já se incorporando ao ralo porém ininterrupto fio de gente — soldados e civis, homens e mulheres, jovens e velhos — para afinal entrar no que mais tarde lhe haveria de parecer um sonho: um vestíbulo, uma antessala, onde tricotava uma mulher sem idade, robusta e feia, que se dirigiu a ele sob sua coifa de religiosa:

— Monsieur?

— Por obséquio, madame: desejo falar com o senhor presidente; o Sr. Reverendo Sutterfield — ao que a mulher repetiu, sem contudo interromper o clique-claque das agulhas:

— Monsieur?

— O chefe da secretaria, madame. O doutor. O Sr. Reverendo Sutterfield.

— Ah!   disse a mulher. — O Sr *Toutlemonde*. — E sem largar o tricô, ergueu-se para precedê-lo, para guiá-lo e conduzi-lo a um vasto salão de piso de mármore e douradas cornijas e candelabros pendentes — apinhado, heterogêneo e sem ordem —, mobiliado de bancos de madeira e sovadas cadeiras da espécie daquelas que se alugam por alguns níqueis nos concertos de banda dos parques, rumorejante não de vozes, mas como que da simples respiração e a inspiração e os suspiros de um povo — de soldados mutilados e não mutilados, de velhos e mulheres de véu negro e braçadeiras de luto, e, aqui e acolá, de moças carregando crianças, de encontro ou sob o luto fechado da dor e da viuvez, solitários ou em pequenos grupos ao feitio de grupos familiares no vasto salão ainda rumorejando duques e príncipes e milionários — ele já defrontando a outra extremidade do salão, onde se suspendia outra faixa de pano, também essa inscrita como a outra sobre a arcada de ingresso e como ela impressa: Les Amis Myriades et Anonymes à la France de Tout le Monde, ele, porém, sem olhar a faixa, nem ao menos a observar, nem à gente que não era como as pessoas numa igreja (não havia nelas o devido recolhimento) mas que talvez fosse como as pessoas numa estação de estrada de ferro, onde um trem esperado se atrasasse indefinidamente. Viu, então, a opulenta curva da escadaria, ao pé da qual a mulher, que ainda tricotava, fez uma pausa para dizer, sem ao menos levantar os olhos:

— Faça o favor de subir.

Ao que ele obedeceu: ele que, tendo atravessado uma nuvem, subia agora para o mais alto, o mais entorpecedor dos pináculos aéreos; um pequeno aposento, celeste alcova de duquesa, temporariamente transformada para representar um escritório comercial num enigma encenado: uma inocente escrivaninha nua e virgem, três inocentes cadeiras duras, e, atrás da escrivaninha, o nobre rosto sereno, aureolado de alva lanugem, a sobressair do uniforme azul-horizonte de cabo de infantaria e aparentemente saído ainda na véspera das prateleiras da intendência do Exército. Um pouco atrás, magro como um poste, o negro jovem em seu uniforme e medalhas que se diriam quase novas, de subtenente do exército francês, o agente de ligação olhando-os do outro lado da escrivaninha, suas vozes fazendo-se ouvir serenas, consistentes, contraditórias, como num sonho:

— Sim: antes era Sutterfield, porém mudei. Para facilitar ao pessoal da associação.

— Oh! Agora é *Tout le Monde*.

— Sim, sim: Tulemon.

— Quer dizer que naquele dia o senhor foi lá para rever... o... o... — estava quase dizendo "o amigo"...

— Sim, mas acontece que ele ainda não se acha preparado. Lá fui para indagar se ele precisava de dinheiro.
— De dinheiro? Ele?
— Sim: o cavalo — respondeu o negro. — O cavalo que diziam termos roubado. Mas não podíamos roubá-lo, nem que o quiséssemos. O cavalo não era de ninguém; logo, impossível roubá-lo. Aquele cavalo pertencia ao mundo. Era um campeão. Mas não; também isso não está certo. As coisas é que lhe pertenciam: não ele às coisas. As coisas e as gentes. Ele, o meu amigo, pertencia-lhe; eu também; nós três éramos dele, antes que se acabasse...
— Ele, o seu amigo... quem era ele?
— Mistère.
— Mister... o quê? — perguntou o agente de ligação.
— Harry — disse o negro mais moço. — Era assim que ele pronunciava.
— Oh! — exclamou o agente de ligação com uma pontinha de vergonha. — É isso mesmo: Mistère...
— Certo — confirmou o negro mais velho. — Ele queria me ensinar a dizer apenas *ère*, mas já estou velho para aprender.
E começou a contar o que vira, o que observara em primeira mão, o que adivinhara de tudo o que vira e observara, sem que isso todavia incluísse os acontecimentos em sua totalidade. Bem o sabia, o agente de ligação, que se pôs a pensar: *Um protagonista. Se tenho de correr com a lebre e ser ao mesmo tempo o galgo, preciso de um protagonista,* enquanto o negro moço tomava a palavra pela primeira vez a fim de dizer:
— Foi o delegado de polícia que mandou para lá aquele advogado de Nova Orleães.
— Que mandou o quê? — perguntou o agente de ligação.
— O delegado da polícia federal — tornou o moço. — Era ele o cabeça dos que nos perseguiam...
— Então conte — pediu o agente de ligação. — Conte como foi.

A época era 1912, dois anos antes de rebentar a guerra, e o cavalo era um cavalo de corrida de três anos, mas um cavalo de tal porte, que mesmo o preço que pagara por ele um príncipe argentino do couro e do trigo no leilão de Newmarket — preço embora excepcional — não se poderia qualificar de insultuoso. Seu tratador era a sentinela, isto é, era aquele mesmo homem da caderneta ensebada e do cinto porta-notas, e foi nessa qualidade que acompanhou o cavalo aos Estados Unidos, onde, nos vinte e quatro meses subsequentes, três acontecimentos lhe transformaram completamente não apenas a vida, mas também o caráter; de modo que em fins de 14, regressando à Inglaterra para alistar-se, era como se em algum lugar para além da interlândia do vale do Mississípi houvesse nascido um homem novo — um homem sem passado, sem dores, sem recordações.

O tratador não só fora incluído na venda do cavalo, como também compelido a fazer parte dela. Não pelo comprador, tampouco pelo vendedor, mas pelo próprio vendido — o bem móvel —, isto é, pelo próprio cavalo; e compelido de maneira tão imperiosa, ao ponto de não poder contemporizar com a venda, muito menos recusá-la. E não que fosse um cavalariço de tal forma excepcional (o que talvez fosse) nem mesmo um cavalariço de primeira plana, o que em verdade era. Mas porque nascera, aparentemente à primeira vista, entre o homem e o animal, alguma coisa que não era apenas uma relação, mas uma afinidade, não de entendimento a entendimento, mas de coração a coração e de glândula a glândula, de modo que, a menos que o homem estivesse junto dele, ou nas proximidades, aquele cavalo era ainda menos que um cavalo; não de todo um cavalo, não de todo intratável, imprevisível, ou fosse o que fosse, pois era em verdade previsível; não só perigoso, mas, considerando-se a finalidade e o propósito aos quais fora dedicado e consagrado (a longa e cuidadosa criação e seleção que afinal redundaram em ser vendido ao preço que obteve, a fim de realizar o único rito para o qual se formara), imprestável, a ninguém consentindo, exceto àquele único homem, penetrar nos mesmos muros ou cercados para o tratar ou alimentar, não permitindo a nenhum jóquei ou treinador aproximar-se dele ou montá-lo, a menos que aquele homem lhe ordenasse; ainda assim, empacado, até que — voz, tato, fosse o que fosse o veículo de comunicação — o homem lhe desse o seu consentimento.

Razão por que o argentino comprou também o cavalariço, a troco de uma soma que deixou em depósito num banco londrino e que lhe seria entregue ao seu regresso à Inglaterra, após sua dispensa formal. Dispensa a ser concedida pelo cavalo, naturalmente, pois não havia outro capaz de concedê-la, o qual cavalo dispensou e absolveu aos demais, de conformidade com o que o negro dizia, pois foi aí que ele — eles: o velho e o neto — entraram na história; antes de surgir o cavalariço, aquele era apenas um cavalo ganhador de corridas; mas depois do advento do homenzinho, começou a bater recordes. Três semanas depois de sentir pela primeira vez sobre o pelo a mão do cavalariço e ouvir-lhe a voz, estabeleceu um recorde (— A corrida chamava-se Sillinger — disse o velho negro. — Lembrava o Derby, lá da nossa terra) que nos sete anos subsequentes ainda não fora ultrapassado; e em sua primeira corrida na América do Sul, só com duas semanas de terra firme após uma travessia marítima de mês e meio, estabelecia novo recorde, que não é de prever que seja mais alcançado em tempo algum (— Em lugar algum. Em tempo algum. Por cavalo nenhum — disse o negro). No dia seguinte foi comprado por um barão norte-americano do petróleo, a um preço que o próprio milionário argentino não pôde recusar; e duas semanas mais tarde, o cavalo desembarcava em Nova Orleães, onde o velho negro, pregador aos domingos, e no resto da semana tratador e cavalariço nos estábulos de criação e treinamento do novo proprietário no Kentucky, o conheceu; e duas noites depois, o trem que puxava o vagão onde viajavam o cavalo e os dois cavalariços, o preto e o branco, caiu num pontilhão combalido pela enchente e de cuja confusão e desventura originaram-se os vinte e dois meses donde o cavalariço inglês afinal surgiu praticamente transformado em batista; e em maçom: e em um dos mais destros manipuladores ou jogadores de dados daquela época.

Dezesseis, dentre os vinte e dois, foram os meses durante os quais os cinco, organizados separadamente, mas então em grupos inabalavelmente unidos — o governo federal, as forças policiais dos sucessivos estados, a companhia de estrada de ferro, a companhia de seguros e os investigadores particulares do barão do petróleo — deram caça aos quatro: ao cavalo aleijado, ao cavalariço inglês, ao velho negro e ao menino de doze anos que o montava, perseguindo-os de ceca em meca naquela região da bacia do Mississípi compreendida entre o Illinois, o golfo do México, o Kansas e o Alabama, onde o cavalo corria somente com três pernas em corridas de quarto de milha e em lugares remotos do interior, ganhando-as quase todas — o negro continuando o relato, tranquilo e grave, com a serena inconsequência descansada de quem ouve contar um sonho, até que naquela hora, cinco anos após os acontecimentos, o agente de ligação ficou sabendo o que naquele tempo já o delegado federal sabia ao meter-se na história: que não se tratava de um roubo, mas de uma paixão, uma imolação, uma apoteose; nunca de uma quadrilha de oportunistas em fuga com um cavalo aleijado, cujo valor, mesmo que ele fosse perfeito, já decaíra há muitas semanas da enorme soma gasta em sua perseguição; mas que se tratava do espetáculo imortal da doce legenda — a coroa de glória da própria legenda do homem — iniciada quando o primeiro casal de seus filhos pôs a perder o mundo, do qual casal de protótipos o homem ainda desafiava o paraíso, ainda acasalado, ainda imortal em face das ensebadas e sanguinolentas páginas da História, desde Adão e Lilith, Páris e Helena, Píramo e Tisbe, e outros Romeus imemoriais e suas Julietas; a mesma antiga e fulgentíssima lenda a iluminar no seu breve giro o cavalariço inglês de pernas em arco e de hálito pestífero, assim como iluminou Páris, Lochinvar ou qualquer dos magníficos raptores sobre a face da Terra; o mesmo frenesi fatal e glorioso de uma história de amor a processar-se, não por causa de um fichário incompleto num arquivo ou da furiosa frustração de um proprietário rico, mas pela própria fatalidade que lhe era inerente; pois, imortal como era, a história, a legenda, não devia com efeito pertencer a nenhum dos casais que contribuíram para o seu trágico e luminoso desenvolvimento, devendo apenas ser usada, atravessada, por todos os amantes em cada um dos seus turnos errantes e fatais.

Mas o velho negro não quis revelar como foi que fizeram; apenas disse que fizeram, como se, uma vez feita a coisa, já não importasse a maneira *como* se fez; pois se alguma coisa há de ser feita, isso equivale a já estar feita — as dificuldades, a angústia ou mesmo a impossibilidade que se lhe antolhem, perdendo de todo a significação: retiraram do vagão o cavalo machucado e em fúria, e puseram-no a nadar no *bayou*² mantendo-lhe a cabeça fora da água. — E ele descobriu um bote — disse o negro. — Se é que se pode chamar aquilo de bote. Cavado num tronco, virava de borco nem bem a gente punha o pé dentro. Chamam-se pirogas. Lá também se fala enrolado, como aqui. — Tiraram-no depois para fora do *bayou*, e tão bem se esconderam que, no dia seguinte, quando os investigadores da estrada de ferro chegaram ao local, era como se a própria enchente os houvesse tragado aos três. Estavam num outeiro, uma ilhota no meio do pântano, distante não mais de uma milha do pontilhão afundado, onde um trem-oficina com seus operários chegou no dia seguinte para reconstruir o pontilhão e os trilhos, e donde (na primeira noite tiraram o cavalo da água e levaram-no o mais longe possível, o negro ficando ali para tratá-lo. — Só lhe dei água, e pus-lhe na garupa uma compressa de lama, ao mesmo tempo tocando-lhe as moscas, os pernilongos e os borrachudos — disse o velho negro) o cavalariço regressou na madrugada do terceiro dia, trazendo na piroga um moitão estampado com o nome da estrada de ferro, comida para eles três e o cavalo, lona para as tiras e a tipoia, e gesso para as talas (— Já sei o que estão querendo perguntar — disse o negro. — Onde foi que arranjamos dinheiro para tudo isso. Foi ele que arranjou, assim como arranjou o bote) —, contando a seguir que: O cavalariço londrino, que nunca antes saíra de Londres, exceto para algum lugar muito próximo, por exemplo Epsom ou Doncaster, e que em dois anos de Estados Unidos virara batista e maçom, descobrira, ou a si mesmo revelara, no castelo de proa do cargueiro que o trouxera de Buenos Aires, a sua íntima relação ou afinidade com os dados; e que na sua primeira visita ao local do acidente, furtara o moitão pelo simples motivo de haver passado junto dele, sendo seu verdadeiro destino o carro-beliche onde dormia a turma de operários de cor, aos quais acordou; logo, ele, o homem branco, tresandando a lama podre e apertado nas calças de montaria que se lhe colavam como *jodhpurs* hindus, e os negros de camiseta e calças de algodão trançado, ou completamente nus,

---

² Palavra de origem índia (em choctaw, *bayuk*) encontradiça nessa região do Mississípi, cuja significação é rio pequeno, subtributário, ramo de um delta. (N. da T.)

todos acocorados em redor de um cobertor estendido sob a lanterna fumarenta, e as notas, as moedas, os dados, correndo e estralejando, tudo através da escuridão de breu (não trouxera luz nem lanterna; não só era perigoso como desnecessário acender uma luz, à qual desdenhava até chegando a desprezá-la), ele que, desde os dez anos, conhecia o corpo dos cavalos como um cego conhece o quarto do qual não se atreve a sair; ao mesmo tempo, não trouxera veterinário, não apenas porque não achasse isso necessário, como porque não consentia que mão alguma, exceto a sua ou a do velho negro, tocasse o corpo do cavalo, mesmo que, por hipótese, o cavalo nisso consentisse. Assim, pois, suspenderam-no, endireitaram-lhe a anca, fixaram-na à forma imobilizadora.

Semanas se escoaram antes que a garupa deslocada se consolidasse, e os bandos de investigadores, com todas as saídas e entradas do pântano guardadas e vigiadas, continuavam a dragar a lagoa debaixo do pontilhão, praguejando e amassando o barro por entre cobras-d'água, cascavéis e jacarés — habitantes do próprio pântano —, isso prolongando-se até que os perseguidores se convencessem de que o cavalo tinha morrido, e se convencessem pela simples razão de que ele devia ter morrido, pois tal cavalo não podia estar senão morto, e, mesmo morto, invisível, ao fim e ao cabo restando ao seu proprietário apenas o privilégio de desabafar nos ladrões a sua sede de vingança. Uma vez por semana, nem bem escurecia, lá saía o cavalariço na piroga para só regressar de madrugada após dois ou três dias, com um novo aprovisionamento de comida e forragem; dois ou três dias de ausência, pois o conserto do pontilhão terminara, e novamente os trens o atravessavam dentro da noite com seu ribombo cavernoso, e a turma operária, e, com ela, sua fonte de renda e ganho, partia de regresso a Nova Orleães, donde proviera, o homem branco já agora viajando também para Nova Orleães, onde, verdadeiro profissional, revirava os copos de dados em mesas cobertas de baeta verde sob lustres de luz elétrica, e agora nem o próprio negro velho (tratador e cavalariço por acidente, mas, por vocação e consagração, ministro de Deus, inimigo jurado do vício, mas que, sem nenhum escrúpulo ou hesitação aparentes, havia desde muito traçado, e em seguida olvidado, a linha da sua retidão, para nela abranger o magnífico animal decadente e todos quantos revelassem alguma solicitude em servi-lo) saberia dizer a distância que o branco precisava percorrer, até que deparasse com um novo cobertor estendido sob uma lanterna fumarenta, ou, em último recurso, a mesa coberta de baeta sob a luz elétrica, onde os dados, em seus copos de couro, fossem tão insuspeitáveis quanto o fora a mulher de César, e as fichas — moedas e notas — amontoavam-se, fosse como benesse ao seu talento ou simples compulsão da sua necessidade.

Passaram-se os meses, os três continuando na órbita fragorosa não apenas dos trens que voltaram a cruzar o pontilhão consertado, mas também na órbita dos próprios bandos de perseguidores (com alguns dos quais qualquer dos três poderia às vezes conversar sem ao menos elevar a voz), a busca prosseguindo até muito depois que os xingadores e amassadores de barro e frenéticos fugitivos da imundície estagnada e do silvo maligno das cobras-d'água e das cascavéis assustadas, acreditassem estar o cavalo morto e para sempre desaparecido na vigília insaciável do apetite das enguias, dos peixes-agulhas e das tartarugas, e o próprio ladrão, foragido longe da região, longe do país, longe até do continente e do hemisfério... mas apesar disso insistindo na perseguição, pois a companhia de estrada de ferro tinha em jogo um dispendioso aparelho de moitões triplos e mais de duzentos pés de cabos de duas polegadas; e a companhia de seguros era proprietária de bancos e de linhas de barcaças e de lojas em cadeia desde Portland, no estado do Maine, até o Oregon, de modo a não poder perder sequer um cavalo de um dólar, quanto mais um cavalo de cinquenta mil; e o dono do cavalo não podia perder aquela bolsa sem fundo, à qual não faria falta o valor dos sessenta cavalos de corrida que ainda possuía, e que o habilitava a tirar vingança do ladrão que lhe roubara o sexagésimo primeiro; e porque a polícia federal tinha em jogo muito mais coisas do que a polícia dos estados, que, estas, só podiam compartilhar da glória e da recompensa prometida, enquanto a polícia federal tinha um fichário a completar — quando um dia ali chegou um telegrama da *United Press*, passado na véspera de Washington ao delegado federal, e que dizia respeito a um cavalo, um valioso puro-sangue e corredor de três patas, que estava a cargo (ou pelo menos acompanhado) de um estrangeiro franzino de perneiras, que mal falava inglês, de um pregador negro de meia-idade, e montado por um negrinho de seus doze anos. O cavalo fugira da pista durante uma corrida de três oitavos de milhas, em Weatherford, no Texas. (Fomos nós os treinadores — disse o negro. — De noite. Era preciso isso para ele voltar a ser o que era. Para esquecer o pontilhão, recuperar a agilidade e recomeçar a ser cavalo. Quando amanhecia, escondíamo-nos no mato. — E seguiu contando como não se atreviam a muita coisa: realizada a corrida, saíam imediatamente sem nenhuma parada, pois nem bem o cavalo de três pernas ganhava um páreo, já todo mundo ficava sabendo, e era-lhes mister ganhar a dianteira de ao menos um dia sobre os seus perseguidores.) E eles chegaram lá com um dia de atraso, sendo informados de que o pregador negro e o insolente estrangeiro resmungão tinham surgido de repente, ninguém sabia de onde, e na hora exata de registrar o puro-sangue de três pernas numa corrida onde o estrangeiro apostara somas que alcançavam, naquela altura, de dez a um milhar de dólares, ainda com uma vantagem aproximada de um contra dez, de um contra cem, o cavalo de três pernas irrompendo com tamanha fúria do ponto de partida, que a barreira pareceu saltar-lhe ao encalço; e correndo com tal velocidade, ao ponto de dar a impressão que os demais vinham a reboque, talvez disputando um outro páreo mais lerdo, e continuando a correr com tão desmesurada dianteira no final, que o jóquei parecia não ter absolutamente nenhum domínio sobre ele — qualquer jóquei que fosse, não teria, quanto mais uma criança de doze ou, quando muito, treze anos e a correr sem sela, só com a faixa e a cincha onde se firmava (quem isso informou presenciara a corrida) e sem poder contê-lo depois que a barreira caiu, o cavalo cruzando a baliza na maior velocidade, e, pelos modos, inclinado a repetir o circuito da pista, não tivesse o estrangeiro branco encostado na trave junto da baliza, dito em sua intenção uma palavra, uma palavra só, e numa voz que não poderia absolutamente ser ouvida a uma distância de vinte pés.

O lugar onde os perseguidores estiveram logo a seguir, e com um atraso de três dias sobre o cavalo, foi Willoow Springs, no Iowa; depois disso, Bucyrus, no Ohio, e três meses depois, com quase duas semanas de atraso, um vale inacessível nas montanhas a leste do Tennessee, vale esse apartado não apenas da via férrea, mas até do telégrafo e do telefone, onde o cavalo correu e ganhou dez dias seguidos, antes que os perseguidores tivessem qualquer notícia do que se passava; sem dúvida foi ali que o cavalariço se uniu aos maçons, e ingressou na ordem. Aquela foi também a primeira vez em que os quatro puderam permanecer num mesmo lugar por um período maior que o de uma tarde, podendo então o cavalo correr sossegado dez dias seguidos, antes que os perseguidores fossem informados; de modo que, ao partirem daquele vale, já o cavalo levava uma dianteira de duas vezes dez dias sobre a turma que lhe dava caça. Por conseguinte, depois de duas semanas de busca e indagação abaixo e acima daquele caldeirão de trinta milhas aninhado entre montanhas, e ao mesmo tempo no cenário da primeira desaparição do animal, não lograram seus perseguidores descobrir uma só criatura humana que tivesse ouvido falar alguma vez do cavalo de três pernas e seus três acompanhantes, quanto mais descobrir uma única criatura humana que os tivesse visto com os próprios olhos!

Quando a notícia lhes chegou do Alabama Central, aí também já o cavalo não estava, mas ia de volta para o oeste, seus perseguidores ainda com um mês de atraso sobre ele na região do Mississípi; e cruzando o Mississípi para entrar no Arcansas, aí parou como param os pássaros: sem pousar, a palavra *pairar* sendo a menos indicada para se aplicar a tais pausas, pois o cavalo continuava correndo com a mesma incrível, inacreditável velocidade (com as mesmas incríveis, inacreditáveis desvantagens também; corria o boato de que os dois — o negro idoso e homem de Deus, e o branco de hálito pestífero, ao qual conceder-se a qualidade de homem equivalia a uma pura aceitação do emissário das trevas ao invés do seu verdadeiro príncipe e senhor — haviam ganho dezenas de milhares de dólares) como se a sua mundana peregrinação pelos Estados Unidos fosse demasiado lenta para que o olho a registrasse, e só naqueles momentos incríveis, sobre um fundo de baliza branca, fossem visíveis o cavalo e seus três humanos adjuntos.

Nisso, o delegado federal, chefe protocolarmente titulado da diligência de captura, descobriu que alguma coisa acontecera de repente e sem nenhum aviso — alguma coisa fadada a acontecer cinco anos depois em Paris a um soldado inglês, cujo nome ele não chegaria a conhecer sequer de ouvido. Ele — o delegado — era poeta; não da espécie que escreve (ainda não o era), sendo antes um daqueles mudos afilhados órfãos de Homero, que a cegueira da sorte fizera nascer numa família rica e politicamente prestigiosa de Nova Orleães e que todavia, a julgar pelos padrões dessa família, fracassara em Harvard, e a seguir desperdiçara dois anos em Oxford, antes que a família descobrisse o desperdício e o trouxesse de volta a casa, onde após viver alguns meses sob a ameaça de o fazerem chefe de polícia, transigiu afinal com seu pai, aceitando uma simples delegacia. De modo que, naquela noite — era no Arcansas, num quarto do hotel cheirando a tinta fresca, numa cidadezinha madeireira em franco desenvolvimento e com menos de um ano de fundada —, ele compreendeu o que havia com relação ao caso do cavalo, caso que se recusara a aceitar em Weatherford, no Texas, mas logo em seguida tirando o caso do sentido; pois o que sobrava de tudo aquilo tinha de ser não apenas a solução, mas também a verdade, sendo aí a verdade pura e simples, sem necessidade de ser outra coisa senão ela mesma, não cuidando sequer de ser assim ou assado; verdade que o delegado agora contemplava não com um sentimento de triunfo, mas de humildade, e a qual um velho ministro negro, havia já dois anos, num relance percebera se processando — um ministro, um homem de Deus, inimigo jurado e consagrado da cobiça e da loucura do homem, e que entretanto, desde o princípio, havia não só pactuado com o roubo e a jogatina, mas havia também entregado à mesma causa os tenros anos virginais de seu filho único, assim como na antiguidade fizera o pai de Samuel com este ou Abraão com Isaac; e nem mesmo com orgulho por ter finalmente percebido a verdade, embora nisso levasse um ano; mas orgulho pelo motivo de haver, desde o princípio (agora sabia-o), desempenhado, com apaixonamento e pesar, a sua parte na diligência. Dentro de dez minutos fez acordar o subdelegado, e dois dias depois dizia, em seu escritório de Nova Iorque:

— Desista. Jamais o apanhará.

— Só se o senhor não quiser — respondeu o dono do cavalo.

— Se assim o prefere — tornou o delegado. — Pedi demissão.

— Já devia ter feito isso nestes últimos oito meses; no momento em que se desinteressou da diligência...

— Acertou — respondeu o delegado —, se lhe é mais agradável pensar assim. Meu pedido de demissão talvez não passe de uma justificação da minha própria ignorância de oito meses atrás...

E acrescentou:

— Estou a par dos seus gastos até o dia de hoje. E o senhor deve saber qual o estado atual do cavalo. Passo-lhe um cheque correspondente à quantia que o senhor gastou. Compro-lhe o cavalo aleijado. Mas dê o caso por encerrado.

Disse-lhe, então, o dono do cavalo, quanto em verdade havia pago pelo animal; era uma quantia grande, quase tão grande quanto o público a imaginava.

— Está bem — disse o delegado. — Não posso passar um cheque nessa importância, mas assino uma promissória. Além disso, meu pai não viverá eternamente...

O dono do cavalo apertou um botão e uma secretária apareceu. O dono lhe falou rapidamente, e a secretária saiu, voltando em seguida e depositando um cheque na escrivaninha em frente ao dono, que o assinou e passou ao delegado. O cheque cobria uma importância ainda maior que a diferença entre o custo do cavalo e a diligência feita até aquela data para capturá-lo. Estava em nome do delegado.

— Representam seus honorários pela descoberta do cavalo, a deportação do inglês e a prisão do meu negro, que deve vir algemado — disse o dono do cavalo. O delegado dobrou o cheque em dois e rasgou-o em dois, o dono já apertando com o polegar a campainha-cigarra, enquanto o delegado deixava lentamente caírem os pedaços do cheque no cinzeiro; já se levantava para sair, quando a porta tornou a abrir-se e a secretária reapareceu:

— Outro cheque — disse o dono sem ao menos volver a cabeça. — Acrescente-lhe a recompensa pela captura dos ladrões do cavalo.

Mas o delegado nem esperou pelo segundo cheque. Mais tarde então foi em Oklahoma, quando (já não mais delegado, mas ex) ele reiniciou a perseguição do cavalo, mas desta vez associado a ela, assim como outrora o jovem cidadão de dinheiro — que o tivera e perdera ou gastara — se associava às excursões continentais

Malborough; o ex-delegado encontrando, com efeito, naqueles que ainda há uma semana eram seus companheiros na empreitada, a mesma fria unanimidade meio desdenhosa, de fachada, que os jovens cidadãos endinheirados teriam encontrado entre os profissionais da Malborough. Vieram depois as ermas estaçõezinhas de estrada de ferro, erguidas entre a rampa de gado e a caixa-d'água, e os homens de vastos chapelões de feltro e botas de salto alto, aglomerados em frente do cartaz que oferecia por um cavalo roubado uma recompensa como nunca antes um americano a vira; a reprodução fotográfica de um retrato de jornal feito em Buenos Aires, onde estavam o homem e o cavalo; uma descrição impressa de ambos, sendo o rosto do homem tão familiar e fácil de reconhecer na parte central dos Estados Unidos (também no México e no Canadá) como o rosto de um presidente ou assassino de mulher; e, acima de tudo, a soma, o montante da recompensa — a concisa evocação em preto daquele sonho dourado, daquele fulgurante, incrível montão de dólares a ser ganho por qualquer indivíduo a um simples destravar da língua, o cartaz infalivelmente os precedendo (os perseguidores, com certeza; e, o delegado agora acreditava, também os perseguidos) disseminando o veneno ainda mais rapidamente que o avanço deles, ainda mais rápido que a corrida meteórica do amor e do sacrifício, até que toda a bacia do Mississípi, do Missúri e do Ohio se corrompessem e contaminassem, e o delegado percebesse que o fim estava próximo; e pensando, nesse ínterim, que não era de causar admiração a incapacidade do homem em resolver os problemas da sua passagem sobre a face da Terra, desde que ele não tomava nenhuma providência para educar-se, não com referência ao trato de suas cobiças e loucuras (estas o infelicitam em exemplos esporádicos, quase somente individuais), mas com referência à luta contra a cegueira do seu próprio peso e massa: o delegado vendo-os — o homem e o cavalo, e os dois negros, que os primeiros haviam de certa forma arrebatado para dentro daquela órbita feroz e resplendente — de modo algum condenados, pois a paixão é efêmera (razão por que nunca descobriram para ela um nome mais adequado; razão por que Eva e a Serpente, Maria e o Cordeiro, Ahab e a Baleia, Ândrocles e o desertor africano de Balzac, e toda a zoologia celeste com seu cavalo, seu carneiro, seu cisne e seu touro, constituíam o firmamento da história do homem, nunca os meros escombros do seu passado) nem porque o rapto seja um roubo, e o roubo um mal, e o mal não prevaleça, mas simplesmente porque, devido à pura repetição de zeros à direita de um cifrão num cartaz impresso, todas as pessoas ao alcance de uma vista d'olhos ou da soltura de uma língua (e eram, todas as criaturas humanas, dotadas de vista e ouvidos entre o Canadá e o México, as montanhas Rochosas e as Apalaquianas) se revelavam desesperadamente receptivas à menor notícia referente ao paradeiro do cavalo.

Agora, porém, o fim estava próximo, e por um momento o delegado teve a ideia, ou brincou com a ideia, de ludibriar a corrupção com a própria corrupção: isto é, utilizar-se de uma quantia equivalente ao cheque que em Nova Iorque se propusera a assinar, para assim fazer guerra à recompensa prometida; logo, porém, abandonou a ideia por ineficaz; não porque corromper a corrupção equivalesse a disseminá-la em maior largura, mas porque a ideia simplesmente lograria criar uma imagem que mesmo um poeta seria obrigado a considerar um capricho fantástico de poeta; nada menos que o Davi das riquezas a pôr a prêmio, ainda que um breve minuto, o brônzeo crânio invencível e insusceptível de regeneração, do Golias das riquezas... Não tardou demasiado (e em verdade, o fim estava à vista) quando a carreira, a corrida (como se também ela sentisse o fim próximo) enviesou direito para o sul e o leste, atravessando o Missúri, enveredando para o fecho do V onde o rio São Francisco deságua no Mississípi, e tendo ainda no encalço os bandidos da velha companhia de bancos e estradas de ferro, que ali se haviam refugiado. Foi então que tudo acabou, terminou, teve um fim: uma tarde, na sede de um município perdido no fim de um ramal — havia ali uma praça de feira e cerca de meia milha de vereda sem trilhos —, os perseguidores, cruzando o campo interior na vanguarda de uma crescente multidão de moradores locais da cidade, das fazendas e dos alagadiços, todos homens calados, atentos, todavia não comprimidos num ajuntamento, mas apenas observando — os perseguidores, dizíamos, deitaram pela primeira vez a vista em cima do ladrão que perseguiam, fazia agora quase quinze meses; em cima do estrangeiro, do inglês, que se achava encostado ao batente da porta sem folha de uma cocheira em ruínas, a coronha da pistola ainda quente apontando fora do cós das suas imundas e justas calças de montaria. Atrás dele, o corpo do cavalo, morto com um tiro que lhe varou precisamente a estrela da testa, e, um pouco adiante, a cabeça de senador romano e a coçada sobrecasaca do velho pregador negro, e ainda além deste, numa sombra mais funda, os globos brancos e parados dos olhos do menino. Naquela mesma noite, numa cela da cadeia local, o ex-delegado (todavia advogado, embora o preso o rechaçasse violentamente até com obscenidades) dizia o seguinte:

— Eu teria feito a mesma coisa, naturalmente. Mas diga-me a razão por que a fez... Não; já sei qual seja. Conheço a razão. Sei que é verdadeira; mas apenas queria ouvi-la da sua própria boca; ouvir a nós ambos dizê-la, para me convencer que é verdadeira... — já falando, ou ainda falando, apesar do único, violento epíteto obsceno que lhe lançava cheio de desprezo:

— Você podia ter devolvido o cavalo em qualquer ocasião, e ele ainda podia estar vivo; mas não se tratava disso; não se tratava apenas de conservar a vida dele para você continuar ganhando alguns milhares ou algumas centenas de milhares de dólares, que é o que toda gente pensa que você ganhou à custa dele... — E aí se interrompeu, até ficou à espera, ou, de qualquer modo, atento, tranquilamente exultando, enquanto o preso xingava não a ele, mas ao ex-delegado voltado não para ele, mas para o ex-delegado que ele era; xingando-o ininterruptamente por um bom minuto e com uma grosseira e obscena ausência de imaginação, até que o ex-delegado voltou a falar, rápido, sereno, conciliador: — Está bem, está bem. Se ele era capaz de correr, a razão mandava deixá-lo que corresse; deixá-lo afinal perder as corridas, pelo menos ir até o fim das corridas, mesmo que corresse em três pernas só; mas era um gigante, nem precisava de três pernas, bastando-lhe um casco na ponta de cada perna para ser um cavalo de qualidade. Mas o que o dono dele e os outros queriam era levá-lo de volta para o Kentucky e lá trancá-lo num bordel, onde ele não mais precisasse das pernas nem de uma tipoia suspensa de um moitão de estrada de ferro acionado por uma engrenagem ao ritmo da ejaculação; pois um alcoviteiro hábil, munido de uma caneca de folha e de uma luva de borracha... — E exultava, de todo calmo, acrescentando num murmúrio: — Gerador de potrinhos para todo

o sempre! Os testículos funcionando, mas o coração castrado para o resto da vida... não fosse você poupá-lo a essa ignomínia. Qualquer sujeito é capaz de ser pai, mas só os melhores, os mais corajosos...
— E saiu em meio à chuva de impropérios já agora monótonos, iterativos, para na manhã seguinte mandar de Nova Orleães para lá o melhor advogado entre os que pôde descobrir mediante a vasta influência das filiações políticas de sua família, mediante a sua própria influência social e semiprofissional; advogado, cujo êmulo aquela cidadezinha perdida no Missúri nunca vira antes (para falar a verdade, que nunca vira antes um advogado), e que viajou quatrocentas milhas para ir defender um simples ladrão de cavalo, além do mais, estrangeiro e anônimo, para em seguida fazer ao ex-delegado o relato de quanto vira ali; por exemplo, a atitude curiosa e desconfiada da cidadezinha:
— Uma populaça — rematou com uma ponta de unção. — Faz muito tempo que não me defronto com uma populaça...
— Não, não é isso — tornou depressa o cliente. — Aquela gente só estava observando ou esperando alguma coisa. Não tive tempo de descobrir que coisa era essa...
O advogado verificou que assim era, descobrindo, porém, algo mais: pois ao chegar ali na segunda manhã, depois de viajar toda a noite em sua limusine particular com motorista próprio, não se passaram trinta minutos, e ele já estava ao telefone a falar com o cliente de Nova Orleães; o homem que ele fora defender partira, desaparecera, sem fugir da cadeia, de onde fora em verdade posto em liberdade... O advogado falava sentado junto ao telefone, donde abrangia com a vista a praça silenciosa, quase deserta, da qual nenhum dos moradores o observava, ou jamais o olhava ostensivamente, embora ele tivesse a consciência nítida da presença ali não dos rostos meio originários do oeste e meio sulinos, com sua fala vagarosa e soturna, mas da atitude deles, interessada e atenta.
Não apenas o branco, mas também os negros haviam partido, e o advogado voltou ao telefone para falar na mesma noite com Nova Orleães, não porque tivesse gasto tanto tempo em inteirar-se daqueles insignificantes pormenores, mas simplesmente porque agora compreendia que aquilo era só o que lhe restava descobrir ali, fosse

por inquirição, ou por compra, ou pelo simples ato de ouvir, não contribuindo para isso a sua permanência mais larga no local. Os negros é que jamais foram para a cadeia, tendo antes se evaporado no ar rarefeito entre a cadeia e o edifício do tribunal, onde o sucessor do delegado federal havia formalmente entregue os três presos ao xerife do lugar. O branco foi o único a ser preso (o advogado vira-o na cadeia), mas agora já não estava lá, não tanto porque lhe dessem liberdade, como porque levou sumiço, descobrindo o advogado cinco minutos após sua chegada, que lá não houvera preso algum, e, ao fim dos trinta minutos subsequentes, não houvera nenhum réu, e lá pelo meio da tarde, nenhum crime, o corpo do cavalo tendo por sua vez se derretido na primeira noite, sem que ninguém o retirasse nem visse alguém retirá-lo nem o advogado ouvisse falar de alguém que o tivesse removido ou, quando menos, dado por falta dele.

Mas naquelas duas semanas do último outono, no vale a leste do Tennessee, souberam os perseguidores tudo quanto lhes era mister saber, e que o ex-delegado havia já resumido para o advogado, de modo que, para este, o assunto estava de todo despojado de qualquer mistério; até lhe parecia haver encontrado uma solução para o caso, pois no Missúri também deviam existir maçons... — opinião que seu cliente de Nova Orleães não teve escrúpulo em passar por alto, quanto mais confirmar, já agora não a voz do delegado, mas a do poeta, a palrar na outra extremidade do fio, enquanto o advogado falava:

— Quanto ao dinheiro, deu-se uma busca, naturalmente...

— Está bem, está bem — respondeu o ex-delegado; — o direito talvez, a justiça decerto, podiam não ter prevalecido, porém havia algo mais importante...

— Trazia consigo apenas noventa e quatro dólares e alguns centavos — disse o advogado.

— O velho levava o resto nas abas da sobrecasaca — tornou o ex-delegado; — verdade, amor, sacrifício, alguma coisa ainda mais importante: algum elo entre o homem e seu irmão homem; elo mais forte que as douradas cadeias que ainda mantinham coesa, de modo precário, a terra em ruínas que ele habita...

— Maldito seja! — exclamou o advogado. — O dinheiro naturalmente só podia estar ali. Por que diabo não fiz... Mas olhe, escute aqui: já não tenho o que fazer neste vilarejo. Volto à cidade amanhã cedo, assim que me abram a garagem para tirar o carro. Mas como você já está aí mesmo, no teatro dos acontecimentos, fará isso mais depressa do que eu o faria daqui por telefone. Estabeleça contato com seu pessoal e faça espalhar a notícia abaixo e acima do vale e com a maior rapidez: cartazes, descrições dos três homens...

— Não, não — respondeu o ex-delegado. — Você tem de ficar é aí mesmo. Se surgir alguma novidade na acusação, só pode ter origem aí. E é preciso você estar perto para defendê-lo.

— Pois sim: aqui, o único necessitado de defesa é o primeiro homem que se atrever a pôr a mão no sujeito que ganhou tanto dinheiro quanto aqui se acredita que ganhou, além disso, ganhando-o sem capital, com as mãos vazias e um cavalo de três pernas! — disse o advogado. — Que idiota! Tivesse ficado aqui e lhe dariam o distintivo de prefeito, sem que precisasse disputá-lo. Mas sou capaz de fazer tudo isso por telefone e sem sair do meu escritório, até a captura final...

— Desde o princípio estou dizendo que você não me entende — respondeu o ex-delegado. — Você não acreditou, nem quando fiz força para explicar. Não pretendo absolutamente descobrir o paradeiro desse sujeito ou desses sujeitos. Agora é minha vez: deixe-me fazer a jogada. Você fique aí. Seu papel é esse — disse o delegado desligando. Mas ainda assim o advogado não se mexeu, o fone ainda fora do gancho, a fumaça do cigarro subindo reta como um lápis, do oco de sua mão, até que se estabelecesse a outra chamada para Nova Orleães e ele pudesse falar com seu auxiliar confidencial e descrever-lhe os dois negros — breve, sucinto, explícito:

— Vigie todas as cidades ribeirinhas, desde St. Louis até Basin Street. Vigie a cabana, a cocheira, seja lá o que for, em Lexington. Se ele não voltar para casa é natural que mande ao menos o menino para lá...

— Mas o senhor é que se acha no lugar indicado para a busca — disse o auxiliar. — Se o xerife daí não quiser...

— Escute — interrompeu-o o advogado. — Escute com a maior atenção. Seja qual for o motivo, ele não deve mais aparecer aqui. Que ninguém o descubra, antes de o prendermos sob algum pretexto qualquer — vadiagem, digamos — em alguma cidade bastante grande para que ninguém saiba quem ele é ou se dê o incômodo de procurar sabê-lo. Sob nenhum pretexto deverá cair nas garras de alguma polícia local de cidade ou vila tão pequenas ao ponto de estarem já informadas sobre o cavalo de três pernas ou ao ponto de já terem visto os fugitivos. Está entendendo?

Fez-se uma pausa, logo interrompida pelo auxiliar:

— Então é mesmo verdade que eles ganharam tanto dinheiro assim?

— Faça o que digo — tornou o advogado.

— Naturalmente — respondeu o auxiliar; — só que o senhor está atrasado: o dono do cavalo derrotou-o. A polícia daqui já foi notificada, desde ontem, e calculo que por toda a parte a polícia está com tudo — descrição, prêmio e o resto. Até já se sabe onde é que o velho guarda o dinheiro: dizem que é nas abas do paletó de pregador. Pena que as casas por onde passa não tenham radiotelegrafia, como os navios. Se tivessem, a estas horas ele já saberia quanto vale, e até podia fazer uma transação com o senhor...

— Faça o que digo — repetiu o advogado.

Isso foi no segundo dia; no terceiro, o advogado instalou seu quartel-general, ou posto de comando, na câmara do juiz, vizinho ao salão do júri, no edifício do tribunal. Fê-lo sem o consentimento ou ao menos a aquiescência do juiz, que era juiz de circunscrição, e só fazia percorrer o itinerário do seu tribunal, não residindo na cidade e nem ao menos sendo consultado; não o fez, igualmente, com a aquiescência da cidade, mas pela própria vontade dela, de modo que era coisa de somenos o juiz ser maçom ou deixar de sê-lo. Ora, naquele mesmo dia, viu o advogado na barbearia um jornal de St. Louis com uma fotografia que, assim dava a entender, era a do negro velho e sua descrição costumeira, fazendo-as até acompanhar de um palpite sobre o montante do dinheiro porventura existente nas abas da sua sobrecasaca; ocupado com outro freguês, o barbeiro decerto relanceou o olhar ao menos uma vez para o advogado, lá onde ele corria a vista pelo jornal, porque disse: — Há tanta gente perseguindo esse homem, que na certa vão descobrir seu paradeiro; — fez-se então um silêncio, e em seguida veio uma voz do fundo do salão, uma voz sem nenhum relevo e dirigida a ninguém em particular: — Muitos milhares de dólares.

Chegou então o quarto dia, quando ali se apresentaram o investigador do departamento de justiça e um dos afiançadores do xerife (o primeiro repórter de St. Louis chegou com antecedência de um trem sobre o homem da U.P. de Little Rock); e lá da sua estreita e alta janela emprestada, o advogado observava os dois estranhos e o xerife; e os dois homens, que deviam ser os fiadores locais deste último, atravessaram a praça, não em direção à porta da frente do banco, mas dando a volta para a entrada mais discreta que conduzia diretamente ao escritório do presidente; ficaram ali uns cinco minutos, depois saíram, os dois estranhos parando, enquanto o xerife e os dois homens se separavam, desaparecendo em seguida, os dois estranhos seguindo-
-os com a vista até que o investigador federal tirou o chapéu e ficou como que estudando um instante o interior da copa, um segundo, não mais. Logo, porém, voltou-se vivamente, e deixando sozinho o afiançador que ainda fitava o outro lado da praça, atravessou-a em direção do hotel, onde entrou, para em seguida reaparecer com sua maleta afivelada, indo sentar-se no banco fronteiro à parada de ônibus; o afiançador levantou-se logo em seguida, e, atravessando a praça rumo do hotel, pouco depois, também reapareceu com sua maleta afivelada.

E o quinto dia chegou, e o sexto — quando até os repórteres voltaram para os lugares donde vieram, e na cidadezinha não ficou nenhum estranho, exceto o advogado, que, aliás, já não era estranho, ainda que ignorasse como a cidade se inteirara de que ele ali se achava não para perseguir os fugitivos, mas para protegê-los; e às vezes, na ociosidade forçada da espera, imaginando-se ou a si mesmo visualizando em pleno tribunal perante o homem que não esperava nem pretendia jamais ver — quadro onde ele não se achava empenhado em mais uma das suas monótonas vitórias forenses, mas no qual personificava uma — ou talvez a figura do espetáculo que em verdade seria uma comemoração histórica, efetivamente mais que isso; a afirmação de um credo, de uma crença, a declaração de uma fé imorredoura, a postulação de um modo de vida indestrutível; a própria voz forte e poderosa da América a fazer-se ouvir entre o bramido a oeste do tremendo e golpeado continente indomavelmente virgem, onde coisa alguma, exceto o céu amoral, opunha limites à experiência do homem; onde nem o próprio céu opunha limites ao seu bom êxito e à adulação para com seus irmãos homens; onde a própria defesa com que se defendia era baseada na velha e poderosa e esplêndida tradição americana de rapina, da qual o precedente operante fora já estabelecido naquela mesma — ou na vizinha — terra, por um ladrão mais velho e mais bem-sucedido que qualquer pregador negro ou cavalariço inglês: John Murrel, que fora, ele mesmo, seu próprio advogado. O rapto, pois, não fora um roubo, mas um mau passo; pois o cartaz que oferecia o prêmio antes da transferência de domínio do cavalo constituía com efeito uma procuração legal, que autorizava qualquer sujeito a lançar mão do corpo do cavalo, e cuja violação fora apenas abuso de confiança, do qual a carga da prova ficava com os perseguidores, que teriam de provar que o homem nem sempre se empenhara em descobrir o dono do cavalo e em restituir-lhe a propriedade.

Tudo isso, naturalmente, produto da apatia de um ocioso sonhar acordado, pois o advogado verdadeiramente não esperava defrontar-se com nenhum deles, uma vez que era certo o dono do cavalo, ou o governo federal, os apanharem primeiro; e assim foi até a manhã do sétimo dia, ocasião em que se ouviu uma pancada na porta da cozinha — uma pancada quase inaudível, porém firme; firme, mas de maneira alguma peremptória; delicada, precisamente, e cortês, e firme; pancada que não era frequente ouvir-se na porta dos fundos de uma pequena cadeia do Missúri, nem, de modo algum, na porta dos fundos de uma casa grande de fazenda no Arcansas, na Luisiana ou no Mississípi, onde, com maior razão, ninguém poria reparo nela — ao que a mulher do carcereiro, enxugando as mãos no avental, afastou-se da pia e abriu a porta para a cara de um negro de meia-idade e vestido numa coçada sobrecasaca encimada por uma cartola puída, e ao qual a mulher não reconheceu, pois longe estava de supor que ele aparecesse por ali, isso talvez porque o visse desacompanhado do menino que estava de pé, havia mais de cinco minutos, na entrada da travessa vizinha à cadeia, onde nem ele nem o velho deram qualquer sinal de mutuamente se conhecerem, embora o avô, já agora algemado ao carcereiro, tivesse roçado por ele na passagem.

Mas o marido dela imediatamente o reconheceu; não pelo rosto (mal o olhara), mas pela sobrecasaca; pelo trajo coçado e poento de pano inglês, devido ao qual — não ao homem, mas à sobrecasaca, e nem ao menos a toda a sobrecasaca, mas somente às suas espaçosas abas de valise, onde o braço afundava até os cotovelos — a polícia municipal e estadual de cinco comunidades limítrofes, havia já sessenta e cinco horas, vinha bloqueando todos os caminhos e dando busca em carroções rurais, automóveis, trens de carga e vagões de negros nos trens de passageiros, ao mesmo tempo em que invadia, aos dois e aos três, armados de carabinas e empunhando pistolas, salões de apostas, cozinhas e dormitórios de cortiços, com a finalidade de o capturar. No que toda a cidade os imitava, pois mal o carcereiro e seu prêmio manietado saíram da cadeia, começou a juntar-se em fila atrás deles uma cauda crescente de homens, rapazes e meninos, à semelhança de um rabo de papagaio antes de iniciar a subida para o ar, e da qual, na rua que conduzia à praça, o carcereiro poderia dizer-se o guia, e na qual, ao atravessar a praça demandando o tribunal, ainda se diria que ele o era, a andar cada vez mais depressa, quase a arrastar o preso na outra extremidade da corrente que os ligava, até que afinal se interrompeu para a seguir ensaiar uns passos de corrida, antes de parar e voltar-se para a multidão cada vez mais compacta e sacar do coldre a pistola, tudo num só movimento automático, tal a desesperada renúncia cheia de raiva do menino virando-se, mais uma vez intacto, impoluto e liberto, para arremessar no próprio focinho do elefante desembestado sua pistola de brinquedo — aí, já não mais vítima do medo, mas do orgulho, e gritando num grito agudo de desamparo que antes parecia a voz emasculada de um menino:

— Alto! Alto! Em nome da lei!

Tivesse o povo avançado, e ele ficaria firme, ainda segurando na mão a pistola desengatilhada e que não haveria de engatilhar, morrendo sem luta e calcado aos pés, naquele último, culminante segundo do seu cargo e sua autoridade — homem manso que era, e miúdo, e humilde, como tantos que aos milhares se viam palmilhando as ruas das pequenas cidades americanas (e algumas não tão pequenas) não apenas no grande vale central, mas nas bacias a leste e a oeste, e nos planaltos das montanhas; milhares de homens que arranjaram emprego e ofício no inexaurível reservatório do nepotismo, do qual durante várias centenas de anos, desde a fundação da república, um número de seus filhos em milhões correspondentes a milhares, recebiam não apenas o pão de cada dia, mas também as sobras para o sábado e o Natal, desde que, contemporâneo da república, o nepotismo fora um de seus primeiros fundamentos; — no caso presente, uma parenta afastada do atual xerife, com a qual, para o espanto e a incredulidade ainda vivos após dez anos no próprio xerife, o carcereiro viera a casar-se; homem tão calado, tão humilde, tão comum, esse carcereiro, que ninguém pusera reparo no modo pelo qual ele aceitara e repetira o juramento ao ser confirmado no cargo; ele que seria apenas mais um primo anônimo e ignorado, um primo consanguíneo ou talvez afim, jurando coragem, honestidade e lealdade, como se poderia esperar que as tivesse em troca da paga que lhe iriam conceder nos quatro anos subsequentes à sua posse no cargo que deveria perder no mesmo instante em que o xerife deixasse de ser xerife; o carcereiro, em suma, voltando-se para ir ao encontro do momento culminante, assim como o macho da libélula concentra num só dia de vida o único ato crepuscular da fecundação, para em seguida perecer... A multidão, porém, não avançava contra ele; caminhava, apenas, em sua direção, e isso somente porque ele se encontrava de permeio entre ela e o edifício do tribunal; mas de repente estacou, ao vê-lo de pistola em punho, quando alguém bradou: — Arranquem-lhe a arma antes que ele fira alguém! — O que foi feito: uma mão, longe de brutal ou descaridosa, arrancou-lhe com firmeza a pistola da mão, enquanto a multidão reencetava a marcha, convergindo para ele, e a mesma voz, não impaciente, porém irada, chamava-o pelo nome:

—Vá-se embora, Irey! Saia do sol!

E ao tornar a voltar-se, deparou-se ao carcereiro uma nova situação, onde teria de escolher tudo, desde o princípio: ou para todo o sempre concordar com o homem ou para sempre separar-se da raça humana, ambas as coisas mercê de um ato só: ou dar liberdade a si mesmo ou dá-la ao preso; ou a um ou a outro, nas respectivas extremidades da corrente de aço que os ligava; ato que o habilitaria a escapar ou a não escapar ou fugir, mas a lutar pela imagem heroica daquele instante derradeiro; não mediante o estonteado apalpar por uma chave cegamente mecânica e insensível, mas mediante o decepar, com um só golpe de espada ou cimitarra, o punho traiçoeiro, para em seguida correr, o toco espadanando escarlate e inevitavelmente erguido como o mastro de um pendão insubmisso ou a haste invicta de uma lança romba, ambos erguidos não para esconjurar, mas para abdicar de todos os homens e sua corrupção.

O tempo, porém, escasseava, e sua única alternativa era não se deixar pisar, enquanto ombro a ombro com o preso, ou, se alguma distância havia, ligeiramente atrás dele, ambos caminhavam no âmago da multidão, e, atravessando a praça, entravam no edifício do tribunal, uma mão firme agarrando-o então acima do cotovelo e fazendo-o avançar sem interrupção, exatamente como ele à noite sonhava fazer, assim que pilhasse um réu suficientemente humilde e franzino para lhe permitir isso; varou assim o corredor e subiu as escadas para a sala do juiz, onde o advogado de Nova Orleães teve um sobressalto de ofendido, em seguida de espanto, e depois aquele lampejo infinitesimal que nunca lhe chegava até o rosto nem ao menos até o olhar, quando então a mesma voz calma, com a sua ponta de ira, se elevou: — Isto aqui não chega. Vamos para a sala das sessões — o advogado também levantando-se e pondo-se a caminho, já agora os três — ele, o carcereiro e o preso, como três galinhas num engradado varrido pela enchente — todos invadindo a exígua sala com um rumor sibilante, como se os fantasmas de Coke empilhados em Littleton empilhados em Blackstone empilhados em Napoleão empilhados em Júlio César tivessem voltado num confuso rebuliço, num alarido de cinzas espantadas; e entrando o advogado pela porta fronteiriça na própria sala das sessões, onde de repente se livrou da multidão, não só a si próprio (que precisou de habilidade por causa do seu tamanho, pois era não apenas de alta estatura, mas grandalhão no seu rico terno escuro de pano inglês, imaculado colete de piquê, e gravata preta com alfinete de pérola do tamanho do ovo de um beija--flor celeste) mas ao carcereiro e ao preso, com um só movimento metendo o joelho na cancela de vaivém da grade baixa que rodeava a sala, o estrado das testemunhas, o lugar dos jurados e as mesas do conselho e empurrando por ela adentro os outros dois, aos quais foi comboiando, deixando então soltar-se a cancela de vaivém enquanto a sala de audiência era invadida pela multidão.

Esta agora entrava não só pela sala do juiz, mas pelas entradas principais dos fundos, e não só era agora composta de homens e meninos, mas também de mulheres — mocinhas que já às oito ou nove da manhã andavam pelas drogarias tomando Coca-Cola, e mulheres que iam a compras de carne e repolho nas mercearias e mercados ou que, nas lojas de armarinho, se demoravam combinando botões e retalhos de renda — até que não somente a cidade, porém todo o município, lugares onde provavelmente todos os moradores tinham visto correr o cavalo de três pernas, a maioria dos quais talvez houvesse contribuído, ao menos com um dólar ou dois cada, para os dólares (na ocasião o montante atingira trinta mil) ganhos pelos dois homens, e graças aos quais o velho pregador negro fugira e cujas sobras sem dúvida escondera —, todos convergindo diretamente para o edifício do tribunal, fazendo retumbar com seu lento trovão o corredor, as escadarias e a cavernosa sala de audiência, e enchendo, fila após fila, os duros bancos de madeira em estilo de banco de igreja, até desvanecer-se o derradeiro eco após a fria palpitação frenética dos pombos na torre do relógio sobre o telhado e a algazarra dos pardais nos sicômoros e locustas do pátio, quando então a mesma voz se levantou, calma e o seu tanto irascível, e falou — como se não saísse de alguma boca ou de algum homem, mas da própria sala: — Está bem. Pode começar.

De pé em companhia do seu prêmio, por detrás do frágil santuário da grade, encurralado, com efeito aprisionado entre a pequena barreira de pau (que uma criança podia saltar com um só pulo, assim como se salta um grau de altitude ou de honradez) e o santo pálio ante o qual, mesmo antes de o ver, ele já perdera a petição, não sozinho pela exceção de seus dois companheiros, nem ao menos a despeito deles, mas verdadeiramente, por causa deles — o advogado continuou a olhar mais um instante o homem invadindo o tabernáculo, invadindo o próprio altar dos seus últimos mistérios tribais, entrando neles sem temeridade ou intenção de repto, porque (e por que não?) aquilo lhe pertencia, foi ele que o decretara, constituíra, erigira com seu suor; não em virtude de uma necessidade particular ou de alguma longa agonia de esperança, pois não estava cônscio de qualquer carência ou longa história de agonia ou da sua participação em qualquer comprida crônica de desejos frustrados, mas porque o quisera, podia a si mesmo permiti-lo, ou, fosse como fosse, iria tê-lo, pudesse ou não pudesse a si mesmo permiti-lo: não um símbolo, nem um berço, nem um pináculo do mamífero, mas o porto abrigado onde a incrível concha de amêijoa do seu sonho invencível afinal fazia sondagens nas latitudes sem roteiro de suas perdidas origens, e onde, assim como o mar eterno, a voz da sua afirmação rugia, marulhando de retorno ao *atol* — pálio da sua unanimidade, onde nenhum mesquinho direito, mas a própria justiça cega, reinava implacável, desatenta, entre os odores imortais das suas vitórias: seu cuspo fedendo a sarro e seu suor tresandando a ranço. Pois para começar, ele já não era *ele*, porém *eles*, na realidade um *eu*, e, em primeiro lugar, não mamífero; e quanto às suas latitudes sem roteiro, ele não apenas sabia exatamente donde proviera havia seis mil anos, como também sabia que para lá havia de voltar decorridas mais ou menos três vintenas de anos, mais dez; quanto à afirmação, a marca de um homem livre era o seu direito de dizer *não* por nenhuma outra razão exceto a de dizer *não*, o que também correspondia à unanimidade; e aquele soalho lhe pertencia porque ele o construíra, por ele pagara, e quem podia cuspir-lhe em cima, senão ele? Talvez outrora, em sua mocidade, o advogado tivesse até lido Dickens e Vítor Hugo, e agora contemplasse da frágil barreira, não o interior de um celeiro de tijolo e reboco erguido na véspera por homens tementes a Deus, antepassados de outros homens ordeiros, sitiantes cheios de dignidade, e igualmente tementes a Deus, do estado do Missúri, mas o interior de um salão de pedra de há cem anos, mais velho que os Orleães, os Capetos e os Carlos Magnos, repleto de tamancos de madeira que, até a véspera ainda tresandavam a estrume e a terra lavrada, os mancharam, poluindo-os, as sedas e os lírios pisados que duravam já mil anos e era para terem durado mais dez mil; não só os tamancos mas as gorras dos pescadores do Mediterrâneo, as blusas dos sapateiros remendões, dos carregadores e dos consertadores de estradas, endurecidos com os borrões carmesins provenientes das mãos que haviam rasgado e atirado ao chão as sedas e os lírios... — contemplando-os, o advogado, não com temor ou respeito, ou apenas susto, mas com um sentimento de triunfo e orgulho: orgulho do triunfo do homem, que na sua espécie, tempo e geografia o emparelhavam com aquela hora: — com a América, com os Estados Unidos daquele mês de abril do ano da graça de Nosso Senhor de mil novecentos e quatorze, quando o homem dispusera de cento e quarenta anos para habituar-se à liberdade, e onde o simples direito incontestável de assistir à representação ordeira e regulamentada dos seus enigmas era suficiente para o trazer tranquilo e satisfeito... O advogado fitou mais um minuto a multidão, em seguida virou-se, deu uma pancada rápida, quase musical, nas algemas do preso, e trovejou para o carcereiro:

— Que significa isto? Não sabe que um réu não pode ser julgado duas vezes pelo mesmo crime? — E voltando-se para a sala, acrescentou no mesmo sonoro ronco de órgão: — A prisão deste homem é ilegal. Assiste-lhe o direito de constituir advogado. A sessão está suspensa por dez minutos. — E voltando-se, abriu a cancela com o auxílio dos dois homens aos quais empurrou para a frente, conduzindo-os para a porta da sala do juiz; ao fazer isso, nem olhou para trás, onde cinco homens levantaram-se nos fundos da sala e saíram pelas portas principais, mas continuou a empurrar o negro e o carcereiro até o interior da sala do juiz, seguindo-os e fechando a porta atrás dele, e — foi o carcereiro quem contou mais tarde — sem interromper-se, encaminhando-se para a porta do lado oposto, abrindo-a e postando-se junto dela, até que, rodeando a esquina, se aproximaram os cinco homens saídos da sala de audência.

— Cinco minutos, senhores — disse o advogado —, e recomeçaremos. — Fechou em seguida a porta, indo para junto do negro e do carcereiro. Mercê do enorme dispêndio de coragem e nervosismo, achava-se este em extremo fatigado, quase em estado de coma, e logo descobriu, compreendeu-o com certa incredulidade ultrajada, que o advogado, tendo a si próprio brindado dez minutos de folga, ia não obstante despender alguns desses minutos... fumando! Viu-o que sacava o charuto do bolso superior do colete branco, que se diria saído cinco minutos antes de sob o ferro da engomadeira, bolso onde se viam mais três charutos idênticos. Reconheceu-lhes a marca, por conseguinte o preço — um dólar cada —, pois certa vez ganhara um (que fumou na manhã do domingo subsequente à oferta) graças ao equívoco de um desconhecido, que julgava ser o xerife casado com uma irmã dele, carcereiro, quando era este que se havia casado com uma sobrinha da mulher do irmão do xerife; entre ofendido e magoado, o carcereiro afinal percebera o equívoco, e eis que agora acontecia a mesma coisa, porém mil vezes pior: o homem que lhe dera o primeiro charuto nada pretendia, enquanto o advogado agora patenteava a sua pretensão, a finalidade que buscava e vinha incessantemente buscando, para enfim estabelecer o preço da corrupção, dele, carcereiro, a charuto de um dólar; e isto, por causa dos quarenta mil dólares com os quais o negro fugira e tão bem escondera, ao ponto de a própria polícia federal não poder descobri-los! Então a mágoa e o insulto já não eram insulto, quanto mais mágoa: eram triunfo e orgulho, e até alegria, pois o advogado não só já havia perdido a parada antes de deitar a vista no negro, como também nada haveria de descobrir, a menos que ele (o carcereiro) tivesse a vontade e a disposição de lhe contar; agora estava apenas à espera de que o advogado retomasse a palavra, mas sem aquele ronco de órgão na voz, que efetivamente lhe saiu tão dura e calma e fria e vazia de superfluidades como a do seu tio afim por parte da mulher.

— É preciso tirá-lo da cidade. É sua única oportunidade — a voz do carcereiro é que talvez não fosse muito calma; mas, para um advogado de cidade grande, talvez até não fosse demasiado áspera. No entanto, até um graúdo como esse tal de Nova Orleães poderia perceber nela uma intenção, e, escutada como convinha, escárnio, desprezo, prazer também.

— Tenho outra ideia; com efeito, vou pô-la em prática. — E dirigindo-se ao negro: — Venha. — Já se encaminhava para a porta do corredor, puxando o negro e já tateava na fivela do cinto, o aro donde pendia a chave das algemas. — O senhor está é pensando no dinheiro. Eu não. Não me pertence; por que me amofinar? Mas é dele, a metade é dele. Que o negro tenha ou não tenha o que ver com a metade dos quarenta mil dólares, isso não é de minha conta nem da sua. Assim que eu abrir estas algemas, ele que saia para ir buscar o dinheiro. — E fazendo rodar a maçaneta, já ia abrir a porta, quando uma voz logo atrás fê-lo parar — uma voz áspera, mas não altissonante, soando com um ruído de pedregulho atirado numa batedeira:

— Nem eu tampouco. Pois se o dinheiro não existe! Nem estou pensando em você, mas nos seus fiadores... — e o carcereiro ouviu o fósforo riscar e ainda se virou a tempo de ver o agacho trêmulo da chama na outra ponta do charuto aspirado, e o primeiro, pálido jato de fumaça ocultando um instante a cara do advogado.

— Muito bem — respondeu o carcereiro. — Já faz dois anos que moro na cadeia. Nem é preciso me mudar. Acho até que ainda me aguento numa turma de grilhetas...

— Ora — tornou o advogado não através da fumaça, porém de dentro da fumaça, por meio da fumaça, o sopro, a baforada, o rico balão caro e pálido explodindo, desvanecendo-se para só deixar para trás a palavra calma e áspera, que ele não disse em voz alta, mas perdurável e única como um pedregulho ou uma bala de chumbo: — Ao prender pela segunda vez este homem, o senhor infringiu a lei. Quando o soltar, ele nem precisará procurar advogado. Uma dúzia deles — de Mênfis, de St. Louis e de Little Rock — já está à sua espera lá embaixo no pátio. Só aguardam que o senhor seja bastante louco para dar-lhe soltura... Mas o senhor não será preso, não; nem processado; o dinheiro não está em seu poder, nem o senhor sabe onde está ou sabe-o tanto quanto esse negro. O que farão é processar seus fiadores — sejam eles quais forem, fosse qual fosse a ideia que eles faziam das vantagens que o senhor lhes poderia proporcionar — o senhor e o seu... — como é mesmo? — cunhado? — o xerife.

— Eram meus... — e ia dizer parentes, mas não o eram; eram parentes de sua mulher; ele também possuía muitos parentes, mas nenhum deles, ou todos juntos para dizer a verdade, tinha bastante dinheiro no banco para garantir-lhe a fiança. Começou então a dizer "amigos", mas também estes não eram dele, mas de sua mulher. Dissesse, porém, o que dissesse, isso era coisa de somenos, pois a mesma voz acabava de ler seu pensamento:

— ...o que torna a coisa ainda mais difícil. O senhor podia deixar a sacola do dinheiro sob a guarda de seus parentes, mas estes são amigos do xerife, e o senhor dorme todas as noites na mesma cama com a sobrinha dele... — o que não era certo, havia já três anos, dois meses e treze noites... mas isso também era coisa de somenos; o charuto fumegava no cinzeiro do juiz, e a voz dizia: — Chegue aqui. — O carcereiro voltou-se, levando junto o negro, até pararem ambos em frente do colete branco e sua corrente de relógio, cuja volta lembrava a curva de um dourado sulco de charrua, e em frente da voz: — É preciso metê-lo em alguma cadeia onde o detenham durante o prazo suficiente para vocês lhe prepararem uma acusação prevista na lei. Se quiserem, libertem-no imediatamente depois disso ou no dia seguinte, se preferirem. Agora, o que é preciso, é denunciá-lo como incurso nalguma infração ou crime previsto na lei, isso por intermédio de algum oficial legalmente qualificado num tribunal legalmente constituído — para quando os advogados dele instaurarem processo contra os seus fiadores por prisão ilegal, estes poderem mandá-los às favas...

— Mas acusá-lo de quê? — perguntou o carcereiro.

— Deixe ver: fora esta, qual a maior cadeia nas redondezas? Que não seja de sede de município; mas de uma cidade com mais ou menos cinco mil habitantes. — O carcereiro citou uma. — Muito bem. Leve-o para lá. Vá no meu carro; está na garagem do hotel. Vou telefonar daqui ao meu motorista. Só que o senhor... mas decerto não preciso lhe ensinar como se arranca um preso das garras de uma populaça...

Ora, isto também fazia parte do sonho do carcereiro. Havia-o planejado e repassado na mente muitíssimas vezes até o derradeiro gesto vitorioso, desde a hora em que, dois anos antes, estendera a mão sobre a Bíblia, e fizera o juramento de praxe. Não porque em verdade esperasse pelo acontecimento; mas porque queria estar preparado para enfrentá-lo, quando então lhe seria dado provar, não apenas a sua capacidade para o cargo, mas a sua honra e capacidade de homem na preservação e defesa da integridade do juramento em face daqueles mediante cujo consentimento ele ocupava o cargo.

— Sim — disse. — Só que...

— Bem — tornou o advogado. — Abra essa maldita coisa aí. Dê cá a chave; — e tirando-a da mão dele, abriu as algemas e jogou-as sobre a mesa, onde elas novamente tilintaram com aquele débil timbre musical.

— Só que... — ia dizendo o carcereiro.

— Dê a volta pelo corredor e feche a porta grande que abre para a sala de audiência e feche-a a chave do lado de fora.

— Mas isso não basta para conter o povo... para impedir...

— Não tem importância. Deixe isso por minha conta. Agora vá.

— Está bem — disse voltando-se e tornando a parar. — Mas espere. Que me diz daqueles sujeitos que estão do lado de fora da porta?

O advogado ficou calado uns dois ou três minutos, e, quando falou, era como se não houvesse mais ninguém na sala ou como se não estivesse absolutamente falando em tom audível:

— Cinco homens! E você, um oficial de justiça, um oficial jurado... e armado! Pode até sacar a pistola. Não haverá perigo se agir com prudência.

— Bem — disse o carcereiro, outra vez virando-se e entreparando sem olhar para trás, apenas parando no lugar onde se virara. — E aquela acusação?

— Vadiagem — respondeu o advogado.

— Vadiagem? Acusar de vadiagem o dono da metade de quarenta e cinco mil dólares?

— Bolas! — exclamou o advogado. — O sujeito não tem a metade de coisa nenhuma, nem de um dólar. Pode sair. — O carcereiro, porém, não se mexeu; talvez não olhasse para trás ou tampouco se mexesse, mas começou a falar com grande calma:

— Essa história está toda errada. Às avessas. A lei faz desaparecer da cadeia e da cidade um preso de cor preta, a fim de o proteger contra uma populaça que o deseja solto para tocar-lhe fogo... Mas a vontade de toda essa gente é dar liberdade a este...

— Mas você não sabe que a lei tem dois gumes? — perguntou o advogado. — Não sabe que ela deve ao mesmo tempo proteger um indivíduo que verdadeiramente não roubou quarenta e cinco mil dólares?

— Sei — disse o carcereiro fitando o advogado, a mão na maçaneta sem contudo dar-lhe volta. — Mas não era esta a pergunta que eu lhe queria fazer. Acho que o senhor também tem resposta para esta outra, e espero que seja boa — também ele falava com calma, lentidão, clareza: — Assunto liquidado. Levo-o para Blankton, onde ele ficará durante o prazo suficiente para ser indigitado réu de crime. Depois, solto-o.

— Olhem só que cara — disse o advogado. —Vê-se que o dinheiro não está em poder dele. Nem ao menos sabe onde se encontra uma parte dos "cobres". Nenhum dos dois sabe, porque dinheiro nunca houve, e o pouco que houvesse, aquele londrino raspador de cavalo teria desperdiçado com mulheres e uísque...

— Mas o senhor ainda não respondeu — interveio o carcereiro.
— Assim que a acusação for posta por termo, posso soltá-lo.

— Isso! — tornou o advogado. — Mas vá primeiro fechar as portas da sala de audiência. Depois volte para apanhar o negro.

O carcereiro abriu então a porta; os cinco homens ainda estavam lá, mas ele não titubeou: continuou andando e passou adiante; então, subitamente, em vez de dirigir-se para a porta dos fundos, conforme o advogado lhe ordenara, enveredou para a escada, já agora caminhando depressa mas sem correr, apenas caminhando depressa, descendo a escada, avançando ao comprido do salão, dirigindo-se para o escritório, agora deserto, do tio afim de sua mulher; entrando, então, no escritório, contornando o tabique e indo direto a uma gaveta que abriu, e donde, sem hesitação, retirou de sob um monte de velhos mandados de prisão já cumpridos, e intimações incompletas e pregadores de papel e carimbos de borracha e pontas de pena enferrujadas, a pistola que ali estava de reserva; deslizando-a no coldre, voltou então para o salão, subindo a escada oposta que o conduziu às portas da sala principal de audiência, as quais fechou sem rumor, isso apesar de um rosto, depois três, depois uma dúzia, terem se voltado para fitá-lo; em seguida fez a chave girar na fechadura, retirou-a e pô-la no bolso, já agora se apressando, quase correndo de volta à sala do juiz, onde o advogado devolvera o fone ao gancho, empurrara para longe o telefone e apanhara o charuto no cinzeiro, e agora, pela primeira vez, olhava o negro enquanto ia restituindo vida ao charuto numa lenta inalação-exalação, e, através da fumaça, examinando pela primeira vez o tranquilo rosto sem idade de senador romano, que cabelos grisalhos emolduravam num círculo incompleto, como os louros de César a cingir-lhe o crânio acima da velha e coçada, mas cuidadosamente escovada, cuidadosamente remendada sobrecasaca,

logo, ambos dialogando num quase monótono, à força de sucinto, dar-e-aparar de jogo de esgrima:
— O dinheiro está aí com você?
— Não.
— Sabe onde está?
— Não.
— Não sabe, porque nunca houve. E o pouco que havia, aquele mandachuva branco gastou à toa, antes que você lhe deitasse as unhas...
— O senhor se engana. Sabe que se engana. Porque eu sei...
— Diga quanto era. Uns cem dólares, decerto...
— Mais que isso.
— Mais de trinta mil? — E aqui uma hesitação quase imperceptível; não fraqueza; apenas uma pausa, a voz ainda vigorosa, ainda invencivelmente inabalada, inabalável:
— Sim.
— Acima de trinta mil dólares: quanto mais? Bem, bem... Quanto mais, acima de cem? Algum dia em sua vida você já teve cem dólares? Ou chegou a ver cem dólares? Muito bem. Sabe que são mais de cem dólares, mas não sabe quantos mais, não é isso?
— Sim. Mas o senhor não se aborreça... não é preciso...
— Seja como for, você voltou para apanhar a metade dos cem dólares...
— Voltei para despedir-me dele, antes que embarque de volta à terra...
— De volta à terra? — perguntou depressa o advogado. — Quer dizer que ele volta à Inglaterra? Disse-lhe isso?
E o outro, com uma calma insuperável, e insuperável inacessibilidade:
— Dizer como? Nem era preciso. Quando um homem chega num lugar onde já não há o que valha a pena gastar ou perder, sempre há de voltar para o lugar donde veio. Mas não se preocupe; já sei aonde quer chegar: quer trancafiar-me na cadeia, até os jornais espalharem a notícia e ele aparecer para me livrar. No que não se engana, pois é isso mesmo que ele fará. Precisa de mim. Mas não se preocupe com o montante daquela quantia: sempre dará para se repartir por todos os advogados...

— Dá para tudo... como os pães e os peixes, hein? — tornou o advogado. Mas desta vez não houve apenas uma pausa: o que não houve foi resposta, sendo o advogado quem primeiro rompeu a pausa: — Então é ele quem precisa de você. Ele, que está de posse dos quarenta mil dólares! Como é possível o dono de quarenta mil dólares precisar de você? — E a pausa tornou a fazer-se, serena, impraticável, novamente rompida pelo advogado:
—Você é ministro confirmado?
— Não sei. Dou testemunho.
— A quem? A Deus?
— Ao homem. Deus não precisa de mim. Dou testemunho perante Ele, naturalmente, mas o meu principal testemunho é dado ao homem.
— A maior maldição que se possa suportar: um testemunho válido diante de Deus.
— Aí o senhor erra — disse o negro. — O homem está cheio de pecados e de matéria carnal; contemplar seus atos é insuportável, e uma porção de coisas que ele diz são uma vergonha e uma imundície; mas nenhum testemunho se dará para seu mal. Algum dia ele será vencido, mas não por Satanás — e ambos voltaram-se ao rumor da porta que se abria, e viram dentro da sala o carcereiro lutando para manter fechada a porta do corredor, encostado, como se achava, com toda força, contra a folha que se abria paulatina e implacavelmente como um bocejo, até escancarar-se de todo, empurrando-o para junto da parede, já o advogado encaminhando-se para os cinco homens que apontavam no corredor, e, antes que entrassem na sala, dirigindo-se para a porta oposta da sala de audiência, a dizer sobre o ombro:
— Por aqui, senhores; — abriu então a porta, e, afastando-se para o lado, segurou-a; nenhum gesto ou movimento de imposição, nem ao menos um gesto peremptório, enquanto dóceis e simultâneos como cinco carneiros, os cinco homens desfilavam pela sala, ao encalço do advogado; cinco idênticos alvos de mira — patos, cachimbos de barro ou estrelas — em corrente contínua de cinco, percorrendo o trajeto liliputiano de uma galeria de tiro ao alvo e entrando pela porta adentro, o advogado atrás do último deles, a dizer por sobre o ombro ao carcereiro ou ao negro, talvez a ambos, talvez a nenhum:— Cinco

minutos! — e continuando a andar, atravessando em seguida o bloco dos cinco homens que haviam parado, atravancando a estreita passagem, como se tivessem os cinco entrado de supetão numa parede invisível, o advogado avançando até mergulhar na maciça expectativa da sala; aí, tornou a entrar pela cancela de vaivém, e postado quase nas mesmas pegadas onde estivera em pé dez minutos antes encarou a sala — solitário, não sozinho — defrontando, enfrentando os agrupamentos titânicos, como de frisa ou de pano de Arrás, das intermináveis listas heroicas; os marcos miliares da ascensão do homem, os gigantes que coagiram, compeliram, dirigiram o tumulto, que às vezes foram, em verdade, os condutores do tumulto imprevisível: César e Cristo, Bonaparte e Pedro, Mazarino e Alexandre, Gengiscã, Talleyrand e Warwick, Malborough e Bryan, Bill Sunday, o General Booth e o Preste João — príncipe e bispo, normando, dervixe, conspirador e cão — não por ambição do poder e da glória, nem do engrandecimento (concomitantes, estes; meramente secundários e acidentais) mas pelo homem (dele, por ele, para ele), e para descongestionar a Terra, quando conseguiram levar uma parte da massa por ele formada a caminhar numa certa direção, e afastado, ainda que por curto prazo, dos caminhos batidos — um momento, depois dois, em seguida três, o advogado ali postado, sem aceitar, porém compelindo para si como se fora um alvo, as correntes da atenção geral, assim como num quarto às escuras o espelho concentra a luz esparsa, deixando todo o resto só iluminado por uma luz de segunda mão; e mais quatro momentos, e mais cinco, e mais seis, sem ouvir-se sequer um sopro de suspiro ou respiro, exceto o suspiro da corrente de ouro do relógio e a estrídula música insistente da pérola, como se ele segurasse na palma da mão, como um bolo de mástique, a massa anônima e comprimida na expectativa, tal o escultor retendo um minuto ainda o dócil barro maleável e submisso, ou o regente da orquestra fazendo uma pausa, atravessada nas mãos lassas contrabalançadas a batuta em cujo brilho imponderável de grafita se concentra toda a fúria clangorosa, e o amor e a angústia...

Em seguida o advogado agitou a mão e ao fazê-lo sentiu todo o vasto peso da expectativa e da atenção concentrar-se sobre ele, num só raio, como se compelido pela mão de um prestidigitador; tirou então o relógio, abriu-o com um estalido, e enquanto calculava o avanço dos ponteiros dentro da suave concavidade da tampa, viu, como na bola de cristal do adivinho, as miniaturas indistintas do carcereiro e do preso, que deviam estar em plena praça, talvez na travessa que levava à garagem do hotel; ouviu, no mesmo instante, o ronco crescente de um motor de automóvel, em seguida o rumor do próprio carro acelerando rumo ao centro da praça, que atravessou, deixando-a para trás; e continuando a acelerar até atingir aquele andamento desdenhoso e atrevido que o insolente motorista negro sempre imprimia ao carro quando, em obediência ao patrão, conduzia passageiros que considerava abaixo dele ou do esplendor do veículo — fanfarrão que ele era, D'Artagnan pela metade e assassino de mulata, que o advogado deixara ficar na penitenciária, condenado a trabalhos forçados, exatamente por um ano e um dia, assim como faz o amestrador ao amarrar a caça abatida ao pescoço do cão recalcitrante, em seguida soltando-o sob palavra — não que ele (o advogado) tivesse qualquer mandado de instrução referente ao assassínio de tal mulher, mas devido à maneira pela qual fora o assassínio perpetrado: com a navalha aberta na mão, parece que o homem não escorraçara a mulher para fora da cabana, mas a atormentara e perseguira durante toda uma cena que (o advogado assim o imaginava) continha todos os elementos de um balé — até que a mulher escapou e correu aos gritos para a viela enluarada, talvez dirigindo-se para pedir refúgio na cozinha dos brancos para os quais trabalhava; aí, sem nenhuma pressa, o homem alcançou-a, não para agarrá-la e prendê-la, mas para simplesmente ultrapassá-la após um só, um único e nítido talho de navalha num hábil passe de mão de médico operador, precipitando-se ele para dentro e depois para fora da imobilidade instantânea para a qual fluía todo o movimento numa fórmula de gesto epiceno, de fatal violência sordidamente afetada, de toureiro, ambos então correndo lado a lado dois ou três passos ao luar, até que a mulher tombou, o homem nem ao menos salpicado, a própria lâmina quase sem mancha, como se viesse de cortar não uma jugular, mas um grito, e nada mais fizesse do que restituir o silêncio à noite que ia em meio.

Naquele instante podia o advogado ter feito parar a multidão, tornando a imobilizá-la com a palavra, assim como faz o espada com o touro a um simples menear de capa, e em seguida reentrar pela porta que abria para a sala do juiz e daí rumar para o hotel, arranjar as malas e fechá-las. Mas não o fez; como os velhos pagãos, devia ainda fazer isso — antes de esvaziar a taça, entornar da sua borda extravasante ao menos alguns salpicos na lareira, não para a aplacação, mas em consideração dos que o levaram a defrontar aquela hora sobre a face da Terra. Em uma das casas de uma das melhores ruas de um dos distritos mais inexpugnáveis de Nova Orleães, possuía ele um quadro, uma tela, não cópia, mas provadamente a tela genuína e cobiçada, pela qual pagara uma tão grande quantia, que era melhor esquecê-la, embora antes da aquisição fosse ela avaliada por técnicos e desde então reavaliada duas vezes; tela pela qual lhe haviam oferecido duas vezes a metade do que por ela pagara, e da qual não gostava na ocasião e ainda agora continuava a não gostar e nem estava muito certo da significação dela, mas que agora era dele, já não lhe sendo preciso fingir que a apreciava, e afirmando — assim o cria, e com maior verdade do que qualquer pessoa, com exceção dele, poderia supor — havê-la comprado pela única razão de não precisar continuar a fingir que gostava dela; certa noite, sozinho em seu gabinete (sem mulher nem filho, sozinho em casa, não fosse o assassino da mulata com sua jaqueta branca, pés feltrados, indômito, mas já tratável) achou-se de repente a olhar, não o retângulo estático de perturbações azuis e açafrões e ocres mediterrâneos, tampouco a tabuleta que afirmava como um toque de trombeta o estabelecimento inevitável, no espaço contemporâneo, do resumo do seu passado — sua casa numa rua irreprochável, sua participação de sócio em clubes cujas portas eram, em alguns, mais velhas que o próprio estado, e por trás das quais o nome de seu pai não quereria ou poderia, nunca, turbar o ambiente; suas arcas de cadeado, que se abriam por intermédio de números enigmáticos, suas listas de títulos públicos aumentando monotonamente — mas, ao contrário, achou-se a olhar o emblema do seu destino, à guisa de bandeira túmida de vento do velho conde normando, e sob cuja vasta sombra não só banqueiros e políticos vibravam e saltavam, ou governadores e lugares-tenentes empalideciam e estremeciam, mas gemiam as mesas em cujas copas e cozinhas e pátios abertos e canis, sessenta mil dos que não tinham espadas nem esporas nem apelidos faziam diariamente o derradeiro, o supremo sacrifício: a oferenda gratuita do seu pauperismo; e (o advogado) pensou: *Isto, em verdade, eu não o merecia. Faltou-me tempo. Merecer eu isto — tampouco era preciso; em sua incalculável loucura sem limites, o homem me impingiu, antes que eu tivesse tempo de resistir-lhe;* e fechou o relógio, pondo-o de volta no bolso do colete, sua voz tampouco alteada, porém múrmura, sem origem, voz de ventríloquo, como se não fora dele, mas do ambiente em torno, da sala, do ar alto e insubstancial de algum sítio próximo ou do âmago das sombrias cornijas remontadas; voz que não se dirigia de frente para aqueles rostos, mas antes descia, não como um rumor, porém como uma bênção, como a própria luz descia sobre as submissas cabeças sofredoras e triunfantes:

— Senhoras. Senhores... — não mais alto: apenas rápido, peremptório e sucinto, como o estalido de um chicote pequeno ou de uma pistola de brinquedo: — Democratas; faz dois anos, no dia 4 de novembro nascia, das urnas da América, o sol de uma paz e de uma prosperidade milenares, tão grandes como ainda o mundo não viu iguais; no quarto dia de novembro, daqui a dois anos, vê-lo-emos tornar a pôr-se, se o polvo de Wall Street e os donos milionários das fábricas da Nova Inglaterra fizerem o que pretendem, estando, como estão, esperando e vigiando a oportunidade que se lhes dará de erigirem mais uma vez a barricada de uma tarifa ianque entre o fazendeiro sulista e as fábricas famintas e a mão de obra barata do velho mundo europeu já ingressado em seu próprio milênio de paz e de razão, liberto finalmente, após dois mil anos de guerra, e do medo da guerra, e apenas desejoso de trocar por um preço que podeis permitir-vos aceitar, o vosso trigo, o vosso milho e o vosso algodão, pelos artigos manufaturados, necessários à vossa vida e à vossa felicidade, à vida e à felicidade dos vossos filhos, por um preço que podeis permitir--vos pagar, afirmando assim aquele direito inalienável, decretado por nossos antepassados há cento e vinte seis anos: o direito à liberdade e à livre-empresa; direito que assiste ao homem de vender o produto do seu suor e do seu trabalho onde e quando o entender, sem medo e sem favor dos capitalistas de Nova Iorque ou dos donos das fábricas da Nova Inglaterra, que já estão gastando como água o dinheiro que o suor das crianças operárias produziu nas oficinas deles, assim desviando, para os mais longínquos rincões da terra, os justos lucros do vosso suor e do vosso trabalho, de modo que não serão vossas mulheres e vossos filhos, mas os filhos e as mulheres dos selvagens da África e dos pagãos da China, os que haverão de usufruir as boas estradas e as escolas e as desnatadeiras e os automóveis... — E aí, deu de andar, ainda antes de acabar o discurso, dirigindo-se rapidamente para a cancela do gradil, enquanto toda a sala, como um só homem, punha-se de pé, não tanto fluindo quanto se balançando rumo às portas principais dos fundos, onde uma voz, daí provinda, se fez ouvir:

— Estão trancadas! — ao que o balanço da multidão nem sequer se interrompeu; apenas se inverteu, transformando em maré, no múrmuro rumor cavernoso de pés que não corriam, mas simplesmente se arrastavam, a multidão refluindo e entrando no exíguo corredor que conduzia à sala do juiz, onde o advogado, depois de cruzar rapidamente a cancela de vaivém, ficou postado entre ela e a porta, pensando: *Meu primeiro erro foi pôr-me a andar;* e pensando no erro, cometendo outro logo em seguida.

— Parem! Parem! — gritou, e até levantou a mão com a palma para fora. Via-os pela primeira vez, e observava os rostos individuais e os olhos que agora já em nada pertenciam a indivíduos, mas antes perfaziam um só e único rosto voltado firme para ele a subjugá-lo de tal forma, que o fez recuar: nenhum choque, nenhum esbarrão, ele simplesmente encurralado, admitido no meio de um único movimento envolvente; tropeçou uma vez, e o que imediatamente sentiu foi uma dúzia de mãos ágeis, firmes e impessoais a apoiá-lo, até mesmo a virá-lo, e em seguida a contê-lo, enquanto os demais passavam por ele e abriam a porta da sala do juiz; passavam, sem contudo arrojarem-no de si ou varrerem-no para o lado, mas evacuando--o, esvaziando-se dele, levando-o às arrecuas até a parede, e continuando a fluir pela sala rumo à porta fronteira que abria para o corredor, já a sala esvaziada antes de encher-se, ele então percebendo que os primeiros a sair já deviam ter dado a volta rumo às portas da sala principal de audiência, pois agora não apenas o corredor, mas todo o edifício, rumorejava com o lento trovão cavernoso de pés arrastando-se, enquanto ele ficou ainda algum tempo grudado à parede, a mostrar no centro do seu ainda há pouco imaculado colete, a marca, não o borrão, apenas a mancha, não indistinta, mas firme e nítida e leve, de uma mão.

Súbito, porém, movido pela afronta e o pressentimento, sobressaltou-se; em verdade, quase deu um salto antes de chegar à janela, já sabendo de antemão o que lhe caberia ver dali quando olhasse a praça onde eles estavam parados, o carcereiro a encarar o edifício do tribunal ao mesmo tempo em que tateava o interior do paletó; com a diferença que agora eram três, o advogado pensando rápido, desatento, sem surpresa: *Ah! sim, aquele é o menino que montava o cavalo,* e em seguida desviando o olhar do carcereiro que se coçava desajeitado sob as abas do paletó, para observar a multidão a derramar-se resoluta portas afora do tribunal, e já então, com a implacável e lenta infiltração da tinta entornada numa toalha de mesa espalhando-se na direção das três figuras que esperavam de pé na praça; pensando, o advogado, que só quando montado em alguma coisa — escabelo, cavalo, tribuna, mastro ou máquina de voar — o homem é vulnerável e íntimo, sendo, ao contrário, terrível, quando se põe a caminho sobre os próprios pés; pensando com espanto, humildade e orgulho também, em como a simples massa imóvel que ele compõe (não importa a sua vastidão ou o que esteja ela fazendo ou a pique de fazer; não importa a vastidão da massa que ele compõe, desde que esta caminhe montada em alguma coisa locomotora) quando caminha por si mesma na direção de um objetivo, levada apenas pelas frágeis e canhestras juntas de seus pés e pernas, não pelas buzinas de chifre de Gengiscã ou os clarins de Murat, quanto mais a voz de ouro de Demóstenes e Cícero ou os toques de trombeta de São Paulo ou John Brown ou Pitt ou Cahoun ou Daniel Webster, mas pela voz das crianças morrendo de sede entre miragens mesopotâmicas ou dos selvagens que, descendo das florestas ao norte, entraram em Roma carregando às costas suas próprias casas, ou da ralé que durante quarenta anos seguiu Moisés no deserto, ou dos homens altos, munidos de fuzil, machado e sacola de contas coloridas, os quais mudaram a cor da raça americana, e (na memória do advogado) o derradeiro indivíduo — o vaqueiro, que marcou toda a parte ocidental dos Estados Unidos com o rasto do estrume do seu cavalo, ou as cascas enferrujadas de suas latas de tomate e de sardinha; o derradeiro indivíduo sobre a face da Terra, exterminado por uma avalancha de homens munidos de esticadores de arame e bolsos cheios de artigos de consumo obrigatório; o advogado continuando a pensar não apenas com orgulho, mas também com temor, que o homem só era uma ameaça quando se locomovia, só era perigoso quando se calava, pois nem na luxúria nem nos apetites nem no amor ao lucro se entranhava a força da sua ameaça, mas no seu silêncio e na sua meditação; na sua habilidade de caminhar em massa, movido pelo próprio impulso; no seu silêncio, de onde tombava no pensamento, e, a seguir, na ação, como no poço de inspeção de uma usina; pensando, o advogado, também com exultação, pois ninguém sabia disso melhor que os proprietários da respiração conjunta da massa, os corifeus heroico-gigantescos da sua férvida labuta, que empregavam a força perdulária dele no próprio ato de a domar e dirigir, pois fora sempre assim, seria sempre assim: em Detroit, um corredor de bicicleta da velha guarda se preparava então para ser um dos gigantes mundiais, seu próprio sobrenome transformado em adjetivo na boca do mundo; já pusera sobre rodas, família por família, a metade de um continente, e nos vinte e cinco anos subsequentes faria o mesmo, indivíduo a indivíduo, a todo um hemisfério, e num milhar de anos acabaria com as pernas de toda uma espécie zoológica, a modo daquela antiquíssima, e, na ocasião, sequer notada, crispação do cosmo, a qual esgotara os mares transformando-os em continentes e apagando as guelras de seus peixes... Aquilo, porém, ainda não era; aquilo seria a paz, e, para alcançá-la, também o silêncio precisava ser conquistado; o silêncio, onde o homem tinha espaço para pensar, e, em consequência, agir segundo o que ele acreditava pensar ou pensava acreditar; o silêncio, que a multidão palmilhava, fluindo ininterruptamente pela praça na direção das três figuras que aguardavam, e dentre as quais o carcereiro gritou na sua fina voz estridulamente emasculada, sacando a nova pistola de sob as abas do paletó:

— Alto! Alto! Vou contar até dez! — e começou a contar: — Um... dois... — o olhar fixo, até feroz, a fitar os rostos que se diria não avançarem sobre ele nem caminharem contra ele, mas antes dominarem-no do alto, subjugando-o, ele a sentir não que lhe arrancavam ou arrebentavam a pistola, mas que a torciam com firmeza, tirando-a da sua mão, enquanto outras mãos o agarravam.

— Seus idiotas! Seus malditos! — gritou debatendo-se. Como dizê-lo porém? Como contá-lo àquela gente? Em assuntos de dinheiro, a lealdade se impunha, fosse quem fosse o dono dele; e se em assuntos de dinheiro não havia lealdade, a compaixão pelos fracos nada adiantava, pois nesse caso o que estes provocavam era apenas dó. Mesmo que não houvesse outro motivo era tarde para uma explicação; as mãos firmes, inteiramente bondosas, quase suaves, tendo-o não agarrado, mas erguido, levantado, carregando-o como dois solteirões sem família carregariam entre si uma criança, os pés dele lembrando-se da terra sem contudo tocá-la; e levantando-o ainda mais, pôde ele ver por entre e para além das cabeças e dos ombros, o círculo de rostos não carrancudos e nunca irados, apenas numa unanimidade atenta; e, no centro dele, o velho negro com sua puída sobrecasaca, e o magro adolescente cor de chocolate com suas escleróticas daquele branco incrivelmente puro, cujo segredo conheciam-no tão bem os mestres flamengos; então o dono da calma voz irascível voltou a falar, e pela primeira vez o carcereiro pôde vê-lo e reconhecê-lo: não era o advogado nem o negociante nem o banqueiro ou qualquer outro líder de civismo, mas o jogador — um jogador que por gosto fizera um lance no mais duro dos jogos: a propriedade de uma pequena e ridícula serraria, onde entrara aos quinze anos para trabalhar (era o único apoio da mãe viúva e três irmãs solteiras) e da qual, aos quarenta, era dono, e dono por igual de uma mulher, duas filhas e uma neta, tudo dele, que agora finalmente abria a boca para falar em meio de um silêncio onde nada se ouvia, sequer o rumor de um sopro:

— Fale a verdade: quanto foi que você e seu companheiro ganharam com aquele cavalo? Cem dólares?

— Mais — respondeu o negro.

— Mil dólares?

— Mais que isso — e, com efeito, ninguém ali se mexia ou respirava; tudo era uma só imensa perplexidade, como se a bela manhã de abril também se debruçasse para escutar.

— Quarenta mil dólares?... Muito bem. A metade de quarenta mil? Que parte desse dinheiro você viu? Qual a parte que contou? Sabe contar até mil dólares?

— Era um montão — disse o negro; e aí todos respiraram; foi um frêmito, uma exalação, um movimento; o dia, a manhã novamente aliviados, e dela era a voz se despedindo:
— Nestes vinte minutos vai passar um trem na estação. Embarque e não volte mais. Nós aqui não gostamos de negros ricos.

— Foi assim que embarcamos — disse o negro — e viajamos até a primeira estação. Aí descemos e toca a andar. O lugar ficava longe, mas nós sabíamos onde ele estava. Ainda devia estar lá, se ninguém tivesse mexido com ele — no vale que era um ninho de neblina azul, ponto de encontro de três estados — Geórgia, Tennessee e Carolina — e onde ele aparecera de repente, não se sabia de onde, naquele dia do último verão, trazendo consigo um cavalo de três pernas, um velho pregador negro e o negrinho que montava o cavalo, e ali permanecendo duas semanas, durante as quais o cavalo bateu na corrida todos os outros num raio de cinquenta milhas, vencendo afinal um outro, trazido especialmente de Knoxville para emparelhar-se com ele, depois os quatro desaparecendo da noite para o dia com uma dianteira de seis horas sobre a horda de agentes federais e xerifes e funcionários especializados, que afluíam como matilhas numa verdadeira caça à raposa feita em escala estadual e nacional.
— E nós estávamos certos; ele devia ter chegado direto da cadeia do Missúri, porque ainda era junho. Daí contaram para nós: um domingo de manhã na igreja, e decerto foi o pregador que viu primeiro, pois já estava olhando para aquele lado antes de o resto da congregação virar a cabeça e enxergar o homem encostado na parede do fundo juntinho da porta, como se nunca tivesse saído de lá, o agente de ligação também viu, quase tão bem quanto o veria o ex-delegado federal, estivesse este presente —; o intratável, taciturno, quase inarticulado (parecendo-o ainda mais, por às vezes escapar-lhe um fragmento de palavra, cujo som lembrava o que a gente do vale sabia ser inglês), o estrangeiro de mau hálito, que andava e respirava numa aura não apenas de bastardia e celibato, mas também de desamparo, como um cachorro pária meio selvagem e sem *pedigree*; sem

pais, sem mulher, estéril, talvez impotente, malconformado, agreste e asqueroso; o deserdado, o intratável, o órfão inconsolável do mundo, mas que levara sem aviso prévio, para aquele vácuo sonolento, um conjunto bizarro, movimentado, espantoso como um hipódromo construído em redor de um cometa, e mais dois negros, e os restos mal feridos de um cavalo incrível, magnífico, cujo igual, mesmo com quatro pernas, aquele vale, ou região, ainda não vira, região onde um cavalo era qualquer animal que não dava leite e era ao mesmo tempo capaz de puxar um arado ou uma carroça nos dias de semana, aos sábados carregar sacos de milho para o moinho, e aos domingos transportar para a igreja quantos fossem os membros da família capazes de se aguentarem agarrados à sua espinha descarnada; região sem negros, e onde nunca os houve; cujos habitantes, homens e meninos, de mais ou menos sessenta anos até os quatorze e os treze, fazia agora cinquenta anos haviam abandonado seus ninhos alterosos e sem registro no mapa, e caminhado milhas, e ainda semanas, a pé, a fim de se empenharem numa guerra na qual não tinham interesse, e com a qual, tivessem eles ficado em casa, não teriam nenhum contato, pois era uma guerra que se fazia para defender a terra deles contra os negros; e que ainda não satisfeitos de se oporem, repudiando-as, à sua própria espécie geopolítica e sua comum origem econômica, ainda se confederaram com seus inimigos combatentes, pondo-se a andar de rastos na calada da noite, esgueirando-se (certa vez, num botequim de encruzilhada, um destacamento do qual faziam parte, travou o que se chamaria de batalha campal com um bando de recrutamento confederado) pelas linhas confederadas, a fim de descobrirem o exército federal e a ele se incorporarem para lutar não contra a escravidão, mas contra os negros; para abolir o negro, libertando-o dos que podiam levar negros para o convívio deles, exatamente como teriam saciado as espingardas dos suportes e da galharia dos veados empalhados em cima da porta ou da lareira, para rechaçar, digamos, uma companhia comercial que se propusesse a trazer de volta os índios.

E ouviram também o seguinte:— Só que não foram duas semanas que passamos lá na primeira vez. Mas quinze dias. Nos dois primeiros ficaram só olhando para nós. Vinha gente de toda parte, de baixo e de cima do vale, a pé, a cavalo, em mulas ou com toda a família na carroça, e ficavam sentados na estrada, em frente do armazém, onde nós estávamos de cócoras no alpendre, comendo queijo, sardinha e bolachas salgadas, e ficavam nos olhando. Depois os homens e os meninos começaram a rodear o armazém, enveredando para os fundos, onde tínhamos construído um cercado feito de trilhos, pedaços de tábuas e restos de corda; era aí que subíamos para olhar o cavalo. Depois começamos as corridas, e no quinto dia tínhamos vencido todos os cavalos do vale, e até a hipoteca de uma plantação de milho de dez acres na montanha; e no sétimo dia já estávamos correndo em competição com cavalos trazidos dos municípios da vizinhança por um atalho chamado Brecha. Mais seis dias com a gente do vale apostando no cavalo, isso até o décimo-quinto dia, quando trouxeram de Knoxville aquele cavalo que correu uma vez em Churchill Downs lá na terra; e então não foi só gente do vale, mas de todo o estado de Tennessee, que correu para ver o cavalo de três pernas e sem sela (nunca usamos bridão, mas um freio de uma rédea só e uma barrigueira para o menino agarrar-se) bater na corrida o cavalo de Knoxville; na primeira vez, cinco vezes um oitavo de milha, e depois uma milha inteira (parada dobrada), não só a gente do vale, mas de outros municípios, apostando nele, de modo que todo mundo, ou seja, todas as famílias daquela parte do Tennessee, ganharam uma quota na vitória dele...

— Então foi aí que ele entrou para a maçonaria — disse o agente de ligação. — Nessas duas semanas...

— Duas semanas, não: quinze dias — corrigiu o negro. — Sim: havia uma loja maçônica no lugar. Então, na madrugada seguinte, um pouco antes de o sol raiar, um homem montando uma mula veio descendo a Brecha, mais ou menos uma hora na dianteira dos tais... — O agente de ligação ouvia o negro, assim como este ouvira a mesma coisa um ano depois de acontecida: e quando o sol apareceu, viram o automóvel parado em frente do armazém — o primeiro automóvel a deixar seu sulco na terra do vale, e o primeiro visto por aqueles velhos e aquelas crianças; guiado um bom pedaço, mas sem dúvida içado, empurrado e, quem sabe, até carregado aqui e acolá, no último trecho da Brecha; e, dentro do armazém, o xerife do município e os homens da cidade com seus chapéus, gravatas e sapatos citadinos, tresandando, fedendo a fiscais de renda e de imposto de consumo, enquanto os cavalos e as mulas e as carroças da véspera vinham chegando dos montes e dos vales, os cavaleiros e os ocupantes dos veículos desmontando ou saltando imediatamente para espiarem, curiosos e calados, o automóvel, como se este fosse uma cascavel de respeitável tamanho, e logo aglomerando-se no interior do armazém até enchê-lo, e encarando não os homens da cidade reunidos num grupo prudentemente compacto em frente do fogão marcado de cusparadas em sua caixa de areia marcada de cusparadas (olharam-nos apenas uma vez, depois não mais) e olhando de preferência o xerife, que era um deles, e trazia um apelido comum à metade do vale (todos deram-lhe seu voto), e excetuando a diferença entre a gravata dele, comprada na loja de dez centavos, e os macacões que revestiam os demais, todos — o xerife e eles — eram em verdade muito parecidos, ao ponto de todo o vale estar ali como que frente a frente consigo mesmo.

— O cavalo é roubado — disse o xerife. — O homem só deseja a sua devolução.

Ninguém respondeu; viam-se apenas os rostos sérios, calados, corteses, não atentos, porém expectantes, até que um dos homens da cidade finalmente falou com sua acre voz citadina:

— Espere... — e, rápido, já se adiantava ao xerife, a mão já enfiada no peito abotoado do paletó citadino, quando o xerife disse na sua monótona fala montanhesa:

— Espere aí — a mão já metida dentro do paletó abotoado do outro, já cobrindo a mão menor do outro e tirando-a para fora do paletó, donde trouxe, agarradas folgadamente e num só movimento, a minúscula mão citadina e a delgada pistola citadina que pareciam dois brinquedos dentro da mão maior, o xerife não arrancando a arma, mas, ao contrário, espremendo-a da mão do outro e deixando-a cair dentro do bolso do próprio paletó, enquanto dizia:
—Vamos, rapazes; — em seguida pondo-se em movimento, e dando de andar, seus companheiros de camisa branca, em mangas de camisa, em pernas de calças e em sapatos, vincadas as primeiras, lustrados os segundos, dois dias antes, nos hotéis de Chattanooga, e todos atrás dele, unidos e compactos, enquanto os rostos e a viela abriam-se;

todos atravessando o alpendre, descendo os degraus, a viela quieta se abrindo e fechando atrás deles até chegarem todos perto do automóvel. Era 1914, e os jovens montanheses ainda não tinham aprendido a inutilizar um automóvel simplesmente retirando-lhe o distribuidor ou entupindo-lhe o carburador. Empregaram então o processo que conheciam: um martelo de dez libras da tenda do ferreiro; e porque não conheciam o segredo da vida daquela coisa que ficava debaixo da tampa, excederam-se no afã de descobri-lo: a fina poeira das tomadas de porcelana trituradas, os fios partidos e arrancados, os canos amolgados, as mudas marcas das marteladas, em forma de meia ferradura logo pontilhando o vazamento de óleo e gasolina, o próprio martelo visivelmente descansando junto à perna de um macacão. O homem da cidade xingava numa voz de furiosa amargura, ambas as mãos arranhando o paletó do xerife, até que este as agarrou numa só das suas, imobilizando-as; depois, fitando os homens postados do outro lado do motor em ruína, dir-se-ia ser ele o próprio vale face a face consigo mesmo:

— Esse automóvel não é do governo — disse. — É dele. É ele mesmo quem vai pagar o conserto.

Por um instante ninguém tugiu. Em seguida uma voz: — Em quanto vai ficar?

— Em quanto vai ficar? — perguntou o xerife por cima do ombro.

— Em quanto? — repetiu o homem da cidade. — Aí uns mil dólares ou dois mil...

— Digamos cinquenta — tornou o xerife, soltando-lhe as mãos e tirando-lhe da cabeça citadina o elegante chapéu citadino cor de pérola, com a outra mão sacando do bolso da calça um pequeno maço de notas, separando uma delas e deixando-a cair dentro do chapéu agora com o interior da copa voltado para cima; e como se aquela simples nota tivesse feito do chapéu uma isca, passou-o aos que lhe estavam mais próximos, dizendo: — Passe adiante.

— Só que tiveram de andar depressa — prosseguiu o velho negro; — porque antes que o pregador tivesse tempo de dar a bênção e os fiéis se levantassem para lhe dizer "como vai", o inglês branco desapareceu dali também. Mas não tão depressa, porque a notícia se espalhou... — passando então o negro a contar também o seguinte:

— Naquela manhã, eram trinta e sete os fiéis que assistiam ao culto, o que era o mesmo que dizer todo o vale, de modo que, lá pelo meio da tarde, ou ao pôr do sol, todos os vales e colinas e atalhos das redondezas sabiam que ele estava de volta, sozinho; sem o cavalo; alquebrado e faminto. Desta vez, porém, não partira, apenas desaparecera, levara sumiço por uma temporada, e todos sabiam que o remédio era esperar, sofrer com paciência até aquela hora da noite no sótão do armazém da agência do correio. — Era a sala da maçonaria, também usada para reuniões políticas e sessões do tribunal, mas principalmente para o jogo de pôquer e dados, que diziam vir de longe, desde o primeiro povoamento do vale à construção do armazém. Havia do lado de fora uma escada comum que levava para cima e era usada por advogados, juízes, políticos, maçons e Estrelas do Oriente;[3] mas a principal era uma escada pregada de chapa no lado externo da parede dos fundos e que levava a uma janela traseira, todo o mundo no vale sabendo que ela existia, mas jamais se gabando de havê-la visto, quanto mais subido. E lá dentro havia uma jarra sempre cheia de uísque branco da montanha, posta numa prateleira com o balde d'água e sua cuia, e que toda a gente do vale sabia existir, assim como sabia da existência da escada, mas sem poder deitar a vista a nenhum dos dois enquanto o tribunal ou a loja maçônica se sediassem ali; o negro sempre contando:

— Uma hora depois de cair a noite, quando os seis ou sete homens (inclusive o caixeiro do armazém) estavam de cócoras em roda do cobertor estendido debaixo da lanterna (— Era uma noite de domingo. Nas noites de domingo só jogavam dados, pôquer era proibido), ouviram os passos dele na escada e viram-no esgueirar-se janela adentro, mas nem o olharam quando ele se chegou à jarra e preparou a bebida dentro da cabaça; isso mesmo, ninguém o olhou, como nenhum deles teria coragem de oferecer-lhe a comida que tinha na frente, ou, como empréstimo, o dinheiro para comprá-la, nem mesmo quando ele, virando-se, viu a moeda, o meio dólar, no chão, junto do próprio pé, no lugar onde havia apenas dez segundos ela ainda não estava, nem o olharam quando, apanhando a moeda,

---

[3] Nome de uma loja maçônica. (N. da T.)

ele fez o jogo interromper-se por três ou quatro minutos ao obrigá--los a se recusarem, um a um, a se declararem donos da moeda, para logo em seguida ajoelhar-se na roda e apostar a moeda, lançando os dados e sacando fora o meio dólar original, e empilhando o lucro por mais dois lanços, depois passando adiante os dados e erguendo-se para ir deixar a moeda original no chão, no mesmíssimo lugar onde a encontrara, e em seguida descer pelo alçapão a escada que levava ao escuro interior do armazém, descê-la às escuras e tornar a subi-la trazendo na mão uma cunha de queijo e um punhado de bolachas de água e sal, para tornar a interromper o jogo a fim de estender ao caixeiro uma das moedas que havia ganho e da qual recebeu o troco, logo se acocorando junto da parede, e, sem outro ruído exceto o da mastigação, comer aquilo que todo o vale sabia ser o seu primeiro alimento desde o regresso, desde o seu reaparecimento na igreja; sabendo, de repente, que era o seu primeiro alimento ali, desde que, havia dez meses disso, desaparecera com os dois negros e o cavalo.

— Foi recebido de volta como se nunca tivesse saído de lá. Mais que isso, como se nunca tivesse existido outra coisa além do que estavam vendo: nenhum cavalo ganhador de corridas com três pernas (porque decerto nunca lhe perguntaram pelo paradeiro do animal) nem dois negros como eu e este menino, nem dinheiro, para que alguém lhe perguntasse a parte que lhe tocou, como fez aquela gente lá do Missúri; como se nem o tempo existisse entre o verão do ano passado e o verão do ano em curso...— nenhum intervalo de outono, inverno ou primavera, nenhuma labareda de nogueira ou carvalho, nem pancada de granizo ou espuma ou torrente de loureiros e rododendros despencando das encostas em um novo verão; ele próprio (o agente de ligação também percebeu isto, por muito ouvir e escutar) não tendo feito nenhuma diferença, não estando nem ao menos mais sujo; apenas sozinho desta vez (não tão bem, como poderia o ex-delegado federal ter verificado) — o mesmo agreste misantropo de pernas em arco com seu malcheiroso boné axadrezado posto de banda, seu paletó de *tweed* em imitação barata e as folgadas calças de pano de Bedford (— Chamava-as de *jodhpurs*.[4] Dentro, cabiam

---

[4] Do hindu: calças justas nas pernas. (N. da T.)

três dele. Contou que foram feitas num lugar chamado Saville Row,[5] especialmente para um sujeito que ele dizia ser o segundo duque mais gordo do pariato irlandês —) acocorado no alpendre do armazém, debaixo de cartazes de remédios, fermento em pó e cigarros, de declarações e convocações de candidatos a xerife, representantes distritais e procurador regional (era 1914, um ano tranquilo; os candidatos haviam sido derrotados e esquecidos, ali ficando apenas seus retratos desbotados, vendidos em lotes pelo lanço mais baixo, e em nada parecidos com os originais (ninguém esperava que o fossem) mas parecidos com outros candidatos quaisquer, era, no máximo, o que todos esperavam que fossem, a pontilharem a região rural pregados em cercas, postes telefônicos, caibros de pontes e oitões de celeiros, já se desvanecendo sob o acrescer do tempo e da intempérie, como exclamações; ou aviso; ou súplica; um grito.

— Primeiro, só de cócoras, vadiando, e ninguém para amolá-lo, nem falar com ele; isso até o domingo, quando tornava a aparecer na igreja, sentado no último banco dos fundos para escapulir logo depois da bênção. Dormia num acolchoado de palha, de riscado, na sala da loja maçônica em cima do armazém, e porque logo na primeira noite ganhou aquela bolada, também comia no armazém. Podia ter arranjado algum emprego; depois eu soube que um dia de manhã ele estava de cócoras no alpendre do armazém quando apareceu um sujeito com um cavalo para o ferreiro; querendo ferrar o cavalo, o sujeito queimou a pata esquerda traseira dele, e o cavalo pulava, escoiceava e relinchava cada vez que boliam com ele, até que finalmente resolveram amarrá-lo ou quem sabe jogá-lo no chão para arrancar a ferradura em fogo; quando o homem entrou na ferraria, pôs a mão no pescoço do cavalo, falou com ele um minutinho e não fez mais do que amarrar a rédea do cabresto na argola, levantar a pata do bicho, sacar a ferradura e tornar a colocá-la no lugar! O ferreiro então ofereceu-lhe um emprego permanente na ferraria, mas ele nem respondeu; foi saindo para o alpendre, onde voltou a ficar de cócoras. No domingo seguinte foi de novo à igreja, ficando no

---

[5] Em Londres, rua dos alfaiates da moda.

banco detrás para escapulir nem bem quisessem puxar conversa com ele. Pois ninguém via o que ele tinha no coração.

— No coração? — perguntou o agente de ligação.

— Isso mesmo — tornou o negro. — Depois desapareceu, e quando voltaram a vê-lo, não o conheceriam, se não fosse o boné; não tinha mais paletó nem calças irlandesas; estava só de camisa e macacão de algodãozinho. Só que era preciso chegar até lá em cima para ver isso, pois virou lavrador, ajudante assalariado, decerto sem ganhar grande coisa além de quarto, comida e roupa lavada, o lugar onde ele trabalhava já mal podendo sustentar os dois que vinham lutando para viver à custa dele (o agente de ligação agora vendo aquilo quase tão bem quanto o ex-delegado federal teria visto), um casal de meia-idade, artrítico e sem filhos, dois herdeiros da desgraça, obrigados, como por um derradeiro e mútuo recurso, à confederação do matrimônio, assim como, inversamente, fariam dois herdeiros de grandes riquezas ou de sangue real; a cabana, com sua sala e um puxado, quase um casebre sem pintura, ficava encostada a um declive escarpado da montanha no meio de uma esparsa plantação de milho erguida à guisa de miserável monumento ao trabalho inacreditável (não só de partir a espinha, mas o próprio coração) que representava cada um daqueles pobres talos: efígie-Moloch da automanutenção que não compensava o suor do homem, mas simplesmente lhe consumia as carnes — do homem que, nos últimos dez meses, andara em companhia de gigantes e de heróis, e que ainda ontem, mesmo sem cavalo, sozinho e solitário, ainda caminhara à sua sombra magnífica... e que agora, num macacão desbotado, mungia uma vaca esquelética do monte, rachava lenha para o fogo (os três, reconhecíveis entre si de qualquer distância, só porque um usava um boné xadrez e o outro um saiote) e cavocava o magro milho pendido, para enfim descer da montanha e pôr-se de cócoras, sem falar, mas sem ficar verdadeiramente mudo entre os outros no alpendre do armazém aos sábados de tarde; e ir na manhã seguinte, domingo, sentar-se no último banco da igreja, sempre naquele asseado e fresco revezamento de azul desbotado, que não era a insígnia da sua metamorfose e emblema de toda a sua paciente labuta agrícola, mas escondia e ocultava até a curva das suas pernas arqueadas pela montaria, obliterando, apagando afinal até o derradeiro sopro ou lembrança do velho solteirão e cavaleiro sem peias a irradiar arrogância, de modo a só restar (era julho então) não o coração, mas o malcheiroso boné pesadamente axadrezado posto de banda para lembrar (não o coração, com sua lembrança de paixão e perda) entre os montes desertos do Tennessee, o ardoroso forasteiro metropolitano:

— Depois foi-se. Era agosto, e naquela semana o correio a cavalo trouxe para cá da Brecha os jornais de Chattanooga e Knoxville, e no domingo o pregador orou a favor de todas as pessoas de além-mar que mais uma vez se atolavam na guerra, no assassínio e na morte violenta, e no sábado seguinte de noite me contaram que ele tinha recebido o último grau na maçonaria, ocasião em que tentaram falar com ele, pois os jornais de Chattanooga e de Knoxville vinham todos os dias da Brecha para cá, e eram lidos por toda a gente; em que tentaram falar com ele a respeito daquela batalha...

— Batalha de Mons — disse o agente de ligação.

— De Mons — repetiu o negro — ... dizendo-lhe o seguinte: "São seus patrícios, não são?" e recebendo em troca uma resposta para a qual não havia outra réplica senão esmurrá-lo. E no domingo seguinte ele foi-se embora. Mas desta vez pelo menos o agente sabia para onde tinha ido, de modo que naquele dia, quando chegamos lá...

— Como? — perguntou o agente de ligação. — Levaram de junho a agosto para ir do Missúri ao Tennessee?

— Não, não era agosto — tornou o negro. — Era outubro. Saímos a pé. Era preciso pararmos de vez em quando para arranjar trabalho e ganhar dinheiro para a comida. Houve alguma demora, pois este menino ainda era muito pequeno, e eu só entendia de cavalos e de pregação; mas cada vez que parava para lidar com qualquer dos dois, sempre havia gente para bisbilhotar...

— Quer dizer que você teve de arranjar dinheiro para ele, antes de ganhar nas corridas do cavalo o dinheiro para as despesas de viagem?

— Dinheiro não havia — respondeu o velho negro. — Dinheiro nunca houve, a não ser exatinho o que era preciso, o que era necessário ter. Nunca ninguém, senão aquele advogado de Nova Orleães, acreditou na existência do dinheiro. Não havia tempo para a amolação de ganhar um monte de dinheiro, só para depois a gente não ter sossego. O que nós tínhamos era o cavalo. Para salvar esse cavalo, que não sabia de nada nem queria mais nada, só correr na frente de todos os outros cavalos numa corrida; para ele não ter de voltar para o Kentucky, onde seria igual a qualquer outro cavalo de padreação o resto da vida. Era preciso salvá-lo disso, até ele morrer sem saber de nada e não querendo nada, mas só correr na frente de todos os outros. Primeiro o inglês pensava diferente, visava a coisa diferente. Mas não por muito tempo. Foi durante a nossa viagem para o Texas: um dia em que estávamos escondidos no mato na beira de um córrego, falei com ele, e naquela mesma tarde batizei-o no córrego com o batismo da minha igreja. Depois disso ele ficou sabendo que fazer aposta é pecado. Mas ainda era preciso apostarmos um pouco, por causa do dinheiro para o sustento: forragem para o cavalo e comida para nós. Mas não passava disso. Deus sabia. No que dizia respeito a Deus, tudo estava certo.

— Você foi ordenado ministro? — perguntou o agente de ligação.

— Dou testemunho — respondeu o negro.

— Mas não é sacerdote confirmado. Como pôde então confirmá--lo membro da sua igreja?

— Não responda, paizinho — disse o menino.

— Espere — disse o agente de ligação. — Já sei. Por sua vez, ele fez você virar maçom.

— Suponha que foi — tornou o negro. — E fez você também ficar maçom... Decerto você pensa que eu não tinha o direito de fazê-lo cristão; mas também não era da conta dele fazer-me virar maçom... Mas o que você acha mais fácil: dizer a um homem que proceda como o chefe da maçonaria acha que ele deve proceder, isto é, que proceda da maneira que outro homem igual a ele sabe ser correta ou dizer aquilo que o chefe do céu *sabe* ser o procedimento correto, isto é, que Deus sabe ser correto para aliviar o sofrimento de tal homem, e salvá-lo?

— Está bem — disse o agente de ligação. — Era outubro...

— Mas desta vez sabiam onde ele estava. "França?" perguntei, enquanto este menino me puxava pela manga do casaco, dizendo: "Venha, avô. Venha avô." "De que lado fica?" disse eu. "Também é no Tennessee?"

— "Venha, avô" — dizia este menino. — "Eu sei onde fica..."

— Sim — disse ao negro moço o agente de ligação. — Daqui a pouco lhe falo. — E para o velho negro: — Então você veio para a França. Nem pergunto como viajou sem ter dinheiro... Foi Deus, não foi?

— Foi a Sociedade — disse o negro moço. — Só que ele não dizia "sociedade", mas *societé*.

— Bem — tornou o agente de ligação para o moço, falando em francês, no seu melhor francês: no vivo *argot* febril e fluente assassinado nos salões internacionais, *via* clubes noturnos das sarjetas de Paris: — Imagino quem falou por ele. Foi você, não foi?

— Alguém precisava falar — respondeu o jovem num francês muito melhor, francês da Sorbonne, do Instituto de França, o velho negro escutando, pacífico, sereno, até que finalmente disse:

— A mãe dele era uma rapariga de Nova Orleães. Sabia enrolar a língua. Foi lá que ele aprendeu.

— Mas não o sotaque — tornou o agente de ligação. — Onde foi que ele aprendeu?

— Não sei; aprendi; eis tudo — respondeu o moço.

— É capaz de aprender isso igualmente em grego, latim e espanhol?

— Ainda não experimentei — respondeu o moço —, mas acho que sim, se essas línguas não forem mais difíceis que o francês.

— Perfeito — disse o agente de ligação, dirigindo-se então ao velho negro: — Já tinha a Sociedade antes de sair dos Estados Unidos? — e pôs-se a escutar o resto, contado sem ordem e sem ênfase, como um sonho: achavam-se em Nova Iorque e um ano antes ainda não sabiam que a terra se estendia para mais longe que a distância existente entre Lexington, Kentucky e Louisville; só o souberam ao começarem a palmilhá-la, calcando sob os mesmos pés de agora o duro chão sofrido que trazia os nomes de Luisiana, Missúri, Texas, Arcansas, Ohio, Tennessee, Alabama e Mississípi — palavras essas que até então lhes tinham sido tão estranhas e sem fundamento quanto Avalon, Astalot e Ultima Thule. Foi quando uma mulher surgiu — uma "senhora", não jovem, coberta de peliças...

— Já sei — disse o agente de ligação. — Era a que estava com você no carro, naquele dia da última primavera, quando você foi ter a Amiens. Aquela que tem um filho na esquadrilha aérea francesa, que ela sustenta...

— Tinha — interveio o negro jovem —, porque o filho morreu. Era voluntário; um dos primeiros aviadores mortos ao serviço da França. Foi aí que ela começou a dar dinheiro para a esquadrilha.

— Porque estava enganada — disse o velho negro.

— Enganada? — repetiu o mensageiro. — Oh! Quer dizer que transformou o filho morto numa máquina de matar a maior quantidade possível de alemães, pois foram estes que o mataram, não é? E quando você lhe disse isso, aconteceu a mesma coisa que acontecera aquela manhã no mato, quando você conversou com o ladrão de cavalo e em seguida o converteu, batizando-o no córrego, não foi? Conte lá isso.

— Está bem — disse o velho negro, pondo-se a contar: — Os três a atravessarem, numa sucessão que se diria de avatares, aquilo que devia ter sido um apartamento em Park Avenue; depois, aquilo que devia ter sido um escritório em Wall Street, e ainda outro escritório ou sala, estavam lá um homem jovem, com um remendo preto sobre um olho, perna de cortiça e um renque de medalhas em miniatura no peito do paletó; e um velho, com uma diminuta coisa vermelha, espécie de botão de rosa, na lapela, falando com a senhora, depois com o homem jovem, numa língua enrolada...

— Seria o consulado francês? — perguntou o agente de ligação.

— Procuravam um soldado britânico?

— Era no tempo de Verdun... — disse o negro mais moço.

—Verdun? — repetiu o agente de ligação. — Quer dizer, no ano passado, 1916. Então vocês levaram até 1916 para...

— Caminhávamos e trabalhávamos. Foi então que paizinho começou a prestar atenção no que eles diziam...

— Havia um mundão deles — explicou o velho negro. — Homens e meninos, marchando meses a fio de uma trincheira de lama para outra trincheira de lama a fim de se matarem uns aos outros. Havia gente demais. Chegava a faltar espaço para se deitarem tranquilos e descansarem um pouco. Só é possível matar a carne do homem, não se pode matar a voz dele. E essa voz sempre se ouve — mesmo quando a carne é muita e não deixa espaço para o sossego e o descanso.

— Mesmo quando ela só pergunta "Por quê?" — disse o agente de ligação.

— Que pode haver de mais perturbador que a gente ouvir uma criatura humana suplicando: "Diga-me *por quê*. Diga-me *como*. Aponte-me o caminho."

— E você é capaz de apontar o caminho?

— O que posso é ter fé — respondeu o velho negro.

— E foi por causa da sua fé que o governo francês o chamou para a França?

— Foi aquela senhora — disse o negro. — Todos tínhamos fé. O dinheiro já não contava, pois todos já sabiam não valer grande coisa aquilo que só se faz com dinheiro...

— Bem — tornou o agente de ligação. — Fosse como fosse, a verdade é que você veio para a França... — e pôs-se a escutar o resto: um navio, primeiro; depois, um comitê, um ou dois pelo menos, esperando-os em Brest, como se eles fossem oficiais ou do estado-maior, a serem despachados, não por trem especial talvez, mas pelo menos num trem que tivesse precedência sobre tudo quanto não fosse militar; depois, a casa, o palácio vazio e retumbante, que já esperava por eles em Paris. Embora ainda não estivesse pronta, quanto mais pensada em palavras, a faixa que devia encimar os portões ducais... Não demorou muito, e a casa — o palácio — já não permaneceu vazio: primeiro, as mulheres de preto, as velhas e as moças carregando crianças; depois os mutilados, em seus uniformes azul-horizonte, manchados das trincheiras, entrando para se sentarem um momento nos duros bancos transitórios, às vezes nem sequer para se avistarem com ele, que estava ocupado em rastrear seu companheiro, seu *Mist Ério*... E continuava contando: primeiro, no ministério da Guerra, em Paris; depois, no departamento de Estado, e em Downing Street e em Whitehall, em seguida em Poperinghe, até que finalmente foi possível localizar o homem: se o tivesse querido, podia estar (aquele cavalo de Newmarket e sua lenda eram conhecidos e lembrados também em Whitehall) como tratador de cavalo do próprio comandante-chefe, mas ao invés disso alistara-se entre os londrinos, ainda antes de aprender a enrolar a espiral das perneiras, num posto que o teria insulado durante todo o decorrer da guerra no lugar de tratador-ferrador-cavalariço numa tropa de cavalaria da guarda, não tivesse ele ensinado ao sargento encarregado do destacamento a lançar os dados à moda americana, assim obtendo do mesmo a liberdade para vir perfazendo já dois anos de soldado raso num batalhão de combate de fronteiriços de Northumberland.

— Mas quando o descobriu, ele mal lhe falou — disse o agente de ligação.

— Ainda não estava preparado — respondeu o velho negro. — Podemos esperar que o esteja. Ainda há tempo.

— Por que o plural? — tornou o agente de ligação. — Você, e Deus incluído?

— Sim. Nem que ela se acabe no ano que vem.

— Ela, quem? A guerra? Esta guerra? Foi Deus quem o avisou disso também?

— Está certo — tornou o negro. — Zombe de Deus o quanto quiser. Ele aguenta tudo, até o riso...

— Que hei de fazer senão rir? — perguntou o agente. — Não é verdade que Ele prefere o riso às lágrimas?

— Ambas as coisas cabem n'Ele. São uma só e mesma coisa. Ele é capaz de aguentar as duas.

— Bem — disse o agente — mas já são excessivas. São frequentes demais. No ano passado houve uma outra, a do Somme. Agora distribuem-se as condecorações, não por bravura, pois todos os homens são bravos quando se mete bastante medo neles. Decerto você já ouviu falar daquele tal; ou já ouviu o que diziam seus companheiros...

— Ouvi-os, sim — tornou o negro.

— *Les Amis à la France de Tout le Monde* — disse o agente de ligação.

— Crer, ter esperança. Só isso. É tão pouco. Sentarem-se todos juntos na sala da agonia, e crer, e ter esperança. Bastará isso? Acontece como quando a gente adoece e chega o médico: a gente bem sabe que ele não nos poderá curar com a simples imposição das mãos, nem a gente espera que o faça. Mas a gente precisa é de alguém que nos diga: "Tenha fé e esperança. Tenha ânimo." Suponha, porém, que é demasiado tarde para se chamar o médico. O que agora serviria era um cirurgião, alguém já habituado ao sangue, no lugar onde o sangue já escorre...

— Se assim é, Ele já previu também isso...

— Então, por que não mandou você para lá, em vez de mandá-lo aqui para comer comida sempre quente e dormir nos lençóis asseados e sem percevejos de um palácio?

— Decerto Ele sabe que a minha coragem não é muita — respondeu o negro.

— Mas você iria se Ele o enviasse?

— Faria o possível — disse o negro. — Se está em minhas forças realizar esse trabalho, a Ele não importa que eu tenha coragem ou não.

— Crer... ter esperança... — disse o agente de ligação. — Atravessei as salas do andar térreo e vi. Caminhava pela rua, e por acaso vi a faixa em cima do portão. Meu destino era outro, e no entanto aqui estou. Mas não para crer e alimentar esperança. O homem tudo suporta, contanto que lhe poupem uma coisa; uma coisa mínima: sua integridade de criatura suficientemente dura e sofredora não apenas para não ter esperança, mas também para não acreditar na esperança, e, muito menos, sentir que ela lhe falta: duro e sofredor até o último relâmpago, até o último estrondo (seja lá o que for), quando ele não mais seja coisa alguma e nada mais lhe importe, nem mesmo o fato de ter sido duro, e, até então, ter suportado tudo.

— É isso mesmo — disse o velho negro, sereno e apaziguado. — Pode ser que amanhã você tenha de voltar. Por isso vá agora. Vá gozar essa Paris enquanto há tempo.

— Oba! — exclamou o agente de ligação. — *Ave Bacchus e Venus, morituri te salutant*, hein? No seu entender, isso não é pecado?

— O mal faz parte do homem; o mal, o pecado e a covardia, da mesma forma que o arrependimento e a bravura. É preciso a gente acreditar em tudo isso ao mesmo tempo ou então em nada. Acreditar que o homem é capaz de todos os pecados, ou de nenhum. Saia por aqui se quiser; não encontrará ninguém.

— Obrigado — disse o agente de ligação. — Mas quem sabe se a minha necessidade não é precisamente essa, a de encontrar alguém. E crer. Não em alguma coisa particular, mas simplesmente crer. Entrar naquela sala lá embaixo, não para fugir *de* alguma coisa, mas para fugir *para dentro* de alguma coisa, e, por um curto prazo, fugir da humanidade. Não para contemplar aquela faixa impressa, pois muitos provavelmente não a podem ler, mas apenas para ficar um instante sentado na mesma sala, em companhia daquela afirmação, daquela promessa, daquela esperança. Se eu apenas pudesse... Se você pudesse... Se qualquer pessoa pudesse... Quer saber qual a experiência mais solitária entre todas? Naturalmente que sabe; acaba de dizê-lo. É a de respirar...

— Mande-me chamar — disse o velho negro.
— Oh, sim... Se eu pudesse...
— Já sei — disse o negro. — Você também não está preparado. Quando estiver, mande-me chamar.
— Estiver o quê? — perguntou o agente de ligação.
— Quando precisar de mim.
— Para que hei de precisar de você, se a guerra acaba no ano que vem? Só me resta tratar de salvar a pele.
— Mande-me chamar — repetiu o velho negro.
— Adeus — disse o agente de ligação.

Ao descer, voltando sobre os próprios passos, eles ainda lá se achavam, na vasta sala catedralesca: não só os primeiros, mas a fila ininterrupta dos recém-chegados. Entrara ele ali não para olhar o dístico da faixa, mas para ficar um instante sentado dentro das mesmas paredes em companhia daquela inocente, invencível afirmação. E não se equivocara: era agosto, e havia na França uniformes americanos; não em unidades de combate, porém dispersas, e em regime de aprendizado; destacaram-se um capitão e dois subalternos para cada batalhão, onde se lhes proporcionava o antegosto do sangue que salpicava os antigos nomes do Somme, preparando-os, qualificando-os para conduzirem sua própria espécie ao velho matadouro familiar. *Oh, sim*, pensava ele, *mais três anos, e exauriremos a Europa. Então, hunos e aliados, todos juntos, serão transferidos por nós para as frescas pastagens transatlânticas, para o palco da América virgem, como um elenco de músicos ambulantes.*

Chegara o inverno; e, recordando-o mais tarde, pareceu-lhe que em verdade aquele fora o dia natalício do Filho do Homem — um dia cinzento e frio, as pedras cor de cinza do calçamento da Place de Ville do lugarejo lustrosas e ondulantes como os seixos no fundo de um riacho, e uma pequena multidão que ia aumentando. Juntou-se a esta, primeiro por curiosidade, a olhar além dos úmidos ombros cáqui o pequeno grupo azul-horizonte que a batalha tisnara, e cujo chefe evidente, ou aparente, ostentava as insígnias de cabo francês, o mesmo idêntico desamparo nos rostos estranhos e forasteiros, rostos de homens (ao menos alguns dentre eles) que se diria terem atingido um certo ponto, lugar ou situação por mera temeridade, e que agora já não tinham confiança nem mesmo nessa temeridade, três ou quatro sendo na realidade estrangeiros, lembrando os que a Legião Estrangeira Francesa, ao que se dizia, recrutara nos cárceres da Europa. E se antes estavam conversando, interromperam-se assim que ele entrou e o reconheceram, os rostos, as cabeças acima dos úmidos ombros cáqui virando-se para o reconhecimento e para assumirem imediatamente aquela expressão indecisa, reservada e atenta com a qual ele se familiarizara desde que a notícia vazou (decerto por intermédio de um cabo escrevente) da sala de oficiais — de que ele também fora oficial ali.

Então saiu, e foi informado, na sala de oficiais, de que os tais agiram dentro do mais rigoroso protocolo militar; tinham passes de visita, o que os habilitava a ir à casa de um, dois, ou três deles, em vilarejos no interior da zona britânica. Depois, graças ao capelão do batalhão, principiou o agente a adivinhar a razão daquilo. Não a saber, a adivinhar. — Isso é problema do estado-maior — dizia o capelão. — Já vem acontecendo há um ou dois anos. Nesta altura, até os americanos já devem estar familiarizados com a coisa. Os tais surgem de repente — seus passes regularmente emitidos e visados nos acantonamentos de descanso das tropas. São bem conhecidos, e, naturalmente, vigiados. O pior é que não fizeram... — e interrompeu-se enquanto o agente de ligação o fitava.

— O senhor ia dizendo "que não fizeram mal" — disse o agente de ligação. E repetiu de mansinho: — Mal? — acrescentando: — Problema? É um problema e um mal os homens nas linhas de frente pensarem em paz, e na sua capacidade de fazerem cessar a guerra, quando um número suficiente de soldados assim o resolver?

— Pensar não é um mal; falar é que é. Falar equivale a rebelar-se. Há sempre uma maneira melhor de fazer as coisas... ou de não as fazer.

— Dando a César o que é de César? — perguntou o agente de ligação.

— Não discuto esse assunto enquanto trouxer isto comigo — disse o capelão, fazendo a mão adejar rumo à coroa que trazia no punho.

— Mas o senhor traz também isto — disse por seu turno o agente, apontando-lhe a gola de clérigo e o *V* negro de voluntário nas lapelas da túnica.

— Valha-nos Deus — disse o capelão.

— Ou nós a Deus — tornou o agente de ligação. — Quem sabe se já não é tempo de valermos nós a Deus... — E partiu também dali, enquanto o inverno seguia o seu curso para a primavera e para a próxima, derradeira batalha, que poria um fim à guerra; período em que tornou a ouvir rumores a respeito dos tais, rumores vindos da retaguarda das (agora eram três) zonas militares; eles ainda eram vigiados pelas três seções do serviço de espionagem, isto é, eram apenas postos em xeque, digamos, pois até aquela data ainda não haviam causado nenhum transtorno digno de menção. O agente de ligação é que já principiara a julgá-los como uma norma formalmente admitida, e até posta em prática, de transigência com a crença natural e inalterável de cada soldado — a de que ele não seria morto —, assim como se aceitava arregimentar prostitutas aos montes, e enviá-las para as áreas internas, a fim de ali transigirem com o sexo natural e normal do homem... E o agente de ligação ia pensando, calado e amargo, o que antes já pensara: *O protótipo desse tal, só tinha a combater a propensão natural do homem para o mal; este, porém, defronta com toda a inexpugnabilidade vermelho-e-brônzea*[6] *dos estados-maiores.*

Desta vez (era novamente maio, com efeito o quarto mês de maio que ele contemplava de sob a orla do seu capacete de aço. Fazia dois dias que o batalhão estava na trincheira e ele acabava de sair do quartel-general do corpo em Villeneuve Blanche), ao se deparar novamente com o imenso automóvel preto, foi tal o estridular de apitos

---

[6] No original, *scarlet-and-brazen*; *brazen*, que significa brônzea e ao mesmo tempo descarada: sentido ambíguo, que decerto não andara muito longe da intenção de Faulkner ao empregá-la. (N. da T.)

de oficiais não comissionados e o retinir de armas apresentando-se, que a princípio ele pensou estar o carro abarrotado de generais franceses, ingleses e americanos, quando na verdade havia apenas um general, sentado em seu interior: o general francês; este porém acompanhado de outros que ele reconheceu; no assento traseiro, ao lado do general, o prístino capacete azul, tão impoluto e isento de lida e intempérie como uma safira não lapidada, a encimar um rosto de cônsul romano e o azul-horizonte, igualmente impoluto, da túnica com suas divisas de cabo; sentado no banquinho, ao lado do major oficial, o moço de cor, agora revestido do uniforme de capitão americano; ao que o agente de ligação deu meia-volta sem interromper a marcha rumo ao carro, e fazendo alto a um passo dele, avançou em seguida mais esse passo, e batendo os calcanhares ao mesmo tempo em que fazia a continência, disse com voz vibrante ao major: — Senhor oficial! — E depois, em francês, para o general francês — este, um velho com tantas estrelas no chapéu, que se poderia imaginá-lo nada menos que um comandante do exército: — Senhor general!

— Bom dia, meu filho — disse o general.

— Com sua permissão, posso dirigir-me ao senhor diretor, seu companheiro?

— Pois não, meu filho — respondeu o general.

— Obrigado, meu general — tornou o agente de ligação, dirigindo-se em seguida ao velho negro: — Tornou a perdê-lo de vista, não foi?

— Sim — respondeu o velho negro. — Ele ainda não está preparado. E não se esqueça daquilo que eu lhe disse no ano passado: mande-me chamar.

— O senhor também: não se esqueça daquilo que eu lhe disse no ano passado — falou o agente de ligação recuando um passo e fazendo "alto". — Seja como for, boa sorte. Ele é que não precisa disso — falou, tornando a bater os calcanhares e a fazer continência, enquanto dizia ao oficial do estado-maior ou talvez a ninguém, naquela mesma voz vibrante, porém vazia: — Senhor oficial!

Acabou-se, pensou. Nunca mais os tornaria a ver, a nenhum dos dois — o rosto nobre e austero, o menino austero e fantástico. No que se equivocava. Não se passaram três dias, e ele já se encontrava no fosso junto à estrada, vendo os caminhões desfilar em direção às linhas, carregados daquilo que o velho vigia de St. Omer lhe dissera serem granadas antiaéreas desprovidas de metralha; não eram quatro horas quando acordou, gemendo e afogando-se no próprio sangue até que conseguiu virar a cabeça para cuspir (tinha o lábio cortado e ia perder dois dentes — tornou a cuspir e viu que os perdera —, até se lembrou da coronha do fuzil batendo-lhe na cara), ouvindo então (e foi por isso que acordou e se ergueu) o horror daquele silêncio.

 Imediatamente percebeu onde estava; onde, dormindo ou a postos, sempre tinha estado: na saliência de terra, cavada na parede da pequena cova que era a antessala do abrigo do batalhão. Estava deitado (alguém tinha até estendido um cobertor em cima dele) e sozinho; nenhum guarda armado a certa distância, conforme ele esperava (percebia-o agora) que acontecesse, nem algemas nos pulsos: nada, exceto ele mesmo, aparentemente livre na saliência familiar da cova, no silêncio que reinava não apenas na superfície da terra, como também ali embaixo; o painel de ligação, sem telefonista, e nenhum dos rumores — vozes, movimento, o ir e vir de ordenanças e comandantes de companhia e oficiais não comissionados — coisa alguma da ordenada desordem, peculiar a um batalhão de posto de comando a funcionar normalmente num espaço reduzido e cavado na terra numa profundidade de quarenta pés (rumores aqueles que deveriam provir do próprio abrigo), mas tão somente o surdo ribombo do peso maciço da terra sustida nas escoras e o qual torna surdos os animais subterrâneos — texugos, toupeiras e mineiros — ao ponto de estes não mais o ouvirem. Seu relógio (coisa curiosa: não se quebrara) marcava 10 horas e 19 minutos. Se eram da manhã ou da noite, não poderia dizê-lo; apenas não podia, não devia ser da noite; não era possível, não seria possível ter ele estado vinte horas ali; eram até demasiadas as sete horas que o relógio marcava. Agora, porém, sabia onde devia estar todo o posto de comando — o coronel, o ajudante, o primeiro-sargento e o telefonista com sua linha emendada e estendida temporariamente: estavam todos lá em cima, na borda da trincheira, agachados atrás do parapeito, e olhando nos periscópios o silêncio vazio e em ruínas da linha de frente, onde, no lado oposto, os alemães em quantidade correspondente, estariam igualmente agachados atrás de um parapeito, assombrados e alertas, a olhar igualmente nos periscópios a vernal desolação e o silêncio repleto de expectativa.

Todavia não se mexeu. Não que fosse demasiado tarde; já se recusara a pensar assim, por isso afastou de si a ideia. Mas o homem armado podia estar no próprio abrigo, guardando a única saída. Pensou, então, em fazer algum barulho, roncar, por exemplo, a fim de atrair o homem para dentro. Até chegou a imaginar o que lhe diria: *Não está vendo? Ninguém sabe o que eles querem; parece que sou o único a ter medo e a ficar alarmado. Salvo engano, todos morreremos, mais cedo ou mais tarde. Salvo engano, todos morreremos se você atirar em mim.* Ou melhor ainda: *Atire. Em toda esta guerra que já vai para quatro anos, serei o único homem a morrer com calma, tranquilamente repousando em roupas enxutas, ao invés de morrer arfando, ofegando, coberto de lama até a cintura ou todo encharcado do suor do esforço e da agonia.* Nada fez, porém; nem era preciso. No abrigo não havia vivalma; mas o homem armado podia estar no alto da escada, em vez de estar ao pé dela, e lá em cima, nas vizinhanças, deviam estar igualmente o coronel, seus oficiais e periscópios; além disso, ele teria de arriscar-se, defrontando o fuzil fosse onde fosse, não importava onde; o fuzil que continha (para ele, ao menos) uma só bala, enquanto aquilo com que ele se armava era capaz de conter o tempo e o homem: todo o tempo e todo o homem.

Apanhou imediatamente o capacete. Não levaria fuzil, naturalmente; porém mesmo enquanto assim pensava, já estava na posse de um; encostando-se à parede atrás da mesa do primeiro-sargento (oh, sim, aquilo que o armava, até o equipava, em caso de necessidade, com aquilo que seu próprio armamento superava), viu que a papeleta ainda estava ali: oh, sim, o salvo-conduto emitido a seu favor na segunda-feira e que lhe facultava passagem livre para ir ao quartel-general e dali regressar; deixou então de pensar no guarda, que indubitavelmente haveria de estar no topo dos cinquenta e dois degraus que conduziam para cima e desembocavam na trincheira; a sala de oficiais, tal como ele a conhecera, toda ela apenas transposta para ali, com seu coronel, seu ajudante, o primeiro-sargento, o telefone, os periscópios e o mais, e ele com o discurso pronto na ponta da língua, quando o primeiro-sargento virou a cabeça para trás e deu com os olhos nele.

— Latrinas — disse o agente de ligação.
— Está bem — disse o sargento. — Mas ande depressa. Depois apresente-se aqui.
— Sim senhor — respondeu ele; mas duas horas depois, estava novamente entre as árvores de onde lobrigara, fazia disso duas noites, as tochas movimentando-se junto às baterias antiaéreas; e de onde, três horas depois, viu os três aeroplanos (três S.E.5) no céu onde, havia quarenta e oito horas, os aeroplanos andavam ausentes; e não apenas viu, mas ouviu o frenético estrondo das granadas, partindo do lugar onde o inimigo devia achar-se. Viu depois o aeroplano alemão voando direito como uma flecha e aparentemente não muito veloz, as brancas bolhas de fumaça das baterias antiaéreas inglesas seguindo-o por toda a terra de ninguém, os três S.E., entre os negros bulcões de fumaça das baterias alemãs, zunindo e subindo e mergulhando sobre o aparelho alemão; viu também um S.E. suspenso dois ou três minutos quase junto da cauda do aparelho inimigo, como se os dois aviões estivessem emendados um ao outro por finos fios de tiros luminosos. O alemão prosseguia no seu voo firme e tranquilo, e já descendo tranquilo e firme, mesmo ao passar ao alto dele e das baterias que lhe estavam atrás, e tão próximas, que pôde vê-las abrir fogo sobre o aparelho com aquela fúria histérica e frenética de frustração, peculiar a baterias antiaéreas; e como o avião continuasse a descer, desaparecendo enfim por cima das árvores, ele subitamente compreendeu para onde o mesmo se dirigia: para o aeródromo, logo à saída de Villeneuve Blanche, onde o viu descer tranquilo e devagar, cercado, até o último momento, por aquela vazia verossimilhança de fúria, enquanto os três S.E.5, subindo com ímpeto na vertical, desapareciam numa última cabreada e como se aquilo não lhe bastasse como aviso, viu um deles inverter-se no topo de uma cabreagem, e, enregelado e imóvel, viu-o manobrar uma picada, precipitando-se diretamente sobre as próprias baterias, o nariz piscando, cintilando clarões momentâneos de tiros luminosos que então se projetavam mesmo em cima das baterias, a cuja volta o grupo de artilheiros estava tranquilamente postado, enquanto o avião descia mais e mais (ainda além do instante que ele julgava demasiado tardio para evitar o próprio esfacelamento numa confusão inextricável

de encontro às baterias), retomando em seguida o voo horizontal, enquanto o agente de ligação observava o rápido trânsito das balas traçadoras tamborilando no solo de permeio entre ele e as baterias, e finalmente pousava o olhar no pisca-pisca e no rosto encimado de capacete e munido de lentes de piloto, atrás e acima do pisca-pisca, e tão perto dele, que ambos seriam capazes de se reconhecerem se acaso novamente se avistassem — cada um, por sua vez, bloqueado um momento, um instante, pelo tênue fio de fogo de uma morte apenas verossímil (lembraria mais tarde a leve e rápida pancada de encontro à perna, como se a golpeasse um dedo leve e rápido), o avião retomando a posição de nível e, com um único, violento jato de ar engasgado dirigido para baixo, tornando a cabrear e subindo até se lhe dissipar o uivo estrepitoso, enquanto o agente de ligação continuava parado e imóvel, enregelado ante o ronco que se afastava até desaparecer e o leve e acre odor a enxofre e a lã queimada, que lhe subia das abas da túnica.

Aquilo lhe bastava. Nem ao menos tinha a esperança de cruzar a primeira barreira da estrada a fim de aproximar-se de Villeneuve, quando dizia ao cabo postado não atrás de um fuzil, mas de uma metralhadora:

— Sou agente de ligação do batalhão número tal.

— Não posso fazer nada — disse o cabo. — Aqui não passa. — Ele, em verdade, não queria passar. Já sabia o suficiente. E dez horas depois, no uniforme de gendarme de Villeneuve Blanche, encontrava-se em Paris, a cruzar de novo as ruas escuras e silentes da cidade assombrada e interdita, agora repleta não apenas da polícia civil francesa, mas também da polícia militar das três nações, todas a patrulharem as ruas em automóveis armados — até que tornou a passar sob a faixa inscrita, que encimava a entrada da passagem das arcadas.

Noite de quarta-feira

Aos ouvidos da moça postada no lado de dentro e junto da antiga porta ocidental da cidade, aquela dispersão na Place de Ville foi como um longo e débil rumor cavernoso e precipitado, tão remoto e impessoal como um aguaceiro ou como as asas de um tremendo bando migratório. A cabeça voltada e atenta, a magra mão agarrando no peito o xale imundo, parecia escutá-lo quase distraída, a inundar, entre a cidade violeta e o céu verde-cobalto, o poente açafroado, até que enfim desapareceu.

Retrocedeu, então, para debaixo do velho arco, lá onde a estrada penetrava na cidade. O lugar estava quase deserto; apenas um fio de gente chegando e entrando; gente evidentemente composta dos derradeiros, da escumalha; e ao volver-se para estes, tinha o rosto, embora tenso e abatido, quase tranquilo, como se a angústia matinal se lhe houvesse exaurido, e até se obliterado, na longa espera e vigilância.

Mas já não fitava a estrada no momento em que sua mão soltou o xale, alisou a frente do vestido, e parou, todo o seu corpo imobilizado, enquanto a mão palpava qualquer coisa sob a roupa — fosse o que fosse — como ainda ignorando aquilo que buscava. Enfiou-a, em seguida, dentro do vestido e sacou um objeto — a crosta de pão que, havia quase doze horas, o homem lhe dera no bulevar, e que ainda trazia o calor do seu corpo. Pela expressão do seu rosto, via-se que o esquecera completamente: que até se esquecera de havê-lo posto ali. Nesta altura tornou a esquecê-lo, ao levá-lo contra a boca no magro punho voraz, despedaçando-o em dentadas rápidas a modo de pássaro bicando, o olhar fito no portão para onde convergiam os que chegavam com uma penosa e arrastada lentidão. Porque eram estes a escumalha, a escória — os de idade muito avançada e os de muito pouca idade; todos atrasados, não porque tivessem vindo de mais longe, mas porque alguns dentre eles viviam há tanto tempo, ao ponto de haverem, desde há muito, sobrevivido aos parentes e aos amigos possuidores de carroças que lhes pudessem emprestar ou com eles partilhar, enquanto os outros, tendo entrado na vida em data muito recente, não tinham ainda tido tempo de granjear amigos que possuíssem carroças, além dos que haviam nos últimos anos perdido os pais, mercê do regimento do Bêthune, de Souchez e do Chemin des Dames: — todos atrasados arrastando-se no rumo da cidade, ao compasso dos menores e dos mais fracos.

Quando, porém, a moça se pôs repentinamente a correr, fê-lo ainda mastigando o pão, e ainda o mastigava ao lançar-se para debaixo do velho arco crepuscular, onde começou a rodear uma velha que entrava por ele, trazendo ao colo uma criança; rodeava-a, sem contudo interromper as passadas mas simplesmente trocando os pés, como faz um cavalo antes de saltar o obstáculo; e, atirando o pão para trás, rejeitando-o com a palma da mão no ar vazio e incorruptível, correu ao encontro de um grupo que chegava da estrada agora deserta — um velho e três mulheres, uma delas carregando uma criança. Esta a viu e parou. A segunda mulher fez o mesmo, embora os outros — um velho numa só muleta, a carregar uma pequena trouxa e apoiado no braço de uma velha que parecia cega — continuassem caminhando quando a moça passou além deles, e dirigindo-se à mulher que trazia a criança, parou e encarou-a, seu rosto abatido novamente se animando num frenesi:

— Marta! — exclamou. — Marta!

A mulher respondeu imediatamente uma frase rápida, não em francês, mas numa língua *staccato,* cheia de rápidas e ásperas consoantes, que lhe assentava ao rosto longo, escuro e feio, em sua serena franqueza e autossuficiência de camponesa; rosto oriundo do antigo berço entre montanhas da Europa Central, sem nenhum parentesco (embora a seguir ela se exprimisse em francês) com o da criança de olhos azuis e rósea cor viçosa, indubitavelmente filtrada a oeste de Flandres. E olhando a moça, a mulher continuou a falar em francês, como se aquela, embora tivesse outrora compreendido a outra língua, agora achasse impossível compreendê-la ou ao menos recordá-la. A cega que guiava o velho parara, e, virando-se, começava a voltar sobre os próprios passos, quando então, pela primeira vez, foi possível reparar no rosto da segunda mulher: um rosto quase idêntico ao da outra que trazia a criança ao colo (evidentemente eram irmãs) e que, à primeira vista, era o mais velho dos dois. Logo, porém, se percebia que era o mais moço. Com efeito, um rosto sem idade, com todas as idades e nenhuma — um sereno rosto de idiota.

— Cale-se — dizia a mulher da criança. — Não será fuzilado sem os outros... — E aí a cega puxou o velho para perto, encarou a todos, mas a ninguém em particular, e prestando ouvidos, até localizar o sopro da respiração da moça, voltou rápido para ela o olhar feroz, que a catarata cegara.

— Capturaram-no? — perguntou.

— Informaram-nos que sim — disse a mulher da criança, fazendo menção de continuar a marcha. — Vamos andando.

A cega, porém, não se mexeu, maciça e cega bloqueando a estrada, sempre encarando a moça. — Você aí — disse. — Não aludo aos idiotas que lhe deram ouvidos e que por isso merecem morrer. Refiro-me a ele próprio — ao estrangeiro anarquista que os assassinou. Também foi capturado? Responda!

— Sim; ele também se encontra aqui — disse a mulher da criança reencetando a marcha. — Venham.

Mas a cega não se mexeu, exceto para voltar o rosto na direção da mulher da criança, dizendo: — Não foi isso o que perguntei.

— Já lhe disse que ele também vai ser fuzilado — disse a mulher da criança. E deu um passo à frente, como se pretendesse tocar a cega com a mão e fazê-la dar meia-volta. Antes, porém, que a tocasse, a anciã, que nem ao menos podia vê-la, ergueu o punho trêmulo e com uma pancada fê-la baixar a mão.

— Deixe que ela mesma responda — disse: e encarou novamente a moça. — Já o fuzilaram? Onde está sua língua? Tinha tanta coisa a dizer quando nos encontrou!

Mas a moça apenas a olhava.

— Responda — disse a mulher da criança.

— Não — respondeu a moça.

— Então, assim é — disse a cega. Não tinha motivo para piscar, mas o movimento que então fazia com os olhos outro não era senão piscá-los. A seguir pôs-se a virar rapidamente o rosto entre o da moça e o da mulher da criança, mas ainda antes que começasse a falar, já a moça se encolhia toda, fitando a cega com um ar de pressentimento cheio de terror. Mas a voz da cega se fez macia e terna: — Você também tem algum parente no regimento? Marido — irmão — noivo...?

— Sim — respondeu a mulher da criança.

— Qual de vocês duas? — perguntou a cega.

— Nós três — disse a mulher da criança. — É um irmão.

— E noivo também, quem sabe...? — perguntou a cega. — Responda.

— Sim — respondeu a mulher da criança.

— Pois é — disse a cega; e estremecendo, voltou o rosto para a moça. — Você aí — começou. — Finge ser deste distrito, mas não me engana: sua pronúncia é muito diferente. E você aí... — e tornando a estremecer, voltou o rosto para a mulher da criança — ...nem ao menos é francesa. Estava certa disso desde o instante em que vocês surgiram não se sabe de onde, contando que cederam a carroça a uma mulher grávida. Talvez consigam enganar os que só têm olhos; os que não são capazes de outra coisa senão de acreditar no que os olhos veem... Mas eu não.

— Angélica — disse o velho numa aguda voz, sumida e trêmula. A cega não lhe deu atenção. Encarava as duas mulheres ou as três mulheres, inclusive a terceira delas, isto é, dentre as três irmãs, a mais velha, e que até então se conservara muda; a irmã mais velha que, apenas ao olhá-la, ninguém poderia dizer se ia falar ou não, e, quando o fizesse, se o faria não na linguagem das paixões mais familiares e comuns — suspeita, escárnio, medo ou cólera; a irmã mais velha, que ainda nem cumprimentara a moça que lhe tinha chamado a irmã pelo nome de batismo; que simplesmente parara, porque as outras duas o fizeram, e que aparentemente apenas aguardava com uma tranquila e infinita paciência que a irmã reencetasse a marcha, não fizera mais que fitar um interlocutor de cada vez, ela que até então estivera serenamente atenta.

— Então esse anarquista que continua matando franceses é seu irmão — disse a cega. E encarando a mulher da criança, sacudiu a cabeça para o lado, na direção da moça: — E esta, o que alega que ele é, irmão dela, quem sabe tio?

— É esposa dele — disse a mulher da criança.

— Prostituta dele; não é isso o que quer dizer? E quem sabe se não estarei aqui defrontando mais duas prostitutas daquele anarquista, embora vocês duas já possam ser suas avós?... Dê-me aqui essa criança... — e avançou tão certeira quanto ágil para o débil rumor que era a criança respirando, e antes que a outra pudesse mexer-se arrancou-lha do ombro e deitou-a no seu. — Assassinos — disse.

— Angélica — interveio o ancião.

— Levante isso do chão — atirou-lhe a velha. Era a trouxa que caíra em terra, e somente ela, que ainda encarava as três mulheres (nem o próprio velho o notara), sabia que caíra. O velho abaixou-se para apanhá-la, e com uma lentidão cruciante, escorregando uma mão após outra ao longo da muleta, apanhou a trouxa para em seguida levantar-se, tornando a fazer subir uma mão após outra, muleta acima. Mal acabava de endireitar o corpo, e a mão da velha se estendeu certeira e cega para ele e agarrou-lhe o braço, puxando-o num repelão após si enquanto reencetava a marcha, a criança posta bem alto no seu ombro e a olhar espantada para trás, para a mulher que a carregara até aquele ponto. Mas a cega não era apenas o apoio do ancião, era também o guia dos demais; e encaminhando-se todos para o velho arco, cruzaram-no, entrando na cidade. Desvanecera-se o último indício do poente; até na planície já não se lhe via o rasto.

— Maria — disse a mulher da criança. E a terceira irmã, a mais velha, falou então pela primeira vez. Também ela era portadora de um embrulho — uma cestinha cuidadosamente coberta por uma toalha imaculada a calçar cuidadosamente o conteúdo entre este e a cesta.

— A razão é que ele é diferente — disse a terceira irmã num tom de tranquilo triunfo. — Até esta gente da cidade é capaz de perceber que assim é.

— Marta! — exclamou então a moça agarrando o braço dela e sacudindo-o: — É isso mesmo o que todos dizem! Vão matá-lo!

— Porque ele é diferente — ecoou a segunda irmã com aquele sereno ar de triunfante bem-aventurança.

— Venha — disse Marta, pondo-se a andar. Mas a moça continuava agarrada ao braço dela.

— Tenho medo — disse. — Tenho medo.

— Mas não adianta a gente ficar aqui a sentir medo — tornou Marta. — Agora somos todas uma só. Também a morte é uma só. Não importa quem dê o nome à música ou a execute, ou pague o rabequista. Venha. Ainda há tempo se partirmos já. — E encaminharam-se para o velho arco já inundado de crepúsculo, e entraram por ele. Cessara o burburinho da multidão, que no entanto recomeçaria no mesmo instante em que os homens e as mulheres, após haverem comido, se precipitassem de regresso à Place de Ville. Agora, porém, tal burburinho se fazia terrestre, doméstico, introverso, apaziguado, não mais o burburinho da ideia, da esperança e do horror, mas o da pacífica sublimação diurna das vísceras. O próprio ar se diria impregnado, não tanto das sombras do crepúsculo, como da fumaça das cozinhas escapando das portas e janelas, das chaminés dos braseiros e fogos descobertos que ardiam sobre o pavimento calçado de pedra, que as torrentes humanas invadiam, as labaredas clareando em cor-de-rosa as panelas, as postas de carne de cavalo assando no espeto, rostos de homens e crianças acocorados junto às fogueiras, mulheres curvadas sobre as mesmas, de garfo ou colher na mão.

Isto é, já alguns instantes eram decorridos, pois quando as duas mulheres e a moça entraram pela porta oriental, toda a rua, até onde a vista alcançava, jazia parada e imóvel, imersa num silêncio mortal, o boato espalhando-se quase tão depressa quanto a dor. Não mais voltaram elas a ver o ancião e sua mulher cega; e agora viam apenas os dorsos dos rostos agachados junto ao fogo mais próximo, o rosto da mulher, invisível no ato de curvar-se ou de erguer-se, uma mão segurando o garfo ou a colher suspensos em cima da panela, e, além dela, os rostos do fogo mais próximo, virando-se para as olhar, e, ainda além destes, outras pessoas em redor de outro fogo e que já se punham de pé para as ver melhor, de modo que até a própria Marta ficou um instante interdita, até que a moça lhe tornasse a agarrar o braço:

— Não, Marta!   exclamou. — Não!

— Que bobagem — tornou Marta. — Eu já não disse que agora somos todas uma só? — E sem a menor rudeza, puxou o braço da mão da moça, e continuou a caminhar. Andava firme ao clarão do fogo, no âmago da tênue e tépida exalação da carne que se assava, por entre os inexpressivos rostos agachados voltando-se, quais cabeças de corujas, para acompanhá-la, até que parou e olhou, no outro lado do círculo fechado, a mulher da colher: — Deus esteja com todos, hoje e amanhã — disse.

— E vieram mesmo — disse a mulher. — Essas p... do assassino!
— São suas irmãs — disse Marta. — A moça é mulher dele.
— Já sabemos — tornou a mulher.

O grupo em torno da fogueira mais próxima já começava a abandoná-la, o mesmo acontecendo ao seguinte. Mas das três estrangeiras, somente a moça parecia ter consciência de que toda a rua ia-se enchendo silenciosamente e a multidão se adensando de minuto a minuto; e todavia ninguém olhava para elas, os rostos abaixados ou até um pouco desviados para o lado; só as crianças, muito magras, olhavam, não as três estrangeiras, mas a cesta coberta que uma das irmãs carregava; e contudo nem uma só vez Marta fitara qualquer delas.

—Trazemos comida — disse. — Daremos uma parte dela se vocês repartirem o fogo conosco. — E sem volver a cabeça, disse alguma coisa em sua língua montanhesa, voltando para trás a mão onde sua irmã dependurou a alça da cesta. Estendendo-a então à mulher da colher, acrescentou: — Olhe aí...

— Dê cá — disse a mulher. Um homem acocorado na roda apanhou-a da mão de Marta e passou-a à mulher. Sem a mínima pressa, esta tornou a colocar a colher na panela, e inclinando a cabeça para aspirar o cheiro do vapor que subia, deu com ela uma só mexida circular na panela, e em seguida, num só movimento, largou a colher, voltou-se, apanhou a cesta da mão do homem, deitou o braço para trás e arremessou a cesta na cabeça de Marta. A cesta rodopiou no ar, o pano mantendo-se, apesar disso, perfeitamente preso entre o conteúdo e a borda, e, alcançando Marta no ombro, fez uma carambola e esvaziou-se do conteúdo (era comida) antes de atingir o peito da outra irmã. Esta apanhou-a; isto é, conquanto ninguém lhe percebesse o movimento, segurou de encontro ao peito a cesta agora vazia, e, curiosa e tranquila, pôs-se a fitar a mulher que a atirara.

— Decerto não tem fome — disse.
— O que acabo de fazer deu-lhe a entender que eu queria essa comida? — perguntou a mulher.

— Foi isso mesmo o que eu disse — tornou a irmã. — Agora não se queixe.

A mulher sacou então a colher de dentro da panela e atirou-a contra a irmã. Não atingiu o alvo. Isto é, enquanto a mulher se abaixava para apanhar do chão outro projétil (uma garrafa de vinho, cheia até ao meio de vinagre) percebeu que a colher não golpeara ninguém e que nenhuma das três irmãs tentara ao menos desviar-se, como se, ao sair-lhe da mão, a colher houvesse se tornado inconsistente como o próprio ar. Ao atirar a garrafa, não pôde sequer divisar as três irmãs, donde resultou que a garrafa foi chocar-se nas costas de um homem, para em seguida ricochetear e desaparecer, enquanto a multidão, agora avançando como um vagalhão, ilhava as três estrangeiras num pequeno círculo vazio — perdigueiros cercando algum animal não temido e ainda incólume, mas que os deixara inteiramente confusos mercê daquela violação de todas as regras mais comuns da caça e da fuga; de modo que, assim como se aquietam os perdigueiros, e até interrompem os latidos por um curto prazo, a multidão também se aquietou, e, parando de gritar, permaneceu ao redor das três mulheres na clareira onde o tumulto se suspendera boquiaberto, até que a mulher que atirara a colher irrompeu ali, trazendo na mão uma caneca de folha e dois tijolos de carvão, que atirou sem visar, a multidão de novo refluindo encapelada enquanto Marta, tendo a moça meio reclinada num dos braços e com a mão que ficara livre empurrando a outra irmã para a frente, caminhava sem hesitação, a multidão apartando-se e fechando-se à sua passagem, de modo que a clareira, agora vazia, mas intacta e inflexível, parecia avançar com o povo, assim como um redemoinho em miniatura numa correnteza. A agressora lançou-se então aos gritos para os restos esparsos de um monte de estrume de cavalo que jazia sobre as pedras, e, abaixando-se, pôs-se a atirar os glóbulos secos, que poderiam servir de paralelepípedos, não fosse a cor deles e sua precariedade. Marta parou então e voltou-se, a moça continuando quase pendurada na curva do seu braço, o rosto da outra irmã, rosto atento e sem idade, a espiar por detrás do ombro dela, enquanto refugos de toda casta — restos de comida, lixo, paus, pedras da própria rua — choviam em torno delas. Um fio de sangue brotou de repente do canto da boca de Marta; ela, porém, não se moveu, até que, dali a pouco, sua própria imobilidade fez cessar o arremesso de projéteis, os rostos aglomerados novamente se ilhando, o rumor que agora enchia a viela ecoando de muro a muro em revérberos de um timbre não apenas frenético, mas gargalhante, a multidão então recuando e se recompondo à medida que adquiria novas forças, e rolando de viela em viela e de rua em rua, para acabar provavelmente se embatendo nas fímbrias respeitáveis dos bulevares.

Nisto, uma patrulha — tratava-se de um piquete de polícia montada — defrontou-os na primeira esquina. A multidão cedeu, rompeu-se ante a carga da cavalaria, sua grita alteou-se uma oitava sem transição, e, como a um piparote que se dá a uma carta de jogar (as três mulheres apenas olhavam), fez uma reviravolta e avançou torrencialmente contra elas, que estavam postadas inabaláveis ao centro do tropel; aí porém se dividiu, e varrendo ambos os lados da clareira à frente, embaixo e atrás dos cavalos desenfreados, cujos cascos batiam as pedras despedindo fagulhas, foram os grupos dissolvendo-se no murmúrio único e incomensurável do tumulto citadino, ficando a viela afinal vazia, exceto pelas três mulheres, ante as quais o chefe e oficial não comissionado da patrulha sustou as rédeas e freou o cavalo que espalhava em torno o seu ranço amoniacal e até empinava o seu tanto sob a ação da rédea curta, para dizer-lhes, o olhar feroz cravado nelas:

— Onde moram? — Ao que as três silenciaram, fitando-o espantadas — a moça consumida, a alta mulher tranquila, a viva e serena resignação da irmã. O oficial não comissionado atentou um segundo para o tumulto na distância e tornou a fitá-las: — Está bem — disse rápido. — Saiam da cidade enquanto é tempo. Vamos. Ponham-se a andar.

— Mas nós somos daqui — disse Marta.

O oficial encarou-a um instante, o olhar feroz, ele e o cavalo numa alta silhueta nitidamente recortada se esvaecendo de encontro ao céu inundado, também este, de dor e cólera.

— Será que todo mundo está aqui só para ver crucificar um desgraçado que o exército vai liquidar, seja lá como for? — perguntou num tom esganiçado, de furiosa exasperação.

— Está sim — disse Marta. E o oficial afastou-se, afrouxando as rédeas, as patas ferradas do cavalo martelando as pedras de onde saltavam fagulhas, seu bafo quente sorvido no próprio rasto, seu acre cheiro perdurando ainda alguns segundos no ar, seu próprio galope diluindo-se no rumorejar citadino.

—Venham — disse Marta. E reencetaram a marcha.

Pareceu, de início, estar conduzindo as outras para longe do rumor. Mas o que fazia era guiá-las diretamente para ele. Tendo entrado numa viela, daí se passou para outra não menor, porém mais erma e abandonada, com seu ar de dependência de fundos. Parecia, porém, saber onde ia ou ao menos saber exatamente aquilo que buscava. Estava agora quase a carregar a moça, quando a irmã se aproximou sem ser chamada, e, trocando de braço a cesta vazia, com o braço livre ajudou a sustentar a metade do peso da moça — as três pondo-se então a caminhar mais depressa para o extremo da viela, virando em seguida a esquina, onde toparam com aquilo que Marta buscava sem tergiversar, como se não apenas soubesse da sua existência, mas já tivesse estado ali alguma vez naquela cocheira ora vazia, feita de pedra, espécie de terreiro ou estábulo de vacas, aninhada no flanco da cidade, que a noite ensombrecia. Via-se no chão de pedra um ralo amontoado de palha seca, e uma vez ali dentro, embora o rumor lá fora fosse audível, era como se tivessem as três celebrado um armistício com o tumulto e a fúria exteriores; não que o tumulto e a fúria devessem evacuar a cidade por causa delas, mas devessem, quando mais não fosse, conservar-se a distância. Marta calava-se. Estava em pé, servindo de apoio à moça, enquanto a irmã, largando no chão a cesta vazia, se ajoelhava e, como uma criança a arranjar uma casinha de boneca, punha-se, com movimentos rápidos de seus dedos leves e ágeis, a acamar a palha, para em seguida, retirando o xale dos ombros, estendê-lo sobre ela, e, ainda ajoelhada, ajudar Marta a deitar a moça no xale, apanhar o outro xale, que Marta trazia nos ombros, estendendo-o desta vez sobre a moça. Ambas então deitaram-se na palha, ladeando-a, e enquanto Marta puxava a moça para junto de si a fim de aquecê-la, a irmã espichou a mão e apanhou a cesta; e o fez, não com um movimento triunfante, mais infantilmente canhestro, que era a um só tempo destro, eficaz quando menos, e, de qualquer modo, bem-sucedido, tirando a seguir da cesta, que os demais supunham vazia no momento em que a mulher junto do fogo a arremessara, um pedaço de pão um pouco maior que dois punhos. Marta continuava calada, e só fez apanhar o pão, começando a parti-lo.

— Em três — disse a irmã pegando o terceiro pedaço e tornando a guardá-lo na cesta, logo, as três reclinadas, a moça entre as duas, as três comendo. Era quase noite. A minguada luz que restava parecia concentrar-se na verga da porta, e tinha a suave aparência nebulosa de um halo perdido, deteriorado pelo uso, o mundo exterior um quase nada mais claro do que aquele âmbito de pedra — da gélida pedra porejante que se diria não conduzir, nem conter, mas exsudar, como se fora sua própria umidade, o murmúrio da cidade infatigável, o rumor já não mais auricular mas intelectualmente perturbador, a modo da respiração de um cachorrinho doente ou uma criança enferma. Quando, porém, se fez ouvir outro rumor, as três mulheres pararam incontinenti de mastigar. Pararam as três ao mesmo tempo e, ao sentarem-se na palha, fizeram-no simultaneamente, como se estivessem ligadas por uma única barra de separação: as três, sentadas, o pedaço de pão na mão, escutando... O segundo rumor dir-se-ia submerso no primeiro, submerso ainda além dele; ao mesmo tempo, humano, mas não de todo igual ao primeiro, pois trazia mulheres consigo, a voz em massa da ilimitada e imemorial capacidade da espécie mamífera, não para sofrer, mas para doer e gemer com incrível angústia, pois era capaz de fazer-se vocal sem precisar ter vergonha, ou tomar consciência de si mesma igualmente, capaz de passar de glândula a língua sem primeiro transitar pelo intelecto — enquanto o rumor subsequente era produzido por homens, os quais, embora não soubessem onde ficava o cercado de prisioneiros nem (ninguém tivera ainda a preocupação de lhes informar) que o regimento se encontrava em alguma prisão, fosse esta qual fosse, contudo compreenderam imediatamente a significação daquele rumor.

— Estão ouvindo? — perguntou a irmã serenamente, com aquele ar cordato, de felicidade atônita e com tamanho enlevo, que o movimento de Marta a fez olhar para cima somente quando a outra se ergueu e Marta já se inclinava para ampará-la; ao que ela, com o mesmo jeito canhestro não premeditado, destro e imediato, apanhou de Marta o pedaço de pão e colocou-o junto com os restos do seu próprio dentro da cesta, onde já estava o terceiro pedaço; erguendo-se então nos joelhos, pôs-se a ajudar a levantar a moça dizendo ao mesmo tempo num tom de expectativa satisfeita:

— E agora: para onde vamos?

— Procurar o governador — disse Marta. — Apanhe a cesta; — e ela assim fez. Tinha ao mesmo tempo de apanhar os dois xales, o que a levou a atrasar-se um pouco, de modo que, ao pôr-se em pé, já sua irmã Marta, que amparava a moça com o braço, havia chegado à porta. A irmã ficou parada um instante lá dentro, os xales e a cesta agarrados na mão, seu rosto ligeiramente erguido num puro enlevo e espanto satisfeito à derradeira claridade múrmura que se diria haver trazido ao úmido cubículo de pedra não apenas a simples angústia e fúria da cidade, mas a própria cidade revestida de todo o seu opaco esplendor. Pois mesmo no interior do estábulo, com sua única baia, ela parecia erigir-se em miniatura centelhante, suas torres e espiras suficientemente altas e grandiosas a flutuarem ainda um momento ao sol, embora a noite já tivesse caído; suficientemente grandiosas e altas, acima das antigas névoas miasmáticas da terra, rumo aos cintilantes e esplêndidos pináculos que talvez jamais chegassem a conhecer a treva — imensos, sempiternos, invencíveis.

— Que bela espada ele vai trazer! — disse a irmã.

Logo após o pôr do sol, esticou-se, emendou-se, ligou-se à corrente elétrica o último rolo de arame que iria completar a cerca da prisão. Foi quando todo o regimento, com exceção dos treze prisioneiros especiais, que estavam todos juntos numa cela à parte, foram postos fora do quartel. Não soltos, porém expulsos; não por esquadrões simultâneos de guardas, em blocos compactos e pesadamente armados, e de quartel a quartel, mas por senegaleses, um a um. Às vezes, armados de fuzil com baioneta calada, às vezes tão somente da baioneta nua empunhada à guisa de facão de mato ou porrete de mata-mouros, e às vezes inteiramente desarmados — ei-los que surgiam abruptamente e sem aviso em cada cela, tangendo para fora os ocupantes, atropelando-os com uma pressa desdenhosa e sarcástica rumo à porta, sem querer esperar para lhes sair no encalço, mas saindo ao mesmo tempo que eles, cada um já metido no meio do grupo antes que este alcançasse a porta, ou precipitando-se para tomar-lhe a dianteira, cada um abrindo seu próprio caminho ambulante com chuçadas da coronha do fuzil ou do cabo da baioneta, e, conquanto no interior do sulco, caminhando mais depressa do que ele, cabeça e ombros não apenas acima da massa ambulante, mas em cima dela — tão vistosos eram aqueles etíopes desdenhosos, com visos de fantásticas árvores arrancadas pela raiz de seus solos agrestes, de seus indômitos campos antípodas, a caminharem rígidos e retesos acima da lerda e sombria correnteza de um canal de tráfego poluído pela cidade. Os senegaleses estavam com efeito à testa dos grupos, ao emergir cada um na rua da companhia da qual era parte. Nem ao menos fizeram-nos parar ou sequer esperaram para reuni-los aos pares; mas uma ou duas vezes andaram os senegaleses em largas passadas por ali, os fuzis ainda armados de baionetas, ou com baionetas à guisa de lanças e facões de uma caçada ao leão ou ao antílope, para em seguida sumirem um a um, desaparecendo tão abruptamente como haviam surgido.

E quando o regimento, desarmado, de cabeça nua, barba crescida e seminu, começou, qual rebanho de carneiros, a reunir-se sem comando nos antigos moldes de pelotões e companhias, eis que descobriu que ninguém lhe prestava a menor atenção, e que o haviam abandonado até as próprias baionetas que o expulsaram para fora das portas. Continuou todavia arrastando-se nos pés, a procurar os velhos alinhamentos familiares, todos a piscarem um pouco sob o fulgor do sol poente, após a obscuridade do quartel. Começaram, então, a caminhar. Não se faziam ouvir em parte alguma as vozes de comando, os esquadrões e as seções simplesmente se embutindo nos intervalos entre os chefes de fila e os cerra-filas, e começando a formar, como que por uma suave e distraída gravitação, em companhias nas ruas do quartel e em batalhões no pátio de revista, quando então se imobilizaram. Ainda não era um regimento; era, antes, uma massa amorfa, na qual apenas os esquadrões e os pelotões apresentavam alguma unidade, assim como uma cidade expulsa só perdura nos grupos domésticos que se amalgamam, não pelo motivo de serem seus membros aparentados pelo sangue, mas porque comeram juntos, dormiram juntos, juntos sofreram e alimentaram esperanças e muito tempo lutaram entre si; todos parados num montão e a piscar sob os altos arames intransponíveis, os holofotes, os espaldões de metralhadoras e os desdenhosos guardas senegaleses recostados, sua silhueta recortando-se no poente, como se o choque letal que havia dez minutos carregara o arame os houvesse ao mesmo tempo eletrocutado, fixando-os até o fim dos séculos na mesma imobilidade impassível.

 Ainda estavam os presos amontoados ali quando teve início um novo tumulto na cidade. Pusera-se o sol, soaram os clarins e silenciaram, o canhão estrondejou na antiga cidadela, suas ferragens chocando-se violentamente e os ecos prolongando-se até se diluírem; o regimento amontoado começou então a espraiar-se em massa neutra pelo pátio de revista, quando se fez ouvir o primeiro grito, ainda débil, provindo da planície. De início, nada fizeram os prisioneiros, exceto ficarem ainda mais quietos, tal cachorros ante a nota ascendente de uma sereia a pique de alcançar um diapasão insuportável mas de todo inaudível a ouvidos humanos. Quando, porém, começaram a articular-se em som, dir-se-ia não ser um som humano, mas animal; antes que grito, um uivo, a partir do amontoado, da massa amorfa esbatendo-se no crepúsculo e que poderia ser o próprio protoplasma, sem olho e sem língua, ao fundo da primeira divisão das águas do mar e às apalpadelas vociferando, destituído de movimento e voz que lhe fossem inerentes, mas que eram com efeito inerentes a algum gigantesco estrondo da poderosa cópula das primitivas e fragorosas marés aéreas, enquanto acima de suas cabeças, recostados nos fuzis, os senegaleses aproximavam dos cigarros a chama ereta dos acendedores feitos de cartuchos vazios, como se o brilho do dia tivesse conservado oculto, até então, aquilo que as sombras crepusculares revelavam: um resíduo do choque elétrico que os fixara aqui e acolá na imobilidade carbonizada, à semelhança de brasas atiradas a esmo e ainda não de todo extintas.

 Talvez o crepúsculo também lhes revelasse a janela acesa. Abria-se esta na parede outrora coberta de hera, que fora parte do edifício principal da fábrica, e podiam ali divisar um homem, conquanto só a janela lhes bastasse. Não aos berros, mas aos uivos, começaram então, homens e mulheres, a derramar-se no lado de fora da prisão. Mas a noite caminhava mais depressa ainda, e a multidão restante diluíra-se dentro dela, antes ainda de atravessar completamente o pátio de revista, de modo que era o rumor, o uivo, que se diria rolar estrondejando, para de novo recuar e estrondejar de encontro ao muro sob a janela iluminada, onde estava imóvel a silhueta de um homem; para de novo avançar e recuar com estardalhaço, enquanto uma corneta apressada emitia seu toque e apitos estridulavam, e um corpo cerrado de infantaria branca avançava velozmente da esquina próxima, empurrando a multidão para longe do muro a rápidos golpes de coronha.

Quando a guarda foi buscá-los, o cabo ainda se achava de pé, defronte da janela, a contemplar o tumulto que se fazia lá embaixo. Estavam os treze numa exígua cela perfeitamente nua, perfeitamente inexpugnável, com sua janela única, e que fora evidentemente uma casa-forte nos bons tempos passados, quando a fábrica era ainda uma fábrica. Uma sombria lâmpada elétrica pendia solitária no centro do forro, dentro de uma grade de arame com ar de ratoeira. Estava acesa no momento em que os arrebanharam para aquela mesma sala, logo após haver raiado a madrugada daquele mesmo dia; e como a eletricidade era americana, isto é, como o seu gasto era debitado diariamente, e com um dia de antecedência, ao Serviço de Suprimentos da Força Expedicionária, ardia desde madrugada. E enquanto o dia se desmanchava em noite, os rostos dos treze homens sentados em silêncio no chão contra uma das paredes não se diluíam abatidos nas sombras; mas em vez disso emergiam, nem um pouco abatidos, mas, de barba crescida, ainda mais varonis, e armazenando dentro de si mesmos um vigor acrescido, horrorizado e ictérico.

Ao começarem os senegaleses a expulsar o regimento dos quartéis, e quando o primeiro bulício de movimento perpassou na prisão, dir-se-ia que os treze homens sentados contra a parede da cela não reagiram, exceto por um silêncio e uma imobilidade agravados, a passar de um a outro por doze deles, um rosto voltando-se a meio; o rápido, quase infinitesimal lampejo de um olhar dirigido de esguelha ao décimo-terceiro — o cabo — que, sentado entre eles, permaneceu imóvel até que o primeiro berro fragoroso rolasse pátio afora, indo rebentar como uma onda na parede, debaixo da janela. O cabo então se levantou, não tão sereno ou decidido quanto ágil, assim como é costume locomoverem-se os montanheses, e caminhou para a janela onde, pousando as mãos entre as barras, com a mesma leveza e naturalidade com que as havia pousado antes na travessa superior da grade do caminhão, ficou a contemplar a grita que se fazia lá embaixo. Era, porém, como se não a escutasse, e apenas visse que ela fluía do outro lado da cerca, para vir rebentar com um só estrondo inaudível sob a janela, ao sombrio clarão onde os homens haviam então se tornado visíveis com seus punhos cerrados e rostos pálidos que, embora boquiabertos para gritar, ele teria imediatamente reconhecido um a um por haver passado quatro anos agachado em companhia deles atrás dos parapeitos picados de balas ou, mordendo a língua, alapardado nas imundas, fedorentas crateras abertas pelas granadas sob os tiros progressivos e as barragens rolantes, ou paralisado, a respiração suspensa, achatado de encontro ao chão sob o silvo e o zunido dos fogos de sinalização das patrulhas noturnas. Até se diria que ele não prestava atenção a tudo aquilo, mas apenas observava, imóvel, desprendido, enquanto o clarim gania frenético, os apitos trilavam e a seção de infantaria varava o flanco prostrado da multidão, tangendo-a, às arrecuas, num lento turbilhão. O cabo continuava imóvel, qual um surdo de pedra, a observar com interesse, mas sem surpresa ou susto, a pantomima de algum cataclismo ou até de um tumulto universal que em nada o ameaçava, tampouco o preocupava, pois a seus ouvidos absolutamente não chegava o menor ruído.

    Pesadas botas começaram então a marchar com estrépito no corredor. O cabo volveu o rosto da janela, e desta vez os outros doze rostos também se voltaram, erguendo-se a um só tempo para acompanharem ao longo da parede a marcha dos pés invisíveis que marchavam além dela, até que fizeram alto; de modo que todos fitavam a porta quando esta se abriu escancarando-se, e um sargento (não senegalês, nem, desta vez, da infantaria branca, mas gente do comandante de polícia) entrou, e fez com o braço um largo gesto peremptório.

    — Levantem-se — comandou.

Ainda precedendo o chefe do estado-maior, e pausando apenas o tempo suficiente para o ajudante abrir a porta e deixar livre a passagem, o comandante de divisão entrou na sala. Era um pouco menor que uma moderna sala de concertos. Fora, com efeito, um simples *boudoir,* ao tempo da sua defunta duquesa ou marquesa, e ainda trazia a marca daquela insensata, principesca (e talvez, a juízo de marquesas e duquesas — inexpugnável) opulência, com suas alcovas baldaquinadas, seus tetos de medalhões, suas pilastras, candelabros de cristal, arandelas, espelhos, girândolas, *étagères* marchetadas e estantes envidraçadas para bibelôs de faiança, e um tapete branco — onde as botas descoradas pela guerra afundavam-se até os tornozelos como em lama de trincheira ou, digamos, como no rosto frio da lua — a atapetar, macio e brando como uma nuvem, a majestosa perspectiva em cuja extremidade achavam-se sentados os três generais.

Respaldados por um friso esvoaçante de adjuntos e oficiais, achavam-se os três sentados atrás de uma tremenda mesa oblonga, tão nua e tão lisa, tão ricamente austera como a tampa do sarcófago de um cavaleiro ou bispo, os três trazendo óculos de velhos no nariz e cada um tendo à sua frente um idêntico e encorpado feixe de papéis, de modo que todo o grupo, com sua vestimenta cor de poeira, ou de horizonte, e armaduras brônzeo-escarlate-coriáceas, revestia-se de um ar extravagante e paradoxal, a um só tempo solene e forasteiro, à semelhança de uma indômita matilha de animais do mato revestidos das insígnias e postos no ambiente de uma ocupação civilizada, a aguardarem, com uma pachorra cheia de compostura e algo sonolenta, enquanto os três velhos chefes presidiam por um tempo determinado àquela papelada sem sentido, que também fazia parte das insígnias, até chegar o momento não de julgar, tampouco de condenar, mas de atirar fora o estorvo que era a papelada e a vestimenta, e emitir a ordem de execução.

As janelas achavam-se abertas, cortinas e caixilhos, de modo que não apenas a luz e o ar da tarde, mas também uma parte do tumulto citadino, entrava sala adentro — não o rumor, pois as vozes, e até o súbito tumulto que o comandante de divisão e o chefe do estado--maior vinham de deixar na Place de Ville, não chegavam até ali.

O que chegava era, antes, uma sensação, uma qualidade como que inerente à própria luz, um reflexo da própria luz que provinha dos rostos aglomerados lá embaixo, a refranger para cima e no interior da sala pelas janelas abertas, espécie de água agitada a vibrar e a tremular ligeira e ininterrupta no teto, onde pessoa alguma, nem mesmo os escreventes e os secretários, em suas infindáveis idas e vindas de recados miúdos, poriam reparo se porventura olhassem para cima; a menos que; como agora, algo fizesse a pulsação vibrar mais rápida, de modo que, ao entrarem na sala o comandante de divisão e o chefe do estado-maior, todos os olhares fixaram-se na porta. Posto que, nem bem entrados, também aquilo desaparecesse, e a refração não fizesse mais que tremular uma última vez.

O comandante de divisão nunca antes vira aquela sala, nem a olhava agora. Só fez entrar e entreparar durante um rígido minuto infinitesimal, até que o chefe do estado-maior avançou de frente para o seu lado direito, o sabre colocado entre os dois, sob o braço esquerdo do chefe do estado-maior. Depois, quase em passo de marcha, pisaram ambos a branca perspectiva do tapete, na direção da mesa onde fizeram juntos um rígido "alto", enquanto o chefe do estado-maior fazia continência e tirava de sob o braço o sabre inerte lassamente coberto a pender das fivelas ponteiras do jaez como um guarda-chuva mal enrolado, e depô-lo em cima da mesa. E o olhar duro, fitando coisa nenhuma em particular, e enquanto o chefe do estado-maior cumpria verbalmente o rito formal da entrega, o comandante de divisão pensava: *É verdade; reconheceu-me imediatamente;* continuando a pensar: não; pior ainda; o velho reconhecera-o ainda antes de alguém anunciar de alguma antessala a presença dos dois; e dir-se-ia ter ele feito todo o longo caminho, desde aquele instante no posto de observação onde a carreira se lhe findara, para vir até ali só para provar aquilo em que acreditavam todos quantos conheciam o velho marechal: isto é, o fato de que o velho nunca se esquecia do nome e do rosto de todos os homens que traziam uniforme; de todos quantos até então vira — não apenas os do velho regimento no qual servia comissionado desde a Escola de St. Cyr ou os dos comandantes graduados de seus exércitos e corpos e aos quais via diariamente, mas também os dos seus secretários e escreventes e oficiais, e comandantes de divisão e de brigada com seus estados-maiores, e os dos oficiais de batalhão e companhia com seus ordenanças, serventes e mensageiros, e os dos soldados rasos aos quais condecorara ou repreendera ou condenara, e os dos oficiais não comissionados, e os dos cerra-filas sem graduação nenhuma que serviam em pelotões e esquadrões, cujas fileiras ele havia percorrido à pressa uma vez apenas, fazia disso trinta ou quarenta anos, chamando cada qual de "meu filho", exatamente como fazia com o seu belo e jovem ajudante pessoal, seu antigo servente e seu motorista, este um basco de seis e meio pés de altura e cara de assassino de meninas. Mas o comandante de divisão não vira movimento algum; lembrava-se de que, ao entrar, vira o velho marechal segurando na mão um maço aberto de papéis. E todavia, o maço não apenas se fechara, mas fora ligeiramente empurrado para o lado, o velho marechal tirando em seguida os óculos e segurando-os de leve na mão sardenta de velho, quase inteiramente oculta no interior do enorme buraco circular do punho destacável e imaculadamente lavado de uma antiquada camisa engomada de civil, enquanto o comandante de divisão fitava um segundo aqueles olhos sem óculos e punha-se a lembrar-se do que lhe dissera Lallemont: — Se eu fosse o próprio mal, ter-lhe-ia medo ou ódio. Se fosse santo, choraria. Se fosse sábio, ou ambas as coisas, ou qualquer das duas, ficaria desesperado.

— General Gragnon? — disse o velho general.

Mas ainda assim o comandante de divisão não olhava coisa alguma em particular, sua vista apenas se espichando ao nível do olho e acima da cabeça do velho general; e foi assim que repetiu oralmente o relatório que, mal entrara na sala, reconhecera estar ali — os documentos literalmente datilografados por ele, assinados e endossados pelo comandante do corpo, agora dispostos em triplicata mimeografada ante os três generais, acabados e interrompidos um instante ao fazer o ledor uma pausa para virar a página ou beber um gole d'água, logo ele (o comandante de divisão) repetindo pela quarta vez seu pedido oficial, concernente à execução do regimento. Cheio de compostura, inflexível ante a mesa onde se postava o triunvirato dos balizadores da sepultura de sua carreira, o tríplice monumento daquilo que o comandante do grupo chamara "sua" (dele) glória, o comandante de divisão riscou pela quarta vez o regimento dos róis da sua divisão, como se houvesse o mesmo desaparecido duas manhãs atrás, ante uma bateria de metralhadoras ou uma explosão de mina. Com efeito, não mudara uma vírgula na petição. Fora justo, havia já trinta e seis horas, quando sua honra e integridade de comandante de divisão (ou de qualquer regimento) o compeliram a prever que teria de agir assim; fora ainda justo, no primeiro segundo subsequente ao motim, ao descobrir que a qualidade por excelência que lhe dera o ensejo de se tornar comandante de uma divisão (em troca da dedicação da sua honra e da sua vida) continuava compelindo-o a entregar o regimento. E ainda agora era justo, em virtude de serem a mesma honra e dignidade julgadas dignas pela alta mercê que lhes conferiram as três estrelas da sua graduação de general; honra e integridade, antes que a mercê, não só a exigirem dele a entrega do regimento, mas compelindo-o a fazê-la.

Pois a própria mercê não teria necessidade de tal gesto. Conforme o que praticamente lhe dissera ainda aquela manhã o comandante do grupo, o que o comandante de divisão então dizia não tinha ligação alguma, exceto uma simples coincidência, à papelada que estava sobre a mesa. Seu presente discurso provinha de um tempo ainda mais remoto do que aqueles dois dias passados no posto de observação; de um tempo ainda mais remoto do que aquele, quando descobrira que lhe seria mister a entrega do regimento. Com efeito, a concepção mesma daquele discurso datava do próprio instante em que soubera haver sido destacado para a escola de oficiais, e o dia em que tal discurso nascera fora com efeito o dia em que ele recebeu seu comissionamento, de modo a tornar-se, esse discurso juntamente com a pistola, o sabre e as insígnias de subtenente, uma parte do próprio equipamento dele, com o qual teria de seguir e servir seu destino com a própria vida, e por tanto tempo quanto a vida lhe durasse; e a contraparte disso, análoga e contemporânea, era aquele, dentre os cartuchos vivos, que constava do tambor regirante da sua pistola, para o caso de ele precisar descarregar o gravame voluntário que impusera à sua honra, com a expiação daquilo que um civil chamaria "má sorte" e só um soldado chamaria "desgraça", sendo a má sorte do discurso apenas o momento em que ele se fazia, quando a necessidade, compelindo à fala, renegava entretanto a bala. Com efeito, parecia-lhe discurso e bala serem análogos e contemporâneos ainda a outro respeito além do nascimento dele para o comissionamento; análogos na própria incongruência das origens donde provinham, e, ainda amorfos, perfazendo a sua mútua finalidade: — um torrão de escória exumado da terra, transformado, sob o calor, em bronze, e sob uma pressão feroz e astuciosa, em estojo de cartucho; de um laboratório, uma pitada, uma colherada, um pó, um precipitado do movimento primordial da terra e do ar, e ambos condensados, combinados no interior de uma minúscula cápsula fechada e estriada, o todo micrometrado para uso de um criado, o qual nem ao menos lhe conhecia a culatra e o calibre, como se ele fosse um lacaio que se alugasse por telefone numa agência de empregos — e eis a metade da Europa em guerra com a outra metade, e afinal conseguindo arrastar consigo a metade do hemisfério ocidental, plano, desígnio esse, de larga envergadura, exaltado na concepção, aterrador nas implicações (e na esperança) mas nem ao menos concebido ali no grande quartel-general e em conferência regular pelos três velhos generais e seus conselheiros e técnicos experimentados, mas concebido com base no furor e no medo recíprocos das três nações que o oceano separava e, simultaneamente, em Washington, em Londres e em Paris, por efeito de alguma polinização sem mácula, a exemplo do enfolhamento da terra, e vindo à luz num conselho nem ao menos sediado no quartel-general, mas atrás das portas trancadas e guardadas do Quai d'Orsay — um conselho onde os experientes técnicos militares, tão irremediavelmente dedicados à guerra como freiras maridadas a Deus, eram superados em número por aqueles que não apenas não tinham nenhuma prática de guerra, mas nem eram sequer agaloados ou armados para ela — primeiros-ministros, presidentes dos ministérios, ministros, membros do gabinete, senadores e chanceleres; e por aqueles que até a estes superavam: os presidentes das diretorias dos vastos estabelecimentos produtores de munição, de calçado e de comida enlatada, e os modestos, não decantados, mas onipotentes sacerdotes do puro dinheiro; e outros que também a estes superavam: os políticos, os advogados administrativos, os proprietários e editores de jornais, os ministros confirmados das igrejas e todos os demais delegados itinerantes, acreditados junto às vastas organizações e irmandades solváveis, e aos movimentos que controlam, pela coerção ou adulação, o moral e as ações do homem e todo o seu valor-massa de afirmação ou negação — toda aquela vasta e poderosa representação inspiradora de horror, a qual, gerindo todos os assuntos da democracia em tempo de paz, encontra todavia na guerra o seu próprio elemento, e aí descobre a sua verdadeira apoteose; toda ela agora reunida em férreo conclave para decretar à metade da Terra um vasto plano baseado na sua intenção de arrasar uma fronteira, e ainda mais vasto na sua intenção furiosa de suprimir um povo; todos num conclave tão singular, que o grisalho e inescrutável general, com sua cara de quem há muito conquistara o direito de não acreditar em mais nada exceto na loucura imorredoura do homem, não precisava, com efeito, dar seu voto, mas apenas presidir; e presidindo, contemplar o nascimento do plano, e em seguida observá-lo, sem ao menos precisar controlar o curso reto e ordenado a derivar das nações confederadas para as nações selecionadas, para as forças, para os grupos dos exércitos, para os exércitos, para os corpos; toda a longa e complicada crônica gigantesca, reduzida enfim a um mero ataque de regimento contra um montículo de terra; montículo tão insignificante, ao ponto de não figurar no mapa, e somente conhecido nas redondezas, e, mesmo aí, conhecido apenas por um nome e apelido que, datando de menos de quatro anos, se originara no momento em que alguém percebeu que do seu topo se podia enxergar um quarto de milha a mais que do seu sopé; ataque não adjudicado a uma divisão, mas, ao contrário, sendo esta compelida a ele pela sua própria geografia e logística, pois a alternativa era, ou ali, ou então em parte alguma, ou aquilo ou nada; sendo aquela determinada divisão compelida a ele pelo único motivo de o ataque estar já condenado, de estar já projetado como derrota; e dentre todas as divisões, era a ele que aquela pertencia. A divisão passível de ser comprada mais barato, assim como poderia ter sido outra divisão com a qual era viável, a preço módico, cruzar um rio ou tomar uma cidade. Compreendeu então que lhe fora perfeitamente dispensável a previsão do motim, desde que este seria coisa de somenos em tais circunstâncias. Apenas a derrota bastava, mas o *porquê* e o *como* a derrota se processara, eis o que não importava a ninguém, o motim tendo sido dado de lambuja e com a única intenção de o levar a comparecer ali, defronte à mesma mesa onde jazia, enrolado na bainha, o cadáver da sua carreira, e fazê-lo, pela quarta vez, repetir o discurso (ele, a quem se negara a bala), encerrá-lo e calar-se.

— Todo o regimento — disse o velho marechal, repetindo por seu turno com voz amena e inescrutável, vazia ao ponto de parecer cordial, distraída, quase impessoal. — Não apenas este cabecilha e seus doze discípulos. Positivamente, os nove, de nacionalidade francesa; e, ainda assim, deixarem-se corromper...

— Não havia nenhum cabecilha — disse áspero e rígido o comandante de divisão. — Foi o regimento que se amotinou.

— Foi o regimento que se amotinou — repetiu o velho marechal.

— Suponhamos que eu concorde. E os demais regimentos da sua divisão... quando souberem?

— Fuzilamo-los — disse o comandante de divisão.

— E as outras divisões do seu corpo, e dos corpos nos seus guarda-flancos?

— Fuzilamo-los — disse o comandante de divisão, inflexível e circunspecto, enquanto o velho marechal traduzia, rápido e tranquilo, para o general britânico e o general americano que o ladeavam, e em seguida voltava o rosto para o chefe do estado-maior, dizendo:

— Obrigado, general.

Este fez então a continência, mas o comandante de divisão não esperou por ele: fazendo meia-volta, deixou para trás o chefe do estado-maior, o qual teve de fazer sozinho a manobra — manobra que até um sargento instrutor competente teria tido dificuldade em executar com desenvoltura ante um aviso assim inopinado — que o obrigou a dar duas longas passadas extras para se emparelhar à direita do comandante de divisão, o que, também ali, não conseguiu de todo, ou quase não o conseguiu; de modo que o próprio ajudante pessoal do marechal foi quem flanqueou o comandante de divisão, o chefe do estado-maior ainda ficando um passo para trás ao pisarem ambos o tapete branco em demanda da porta já agora aberta e para fora da qual um oficial do comandante de polícia, equipado com suas armas portáteis, estava à espera; posto que, ainda antes de esbarrar com ele, já o comandante de divisão estivesse caminhando à frente do ajudante.

O ajudante flanqueava não o comandante de divisão, mas o chefe do estado-maior, acompanhando-o corretamente à esquerda em demanda da porta aberta, para além da qual o oficial de polícia estava à espera ao cruzá-la o comandante de divisão.

Ao que o ajudante não apenas fez desaparecer da sala toda a significação do sabre rendido, como também obliterou do mesmo toda a incômoda inferência de guerra. Ao caminhar leve e rápido, até com certa insolência, para a porta aberta onde o comandante de divisão e o oficial de polícia haviam desaparecido, dir-se-ia que, de antemão declinando de manter a porta aberta para o comandante de divisão (embora este já tivesse de antemão declinado da cortesia, deixando de esperar por ela), ele não somente agira em represália contra o general mais novo pela afronta que este fizera à precedência do general mais velho, como também se utilizara do general mais novo com o fito de demonstrar que ele próprio e o chefe do estado-maior estavam irremissivelmente alheios a tudo, e irrevogavelmente despreocupados com tudo quanto representava aquela sala e o que se continha dentro dela. Com seus vinte e oito ou trinta anos, alto de estatura, delgadamente esbelto, rosto e corpo de ídolo permanente de vesperais, o capitão ajudante bem podia ter sido uma criatura de outro planeta, tão anacrônico e imune e inviolável, tão irremediavelmente sem raízes, ao ponto de estar completa e inabalavelmente à vontade neste ou em qualquer planeta onde acaso chegasse, nem sequer do amanhã, mas do dia anterior, projetado como um avatar às avessas em um mundo pregresso, onde o que restava do homem perdido e acabado ainda lutava debilmente entre as confusas ruínas de seu ontem. Criatura, ele, que em verdade sobrevivera ileso ao fato de não ocupar na guerra lugar algum, nem manter com ela qualquer relação, e que por lucro ou perda no gambito inexorável da guerra ou das nações frenéticas esboroando-se, poderia de igual modo estar flutuando de toga e beca (ou com as douradas borlas de "Excelência", tanto ele parecia mais um enxerto que filho de algum duque) no quadrângulo de Oxford ou de Cambridge, mas que agora compelia a todos quantos o viam e mais o chefe do estado-maior, a lamentar a desodorização do eflúvio bélico até nas fardas, que ambos traziam, transformando-as em simples ternos... Adiantando-se ele, rápido, leve, esbelto, ao chefe do estado-maior, para empunhar a maçaneta e dar a volta ao trinco, fazendo em seguida girar a maçaneta, abrindo a porta e batendo os calcanhares, não para assumir posição de sentido, mas para fazer uma rígida inclinação da cintura para cima, ao passar por ele o chefe do estado-maior.

Fechou então a porta e voltou-se, reencetando a marcha sala adentro, para no mesmo instante fazer uma pausa e aparentemente tentar suprimir da sala até o menor rumor bélico, que ali penetrava, de segunda mão; o que fez, imobilizando-se naquele instante do início da esplêndida, branca perspectiva decrescente do tapete, como se em torno dele se abrisse uma aura solitária e bem-humorada de despreocupação, tal um arlequim dançarino a iniciar um *solo* no segundo ou terceiro atos, ao subir ou descer o pano de boca; parado, a cabeça ligeiramente inclinada, ouvidos à escuta... Depois, desossado em suas longas pernas desossadas, deu de andar rapidamente até a janela mais próxima. Mas o velho general o advertiu, antes de ele ensaiar o segundo passo, dizendo calmamente em inglês: — Deixe-as abertas.

Todavia o ajudante não lhe deu atenção; e avançando para a janela, debruçou para fora toda a parte superior do corpo a fim de alcançar a folha aberta e puxá-la para dentro. Fez então uma pausa e disse em francês, não em voz alta, mas com um certo espanto arrebatado, instantâneo e sem paixão: — Parece a multidão de um prado de corridas, esperando abrir-se a janelinha de dois vinténs — quando os tem. Ou gente olhando o incêndio de uma casa de penhores...

— Deixe-as abertas — disse em inglês o velho general. A isso, o ajudante fez de novo uma pausa, a folha da janela já fechada a meio. Virou a cabeça e disse também em inglês, um inglês perfeito, sem o mínimo sotaque, nem ao menos o sotaque de Oxford, nem ao menos o sotaque de Beacon Hill:

— Por que não os deixar entrar e pôr um fim a isso? Lá fora não ouvirão o que vai acontecer.

Agora, porém, o general respondeu em francês:

— Nem querem saber. O que querem é sofrer. Deixe-as abertas.

— Pois não — disse o ajudante em francês, empurrando para fora a folha da janela e voltando-se. Mas ao fazê-lo, abriu-se uma folha da porta dupla na parede fronteira: abriu-se exatamente seis polegadas, sem que o fizesse nenhum agente visível, e aí parou. Nem de relance o ajudante a olhou, mas continuou a marchar direto para a frente, enfim dizendo naquele perfeito inglês sem sotaque:

— O jantar está servido, cavalheiros — e ambas as folhas deslizaram para trás, fechando-se.

O velho general ergueu-se ao se erguerem os outros dois, e isso foi tudo. Quando a porta se fechou atrás do último ajudante de ordens, o velho general tornou a sentar-se. Empurrou em seguida a pasta para o lado, dobrou os óculos encerrando-os no seu sovado estojo, meteu o estojo dentro de um dos bolsos superiores da túnica, que abotoou, e sozinho agora na imensa, esplêndida sala, da qual o tumulto e a angústia da cidade se desvaneciam ao morrer no teto a luz da tarde, imóvel na cadeira cujo espaldar entalhado o encimava como o espaldar de um trono, as mãos escondidas sob a rica, tremenda mesa que ocultava por igual grande parte dele que se diria não apenas imóvel, mas imobilizado sob a massa e o brilho dos seus alamares e estrelas e botões, era ele um menino, uma criança agachada entre os dourados escombros de um túmulo, não de cavaleiro ou bispo, saqueado na treva, mas (talvez a própria múmia) de um sultão ou faraó, violado por cristãos em pleno dia.

Então a mesma folha da porta dupla tornou a abrir-se exatamente como antes, exatamente seis polegadas, sem mão que se visse e apenas com um levíssimo rumor, ainda assim dando a impressão de que, se quisesse, podia não ter feito rumor algum, e que aquele mesmo que fizera fora apenas um mínimo absoluto a ser de todo audível; abrindo-se, pois, aquelas seis polegadas, e em seguida parando, até que o general falou: — Sim, meu filho. — Ao que a porta recomeçou a fechar-se sem nenhum rumor, agora que o rumor era de todo inútil, a folha continuando a deslizar até unir-se com a outra que compunha o par, quando estacou, e sem fazer nenhuma pausa, recomeçou a abrir-se, ainda sem rumor e contudo depressa, tão depressa, que se abriu umas dezoito polegadas, ao ponto de, no minuto subsequente, o homem, ou a coisa que a abrira, dever necessariamente aparecer e expor-se às vistas do general, antes que este falasse ou pudesse ao menos falar. — Não — disse ele então; e a porta parou. Todavia não se fechou, deixou apenas de mover-se, como uma roda em equilíbrio a pender sem topo nem base, apenas suspensa, voltando o general a dizer: — Deixe-as abertas.

Aí a porta fechou-se, e de uma vez. O velho general ergueu-se, rodeou a mesa e dirigiu-se para a janela mais próxima, palmilhando a parte final do dia protocolar como se atravessasse o próprio limiar da noite; pois à medida que fazia a volta à mesa, os clarins dispersos começaram a emitir os três toques de reunir; ao cruzar ele a sala, o retinir de botas e fuzis subiu do pátio; e, alcançando ele a janela, os dois guardas já se defrontavam, à primeira nota das três retretas, para darem início à rendição formal. Mas o velho general parecia nada ver. Postara-se à janela, acima da Place estagnada e cheia, onde o povo em massa comprimia-se junto ao gradil de ferro; e nem ao menos voltou a cabeça quando a porta, abrindo-se rapidamente desta vez, deu passagem ao jovem ajudante, que entrou sobraçando um telefone, cuja extensão se arrastava atrás dele pelo tapete branco, como a cauda interminável de um troféu, e, dirigindo-se para a mesa, puxou uma cadeira com o pé, sentou-se, colocou o telefone sobre a mesa, levantou o receptor e, fazendo irromper à vista o relógio que trazia no outro pulso, ali ficou imóvel, o receptor no ouvido e os olhos no relógio. O general, porém, continuou lá onde estava, ligeiramente afastado e um pouco para o lado da janela, a segurar a cortina levemente aberta, exposto à vista de quem quer que tivesse a ideia de levantar os olhos para o alto da Place, enquanto as imprecações metálicas morriam esparsas na colisão e entrechoque das botas e dos fuzis dos guardas ao assumirem estes a posição de descansar, e toda a linha de demarcação, já não sendo mais a tarde nem ainda noite, jazia suspensa e sem respiração até tornarem a irromper os clarins, os três agora numa compassada e uníssona discordância, as três vozes no pátio latindo também em uníssono e no entanto irremediavelmente divorciadas, os dois grupos de homens pesadamente armados, postados rigidamente um em frente do outro, como num rito tribal de imolação sacrificial. O velho general não podia ter ouvido o que se dizia ao telefone, pois o ajudante pusera o receptor na orelha e apenas emitia uma ou outra palavra de assentimento, ficando um instante a ouvir e em seguida dizendo uma palavra, até que baixou o receptor e ali permaneceu mudamente à espera, enquanto sob o poente avermelhado os clarins salmodiavam e gemiam como galos até afinal se calarem.

— O alemão aterrissou — disse o ajudante. — Desceu do aeroplano, sacou da pistola, deu voz de sentido ao piloto e disparou a arma na cara dele. Ninguém sabe a razão.

— Não sabem, porque são ingleses — disse o velho general. — Isso basta por hoje.

— Naturalmente — tornou o ajudante. — O que me admira é que os ingleses tenham tão poucas atrapalhações em suas guerras continentais. Em qualquer de suas guerras... — Acrescentando: — Sim senhor — e em seguida levantando-se: — Consegui ligar esta linha a cinco pontos, desde aqui até Villeneuve Blanche, a fim de poder informar-lhe o itinerário do alemão...

— Que não se distingue do seu lugar de destino — disse o velho general impassível. — Por hoje basta.

O ajudante repôs o fone no gancho, voltou a apanhar o telefone, e rodeando a mesa, a linha elástica e sem fim enrodilhando-se em torno de si mesma pelo tapete afora, lá se foi ele puxando em sua esteira a laçada decrescente; em seguida saiu, fechando a porta. No mesmo instante o canhão da tarde estrondejou surdamente, estrondo que não era propriamente um rumor, porém antes uma demonstração de vácuo, como se o dia marcial se entornasse, regurgitando num fragoroso revérbero, dentro do seu próprio ventre esvaziado pela explosão. De além da janela chegavam o rangido e o sussurro das três roldanas e das três correias funcionando, enquanto a mesma folha de porta tornava a abrir-se aquelas seis exatas polegadas e a fazer uma pausa, para em seguida abrir-se toda, firme, sem causa e sem rumor, o velho general ainda postado à janela ao mesmo tempo em que latiam as três vozes divorciadas entre si, e, sob os místicos trapos amorosamente carregados, os pés dos três guarda-bandeiras faziam retumbar o pátio empedrado, e em cadenciada diminuição do rumor metálico, a própria noite de pedra.

Fora das grades começou então a massa de povo a caminhar, fluindo de retorno à Place pelos bulevares divergentes, esvaziando a Place e desaparecendo ainda antes de sair da Place, como se uma única e silente inalação da noite estivesse a apagar toda aquela humilde névoa feita de homens. Mas o velho general continuava postado acima da cidade que, já imune ao sofrimento do homem, estava agora livre até do tumulto que ele criara. Ou antes, a noite não tanto apagou da Place de Ville o homem, quanto apagou a Place de Ville na angústia sofredora do homem e suas cinzas invencíveis, a própria cidade verdadeiramente ainda não liberta dos dois, porém mais alta do que os dois. Porque eles sofreram (como só é possível ao sofrimento) mais firmes que a rocha, mais impérvios que a loucura, mais dilatados que a dor, a cidade escura e silenciosa subindo do crepúsculo escuro e vazio para despencar-se como um raio, pois era a efígie e o poder se elevando intactos, camada a camada, do interior daquele confuso *chiaroscuro* de colmeia gigantesca, cuja coroa desafiava de dia o sol, e de noite se esgalhava em milhares de nebulosas coalhadas de estrelas.

Primeiro, e acima de tudo, achavam-se as três bandeiras e os três supremos generais que as serviam; o triunvirato ungido e sacrossanto, a constelação remota qual planeta em sua imutabilidade, os três poderosos como arcebispos e suas trindades, esplêndidos como cardeais e suas comitivas, incontáveis como brâmanes e seus cegos seguidores; vinham a seguir os três mil generais menores, diáconos e sacerdotes, e a hierarquia de seus familiares, acólitos e portadores do ostensório, da hóstia e do turíbulo; os coronéis e os majores encarregados das pastas e dos mapas e dos memorandos, os capitães e subalternos encarregados das comunicações e das mensagens, que punham em dia as pastas e os mapas; e os sargentos e cabos, que eram os que em verdade carregavam as pastas e os mapas e os defendiam com a própria vida, e respondiam a chamados telefônicos e levavam mensagens; e os soldados rasos, sentados a um bruxuleante painel de comutadores às duas, três e quatro horas da madrugada, e que montados em motocicletas, corriam sob a chuva e a neve, dirigiam carros estrelados e embandeirados, cozinhavam a comida para os generais, coronéis, majores, capitães e subalternos, faziam-lhes as camas e os barbeavam e cortavam-lhes o cabelo e lustravam-lhes as botas e poliam-lhes os metais; e inferior, ainda mais baixo, naquela inviolada hierarquia de galões, tão repleta estava a cidade de generais de alta patente com seus esplêndidos e luzidos oficiais, que não apenas os subalternos e os capitães, mas até os majores e os coronéis não eram nada e só se distinguiam dos civis pela farda, existindo até um nadir entre eles: os soldados que em verdade haviam estado, ou tinham voltado, da zona de combate, com patente não mais alta que a de major, e, às vezes, de coronel, extraviados na cidade coruscante e desarmada não se sabe por que fantástica convulsão daquele metabolismo militar que tudo faz a um homem exceto perdê-lo, e que nada aprende e nada esquece e nada perde inteiramente e para sempre, seja lá o que for: nenhum farrapo de papel, nenhum relatório inacabado ou memorando incompleto, sejam estes os mais inconsequentes e triviais. Um punhado destes militares estava sempre ali, não muitos, porém suficientes: chefes de seções e comandantes de companhias e segundos-sargentos de batalhões — todos poluídos da imundície das linhas de frente, e os quais, entre o pomposo tropel de fúlgidas estrelas e bastões cruzados e alamares e tiras de metal ou de escarlate, circulavam desconfiados, atônitos e ignorados, com o ar perdido de campônios estultos tresandantes a campo e a estábulo, que fossem convocados ao castelo, à casa-grande, para prestar contas ou sofrer punição; um homem ferido, sem braço, perna ou olho, era visto com espanto, com a mesma piedade cheia de náusea, revoltante, chocada e afrontosa, com que se contemplava no pino do dia um sujeito acometido de ataque epilético na esquina movimentada do centro comercial de uma cidade. Vinham então os civis. Antipas, seus amigos e os amigos de seus amigos, mercador e príncipe e bispo, o administrador da claque, o absolvedor para ministrar o atentado, aplaudir a intenção e absolver o resultado frustro, e todos os Nepotes e afilhados de Tibério na longínqua Roma, e seus amigos e os amigos de suas mulheres e os maridos de suas amigas, os quais vinham jantar com os generais e vender aos governos dos generais as granadas, os canhões, os aviões, a carne e os sapatos a serem empregados pelos generais contra o inimigo; e seus secretários e mensageiros e motoristas, que gozavam de prioridade militar, porque as pastas precisavam ser transportadas e os automóveis conduzidos, e ainda, além destes, aqueles que residiam como *pater familiae* entre os bulevares e as avenidas e as ruas ainda menos vis da cidade já antes de esta ingressar no quarto ano da sua apoteose, e que ali continuavam residindo durante a vigência da apoteose e ali permaneceriam (assim o esperavam) mesmo depois da apoteose acabada e esquecida: — prefeito e cidadão, doutor, promotor, diretor, inspetor e juiz não munidos de qualquer recomendação de Tibério em Roma, mas cujos contatos ainda se faziam entre generais e coronéis, e não com capitães e subalternos, embora eles se restringissem à sala de visita e à mesa do jantar; e taverneiro, ferreiro, padeiro, merceeiro e operário, cujos contatos não se faziam com capitães nem subalternos nem sargentos ou cabos ou soldados rasos, pois eram suas mulheres as tricoteiras que, por detrás dos balcões de zinco. pesavam e trocavam os vinténs por pão e verdade, e batiam a roupa interior nas pedras de beira-rio; e as mulheres, que não eram esposas de diretores ou padeiros, e que negociavam não com a guerra mas devido à guerra, e para as quais, em certo sentido, os dois mil e novecentos e noventa e sete generais eram um só e único general, e elas todas uma só e única mulher, quer ficassem os oficiais coronéis de pé quando elas entravam no salão ou morassem no mesmo andar das modestas pensões com capitães do corpo de serviço, ou aferventassem a sopa dos cabos estafetas, ou, tropas elas mesmas, recebessem seus parceiros naquilo que se chamava "amor" (e que talvez fosse) mediante o rol de chamada de um sargento, assim como o soldado recebia a sua ração de metralha ou suas botas, sem que fosse mister a esse parceiro vestir de novo a túnica ou o capote ao sair para as linhas, vesti-los por causa do sargento que o examinara ao entrar e ao sair daquele amor que talvez não lhe consentisse despir nenhum dos dois; de modo que, a maior parte das vezes, a mulher levava consigo para o sono daquela mesma noite a semente ainda viva e cálida de um defunto. Vinha então por último o absoluto do anonimato, cuja massa sem rosto ou nome já perturbava a velha Jerusalém e a antiga Roma, enquanto de tempos a tempos o governador ou o César lhe atirava pão ou circo, a modo da velha pantomima da neve, onde o pastor fugitivo ia atirando para trás, aos lobos que o perseguiam, bocados de comida, peças de vestuário, e, como último recurso, o próprio cordeiro: — trabalhadores, que só possuíam de seu o que haviam ganho na véspera; mendigos e ladrões, que nem sempre sabiam serem suas atividades o roubo e a mendicância; leprosos estacionados para além das portas da cidade ou dos portais do templo, que nem sequer supunham não serem limpos e que não pertenciam à casta dos militares, dos mercadores, dos príncipes e dos bispos, nem retiravam ou esperavam benefício algum de contratos com o exército ou buscavam cevar-se pela simples razão de estarem vivos ou respirarem contemporaneamente com a prodigalidade e seu consequente desperdício na agonia mortal de uma nação — aquele estranho e indefectível punhado de pessoas, às quais sempre se nega qualquer oportunidade de participação no rico carnaval de desperdício do sangue vital de seus pais. Os que não têm sorte, nem parentes, nem amigos que tenham parentes e amigos, que tenham amigos e parentes e patronos poderosos; os que nada possuem, exceto a reversão ao sofrimento, sem esperança de melhoria ou o acicate do orgulho, de tudo despojados, exceto da capacidade para o sofrimento que, mesmo após quatro anos de estrangeiros sem direito e apenas tolerados em sua própria terra e em sua própria cidade, contudo ainda os habilitava, sem esperança ou orgulho ao menos, a suportar o sofrimento, sem que para isso lhes fosse necessário pedir ou esperar outra permissão que não a de exercê-lo como uma espécie de imortalidade. Daquela sofrida e angustiada poeira o sofrimento subia, emergindo do obscuro sonho gótico, carregando o sonho gótico em asas de arcobotantes, sob cavaleiro e bispo, anjo, santo e querubim inseridos em ogivas e pilastras a remontarem na altura em espiras e pináculos, onde duende, demônio, grifo, gárgula e hermafrodita ganiam na pedra gelada e muda de encontro ao zênite esvaecente.

 O velho general deixou cair a cortina e começou a afastar-se da janela.

 — Pode fechar — disse; e interrompeu-se. Era como se não previsse o rumor, como se não tanto não o previsse quanto o conhecesse de antemão; e tornou a parar, ao entrar o rumor pela janela adentro — o débil e longínquo alarido atravessando a cidade, não difuso naquele instante, porém localizado, e todavia curiosamente localizado pela fonte donde provinha, embora começasse a deslocar-se como que dirigido para algum diminuto objeto não maior que um homem, e como se não fosse o alarido que se deslocasse, mas o próprio objeto, ao qual se dirigia, que retrocedesse lentamente diante dele. O general não voltara à janela, simplesmente estacara junto a ela. Cascos ressoaram na Place, e um corpo de cavalaria atravessou-a a trote e entrou no bulevar que conduzia para a velha porta oriental, já aí prosseguindo a meio galope. O rumor dos cascos pareceu um instante dissolver-se, afundar-se no alarido, até a cavalaria irromper subitamente como que no interior dele, assim como no interior de uma imponderável massa de folhas mortas, fazendo-as saltar, arrojando-as, arremessando-as em torno, para em seguida reaparecer como centauros num furioso e mudo movimento integral de nuvem visível e integral, feita de gritos frenéticos turbilhonando, e continuando a turbilhonar e a irromper numa débil agitação frenética, mesmo depois que, sem dúvida possível, os cavalos já não estavam mais ali, e ainda turbilhonando e regirando em esparso *diminuendo* quando se fez ouvir um novo rumor.

Provinha de sob eles, e principiava não como um som, mas como uma luz, difusa porém inalterável, e oriunda da planície para além da cidade. Era quase um coral só composto de vozes masculinas, a crescer não em volume, mas em densidade, assim como a própria manhã cresce, enchendo a parte baixa do horizonte, além do vulto negro e altaneiro da cidade, com uma faixa não de som, mas de luz, enquanto acima e dentro dela, os agudos gritos e berros histéricos mais próximos esguichavam, rodopiavam e morriam como fagulhas n'água, inundando o horizonte mesmo depois que as vozes morriam num zumbido reboante como um pôr de sol agoniado e frio qual aurora boreal, a cujo encontro a tremenda cidade negra parecia precipitar-se subindo para o céu num só rugido imutável de ferro a sair da terra que corria em furiosa carreira para suas próprias cinzas, empinada e insensata, como a proa de um navio de ferro entre imutáveis estrelas insensatas.

Desta vez, o general voltou-se da janela. A folha única da porta estava então aberta mais ou menos três pés, e ali se via um velho não exatamente em posição de sentido, mas apenas de pé. Era um quase nada maior que um menino, não curvado nem corcunda, e encolhido também não seria a palavra exata. Era condensado, intacto e sem rugas, o longo elipsoide de sua vida quase a fechar-se no ponto de partida, e onde, rosado e liso, sem carne de dor e sem memória, vazio de lamúria e desdentado, mais uma vez ele entraria na posse de três coisas, que mais não precisava: um estômago, um feixe de nervos de superfície para com eles procurar calor, e umas poucas células capacitadas para o sono. Não era soldado. O próprio fato de trazer não apenas um grande capote de infantaria regular, abotoado atrás, mas também um capacete de aço e um fuzil dependurado às costas, só contribuía para o tornar ainda mais dessemelhante de um soldado. Estava ali de pé com seus óculos, metido no capote desbotado, talvez retirado do cadáver do seu primeiro (ou último) dono, pois ainda ostentava as manchas mais escuras de onde tinham sido removidas as divisas e os números regimentais de um oficial não comissionado. Cuidadosamente ponteada logo acima do lugar onde os cantos da frente se dobravam para cima, via-se a sutura onde algum objeto (evidentemente um pontaço de baioneta) atravessara o tecido; via-se igualmente que todo o capote fora cuidadosamente escovado e passado a ferro nas últimas vinte e quatro horas por alguém que não devia enxergar muito bem, sendo igualmente submetido a limpeza e despiolhamento numa câmara inseticida e a seguir entregue no depósito de salvados da intendência junto com o capacete de aço polido e o limpo fuzil polido, que se diria tão amorosamente tratado e sem uso como um chuço do século XII retirado de um museu particular; fuzil que ele nunca disparara nem saberia disparar e nem teria disparado, e para o qual nem ao menos aceitaria um cartucho carregado, mesmo que em toda a França só existisse um único homem capaz de lhe fornecer.

Esse soldado fora, por mais de cinquenta anos, servente do velho general (excetuando os treze que tiveram início, havia então mais de quarenta anos, no dia em que o velho general, naquela época capitão de um futuro brilhante e quase incrível, desaparecera não apenas das listas do exército, mas das vistas de toda a gente que, até a data, julgava conhecê-lo, para só reaparecer treze anos depois nos róis do exército e no mundo com a patente de brigadeiro, sem que ninguém soubesse de onde vinha, e por que vinha, embora se soubesse como vinha, no que se referia à patente que trazia. Seu primeiro ato oficial foi descobrir o velho servente, então escriturário na firma de um comissário em Saigon, nomeá-lo e classificá-lo no antigo posto). E o servente lá estava, como uma criança saudavelmente rosada, sem idade, sereno na sua aura de indômita fidelidade, invencivelmente cabeçudo, incorrigivelmente obstinado e convencido, imperturbável no sugerir conselhos e fazer comentários, e indomavelmente desdenhoso da guerra e todas as suas ramificações, constante, perdurável, leal, insubordinado e quase invisível em meio à confusão e desordem da paródia marcial que o levava a parecer o antigo servo de antiga casa ducal revestido das insígnias cerimoniais para o desempenho de alguma comemoração anual de um acontecimento velho e revelho — antiga derrota ou glória da Casa, acontecida em tempo tão anterior à sua época, que ele já de há muito lhe esquecera o sentido e a significação (se é que um dia os conhecera).

O velho general atravessou então a sala, fez a volta à mesa e tornou a sentar-se. Por seu turno, o velho servente voltou-se e afastou-se, regressando logo após com uma bandeja onde se via uma única e simples tigela de sopa, que bem poderia ter provindo do rancho dos oficiais não comissionados ou talvez do rancho das próprias tropas; uma pequena jarra de louça, uma ponta de pão, uma maltratada colher de estanho e um guardanapo adamascado, dobrado e imaculado; e colocando a bandeja em cima da mesa diante do velho marechal, seu rifle lindamente polido, brilhando e reluzindo quando ele se abaixava e levantava e ficava em pé, pôs-se a contemplar cheio de ternura, mas dominador e implacável, cada movimento que o velho marechal fazia ao apanhar o pão e esmigalhá-lo dentro da sopa.

Quando ingressou em St. Cyr, aos dezessete anos (excetuado aquele trecho da sua sorte magnífica do qual mesmo ali parecia não poder fugir), dir-se-ia não ter levado para a escola sequer um resquício do brilhante mundo exterior que deixara para trás, não fosse um medalhão — um pequeno objeto de ouro, usado, em forma de caixilho, evidentemente valioso ou, de qualquer maneira, venerável, a lembrar um relógio de estojo e adequado à caça, e evidentemente capaz de conter dois retratos; apenas capaz, pois nenhum de seus colegas jamais o vira aberto, e, com efeito, só se soube da sua existência porque um ou dois dentre eles viram um dia por acaso o medalhão a pender de seu pescoço como um crucifixo, na sala de banho do quartel. Porém mesmo esse conhecimento banal, obscureceu-o rapidamente o significado daquele destino do qual as próprias portas da escola pareciam incapazes de o separar — destino de ser não apenas sobrinho de um ministro de gabinete, mas afilhado do presidente da Associação daquela gigantesca federação internacional fabricante de munições, e que, com algumas pequenas alterações na inscrição estampada no pino de cada cartucho e invólucro de granada, vinha a servir em quase todos os fuzis e pistolas militares e peças leves de campanha em todo o hemisfério ocidental, e igualmente, na metade do oriental. Mas, a despeito disso, e mercê da sua infância reclusa e resguardada até entrar ela na academia, o mundo exterior ao Faubourg St. Germain, raramente o vira; e o mundo que principiava nos arredores de Paris nunca lhe ouvira pronunciado o nome, exceto em sua qualidade de nome masculino e cristão. Era, além disso, órfão, filho único, e último rebento masculino da sua linhagem, tendo crescido desde a infância na casa sombria e insulada de uma irmã de sua mãe, na rua Vaugirard — aquela, mulher de ministro de gabinete, este mesmo não sendo ninguém senão um homem de ambição implacável e sem limites, a quem só fora necessária a oportunidade, que obteve por intermédio do dinheiro e das relações da sua mulher (não tinham filhos), da qual adotara legalmente a família, fazendo preceder seu próprio nome por um hífen e o nome dela. O menino cresceu junto de ambos até o limiar da varonilidade, sendo não apenas o único herdeiro do tio, e herdeiro do poder e da fortuna do padrinho celibatário (o presidente do Comité de Ferrovie e o amigo mais íntimo do seu falecido pai), ainda antes que alguém, exceto os salões de sua tia no Faubourg St. Germain, seus criados e preceptores, pudesse ligar seu rosto com tais esplêndidos começos e fabuloso futuro.

Quando entrou para a Academia de St. Cyr, nenhum dos colegas com os quais iria conviver nos quatro anos subsequentes (e provavelmente o quadro de funcionários, e também os professores) o vira anteriormente. E depois de lá estar vinte e quatro horas, apenas um ligou o rosto dele ao grande nome de que era portador. Já não se tratava de um rapazelho, mas de um homem-feito, de vinte e dois anos, que ingressara na academia dois dias antes do outro, sendo-lhe

destinada para o dia de formatura a classificação de *Número Dois vis-
-à-vis* do outro, que era *Número Um.* E já na primeira tarde começou
ele a acreditar, e nos quinze anos subsequentes continuaria a acreditar, ter vislumbrado naquele rosto de dezessete anos a promessa
de um destino que seria a restauração da glória (era 1873, dois anos
após a capitulação e a ocupação formal de Paris) e, igualmente, do
destino da França. Quanto aos demais, a reação era a mesma do
mundo exterior: de surpresa, de espanto, e, na ocasião, de uma total
descrença em que ele — aquele moço — estivesse com efeito ali.
E não por causa da sua aparência de fragilidade e efemeridade, mas
simplesmente porque também leram no seu rosto aquela fragilidade
e efemeridade que, no primeiro instante da chegada, dava a impressão de ele não estar entrando pelo portão, mas, ao contrário, estar o
portão emoldurando-o na imobilidade, fixando-o de modo absoluto
e em irremediável discordância com a férrea maxila abaluartada em
pedra do aprendizado bélico, como se ele fosse uma figura de vitral
catedralesco, embutida, por um acaso incompreensível, na brecha da
muralha de uma fortaleza. E a razão disso era pensarem os demais
que a ele pertencia o áureo destino de príncipe coroado, herdeiro
do paraíso; não sendo ele apenas representante da juventude doirada,
mas a própria juventude doirada. Dentro da academia, e fora dela, em
toda parte, desde os subúrbios de Paris até a orla extrema, lá onde a
palavra "Paris" se dissolvia, ele não era nem mesmo *um* parisiense,
mas o parisiense por excelência: milionário, aristocrata de nascimento,
órfão e filho único, não só herdeiro por direito de nascença de uma
quantidade de francos que ninguém podia calcular ao certo quanto
fosse, exceto os advogados e os banqueiros que os guardavam e cuida-
vam da sua multiplicação, mas herdeiro igualmente daquele padrinho,
cujo nome abria todas as portas, as quais, devido a compromissos e
envolvimentos (os de um presidente de Comité de Ferrovie de sexo
ou gênero (os de um celibatário) não se abriam nem mesmo ante
o nome de um ministro de gabinete; moço milionário, que apenas
precisava chegar à maioridade a fim de herdar a mais incomparável de
todas as catástrofes: o privilégio de esgotar a vida — ou, se necessário,
encurtá-la — por aquele processo entre todos o mais incomparável:
o de ser jovem, do sexo masculino, solteiro, rico, um aristocrata, e,

por direito de nascença, o de estar seguro em Paris, cidade que era também o mundo, pois era suprema entre as demais cidades, e com a qual sonhavam, adorando-a, todos os homens da terra; e não só quando ela se fazia suprema em seu orgulho, mas também quando, como agora, humilhava-se até o chão. Com efeito, nunca tanto se sonhou com ela nem foi ela tão adorada como agora, que descera do seu orgulho; nunca tão adorada, justamente por causa daquilo que, para qualquer outra cidade, teria sido humilhação. Nunca, mais do que agora, fora ela não a Paris da França, mas a Paris do mundo, sendo a profanação não apenas uma parte da adorada pureza e imortalidade, e, consequentemente, a estas necessária, mas desde que uma tal profanação constituía a espécie de esplêndido envilecimento do qual só Paris era capaz, e ser ela capaz dele tornava-a a Paris do mundo: conquistada — ou, antes, não conquistada, pois como Paris da França era inviolável e imune ao próprio tacão de ferro sob o qual o resto da França (e, sendo ela a Paris do mundo, também o resto do mundo) jazia supina e envilecida — inexpugnável e imune; ela, a desejada, a virgem do mundo civilizado, inviolada e para sempre impura, virgem estéril e insaciável; também a amante, que renovava a sua virgindade infecunda no próprio ato de cada infecunda promiscuidade imemorial, Eva e Lilith, ela era as duas para cada homem, cuja mocidade fora bastante venturosa e abençoada para obter ingresso em sua órbita onívora e insaciável; o próprio huno invasor e vitorioso, enchendo-se de espanto não apenas ante o seu próprio bom êxito guerreiro, mas pelo inédito, incrível ambiente em que tombara, a arrastar as botas transidas na perfumada antessala, não menos sonhador do que aquele que nascera para o mesmo destino inapreciável, e a quem, sendo ela própria imortal, a cidade conferia uma breve imortalidade divina unicamente em troca da mocidade que ele lhe oferecesse.

No entanto, ali estava ele, mais um anônimo de uma classe de candidato a carreiras profissionais, e não apenas na rígida hierarquia de um exército, mas num exército que nos anos subsequentes só faria lutar pela simples sobrevivência, para emergir da *débâcle* e da humilhação da derrota, a fim de não ser temido como uma ameaça, mas simplesmente cultuado como um monumento. Uma mentalidade anglo-saxônica poderia, e qualquer mentalidade americana poderia, ter interpretado a presença dele ali como um sonho de moço no qual ele próprio se revia a salvar, não por um sacrifício irremediável, a cidade-Andrômeda jungida à sua rocha brutesca, mas, antes, filho de Níobe ou de Raquel, cingindo aos rins a espada e o escudo. Mas não assim para a inteligência latina e francesa: para esta, a cidade nada possuía que devesse ser salvo — ela, que estrangulara o coração de todos os homens numa só madeixa do seu desgrenhado cabelo de Lilith; ela que, infecunda, não tinha filhos, pois todos eram seus amantes; e estes, ao saírem para a guerra, faziam isso por amor à glória a depor ante o altar do seu leito jamais casto e nunca envelhecido.

Dentre os seus colegas de classe, apenas um acreditava em outra coisa que não fosse ter o moço renunciado ao paraíso, mas, ao contrário, em ter o paraíso renunciado ao seu rebento e herdeiro. Com efeito, não ele, porém sua família, fora que o pusera ali, de modo algum deserdando-o, mas privando-o dos seus direitos civis, com efeito, segregando-o. Família que o obrigara a entrar no exército, e para cujo nome e posição este constituía, na melhor das hipóteses, o isolamento, a quarentena para a ameaça, qualquer que esta fosse, que ele representava ou na qual se convertera, sendo, na pior das hipóteses, o mausoléu de vergonha do que ao fim e ao cabo resultasse, para não falar do refúgio às consequências que o exército poderia representar para ele. Continuava, porém, o mesmo: másculo, solitário e herdeiro; a família ainda empregaria seu poder e influência, ainda que tivesse de isolar e pôr de quarentena o fracasso dele em vir a ser o que poderia — e deveria — ter sido. Com efeito, nem lhe comprara a absolvição, mas ao contrário, preferira acrescentar uma espécie de ofuscadora redundância ao esplendor original do seu grande nome, com a obtenção dos galões que o chapéu dele e as mangas da sua túnica iriam ostentar futuramente. Até um único dentre os seus colegas acreditava que todos os da mesma classe (na realidade, também os três que se achavam à frente dela) comiam e dormiam em companhia de alguém que, aos quarenta anos, seria general, e, nos próximos trinta anos — dada a mínima oportunidade a qualquer espécie de *débâcle* militar digna desse nome —, marechal de França quando a nação o sepultasse.

Mas não se aproveitou de tal prestígio — pelo menos não o fez nos quatro anos subsequentes, nem lhe era necessário fazê-lo. Formara-se em primeiro lugar na classe, e com as mais altas notas já conferidas na academia. Tal a excelência do seu boletim, que nem os seus colegas de classe (aos quais não se teria oferecido o posto, fossem quais fossem as notas com que se graduassem) sentiram ciúme da capitania do quartel-general que o boato espalhara estar à espera dele à saída da escola, assim como, à saída de um teatro ou restaurante, um chapéu ou uma capa esperam o seu dono ao braço de um lacaio. E todavia, quando novamente ouviram notícias dele — o que aconteceu no dia imediato, mal o resto da classe entrara nas duas semanas de licença prescritas pelo regulamento para antes do início das atividades —, ele não havia granjeado capitania alguma. O que fez foi simplesmente aparecer em Toulon, não grandemente mudado do que fora nos últimos quatro anos, não tanto frágil quanto efêmero, portador da sua impecável caderneta de "deve e haver" para a qual não teria maior emprego do que teria um mendigo para o cravo do ferrador do rei ou o rei para a escudela do mendigo, e com seus não provados petrechos espartanos de subalterno e seu virgem exemplar do *Manual de Guerra* (e, naturalmente, com seu medalhão, que os colegas não esqueceram; com efeito, até sabiam quais os retratos que o mesmo continha: os do tio e do padrinho — verdadeiramente, seu crucifixo, seu talismã, seu relicário) e sem ter mais capitania do que o hóspede ou o patrocinador teriam chapéu ou capa ao chegarem ao bulevar depois de saírem de um teatro ou restaurante pela porta de incêndio ou viela dos fundos. Mas com exceção daquele único colega, todos os restantes acreditavam saber a razão disso. Era um gesto, pensavam, não do jovem, mas da sua família — um desses gestos de discrição e modéstia peculiar aos fortes e aos poderosos suficientemente fortes e poderosos para servirem-se até da modéstia e da discrição. Por isso estavam todos, e também ele, à espera da mesma coisa: à espera de que chegasse a macia limusine, grande como um catafalco e cor da meia-noite, trazendo não o secretário e portador da patente de capitão pousada, como um diadema ducal, num coxim de veludo, mas antes, o próprio tio ministro que o levaria de volta ao Quai d'Orsay, onde, na maior intimidade, arrancaria dele os miseráveis petrechos de subalterno em África, com o frio ar ultrajado de um cardeal arrancando um hinário batista das vestes do candidato ajoelhado para a consagração... Mas também isso não aconteceu. O carro não teria chegado a tempo. Porque, embora o destacamento onde fora incluído não partisse senão dali a duas semanas, e seu pessoal não tivesse sequer começado a chegar à estação ferroviária, ele partiu logo após a primeira noite para a África, para o serviço imediato de campanha — calado, quase sub-reptício, e com a mesma simples graduação de tenente e o mesmo magro equipamento que oportunamente seria dado aos restantes.

Por conseguinte, os que poderiam sentir ciúmes dele, já não precisavam senti-los, incluídos, aí, não só seus contemporâneos de St. Cyr, novos e velhos, sem tios ministros ou padrinhos presidentes, mas os soldados de carreira que não tinham parentes e protetores membros do gabinete ou presidentes do Comité de Ferrovie, e que o odiavam, não porque se lhe oferecera a capitania, mas porque ele a recusara... Bem sabiam eles que já não era possível apanhá-lo: a ele, que fora para sempre afastado da inveja, e, por conseguinte, do ódio e do medo; os três — sobrinho, padrinho e tio — agora se precipitando (ambos tinham sido implacáveis na longa tradição do nepotismo) para despachar urgentemente o jovem para qualquer fronteira remota, onde seriam com efeito excessivos o poder e a vontade do tio e do padrinho, e onde nada existia que os desafiasse, exceto um vago inspetor-geral, e limite algum à ambição da família ou obstáculo àquilo que a pudesse favorecer. Estariam enfim livres, os que compraram a imunização à inveja, simplesmente por excedê-la em duração; e dois anos depois, digamos, quando ele reapareceu com vinte e três anos no posto de coronel, estava com efeito colocado fora do alcance de qualquer inveja ou ciúme, quanto mais da inveja e do ciúme dos colegas. Talvez nem fossem dois anos, pois só um bastava — tão grande era a fé que eles depositavam não apenas no poder e na vontade do tio e do padrinho do jovem militar, mas na rapacidade em si mesma, a compassiva, a onipotente, que tudo vê e tudo permeia; e um dia o Quai d'Orsay deixaria a coisa transpirar discretamente, e contra aquela feroz fímbria de praia africana iria bater oficialmente o alarma de uma unanimidade nacional; e bateria tão alto, e por tanto tempo, ao ponto de não apenas obscurecer as meras circunstâncias do caso, mas também distrair o pensamento de qualquer curiosidade que lhes dissesse respeito. Restariam então o fato consumado e seu protagonista justaposto sem pretérito num palco sem passado — duas máscaras de pantomima, que se poliram depois de retiradas do quarto de despejo de uma literatura anêmica; porque, àquela altura, ele teria escapado não apenas ao medo e ao ódio, mas também ao infindável e rígido mosaico dos mais velhos; e isso, de modo tão irrevogável como uma donzela escapa à sua virgindade...Vê-lo-iam então ou poderiam vê-lo — sem ardor, tranquilo e imunizado a qualquer dor de lembrança — passar entre os tatalantes panos e tropas em desfile na entusiástica rua de Orã, sentado no carro do governador-geral, sentado à mão direita do próprio governador--geral, herói de vinte e três anos, não apenas salvador de um farrapo ou fragmento de império, mas afixador de mais uma feroz imagem de ave no zênite, embora fosse, como era, nada mais que uma pluma perdida das águias que, havia setenta anos, baixaram em toda a Europa, e na África e na Ásia. Os homens da carreira o olhariam então sem ciúme nem rancor, antes atônitos de admiração, não apenas pela França, mas pelo homem invencível — o homem feminilmente adolescente que, após dois anos de sol e solidão africanos, ainda assim era franzino e frágil, a modo dessas adolescentes tão incrivelmente delicadas e ao mesmo tempo tão duradouras, a lembrarem fiapos de névoa ou de vapor flutuando doidos e sem peias entre os trovejantes mastodontes plantados em concreto no interior de uma fundição. Ainda mais duradouro, devido à sua comprovada — não, reprovada — fragilidade; de súbito frágil, e ao mesmo tempo intacto e inviolável por causa daquilo mesmo que em outro qualquer seria não apenas ruína, mas destruição, a exemplo da santa da antiga lenda, a donzela que, sem hesitar ou discutir, entregou de antemão a sua virgindade ao barqueiro que a transportou, depositando-a na outra margem do rio e no céu (fábula anglo-saxônia, esta, pois só um anglo-saxão podia seriamente acreditar que uma coisa comprável a um preço não maior que aquele valesse com efeito a santidade); e ele, o herói, passando, e o rebanho de carneiros aclamando, sem ninguém que perguntasse, maravilhado, o que fizera ele ou quando, ou onde, ou contra que ou quem fora a vitória, enquanto alheio ao próprio tumulto ele atravessava a cidade que aplaudia, e dirigia-se para o cais e o destróier (cruzador talvez, com certeza) que o haveria de conduzir ao seu triunfo em Paris, para em seguida devolvê-lo, chefe do corpo ou comandante de um departamento ou talvez — por que não? — governador-geral.

Mas isso também não aconteceu. Tendo ele cruzado o Mediterrâneo, aí se evaporou. Os que o seguiram por ordem no posto, souberam que ele partira da base portuária num prazo de tempo ainda menor que o de uma noite, rumo a um posto que lhe fora designado em algum lugar do interior; mas precisamente onde e em que serviço precisamente, eis o que ninguém na base portuária poderia dizer. E todavia nunca esperaram outra coisa. Até acreditavam saber, sem sombra de dúvida, o lugar onde ele se encontrava: não numa paragem remota, simplesmente porque ficava longe e fora de alcance (Brazzaville, por exemplo) onde os três caras-pálidas — o governador-comandante, o novo subalterno e o intérprete mestiço — cochilavam, hierárquicos e sobrepostos, benignos, inescrutáveis, irascíveis, e enigmáticos como mastros totêmicos de índio americano, perdidos naquela paradisíaca inocência de ébano; mas uma paragem longínqua de verdade, não indiferentemente apartada, mas ativa e até agressivamente recatada — tenda de seda recendente de pastilhas odoríferas, múrmura de machados golpeando na distância e de passos feltrados de aguadeiros, onde, num divã coberto por uma pele de leão, ele esperaria o parto sem urgência do seu destino temporão... No que também se enganavam, pois ele saíra da base portuária no mesmo dia em que ali chegara, rumo a um posto de guarnição, tão famoso em sua roda como o Buraco Negro do forte de Calcutá. Era um pequeno posto não apenas distante quinhentos quilômetros de qualquer coisa que lembrasse uma praça forte civilizada ou mesmo um ponto de apoio, mas a sessenta quilômetros, e por aí, do seu sustentáculo mais próximo. Pequeno terreiro perdido, com seu pelotão, retirado dentre um batalhão da Legião Estrangeira recrutada nas varreduras das sarjetas de toda a Europa, da América do Sul e do Levante — um poço, um mastro, uma só casa de esteira barreada com suas seteiras, num deserto de sol e areia, hostil e calcinado, que poucos homens vivos ainda teriam visto igual, e para onde se enviavam tropas como castigo, ou, se incorrigíveis, como segregação, até que o calor e a monotonia, acrescidos aos seus próprios vícios, os naturais e os adquiridos, para sempre as divorciassem da humanidade. Pois ali fora ele diretamente ao sair da base portuária, havia já três anos, e (único oficial presente e também único branco) não apenas cumprira o seu turno de comando anual, mas também o do seu sucessor, já estando dez meses adiantado no que seria o comando do sucessor do seu sucessor.

Ao choque dessa primeira informação, pareceu a todos — exceto àquele único dentre seus colegas — que a própria terra hesitava no seu curso, que a própria rapacidade fora para sempre vencida, quando, havia sete ou oito ou dez anos, sem levar em conta a velha defraudação aberta pelo sobrinho na esperança e no orgulho da família, nem seu próprio tio ou seu padrinho foram capazes de salvá-lo: isso, até que aquele velho colega de classe apanhou nas mãos o quadro inteiro, e o inverteu... Era esse colega um normando, filho de um médico de Caen, cujo avô, estudante de pintura em Paris ao tempo da Revolução, se fizera amigo e discípulo fanático de Camille Desmoulins, até que Robespierre mandou os dois para a guilhotina. O bisneto normando também foi a Paris estudar pintura, mas desistiu desse sonho por causa da Academia Militar; isso, por amor à França, assim como com a guilhotina fizera seu avô, por amor à Humanidade; ele que, apesar dos seus grandes ossos de camponês, dir-se-ia ser, aos vinte e dois anos, ainda mais frágil e instável do que o rapaz de dezessete com o qual andava obcecado. Era um homem de cara grande, cara de lua cheia, doentia e flácida, de olhos apaixonados e famintos, e que, tendo uma vez deitado os olhos naquele outro rosto que, para a demais gente, era apenas um rosto de menino de dezessete anos, a ele se rendeu tão completamente como um sessentão há muito tempo viúvo se renderia a uma menina ainda inconscientemente púbere. Ele foi quem, juntando as três figuras — a do tio, a do sobrinho e a do padrinho —, como outras tantas bonecas de papel, as revirou e colocou de novo nas mesmas posições e atitudes, porém invertidas. Isto, porém, aconteceu muitos anos depois, com efeito quase dez, a partir do dia em que viram aquele posto afastado e golpeado de canícula por detrás de Orã aceitar as frágeis passadas do adolescente e fechar-se atrás delas como um pano de fundo pintado que se fechasse sem deixar vestígio, não apenas sem deixar vestígio porém fazendo-se igualmente impenetrável; e não apenas pano de fundo, mas espelho, através do qual ele ingressara não na irrealidade, mas, ao contrário, carregara consigo a irrealidade para a estabelecer lá onde ela não existia anteriormente. Quatro anos, a partir daquele dia, e ele ainda lá estava no seu insignificante e desamparado posto avançado ao mesmo tempo estéril e sem futuro sob o sol causticante; ele que, tivesse ou não sido outrora uma ameaça verdadeira, agora se amoldava em enigma, a cabeça de avestruz enterrada longe das vistas da comissão do estado-maior que o arrastaria de volta a Paris ou, pelo menos, até uma proximidade que tornasse vulnerável a sua velha renúncia sibarita; cinco anos, a partir do dia em que iniciara o sexto turno voluntário daquela obrigação que tocou a todos os oficiais da Lista Militar (soldados de toda parte) antes que a ele lhe tocasse; mas tão grave fora a defraudação por cuja causa sua família precisou enterrá-lo, que não apenas se confundiu o direito com ancianidade, como também se inverteu a imutável rotina das licenças militares, de modo que nem mesmo os cafés de Casablanca, Orã e Argel, quanto mais Paris, lhe tinham jamais posto a vista em cima.

E seis anos a partir daquela data, ele desapareceu também da África, sem deixar rasto exceto na esperança faminta e apaixonada do seu colega normando. E desapareceu, não apenas do conhecimento do homem, mas também da dourada trama e urdidura da lenda, deixando para trás apenas um nome inscrito na Lista Militar, ainda na velha e indefectível graduação de tenente, porém sem mais nada depois dela: nem morte, nem paradeiro desconhecido. Mais dois anos; e os que outrora o temiam (não só a classe de St. Cyr, mas também seus sucessores) espalharam-se e desapareceram pelo perímetro onde esvoaçava a bandeira das três listras. Naquela tarde, porém, cinco deles, inclusive o colega normando e um capitão do estado-maior, após um encontro de acaso na antessala do Quai d'Orsay, foram sentar-se a uma mesa da frente, na calçada de um dos cafés mais próximos. O capitão do estado-maior já o era havia quatro anos, embora só há cinco tivesse saído de St. Cyr. Descendia de um ducado napoleônico, cujo fundador ou beneficiário fora açougueiro, depois republicano, depois imperialista, depois duque, sendo seu filho realista, depois outra vez republicano, e — ainda vivo e duque — voltando a realista. De modo que os três dentre os quatro que o fitavam e escutavam, julgaram estar ali o moço promissor que aquele outro de há onze anos, ao qual ele aludia, se recusara a ser; ao mesmo tempo compreendiam, pela primeira vez, não apenas o que aquele outro podia estar sendo naquele mesmo instante, mas — com tal família, educação e poder — que pináculo incomparável podia ele ter alcançado, desde que este último só tinha simples proprietários de bancos e manipuladores de ações a respaldá-lo. Estava o capitão do estado-maior presente na antessala no desempenho do seu cargo, quando, por coincidência, três outros dentre os quatro, após três anos de permanência no posto da África, ali se apresentaram juntos naquela manhã, ao mesmo tempo que o quarto e mais novo, ainda mal saído da escola, fora designado diretamente para ali, os cinco coincidindo na mesma mesa apinhada da calçada repleta, enquanto três deles — inclusive o gigante normando, que se diria não tanto sentado no meio deles quanto acima deles, imenso, doentio, e aparentemente estúpido como um penedo, não fosse a sua cara faminta e flácida, e seus famintos olhos apaixonados — escutavam o que dizia o corpulento capitão do estado-maior, que era rombo, brutesco, pesadão, crente, e falava em voz tão alta, que os ocupantes das outras mesas já começavam a reparar, enquanto ele aludia ao tenente quase esquecido no seu mísero posto, desamparado nas funduras de Oblívion: o tenente que podia ter sido o modelo idolatrado e a esperança, não apenas dos oficiais de carreira, mas de toda a juventude dourada da época, como Bonaparte o fora não apenas de todos os soldados, mas de todo o francês sem linhagem, qualificado primeiro na pobreza, e pronto a ter em conta a vida e a consciência em nível suficientemente barato. O que teria (assim imaginava o capitão do estado-maior) prendido o tenente seis anos no deserto, e que estivesse acima de uma patente de capitão de quartel-general; com efeito, que coisa o teria retido num comando de primeiro-tenente junto a uma cisterna malcheirosa rodeada de oito palmeiras, habitada por dezesseis assassinos sem pátria; que haveria ali, que nem Orã nem Casablanca nem mesmo Paris poderiam igualar? Que paraíso, no interior de alguma tenda com camelo? Que velhos membros, gastos e exercitados em todos os prazeres, dos quais os bordéis de Montmartre (e até as alcovas de St. Germain) não tivessem notícia? Ele, porém, continuava tão efêmero, tão incipiente na saciedade, e, finalmente, na verdadeira náusea, que depois de seis anos o sultão-chefe precisou evacuá-lo...

— Evacuá-lo? — perguntou um dos três — Quer dizer que ele já saiu de lá? Que já deixou de fato aquele posto?

— Não de todo — respondeu o capitão do estado-maior. — Não sairá antes de receber sua exoneração. No fim de contas, prestou juramento pela França, embora dependa do Comité de Ferrovie. Mas falhou. Perdeu um camelo. Havia lá um soldado que, embora tivesse passado na prisão a maior parte dos seus cinco engajamentos... — e principiou a contar: — Era um homem que fora na certa desovado num esgoto de Marselha, e destinado a ser o fatal justiçador de uma mulher, uma moça que ele corrompera dezoito anos antes, contaminara de doenças e traiçoeiramente levara ao meretrício, para afinal assassiná-la; quando então passou a engajar-se nas guarnições perdidas da fronteira, as quais, à semelhança daquela — Oblívion no apogeu — era o único lugar da terra onde lhe era possível continuar andando, respirando, comendo e vestindo-se. Seu único medo era fazer alguma coisa que levasse alguém a promovê-lo a cabo ou sargento, obrigando-o assim a regressar para algum posto distante apenas um dia de caminho de qualquer comunidade suficientemente grande para manter um polícia civil, e onde não só ele haveria de ver alguma cara desconhecida, mas onde uma cara desconhecida haveria de vê-lo com certeza... Pois esse soldado (soldado da cavalaria) desaparecera com o camelo, evidentemente nas garras de uma malta vizinha ou tribo de rifenhos, os quais eram a desculpa para estar a guarnição sediada ali e a razão por que estava armada. E embora o homem também fosse uma peça de propriedade do governo, peça embora de não grande valia, camelo era camelo. Mas aparentemente o comandante do posto não fizera esforço algum para o recuperar: ao que eles — os ouvintes da história — poderiam dizer que sua única falha nesse assunto fora a de evitar a irrupção de uma guerra local. No que se enganavam. O comandante não evitara uma guerra: apenas falhara em suscitá-la. Mas não era essa a finalidade de sua estada ali, nem o motivo por que o examinaram e acharam competente para aquele comando. O motivo não fora ele ter falhado em provocar uma guerra, mas ter falhado na preservação de uma propriedade do governo. Foi isso o que de fato aconteceu. E ontem deu entrada na secretaria do adjunto-geral seu requerimento oficial, pedindo exoneração...

O normando pusera-se de pé sem esperar que o capitão do estado-maior acabasse de falar; e ao menos quatro dentre os presentes ficaram sabedores da maneira pela qual ele tomou conhecimento da vacância do comando. Mas o que ninguém ficou sabendo, foi como se arranjara para chamar a si a sucessão do mesmo. Homem sem família que era, de todo sem influência ou dinheiro, com efeito destituído de qualquer elemento que pudesse pugnar ou esgrimir por ele em sua ascensão profissional, exceto a dúbia capacidade do seu corpanzil para resistir, e a classificação *Número Dois* que obtivera em classe. E todavia, já por causa dessa classificação, primeiro-tenente de artilharia; e por causa de ambos — a classificação e seu corpo doentio — mais o fato de haver acabado de chegar de um giro de serviço de campanha na Indochina, tinha garantido um posto no serviço metropolitano, provavelmente na própria Paris, onde poderia permanecer desde aquela data até atingir a idade da aposentadoria. Mas uma hora não se passara, e ei-lo já na sala do próprio comandante do quartel--general, deliberadamente utilizando a classificação *Número Dois* pela primeira (ou, quem sabe, a última) vez em sua vida, a fim de obter o privilégio de encarar de frente aquela escrivaninha, por trás da qual ele então não podia saber, ou sequer sonhar, que um dia haveria de sentar-se, transformado por seu turno no único árbitro inconteste do paradeiro e da manutenção de todo homem que trouxesse vestido um uniforme francês.

— O senhor? Engenheiro? — perguntou o homem ao qual defrontava.

— Ele também o era... — respondeu, a voz ávida, serena, não tanto importuna quanto simplesmente irrefutável: — A razão é essa. Lembre-se de que fui classificado em segundo lugar. Vinha logo depois dele. Quando ele sair, o posto me pertence.

— Mas não se esqueça disto — disse o outro, batendo de leve a ficha médica na escrivaninha. — Esta ficha é a razão por que o senhor não mais voltará a Saigon depois da licença. A razão por que, de hoje em diante, vai ficar servindo aqui mesmo. Quanto àquele posto, o senhor não viveria um ano em tal...

— Ia dizer "buraco", não é? Mas não é esse mesmo o fim a que se destina: o de dispor com honra daquele que a si próprio se provou não ocupar nenhum lugar na instituição humana?

— Humana?

— Francesa, então — respondeu. E treze dias depois, foi do lombo de um camelo que contemplou além das ofuscantes e lisas milhas intermediárias (assim como, após mil anos, o primeiro peregrino devia ter contemplado as cinzas apenas visíveis daquilo que um guia nativo lhe afirmava ter sido não o Gólgota, naturalmente, mas o Getsêmani) o mastro de bandeira e os muros branqueados de sol, que se aninhavam entre palmeiras esfiapadas e raquíticas; e já ao pôr do sol se achava entre elas, abnegado e rígido, enquanto a corneta, emitindo seu toque, fazia baixar sobre ele as rotas franjas da carapaça do império; e nas primeiras sombras, roncando e gorgolejando os dois camelos ainda além de onde o ouvido alcançava e acima do ordenança, então de vigia, estava ele de pé no portal, junto do homem que, seis anos antes, fora na classe o *Número Um*; logo, o antecessor do *Número Dois,* que ele era, ambos reciprocamente mal se vislumbrando no escuro e deixando sair apenas a voz — serena, cheia de ternura, apaixonada no sofrimento, enferma de esperança:

— Pensaram, eu sei, que você se escondia. Ao princípio, temiam-no. Depois, acharam que você não passava de um bobalhão — isso, porque insistia em ser marechal de França aos cinquenta anos, em vez de aos quarenta e cinco; achavam que, servindo-se você do poder e do prestígio aos vinte e dois e três e quatro e cinco para fugir do bastão aos quarenta e cinco, nada lhe restaria com que se defender aos cinquenta; servindo-se do poder e do prestígio para escapar do poder e do prestígio, do mundo para fugir do mundo; para libertar-se da carne sem ter necessidade de morrer, sem ter de perder a consciência de haver-se libertado da carne, não para fugir a ela, pois não se poderia ser imunizado contra ela, nem se quereria sê-lo: mas apenas libertar-se dela, ter consciência do armistício em que se estava *vis-à-vis* dela mediante o preço de uma vigilância constante e inflexível, porque sem essa consciência, a carne não existiria para que se pudesse ficar livre dela, e por conseguinte coisa alguma existiria em parte nenhuma da qual a gente pudesse libertar-se. Oh, sim, bem conheço o desejo, o sonho ou o grito do poeta inglês Byron, para o qual todas as mulheres vivas deviam ter apenas uma só e única boca para o beijo dele; mas o jovem de tão áurea promessa abrangia toda carne pelo simples fato de, ainda virgem dela, afastar de si toda carne. E ainda há mais: aquele que partiu para o deserto não o fez como S. Simeão o estilista, mas como Antônio, que se utilizou de Mitridates e Heliogábalo, não apenas para arranjar um poleiro donde desprezar e escarnecer, mas para obter o direito de entrada na caverna onde o próprio leão se acoitava; e os que outrora o temiam — os que imaginavam a ganância e a ambição derrotadas diante de uma criança de dezessete anos —, esses viram com efeito toda a vasta e até então vulnerável hegemonia da crueldade e da rapacidade revelar-se descarada e vazia, pois até aquele mesmo tio e aquele mesmo padrinho não puderam lutar contra o crime e a defraudação que ele lhes fora, como se a cobiça e a ganância às quais serviam fossem tão mesquinhas e insignificantes, que a própria voracidade repudiava a ambos — a eles, que foram seus primeiros sustentáculos e sua suprema coroa de glória.

— O que não podia ser. Era não apenas incrível, mas insuportável. A rapacidade não falha. Do contrário, terá o homem de negar o próprio ar que respira. Porque não falha, a rapacidade; toda a sua longa e gloriosa história o repudia. Não pode, não deve falhar. Não apenas uma única família numa nação, privilegiada ao ponto de remontar como um cometa, por meio e por causa da rapacidade, até o zênite mais esplendoroso; não apenas uma nação escolhida entre todas para herdeira daquela imensa, esplêndida herança; não apenas a França, mas todos os governos e todas as nações que se levantaram e resistiram suficientemente, ao ponto de imprimirem sua marca como tais, brotaram, com efeito, da rapacidade, e nela, sobre ela, por meio dela, ficaram para sempre plantadas no espanto da humanidade do presente e na glória do seu passado. É sua senha a própria civilização; o Cristianismo, sua obra-prima; Chartres, a Capela Sistina, as pirâmides e os paióis de pólvora nas entranhas de rocha sob as Colunas de Hércules — seus altares e monumentos; Miguel Ângelo, Fídias, Newton, Ericsson, Arquimedes e Krupp, seus sacerdotes, papas e bispos; a longa e imorredoura lista da sua glória — César, os Barcas, os dois macedônios, nosso próprio Bonaparte, o grande russo e os gigantes que marchavam aureolados de cabelos vermelhos quais labaredas irradiando de uma aurora boreal, e todos quantos nem sequer tinham nomes, e não eram heróis, mas, gloriosos no anonimato, eram ao menos servidores do destino dos heróis — generais, almirantes, cabos, e os quotistas da glória —, serventes, ordenanças de nomeada, presidentes de associações e presidentes de federações, médicos, advogados, sacerdotes, os quais, após dezenove centúrias, tendo salvado do esquecimento o filho do céu, o trasladaram, de humilde herdeiro da terra, para a presidência da sua associação comercial; e aqueles que não possuíam sequer nomes ou designações a serem escondidas no anonimato — as mãos e as costas suadas, que talhavam e carregavam para as alturas os blocos de pedra, e pintavam os tambores das pistolas, até a voz derradeira e indestrutível que nada pedia além do direito de falar de esperança numa cova de leões em Roma ou nas florestas do Canadá, murmurar nas antigas piras índias o nome de Deus — todos imutáveis e sofredores a estenderem-se num passado ainda mais remoto do que seria capaz de registrar a simples memória humana. Não rapacidade, que esta não falha. Mas suponha-se o herdeiro de Mitridates e de Heliogábalo servindo-se da sua herança para fugir dos que o fizeram herdeiro! Mitridates e Heliogábalo continuariam a ser Mitridates e Heliogábalo, e, aquela fuga precipitada de Orã, a simples fuga de um camundongo, pois um dos pais da Gata Borralheira era a paciência, e toda aquela história de St. Cyr, de Toulon e África, simples fuga; fuga de donzela que foge ao seu raptor, não em busca de santuário, mas para a intimidade, e apenas o suficiente para tornar a vitória memorável, e seu troféu um galardão. Não a rapacidade que, a igual da pobreza, cuida dos que lhe pertencem, e que perdura, não por ser rapacidade, mas porque o homem é homem, perdurável e imortal; mas imortal porque perdura; e assim acontece com a rapacidade, que o homem imortal jamais abandona, pois é dela que obtém, e é nela que conserva a sua imortalidade — a imensa e compassiva totalidade do ser que apenas lhe segreda: — Crê em Mim. Ainda que duvides setenta vezes sete, o de que precisas é somente voltar a crer...

— Mas eu sei; estava lá e vi; naquele dia, faz agora onze anos, vi você parado na férrea fauce da guerra; não em verdade, frágil, mas apenas fixo e indene na sua fragilidade, como a figura de um vitral; não uma irrealidade vista num espelho, mas apenas indene, moralmente adversa e obstinadamente apóstata. Se então ainda existiam para você, embora em sonho, os esplêndidos e coruscantes bairros e bulevares do seu velho berço e da sua perdida condição, isso era apenas um sonho para sempre indestrinçável do seu passado e para sempre interdito ao seu destino; um sonho indestrinçável, você e ele formando um só corpo, você mesmo interdito e de ambos liberto para todo o sempre: àquela dor e àquele desejo indestrinçável do jovem que é hoje um homem, tal como este lugar perdido e desértico é para sempre indestrinçável daquele destino, que nunca foi o calabouço particular do seu tio e do seu padrinho, mas, antes, a invenção do retardamento necessário à consagração neste tempo e neste espaço, em algum lugar deste tempo e deste espaço. Ao mesmo tempo, não o jovem: a fragilidade. Pôr à prova não o jovem, mas a fragilidade. Medir, aferir, provar. Nunca o menino intratável, orgulhoso e fujão; nunca um tio e um padrinho a coagirem e a compelirem pelo atrito e a inanição, porém todos eles, a trindade ainda intacta, pois nunca fora diferente, e todos de uma vez pondo à prova a resistência da fragilidade em sofrer o destino e a consagração, utilizando para tal fim o deserto como medida, assim como na antiguidade o donzel, aspirante à ordem da cavalaria, passava sua última noite genuflexo no piso de pedra da capela deserta, ante o coxim que trazia as esporas virgens do cavaleiro a ser sagrado na manhã seguinte... O que pensaram foi isso: não que o homem abandonasse a rapacidade, mas que o homem abandonasse o homem. Este, derruba-o a própria fraqueza da sua carne e do seu sangue. O sangue ainda corre, mas já vai esfriando na segunda fase da sua breve e desenfreada existência, quando encher a barriga lhe é mais apetecível do que a glória e o trono; passa, daí, para a terceira e última fase, quando a expectativa de um latrina o emociona mais que os cabelos de uma jovem esparsos no travesseiro... E esse é o que julgam será o seu destino, o fim que você vai ter... E daqui a dois anos estarão na mesma. Quanto a você — seu tempo, seu momento, não chegará nem daqui a dez anos. Virá muito mais tarde. Serão precisos tempos novos, uma nova época, um novo século, que já não lembre nossos erros e paixões; um século mais novo do que aquele em que o homem descobriu a Deus por um segundo para em seguida O perder, instado por um novo dígito na história da sua esperança e da sua necessidade. Mais de vinte anos passarão antes que venha o dia, o momento, de você tornar a aparecer sem passado, como se nunca antes tivesse existido. A tal altura, você não mais existirá para eles, exceto na lembrança recíproca, onde surgirá como uma figura laica, não apenas sem vida, porém integrada como um mito numa mútua confederação... Propriedade de ninguém, porque então será propriedade de todos, e só possuirá unidade e integração quando os seus devotos guardiões, vindos dos confins da terra (que é o império francês) se reunirem, e, casando os pedaços, o formarem um momento em sua inteireza. Imponderável, você então repousará no rosto da França — de Moçambique à ilha Miquelon, da ilha do Diabo aos Portos do Tratado, como um perfume do qual a gente mal se recorda, como uma palavra esfumada, um hábito, uma lenda, efígie serrada em pedaços para servirem de *souvenirs,* e que só se fará inteira à mesa de algum café ou rancho de Brazzaville, de Saigon, de Caiena ou Tananarive, quando por um momento, ou uma hora, juntarem-se os pedaços, assim como fazem os meninos combinando e trocando as figurinhas de atrizes, generais e presidentes, que acompanham certos maços de cigarros. Você não será então nem a sombra de um homem, mas será, ao contrário, uma sombra sintética, inventada, como as sombras compósitas dos objetos caseiros e comuns inventadas pela mão da ama entre a lâmpada do quarto e a parede, para que a criança as leve consigo para o sono: um balão; um pato; Polichinelo; *a glória;* a cabeça de um gato... Sombra lançada para trás, naquela árida cortina além de Orã, além da qual você desapareceu, não por efeito do sol, mas por efeito daquele comissionamento de capitão de quartel-general, mercê de cuja recusa você primeiro os feriu de medo e cólera, até que, vinte anos depois, nem você nem seus dois poderosos parentes continuarão realmente a existir, pois de real só restará aquele velho pergaminho desbotado, e só real porque você, ao recusá-lo, o incorporou à sua lenda; antigo velino desbotado na loja e agora inócuo, a pender selos e fitas junto ao rasgão por onde você desapareceu na mais velha das comédias: a moça fugindo, e o velho, abandonado, e no entanto desesperadamente apaixonado, a persegui-la — abjeto, constante, incansável, inflexível, aterrador não na ameaça, mas na constância — até que finalmente aqueles mesmos que outrora o temiam, vissem você passar da hostilidade para o espanto, para o desprezo, para a irrealidade, e, por derradeiro, para fora da sua raça e ao mesmo tempo da sua espécie, e entrar para o empoeirado quarto de despejo da literatura...

— Mas não eu — disse ele avultando, só visível como uma gigantesca forma descarnada, enfermo, descontrolado, murmurando: — Estou mais adiantado que os outros. Já sabia de tudo, onze anos atrás; desde o primeiro instante em que olhei e o vi de pé naquela porta. Já sabia de tudo. Claro, não viverei bastante para ver (o último exame médico, sabe? A coisa maravilhosa e espantosa, que é uma vida humana, se prolongando... e depois — qual a palavra bôer para isso? — desatrelando-se da vida, graças a uma fria e empoeirada ficha de jargão científico). Está claro que se enganam, os do Quai d'Orsay... De maneira alguma queriam mandar-me para este posto. Pensavam que, ao fazê-lo, simplesmente duplicariam o trabalho de algum escriturário, pois não apenas teriam de me substituir, mas também de me exonerar da Lista Militar, e em seguida enviar para aqui um substituto, ainda antes de se completar meu estágio... Fiquei a princípio um tanto magoado, pois outrora pensava que você haveria de precisar de mim. Quer dizer: precisaria de mim, por outro motivo que não o meu direito de antiguidade na esperança que diz respeito à condição do homem. É isso mesmo — o outro continuava calado. — Ria-se desse sonho, dessa esperança vã. No lugar para onde vai (seja onde for) não precisa de ninguém; no lugar para onde vai expressamente para dele regressar... E atente no seguinte: não estou perguntando aonde é que você vai. Mas estava quase a acrescentar que irá para o lugar onde possa descobrir quem, ou o que, lhe é necessário como instrumento; mas também nisso me contive a tempo. Nem é preciso você achar graça no que digo. Estou ciente de que irá para um lugar (seja qual for) de onde possa regressar quando o tempo, o momento, estiver próximo. Terá então assumido a forma da esperança viva do homem. Deixa-me beijá-lo?

— Será necessário? — perguntou o outro. E em seguida: — Deverá fazê-lo? — E, rápido: — Naturalmente. — Antes, porém, que se movesse, o mais alto curvara-se fazendo avultar sua imensa e insondável altura, tomou nas suas a minúscula mão do homem e beijou-a; em seguida soltou-a, e, novamente ereto, tomou entre as mãos o rosto do homem, e a modo de um pai, ou de uma mãe, reteve-o um instante para a seguir largá-lo:

— Com Cristo em Deus — disse. — Agora vá.

—Tenho então de salvar a França — disse o outro.

—A França — tornou o normando, não abrupto nem desdenhoso: — Salvará o homem. Adeus!

E teve razão quase dois anos. Isto é, quase não a teve. De maneira alguma se lembrava do camelo ou da liteira (já não mais sabia o que fora). Só um momento — provavelmente, sem nenhum dúvida, no hospital de base de Orã — lembrara-se de um rosto, de uma voz, provavelmente os do médico, maravilhados não porque ele tivesse perdido a consciência naqueles longes ermados e ferozes, mas porque ainda lograra conservar-se com vida. Depois, mais nada, apenas movimento, e, enfim, o Mediterrâneo, quando compreendeu, apaziguado, sem nenhuma alegria ou exultação, apenas apaziguado, quase alheio, ainda que incapaz (o que era de somenos) de levantar a cabeça para ver que aquilo era a França, a Europa, a pátria. Pôde a seguir mover a cabeça e erguer as mãos, embora a imensa estatura de camponês, que era a dele, parecesse estar ainda deitada fora do seu transparente invólucro. Disse então debilmente, mas em voz alta, tocada de certo tranquilo espanto; debilmente, mas em voz alta quando menos: — Havia-me esquecido do cariz do inverno —; e ali ficava o dia todo, meio erguido nos travesseiros, na varanda envidraçada acima do Zermatt e de frente para o Matterhorn, a contemplar não a ordenada e anônima progressão dos dias, mas a terra menor, onde o grande píncaro, qual mão gigantesca, constantemente entornava no que lhe estava mais próximo uma mancheia de luz. Mas ali só se tratava do corpo, e também este se restabelecia. Dentro em pouco ficaria forte, talvez não tanto quanto era ou devia ser, mas, antes, como precisaria sempre ser. O corpo apenas. Não a memória, que esta nada esquecera, nem por um segundo esquecendo o rosto que, entre os dois, era naquela tarde, fazia agora dois anos, o mais novo à mesa, no terraço vizinho ao Quai d'Orsay, e que agora fizera toda a viagem, desde Paris, apenas para vê-lo...

— Paris, não — disse o outro. — Verdun. Estamos construindo fortificações naquilo lá; fortificações que eles jamais tornarão a transpor.

— Eles? — perguntou o normando tranquilamente. — Mas agora é tarde.

— Tarde? Tolice. A febre e a fúria ainda estão bem vivas, garanto-lhe. Parece que lhes são inatas. Decerto não são capazes de evitá-las. Mas algumas décadas passarão, talvez toda uma geração, antes de tornarem a atingir o ponto convulsivo.

— Então já não será para nós — disse o normando.

— Para eles também será tarde demais...

— Oh! — tornou o outro, que nada via (o normando sabia-o), e acrescentou: — Trouxe isto comigo. Foi publicado logo após sua partida para a África. Decerto você ainda não viu.

Era uma página da *Gazette,* amarelada e gasta, velha, de quase três anos, que o outro segurou aberta nas mãos enquanto o normando lia o rígido epitáfio:

Ao Tenente-Coronel
Subtenente (aqui o nome)
29 de março de 1885

Dispensado e aposentado
Tenente-Coronel (aqui o nome)
29 de março de 1885

— Nunca mais ele voltou a Paris — disse o outro. — Nem mesmo à França...

— Não — tornou o normando tranquilamente.

— Provavelmente foi você o último a vê-lo. E viu-o mesmo, não foi?

— Sim — tornou o normando.

— Talvez até saiba o paradeiro dele; o lugar para onde foi.
— Sim — tornou o normando tranquilamente.
— Quer dizer que ele mesmo lhe disse? Não o creio.
— Sim — tornou o normando. — Tolice, não acha? Não me compete reclamar por ele haver me contado aonde ia; mas por não havê-lo contado aos demais. Acha-se num mosteiro de lamas do Tibete.
— Num... o quê?
— Sim. No Oriente, na manhã. Na manhã, para a qual os mortos, até os pagãos, se voltam nos seus sepulcros, a fim de que a primeira débil sombra do filho ressuscitado[7] no Oriente caia sobre eles, despertando-os do sono.

Podia ver agora o outro a fitá-lo, e algo havia naquele rosto, e que ele ainda não tinha vontade de perceber; e também na voz do outro havia igualmente alguma coisa, que ele não tinha vontade de perceber.

— Deram-lhe uma fita — disse o outro. — Uma fita vermelha. Porque salvou não apenas o posto e a guarnição para você, mas provavelmente a própria África. Evitou uma guerra. Depois, naturalmente, foi preciso verem-se livres dele, e pediram sua exoneração.

— Está bem — disse tranquilamente o normando. E em seguida: — Como assim?

— O camelo e o soldado que ele deixou se perderem; o tal assassino — não se lembra? — Pois se ele lhe contou aonde ia, sem dúvida também lhe narrou essa história.

O outro estava agora a olhá-lo, observando-o.

— Estava metida nisso uma mulher; não mulher dele, naturalmente. Quer dizer que ele nada lhe contou?

— Contou, sim — tornou o normando.
— Então, não precisa que eu conte.
— Contou, sim — repetiu o normando.
— Era uma rifenha, mulher nativa, e pertencia à vila, à tribo, à feitoria — seja lá o que for — que era a razão da existência daquele posto e sua guarnição. Você naturalmente viu isso quando esteve lá. Uma escrava era um valor, e, aquela, segundo se sabia, não era mulher

---

[7] No original, *risen son* (filho ressuscitado); evidentemente um trocadilho com *rising sun* (sol nascente) alusivo a Jesus Cristo, nascido no Oriente. Porque "a luz vem do Oriente", diz a sabedoria milenar. (N. da T.)

nem filha nem favorita de ninguém: era apenas uma mercadoria negociável. A exemplo da outra, dezoito anos antes em Marselha, também esta morreu. O poder que o homem exercia sobre as mulheres era com efeito fatal. E na manhã seguinte, o camelo — pertencia ao comandante, era a montada particular do comandante; talvez um animal mimado, se é que se pode, ou deseja, mimar um camelo — e seu tratador, ou guia, ou *mahout,* seja lá o que for, desapareceram; duas madrugadas depois, o tratador reapareceu — a pé e louco de terror — trazendo ao comandante o ultimato do chefete ou do cabecilha, onde se estipulava um prazo até a madrugada do dia seguinte para a devolução do homem (eram três os homens envolvidos nisso, mas o chefe se daria por satisfeito com o principal) responsável pela morte da mulher e sua espoliação como mercadoria; caso contrário, o chefe e seu bando atacariam o posto destruindo-o ao mesmo tempo que a guarnição, o que provavelmente se daria, senão de imediato, com certeza no decorrer dos quase doze meses anteriores à visita do inspetor-geral. Naquela mesma noite, antes que o ultimato se cumprisse na madrugada e o lugar fosse cercado, o comandante destacou um voluntário, ordenando-lhe que partisse para o posto mais próximo em busca de reforço. — Que foi que disse? — Mas o normando não dissera nada: permanecia rígido, ele agora o frágil e ainda mal escapo da morte.

— Pensei que dissera "o escolhido" — prosseguiu o outro. — Mas não foi preciso escolher, aquela era a única salvação do homem. Este podia ter fugido a qualquer momento, com uma provisão de comida e água; podia ter escapulido numa noite qualquer daquele estágio de dezoito anos, talvez conseguindo chegar ao litoral, talvez até mesmo conseguindo chegar à França. Mas então, para onde haveria ele de ir, se apenas escapara da África e não de si mesmo e da sua velha condenação, da qual só a farda o protegia, isso mesmo só quando a portava com dia claro? Agora, porém, poderia partir. Não era uma fuga nem simplesmente um ingresso na anistia, mas um ingresso na própria absolvição; de então em diante todo o edifício da França lhe seria fiador e reabilitação, ainda que ele regressasse demasiado tarde com o reforço; pois não apenas tinha a palavra do comandante, mas um papel assinado confirmando-o na empresa e comandando a todos os soldados que, por meio daquele, tornassem válido o galardão ali prometido.

— Dessa forma, não precisou o comandante fazer a escolha, mas apenas aceitar tal voluntário. Ao pôr do sol, a guarnição desfilou, e o nosso homem saiu da fila. O comandante devia então ter sacado a própria condecoração do peito e tê-la pregado naquele peito de sacrifício, mas a verdade é que ainda não recebera a fita (oh! e o medalhão! não me esqueci do medalhão: devia ter retirado a corrente do próprio pescoço, lançando-a em torno do pescoço do condenado; isto, porém, estaria reservado para algum momento mais belo e duradouro naquela carreira de foguete; momento mais belo e duradouro do que aquele, da mera anulação de um tarimbeiro ou da preservação de uma sujeira de mosca). Evidentemente, aquele seria o momento mesmo em que ele lhe entregara, já assinado, o papel que libertava do passado aquele homem, conquanto este ainda ignorasse que seu primeiro passo fora das fileiras já o libertara do que lhe pudesse fazer qualquer objeto ainda dotado do dom de respirar; fez então a continência, deu meia-volta e saiu para fora do portão e para dentro da treva. Para dentro da morte. Julguei agora que você voltou a falar; que estava a pique de perguntar como foi — pois o ultimato só entraria em vigor na madrugada seguinte — como foi que o chefe rifenho descobriu que um soldado escoteiro tentaria escapulir naquela mesma noite, e, nesse caso, como foi que mandou preparar uma emboscada para o mesmo à entrada do *oued,* por onde o soldado teria de passar. Sim, como foi — pergunta que o próprio soldado decerto fez com seu último grito ou berro estrangulado de acusação e execração (pois também não sabia coisa alguma referente à condecoração que lhe estava reservada após cumprir a ordem do comandante). Dentro da treva; da noite; do *oued.* Nem Vítor Hugo teria imaginado coisa parecida. Pois pelo que se lhe via dos restos do corpo, levara quase toda a noite agonizando. Na madrugada seguinte a sentinela, postada no alto do portão de entrada, deu o alarma, e a seguir o camelo (não o gordo que faltava, naturalmente, mas um camelo sarnento, pois a morta era valiosa; não só isso, mas numa empresa de transportes de aluguel, um camelo é exatamente igual a outro camelo) entrou a meio galope, trazendo amarrado no dorso o cadáver completamente despido, não só de roupa, mas de quase toda a carne. Assim, foram o cerco e a investida suspensos: o inimigo retirou-se, e naquele mesmo cair de tarde, fez sepultar sua perda solitária (para não mencionar o camelo mais valioso; em todo caso, a mulher era também valiosa) a toque de corneta e com acompanhamento de um esquadrão de combate. Foi aí que você chegou para o substituir, e ele partiu feito tenente-coronel e portador da roseta, para um convento de lamas no Himalaia, sem deixar coisa alguma para trás, exceto aquela nesga de terra que ele salvara, mausoléu e cenotáfio do homem que ele traiçoeiramente induzira a sair em busca de salvação.

— Um homem — disse o outro fitando-o. — Um ser humano.

— Um assassino — disse ele. — Duas vezes assassino.

— Desovado no assassínio por um esgoto francês.

— Mas repudiado por todos os esgotos do mundo, duas vezes sem nacionalidade, sem pátria duas vezes, pois alienara seu direito à vida; duas vezes sem mundo, desde que de si mesmo se alienara para a morte, e a ninguém pertencendo, desde que a si mesmo não se pertencia...

— Mas um homem — disse o outro.

— ...que falava, que pensava em francês, só porque, sem ter uma nação, era necessariamente obrigado a empregar aquela língua que é, entre todas, a língua internacional por excelência; que vestia o uniforme francês, porque o interior de um uniforme francês era o único lugar da terra onde o assassino podia estar a coberto do assassínio...

— Mas aguentando; pelo menos aguentando, sem queixar-se, a quota não galardoada que lhe coubera do fardo imenso do império, e lá onde poucos homens se atreveriam ou poderiam fazê-lo; até mesmo tendo bom comportamento à moda dele, pois nada havia em sua folha que o desabonasse, exceto uma que outra bebedeira, alguns pequenos furtos...

—Até agora — gritou ele — apenas furtos, pederastia, sodomia... até agora.

— ...que eram sua única defesa contra a ordem de prisão porventura emanada de um cabo ou de um sargento, ordem que seria sua sentença de morte. Nada pedindo a ninguém, até que o destino mesquinho e cego se lhe enredou no destino daquele que havia já exaurido o Comité de Ferrovie e o exército francês, e estava agora reduzido a criar raízes nos lugares onde os porcos chafurdam, nas cloacas da própria raça humana; ele que, perdendo o direito à vida, já nada devia à França, exceto o uniforme que trazia e o fuzil ao qual lubrificava e do qual cuidava, e que em recompensa de preencher, porque o requerera, o espaço da largura de um homem na frente de um pelotão, nada pedia nem esperava, salvo o seu direito à esperança de morrer no leito de um quartel; e todavia, incorrigível, conquanto caísse no logro de dar a sua vida, mesmo sem antes preparar-se, àquele país que após agarrá-lo com sua mão civil, não levaria quinze minutos para conduzi-lo à guilhotina.

— Era um homem — disse o outro. — Mesmo depois de morto, os anjos — a própria justiça — ainda pugnavam por ele. Você estava ausente na ocasião, por isso não sabe o que aconteceu. Foi quando se tratou de assinar a citação referente à condecoração da roseta. Ao levar para a mesa o pergaminho, a fim de que o grão-comandante lhe apusesse sua assinatura, o escrevente (na vida particular, alpinista amador) tropeçou e entornou um litro de tinta sobre o mesmo, borrando não apenas o nome do condecorado, mas toda a folha onde vinha o relato da proeza. Arranjou-se, então, um novo pergaminho; mas quando ele chegou à mesa, e no mesmo instante em que o grão-comandante espichava a mão para apanhar a pena, levantou-se um pé de vento provindo não se sabe de onde (se conhece o general Martel, saberá que precisa estar hermeticamente fechado qualquer recinto onde ele tenha de ficar algum tempo com a cabeça descoberta), soprou o pergaminho numa distância de vinte metros até a lareira, onde desapareceu — puf! — como uma folha de celuloide! Mas de que valeu? De um lado, eles — armados entre si apenas com as espadas flamejantes de uma mitologia canhestra — de outro, o Comité de Ferrovie roncando ao som de pistolas rotativas e ao arroto de metralhadoras Maxim... Então ele partiu para um convento de lamas no Tibete. Para arrepender-se.

— Para aguardar! — gritou ele. — Para preparar-se!

— Sim — volveu o outro. — Por isso chamam a isso *Der Tag*. O dia. Quem sabe se não é preferível eu voltar depressa a Verdun a fim de prosseguir nos preparativos e na espera, uma vez que fomos avisados da necessidade de ambos? Oh! bem sei! Naquele dia eu não estava lá para ver-lhe o rosto no portão, assim como você o viu. Mas pelo menos herdei-o. Todos o herdamos, não apenas aquela classe da Academia Militar, porém todas as outras que vieram depois da sua ou da dele. E pelo menos agora sabemos o que foi que herdamos: medo apenas; não angústia. Desta, um profeta dispensou-nos avisando-nos. De modo que é apenas o respeito pelo outro o que deve permanecer.

— Um assassino — disse ele.

— Mas um homem — disse o outro, e partiu, deixando-o não de todo ressurgido da morte, mas ao menos com as costas mais uma vez voltadas para ela; suficientemente ereto para poder verificar o decréscimo ininterrupto no número dos mais antigos; o reservatório decrescente, onde flutuava a barca da sua carreira, e que nesse andar estaria em breve de todo seco. Com efeito, tempo viria de ele saber que a barca estava em seco e não mais seria posta a vogar, fosse qual fosse a maré, a onda ou a enchente; ele que toda a vida crera, senão na sua perdurabilidade, ao menos na vasta estrutura que a sua efemeridade revestia; logo, porém, compreendendo que, em seco, ou flutuando, a barca — ele — não seria jamais abandonada, e que o edifício que aceitara a dedicação da sua descarnada estrutura haveria sempre de zelar para que ao menos um número mediasse entre ele e o zero, ainda que aquele número fosse apenas o seu; e assim foi que o dia, o *Der Tag* chegou, e o inimigo transbordou não através de Verdun, pois o visitante daquela antiga manhã (fazia agora vinte e cinco anos) tivera razão e eles não passariam por ali, mas através de Flandres, e tão rápido, e tão longe, que a própria ralé desesperada pôde enfrentá-los nos táxis de Paris mantendo-os a distância no momento preciso da desesperação. E foi ali mesmo, por detrás das vidraças da sua varanda na montanha, que ele ficou sabendo que o *Número Um,* anterior ao *Número Dois* que era ele na velha classe de St. Cyr, era então o *Número Um* entre todos os povos desesperados e estranhos entre si da Europa Ocidental. — *Mesmo daqui eu teria visto o começo daquilo* — disse; e dois meses depois, ei-lo postado junto à secretária, em frente do mesmo rosto que há trinta anos já não via, e que quarenta anos antes vira pela primeira vez no portão de St. Cyr, rosto que para sempre o marcara e que era agora não muito mais velho, e era calmo, e digno, sendo que o corpo e os ombros sob o rosto eram ainda delicados e frágeis, todavia condenados — não, não condenados *a,* mas poderosos para aguentarem o fardo terrível da angústia, do terror e, finalmente, da esperança do homem; rosto que o encarou um momento para em seguida dizer: — É da minha alçada a nomeação do general da intendência do exército; aceita o posto? — ao que ele disse de si para consigo, com um certo ressaibo de tranquila vingança, não oriunda de uma grandiosa esperança desesperada, mas da simples lógica e razão: *Assistirei até o fim, até a consumação. Até hei de estar presente no lugar.*

Isto, porém, ainda distava um quarto de século, segundo o profetizara o visitante havia dez minutos. Jazia deitado sob suas próprias lágrimas tranquilas, enquanto a enfermeira, com um pano dobrado na mão, debruçava-se sobre ele, que dizia — fraco, porém ainda indomável, obstinado, incurável, condenado à esperança — empregando indiscriminadamente os dois "eles", como se também a enfermeira estivesse a par: — Sim, era um homem. Naquele tempo era muito jovem, quase uma criança. Estas lágrimas não são de angústia, são apenas de pesar.

A sala iluminara-se — candelabro, arandela e girândola. As janelas fecharam-se, folhas e cortinas, e a sala agora parecia pairar, insulada, como uma campânula de mergulho, acima da cidade múrmura, onde o povo principiava a aglomerar-se lá embaixo, na Place. Desapareceram a terrina e a jarra, e o velho general novamente se sentara entre os dois confrades que o flanqueavam por trás da mesa vazia, embora agora estivesse junto deles uma quarta figura, tão paradoxal e absurda como uma pega num aquário de peixes dourados. Era um civil barbado, colocado entre o velho generalíssimo e o americano, e vestia-o aquele terno branco e preto que é para o anglo-saxão o paramento formal do jantar, da sedução ou de outras diversões noturnas, e, para o europeu do continente, e o sul-americano, o rígido uniforme que os veste ao repartir governos alheios ou a derrubar o próprio. Encarava-os o jovem ajudante, que disse rápido, num francês fluente: — Chegaram os prisioneiros. O carro de Villeneuve Blanche chegará às vinte e duas horas. A mulher e o caso da colher.

— Colher? — perguntou o general. — Tomamos-lhe a colher? Devolva-lhe.

— Não senhor — respondeu o ajudante. — Desta vez não. As três estranhas. As estrangeiras. Assunto da alçada de Sua Excelência, o prefeito.

O general permaneceu um momento impassível, e nada havia em sua voz quando disse:

— Roubaram-lhe a colher?

Na voz do ajudante igualmente nada havia: era apenas rígida, sem inflexão:

— Atirou a colher neles. A colher desapareceu. A mulher tem testemunhas.

— Alguém viu quem apanhou a colher e a escondeu? — perguntou o general.

O ajudante continuou teso, o olhar vago.

— Atirou também uma cesta. Cheia de comida. A mesma mulher apanhou-a no ar sem deixar que o conteúdo se entornasse.

— Compreendo — disse o velho general. — Ela aqui vem protestar contra ou afirmar o milagre?

— Sim senhor — tornou o ajudante. — Quer as testemunhas também?

— Que as estrangeiras esperem — disse o velho general. — Faça entrar apenas a queixosa.

— Sim senhor — disse o ajudante tornando a sair pela porta menor ao fundo da sala. Quando reapareceu — o que fez quase no minuto imediato —, nem ao menos teve tempo de sair do caminho, porque voltou não dentro, mas acima (alteava-se, fazendo assomar não meia cabeça, tampouco uma cabeça inteira, mas a metade de uma figura humana) de um compacto grupo de mulheres de xale e lenço, lideradas por uma cinquentona baixa e gorda que se deteve na fímbria extrema do tapete branco como se este fosse água, e lançou na sala um rápido olhar que tudo abrangeu, relanceando em seguida outro pelos três velhos sentados atrás da mesa, e, sem errar, avançando para o generalíssimo com todo o grupo, exceto o ajudante, que já na porta conseguira desvencilhar-se. Caminhava firme na pálida superfície do tapete, a dizer numa voz direta e forte:

— Muito bem. Mas não esperem esconder-se; pelo menos, não atrás do prefeito; são em número excessivo para isso. Outrora eu teria dito que a desgraça deste país é sua floresta de espadins e faixas de prefeito; mas agora aprendi. Após quatro anos desta calamidade, até as crianças são capazes de reconhecer à primeira vista um general! — desde que topem com um deles no momento da necessidade.

— Então é esse o terceiro milagre — disse o velho general. — Uma vez que a senhora prova a sua declaração, confundindo a segunda.

— Milagre? — repetiu a mulher. — Ora! Milagre é ter ainda sobrado alguma coisa depois de quatro anos destas incursões estrangeiras. Até os americanos, agora! Teria a França chegado àquela triste situação de não só roubar nossos utensílios de cozinha, como também de importar americanos para combaterem em nosso lugar? Guerra, guerra, guerra. A guerra não os cansa jamais?

— Sem dúvida, madame — tornou o velho general. — Sua colher...

— Desapareceu. Não pergunte aonde foi. — Pergunte-lhes a elas. Ou melhor: envie um de seus cabos ou sargentos a procurá-la. Verdade que existem duas entre elas, debaixo de cujas roupas até a um sargento repugnaria esquadrinhar... Mas nenhuma oporá a menor dificuldade...

— Não — disse o velho general. — Nada se exigirá dos cabos e sargentos, exceto o simples risco inerente à vida militar. — E enunciou o nome do ajudante.

— Senhor — disse este.

—Vá à cena do incidente. Trate de descobrir a colher desta senhora e devolva-lhe.

— Eu, senhor? — gritou o ajudante.

— Leve toda uma companhia. Ao sair, deixe entrar os prisioneiros. Já estão aqui?

— Sim senhor — respondeu o ajudante.

— Bem — disse o velho general, e voltou-se para o civil; ao fazê-lo, o civil começou a levantar-se do assento com uma certa alacridade atônita e difusa. — Isso basta quanto à colher — disse o velho general. — Parece-me que o resto da sua queixa diz respeito a não terem as três mulheres um lugar onde passar a noite.

— Isso; e também... — ia dizendo o prefeito.

— Sim — disse o velho general. — Daqui a pouco as receberei. Nesse ínterim, trate de procurar alojamento para elas, ou...

— Pois não, general — disse o prefeito.

— Obrigado, e boa noite. — E virou-se para a mulher: — A senhora também. Pode ir em paz, que a colher lhe será restituída. — E foi então a vez do prefeito ser arrebatado, carregado — pega entre pombas, talvez galinhas, talvez gansos — para a porta que o ajudante conservava aberta e que o prefeito cruzou, enquanto o ajudante ainda fitava o velho general com a sua expressão de incredulidade ofendida.

— Uma colher — disse. — Toda uma companhia! Jamais comandei um homem, quanto mais uma companhia. E mesmo que pudesse, ou soubesse comandá-la, como hei de descobrir a tal colher?

— Naturalmente a achará — disse o velho general. — E será esse o quarto milagre. Agora, os três oficiais. Mas primeiro conduza as três senhoras para a sua sala e peça-lhes que esperem ali.

— Sim senhor — respondeu o ajudante saindo e fechando a porta. Esta, porém, volveu a abrir-se, e por ela entraram três homens: um coronel britânico, um major francês e um capitão americano, os dois jovens oficiais subalternos flanqueando rigidamente o coronel ao longo do tapete, e, em rígida posição de sentido, encarando a mesa, enquanto o coronel prestava continência.

— Senhores — disse o velho general. — Isto não é uma revista. Tampouco um inquérito. Trata-se de uma simples identificação. Cadeiras, por favor — disse, e nem ao menos volveu a cabeça para a constelação de oficiais que estava atrás. — A seguir, os prisioneiros.

Três oficiais trouxeram cadeiras, colocando-as em torno à mesa, e aquela extremidade da sala adquiriu então o aspecto da extremidade de um anfiteatro ou de uma seção de arquibancadas num estádio americano. Os três generais e os três recém-chegados sentaram-se na ponta do hemiciclo, suas costas voltadas para um cardume de ajudantes e oficiais, enquanto um dos três ajudantes que haviam trazido as cadeiras, dirigindo-se à porta menor, e abrindo-a, postou-se junto dela. Aí, o cheiro dos soldados anunciou, precedeu a entrada

deles na sala. Cheiro que era um acre fedor, violento e inextirpável, peculiar às linhas de frente — fedor a lama podre, a cordite queimada, a fumo, a amoníaco e a detritos humanos. Os treze soldados vinham precedidos de um sargento com seu fuzil a tiracolo; cerrava a fila um soldado raso, armado, e os treze apresentavam-se de cabeça descoberta, barba crescida, alheios, manchados da batalha e trazendo consigo ainda outra mistura de fedor — de cautela, prontidão, e também certo medo, mas na maior parte, simples vigilância, os treze desdobrando-se canhestros a dois rápidos comandos ditos em francês pelo sargento, logo formando em fila e fazendo alto. O velho general voltou-se para o coronel britânico: — Coronel?
— Pois não — respondeu imediatamente o coronel. — O cabo.
O velho general voltou-se então para o capitão americano:
— Capitão?
— Pois não — disse o americano. — É ele mesmo. O coronel Beale tem razão... quer dizer, não pode ter razão...
Mas o velho general já dirigia a palavra ao sargento:
— Deixe ficar o cabo. Leve os outros de volta para a antessala e espere lá. — O sargento deu meia-volta e latiu uma ordem, mas o cabo já havia dado um passo fora da fila, aí ficando não de todo em posição de sentido, enquanto os outros doze faziam meia-volta e tornavam a enfileirar-se, esta vez com o soldado armado à frente deles e o sargento por último, todos juntos a atravessarem a sala em direção à porta, não a cruzando todavia, porém demandando-a, porque o cabeça da fila titubeou e recuou um instantinho, para em seguida abrir passagem para o ajudante pessoal do velho general que entrava roçando por eles, logo se postando a um lado até que a fila passasse, o sargento seguindo em último lugar e puxando a porta atrás dele, deixando o ajudante mais uma vez sozinho ante ela — desossado, alto de estatura, ainda logrado e ainda incrédulo, porém não ofendido, simplesmente desorientado. Disse então o coronel britânico:
— General!
Mas o velho general fitava o ajudante que se pusera junto à porta, dizendo-lhe em francês:
— Meu filho?

— As três mulheres — respondeu o ajudante. — Estão na minha sala. Enquanto as temos nas mãos, por que não...

— Oh, sim — disse o velho general. — Autorizo-o a requisitar um destacamento de serviço. Diga ao chefe do estado-maior que faça um reconhecimento de... digamos, quatro horas. Creio que basta. — E voltou-se para o coronel britânico:

— Sem dúvida, coronel — disse.

O coronel ergueu-se rápido, fitando o olhar atento no cabo, cujo rosto montanhês estava extraordinariamente calmo e digno, não desconfiado, apenas vigilante, cortês e simplesmente vigilante, e que lhe devolveu o olhar.

— Boggan — disse o coronel. — Não se lembra de mim? Não se lembra de Beale, o primeiro-tenente? — O rosto, porém, só fazia olhá-lo — cortês, interrogativo, não desapontado, apenas vazio, apenas aguardando: — Pensávamos que houvesse morrido — disse o coronel. — Eu... o vi...

— Pois eu fiz mais — atalhou o capitão americano. — Sepultei-o! — O velho general ergueu ligeiramente uma das mãos para o capitão, e, em seguida, dirigindo-se ao bretão:

— Pois não, coronel; pode falar.

— Foi em Mons, faz agora quatro anos. Eu era subalterno. Este homem fazia parte do meu pelotão naquela tarde em que... nos apanharam. Foi derrubado por uma lança. Vi a ponta... sair-lhe pelas costas, antes que a haste se quebrasse. Logo após, dois cavalos passaram a galope sobre ele. Em cima dele. E também vi, mais tarde, isto é, um ou dois segundos depois, o estado em que ficou a cara dele após a passagem do último cavalo... antes que eu... quero dizer, antes que aquilo que antes fora a cara dele... — E ainda fitando o cabo, disse numa voz que, por causa daquilo com que teria agora de se haver, era trespassada de um timbre que se diria antes cheio de ânsia: — Boggan!

O cabo, porém, apenas o fitava — cortês, atencioso, de todo desinteressado, e voltando-se para o velho general, disse em francês:

— Desculpe, mas só entendo francês.

— Já o sabia — retorquiu o general também em francês, a seguir dirigindo-se em inglês ao bretão: — Não é este o homem.

— Como não? — disse o coronel. —Vi a ponta da lança...Vi a cara dele depois dos cavalos... Além disso, vi... eu vi... — e interrompeu-se, marcial e reluzente com suas barras vermelhas, as insígnias da sua patente e as correntinhas que eram o símbolo das cotas de malha com as quais, havia setecentos ou oitocentos anos, seu regimento combatera em Crécy e em Azincourt, o rosto dele avultando sobre tudo aquilo, qual o rosto da própria morte.

— Diga-me — disse de mansinho o velho general — que foi que viu e tornou a ver? Tornou a ver em Mons os fantasmas dos antigos archeiros ingleses, com seus gibões de couro, seus calções e suas arbaletas... e a ele também, de uniforme cáqui, capacete de aço e fuzil Enfield? Foi isso o que viu?

— Sim senhor — respondeu o coronel. Incorporou-se então, e, ereto, repetiu em voz alta: — Sim senhor.

— Mas se este pudesse ser o mesmo homem — disse o velho general.

— Desculpe — volveu o coronel.

— De duas uma: não dirá se este é ou não é o homem?

— Desculpe, general — disse o coronel. — Mas tenho necessidade de crer em alguma coisa.

— Ainda que seja só na morte?

— Desculpe-me — repetiu o coronel. O velho general virou-se então para o americano.

— Capitão?

— Isso nos coloca numa situação crítica, não é? — disse o americano. — Aos três. Não sei qual dentre nós estará em pior situação. Porque eu não apenas vi o morto, como também sepultei-o em pleno oceano Atlântico. O nome dele é... Não, não pode ser, porque estou a olhá-lo .. não era Brzonyi. Pelo menos não o era no ano passado. O nome era... — com os diabos!... — desculpe-me, general — o nome é Brzewski. Era originário de uma das cidades carvoeiras para lá de Pittsburgh. Fui eu quem o sepultou. Quer dizer: fui eu quem dirigiu o cortejo fúnebre e o ritual da encomendação. Éramos guardas nacionais. Decerto o senhor não sabe o que isso quer dizer...

— Sei, sim — respondeu o general.

— Como disse o senhor? — perguntou o capitão.

— Sei o que o senhor quer dizer — repetiu o velho general.
— Prossiga.
— Pois não. Civis que éramos, nós mesmos organizamos a nossa própria companhia, a fim de irmos morrer pelo velho e amado Rutgers — ou coisa parecida; escolhemos os oficiais, indicamos ao governo os que deviam receber comissionamento e de que espécie, em seguida munimo-nos de um manual de *Artigos de Guerra* e tratamos de decorar, até o regresso da comissão, tudo quanto nos foi possível decorar. Quando a influenza nos atacou, achávamo-nos no navio-transporte que fez a travessia em outubro passado; e quando o primeiro dos nossos morreu — era Brzewski — descobrimos que ninguém se adiantara suficientemente na leitura do manual para descobrir como é que se dava sepultura a um soldado morto — exceto eu, que era um poltrão (e na ocasião, primeiro-tenente), e me aconteceu descobrir o jeito por acidente na noite anterior à nossa partida, pois uma moça me fez ficar acordado, e eu julgava saber por que motivo. Quer dizer: foi só para indagar quem era, isto é, quem era o rapaz. E o senhor sabe como é: a gente lança mão de todos os recursos para que nos deixem sossegados, inclusive dizendo coisas para fazê-la entristecer-se, por exemplo: a morte da gente ali mesmo, no próprio lugar que ela terá de saltar para prosseguir caminho ou dizendo que já é tarde demais etc. etc. — Menino! — Ela estava numa situação...
— Sim — disse o velho general. — Eu sei.
— Como disse? — perguntou o capitão.
— Disse que também sabia — tornou o velho general.
— Natural que sabia ou talvez recorde — disse o capitão. — Em verdade ninguém é tão velho assim, nem importa quantos anos tenha... — ele excedendo-se, sem poder dominar-se.
— Desculpe-me, senhor general — disse.
— Não é preciso pedir desculpas — tornou o velho general. — Continue. E assim foi que lhe deu sepultura...
— Naquela noite, eu estava lendo, só por acaso ou curiosidade ou talvez por interesse pessoal, umas instruções sobre o que teria alguém de fazer para livrar-se do meu cadáver e pôr em ordem os livros de escrita de Tio Sam, quando Br... — e aqui se interrompeu para relancear um rápido olhar pelo cabo: um segundo apenas, ainda

menos que um segundo, menos ainda que o tempo de uma hesitação
— ...quando o primeiro morreu, e fui escolhido para fornecer meu
atestado pessoal junto ao oficial médico; não só atestar que o corpo
era defunto, mas assinar o certificado, comandar o esquadrão para a
salva e em seguida berrar a ordem para jogarem o corpo abaixo da
amurada. Mas duas semanas depois, ao chegarmos a Brest, já os companheiros restantes haviam adquirido bastante prática da coisa. Assim,
veja o senhor onde estamos, ou melhor, onde ele está, pois agora é ele
que está em apuros, se em outubro do ano passado lhe dei sepultura
no oceano Atlântico, o coronel Beale não poderia tê-lo visto morrer
em 1914. E se o coronel Beale o viu morrer em 1914, como pode o
cabo estar aqui, à espera de ser fuzilado... — e calou-se de todo, para
dizer rápido, logo em seguida: — Desculpe. Eu não quis...

— Sim — disse o velho general num tom brando e cortês, sem
nenhuma inflexão. — Então o coronel Beale deve estar equivocado.

— Não senhor — tornou o capitão.

— O senhor quer então desdizer o que afirmou: que este é o
homem cuja morte atestou pessoalmente, e cujo corpo o senhor viu
afundar-se no oceano Atlântico?

— Não senhor — disse o capitão.

— Então acredita no que disse o coronel Beale?

— Se é isso o que ele disse, acredito.

— Essa, porém, não é uma resposta... Acredita nele? — e fitava
atentamente o capitão, que lhe retribuiu o olhar com a mesma firmeza, dizendo em seguida:

— Atestei o óbito e sepultei o defunto. — E num arremedo de
francês, dirigiu-se ao cabo: — Então você voltou. Prazer em vê-lo.
Espero que tenha feito boa viagem — e tornou a olhar firme para o
general, que o olhava com a mesma firmeza; a olhá-lo com a mesma
polidez e impassibilidade, e por um tempo mais longo, até que o
velho general disse em francês:

— O senhor também fala a minha língua.

— Obrigado — respondeu o capitão. — Mas nenhum de seus
compatriotas ainda disse que era francês esta algaravia em que me
exprimo...

— Não se diminua assim. Fala bem francês. Como se chama?

— Middleton, meu general.
—Tem... vinte e cinco anos, talvez...
—Vinte e quatro, general.
—Vinte e quatro. Será futuramente um homem perigoso, se ainda não o é; — e dirigindo-se ao cabo: — Obrigado, meu filho. Pode voltar ao seu esquadrão; — e sem voltar a cabeça, disse uma palavra por sobre o ombro, embora o ajudante já se aproximasse rodeando a mesa, enquanto o cabo fazia meia-volta e o ajudante o escoltava até a porta, ambos cruzando-a e saindo, ao mesmo tempo que o capitão americano voltava a cabeça para trás e encontrava mais uma vez os olhos inescrutáveis e tranquilos, a voz polida e suave, quase branda: — Porque o nome dele, aqui, também é Brzewski. — E tornou a sentar-se. Lembrava agora novamente uma criança transvestida, derreada ao peso da esmagadora e coruscante ilusão de seus azuis e escarlates e ouros e bronzes e couros, ao ponto de os outros cinco, apesar de sentados, parecerem também estar de pé, a rodeá-lo, envolvendo-o entre eles. Disse então em inglês: — Preciso ausentar-me por um breve instante. Mas o major Blum fala inglês. Não tão perfeito quanto o dos senhores, naturalmente, nem tão perfeito quanto o francês do capitão Middleton, mas poderá servir; um dos nossos aliados — o capitão Middleton — sepultou-o, de modo que só nos resta dar testemunho da sua ressurreição, e ninguém mais competente para isso do que o major Blum, que se formou na academia e entrou para o regimento em 1913, já antes disso fazendo parte do regimento e nele continuando desde então, até ao dia em que este cabo ubíquo nele ingressou... De modo que a única questão consiste em... — e fez uma pausa de um segundo; como se, embora sem mover-se, houvesse relanceado o olhar por eles — delicado e frágil de corpo, de rosto delicado, sereno, belo e aterrador —... em saber quem o conheceu primeiro: o coronel Beale em Mons, no mês de agosto de 1914, ou o major Blum em Châlons no mesmo mês — isso, naturalmente, antes que em 1917 o capitão Middleton o sepultasse no mar. Mas esta é uma questão puramente acadêmica, a identidade — se é que ela existe — já foi estabelecida (em verdade, nunca foi contestada), só restando fazer uma recapitulação, que o major Blum fará. — E ergueu-se. Com exceção dos dois generais, os outros fizeram rapidamente o mesmo, e embora

ele lhes dissesse rapidamente: — Não, não; continuem sentados, continuem sentados — os três chegados por último continuaram de pé. O velho general virou-se então para o major francês: — O coronel Beale tem seus archeiros fantasmas na Bélgica; a esses, ao menos, podemos enfrentar com os nossos arcanjos do Aisne. Certamente o senhor poderá enfrentá-los por nós; enfrentar aqueles tremendos vultos aéreos que patrulham nossa linha de frente, e que mais e mais se adensam, tornando-se cada vez mais espessos e mais arcangélicos, aqui o nosso cabo talvez lhes fazendo companhia, acompanhando-os em seu caminhar e os tiros noturnos prosseguindo como de costume, mas apenas o suficiente para que um homem de juízo mantenha a cabeça abaixo da crista da trincheira e sinta satisfação por haver uma trincheira onde lhe é possível resguardar a cabeça... Às avessas do cabo, que sai da trincheira e se posta entre ela e a cerca, e caminha tranquilamente ao longo das mesmas, como um monge a passear em seu claustro, ao mesmo tempo que, junto e acima dele, caminham no ar escuro grandes vultos e reluzentes... Ou quem sabe ele não esteja sequer caminhando, mas simplesmente encostado à cerca de arame, a contemplar toda aquela desolação, como um lavrador contempla sua plantação de nabos? Venha, major.

— Minha imaginação só tem patente de major... — disse este. — Não está em condições de concorrer com a sua...

— Tolice — tornou o velho general. — O crime — se crime existe — foi confirmado. Se existe? Foi confirmado? Quanto a nós, nem é preciso confirmação. Ele nem ao menos fez aceitá-lo com antecedência, ab-rogando-o. Só resta descobrirmos uma atenuante — a compaixão, por exemplo, se é que podemos convencê-lo a aceitar a compaixão como atuante. Vamos, diga-lhe isso.

— E ainda havia a menina — disse o major.

— Sim — tornou o general. — As bodas e o vinho.

— Não, meu general — disse o major. — Não foi bem assim. Como vê, posso — como se diz em francês? — *démentir... contredire...* falar contra...

— Contradizer — disse o capitão americano.

— Obrigado — tornou o major —... poderia contradizê-lo: minha patente de major bem pode lutar com aquilo que não passa de um simples mexerico de regimento.

— Conte-lhes o caso — falou o velho general. E o major concordou, embora só o fizesse depois que o velho general saiu da sala.

Tratava-se de uma meninazinha numa das cidades do Aisne, e que ia ficando cega à falta de uma operação que certo cirurgião famoso de Paris estava habilitado a fazer; foi quando o cabo começou a arrecadar dinheiro entre as tropas de quase duas divisões vizinhas — um franco aqui, outro acolá — até perfazer os honorários do cirurgião, a cuja clínica a meninazinha foi enviada. Em 1914, era esse cirurgião já velho; tinha mulher, uma filha, um neto e uma fazendola, mas, incapaz de arrancar-se do que era seu, esperou demais para evacuá-la; quando o fez, a filha e o neto desapareceram no caos que redundou na primeira batalha do Marne; a esposa, já idosa, morreu de abandono à margem da estrada, e o velho regressou sozinho à vila ao ser esta novamente libertada e quando obteve a permissão de regressar; aí, já idiota, esquecido o próprio nome, a própria dor e tudo mais esquecido, sabia apenas gemer um bocadinho, dizer incoerências, catar comida nas latas de lixo das cantinas militares, dormir em valas e junto a sebes no próprio lugar que em toda a face da Terra fora um dia seu, até que o cabo, numa das suas licenças, conseguindo localizar um parente longe do velho numa vila distante do Midi, pôs-se novamente a levantar dinheiro entre os soldados do regimento a fim de remeter o velho para lá.

— E agora — disse o major. E voltou-se para o capitão: — Qual a tradução de *touché*?

— "Caiu fora" — respondeu o capitão. — Mas eu o quereria presente para ouvir você contando isso. Pois agora, as bodas e o vinho... — E pôs-se a contar que numa vila atrás de Montfaucon (e isso sucedera no derradeiro inverno, pois tratava-se de tropas americanas) eles haviam recebido o soldo e puseram-se a jogar dados; o assoalho estava juncado de francos-papel, e metade da companhia americana apertava-se em torno deles, quando entrou o cabo francês, e, sem dizer palavra, começou a juntar o dinheiro esparso. Dir-se-ia um momento estar-se formando um verdadeiro incidente internacional, até que afinal o cabo resolveu participar o caso aos outros e explicar-lhes a razão daquilo: tratava-se de um casamento. Um dos jovens soldados americanos, e uma órfã refugiada, natural de algum lugar para além de Reims, e que era agora uma espécie de criada num café local, tinham... tinham...

— O resto da companhia diria que ele a raptara... — disse o capitão americano. — Mas sabemos o que quer dizer. Continue. — E o major continuou.

A história terminou com toda a companhia não só assistindo às bodas, mas adotando-as, tomando-as a seu cargo, comprando todo o vinho da vila para a ceia e convidando toda a zona rural para tomar parte nela. Igualmente chamaram a si a responsabilidade das próprias bodas, oferecendo à noiva um presente de núpcias suficiente para ela estabelecer-se como senhora — dona de seu próprio direito e merecimento no quarto alugado e único, até o regresso do marido — se ele regressasse — do próximo giro às linhas de frente. Isto, porém, só seria dito quando o velho general saísse da sala. Naquele instante, os três militares chegados por último abriam-lhe passagem, enquanto ele dava a volta à mesa, parando para dizer:

—Vá contando. Conte também como foi que ele obteve a medalha. O que agora buscamos não é sequer uma atenuante, tampouco compaixão, mas misericórdia... — se é que isso existe... — se ele aceitar ao menos isso...— e virou-se, dirigindo-se para a porta menor, momento esse em que a mesma se abriu, e o ajudante, que conduzira o prisioneiro para fora, punha-se em posição de sentido junto dela ante o general que passava, indo-lhe em seguida no encalço e fechando a porta atrás de ambos. — E então? — disse o general.

— Estão no escritório de De Montigny — respondeu o ajudante. — A mais nova é francesa. Uma das mais velhas é mulher de um francês, um lavrador...

— Já sei — disse o velho general. — Onde é a fazenda?

— Onde *era,* general. Ficava perto de uma vila chamada Vienne-la-pucelle, ao norte de St. Mihiel. Toda a região foi evacuada em 1914. Segunda-feira cedo Vienne-la-pucelle achava-se sob a linha de frente inimiga.

— Então ela e o marido já não sabem se têm ou não têm fazenda — disse o velho general.

— Assim é — tornou o ajudante.

— Ah! — exclamou o velho general. E em seguida: — Daí?

— O automóvel de Villeneuve Blanche acaba de entrar no pátio.

— Está bem — disse o velho general. — Meus cumprimentos ao nosso hóspede. Conduza-o ao meu escritório. Sirva-lhe o jantar lá mesmo, e solicite-lhe permissão para a visita que lhe faremos dentro de uma hora.

Três anos antes alguns carpinteiros haviam arranjado o escritório do ajudante, num recanto do que fora outrora um salão de baile, e, em seguida, uma sala de tribunal. O ajudante via-o todos os dias, e, evidentemente nele entrava ao menos uma vez em vinte e quatro horas, pois num cabide estavam pendurados seu chapéu, o sobretudo e um belíssimo guarda-chuva londrino belamente enrolado, o chapéu e o sobretudo justapostos, tão bizarros e paradoxais como uma fantasia de dominó ou um leque; bizarros e paradoxais até a gente compreender que ambos podiam dever sua presença ali ao mesmo motivo pelo qual os dois únicos objetos de alguma importância estavam presentes naquela sala: um fino cavalo em fúria, descansando imponderável e epiceno sobre uma perna, e uma disforme cabeça sonolenta, não fundida nem modelada, mas talhada a mão no amálgama, por Gaudier-Brzeska. Quanto ao mais, o cubículo estava vazio, exceto por um banco de madeira encostado à parede em frente da escrivaninha.

Quando o velho general entrou, achavam-se as três mulheres sentadas no banco, as duas mais velhas nas pontas e a mais moça entre as duas. Ao passar por elas o velho general a caminho da escrivaninha sem sequer olhá-las, a mais moça teve um rápido sobressalto, quase uma convulsão, como se fosse levantar-se, ao que a outra a conteve, segurando-a. Ficaram então sentadas e imóveis as três, enquanto o general dava a volta à mesa, indo sentar-se atrás dos dois bronzes, onde se pôs a fitá-las — o comprido e tosco rosto montanhês que, não fosse a diferença de idade, podia ser o próprio rosto do cabo, o pacífico rosto sereno da outra, que não demonstrava nenhuma idade ou talvez demonstrasse todas as idades, e, entre os dois, o rosto tenso e angustiado da moça. Então, como que movida por um sinal qualquer, e como se estivesse apenas esperando que o general desse cumprimento à amenidade social de sentar-se, a mulher de rosto pacífico — trazia no colo uma cesta de vime cuidadosamente coberta por uma alva toalha enfiada no lado interior das bordas — tomou a palavra:

— Seja lá como for, prazer em vê-lo — disse. — Parece-se exatamente com aquilo que é.

— Maria — chamou a mais velha. — Não se envergonhe — disse a primeira. — Não pode impedi-lo. Deve ficar satisfeito, pois há tanta gente que não se parece com o que é — e já ia erguendo-se, quando a outra voltou a chamar.

— Maria — disse, tornando a levantar a mão; mas a outra pôs-se a caminhar para a escrivaninha levando a cesta e começando a erguer a outra mão, como que para alcançar a cesta com ela à medida que se aproximava da escrivaninha, em seguida estendendo a mão até pousá-la em cima da escrivaninha. Empunhava uma colher de ferro com um comprido cabo.

— Oh, o belo rapaz! — exclamou. — O senhor devia ter vergonha! Fazê-lo sair de noite a vagabundear pela cidade infestada de soldados.

— O ar fresco lhe fará bem — tornou o velho general. — Aqui dentro não há muito disso.

— Podia ter-lhe dito.

— Eu nunca disse que a colher estava em seu poder. Apenas disse que a senhora poderia exibi-la quando necessário.

— Pois aqui está ela — e a mulher soltou a colher, e pôs a mão que a trouxera em cima da outra onde se dependurava a cesta coberta e intacta. Imediata e tranquilamente, sem pressa, sorriu para ele, serena, conciliadora. — O senhor em verdade nada pode fazer. Verdade que não pode.

— Maria — tornou a chamar a mulher do banco. E outra vez, imediatamente e sem pressa, o sorriso desapareceu. Nada deixou em seu lugar; apenas desapareceu do rosto novamente inalterável, sereno, conciliador.

— Está bem, irmã — disse, e voltou-se, dirigindo-se para o banco de onde a outra mulher se havia levantado. A moça fizera ao levantar-se o mesmo movimento convulsivo de antes, e a dura mão ossuda e camponesa da mulher alta agarrara-lhe o ombro desta vez, mantendo-a sentada.

— Essa aí é... — começou o velho general.

— Mulher dele — respondeu asperamente a mulher alta. — O que esperava que ela fosse?

— Ah, sim — disse o velho general fitando a moça; depois prosseguiu com voz mansa e sem inflexão: — De Marselha? De Toulon, talvez? — e citou a rua e o distrito, enunciando até o nome daquela rua proverbial... A mulher ia responder, quando o velho general levantou a mão para ela: — Deixe que a própria moça responda — disse; e, em seguida, dirigindo-se a esta última: — Fale um pouco mais alto, minha filha.

— Pois não — respondeu a moça.

— Oh, sim — disse a mulher. — Uma prostituta. Para que mais julga o senhor que ela veio aqui? Para que mais arranjou ela tanta papelada para poder chegar a este lugar, se não fosse para servir à França?

— Ao mesmo tempo é esposa dele — disse o velho general.

— Esposa dele agora — corrigiu a mulher. — Aceite-o, de bom ou mau grado.

— A ambos aceito — tornou o velho general. — Aceite-o também de mim.

A mulher soltou então o ombro da moça e encaminhou-se para a escrivaninha; chegou, com efeito, quase junto dela, parou num lugar que lhe pareceu o mais apropriado para que sua voz pudesse ser ouvida apenas como um murmúrio pelas duas que se achavam no banco. — Vai primeiro mandá-las sair?

— Por quê? — perguntou o velho general. — Então você é Magda...

— Sim — disse ela. — Não Marta: Magda. Não era Marta, senão depois de possuir um irmão e ter de cruzar, já faz trinta anos, a metade da Europa, para defrontar-me com o general francês que se manteria firme na sua recusa de poupar-lhe a vida. Não dádiva; recusa; nem isso, mas devolução da vida. — E ali ficou, ereta, alta, calada, olhando-o. — Então o senhor até nos conhecia! Eu ia perguntar se não se lembrava de nós... mas se nunca antes nos viu! Ou talvez me engane também aí, e o senhor já nos tivesse visto em outros tempos. Se de fato nos viu, lembrar-se-á de nós, embora naquela época eu não tivesse mais de nove anos e Maria onze; pois mal lhe vi o rosto esta noite, e já sabia não ser necessário ele fugir, esconder-se, sentir medo e temor ou sofrer ante o fato de lhe ser preciso recordar fosse qual fosse o objeto para o qual uma vez olhou... Talvez Maria não o perceba — agora também Maria, pois também ela precisou vir de muito longe até a França para vê-lo recusar a vida ao nosso meio--irmão, embora ela também não precise ter medo, horror ou dor ao lembrar-se de qualquer dos dois — mas eu não. Talvez Maria seja a causa de o senhor se lembrar hoje de nós, se é que nos viu naquela época, ela teria então onze anos, e em nosso país as meninas de onze anos já não são meninas, porém mulheres. Mas não o digo, não por causa do insulto que isso seria para nossa própria mãe, e mais o seria para o senhor — nossa mãe que tinha algo em si — não me refiro ao rosto — algo que não era daquela vila — daquela vila só? — daquelas montanhas da mesma região —; enquanto o senhor devia ter tido — devia ou deve? — ter tido alguma coisa contra a qual toda a Terra precisa acautelar-se, e que toda a Terra tem de recear e temer. O insulto seria dirigido ao próprio mal; não apenas àquele mal, mas ao Mal, como se existisse nele uma pureza, uma severidade, um zelo como o de Deus, uma rigorosa mentira, incapacitada para a transigência, para um segundo lugar, para um substituto. Um propósito, um alvo no Mal, como se não apenas nossa mãe, mas também o senhor não pudessem fica com efeito evitar o que aconteceu, e não apenas o senhor, mas também nosso — meu e de Maria — pai; não só dois dentre os senhores, porém três, a fazerem não o que quereriam, mas o que era mister fazer. Pois a gente — os homens e as mulheres — não escolhe o mal, aceitando-o e nele ingressando; mas é o mal que os escolhe, aos homens e às mulheres, mediante provas e experiências; e examina-os, testa-os, e então aceita-os para sempre, até que chegue o tempo de eles se consumirem e esvaziarem, para afinal fracassarem até diante do próprio mal, quando então já não possuem coisa alguma que este possa desejar ou da qual queira servir-se; nessa altura o mal os destrói. Assim, pois, não se tratava apenas do senhor — mero estrangeiro extraviado num país tão longe e de tão difícil acesso, que gerações inteiras ali nasciam e viviam e morriam sem jamais saber ou cuidar do que se passava do outro lado daquelas montanhas, sem jamais espantar-se com o que lá acontecia; sem ao menos suspeitar que a terra se desdobrava ainda além delas... O senhor — não apenas um homem ali chegado por acaso e já dono de tudo o que era necessário para encantar, enlevar, enfeitiçar uma mulher não só fraca e vulnerável, mas igualmente bela — oh, sim, bela —; e se fosse isso o que o senhor tinha a alegar — a beleza dela e o amor que lhe votava — meu rosto seria o primeiro a dar sinal de que lhe perdoaria, uma vez que o ciúme não seria seu mas dela — só para destruir-lhe o lar, a confiança do marido, a tranquilidade das crianças, e, por último, a própria vida dela; para levar o marido a repudiá-la só para deixar-lhe os filhos sem pai; deixá-la morrer de parto num cercado de vacas atrás de uma estalagem à beira da estrada, só para os deixar na orfandade e para afinal ter o direito — o privilégio —, o dever ou como preferir chamar-lhe, de condenar à morte seu filho derradeiro e único do sexo masculino, só para que o some que ela atraiçoara não mais fosse usado. Mas isso não bastava. Nem de longe bastava. Deve haver alguma coisa ainda maior que tudo isso, muito mais grandiosa, muito mais terrível: não o fato de ter o nosso pai partido a palmilhar todo aquele interminável caminho que levava para muito longe do nosso vale, no intento de procurar o belo rosto que seria o da mãe dos herdeiros do seu nome, e, em vez disso, descobrindo apenas o rosto fatal e calamitoso, que poria fim à sua sucessão; não o senhor, ali caído por acaso, mas ao contrário, sendo enviado para ali a descobrir aquele belo rosto fatal; não ela, tão fraca de virtude e orgulho, e antes condenada por seu belo rosto a sê-lo — e os três não apenas compelidos até ali com o só intento de apagar um nome da história de um homem, pois quem jamais sobre a face da Terra e fora do nosso vale ouviu algum dia aquele nome pronunciado ou jamais se importou com ele? Mas, ao contrário, compelidos a engendrar um filho que um dos dois haveria de condenar à morte, como se isso importasse na salvação da terra, na salvação do mundo, na salvação da história humana, na salvação da humanidade.

E a mulher levou ambas as mãos à sua frente e deixou-as repousar ali, o punho de uma delas repousando na palma da outra.

— Naturalmente, o senhor nos conhecia. Minha loucura foi ter pensado que era preciso trazer-lhe uma prova. Por isso já não sei o que fazer com ela ou quando servir-me dela, como se a mesma fosse uma faca para uma só facada ou uma pistola municiada com uma só bala, e com as quais não devo arriscar-me demasiado cedo nem atrever-me demasiado tarde. Talvez o senhor já saiba o resto. Lembro-me de como me equivocara, ao julgar que o senhor não soubesse quem fôssemos. Talvez seu rosto esteja agora confirmando o que o senhor já sabe: que o resto, o fim disso, embora o senhor não estivesse lá, foi útil ao seu destino ou, de qualquer maneira, ao destino dela — sendo que em seguida o senhor partiu...

— Continue — disse o velho general.

—... se devo continuar? É isso? Entre as fitas e as estrelas e os galões produzidos por quarenta anos de lanças e granadas, não existe um só capaz de travar a língua a uma mulher? Um só, capaz de lhe falar — pois eu nada sei. Tinha só nove anos naquela época, de modo que apenas vi e guardei na lembrança; Maria também, embora só tivesse onze anos, pois já naquele tempo não precisava temer ou sofrer por alguma coisa pelo único motivo de a haver contemplado. Não que nos fosse necessário contemplar aquilo que lá estivera a vida inteira, não apenas a nossa vida inteira, mas também a do vale. Pertencia-nos, era nosso orgulho no vale (orgulho misturado com um certo temor), assim como um píncaro, uma geleira ou uma cascata o seria para qualquer outro vale; nosso orgulho, com efeito, aquela mancha, aquela parede branca e nua, ou zimbório ou torre — fosse lá o que fosse — que era no vale o primeiro objeto que o sol iluminava e o último donde sua luz fugia, ainda que a conservasse até muito depois que a ravina onde estávamos agachados houvesse perdido o pouco de claridade que até então aprisionara. Objeto que nem sequer era alto, se bem que *alto* não seja o termo aqui; não podíamos medi-lo, nunca o medimos assim. Era apenas mais alto que qualquer dos nossos homens, fossem estes caçadores ou vaqueiros. Não mais alto do que eles poderiam ser, porém em verdade mais alto do que eles eram ou ousavam ser. Ao mesmo tempo, não era nenhum altar ou lugar santificado; nós o conhecíamos, e também à espécie de homens que ali vivia, ou frequentava, ou servia; todos montanheses antes de serem sacerdotes; conhecíamos os pais deles, nossos pais haviam conhecido seu avós, e eles só ficariam sacerdotes mais tarde, com aquilo que restasse. Dir-se-ia o lugar um ninho — um ninho de águia — para onde as pessoas (os homens) se dirigiam como através do próprio ar (o senhor) sem deixar mais traços da sua vinda ou chegada (sim, o senhor) ou da partida (oh, sim, o senhor) do que o fariam as águias (oh, sim, o senhor. também; se então Maria e eu o vimos alguma vez, não nos lembrávamos, nem nos lembraríamos da ocasião em que o senhor nos viu, não fosse nossa mãe haver-nos contado; quase ia dizendo, "Se nosso pai algum dia o viu em carne e osso"... mas naturalmente que o viu, o senhor não deixaria de providenciar para que tal acontecesse; o cavalheiro honrado que ele era, cavalheiro de verdade e corajoso, pois era mister ter coragem, e meu pai já então perdera demasiado para que aquele pequeno dispêndio de coragem lhe parecesse excessivo), todos para ali se dirigindo, não para se lhes porem trêmulos os joelhos nos pisos lajeados, mas para pensar. Para pensar, não para alimentarem sonhadoramente a esperança e a aspiração e a crença (mormente a esperança) as quais confundimos com o ato de pensar; mas para alguma austera e feroz concentração na ideia que a qualquer tempo — amanhã, hoje, neste instante, agora, já — há de mudar a forma da Terra. Lugar, com efeito, não alto demais, apenas alto bastante para situar-se entre nós e o firmamento como uma estação em nosso caminho para o céu, de modo que não admira havermos pensado que, ao morrermos, a alma não ficava ali, mas só fazia no lugar uma parada para entregar a metade do cupão; e quando nossa mãe esteve fora aquela semana primaveril, não admira que Maria e eu soubéssemos o lugar para onde fora; não que ela tivesse morrido, pois nada havíamos sepultado, e ela não teria de passar por aquela estação. Mas com certeza era lá mesmo que estava, pois onde mais poderia estar aquele rosto que jamais pertencera ao vale, e que, desde o princípio, não tinha cabimento nele, isso para não citar o que nós, suas próprias filhas, sentíamos, e percebíamos por detrás daquele rosto estrangeiro as nossas montanhas e a nossa gente; para onde mais teria ela ido, senão para lá? Não para pensar, mas para se fazer admitida naquela aterradora e tremenda condição, pois seu próprio rosto, e o que havia por detrás dele, não poderiam emparelhar-se com aquilo, mas apenas respirar, banhar-se na radiosidade daquela furiosa meditação. E a maravilha foi ela ter regressado! Não para o vale, mas para mim e também para Maria. Éramos crianças e não compreendíamos, apenas observávamos e víamos, ao mesmo tempo que tecíamos e ligávamos, ou tentávamos ligar, os simples fios das nossas suposições; era simplesmente como se aquele rosto, aquela alguma coisa — fosse o que fosse — que nela existia e que nunca pertencera nem a nós duas, nem a nosso pai, ainda que ela fosse mulher de um e mãe de nós ambas, tivesse afinal cumprido aquilo que, desde o começo, era sua missão cumprir. No entanto, ela regressou. Não se havia mudado para sempre daquela casa, daquele lar, daquela vida e o mais: já o fizera, saindo como saíra e regressando a ela, e apenas arrumando o que deixara ali; de qualquer modo, fora sempre estrangeira e hóspede de passagem, e possivelmente nunca mais poderia regressar assim. Por isso Maria e eu, embora crianças, sabíamos, melhor que todo o vale, que aquilo não podia durar. Um filho, outro filho, um novo irmão, ou irmã, ou qualquer criatura que viesse no próximo inverno, nada significava para nós. E embora crianças, tudo sabíamos a respeito de crianças novas; pois em nossa região, quem haveria demasiado novo para ignorá-lo, desde que ali, entre as ásperas montanhas impiedosas, o povo utilizava-se das crianças — precisava utilizar-se delas, necessitava e requeria utilizar-se delas, nada mais havendo de que pudesse utilizar-se —, assim como os habitantes das terras selvagens se utilizam de fuzis e balas contra animais nocivos: para defender-se, preservar-se, perdurar... Assim, ao contrário de nosso pai, não víamos naquela criança o labéu do pecado, mas a prova irrefutável de alguma coisa que, de outro modo, ele próprio não teria aprendido por si mesmo a suportar. Não tocou nossa mãe fora de casa. Não acredite nisso. Fomos nós — foi ela. Ele estava a ponto de partir, deixando o lar, o passado, todos os sonhos e esperanças que a gente chama de lar; a ira, a impotência, a masculinidade ultrajada — oh sim, também a dor de coração (por que não?) —, tudo deixando para trás. Mas foi ela quem rompeu a corda e partiu, o ventre inchado e tudo, porque o tempo estava próximo, o inverno chegara, e, conquanto não soubéssemos calcular o prazo da gestação, havíamos já visto muito ventre inchado de mulher para que não pudéssemos fazer comparações.

Então partimos. Era de noite e fazia escuro. Nosso pai saíra logo após a ceia, não sabíamos para onde, e eu agora diria que talvez saísse a perseguir no escuro, na solidão, no escuro e no silêncio, aquilo que não estava ali, ou, no tocante a ele, em parte alguma. Agora sei por que o rumo tomado por ela — tomado por nós — foi o ocidente, e de onde nos veio dinheiro que nos bastou algum tempo, até que afinal não mais pudemos pagar nenhum transporte e tivemos de viajar a pé, pois ela nada havia tirado de casa, exceto a roupa do corpo, nossos xales e um pouco de comida que Maria carregava naquela cesta acolá. Nesta altura, também eu poderia dizer: "Mas vocês estavam salvas, e aquilo ainda não bastava"; mas não o faço para o senhor, que também traz em si tudo aquilo ante o que o céu inteiro faria bem de recuar. E assim caminhamos, sempre para o ocidente. Naturalmente, não aprendemos a pensar durante a semana de estágio que fizemos naquele sítio, se bem que ela soubesse de cor um pouco de geografia. Depois, a comida acabou-se, e só podíamos obtê-la mendigando; agora, porém, já não levaria muito tempo, mesmo que ainda tivesse sobrado algum dinheiro para pagarmos o resto da viagem. Naquela noite — era inverno ao partirmos — estava-se no Natal; na véspera do Natal; mas agora não me lembro se fomos expulsas da estalagem ou se simplesmente a deixamos; quem sabe se minha mãe quis romper mais essa corda que a ligava ao homem. Só me lembro da palha, do frio e do escuro estábulo, mas não me lembro se fui eu, ou foi Maria, quem saiu correndo pela neve para ir bater à porta fechada da cozinha, a fim de chamar alguém. Depois, lembro-me apenas de uma luz — uma lanterna — e de rostos estranhos aglomerados, inclinando-se sobre nós; em seguida o sangue, a linfa e a umidade, e eu, uma criança de nove anos, e uma irmã idiota de onze, esforçando-nos para esconder com algum recato aquele ultrajado e traído abandono e sua desamparada nudez, enquanto nossa mãe, a mão engalfinhada sobre a minha, tentava dizer alguma coisa, sua mão sempre crispada na minha mão, até que eu prometesse, até que eu desse minha palavra e fizesse a promessa, o juramento...

E ficou a olhá-lo de cima, o punho fechado de uma mão posto na palma da outra: — Não pelo senhor: só por ele. Não, não é isso; isto é, já o era pelo senhor; foi na previsão deste instante, que naquela noite ela me agarrou a mão e quis falar. Faz agora trinta e três anos. E aos nove anos eu já devia saber que tinha de atravessar toda a Europa a fim de levar ao senhor a palavra de nossa mãe, ao mesmo tempo que sabia da inutilidade em fazê-lo. Um destino, uma condenação a mim transmitida, a mim imposta pelo simples contato daquela mão na minha carne; isso, ainda antes de eu abrir o medalhão para ver-lhe o interior e adivinhar, ou pressentir, a quem aquele rosto pertencia; ainda antes que eu — nós encontrássemos a bolsa de dinheiro que devia trazer-nos para cá. O senhor foi generoso, ninguém o negava. Mas como poderia saber que o dinheiro que devia comprar a identidade para as consequências de uma loucura da juventude — um dote, se a criança fosse menina; um retalho de pastagem na encosta e um rebanho para aí pastar (se fosse menino) e uma mulher em seu devido tempo, e netos que imobilizassem nossa mãe — sua sócia na loucura — para além do alcance geográfico da vulnerabilidade que o assistia — que o dinheiro, dizia, ia ter um destino exatamente oposto, porque não só pagou nossa passagem para Beirute, mas com as sobras transformou-se naquilo que fora a sua intenção original: um dote?

Podíamos ter ficado lá mesmo em nossa terra entre as montanhas, no meio da gente cuja espécie conhecíamos e da qual também éramos conhecidas. Podíamos também ter ficado para sempre na estalagem à beira da estrada, na mesma vila onde nos encontrávamos, pois a gente de lá era em verdade muito bondosa, verdadeiramente dotada de piedade e compaixão para com os fracos, os órfãos e os desamparados, e isto tão somente por piedade e compaixão, que também ela é fraca e desamparada e órfã e gente de carne e osso, embora seja natural o senhor não poder acreditar ou não ousar acreditar nisso. O senhor que apenas ousa acreditar que a gente é artigo a ser comprado e utilizado até o cerne, e em seguida deitado fora. O fato é que lá permanecemos quase dez anos. Era natural que trabalhássemos na estalagem — na cozinha, e no estábulo, com as vacas leiteiras; na vila, e também para a vila; e Maria, porque era idiota, tinha um jeito todo especial de lidar com as criaturas simples e imbeles como as vacas e os gansos que viviam satisfeitos com serem simples vacas e gansos, ao invés de cervos e leões. Assim fosse, e teríamos voltado para casa, que era para onde, com toda a bondade deles, ou talvez devido à bondade deles, quiseram primeiro persuadir-nos a voltar. Mas não eu. A condenação podia ser dele, mas a maldição de precipitá-la e consumá-la era minha. Eu é que era então a portadora do secreto talismã, do sinal que não era apenas um lembrete a ser acariciado; portadora não da terna recordação de uma devotada fidelidade ou de uma deserção dada em penhor, mas, pendurado de encontro à minha carne, debaixo do vestido, talismã que era um estigma, uma febre, uma brasa, um aguilhão a espicaçar-me (eu era então mãe dele; o destino que o movesse teria de mover-me primeiro a mim; isso, já aos nove anos, e aos dez, e aos onze, quando então eu era mãe dos dois: do irmão menino e da irmã idiota, dois anos mais velha do que eu — até que em Beirute encontrei um pai para os dois) rumo ao dia, à hora, ao momento, ao instante em que, com o mesmo sangue, ele se desobrigaria de um e expiaria o outro. Sim, o destino era dele; e, porém, era eu quem o ministrava, como ancila, para trazer-lhe isto. E devo trazer junto a razão da necessidade disto; e, para trazê-la, tenho de trazer comigo, para a sua órbita, o próprio objeto que constituiria ou tornaria imperativa essa necessidade. Ainda pior: trazendo-o para a sua órbita, eu própria criei a necessidade da qual o sinal, o último lance desesperado que me resta, seria incapaz de desobrigar-me.

Maldição e condenação, que a seu tempo iriam corromper o generoso ambiente que nos obrigara, pois o senhor já está querendo perguntar como foi que conseguimos atravessar a Ásia Menor e chegar à Europa Ocidental, e é isso mesmo o que vou contar: não éramos nós, era a vila. Isto é, éramos todos ao mesmo tempo: uma confederação, a França, uma palavra, um nome, uma designação significativa e todavia infundada, oomo as que se emprestam à graça divina, à terça-feira, à quarentena; esotérica e infrequente não apenas para nós, mas para a gente generosa e ignara junto à qual encontramos um abrigo desamparado e órfão; gente que jamais ouvira falar da França nem disso cuidava até a nossa aparição no meio dela. Dir-se-ia que só por nosso intermédio estabelecera relações vivas com a França. Quanto a mim, só sabia que a França ficava no Ocidente, e que nós — eu arrastando comigo a outra — teríamos de procurá-la. Finalmente ficamos muito conhecidas na vila — no vale e no distrito — éramos "as meninas Franchini", as três meninas que, dedicadas à França, demandavam a França, como outros podiam demandar algum estado, ou condição, remotos e irreversíveis — um convento por exemplo ou o cinto do monte Evereste — não o céu; todo o mundo acredita que irá para lá, assim que tiver tempo para verdadeiramente concentrar-se nisso — algum lugar esotérico, característico e individual, para onde em verdade ninguém deseja ir, exceto em momentos de especulação ociosa, e que todavia reflete uma certa glória comunal no lugar que foi o hospedeiro da partida e a testemunha dos preparativos.

Nunca antes ouvíramos falar de Beirute. Era preciso que fôssemos mais velhas e mundanas do que éramos, para saber que em Beirute havia (sem falar na colônia francesa) uma guarnição oficial; era, com efeito, a França, uma França mais próxima do lugar onde nos encontrávamos. Isto é: a verdadeira França poderia até estar mais perto, mas a viagem para lá era terrestre, em consequência dispendiosa, e éramos pobres; para viajar, só tínhamos o tempo e lazeres. Havia naturalmente a bolsa, que decerto não nos teria levado os três à França pelo caminho mais curto, mesmo que para isso não existisse uma razão mais forte que a de poupá-la. Por isso só gastamos o que tínhamos em excesso, viajando como só viajam os muito ricos ou os muito pobres: os muito ricos, que viajam depressa para terem tempo, e os muito pobres, para terem lazeres. Quanto a nós, fizemos a viagem por mar, gastando apenas o suficiente para atingirmos a orla acessível, mais próxima e autêntica, da França oficial, e ainda assim despendendo o mínimo possível. Eu tinha nessa ocasião dezenove anos, e em mim possuíamos então alguma coisa ainda mais suscetível de mútuo arranjo do que a bolsa, da qual precisamos apenas o suficiente para conduzir-me rapidamente, e com a mão não vazia, ao alcance matrimonial do marido francês que seria para nós três o passaporte para o país onde o destino aguardava meu irmão.

Essa, enfim, a razão de Beirute. Nunca ouvira falar dela; mas por que duvidaria eu, se a vila inteira não duvidava? Se não duvidava, quisesse-o Deus, e Beirute apareceria no ponto final do navio e da viagem; igualmente não duvidava do marido francês, que lá estaria me aguardando. E estava mesmo. Nunca antes lhe ouvira o nome, nem me lembro de todas as peripécias do nosso encontro, só sei que não tardou muito, e ele se portou comigo como um correto homem, e tem sido para mim um bom marido, e para Maria um bom irmão, e um pai para aquele do qual se diria tenho eu de herdar todas as angústias, exceto a inicial de havê-lo gerado — eu que me tenho esforçado, e continuo me esforçando, em ser uma boa esposa. Ele era soldado na guarnição; isto é, ali fazia o serviço militar, pois nascera lavrador, e o seu tempo tocava o fim; oh, sim, seu tempo de serviço estava a terminar. Um dia mais, e eu não o teria conhecido, o que seria para mim um aviso, um sinal de que efetivamente o que nos defrontava era a fatalidade, não o destino, uma vez que o destino é canhestro, ineficaz, contemporizador, enquanto a fatalidade nunca o é. Mas naquele tempo eu não sabia nada disso. Só sabia que tinha de chegar à França, o que se fez: a fazenda... — mas não estou interessada em dizer-lhe onde ela se situa...

— Sei onde é — disse o velho general. A mulher permanecera todo o tempo imóvel, de modo a não poder agora ter sua imobilidade acrescentada: sua alta figura respirando tão tranquila, que nem parecia respirar, o punho fechado de uma mão na palma da outra mão imóvel, o olhar descendo do alto sobre o general.

— Então já chegamos a esse ponto — disse ela. — O senhor naturalmente indagou onde ficava a fazenda. Se assim não fosse, como poderia saber o lugar ante o qual vai hesitar em conceder-me a permissão para nele sepultar a carne e os ossos da carne e dos ossos que algum dia amou, ou, pelo menos, que desejou outrora? E até sabe de antemão o pedido que afinal lhe vou fazer, uma vez que agora ambos sabemos que entregar-lhe eu isto... — e, sem descruzar as mãos, ela moveu ligeiramente a que estava fechada, a seguir pousando-a novamente na outra palma — também será em vão.

— Sim — disse o velho general. — Sei-o também.

— E de antemão o concede, uma vez que, por aquela época, ele já não representará uma ameaça? Não, não, não responda já; deixe-me ainda acreditar algum tempo naquilo em que eu nunca teria podido acreditar: que alguém, até mesmo o senhor, fosse mais capaz de governar o fluxo das suas entranhas de compaixão natural, do que de governar suas entranhas físicas. Mas onde estava eu? Oh, sim, na fazenda. Naquele navio que levava a Beirute, ouvira falar em terra à vista e em porto, em Beirute fiquei até sabendo o significado da palavra *abrigo;* e agora, finalmente na França, pensei que havíamos — que ele havia — encontrado tudo isso, isto é, um lar para quem nunca antes o tivera: quatro paredes e uma lareira ao fim do dia; paredes e lareira mutuamente nossas, e trabalho a ser executado não pela paga ou o privilégio de dormir no palheiro de feno ou de comer as sobras de comida à porta da cozinha, mas trabalho recíproco, a ele também cabendo decidir entre abandoná-lo ou levá-lo a termo. Aí, ele já não era apenas fazendeiro nato; era-o de fato, e muito bom, como se a outra metade do seu sangue, sua educação e herança, que eram camponeses, tivesse dormido em prematura suspensão até que o destino o encontrasse, aparelhando-o com um campo, boa terra — ampla, rica e bastante profunda —, de modo que, já ao fim do segundo ano, ele era o herdeiro do meu marido, e seria ainda co-herdeiro, caso viéssemos a ter filhos. Aquilo era para ele não apenas um lar, mas uma pátria; sendo súdito francês, dentro de dez anos também seria cidadão francês, cidadão da França, francês para todos os efeitos, sua própria origem anônima obliterada, como se nunca antes houvesse existido.

 Assim poderia ele afinal esquecer-se do senhor. Não, não é isso: como esquecê-lo, se o senhor era a causa de estarmos onde estávamos; a causa de termos afinal encontrado um porto, um abrigo onde, como se dizia no navio, podíamos lançar âncora, e permanecer firmes e seguros? Além disso, ele não poderia esquecê-lo, pela simples razão de que não o conhecia nem de nome. Antes, fui eu quem o esqueceu. Porque então pude enfim deixar de buscá-lo, eu que atormentara, arrastara comigo sobre a terra duas outras pessoas, a fim de descobri-lo, encará-lo, obrigá-lo, censurá-lo, já não sei que mais... Lembre-se: eu então não passava de uma criança, embora desde os nove anos viesse servindo de mãe a duas delas. Como se fosse eu mesma que, na minha ignorância, o houvesse compreendido mal, e por isso lhe devesse a desculpa e a vergonha, e como se fosse o senhor que conhecesse, em sua sabedoria, a única devolução para a qual ele se achava habilitado: a devolução devida à metade da sua origem camponesa — inextirpável origem — por via da qual a menor aproximação com o senhor, ou a mera justaposição de ambos, teria redundado em desastre para ele, quem sabe até num desastre capaz de acarretar-lhe a destruição. Oh, sim, agora sei que o senhor já estava a par de toda a história. Sabia não apenas *onde* nos achávamos, mas *como* nos achávamos e *o que* fazíamos — o senhor, que esperava, e acreditava, haver deliberadamente arranjado e planejado o que aquela vida deveria ser, conquanto lhe fosse impossível prever que eu viria a depositá-la intacta à sua porta; abrigo, porto e lar não só dele, mas nossos; pertencentes a Maria e a mim, com efeito a nós quatro, não apenas ao senhor, e àquele que o senhor engendrou, mas às outras duas, em cuja origem o senhor não teve parte, e todos para sempre estigmatizados por um parentesco irremediável, mercê da mesma paixão que, criando três de nossas vidas, para sempre alterou o curso, ou pelo menos o padrão da nossa; e nós quatro juntos, até mesmo obliterando a paixão de um passado irreversível, do qual o senhor não fora partícipe, ao engendrar o filho, desalojando nosso pai e seu antecessor; apagando em Maria e em mim, até a ancianidade de nosso pai; e em Maria, a primeira filha dela, confirmando a si próprio o troféu de um passado virgem. E mais: em dois dentre nós — desta feita não em Maria, pois sendo ela tonta e néscia, era incapaz de ameaçá-lo, e sendo ela mesma inocente de todo mal, era invulnerável mesmo ao senhor, pois os tontos só conhecem a perda e a ausência, nunca a privação — mas ele e eu fomos para o senhor não apenas absolvição, mas expiação, como se ao completar seu primeiro desígnio, o senhor tivesse previsto o momento atual e decretado, por uma procuração a meu favor, o último direito e privilégio da amante morta e abandonada: o de o senhor enaltecer-lhe a virtude da constância, e o de amontoar-lhe ela sobre a cabeça a censura por sua queda.

Por conseguinte, nem me foi preciso perdoar-lhe; os quatro éramos então um só, naquela mutualidade operante, naquele armistício nem compassivo nem falho de compaixão, e nenhum tinha tempo a perder com censuras e perdões recíprocos, pois estávamos todos bastante ocupados em carregar e manter em equilíbrio aquela condição da sua expiação (dele) das nossas reparações, cujo instrumento o senhor fora. Nunca lhe vira o rosto para que dele me lembrasse, e começo a crer que nunca o veria nem nunca desejaria vê-lo, nem mesmo naquele instante em que o senhor e ele seriam fatalmente obrigados a defrontar-se, e quando ele somente seria suficiente, sem necessidade da minha ratificação ou apoio. Não: o que perdoei foi o próprio passado; e se não perdoei ao senhor, poderia perdoar-lhe agora, uma vez que se trocou toda aquela amarga e ultrajante fraqueza pela casa — o porto — o abrigo — que existia ao alcance da capacidade dele, e para a qual se achava equipado e habilitado. E ainda mais: que ele mesmo escolheria se lhe fosse facultada a escolha, cujo instrumento anônimo o senhor fora, pretendesse ou não o senhor que ela se desse na França, onde, uma vez ele livre, também nós duas seríamos livres. Aí, foi ele convocado à sua classe militar. Partiu quase pressuroso; ao que eu saiba, não que não pudesse agir de outro modo; mas como o senhor deve saber, há maneiras e modos de a gente aceitar aquilo que de nós não depende recusar. Ele, porém, partiu quase pressuroso a servir seu turno — ia quase a dizer "tempo" — mas não acabo de dizer que partiu quase pressuroso? — e depois voltou para casa, quando então o acreditei livre do senhor, crendo que ambos, o senhor e ele, haviam enfim encontrado um equilíbrio e celebrado um armistício de ameaças e perigos; ele era agora cidadão francês, um francês que o era não apenas legalmente, porém moralmente, uma vez que a data do seu nascimento provava ele possuir o direito a um, e ele mal acabara de despir a farda na qual provara o seu direito de merecer o outro; e não só estava livre do senhor, como também estavam ambos mutuamente livres um do outro: o senhor, absolvido do perigo, pois tendo-lhe dado a vida, dava-lhe agora a segurança e a dignidade nas quais findá-la, de modo que nada ficava a lhe dever; e absolvido ele da ameaça, o senhor já não lhe faria mal algum, e, em consequência, já não tinha necessidade de temê-lo.

Sim, enfim livre do senhor, pensei; ou o senhor, livre dele, desde que era a ele que o receio convinha. Mas se ainda lhe restava um bocadinho de perigo no tocante ao senhor, ele próprio extirparia esse bocadinho pelos meios mais seguros entre todos: o casamento, uma mulher, uma família; tantas responsabilidades econômicas para carregar e cumprir, que não lhe sobraria tempo de sonhar com seus direitos morais; uma família, filhos, liame esse mais forte e indissolúvel entre todos, a enredá-lo, a torná-lo cada vez mais inofensivo no presente, entregando-o irremissivelmente ao futuro e insulando-o para sempre das dores e angústias (não as sentia no sentido em que falo, pois ainda nada sabia a seu respeito) do seu passado.

Parecia, entretanto, que eu me enganava. Sempre me enganei no que se referia ao senhor, e me enganava sempre, ao pensar naquilo que o senhor julgava ou receava dele, ou naquilo que o senhor sentia por ele. Mas nunca me enganei mais que agora, quando se diria que o senhor chegou a acreditar que, subornando-o com a independência, não fizera mais do que ferir ligeiramente a cobra sem matá-la, o casamento só servindo para que a ameaça que ele representa para o senhor se componha em filhos, um dos quais poderá amanhã recusar--se a ser subornado pela doação de uma fazenda. Qualquer casamento que fosse — até mesmo este. Ao princípio parecia que era o próprio sangue dele que o defendia, que o escudava contra essa ameaça, como se fora ele levado por uma espécie de lealdade filial instintiva. Fazia tempo que nosso desígnio era casá-lo: e agora que ele estava livre — adulto, homem, cidadão e herdeiro da fazenda —, porque eu e meu marido já então sabíamos que era impossível termos filhos, e o serviço militar, assim o acreditamos na ocasião, já era para ele uma coisa do passado — começamos a fazer planos. Duas vezes ele recusou, duas vezes declinou das candidatas — todas virtuosas, solvíveis, convenientes — que lhe arranjamos, e ainda assim de uma maneira que nos deixou em dúvida sobre o objeto da sua recusa: se era a moça que ele recusava ou a própria instituição do casamento. Talvez a ambas recusasse, pois era filho seu; embora, em minha opinião, ele continuasse ignorando que o senhor existia; mas talvez repudiasse a ambas, porque do senhor herdara ambas as coisas: o repúdio da instituição (não prescindira dela para nascer?) e o tédio de escolher companheira, desde que, no que lhe dizia respeito, a paixão bastara outrora porque fora tudo, e ele por seu turno sentia, desejava, acreditava merecer não menos do que equiparar-se à sua própria herança.

Mas para o senhor a coisa devia ter sido ainda pior: seu próprio filho a desejar não desforrar-se, mas vingar-se do senhor, recusando as duas que escolhemos — eram não só solvíveis, mas virtuosas — por aquela que nem sequer vendera um em troca do outro, mas que, no escambo de um, acabara perdendo a ambos na transação? Eu não sabia, ninguém sabia; só sabíamos que ele as recusara e delas declinara, e ainda daquele jeito que contei, e que foi menos uma recusa do que uma rejeição, de modo que ficamos a pensar que talvez ele ainda desejasse prolongar por mais algum tempo aquela liberdade sem cadeias de moço solteiro, e que ele mal havia acabado de recuperar — de recuperar? De descobrir! — na véspera, no ato de despir a farda. Só nos restava esperar, e assim fizemos. Passou-se mais algum tempo, e já pensávamos que isso bastasse (pois o casamento é uma coisa suficientemente duradoura para conter em si espaço bastante para o tempo), quando, repentinamente, sem nenhum aviso (a nós que só cuidávamos do trabalho e do pão, não de política nem de glória) 1914 chegou, quando já não importava que o tempo fosse curto ou não, ou se fora acertado ou não ele esperar. Porque desta vez não esperou: partiu na primeira semana, vestido com a velha farda recendendo a naftalina da canastra do sótão, mas não o fez mais rápido do que nós. O senhor sabe onde fica a fazenda ou onde ficava (não, onde fica, pois ainda deve lá estar a fim de servir de base para aquilo que o senhor vai enfim nos outorgar) de modo que não preciso dizer que a deixamos, pois uma parte das suas atividades consiste na luta com a massa confusa e angustiada de civis desabrigados, entre os quais o senhor precisa abrir espaço para as vitórias que granjeia.

Mas desta vez ele nem sequer esperou a convocação. Um estranho poderia pensar que ele era apenas um rapaz solteiro que aceitava até mesmo a guerra como um desesperado recurso de fuga ao matrimônio; mas esse estranho estaria naturalmente enganado, conforme dois anos mais tarde se provou. Nós, porém, estávamos mais bem informados. Ele então era francês, e tudo quanto a França lhe pedia em troca da dignidade dele, seu direito, sua segurança e sua independência, era a boa vontade para defender a ela e àqueles; e era isso mesmo o que ele fora fazer. Foi aí que, subitamente, em toda a França (e, nesse particular, em toda a Europa Ocidental) o nome do senhor atroou os ares; mesmo na França, todas as crianças conheciam-lhe o rosto, pois o senhor era quem nos haveria de salvar; o senhor, entre todos supremo, não para comandar nossos exércitos ou os exércitos aliados, pois estes não precisavam ser comandados, uma vez que o terror e a ameaça eram igualmente o terror e a ameaça deles, e o que precisavam era serem conduzidos, reconfortados, tranquilizados, e o senhor era aquele que podia fazer isso, pois no senhor depositavam sua fé e no senhor punham sua crença. Minha compreensão, porém, era maior.

Não melhor; apenas maior. Só tive de levar isto a um jornal — e aí ela moveu ligeiramente a mão fechada, posta sobre a palma da outra — para saber não somente quem o senhor era, mas para saber o que era e onde estava. Não, não; o senhor não deu início a esta guerra apenas para provar que ele era seu filho e cidadão francês, mas antes, desde que a guerra tinha mesmo de travar-se, seu próprio destino, sua própria fatalidade era que se serviriam dela para ele se provar perante o pai. O senhor não vê? Juntos, o senhor e ele, a perfazerem um só na salvação da França: ele, em seu humilde lugar, e o senhor no seu alto lugar incomparável, a própria vitória sendo a do dia em que ambos se olhassem face a face — ele, ainda despido de qualquer graduação, salvo a comprovada bravura, a constância e a devoção que a medalha que o senhor lhe pregaria no peito viria simbolizar e afirmar...

Tratava-se, naturalmente, da moça: a desforra e a vingança contra o senhor, que a ambos temia. Uma prostituta — prostituta de Marselha — a ser mãe dos netos do seu sangue altivo e exaltado! Falou-nos dela na licença do seu segundo ano de serviço. Nós, eu, naturalmente, disse não, mas também isto ele herdara do senhor: a capacidade de sempre perseguir sua própria vontade. Oh, sim, falou-nos dela: uma boa moça, dizia, a levar, obrigada pelo destino, pela necessidade e pelas compulsões, uma vida que não era a dela. E não se enganava. Vimos que não se enganava assim que trouxe a moça para junto de nós. Boa moça, com efeito — agora o é, fosse o que fosse — ou desde então o era, e talvez sempre houvesse sido a boa moça que ele acreditava que fosse, ou que talvez fosse, desde que principiou a amá-lo. Seja como for, quem somos nós para contestar a ele e a ela, se isto apenas prova o que o amor é capaz de fazer: salvar ou condenar uma mulher? Agora, porém, já não importa. O senhor nunca acreditará; talvez não ouse ou lhe aconteça acreditar, mas ele jamais lhe faria qualquer imposição; os filhos da prostituta dele não haveriam de levar o nome do pai dele, mas o nome de meu pai. O senhor não acredita, mas eles nunca viriam a saber de quem era o sangue que lhes circulava nas veias, não mais do que ele próprio o saberia — não fosse isto. Mas agora é demasiado tarde. Tudo se acabou. Eu havia imaginado o senhor a encará-lo pela primeira vez naquele derradeiro campo da vitória, enquanto lhe pregava a medalha ao peito da túnica; mas, em vez disso, o senhor o verá pela primeira vez — não, nem sequer o verá, pois não vai estar presente — amarrado a um poste para que o veja — se é que é obrigado a vê-lo, o que decerto não é — por sobre os ombros e os fuzis apontados de um esquadrão de fuzilamento.

 A mão, a mão fechada, agitou-se, tremeu rapidamente, tão rapidamente, que o olho quase não pôde registrar-lhe o tremor, e, ainda antes de aparecer, o objeto pareceu lançar no ar um brilho para logo tombar sobre a tampa vazia da mesa, onde se abriu como por sua própria vontade e em seguida parou — o objeto, o pequeno medalhão gravado, de ouro gasto, que se abria como um relógio de caça sobre dois retratos gêmeos, duas miniaturas pintadas em marfim.

 — Então é verdade que o senhor teve mãe. Teve-a, com efeito. Quando naquela noite vi pela primeira vez o segundo rosto pintado no medalhão, pensei que pertencesse à sua mulher ou noiva ou amante, e pus-me a odiá-lo. Agora sei que não era assim, e peço desculpas por lhe haver imputado ao caráter uma qualidade de tal modo fraca, ao ponto de suscitar em mim o calor humano do ódio.

 E descendo o olhar sobre ele:

 — Por isso esperei para lhe mostrar. Não; isso também não está certo. Qualquer momento que fosse, este seria sempre tardio; qualquer momento em que eu a escolhesse como arma, a pistola teria falhado, e a lâmina da faca se estilhaçaria no golpe... Agora o senhor já sabe qual vai ser meu próximo pedido...

 — Sei — respondeu o velho general.

 — E será de antemão outorgado, uma vez que, naquela altura, ele já não mais poderá ameaçá-lo. Pelo menos não será então demasiado tarde para que ele receba o medalhão, conquanto este já não o possa salvar. Diga que não será demasiado tarde para doá-lo a ele.

 — Digo que não será demasiado tarde — tornou o velho general — Ele o receberá.

 — Quer dizer que ele deve morrer. — E um ao outro fitaram-se:

 — Seu próprio filho.

 — Assim não herdará ele de mim, aos trinta e três anos, aquilo que eu já lhe havia legado no nascedouro?

Pelo tamanho e localização, a sala que o velho general chamava de seu estúdio teria provavelmente sido o quarto, a cela da dama de honor ou da roupeira favorita da marquesa, ainda que, pela aparência de agora, antes se diria uma biblioteca roubada em bloco de uma casa de campo inglesa e em seguida despojada dos livros e outros pertences. As prateleiras estavam vazias, exceto numa das paredes, onde, na extremidade de uma delas, ordenava-se em fila uma pequena série de livros de texto e manuais militares do velho general. Sob ela, encostado à parede, via-se um só e estreito leito de campanha sem travesseiro, coberto por um cobertor cinzento do exército, perfeita e impecavelmente estendido, e a seus pés a maltratada secretária de campanha do velho general. A sala continha ainda uma pesada mesa de aspecto vitoriano, quase americana na aparência, rodeada por quatro cadeiras, onde se viam sentados os quatro generais. Levantavam-se da mesa as sobras da refeição do general alemão, e um ordenança estava a sair com a última bandeja de pratos usados. Em frente do velho general havia um serviço de café e uma bandeja cheia de jarras e copos. O general enchia os copos e passava-os adiante. Ao apanhar uma das jarras disse ao general alemão:

— *Schnapps,* naturalmente, general.

— Obrigado — respondeu o general alemão. O velho general acabou de encher o copo e passou-o. Sem dirigir absolutamente a palavra ao general britânico, só fez passar-lhe a garrafa de vinho do Porto e um copo vazio, e, a seguir, um segundo copo vazio.

— Desde que o general (e enunciou o nome do general americano) se acha à sua esquerda... — Não o disse de propósito a qualquer deles e voltou a enunciar o nome do general americano: — ...via de regra, geralmente não bebe após o jantar. Mas talvez esta noite esvazie o copo. — E dirigindo-se ao general americano: — A menos que o senhor também prefira servir-se de conhaque?

— Porto, por favor — disse o americano. — Já que estamos simplesmente suspendendo uma licença, não a ab-rogando...

— Ora — disse o general alemão. Estava sentado ereto, as medalhas reluzindo, a lente do monóculo de usar em terra (não tinha cordão ou fita, nem se lhe achava no rosto, ou na cabeça, como uma orelha, mas inevitavelmente entalado na órbita do olho direito, qual um segundo globo ocular) fixada com um brilho duro e opaco no general americano. — Alianças. É isso o que anda sempre errado. O erro que nós — nós e vocês — e vocês... e vocês... — o olhar duro e fixo saltando agora de rosto em rosto, enquanto prosseguia: — Agimos sempre como se nunca aprendêssemos. Desta vez pagaremos pelo erro. Oh, sim, pagaremos. Não compreendem os senhores que também nós sabemos, tão bem quanto os senhores, isto que sucede; que também nós sabemos qual vai ser o fim disto, nestes doze próximos meses. Di-lo-á o inverno que vem aí. Estamos ainda mais bem informados do que os senhores — e dirigindo-se ao general britânico: — Agora vocês também disputam a corrida e não têm tempo para outra coisa. Nem que o tivessem, é bem provável que não compreendessem, pois os ingleses não são um povo marcial. Nós, sim. Nosso destino nacional é a glória, a guerra; nenhuma tem mistério para nós, de modo que estamos aptos a interpretar realisticamente aquilo que vemos. Em consequência, haveremos de pagar por aquele erro. E já que pagaremos, você... e você... e você — o olhar frio e inerte parando outra vez no americano — que julga ter entrado na guerra bastante tarde para arriscar pouco e sair lucrando; você também pagará. — Nesse instante não olhava qualquer deles em particular, era como se tivesse sorvido um rápido e inaudível alento apaziguante, para prosseguir empertigado e digno: — Mas hão de perdoar-me. Desta feita já se fez demasiado tarde para aquilo. Nosso problema é imediato. Ao mesmo tempo, em primeiro lugar... — E ergueu-se com tal ímpeto, arremessando o guardanapo amarfanhado sobre a mesa e apanhando o copo cheio de conhaque, que sua cadeira recuou violentamente e teria revirado, não fosse o general americano ter-lhe posto depressa a mão em cima para segurá-la, enquanto o general alemão continuava rigidamente de pé, o copo de conhaque levantado, sua farda colada ao corpo e lisa como uma cota de malhas, a contrastar com o paletó folgado do britânico (a lembrar a cômoda jaqueta de um guarda-caça), com a do americano, que semelhava uma roupa de estilo comprada feita para uma mascarada onde ele iria comparecer transvestido de soldado de há cinquenta anos, e com a farda do general, que se diria sua mulher retirara de uma canastra recendendo a naftalina no sótão, em seguida podara de algumas partes e acrescentara pedaços de galão e de fita e alguns botões naquilo que sobrara.

— *Hoch!* — exclamou o alemão empinando o copo de conhaque, no mesmo gesto atirando para trás do ombro o copo vazio.

— *Hoch* — retribuiu polidamente o velho general, que também bebeu mas repôs o copo vazio sobre a mesa. — Desculpe — acrescentou. — Nossa situação não se compara com a sua, razão por que não podemos permitir-nos o luxo de quebrar copos franceses. — E tirando outro copo da bandeja pôs-se a enchê-lo. — Sente-se, general — disse. Mas o general alemão permaneceu impassível.

— A quem cabe a culpa — começou ele a dizer — de havermos sido compelidos — *ja,* duas vezes — a destruir propriedades francesas? A culpa não é minha, tampouco dos senhores — não cabe a nenhum de nós que aqui estamos — a nenhum dentre nós — de nós que somos obrigados a passar quatro anos nesta tensão, olhando-nos face a face por detrás de duas cercas de arame. São os políticos, os civis e os imbecis que nos obrigam, em cada geração, a retificar os crassos erros da sua desgraçada barganha de cavalos internacional...

— Queira sentar-se — disse o velho general.

— Espere — tornou o general alemão; e fazendo uma pausa, descreveu um rígido cruzado em quarto e bateu os calcanhares, para aí defrontar o velho general. — Por favor, perdoe-me. Perdi momentaneamente as estribeiras. — E inverteu o cruzado em quarto, mas desta vez sem bater os calcanhares. Sua voz era agora mais suave ou, fosse como fosse, mais tranquila: — O mesmo erro crasso porque sempre se trata da mesma aliança: só variam as peças e mudam de lugar. Talvez seja preciso continuar assim, eles sempre a perpetrarem o mesmo erro. Como civis e políticos, talvez não possam proceder de outra maneira. Ou, como civis e políticos, talvez não se atrevam a proceder de outra maneira. Porque seriam os primeiros a desaparecer sob a aliança que estabelecêssemos. Pensem nisso, se ainda não o fizeram: uma aliança que domine toda a Europa. A Europa? Qual! O mundo — nós e vocês, a França; e vocês, a Inglaterra — e pareceu voltar a dominar-se um segundo, a seguir virando-se para o general americano: — e com vocês a representarem, de par com seus bons augúrios .

— O acionista minoritário — disse o americano.

— Obrigado — tornou o general alemão. — Uma aliança: a aliança capaz de conquistar a terra inteira — Europa, Ásia, África, as ilhas — para realizar aquilo onde Bonaparte falhou, aquilo que César sonhava, aquilo para cuja realização a vida de Aníbal foi demasiado curta...

— E quem será o imperador? — perguntou o velho general. A pergunta foi tão polida, dita com tamanha suavidade, que pareceu por um momento não causar impressão. O general alemão fitou-o.

— Como não? — disse o general britânico com igual suavidade — Quem vai ser?

O general alemão fitou-o; no rosto impassível, apenas o monóculo deslizava olho abaixo, rosto abaixo, túnica abaixo, e, lançando um lampejo ou dois no giro que fez no ar, foi cair na palma levantada para recebê-lo, já a mão fechando-se sobre ele e outra vez abrindo--se, o monóculo já em posição entre o polegar e o indicador para tornar a entalar-se no olho já agora sem globo ocular; sem cicatriz, tampouco sutura cicatrizada; somente a órbita vazia e sem pálpebra esgazeada, para o general britânico.

— Quem sabe agora, general? — disse o velho general.

— Obrigado — tornou o general alemão, ainda aí impassível. O velho general colocou o copo cheio de conhaque sobre a mesa, em frente ao lugar ainda vago. — Obrigado — disse o general alemão. E sem tirar os olhos do britânico, sacou um lenço do punho, limpou o monóculo que tornou a entalar na órbita, sendo que agora era o ovoide opaco que fixava o general britânico. — Está vendo por que somos obrigados a odiá-los: odiar vocês, os ingleses — disse.

— Vocês não são soldados. Talvez não tenham capacidade para o ofício. O que está bem. Se isso for verdade, que poderão fazer? Não; não é por isso que os odiamos. Nem por saber que não fazem a tentativa de ser soldados. Odiamo-los porque vocês nem sequer se dão ao incômodo de fazer a tentativa. Quando se empenham numa guerra, cometem toda sorte de desatinos, e ainda assim sobrevivem. Devido à sua ilhota, não podem ficar maiores e não o ignoram. Por isso sabem que, mais cedo ou mais tarde, terão de travar nova guerra, e também aí não se prepararão de propósito para enfrentá-la. Só sabem enviar seus rapazes para o colégio militar, donde sairão perfeitamente habilitados a montar um cavalo e a substituir uma guarda palaciana; esses rapazes obterão alguma experiência prática, e transferirão intacto todo esse ritual aos minúsculos postos avançados, junto a arrozais, a plantações de chá e a trilhos de cabras no Himalaia... Mas é só. O que vocês fazem é apenas aguardar que o inimigo venha de fato bater à sua porta da frente! Então saem de casa para o repelir, assim como uma vila inteira sai entre maldições e blasfêmias numa noite de inverno, a fim de salvar do incêndio uma meda de feno... Arrebanham, então, as varreduras das sarjetas, a escumalha das favelas, dos estábulos e dos prados de corrida — rebotalhos que nem ao menos estarão vestidos como soldados, mas como oradores, carroceiros e cavadores de enxada, seus oficiais mais parecendo os convivas numa casa de campo a saírem para os confins da propriedade numa corrida ao faisão... Percebe? Põem-se então os oficiais a marchar à frente, armados só de bengala e dizendo: — Vamos, rapazes! Quer-me parecer que o inimigo está logo acolá; até parece haver ali um bom número deles, mas atrevo-me a dizer não serem demasiado... — E começam a andar como se passeassem, nem sequer olhando para trás a fim de ver se são seguidos ou não, o que não precisam fazer, pois são mesmo seguidos, e eles mesmos seguem, sempre maldizendo e resmungando, sempre improvisados, e seguem e morrem, sempre amaldiçoando e resmungando, sempre civis! Temos de odiá-los. Isto é de fato uma imoralidade, uma afrontosa imoralidade. Os ingleses nem sequer desprezam a glória, esta não lhes interessa — simplesmente. Só lhes interessa em alguém o seu estado de solvabilidade... — E continuou de pé, rígido e composto, fitando o general britânico; disse em seguida calmamente, numa voz de desespero contido e sem limites: — Já sabem; vocês são uns porcos. — E em seguida: — Não — sua voz agora repassada de uma certa incredulidade ofendida: — São algo pior. São inverossímeis. Quando nos achamos do mesmo lado vencemos; isso sempre acontece, e todo o mundo atribui a vocês o mérito da vitória: Waterloo, por exemplo. Quando somos contra vocês, vocês perdem — sempre acabam perdendo: Passchendale, Mons, Cambrai e, amanhã, Amiens, e vocês nem ao menos sabem...

— Por favor, general — disse o velho general com sua voz suave. Mas o general alemão nem sequer entreparou. Voltou-se para o americano:

—Vocês também — disse.

— Porcos? — perguntou o americano.

— Soldados — retrucou o alemão. — Não, porém, melhores.

— Quer dizer, não piores, não é? — perguntou o americano.

— Ainda ontem à noite cheguei de St. Mihiel.

— Então quem sabe amanhã poderá visitar Amiens — disse o general alemão. — Posso conduzi-lo.

— General — disse o velho general. Desta feita o general alemão interrompeu-se e até fitou o velho general. Disse a seguir:

— Mas ainda não. Sou — como dizeis? — o suplicante. — E repetiu: — O suplicante. — Depois começou a rir, isto é, a rir com o olho morto, indômito e sem remorso, não se dirigindo a ninguém em particular, nem a si mesmo, somente à incredulidade ultrajada e sem remorso. — Eu, tenente-general alemão, cobri oitenta e sete quilômetros para aqui vir suplicar a — *ja,* insisto em prosseguir — um inglês e a um francês, a derrota da minha nação. Nós... eu poderia tê-la salvado, simplesmente recusando-me a vir aqui ao seu encontro. Poderia ainda salvá-la abandonando este recinto. Poderia tê-lo feito no aeródromo esta tarde, fazendo uso contra mim mesmo da pistola que utilizei para preservar, mesmo na derrota, a integridade daquilo que (e fez com a mão um gesto rápido, um movimento mal esboçado indicando todo o uniforme: cinto, metais, alamares, insígnias e o resto) isto representa, ou que obteve o direito de representar, e conservar ainda aquilo por cuja causa morremos, nós que nisto morremos. E depois, isto: este disparate de sacerdotes e políticos e contemporizadores civis, a quererem uma trégua, o que efetivamente obtiveram faz três dias. Eu porém não a quis. Não a quero — e o resultado disso dentro de um ano será estarmos, não apenas nós — (e, sem mover-se, tornou a fazer o mesmo gesto indicando o uniforme) mas também aqueles cujo erro crasso experimentamos corrigir, exaustos e acabados; e nós junto com eles, desde que já não é possível desvencilharmo-nos uns dos outros. Oh, sim, também nós; e que os americanos importunem quanto quiserem nossos flancos, em Verdun não passarão. Amanhã tê-los-emos rechaçado (e dirigindo-se ao bretão) de Amiens, possivelmente até daquilo que os senhores consideram fosse seu; e no mês que vem (dirigia-se agora ao velho general) seu pessoal em Paris, antes de partir para a Espanha e Portugal, estará enchendo as pastas com os sagrados talismãs oficiais... Será, porém, demasiado tarde, pois então tudo estará findo e acabado. Que se passem outros doze meses, e estaremos pleiteando junto dos senhores, e em seus próprios termos, a sobrevivência do seu povo, desde que é impossível destrinçar a sorte dele da nossa. Pois sou, em primeiro lugar, soldado, em seguida, alemão, e depois — tenho a esperança — alemão da vitória. Isto, porém, não vem sequer em segundo lugar, mas apenas em terceiro. Porque isto (e tornou a indicar o uniforme) é mais importante que qualquer alemão, mais importante ainda que qualquer vitória. — Fitava agora a todos em derredor, a voz de todo calma fluindo em tom de conversa: — E esse o nosso sacrifício: todo o exército alemão contra aquele único regimento francês. Os senhores têm razão. Noto que estamos perdendo tempo. — Fitou-os num relance, e acrescentou: — Ora, não é preciso guardarmos segredo, ao menos por um breve lapso de tempo. Acho-me a oitenta e sete quilômetros daqui. Preciso regressar. Como iam dizendo... — e encarando o general americano, tornou a bater os calcanhares, produzindo um rumor muito alto na sala quieta e insulada — isto é apenas uma trégua, não um armistício. — E ainda sem mover-se relanceou um rápido olhar do americano para o bretão, e vice-versa. — São admiráveis, mas não são soldados.

— Os jovens são todos bravos — disse o americano.

— Continue — tornou o general alemão. — Diga-o: até os alemães.

— Até os franceses — disse o velho general com voz suave. — Não ficaríamos mais à vontade se o senhor se sentasse?

— Um momento — tornou o general alemão, sem sequer fitar o velho general. — Nós... — e outra vez sem mover-se, olhou rápido de um para o outro — ambos os senhores e eu já discutimos este assunto, enquanto o vosso comandante-chefe — como direi? Comandante pró-forma ou mútuo? — esteve afastado de nós. Estamos acordes naquilo que se deve fazer; isso nunca constituiu problema. O que agora precisamos é concordar em fazê-lo no escasso tempo que nos resta desses quatro anos que passamos afastados uns dos outros: nós, os alemães, de um lado; e os senhores, ingleses e franceses... — (e, voltando-se para o americano, tornou a bater os calcanhares) e os senhores, os americanos (não os esqueci) — do outro lado, comprometendo-nos mutuamente pela metade, pois da outra metade precisamos para defender contra os políticos e os sacerdotes nossas árcas internas. Durante a discussão, e antes que o seu comandante--chefe se nos viesse juntar, algo se disse com referência à decisão. — E repetiu: — Decisão — desta vez já sem dizer "Ora". Passou rapidamente o olhar do americano para o bretão, tornando a volvê-lo para o americano. — O senhor aí — disse.

— Pois não — tornou o general americano. — Decisão implica escolha.

O general alemão fitou o britânico.

— E o senhor — disse.

— Pois não — disse o general britânico. —Valha-nos Deus!

O general alemão fez uma pausa.

— Como disse? — perguntou.

— Desculpe — tornou o general britânico. — Faça de conta que eu disse apenas *sim*.

— O que ele disse foi: "Valha-nos Deus!" — informou o general americano. — Por quê?

— Por quê? — perguntou o general alemão. — Esse *por quê* dirige-se a mim?

— Desta vez, ambos temos razão — disse o general americano. — Pelo menos, não precisamos brigar por isso.

— Então — disse o general alemão. — São ambos os senhores. Nós três. — E sentou-se, apanhou o guardanapo amassado, arrastou a cadeira para junto da mesa, empunhou o copo cheio de conhaque e tornou a empertigar-se naquela mesma rigidez formal de posição de sentido, igual à que assumira ao levantar-se para brindar seu amo, de modo que, mesmo estando ele sentado, sua rigidez possuía certa visibilidade inaudível, assim como um mudo bater de calcanhares, seu copo cheio ao nível do duro lampejo do monóculo opaco. Sem mover-se, dir-se-ia que num só relancear de olhos ele abrangia todos os copos. — Por favor, sirvam-se, — disse. Mas nem o bretão nem o americano se mexeram. Deixaram-se ficar apenas sentados, enquanto do outro lado da mesa o general alemão, seu copo rigidamente levantado, dizia indomável e digno, sem o menor desdém: — Então assim é. O que nos resta a fazer é cientificar seu comandante-chefe daquela parte da nossa primeira discussão que ele se mostre inclinado a ouvir. Em seguida, a ratificação formal do nosso acordo.

— Ratificação formal de que acordo? — perguntou o velho general.

— Ou mútua ratificação — disse o general alemão.

— Do quê? — perguntou o velho general.

— Do acordo — tornou o general alemão.

— Que acordo? — perguntou o velho general. — Faz-se preciso um acordo? Alguém aí acha falta em algum acordo?... O vinho do Porto está à sua frente, general — disse ao britânico. — Sirva-se, e passe adiante.

Quinta-feira, noite de quinta-feira

Passou-se, desta vez, num quarto de dormir. O austero e nobre rosto, que o travesseiro emoldurava, estava encimado por um barrete de flanela preso sob o queixo e voltado para o agente de ligação. Na abertura do pescoço a camisola, também de flanela, deixava ver um minúsculo saquitel de pano, não novo nem muito limpo, pendurado num sujo barbante em colar, e que provavelmente continha algum recheio tresandando a assa-fétida. Junto da cama, o negro jovem vestido num roupão de brocado.

— As bombas estavam sem metralha — dizia o agente de ligação na sua voz leve e seca. — Os aeroplanos, quatro, voavam em linha reta, atravessando as explosões. O aeroplano alemão não fazia o menor desvio, tampouco acelerava, nem mesmo quando um dos nossos o seguiu mais de um minuto junto à cauda, numa distância de apenas cinquenta pés, eu via cá de baixo a bomba traçadora acertar nele. O mesmo aeroplano — o nosso — picou em nossa direção — na direção do lugar onde eu estava; até senti uma coisa — não sabia o que era — bater-me na perna, assim a modo de uma ervilha soprada em cima de você por um garoto num tubo de papel — não fosse o cheiro, o fedor, o fósforo ardente. Vinha dentro um general alemão. Isto é, dentro do aeroplano alemão. Era com efeito preciso que ele viesse. Ou mandávamos algum dos nossos para lá ou eles mandavam algum dos deles para cá. E como fomos nós — ou os franceses — os que demos começo à coisa e os que primeiro pensamos nela, era natural que fosse nosso o direito, o privilégio, o dever, de nos conduzirmos como hospedeiros. Era apenas preciso que, cá para baixo, tudo lá em cima apresentasse o ar mais natural do mundo. Não lhes era possível — ou não se atreveriam — a passar para ambos os lados uma ordem sincronizada simultânea a cada soldado para que fechasse os olhos e contasse até cem; de modo que tiveram de agir como melhor lhes pareceu para emprestar à coisa uma aparência normal, uma aparência ortodoxa, junto àqueles dos quais era mister escondê-la...

— Como é? — perguntou o velho negro.

— O senhor ainda não percebeu? Os que mandam na guerra não se permitem interrompê-la assim. Quer dizer, não nos permitem interrompê-la assim. Não se atrevem. Se alguma vez nos deixam descobrir que somos capazes de interromper uma guerra, com a mesma simplicidade com que um homem, cavando uma vala, se decide calmo e calado a deixar de cavar a vala...

— E aquele terno — disse o velho negro. — O terno do polícia. Você só fez apanhá-lo, não foi?

— Tive de apanhá-lo — respondeu o agente de ligação com a paciência de sempre, tranquila, terrível. — Eu tinha de sair; depois, tinha de voltar. Pelo menos, voltar até o local onde escondi minha farda. Era em geral difícil atravessar para qualquer dos lados, fosse para entrar ou para sair. Mas agora sim é que é quase impossível voltar; mas não se preocupe; só preciso de...

— E ele morreu? — perguntou o velho negro.

— O quê? — tornou o agente de ligação. — Ah, o polícia! Não sei. Talvez não morresse. — E acrescentou com certo espanto: — Tenho a esperança de que não. — E prosseguiu: — Soube anteontem — faz duas noites, pois foi na noite de terça-feira — o que eles andam planejando, embora naturalmente eu então não tivesse prova nenhuma. Quis contar isso a ele, mas o senhor o conhece. Quem sabe se o senhor até já tentou dizer-lhe algo que carecia de prova e ele não quisesse acreditar! Mas agora só me falta uma coisa: não provar, mas fazer com que ele acredite; já não há tempo a perder com provas. Esse o motivo por que vim para cá. Peço-lhe que providencie para fazer-me maçom. Ou quem sabe se o tempo já não dá nem para isso... Mostre-me então o sinal... assim... — e deu um estremeção, levando rápido a mão bem para baixo, junto ao flanco, num gesto o mais possível parecido com aquele que pudera adivinhar ou, de qualquer maneira, lembrar agora, e que dois anos atrás o homem fizera no mesmo dia em que ele se reunira ao batalhão. — Creio que isso basta. É preciso que baste. Quanto ao resto, vou fingir por meio de...

— Espere — disse o velho negro. — Fale mais devagar.

— E o que estou fazendo — disse o agente de ligação com aquela terrível paciência. — Todos os soldados do batalhão devem-lhe seus soldos com várias semanas de antecedência; oxalá eles vivam tempo suficiente para ganhá-los, e ele, o suficiente para cobrá-los... Conseguiu isso fazendo todos virarem maçons ou, pelo menos, fazendo todos acreditarem que são de fato maçons... Como vê, ele é dono de todos. Não poderão renegá-lo. O que ele tem a fazer é apenas...

— Espere — disse o velho negro. — Espere...

— Não percebe? — disse o agente de ligação. — Se nós todos, se todo o batalhão, ou pelo menos um batalhão unidade de linha, der começo à coisa para dar exemplo ao resto... Se deixarem para trás, na trincheira, granadas e fuzis, e simplesmente subirem de mãos vazias parapeito acima, atravessarem a cerca, e, as mãos ainda vazias, continuarem a caminhar, as mãos não levantadas em sinal de rendição, mas apenas abertas, a fim de mostrar que nada têm com que os ferir ou fazer-lhes mal... E isso sem correr ou tropeçar, mas todos caminhando com naturalidade para a frente, como homens livres... Um dentre nós, um único homem, imagine o senhor, um único homem, logo multiplicado por todo um batalhão; imagine o senhor um batalhão inteiro formado por homens como nós, os quais nada mais desejam senão voltar para casa, vestir uma roupa limpa, entregar-se ao trabalho, beber à noitinha um gole de cerveja, dar uma prosa, e em seguida deitar-se e dormir sem nenhum medo. E quem sabe se um número correspondente em alemães também não deseja a mesma coisa; quem sabe se algum alemão não anda agora a desejar outra coisa, senão largar no chão seu fuzil e suas granadas, e subir parapeito acima com as mãos tão vazias quanto as nossas, não para render-se, mas para que todos os soldados vejam que nada há nelas capaz de fazer-lhes mal...

— Mas suponha que isso não seja possível — disse o velho negro. — Suponha que eles disparem as armas contra nós... — Mas o agente de ligação nem sequer ouviu o *nós* e continuou falando:

— De qualquer jeito, não o farão no dia seguinte, assim que se recuperarem do susto? Assim que o pessoal de Chaulnesmont, de Paris, de Properinghe e do aeroplano alemão desta tarde (fosse este qual fosse) tivesse tempo de reunir-se para comparar informes e descobrir exatamente em que lugar residiam a ameaça e o perigo, a fim de erradicá-los e reencetarem a guerra? Mas tudo se adia: amanhã — amanhã — amanhã — até que a última regra formal do jogo seja cumprida e consumada, e o último jogador, arruinado, removido para longe das vistas, e a vitória imolada como um troféu de futebol no mostruário da sede de um clube. É só esse o meu desejo, e para cuja realização me esforço. Mas o senhor pode ter razão. Assim diz.

O velho negro soltou um gemido. Um gemido consolado. Uma das mãos saiu de sob as cobertas e afastou-as; depois, jogando as pernas para fora da cama, disse ao moço, de roupão:

— Passe-me os sapatos e as calças.

— Escute — disse o agente de ligação. — A coisa é urgente. Dentro de duas horas vai raiar a manhã, quando terei de regressar. Ensine-me apenas como deverei transmitir o aviso, o sinal...

— Não pode aprender direito em prazo tão curto — disse o velho negro. — E mesmo que aprendesse, irei em sua companhia. Quem sabe não é isso mesmo o que eu também ando buscando...

— O senhor não acaba de dizer que os alemães podem disparar contra nós? — perguntou o agente de ligação. — Não está percebendo? Aí é que é; aí é que está o risco, caso surja algum alemão. Então disparam contra nós ambos, contra o lado deles e o nosso, abrindo um fogo de barragem contra todos. Terão com efeito de agir assim. De outro modo, que farão?

— Então você mudou de ideia — disse o velho negro.

— Peço-lhe apenas que me ensine o sinal, o aviso — pediu o agente de ligação. O velho negro tornou a gemer, consolado, quase distraído, enquanto com um balanço jogava as pernas para fora da cama. Seu inocente e irrepreensível uniforme de cabo estava cuidadosamente colocado numa cadeira, os sapatos e as meias cuidadosamente postos sob ela. O jovem apanhara uma das meias, e, ajoelhado perto da cama, apresentava-a aberta junto ao pé do velho negro. — Não sente medo? — perguntou-lhe o agente de ligação.

— Medo? Já não estamos demais adiantados para uma pergunta dessas? — disse o velho negro melindrado. — Já sei a pergunta que está pensando fazer-me logo em seguida: como me arranjarei para chegar lá... Respondo que nunca tive dificuldade em chegar à França. Ainda me julgo capaz de cobrir outras sessenta milhas. Também sei o que vai dizer depois disto: que não me é permitido sair neste uniforme, exceto acompanhado de um general. Mas a isto não preciso responder; você mesmo já respondeu...

— Desta vez o senhor matou um soldado britânico, não foi? — perguntou o agente de ligação.

—Você disse que ele não morreu...

— Disse que *talvez* não tivesse morrido...

— Disse alimentar a esperança de que não tivesse morrido... Não se esqueça.

O agente de ligação foi a última coisa que a sentinela haveria de ver. Foi, com efeito, a primeira coisa que viu de manhã, excetuando o guarda que rendera o anterior e lhe trouxera o almoço, e que agora estava sentado, o fuzil encostado junto dele na prateleira de terra à sua frente, no interior do abrigo.

Fazia agora quase trinta horas que ele estava sob prisão. Apenas isso: sob prisão — como se os furiosos golpes dados com a coronha do fuzil, duas noites atrás, não apenas tivessem silenciado uma voz que ele não mais podia suportar, mas ao mesmo tempo o houvessem separado do resto da humanidade; como se aquela espantosa reversão — a trégua — em quatro anos de lama e sangue, e seu acompanhamento de silêncio convulso, o tivessem arremessado naquela saliência de terra sepulta, sem absolutamente qualquer outro indício de homem, exceto o revezamento dos guardas que lhe traziam comida e a seguir se sentavam na saliência fronteira, até chegar a hora da substituição. Na véspera, e também naquela mesma manhã, cumprindo a rotina, o satélite do sargento oficial do dia surgira repentinamente na brecha gritando "atenção!", e ele se postara de cabeça descoberta, enquanto o guarda batia a continência e o próprio oficial do dia entrava no abrigo, dizendo rápido e fluente, de conformidade com a fluência expressa no manual de rotina: — Alguma reclamação? — e em seguida desaparecendo, antes que ele pudesse dar qualquer resposta — o que em verdade não tinha a intenção de dar. Isso, porém, foi tudo. Na véspera tentara puxar conversa com um dos guardas substitutos, e desde então alguns dentre eles ensaiaram falar-lhe, mas não passou disso; de modo que, havia efetivamente trinta horas nas quais ou ele ficava sentado ou deitado ou adormecido na sua prateleira de terra — melancólico, taciturno, rebelde, o hálito pestífero, rosnando, nem mesmo a aguardar, mas apenas a suportar, a deixar em suspenso o que eles enfim decidissem fazer com ele ou como o silêncio — com ambos ou com qualquer dos dois — quando afinal tomassem — se a tomassem — qualquer resolução.

Viu então o agente de ligação, e, no mesmo instante, a pistola já em movimento a golpear o guarda entre a orelha e a orla do capacete; chegou a apará-lo enquanto ele caía e revirava para dentro da saliência; mas ao voltar-se, viu entrar atrás de si o arremedo de um soldado: o disfarce das perneiras enroladas, a túnica, cujos últimos botões nem ao menos coincidiam na barriga, e isso não devido à sedentariedade, mas à idade, e, acima dela, debaixo do capacete, a cara cor de chocolate que três anos antes ele experimentara relegar ao esquecimento, repudiando-a para sempre no livro fechado dos seus dias defuntos.

— Com este já são cinco — disse o velho negro.
— Muito bem — tornou o agente de ligação, depressa e áspero.
— Este também não morreu. Não acha que estou perito na coisa? — E dirigindo-se rapidamente à sentinela: — Não se impressione. Só lhe pedimos que fique inerte. — Mas a sentinela nem sequer o fitou: estava distraída, a olhar o velho negro.
— Já lhe disse que me deixe em paz — respondeu. Ao que o agente de ligação acrescentou, na mesma voz rápida e entrecortada:
— Já é tarde para isso. Enganei-me: não é a inércia o que exigimos de você. É o silêncio. Vamos; repare. Trago comigo a pistola. Se for preciso disparo-a. Já a empreguei seis vezes, mas só a coronha. Desta vez farei funcionar o gatilho. — E para o velho negro, na mesma voz áspera e entrecortada, quase no ponto de desesperação: — Muito bem: este aqui morrerá. Deixe sua opinião para depois.
— Mas não vai sair-se desta — disse a sentinela.
— Quem espera que eu saia? — respondeu o agente de ligação.
— Está aí porque não há tempo a perder. Venha comigo. Resta o dinheiro que você emprestou e que tem de garantir. Depois de uma trégua dessas, e com o novo ímpeto que isso lhes vai dar, para não falar no que pode acontecer pelo fato de se deixarem os mesmos

homens de uniforme rondando muito tempo por aí... depois disso, todo o batalhão será provavelmente varrido, no mesmo instante em que nos puderem colocar outra vez ao alcance dos fuzis. O que bem pode acontecer hoje de tarde. Ontem fizeram um general alemão voar até aqui; já não duvido de que ele estivesse ontem à noite no jantar de Chaulnesmont, em companhia dos nossos *ora bolas!* e dos americanos que já estavam à espera dele, e ao servirem o vinho do Porto (se os generais alemães bebem vinho do Porto? e por que não? pois se tivemos quatro anos para provar — ainda que toda a História não bastasse — que o bípede bastante afortunado para chegar a general deixa de ser general alemão, ou inglês, ou americano, ou italiano, ou francês, quase tão depressa quanto deixa de ser humano) o caso já estava inteiramente resolvido e encerrado. Agora ele deve estar no caminho de regresso, ambos os lados só esperando que ele saia da frente. Como um jogo de polo que se suspende cada vez que um dos rajás que o visita sai a percorrer o campo a cavalo...

A sentinela — no pouco tempo que lhe sobrou — não se esqueceria. Percebeu imediatamente que o agente de ligação não brincara ao referir-se à pistola; teve a prova imediata no túnel — da coronha, ao menos — ao tropeçar, ainda antes de os ver, nos corpos estendidos do oficial do dia e seu sargento. E contudo parecia-lhe que não era a dura boca do cano da pistola em sua espinha dorsal, mas a própria voz — a calma voz fluente, rápida, desesperada, desesperadora — que os conduzia, que os arrastava para o abrigo mais próximo, onde todo o pelotão, sentado ou deitado na prateleira de terra, voltava todos os rostos para fitá-los, como se fora um só, enquanto o agente de ligação o empurrava para dentro com o cano da pistola, empurrando-lhe no encalço o velho negro e dizendo:

—Vamos. O sinal. Faça o sinal — a voz desesperada e tensa nem aí se calando, como parecia de fato à sentinela não haver jamais se calado: — Está bem; natural que não precise fazer o sinal. Já está satisfeito; não precisa fazê-lo. Veio de fora. Também eu, nesse caso; e agora vocês nem precisam duvidar de mim, basta olharem para ele; alguns aí podem até reconhecer naquela túnica a medalha de Horn, sua Medalha de Conduta Distinta. Mas não se impressionem, Horn não está mais morto do que o Sr. Smith ou o sargento Bledsoe;

aprendi a usar esta coronha — e ergueu a pistola, exibindo-a — com a maior limpeza. Pois aqui está o ensejo que se nos apresenta — de acabar com isto, dar cabo disto, largar isto, não apenas a matança e os que morrem, pois isso é apenas uma parte do pesadelo, da podridão, do fedor e do desperdício...

A sentinela se lembraria, ainda rebelde, mal aquiescendo, ainda crente, que o agente de ligação apenas esperava ou acenava para o momento em que ela, com mais dois ou três, o apanhassem desprevenido e o estrangulassem; do mesmo passo escutava-lhe a fluente voz de *staccato* e observava os rostos voltados que também a escutavam, a sentinela julgando ver nos restantes apenas espanto e surpresa a esvaecerem-se num acordo ao qual ele também concorreria: — Nenhum de nós teria voltado a isto, não fosse o passe que ele (o negro) arranjou no ministério da Guerra em Paris. Aí está por que vocês ainda não sabem o que foi que lhes fizeram. Encurralaram-nos. Fecharam vocês aqui; fecharam toda a frente, desde o Mancha até a Suíça. Não fosse o que vi em Paris ontem à noite, não só na polícia militar (a francesa, a americana e a nossa), mas também na polícia civil, eu não teria acreditado que ainda houvesse o que fechar. Mas havia. O próprio coronel não teria regressado hoje de manhã, se o passo dele não trouxesse a assinatura do velho do castelo de Chaulnesmont. Dir-se-ia uma outra frente, e esta, armada com todas as tropas das três forças que não falam a língua natural à camada de além-Equador e da metade do mundo da qual provieram para virem morrer no frio e na umidade desta guerra — senegaleses, marroquinos, curdos, chineses, malaios e indianos — polinésios, melanésios, mongóis e negros, todos incapazes de entender a senha ou de ler o passe, e só capazes de reconhecer, talvez por efeito de uma lembrança decorada, a palavra enigmática daquele hieróglifo. Mas não vocês; não vocês, que nem ao menos podem sair para tornar a voltar. A terra de ninguém já não fica à nossa frente: fica atrás. As caras antes postadas atrás dos fuzis e metralhadoras tinham ao menos ideias caucásicas, embora não falassem inglês ou francês ou americano; mas estas não têm nem ao menos ideias caucásicas. São todas estrangeiras. Não têm por que se preocuparem. Há quatro anos que, mediante a matança de alemães, eles vêm tentando sair do frio, da lama e da chuva do homem branco, e nada conseguiram. Mas se matarem os franceses, os ingleses e os americanos que os engarrafaram aqui — quem sabe amanhã mesmo poderão tomar o caminho de casa... Se assim for, já não nos resta lugar aonde ir, exceto o Oriente...

Aí a sentinela fez um movimento. Isto é, não chegou a fazer um movimento, que a tanto não se atrevia; mas como que deu mostras de uma única transição infinitesimal para uma rigidez mais convulsa, e pôs-se a falar, áspera e obscenamente, amaldiçoando os rostos que a enlevada surpresa paralisara: — E vão deixar que eles se saiam desta? Não sabem que todos temos de responder por isto? Já mataram o tenente Smith e o sargento Bledsoe...

— Que tolice — disse o agente de ligação. — Nenhum deles morreu. Não me ouviram dizer que aprendi a usar a coronha da pistola? O que está em jogo é o dinheiro dele, nada mais. No batalhão todos lhe devem. O que ele quer é que fiquemos aqui parados, até ele receber sua renda mensal. Quer em seguida que a guerra recomece, a fim de nos prepararmos para apostar vinte xelins por mês na eventualidade de estarmos todos mortos dentro de trinta dias. E é exatamente isso o que vai acontecer: a guerra vai recomeçar. Ontem todos você viram os quatro aeroplanos e as baterias antiaéreas. As baterias só empregaram bombas sem munição. No aeroplano dos hunos vinha um general alemão; e ontem de noite, ele estava presente em Chaulnesmont. Devia estar; senão, por que teria vindo? Por que teria consentido em ser transportado na lufada de nuvem das bombas inertes das baterias, enquanto três S.E.5 faziam todos os movimentos necessários para derrubá-lo com suas munições... também inertes? Sim, senhores, eu estava lá, vi os caminhões irem buscar as granadas na noite de anteontem. E ontem fiquei postado mesmo atrás de uma bateria que as utilizava, quando um dos S.E.5 — o piloto era naturalmente uma criança; moço demais para receber aviso antecipado da coisa; moço demais para correr o risco de ficar sabendo que fato e verdade jamais coincidem — mergulhou e atirou mesmo em cima da bateria, e alcançou-me com um projétil na aba da túnica — não sei o que era — e que em verdade me ardeu um instante. Para que isso, senão para permitir ao general alemão um visita aos generais francês, britânico e americano na sede do comando-chefe dos aliados, sem com isso alarmar a nós outros bípedes que não nascemos generais, mas simples seres humanos? E como os quatro falavam a mesma língua — não importa a canhestra língua nacional na qual cada um era obrigado pelas circunstâncias a exprimir-se — o assunto não demorou a resolver-se, e é bem possível que o alemão esteja agora a caminho de casa, sem mais necessidade das bombas inertes, pois os canhões já devem estar carregados com bombas vivas, só esperando que ele saia do caminho para recomeçarem, apagarem e obliterarem este incrível, este espantoso transtorno... Já veem que não há tempo a perder. Talvez nem uma hora. Mas uma hora basta se todos nos empenharmos, se todo o batalhão empenhar-se... Não para matar oficiais; nesta trégua de três dias, eles próprios aboliram a matança. Mesmo porque, se todos nos unirmos, não será preciso matar ninguém. Se houvesse tempo, até podíamos tirar a sorte: um soldado para cada oficial — apenas para prender-lhe as mãos, enquanto os restantes se dirigissem para o outro lado. Mas a coronha da pistola é mais rápida, e em verdade não mais contundente, como o Sr. Smith, o sargento Bledsoe e o tenente Horn lhes poderão dizer quando voltarem a si... Por isso, nada de tocar em pistola, fuzil, granada ou metralhadora; só faremos sair para sempre da trincheira, atravessar a cerca de arame e em seguida avançar de mãos vazias a fim de provocar, desafiar os alemães a não investirem contra nós... — E rápido acrescentou, a voz calma, calmamente desesperada: — Muito bem: a não investirem contra nós com fogo de metralhadora, dirão vocês. Fiquem, porém, sabendo que as baterias antiaéreas dos hunos também atiravam bombas sem metralha. — E virando-se para o velho negro: — Agora faça o sinal para que o vejam. Já não provou que o mesmo quer dizer fraternidade e paz?

— Idiotas! — gritou a sentinela; mas em verdade não disse "idiotas"; obscena e virulenta em sua pouquidade inarticulada, lutava agora após desafiar a pistola numa revulsão ultrajada de repúdio, antes de perceber que o duro bocal de ferro se lhe havia afastado da espinha e o agente de ligação segurava-o apenas, a ele (a sentinela), que olhava fitando espantado os rostos que imaginara simplesmente fixos numa surpresa precursora da afronta, todos assomando para derrubá-lo — idênticos, estranhos e concertados — até que inúmeras mãos o agarraram, de tal modo que ele já não mais pôde lutar, o agente de ligação logo encarando-o, a pistola não empunhada mas posta de lado na mão levantada e gritando:

— Acabe com isso! Acabe com isso! Escolha, mas depressa: ou vem conosco ou a pistola. Decida!

Ele se lembraria depois: achavam-se na borda da trincheira, donde podia ver um grupo calado e confuso no interior do qual, ou sob o qual, o major, dois comandantes da companhia e três ou quatro sargentos desapareceram (haviam trazido consigo para o abrigo do oficial do dia o primeiro-sargento, o cabo sinaleiro e o coronel, que ainda estava na cama), e em ambas as direções ao longo da trincheira, ele podia divisar soldados saindo de buracos e coelheiras, todos ofuscados, piscando sob a luz do dia, mas já trazendo na cara aquele ar de espantada incredulidade esvaecendo-se na espantada concordância de uma esperança nascente e incrédula. As fortes mãos ainda o retinham; levantando-se estas, ao passo que o atiravam para o calço de tiro e por cima da orla do parapeito, ele viu o agente de ligação saltar e virar-se alcançando o negro e puxando-o para si, enquanto outras mãos içavam a este por debaixo, e ambos, de pé no parapeito, encaravam a trincheira em frente, e a fina voz estrídula do agente de ligação gritava, traspassada naquele instante da mesma furiosa, indômita desesperação:

— O sinal! O sinal! Dê-nos o sinal! Para a frente, soldados! Se é isto o que eles chamam viver, continuarão vocês aceitando para sempre estas condições?

Mas a sentinela recomeçou a debater-se. Nem sabia do que se tratava, quando se viu sacudindo, malhando, xingando, golpeando, batendo nas mãos que o seguravam, sem perceber o motivo ou a finalidade por que o fazia, até que se encontrou junto à cerca de arame, de onde continuou a dar pancadas, a golpear os corpos aglomerados na entrada do corredor labiríntico das patrulhas noturnas e a ouvir sua própria voz num último repúdio: — F..... seus sodomitas! — pondo-se então de rastos, mas não sendo o primeiro a atravessar a cerca, pois quando se ergueu nos pés para correr, viu arfando junto de si o velho negro e gritou: — Foi muito bem feito, p....! Dois anos antes eu já não lhe disse para me deixar em paz? Eu não lhe disse?

Mas o agente de ligação já se aproximava dele e agarrava-lhe o braço, imobilizando-o e fazendo voltar-se, enquanto berrava: — Olhe-os! — Ele olhou e viu, arrastando-se nas mãos e nos joelhos como se estivessem a sair do próprio inferno pelas brechas da cerca — rostos, roupas, mãos, tudo como que manchado eternamente de uma única e idêntica cor inominável, produto da lama onde por quatro anos tinham vivido como animais, para só então reassumirem a postura ereta, como se naqueles quatro anos nunca o tivessem feito sobre a face da Terra, e só naquele instante regressassem à luz e ao ar depois de uma temporada no purgatório, tais fantasmas para sempre manchados daquela única e inominável cor de purgatório. — Olhe também acolá! — gritou o agente de ligação, fazendo-o voltar-se, até ele perceber também aquilo; na distante cerca germânica, uma débil confusão e movimento palpitante, indistintos, até se caracterizarem na figura de homens erguendo-se, ao que o assaltou uma pressa horrível, igualmente assaltando-o algo mais que ele não teve tempo de analisar ou reconhecer, pois só reconhecia, só tinha consciência da pressa; não da sua própria, mas de uma pressa que não era só do batalhão alemão ou do regimento, ou fosse o que fosse, mas de ambos correndo um para o outro com as mãos vazias, e um aproximando-se até que ele pôde ver e pôde distinguir os rostos dos indivíduos, e, todavia, um só rosto, uma só expressão, da qual percebeu não destoar seu próprio rosto, da qual também não destoava nenhum dos demais rostos: experimental, espantado, indefeso, ouvindo em seguida vozes e sabendo que a sua também fazia parte daquelas, seu tênue som a erguer-se múrmuro no silêncio incrível, tal o chilrear de pássaros invisíveis, desamparados, igualmente indefesos; compreendeu então o que aquilo era, ainda antes da ascensão frenética dos foguetes que espocaram por detrás de ambas as cercas, a alemã e a britânica.

— Não! — gritou ele. — Não! Não contra nós! — sem ao menos perceber que dissera *nós* e não *eu,* provavelmente pela primeira vez em sua vida, com certeza pela primeira vez em quatro anos; sem ao menos perceber que logo a seguir voltara a dizer *eu,* gritando aos rodopios para o velho negro: — Que foi que eu disse? Não disse que me deixasse em paz? — Mas já não era o negro, porém o agente de ligação que o encarava de pé, enquanto os enquadrava a primeira explosão de bombas de alcance regulado. Nunca antes as ouvira, como também nunca ouvira o ribombo lamentoso das duas barragens, e agora não via nem ouvia muita coisa fosse do que fosse, exceto, naquele segundo derradeiro, a voz do agente de ligação gritando no surdo atropelo de labareda que lhe envolvia visivelmente a metade do corpo, do calcanhar ao umbigo e ao queixo:

— Não podem matar-nos! Não podem! Não se atrevem, não podem!

E todavia não era possível ele ficar sentado ali por um lapso de tempo fisicamente indefinido e sem limites, pois dentro em pouco raiaria a manhã. A menos, naturalmente, que no dia seguinte o sol deixasse de nascer, o que era possível, só para argumentar, segundo se ensinava na subseção de filosofia chamada dialética, onde a gente suava para aprender, a fim de tornar a suar para aprender naquela outra seção em que a gente se educava e tinha por nome filosofia... Mas por que não ficaria ele sentado ali mesmo, depois de raiar o sol ou, nessa instância, o resto do dia, desde que a única limitação física para o caso seria quando alguém (com a autoridade e a obrigatoriedade de resistir à condição de um rapaz, portador do uniforme de segundo-tenente e sentado no chão de encontro a uma barraca Nissen) chamasse a atenção para isso, mediante um apito ou um toque de corneta; condição menor, essa, que igualmente poderia ser invalidada por aquela condição maior, que ainda na véspera fizera três aeroplanos, razoavelmente dispendiosos, cabriolarem acima e abaixo no céu com suas metralhadoras Vickers carregadas de bombas sem metralha...

A primeira limitação foi logo eliminada pois o dia raiara, e ninguém havia que soubesse onde a noite se fora; desta feita não se tratava de dialética, mas dele próprio, que não sabia para onde a noite se fora assim depressa, assim precipitada. Ou talvez fosse isto uma dialética, pois na medida do seu conhecimento, somente ele a observara passar; e desde que somente ele fora quem vigiara acordado sua passagem, a noite continuava vigorando para os que ainda dormiam, assim como a árvore que, no escuro, deixa de ser verde; e como ele a vira passar, sem contudo saber onde ela fora, também para ele a noite continuava. Antes, porém, que tivesse tempo de se aborrecer na procura de uma solução para o problema a fim de tirá--lo do sentido, uma corneta que tocava a alvorada transtornou-o, o som (que ele nunca antes ouvira nem conhecia por ouvir falar: toque de corneta ao romper o dia num aeródromo avançado, onde nem ao menos havia fuzis e a gente só andava armada de mapas, e daquilo que Monaghan chamava de "chave inglesa") intimando-o a pôr-se em pé, revogação daquela condição maior, agora tornando a revogar-se... Se ainda fosse um simples cadete saberia de que crime seria acusado por quem topasse com ele ali sentado, barba por fazer... Pondo-se então de pé, percebeu que até esquecera seu próprio problema, ele que ficara ali sentado a noite inteira, a pensar que nunca mais enfrentaria problema algum, como se a longa vigília, passada na emanação daquele tranquilo fedor, lhe tivesse roubado ao olfato o seu único sentido, e ao macacão o seu cheiro, ambos os quais ele só conseguiria recobrar se se pusesse de pé... Divertiu-se um instante com a ideia de desenrolar o macacão para ver a extensão da queimadura; mas se o ar entrasse nele, aquela poderia alastrar-se ainda mais depressa, e ele ia pensando, com certo espanto tranquilo e ouvindo a própria voz: *Pois tem de durar;* nada mais; não se trata de *durar até,* mas *de durar* — simplesmente.

 Ao menos não pretendia levar o macacão para dentro; deixou-o, por isso, encostado à parede, deu a volta à barraca e entrou; Burk, Hanley e De Marchi não se mexeram (para alguns, a árvore ainda não estava verde); muniu-se do aparelho de barbear, tornou a apanhar o macacão e dirigiu-se para a sala de lavar; também aí a árvore não estaria verde, e, se não o estava ali, decerto também não o estaria nas latrinas. Conquanto agora o estivesse, pois o sol saíra de todo, e mais uma vez de rosto liso, o macacão a receder tranquilamente sob a axila, ele pôde ver certo movimento junto ao rancho, quando então subitamente se lembrou de que nada comera desde o lanche da véspera. Mas havia o macacão, e ele subitamente se lembrou de que o mesmo poderia servir-lhe ao plano; então voltou-se e pôs-se a caminhar. Alguém trouxera de volta o aeroplano dele, e o rodara para dentro do hangar, de modo que foi a sua longa sombra que ele palmilhou rumo à lata de petróleo, pôs dentro dela o macacão e deixou-se estar tranquilo e vazio, enquanto o dia se aplicava no infinitesimal e inevitável encurtamento das sombras. Era provável que chovesse; fosse como fosse, era sempre provável; isto é, chovia sempre nos dias de folga da patrulha, e ele ainda não sabia por quê; era muito novato. — Logo saberá — disse-lhe Monaghan. — Espere só até a primeira vez em que for bonzinho e levar um susto...

Provavelmente agora tudo estaria assentado; os que iam subir já teriam tomado a primeira refeição, enquanto os demais ficariam dormindo até a hora do lanche; ele até podia levar consigo para o rancho o aparelho de barba, sem que para isso precisasse passar pela barraca; aí parou; não foi capaz de lembrar-se de quando ouvira aquilo pela última vez: o estranho e distanciado — o espesso, denso, surdo murmúrio furioso, para norte e leste; sabia exatamente donde provinha, pois na tarde anterior ainda sobrevoara o lugar; e pensava: *Voltei cedo demais. Se em vez disso eu tivesse vigiado toda a noite, poderia ter percebido quando ela recomeçou* — e pôs-se à escuta, imobilizado na metade do passo, a ouvir o murmúrio que entrava num crescendo e aí se mantinha por algum tempo para em seguida interromper-se abruptamente, logo voltando a murmurar ainda algum tempo a seus ouvidos, até ele descobrir que em verdade o que estava ouvindo era uma cotovia; e não se enganara, fora servido pelo macacão ainda melhor do que este imaginava ou pretendia, transportando-o intacto durante o lanche, pois já passava das dez. Conquanto ele pudesse, naturalmente, comer bastante — a comida (ovos, *bacon,* geleia) não tinha um paladar digno de menção, de modo que somente naquilo se enganara, em verdade enganando-se também ali, e continuando a comer sem interrupção no rancho deserto, até que afinal o ordenança simplesmente lhe disse que o pão torrado se acabara.

Muito melhor que o macacão, era fazer planos, até sonhar; a barraca ficava deserta na hora do lanche, quando lhe seria possível espichar-se no catre e ler alguma coisa que quisera ler nos intervalos do patrulhamento — o herói a viver por procuração a vida de outros heróis, rodeado pelos píncaros monótonos da sua própria, heroica façanha, o que fez por um ou dois minutos, quando Bridesman surgiu à porta e ali ficou, até que ele erguesse os olhos:

— Lanche? — perguntou Bridesman.

— Almocei tarde, obrigado — respondeu.

— Que tal um trago? — perguntou Bridesman.

— Mais tarde, obrigado — respondeu; e oportunamente saiu, levando consigo o livro. Havia ali uma árvore que ele descobrira logo na primeira semana — uma velha árvore com duas grandes raízes apontando como os braços de uma poltrona, na margem acima do corte por onde a estrada corria a sair de Villeneuve Blanche, de modo que era possível a gente sentar-se nela como numa poltrona, suas raízes servindo de apoio para os cotovelos, que por seu turno serviam de apoio para o livro; lugar esse protegido da guerra, no entanto afundado nela, e tão remoto, naqueles dias em que eles davam àquilo o nome de guerra, eles que, aparentemente, ainda não haviam decidido que nome dar ao que vinha ocorrendo... E agora indubitavelmente houvera tempo bastante; nessa altura, já Bridesman deveria saber o que fora aquilo de manhã; e antes de recomeçar a andar, ele pensava tranquilamente, o livro ainda aberto ante os olhos: *Sim, nesta altura ele já deve saber. Tem de decidir se conta ou não, mas tem de decidir.*

Não havia razão para levar o livro consigo para a barraca, pois ainda poderia continuar a ler um pouco, entrar na barraca de Bridesman e dali sair com o livro fechado sobre um dedo para marcar o lugar, e continuar perambulando; de qualquer modo, não andava depressa, e afinal parou, vazio e tranquilo, apenas piscando um pouco enquanto espichava a vista pelo campo deserto até a linha dos hangares fechados, até o rancho e o escritório, onde umas poucas pessoas entravam e saíam. Não muitas, umas poucas; pelos modos, Collyer devia ter levantado a interdição sobre Villeneuve Blanche; logo voltaria ele a olhar a noite, e súbito pensou no Conventículo; isso, porém, foi um minuto só, não mais que um minuto — pois que poderia ele dizer ao Conventículo, ou que poderiam ambos dizer-se reciprocamente? — Olhe aqui: o capitão aviador Bridesman contou que um dos nossos batalhões largou os fuzis hoje cedo, subiu trincheira acima, atravessou a cerca de arame e ali encontrou um batalhão alemão similarmente desarmado; isso, até que foi lança da uma barragem em cima deles. Só nos resta ficar firmes até a hora de escoltarmos o general alemão para casa dele... — E Conventículo: — Com efeito: foi isso mesmo o que me disseram...

E agora estava ele ali, olhando a noite — consequência do sol — e absolutamente já não palmilhava sombra alguma ao dirigir-se para a lata de petróleo. Quase estugou o passo ao lembrar-se não do macacão, mas do fogo; fazia mais de doze horas que o pusera na lata, e era possível haver-se ele consumido inteiramente. Mas chegou a tempo: a lata estava quente demais para que pudesse tocá-la, de modo que foi preciso revirá-la com um pontapé, revirando junto o macacão, que também foi preciso deixar que refrescasse um pouco. Assim fez, e agora já não era a tarde que avançava, mas em verdade a própria noite que descia, quase uma noite de verão lá na terra, no mês de maio... Nas latrinas, mais uma vez a árvore já não era verde; só perdurava o cheiro do macacão; livrara-se desse cuidado, deixando-o cair no esgoto, onde ele se abriu sozinho, fazendo-se visível num último repúdio — o cheiro lento da própria combustão, agora perceptível em carcomidas manchas superpostas, quase desaparecido de todo — migalha de mendigo apenas, mas talvez houvera no começo um instante em que uma simples chispa de fogo pairava na face da treva e das águas invasoras... e pôs-se a andar; um dos cubículos tinha no lado de dentro da porta um trinco de madeira, a uso de quem chegasse primeiro; e ele chegou, trancou a porta invisível, sacou do bolso da túnica a invisível pistola e destravou-lhe o fecho de segurança.

A sala de novo iluminou-se — candelabros, arandelas e girândolas —, cortinas e folhas de janela mais uma vez cerradas contra o enxameante murmúrio angustioso e insone da cidade; de novo dir-se-ia o velho general um vistoso brinquedo na sua pálida solidão resplandecente; mas apenas começara ele a partir em migas a ponta do pão dentro da tigela que as aguardava, a porta menor abriu-se e o jovem ajudante surgiu na abertura.

— Ele está aí? — perguntou o velho general.

— Sim senhor — respondeu o ajudante.

— Faça-o entrar — disse o velho general. — Depois dele, não deixe entrar ninguém.

— Sim senhor — respondeu o ajudante saindo e fechando a porta, que num ápice tornou a abrir; o velho general não se mexeu, exceto para colocar calmamente junto à tigela o resto ainda intacto do pão, enquanto o ajudante tornava a aparecer, postando-se em posição de sentido junto à porta, por onde entrou o general intendente que avançou um passo ou dois, parou, fez uma pausa, o ajudante voltando para a porta e saindo para fechá-la atrás de si, o general intendente ainda imóvel um minuto, camponês gigante e magro que ele era, de rosto doentio, de olhos famintos e surpresos, os dois velhos logo reciprocamente fitando-se, a seguir o intendente levantando parcialmente uma das mãos e deixando-a tombar para em seguida avançar até a mesa.

— Já jantou? — perguntou o velho general.

O outro nem ao menos respondeu. — Sei o que aconteceu — principiou. — Dei a minha autorização, dei a minha permissão, do contrário não teria acontecido. Quero, porém, que o senhor me diga. Não que admita, mas confesse, afirme, diga-me na cara, que fomos nós que o fizemos. Ontem à noite, um general alemão foi trazido para este lado das linhas; veio até aqui, a esta casa, para dentro desta casa...

— É verdade — disse o velho general. Mas o outro ainda aguardava, inexorável. — Fomos nós que o fizemos.

— E hoje cedo, um batalhão inglês, desarmado, saiu a encontrar entre as linhas uma força alemã também desarmada, ao ponto de ambas as artilharias poderem destruir os dois ao mesmo tempo...

— Isso também, fomos nós que fizemos — disse o velho general.

— Fizemos — repetiu o general intendente. — *Nós* o fizemos. Não o *nós* britânico, americano e francês contra o *eles* alemão, nem o *eles* alemão contra o *nós* americano, britânico e francês, porém o *Nós* contra tudo, pois já não mais pertencemos a nós mesmos. Subterfúgio não nosso, para confundir e enganar o inimigo, nem do inimigo para enganar e confundir a nós outros, porém subterfúgio do *Nós* para trair a todos, uma vez que serão todos obrigados a repudiar-nos por simples horror defensivo; nem barragem nossa, ou vice-versa, para impedir que o inimigo nos ataque com baionetas e granadas de mão, mas uma barragem de ambos os *Nós* para impedir que a mão nua e desarmada toque a mão nua e desarmada que lhe fica fronteira... *Nós* — você e eu e toda a nossa espécie degenerada e irregenerável; não apenas você e eu e o bloco da ciumenta, incontestável hierarquia atrás desta cerca, e a hierarquia alemã atrás da outra, porém mais, porém pior: toda a nossa espécie, repudiada, desamparada sobre a face da Terra que já não mais pertence ao homem nem à própria Terra, uma vez que nos foi necessário este derradeiro lance de vileza a fim de defendermos nossa última e precária posição na superfície dela...

— Queira sentar-se — disse o velho general.

— Não — respondeu o outro. — Eu estava de pé quando aceitei esta nomeação. Posso continuar de pé para despojar-me dela. — E jogou a mão grandalhona e descarnada para dentro da túnica, donde em seguida a retirou trazendo o papel dobrado e olhando de cima o velho general. — O que eu tinha no senhor não era apenas fé. Amava-o. Dediquei-lhe a minha fé desde o instante em que primeiro o vi surgir naquele portal (faz quarenta e sete anos); minha fé em que o senhor haveria de salvar-nos. Porque o senhor fora escolhido no próprio paradoxo da sua formação, para ser um paradoxo do seu passado, a fim de eximir-se ao passado humano e assim poder encarnar em toda a Terra o homem liberto das compulsões do medo, da fraqueza e da dúvida, que a nós outros nos incapacita para aquilo em que o senhor era competente; o senhor que, na sua força, podia até absolver nosso fracasso, o fracasso devido aos nossos próprios medos e fraquezas. Não me refiro aos soldados que estão agora lá... — e desta vez a vasta mão que segurava o papel dobrado fez um único e rápido gesto canhestro indicativo, um gesto que, de algum modo, pareceu dar forma ali na sala insulada e resplandecente a toda a vastidão da múrmura e angustiada treva lá de fora, que se prolongava até as linhas — até a cerca, até as densas trincheiras já agora silenciosas com seus fuzis dormentes e seus soldados alertas, espantados e incrédulos, a esperarem confusos numa esperançosa incredulidade — ...e que não precisam do senhor; estão habilitados a salvar-se sozinhos, como três mil dentre eles já o provaram quatro dias atrás. O de que precisavam era serem defendidos, protegidos contra o senhor. Não que aguardassem proteção e defesa, ou tivessem esperança em qualquer das duas, mas porque o nosso dever era defendê-los, era protegê-los: e no entanto falhamos. Não o senhor propriamente, pois não fez o que desejava, mas o que precisava — e o senhor é o senhor. Mas falhamos — eu, e os poucos da minha classe que tínhamos graduação, autoridade e posição suficientes, como se o próprio Deus tivesse naquele dia posto em minhas mãos esta garantia como compensação para o dia de hoje, quando, decorridos três anos, e tendo falhado diante d'Ele e dos soldados, tive de vir aqui para devolvê-la. — Sua mão tremia, e num relance ele atirou o papel dobrado sobre a mesa, em frente à tigela, à jarra e ao pedaço de pão ainda intacto, junto aos quais repousavam, ligeiramente contraídas, as mãos venosas e sardentas do velho general. — Devolvo-a de mão própria, assim como o senhor a deu a mim. Já não a quero. Bem sei: na minha opinião, venho devolver demasiado tarde aquilo que, para começar, nunca deveria ter aceitado, pois o que ela me iria acarretar, como se então já soubesse as consequências que ela me iria acarretar. Sou responsável. Sou responsável, a culpa é minha, somente minha; faltando eu, e esta ordem que o senhor me deu faz três anos, não lhe seria possível ao senhor fazer o que fez. Mercê desta autorização, eu poderia havê-lo impedido, e mesmo depois poderia havê-lo sustado, emitindo uma contraordem. Assim como o senhor — comandante-chefe de todos os exércitos aliados na França — eu, como general intendente, comandando toda a Europa beligerante a ocidente da nossa cerca, da cerca britânica e da americana, poderia ter decretado a saturação máxima de toda a zona de Villeneuve Blanche e adjacências (ou arbitrariamente de qualquer outro ponto que o senhor ameaçasse) proibindo assim de entrar nela qualquer número de soldados necessários à condução daqueles caminhões carregados de bombas antiaéreas sem metralha; ou então decretando uma saturação absoluta da região, poderia proibir que aquele alemão extranumerário saísse dela. Não o fiz, porém. Em consequência, fui ainda mais responsável que o senhor, que não estava em situação de escolher. O senhor não fez sequer o que queria, mas só o que podia, desde que era incapaz de outra coisa, incapaz, e condenado, de nascença, a ser incapaz para todo o mais. Enquanto a mim, era-me facultada a escolha entre poder e querer, entre o *devera* e o *precisara* e o *não pudera;* entre o *precisará* e *não ousará,* entre o *farei* e o *eu tenho medo de fazer;* foi-me facultado escolher, e descobri que tinha medo. Oh, sim, medo. E por que não teria eu medo do senhor, do senhor, que tem medo do homem?

— Não tenho medo do homem — disse o velho general. — Medo implica ignorância. Onde não há ignorância, não é preciso haver medo, apenas respeito. Não temo as capacidades do homem: respeito-as.

— E põe-nas a seu serviço — disse o general intendente.

— Cuidado com elas — tornou o velho general.

— É o que o senhor deve fazer — tema-as ou não. Algum dia o fará. Não eu, naturalmente, que já estou velho e acabado. Minha oportunidade chegou e eu não soube aproveitá-la. Quem — ou o que — já agora me quer ou ainda necessita de mim? Que estrumeira ou monturo necessita de mim? Nenhum; e, menos que todos aquele que se ergue junto ao Sena com sua dourada cúpula saqueada a toda a Europa por alguém menor que o senhor, pois se comprometeu com todos os exércitos da Europa a fim de perder um insignificante império político; ao passo que o senhor e seus pares aliaram-se aos exércitos de ambos os hemisférios, e, afinal, até ao exército alemão, a fim de perder o mundo do homem...

— Permite-me uma palavra? — perguntou o velho general.

— Naturalmente — respondeu o outro. — Já não lhe disse que outrora o amava? E quem pode dominar esse sentimento? Ao senhor cabe apenas o comando sobre o juramento, sobre o contrato...

— Diz o senhor que eles não precisam de mim para se salvarem de mim e de nós outros, pois a si mesmos se salvarão se os deixarmos em paz, e apenas constantemente defendidos e protegidos contra mim e meus iguais. Como pensa que lutamos contra isso na hora azada, e em seu devido tempo e lugar — nesse exato momento dentro de quatro anos inteiros feitos de momentos, e precisamente nesse ponto particular entre os milhares de quilômetros das frentes regimentais, que se estendem desde os Alpes até o canal da Mancha? Pensa que lutamos só com ficarmos alertas? Não apenas ficamos alertas naquele lugar e momento específicos, mas preparados para enfrentar, concentrar e anular nesse lugar e momento específicos aquilo que a todo soldado experiente se ensinou, na prática, a aceitar como fator de guerra e de batalha, assim como ele tem de aceitar a logística, o clima e a falta de munição; isto, em quatro longos anos de instantes fatais e vulneráveis, e em dez centenas de quilômetros a abrangerem lugares fatais e vulneráveis — instantes e lugares fatais e vulneráveis, só porque até agora não descobrimos um material melhor que o próprio homem com o qual armá-los? E como pensa que ficamos sabendo a tempo? Não adivinha? E quem (desde que o senhor acredita nas capacidades do homem) devia indubitavelmente saber?

O outro parara, avultando imóvel e vasto, com seu rosto doentio e faminto, e como que de novo enfermo de pressentimento e desespero. Sua voz era porém tranquila, quase suave:

— Quem? — perguntou.

— Um deles contou-me. Um soldado do próprio esquadrão ao qual ele pertencia, um dos seus mais íntimos e familiares — como sempre acontece. Como sempre acontece ou como sempre há de fazer um deles, por cuja causa um homem arrisca aquilo que acredita ser sua própria vida ou presume ser sua própria liberdade ou honra. Chamava-se Polchek. Estava à meia-noite daquele domingo na revista dos doentes, e as informações a respeito do caso nos chegariam dentro de uma hora se ele, pelos modos também traidor (não se acanhe; chame-lhe assim se quiser) não precisasse enfrentar as formalidades regimentais. Bem poderíamos não ficar sabendo a tempo, ou então só muito tarde o saberíamos, pois o próprio comandante de divisão já estava ausente uma hora antes da madrugada num posto avançado de observação, onde não era da conta dele estar, mas onde era da conta de um primeiro-tenente (um excêntrico, esse tal, desordeiro incorrigível, cuja carreira muito provavelmente também se acabou ali, pois achava que a santidade do solo natal estava acima dos canais competentes da sua divisão; vai naturalmente receber uma condecoração, e mais nada, a extrema venerabilidade da sua barba só podendo comprometer-lhe as divisas de primeiro-tenente) que ligou via direta para o quartel-general a que estava afeto, insistindo em falar com alguma autoridade. Assim foi que soubemos, e tivemos a nosso favor aquele curto espaço de tempo para anular a rebelião, entrar em contato com o inimigo e oferecer a ele uma alternativa para o caos...

— De modo que estou com a razão — disse o outro. — O senhor teve medo.

— Respeitava-o como a uma criatura articulada, capaz de locomover-se, vulnerável no seu egoísmo...

— Teve medo — repetiu o general intendente. — Teve medo, aquele que, com dois exércitos já uma vez batidos, e um terceiro ainda não excitado pelo cheiro de sangue ao ponto de ser um fator previsível, conseguiu entretanto dar xeque-mate na mais poderosa, mais competente e mais dedicada força da Europa, tendo todavia de pedir o auxílio do inimigo contra a simples esperança e o sonho unificados de um único homem! O senhor teve medo, e bem está que eu também tenha. Razão por que lhe trouxe isto de volta. Ei-lo. Toque-o, ponha-lhe a mão em cima. Dou-lhe minha palavra de que é o verdadeiro, de que é o mesmo e sem mancha, pois a mancha só a mim pertencia quando o sacudi para longe de mim no meio da batalha; e um complemento da sua patente é o direito, o privilégio de obliterar o instrumento humano que serviu a uma derrota.

— Mas pode o senhor trazê-lo de volta aqui? E trazê-lo a mim? — perguntou com brandura o velho general.

— E por que não? Não foi o senhor mesmo quem me deu?

— Mas é capaz de fazer isso? — insistiu o velho general. — Ousa o senhor pedir-me que lhe conceda um favor, e ainda mais: ousa aceitar um favor que derive de mim? E um favor desta espécie... — acrescentou o velho general com a mesma brandura na voz quase sem inflexão. — Um homem vai morrer do que o mundo chama a mais vil, a mais ignominiosa das mortes: a execução devida à sua covardia em defender a terra natal, se não natal, ao menos de adoção. Covardia: é esse o nome que lhe dará o mundo ignaro e incapaz de distinguir que ele será não executado, porém assassinado por amor de um princípio pelo qual o senhor, na sua própria e amarga autoflagelação, seria incapaz de arriscar a vida e a honra. Entretanto, o senhor não me suplica que poupe essa vida. Suplica, ao contrário, que eu apenas o exonere de um comissionamento. Um gesto. Um martírio. Está à altura do dele.

— Não aceitará que se lhe poupe a vida! — exclamou o outro.

— Se aceitar... — e interrompeu-se espantado, horrorizado, com pressentimento e desespero, enquanto a voz prosseguia com a mesma brandura:

— Se o fizer, se aceitar viver e conservar a própria vida, terá então invalidado seu próprio gesto e martírio. Se lhe devolvo a vida esta noite, poderei tornar vazio e nulo aquilo que o senhor nomeia a esperança e o sonho do sacrifício dele. Mas tirando-lhe a vida amanhã cedo, deixo para sempre estabelecido o fato de que ele não viveu em vão, e muito menos morreu em vão. Agora diga: qual de nós dois tem medo?

Começou então o outro a virar-se lentamente com pequenas sacudidelas, como se fora cego, continuando a virar-se até encarar de novo a porta pequena e aí parando, não como se a tivesse visto, mas como se lhe tivesse localizado a direção e a posição, mercê de algum sentido menor e menos exato, o olfato, por exemplo, o general olhando-o completar a volta antes de falar:

— Esqueceu seus papéis.

— Com efeito — disse o outro. — Ia-os esquecendo. — E voltou-se às sacudidelas, piscando rápido; sua mão apalpou um instante o tampo da mesa, apanhou ali o papel dobrado, pô-lo de volta dentro da túnica e continuou parado, piscando rápido. — Com efeito — repetiu —, ia-os esquecendo. — Virou-se então ainda um pouco rígido, e pôs-se a andar quase depressa, de qualquer forma, em linha reta, pisando a passadeira branca em direção à porta; esta abriu-se no mesmo instante, o ajudante entrou, e, em rígida posição de sentido, reteve a folha da porta e continuou retendo-a enquanto o general intendente avançava para ele, um pouco duro, um pouco canhestro, demasiado grande, demasiado magro, demasiado estranho, e, ali parando, virou a meio a cabeça para dizer: — Adeus.

— Adeus — respondeu o velho general.

Já agora, junto à porta aberta, o outro prosseguia, e estando quase dentro dela, inclinou um pouco a cabeça como se, por um hábito antigo, sempre fosse demasiado alto para a maioria das portas; estava quase parado no vão, a cabeça ainda ligeiramente inclinada depois que a voltara não inteiramente para o lugar onde permaneceu o velho general, vistoso como um brinquedo de criança por detrás da tigela e da jarra intocadas, do pão ainda não desfeito em migas.

— Outra coisa... — ia dizendo o general intendente. — Outra coisa a dizer. Ainda outra coisa...

— Com Deus — disse o velho general.

— Naturalmente — assentiu o general intendente. — Era isso mesmo... Eu estava a ponto de dizê-lo.

A porta abriu-se com estardalhaço; com seu fuzil a tiracolo, entrou primeiro o sargento; seguia-o um soldado carregando na mão outro fuzil que a baioneta calada tornava incrivelmente comprido, ele todo a lembrar um caçador a esgueirar-se pelo buraco de uma sebe. Ambos tomaram posição respectivamente em ambos os lados da porta, enquanto os treze prisioneiros voltavam, como uma só, as treze cabeças, e olhavam calados, enquanto mais dois soldados entravam trazendo uma mesa de rancho com seu banco, tudo numa só peça, que colocaram no centro da cela, para em seguida retirarem-se.

— Primeiro a ceva, hein? — disse um dos prisioneiros. O sargento não respondeu; estava ocupado a palitar os dentes com um palito de ouro.

— Se mandarem uma toalha de mesa, logo depois mandam um padre — disse outro prisioneiro. No que se enganava, embora as caçarolas, as panelas e os pratos (inclusive um caldeirãozinho evidentemente cheio de sopa) que vieram logo depois, seguidos de um terceiro homem carregando uma cesta cheia de garrafas e um montão de utensílios e talheres, fossem em número quase exasperante, o sargento ainda falando como que em torno do palito, para além do palito.

— Aguentem aí; pelo menos que as mãos e os braços deles não atrapalhem — embora os prisioneiros não se tivessem precipitado sobre a mesa e a comida; o que houve foi apenas um deslocamento em tranquilo semicírculo, enquanto o terceiro ordenança dispunha o vinho (eram sete as garrafas) sobre a mesa, e em seguida as xícaras, as vasilhas — ou que nome tivessem — os copos de lata, os copos de metal (petrechos do rancho), duas ou três canecas rachadas, e dois frascos aproveitados de um cantil dividido lateralmente.

— Não precisa pedir desculpas, garçom — disse um espirituoso.

— Basta que a garrafa tenha o fundo numa ponta e o buraco na outra. — Nesse instante, o homem que trouxera o vinho estugou o passo atrás dos outros dois que se dirigiam para a porta, e saíram os três por ela afora; o soldado da baioneta passou pela mesma o dito instrumento de sete pés de comprido e virou-se, segurando a porta entreaberta para o sargento passar.

— Muito bem, seus degenerados — disse o sargento. Podem bancar os porcos.

— Quem usa, cuida, *maître* — disse o espirituoso. — Se temos de comer no meio do fedor, que seja nosso e não alheio. — E então, subitamente, num concerto não premeditado, como se não o houvessem planejado ou instigado, ou sequer fossem avisados de que ele iria dar-se, mas antes fossem por ele surpreendidos por trás, como por um vento que se levantasse, todos se voltaram para o sargento, talvez nem mesmo para o sargento — ou para os guardas humanos — mas para os fuzis, as baionetas e a porta aferrolhada em aço, e sem se moverem ou se precipitarem contra eles, lançaram em sua direção um som rouco, feito de altos berros sem linguagem, não de ameaça ou acusação, apenas um protesto rouco e concertado de execração, que prosseguiu um minuto ou dois, mesmo depois que o sargento saiu e a porta novamente se fechou com estardalhaço. Aí, calaram-se. E, todavia, nem por estarem à vontade, precipitaram-se para a mesa, mas continuaram rondando-a em semicírculo, quase tímidos; simplesmente rodeando-a, as narinas tremendo, a farejarem como focinhos de coelho os odores que dela provinham, todos ensebados, imundos, ainda tresandando a trincheira, a incerteza, a desespero talvez; a barba crescida, os rostos sem alarma ou amargura, porém cansados — rostos de homens que haviam já suportado não apenas um acréscimo de sofrimento, mas que sabiam poder suportá-lo, sabendo ainda que seu sofrimento não tocara o fim e, com espanto e

terror sabendo não importar o que ainda lhes restasse a sofrer, pois também isso haveriam de suportar.
— Chegue-se, Cap — disse uma voz. — Vamos começar.
— Muito bem — respondeu o cabo. — Agora, atenção. — Mas ainda aí não houve nenhuma correria ou atropelo; mas uma aglomeração, uma concentração, um acotovelamento quase distraído, não de famintos ou de fome, porém antes um ato de pessoas vigilantes mas sem compromisso, que ainda (pelo menos até o momento) marchavam juntas e mantinham suas posições no interior da fímbria de uma esvaecente história de fadas, suas próprias blasfêmias sendo agora alheias e impessoais; sem nenhum fervor, pessoas que apenas se apertavam ao reunirem-se em ambos os bancos fixos, cinco de um lado e seis do outro encarando-se, até que o décimo segundo homem arrastou para a cabeceira da mesa em intenção do cabo o único tamborete existente na cela, ele próprio sentando-se no lugar vago, na extremidade do banco ainda não de todo tomado, tal o vice da presidência na sala dos fundos de uma taverna de romance de Dickens — homem vigoroso e entroncado que ele era, batido da intempérie, com seus olhos azuis e cabelo vermelho e barba de pescador da Bretanha, capitão, digamos, do seu próprio barco resistente e intrépido — sem dúvida com carregamento de contrabando. O cabo enchia as canecas, que eles passavam de mão em mão. Mas ainda aí não se podia fazer menção de voracidade. Era, antes, a deles, uma qualidade sob rédea, porém inalterável, quase paciente, todos e cada um, como a tripulação de um barco, a segurar para cima o cabo da colher não servida.
— Isto vai mal — disse um deles.
— Pior que mal — disse outro. — É coisa séria.
— Trata-se de uma trégua — falou um terceiro.
— Não foi só um mecânico de garagem que cozinhou isto. Deve haver mais alguém. De modo que tiveram todo esse trabalho... — principiou um quarto.
— Pare com essa conversa — disse o bretão. O homem que lhe ficava fronteiro era curto, muito escuro, e tinha o maxilar deformado por uma antiga cicatriz de ferimento. Dizia algo muito depressa num dialeto mediterrâneo, quase ininteligível — do Midi ou talvez

basco. Olhavam-se um ao outro. Súbito falou mais um. Tinha um ar estudioso, quase professoral.

— Esse aí está querendo que alguém dê graças.

O cabo olhou para o homem do Midi. — Então, que as dê. — Mas o outro voltou a falar algo rápido e incompreensível. O de ar professoral tornou a traduzir.

— Diz não saber nenhuma.

— Então quem é que sabe? — perguntou o cabo. E outra vez fitaram-se um ao outro. Então alguém disse, dirigindo-se ao quarto homem dali:

— Você andou na escola. Vamos, diga uma.

— Decerto andou tão depressa, que deixou a escola para trás — disse outro.

— Dê graças então, você aí — disse o cabo para o quarto dentre eles, que engrolou rapidamente:

— Benedictus. Benedicte. Benedictissimus. Serve assim?

— Como é, Luluque; serve? — perguntou o cabo ao homem do Midi.

— Serve, sim — respondeu Luluque, e puseram-se a comer. O bretão ergueu ligeiramente uma garrafa para o cabo.

— Agora? — perguntou.

— Está bem — respondeu o cabo. Outras seis mãos apanharam respectivamente seis garrafas, serviram-se do conteúdo e passaram adiante.

— Uma trégua — disse o terceiro. — Não terão o atrevimento de nos fazerem executar antes de acabarmos de comer esta comida. Toda a nação se ergueria ante o insulto àquilo que nós, os franceses, consideramos a primeira das artes. E que acham da ideia de atrasarmos esta função? Comendo um por um, a um homem por hora, perfaremos treze horas; dessa forma ainda podemos estar vivos às... isto é, nas proximidades do meio-dia de amanhã...

— ...quando então já terá chegado o momento de nos servirem uma nova refeição — disse outro; — ...e atrasando-nos no almoço até que chegue a hora do jantar, e atrasando-nos no jantar pela noite afora, até chegar a manhã...

— ...e no fim nos come a velhice, quando já não mais pudermos comer...

— Então que nos fuzilem. Quem está ligando? — disse o terceiro. — Não. Aquele degenerado de sargento já vem por aí com seu pelotão de fuzilamento. Logo depois do café. Esperem só.

— Não com essa pressa — tornou o primeiro. — Esquece-se daquilo que consideramos a primeira das virtudes: a economia. Vão primeiro esperar que a digiramos e a evacuemos.

— E que farão com o produto? — perguntou o quarto.

— Adubo, ora essa! — disse o primeiro. — Imagine só o recanto, o canteiro de jardim, estercado com o material desta refeição!...

— Com esterco de traidores — falou o quarto. Tinha o rosto alucinado e sonhador de um mártir.

— Nesse caso, será que o milho, o feijão e a batata não crescerão de cabeça para baixo ou não esconderão a cabeça por não poderem enterrá-la? — perguntou o segundo.

— Parem com isso — advertiu o cabo.

— Não só adubo para o canteiro do jardim — disse o terceiro.

— E a carniça que amanhã legaremos à França?...

— Parem com isso! — tornou o cabo.

— Que Cristo nos perdoe! — disse o quarto.

— Ai, ai, ai — suspirou o terceiro. — Depois de mortos podemos visitá-lO: Ele não precisa ter medo de cadáveres.

— Quer que eu os faça calar-se, meu cabo? — perguntou o bretão.

— Vamos, vamos — disse o cabo. — Continuem a comer. Vão passar o resto da noite suspirando por alguma coisa que possam trincar entre os maxilares. Reservem a filosofia para essa hora.

— Também as piadas — disse o terceiro.

— Então morreremos de fome — disse o primeiro.

— Ou de indigestão — disse o terceiro. — Se a maior parte do que ouvimos hoje à noite era piada...

— Basta — disse o cabo. — Já disse duas vezes. O que preferem: que suas barrigas digam "basta" ou que o sargento venha avisar que vocês já acabaram?

Assim, pois, recomeçaram todos a comer, exceto o homem que se achava à esquerda do cabo e que tornou a imobilizar a lâmina atopetada da faca a meio caminho da boca.

— Polchek não está comendo — disse ele de repente. — Nem bebendo. Que é que há, Polchek? Tem medo de que a comida vire urtiga e você não chegue a tempo na latrina e seja preciso dormirmos em cima dela?

O homem — Polchek — a quem ele se dirigia tinha um rosto metropolitano, inteligente e quase belo, atrevido, mas não arrogante, dissimulado e digno, e só quando se lhe apanhava o olhar desprevenido é que se percebia quão ativo ele era.

— Um dia de repouso em Chaulnesmont talvez não fosse a pílula indicada para a barriga dele — disse o primeiro.

— A pílula indicada vai ser o golpe de misericórdia do primeiro-sargento amanhã cedo — disse o quarto.

— Talvez isso também os cure da curiosidade em saberem por que não como e não bebo — disse Polchek.

— Que é que há? — perguntou-lhe o cabo. — Você estava na revista dos doentes domingo à noite antes de sairmos. Ainda não sarou?

— E que tem isso? — respondeu Polchek. — Pensam que estou arranjando um pretexto para sair? Estou com a barriga desarranjada desde domingo. Continua desarranjada, mas a barriga ainda é minha. Estava muito sossegado, sem me incomodar com o que mando para dentro dela; sem me incomodar nem a metade do que se incomodam certos basbaques com o que deixo de mandar para dentro dela...

— Está querendo mas é um pretexto de saída — disse o quarto.

— Vá dar umas pancadas naquela porta — ordenou o cabo ao bretão. — Diga que queremos declarar soldado doente.

— Quem é que está querendo pretexto de saída? — perguntou Polchek ao cabo, antes que o bretão se levantasse. E apanhando o copo cheio: — Vamos — disse ao cabo. — Nada de bater os calcanhares. Se esta noite minha barriga não gostar do vinho, como diz Jean, a pistola do primeiro-tenente a esvaziará amanhã cedo. — E dirigindo-se aos demais: — Vamos. Bebamos à paz. Não conseguimos afinal aquilo por que lutamos há quase quatro anos? Vamos, ergamos os copos! — disse mais alto e incisivo, com algo instantâneo e quase feroz na fala, no rosto, no olhar. Dir-se-ia então que a mesma animação, a mesma ferocidade contida, passou imediatamente para todos eles, que levantaram os copos, menos um — justamente o quarto dentre aqueles rostos montanheses. Não tão alto quanto os demais, pairava-lhe no rosto uma expressão instantânea e angustiada, que se diria desespero, e levantando o copo, a meia altura, deixou-o estar imóvel, sem que dele bebesse, enquanto os outros bebiam e batiam suas extravagantes e absurdas vasilhas de beber em cima da mesa e espichavam as mãos para as garrafas. Precedido pelo rumor de pesadas botas, e abrindo-se a porta com estardalhaço, o sargento entrou com o soldado; trazia na mão um papel aberto.

— Polchek — chamou ele. Polchek permaneceu imóvel um segundo. O homem que se recusara a beber teve então um sobressalto convulsivo, e conquanto se dominasse imediatamente, ao começar Polchek a caminhar de todo calmo, foi postar-se ao lado dele, acompanhando-o, de modo que o sargento, a ponto de tornar a dirigir-se a Polchek, fez uma pausa e relanceou o olhar de um para o outro.

— E então? — disse. — Qual dos dois? Você mesmo não sabe quem você é? — Mas ninguém respondeu. Como um só homem, todos os outros, com exceção de Polchek, fitavam o homem que se recusara a beber. — Você aí — disse o sargento ao cabo. — Não conhece seus próprios soldados?

— Este aqui é Polchek — disse o cabo, indicando o homem que nomeara.

— Que é que lhe dói? — perguntou o sargento. E dirigindo-se ao outro: — Como se chama?

— Eu... — ia dizendo o homem, ao passo que relanceava a vista em torno, sem fixar nenhuma coisa ou pessoa, apenas aflito, exasperante.

— Chama-se... — disse o cabo. — Tenho aqui seus papéis... — e enfiou a mão dentro da túnica, donde retirou um papel manchado e amarrotado nos cantos, evidentemente alguma ordem do posto regimental. — Pierre Bouc... — e desfechou um número.

— Nessa lista não está nenhum Bouc — disse o sargento. — Que faz ele aqui?

— Diga-o você — tornou o cabo. — Misturou-se conosco não sei como, segunda-feira de manhã. Ignoramos quem seja Pierre Bouc.

— E ele, por que não disse nada até aqui?

— Quem lhe teria dado atenção? — respondeu o cabo.

— Verdade isso? — perguntou o sargento ao homem. — Você não pertence mesmo a este esquadrão? — O homem não respondeu.

— Fale — disse o cabo.

— Não — disse o homem em voz baixa. A seguir repetiu, mais alto: — Não! — E desatinando: — Não os conheço! — gritou tresvariando, tropeçando, e como se intentasse fugir, quase caindo por cima do banco, quando o sargento o agarrou.

— O major tem de acertar isto — disse. — Passe essa ordem para cá. — O cabo passou-a. — Agora saiam — disse o sargento. —Vocês dois. — Os que estavam no interior da cela viram então, além da porta, uma fila de soldados armados, aparentemente uma nova fila, aguardando. Os dois prisioneiros cruzaram a porta e entraram na fila, o sargento, depois o ordenança, seguindo logo atrás; a porta de ferro tornou a fechar-se com estrépito contra a cela e tudo quanto ela continha representava e pressagiava; no lado interno da porta, Polchek nem ao menos teve a precaução de falar baixo:

— Prometeram-me conhaque. Onde está?

— Cale a boca — disse o sargento. — Não se incomode, o que é seu não foge. Já deve estar vindo por aí. Acabe com esse medo idiota.

— Melhor para mim — respondeu Polchek. — Sei o que vou fazer se não me derem conhaque.

— Já lhe disse uma vez — tornou a voz do sargento. — Se não se calar, vai ver.

— Com muito prazer, meu sargento — disse outra voz. — Isso basta.

— Leve-os — tornou o sargento. Mas antes que cessasse o estardalhaço da porta de ferro, o cabo pôs-se a falar. Não alto, apenas com determinação, ainda que com brandura; não peremptório; apenas firme.

— Comam — disse. O mesmo homem voltou a fazer menção de falar, mas o cabo tornou a antecipá-lo. — Comam — repetiu. — Daqui a pouco vem o sargento, e desta vez leva tudo embora — o que entretanto lhe foi poupado. A porta abriu-se quase no mesmo instante, e desta feita o sargento entrou sozinho. As onze cabeças restantes viraram-se como uma só para encará-lo, e ele fixou o olhar no cabo, na outra ponta da mesa atulhada:

—Você aí — disse.
— Eu? — perguntou o cabo.
— Sim — disse o sargento. Mas nem assim o cabo se mexeu. Tornou a perguntar:
— É a mim que se refere?
— Sim — respondeu o sargento. —Vamos.

O cabo ergueu-se, relanceou o olhar pelos dez rostos que então se voltavam do sargento para fitá-lo a ele — dez rostos sujos, tensos, hirsutos, que há muito tempo mal dormiam, rostos fatigados, porém absolutos, unânimes fosse lá no que fosse — talvez na confiança, não dependência; talvez apenas na sua unicidade ou sua qualidade de ser ímpar.

— Paulo — disse o sargento dirigindo-se ao bretão. — Fique tomando conta. Deixo-o encarregado.

— Está bem — respondeu o bretão. — Até que regresse.

O corredor achava-se vazio desta vez; foi o próprio sargento quem fechou a porta, deu volta à pesada chave e pô-la no bolso. Não havia vivalma, ali onde o cabo esperara encontrar soldados em armas apontando até o momento em que aqueles da sala branca e resplandecente do Hôtel de Ville os mandassem chamar pela vez derradeira. O sargento afastou-se da porta e o cabo percebeu que ambos agora caminhavam um pouco mais depressa, não furtivos nem sub-reptícios, apenas expeditos, ambos a caminharem rapidamente pelo corredor que ele palmilhara já três vezes — uma na véspera, de manhã, quando os guardas conduziram os presos dos caminhões para a cela, e duas vezes na noite da véspera, quando os guardas os levaram para o Hôtel de Ville e os trouxeram de volta, suas (dele e do sargento) pesadas botas sem fazer barulho, pois (tão recente era a fábrica, quando fora fábrica) o piso já não era de pedra, mas de tijolo, onde, ao invés, elas faziam um rumor pesado e surdo, relativamente mais alto, se se atentasse em que agora eram apenas quatro em lugar das vinte e seis, mais as dos guardas. Era, para ele, como se não houvesse outro caminho de saída exceto aquele, nenhuma alternativa senão continuar avançando, de modo que começara já a cruzar o arco com seu portão de ferro trancado, quando o sargento o deteve e fê-lo voltar-se; não havia vivalma nas proximidades, e ele nem chegou a perceber a silhueta do capacete e do fuzil, senão quando o soldado, do lado de fora, destrancava o portão e empurrava as folhas para dentro a fim de os deixar entrar.

Não viu imediatamente o carro: o sargento não o tocava nem de leve, mas, como por efeito da simples justaposição, obrigava-o a andar no mesmo passo acelerado com que ambos cruzaram o portão e saíram a uma viela, em frente a uma parede nua; parado junto à guia da calçada, o imenso carro preto, no qual ainda não reparara, tão grande era o silêncio — não o vazio cavernoso onde ainda há pouco suas botas ressoavam, mas seu prolongamento em beco sem saída. Eram apenas ele, o sargento e as duas sentinelas — a que abrira o portão e em seguida o fechara, a sua contraparte flanqueando o lado externo do portão, nenhuma das duas em descanso de parada, mas à vontade, seus fuzis pregados no chão, ambas imóveis e distantes, como que esquecidas daquilo para cujo desempenho também elas eram invisíveis, e os quatro imersos num vácuo de silêncio, no bojo do infatigável e longínquo rumor da cidade. Ele então viu o carro, mas não parou, mal teve uma hesitação, o ombro do sargento empurrando-o de leve antes que ele prosseguisse. O motorista nem ao menos fez menção de descer; foi o sargento quem abriu a porta, e seu ombro, agora também uma das mãos, premiam firmes e insistentes as costas do cabo que havia estacado ereto, impassível, mesmo após ouvir a voz que provinha do interior do carro: — Entre, meu filho. — Mais um momento de impassibilidade antes de curvar-se e entrar no veículo, vislumbrando, enquanto o fazia, o brilho pálido de um galão e o rosto em um só plano encimando o escuro capote envolvente.

O sargento fechou a porta, o carro pôs-se a rodar, e foi apenas isso. Eram três: o velho, por demais graduado para trazer consigo uma arma mortífera, embora não fosse demasiado velho para servir-se de uma; e o motorista, cujas mãos se achavam totalmente ocupadas na direção do carro e de costas voltadas para ele, que já não se lembrava de quando não houvera, nos últimos quatro dias, não uma arma ou duas, mas de vinte a um milhar de armas assestadas e engatilhadas para tirar-lhe a vida... Saíram do beco, e o silêncio perdurava sem que uma direção ou uma ordem de comando emanasse do homem de chapéu agaloado e capote cor de noite, que ia sentado do lado oposto, o carro aparentemente não regressando, mas contornando cada vez mais célere a fímbria da cidade, atravessando os seus ecos cavernosos nas estreitas passagens das cercanias desertas e como se a própria máquina soubesse o destino que levavam fazendo rápidas voltas e perfazendo enfim uma comprida linha concêntrica nos confins da urbe, quando o solo principiou a alterar-se e ele — até ele — a perceber para onde provavelmente se dirigiam, a própria cidade começando a inclinar-se para ele à medida que se afundava lá embaixo. Mas nem aí o velho rompeu o silêncio. O carro parou, e olhando para além do fino e delicado perfil sob aquilo que seria o peso insuperável do chapéu listrado e agaloado, o cabo não pôde distinguir a Place de Ville (ainda não se achavam a tais alturas na cidade) mas pôde antes ver como que a concentração da sua angústia insone e infatigável refletindo o clarão e o resplendor da luz.

— Agora, meu filho — disse o velho general: disse-o desta vez não a ele, mas ao motorista. O carro prosseguiu, e ele então já não sabia o lugar aonde iam, pois nada mais havia ali, além da antiga cidadela romana. Se ele, porém, sentiu qualquer choque inicial de terror instintivo e puramente físico, não o deixou transparecer. Como se no mesmo instante a razão estivesse a soprar-lhe: *Tolice. Fuzilar você secretamente num calabouço, seria anular a próxima razão da trégua e a de trazerem vocês treze aqui para a consumar...* — Mas também isso ninguém ouviu, e ele ficou ali sentado, ereto, um pouco rígido, ele que nunca soubera sentar-se completamente no assento de uma cadeira: alerta, porém de todo calmo, vigilante e digno, o carro rodando depressa já em segunda velocidade pelas últimas curvas de volutas em caracol, até que finalmente o peso de pedra da cidadela dir-se-ia debruçar-se e repousar sobre eles como uma sombra acachapante; e porque não podia ir mais longe, o carro parou fazendo um último *renversement,* Nem ele agora, nem o motorista abriram a porta do carro, mas foi o próprio general quem a abriu e saltou, mantendo-a aberta até que ele saísse, e, aprumando o corpo, começasse a voltar a cabeça para olhar em torno. Foi quando o velho general falou: — Não, ainda não — e virou-se, o cabo acompanhando-o na subida para o último e íngreme pináculo de rocha onde teriam de caminhar, a velha cidadela sem avultar acima deles, porém se acachapando, nem gótica nem romana, ao mesmo tempo, sem remontar às estrelas como um gesto de aspiração do passado humano, mas como um gesto da sua perecibilidade à vista delas, um punho fechado ou um broquel.

— Agora vire-se e olhe — disse o velho general. Ele, porém, já se voltara e olhava, para além do negro abismo do declive, a cidade que se estendia trêmula e multiplicada em luzes no regaço noturno, como um punhado de folhas outonais ardendo na treva varrida de vento — mais densa, mais espessa que as estrelas em sua concentração de angústia e desassossego, como se toda a treva e todo o terror se houvessem derramado num só jorro, numa só onda, para, palpável e insuscetível de mitigação, inundar a Place de Ville. — Olhe-a. Escute-a. Recorde-a. Um só momento; e em seguida feche a janela em face dela. Não tenha consideração com sua angústia. Você fez que ela temesse e sofresse, mas amanhã a terá libertado de ambas as coisas, e ela o odiará: primeiro, pela raiva que lhe tem porque você comunicou-lhe o terror; segundo, pela gratidão que lhe deve, porque você o tirou dela, e, terceiro, por você estar fora do alcance de qualquer dos dois. Por conseguinte, feche a janela para essa visão e ponha o coração à larga. Olhe, agora, para além dela. A terra ou a metade dela, toda a metade dela, até onde o horizonte a limita. Está escura, naturalmente, mas escura somente para quem a vê daqui. Sua escuridão é apenas aquele anonimato que um homem pode fazer descer atrás dele, assim como quem desce uma cortina sobre o passado, não apenas quando lhe é mister descê-la na hora da desesperação, mas quando quer que ele a desça por amor do seu próprio conforto e íntimo recato. Naturalmente, agora só lhe resta uma direção a tomar: o ocidente, e acha-se à sua disposição um único hemisfério, o Ocidental. Este, porém, basta e sobra para a sua intimidade durante um ano inteiro, pois a situação atual vai perdurar somente mais um ano, quando então toda a Terra estará liberta e à sua disposição. Neste mesmo inverno, a qualquer momento, pedir-se-ão entrevistas e estabelecer-se-ão condições, e, no próximo ano, começará a reinar aquilo que tem o nome de "paz" — mas por um curto lapso de tempo. Não seremos nós que iremos pedi-la aos alemães, mas serão estes que a irão pedir — os alemães, os melhores soldados sobre a face da Terra, melhores hoje ou há dois mil anos, pois os próprios romanos não puderam conquistá-los: esse povo único em toda a Terra, e dotado da paixão e da devoção não pela glória, mas pela guerra; que faz a guerra não como um ato de conquista ou de engrandecimento, mas como profissão, como vocação, e que por isso mesmo acabará vencido nesta guerra; por essa razão — a de serem eles os melhores soldados da Terra; não nós — franceses e britânicos — que aceitamos a guerra como um último recurso ante a falência de todos os outros, e que até entramos nesta última sem confiarmos nela; porém eles, os alemães, que não recuaram um só passo desde que, há quatro anos, atravessaram a fronteira belga; os alemães, aos quais couberam todas as decisões ou, quando estas não lhes cabiam, não havendo decisões, e os quais não interromperão a guerra embora saibam que uma vitória a mais os destruirá; os alemães que possivelmente vencerão mais duas ou três vezes (o número não importa), para em seguida se renderem, porque a essência da guerra é o seu próprio hermafroditismo: os princípios da vitória e da derrota a habitarem um só e mesmo corpo, e seu necessário oponente, o inimigo, sendo meramente o leito onde ambos mutuamente se exaurem. Vício tanto mais fatal e terrível, quando não existe um parapeito ou divisão que os separe, e que pela frustração os conduza à saúde mediante o simples distanciamento normal e a falta de oportunidade para a cópula, da qual o próprio orgasmo não poderá libertá-los: vício mais fatal e dispendioso de todos quantos foram até aqui inventados pelo homem, e perante o qual os vícios normais da lascívia, da bebida e do jogo, aos quais o homem fatuamente atribui o poder de destruí-lo, são como o caramelo da criança ante a garrafa, a cortesã e o baralho. Vício de tão longa data implantado no homem, ao ponto de haver-se transformado num honroso dogma do seu comportamento, no altar nacional do seu gosto pelo sangue vertido, e no seu amor de sacrifício pela glória. Ainda mais: num sustentáculo, não da sua supremacia nacional, mas da sua sobrevivência nacional. Você e eu temos visto a guerra como o último recurso da política; eu não (naturalmente), mas você pode vê-la transformar-se também no último refúgio da bancarrota; e um dia verá — se quiser vê-lo — uma nação insolvável, mercê do excesso de população, declarar guerra a qualquer oponente mais rico e mais sentimental, capaz de se deixar persuadir e levar mais rápido à derrota, a fim de que ela possa dar de comer a seu povo nos armazéns da intendência do vencedor. Mas nosso problema atual não é esse, e, mesmo que fosse, pelo simples fato de estarmos aliados ao que vencer por último, nós — a França, a Inglaterra — achar-nos--emos na feliz situação, se vencermos, de lucrar quase tanto quanto o alemão, se este for derrotado. *Nosso* problema — se prefere, diga que é *meu* — é mais imediato. Há a Terra. Neste momento, a metade dela lhe pertence; pelo Ano-Novo, pertencer-lhe-á inteira em toda a sua vasta extensão, exceto este minúsculo tumor que se chama Europa... — e quem sabe? — oportunamente, havendo discrição e cautela, você não possuirá até mesmo este minúsculo tumor? Vá no meu carro. Sabe guiar, não sabe?

— Sim — respondeu o cabo. — É para eu ir?

— Agora — disse o velho general. — Apanhe meu carro. Se tiver alguma prática de dirigir, o pendão do cofre o conduzirá a qualquer lugar da Europa, a ocidente das cercas alemãs; mas se tiver grande prática de dirigir, o motor dentro do cofre o conduzirá até a costa, Brest ou Marselha, qualquer das duas, em dois dias; tenho prontos os papéis que naqueles portos lhe darão ingresso a bordo de qualquer navio de sua preferência, e instruções para o capitão de qualquer deles. Depois, a América do Sul — a Ásia — as ilhas do Pacífico... Feche bem fechada essa janela; para sempre a aferrolhe em face desse fútil sonho absurdo. Não, não — acrescentou depressa —, nem por um segundo me suponha capaz daquela vil interpretação do seu caráter — você que, na segunda-feira e em cinco minutos, esvaziou do seu conteúdo esta guerra que os próprios alemães, os melhores soldados da Europa, não conseguiram em quatro anos tirar da sua posição de xeque-mate. Naturalmente, dar-se-lhe-á dinheiro, mas somente o exato saldo que assenta com a liberdade, assim como a águia e o bandido têm o deles. Não o estou subornando com dinheiro, estou fazendo-lhe doação da liberdade.

— Para que eu os deserte — disse o cabo.

— Para que os deserte... a quem? Escute aqui: — e sua mão surgiu num breve e rápido gesto, para apontar lá embaixo a escura cidade insone — gesto sem desdém, gesto coisa nenhuma, adejo logo apagado e diluído no interior do capacete da cor da meia-noite. — Não a eles. Onde foi que estiveram desde segunda-feira? Por que, com suas mãos nuas (que as havia suficientes) não destruíram tijolo a tijolo os muros, cuja construção requereu um número muito menor de mãos? Ou por que não arrancaram dos gonzos aquela única porta que uma só mão bastou para aferrolhar, assim libertando a todos vocês que almejavam morrer pelos demais? Onde estão os outros dois mil, novecentos e oitenta e sete soldados que você comandava — ou pensava comandar — na madrugada de segunda-feira? E por que, ao cruzar você a cerca de arame, os outros não lançaram fora as armas e o acompanharam, se é que também acreditavam que todos vocês estavam armados e escudados só com o arsenal da aspiração humana, da fé e da esperança invulneráveis? Por que aqueles três mil homens — e teriam bastado — não destruíram os muros e não arrancaram aquela porta, eles que acreditaram cinco minutos em você — tempo suficiente para arrasarem aquilo que você sabia estar arriscando —, aqueles três mil homens aos quais faltam os doze, que desde então foram trancafiados junto com você no interior dos mesmos muros incomunicáveis? Onde estão agora? Um deles, seu compatriota, irmão pelo sangue, provavelmente seu parente, pois mais cedo ou mais tarde, todos vocês, habitantes daquele lugar, acabam sendo parentes consanguíneos — um tal Zsettlani negou-o, e ainda outro Zsettlani ou não, consanguíneo ou não, afinal aceito na irmandade da sua fé e da sua esperança e de nome Polchek, já o atraiçoava à meia-noite de domingo. Está vendo? Até já tem quem o substitua na hora da necessidade, assim como Deus fez surgir naquela tarde a ovelha que salvou a Isaac — se é que se pode comparar Polchek a uma ovelha... Amanhã apanharei Polchek, fá-lo-ei executar segundo as regras e a toques de fanfarra; você não apenas será vingado e libertará a fúria de vingança dos restantes três mil homens que ele traiu, como também se reapossará do opróbrio que sobe daquela voz lá da praça, e que, por sentir uma necessidade frenética de anatematizá-lo, nem pensa em recolher-se para dormir. Entregue-me Polchek e dou-lhe a liberdade.

— Mas ainda restam dez — disse o cabo.

—Vamos experimentar. Ficaremos aqui; mando o carro de volta, com ordens para destrancar e abrir aquela porta, e para sumirem--se todos os soldados do edifício, olvidados daquilo ante o que eles próprios serão invisíveis. Que os dez restantes abram tranquilamente a porta, destranquem o portão e desapareçam. Quanto tempo levará para que também eles o neguem, também o atraiçoem — se é que pode chamar de traição um simples ato que envolve a faculdade de escolher?

—Veja o senhor — disse o cabo. — Em dez minutos, já não serão dez, mas cem. Em dez horas, já não serão dez centenas, mas dez mil. E, em dez dias...

— Sim — disse o velho general. — Já assisti a tudo isso. Mas já não disse que não é com baixeza que interpreto seu caráter? Ou melhor, a sua ameaça? Por que outro motivo me ofereci para comprar a minha — a nossa — segurança mediante coisas que os homens, em sua maioria, não só não desejam, como, ao contrário, fazem bem de temer e evitar, tais a liberdade e a libertação? Oh, sim, posso destruí-lo amanhã cedo e salvar-me — a mim e aos demais —, ao menos por agora. E se for esse o meu dever, acredite que o farei. Porque acredito no homem, com todas as suas capacidades e limitações. Não só o acredito capaz de resistência e de resistir, como até acredito em que ele precisa resistir, pelo menos até que invente, desenvolva e produza uma ferramenta melhor do que ele próprio para o substituir. Apanhe o meu carro e a liberdade, e lhe darei Polchek. Aceite o mais alto de todos os êxtases: a compaixão, a piedade, o orgasmo de perdoar a quem por um triz lhe ia infligir uma ferida mortal; aceite aquela cola, aquela catálise que mantém a terra coesa, e na qual os filósofos ensinaram-no a acreditar. Fique, pois, com a terra.

— Mas ainda restam dez — respondeu o cabo.

— E eu porventura os esqueci? — perguntou o velho general. — Já eu não disse duas vezes que nunca o interpretei mal? Não é preciso ameaçar-me. Sei que não você, mas eles é que são o problema; eles, não você, é que são o objeto da transação. Porque, em seu próprio benefício, tenho de sacrificar os outros onze e assim multiplicar por dez o valor da sua ameaça e do seu sacrifício. Para meu proveito, devo deixá-los ir, a fim de que testemunhem a toda a Terra que você os abandonou. Mas falem eles tanto e tão alto e tanto tempo quanto queiram — quem acredita no valor — valor? validez — da fé que pregam, quando você, seu profeta e instigador, escolheu o martírio da liberdade por amor daquela fé? Não, não, não somos dois camponeses gregos, ou armênios, ou judeus — ou, neste caso, normandos — a barganhar cavalos: somos duas articulações, que possivelmente a si próprios se escolheram ou, de qualquer forma, foram escolhidas ou foram requeridas, não tanto para defender, como para provar duas condições antagônicas que, sem ser por culpa nossa, mas pela simples pobreza e exiguidade da arena onde se defrontam, têm de contender, e — uma delas — perecer: eu, campeão desta terra mundana que, de bom ou mau grado, é e existe, e à qual não pedi para vir, e onde, desde que a habito, não só terei de ficar, mas de pretender ficar por todo o tempo que me coube em partilha; e você, campeão de um reino esotérico das esperanças sem baixeza do homem e da sua infinita capacidade, não para a paixão, mas pelo não fato. Não são verdadeiramente condições antagônicas, essas, e de fato não contendem, podem até coexistir lado a lado nesta arena restrita, e poderiam, quereriam coexistir, não fosse a sua condição ter interferido na minha. Por conseguinte, uma vez mais, aceite a liberdade que lhe ofereço. E agora responda, como sei que o fará: — Ainda restam dez...

— Restam ainda aqueles dez... — disse o cabo.

— Dou-lhe então o mundo — prosseguiu o velho general. — Reconhecê-lo-ei como meu filho, e juntos fecharemos a janela para essa aberração, e para sempre a trancaremos. Abrir-lhe-ei, então, uma outra, e num mundo tal, que nem César nem Sultão nem Cã nem ninguém ainda viu; com o qual nem Tibério nem o Cã Kubla nem todos os imperadores do Oriente jamais sonharam, mundo que não é Roma nem Baiae:[8] mera estação para a rapinagem de piratas ou presídio para uma última descarga das extremidades nervosas, antes de voltarem eles aos seus sombrios desertos a fim de arrancarem mais alguma coisa a uma delas ou enfrentarem na pátria os traidores de aluguel junto a seus subalternos imediatos, sequiosos de os curar da necessidade que têm das duas; mundo que não é nenhuma Catai:[9] quimera de poetas que mantém com a realidade a mesma relação do paraíso de Maomé — este, um símbolo da sua evasão (e uma justificação da necessidade desta última) às vielas malcheirosas e às ferozes areias do seu berço irrevogável; mundo que não é a Xanadu do Cã Kubla,[10] que não era sequer o sonho perfeito e harmonioso de um poeta, mas o raio fulminante da Xanadu de um inglês encharcado de ópio, e que o eletrocutou com o esplendor que o poeta não foi capaz de encarar por um espaço de tempo suficiente para atraí-la à Terra; mundo, com efeito, que não é nenhum desses mundos que foram constelações momentâneas e esparsas no empíreo da história da humanidade; mas um mundo que é Paris — Paris que é o mundo — assim como o empíreo é a soma de suas constelações; não aquela Paris, onde um homem qualquer pode gozar de todas elas — Roma, Catai, Xanadu — contanto que se satisfaça com pouco e não precise contar vinténs (e você não deseja nada disso, já não lhe disse duas vezes que não o interpretei erradamente?). Mas aquela Paris que tão somente um filho meu poderá herdar de mim — aquela Paris que não rejeitei de todo aos dezessete anos, mas que simplesmente deixei de reserva para a recompor no dia em que fosse pai, a fim de a legar a um herdeiro digno daquela imensa, terrível herança. E há nisso um destino e uma fatalidade: um destino meu e seu, uno e inseparável, do poder sem rival e sem medida. Oh, não, não errei ao interpretá-lo — eu, já herdeiro nato daquele poder como ele então era, a conservar aquela herança em depósito a fim de me tornar o chefe inconteste e incontestável da confederação que haveria de derrotar e subjugar, destruindo-o, o único fator que o ameaçava sobre a face da Terra: o

---

[8] Vila marítima, ninho de piratas, na antiguidade. Perto de Nápoles.
[9] Nome antigo da China.
[10] Cidade citada no poema de Coleridge, "Kubla Khan"; forma alterada de Xamdu, residência do Cã Kublai: figuradamente, lugar de delícias. (N. da T.)

único — você — que teve o poder e o dom de persuadir três mil homens e aceitarem uma morte certa e imediata, de preferência a uma morte problemática com base num cálculo de percentagem matemática já provada, quando tinha ao seu dispor apenas uma divisão de quinze mil soldados com a qual operar, e as mãos vazias com as quais trabalhar! O que não pode — ou não poderá — você fazer, tendo o mundo inteiro por palco, e a herança que lhe darei, a fim de com ela trabalhar? Um rei, um imperador, a manter o seu domínio leve e frouxo sobre o homem, só até o momento em que outro aparece, capaz de oferecer àquele circos em maior quantidade e mais sangrentos, pães em maior quantidade e mais tenros? E você será Deus, dominador do homem para sempre, mercê de um ingrediente muito mais forte que a simples cobiça dele e seus apetites, ingrediente que é a sua triunfante loucura inextirpável, sua paixão imorredoura em deixar-se conduzir, mistificar e ludibriar...

— Por isso nos aliamos e confederamos — disse o cabo. — O senhor tem medo de mim?

— Já o respeito, desnecessário temê-lo. Posso agir sem você, e assim farei, e assim pretendo. Naturalmente, nesse caso, você não a verá (e como é triste o comentário), a essa derradeira e amaríssima pílula do martírio, sem a qual o próprio martírio se tornaria impossível, pois então já não seria martírio; mesmo que, por uma incrível coincidência, você estivesse com a razão, não chegaria sequer a percebê-lo, a esse paradoxo: só o ato de renunciar voluntariamente ao privilégio de saber que tinha razão, é o que possivelmente o fará ter razão. — Já sei, não precisa dizer: se eu puder passar sem você, então também você poderá passar sem mim: a meu ver a sua morte é apenas um ás a ser multado no jogo, enquanto, para você, ela é o verdadeiro ás de trunfo. Nem isso; já de uma feita aludi a suborno, acabo agora de oferecer-lhe; sou velho, você é moço, dentro em breve morrerei, e você então poderá empregar sua herança para amanhã ganhar a jogada que hoje o meu ás lhe cortou... Porque também correrei esse risco. Mas não diga... — e aí se interrompeu e levantou depressa a mão, sem desta vez espichá-la fora do punho do capote, e disse: — Espere, não fale ainda ... Aceite viver, então. Mas pense bem antes de responder. Porque a bolsa está agora vazia; dentro dela só resta uma coisa. Aceite, pois, viver. Você é moço; e mesmo depois de quatro anos de guerra, é possível aos moços acreditarem na sua própria invulnerabilidade; acreditarem que todos os demais poderão morrer... menos eles. Por conseguinte, não lhes é preciso darem à vida um valor muito alto, pois não são capazes de conceber, ou aceitar, o possível fim da mesma. Mas cada um, a seu tempo, envelhece e vê a morte. Compreende então que nada — nada — nada — nem o poder, nem a glória nem a riqueza nem o prazer nem mesmo a libertação à dor, valem o simples ato de respirar, o fato de estar a gente simplesmente viva, embora condenada à dor de lembrar e à aflição de um corpo irreparavelmente gasto; o mero fato de a gente saber que está viva... E escute lá isto: aconteceu nos Estados Unidos, acho que num lugar afastado, de nome índio: Mississípi. Um homem, que cometera ali um assassínio brutal pelo motivo mais vil — lucro, talvez vingança, ou talvez apenas para ver-se livre de uma mulher e despojar em seguida uma outra (não importa o motivo) — compareceu a julgamento proclamando sua inocência, foi condenado e sentenciado, ainda assim continuando a proclamar-se inocente, e ainda na cela da morte, debaixo da própria forca, ainda o proclamando, até que surgiu um padre. Naturalmente, não foi da primeira vez, nem da segunda, talvez nem mesmo da terceira, mas depois, em seu devido tempo, quando o assassino confessou seu crime ao padre e fez a paz com Deus, até ao ponto de parecer que o assassino e o padre haviam trocado os respectivos lugares e ofícios; não o padre, mas o assassino é que era agora o homem forte, o homem calmo, o forte e calmo e firme rochedo, não de uma trêmula esperança, mas da convicção e da fé inabaláveis, nas quais o próprio padre podia agora apoiar-se em busca de força e coragem. Isto, até na manhã da execução, que o assassino então contemplava até com impaciência, como se em verdade estivesse impaciente pelo momento em que pudesse arrojar de si o triste mundo efêmero que o levaria a fazer aquilo e agora lhe exigia uma tal expiação e aceitava-lhe o perdão. Assim foi, até subir ele à forca que, disseram-me, no Mississípi ficava a céu aberto, no pátio da cadeia, e provisoriamente encerrada numa alta estacada de pranchas para vedar às criaturas simplesmente mórbidas e curiosas a visão do adeus à Terra acenado pela personagem principal, pois criaturas curiosas e mórbidas nunca faltam, muito menos estas, que cobriram em suas carroças e carros muitas milhas de caminho e até conduziam cestas com merenda: homens, mulheres e avós, postados ao longo da alta estacada, até que o sino, o relógio, ou fosse qual fosse o instrumento usado para assinalar o trânsito de uma alma, se fizesse ouvir, libertando-os então para o regresso ao lar; criaturas curiosas e mórbidas, com efeito mais cegas do que o homem que estava sob o nó corredio e já liberto, desde a semana anterior, daquele triste corpo mortal que era a única tristeza da qual o castigo poderia despojá-lo: de pé, muito digno, o laço banal já ajustado ao pescoço, e, como última visão, uma nesga de céu para além da qual a sua teologia lhe ensinara seria ele logo em seguida trasladado; e, sob a nesga de céu, o único ramo de uma árvore próxima a estender-se por cima da estacada como uma bênção, como um largo gesto de absolvição que a Terra lhe fizesse — Terra com a qual desde havia muito ele rompera qualquer derradeiro e frágil fio. Mas eis que, repentinamente, um passarinho pousou naquele ramo, abriu a delicada garganta e cantou; e ao ouvi-lo, aquele que ainda há menos de um segundo tinha o pé levantado para saltar da dor e da angústia da Terra para a paz eterna, atirou fora o céu, a salvação, a alma imortal e o resto, e começou a debater-se para soltar as mãos e arrancar do pescoço o nó corredio: — Inocente! Inocente! Não fui eu que matei! — isso, até que o alçapão da terra, do mundo e do resto se afundasse debaixo dele — tudo só por causa de um passarinho! Só por causa de uma efêmera, imponderável criaturinha que um falcão podia prear, ou um alçapão, ou visgo, ou pelota perdida de algum garoto vadio destruir ainda antes que o sol se pusesse — com a diferença de que amanhã, no ano próximo, outro passarinho haveria, e outra primavera viria, o mesmo ramo novamente enfolhando-se e outro passarinho ali pousando para cantar — e ele... se somente ele ainda estivesse vivo para ouvi-lo; se somente pudesse ele ficar... Está me seguindo?

— Estou — respondeu o cabo.

— Então, pense nesse passarinho. Retire-se, confesse, diga que estava errado; diga que conduzia — conduzia? Não conduzia coisa nenhuma! Simplesmente participava — de um ataque de antemão derrotado. Receba de mim a vida; peça misericórdia e receba-a. Tenho o poder de conceder-lhe, ainda que se tratasse de uma derrota militar. O general comandante da sua divisão vai pedir — já pediu — o sacrifício de todo o regimento; não em nome da França ou da vitória, mas em nome da sua fé de ofício desonrada. Mas o portador deste chapéu sou eu, não ele.

— Restam ainda os dez — disse o cabo.

— Sim, os dez... que o odiarão, até que de todo o esqueçam. Que o amaldiçoarão, até esquecerem que o amaldiçoaram, e a razão por que o amaldiçoaram. Não, não: feche a janela para esse sonho sem fundamento. E abra esta outra. Talvez não veja, talvez ainda não possa ver coisa alguma para lá do acinzentado que fica além dela — exceto aquele ramo de árvore, hoje e sempre; aquele único ramo, que há de sempre estar ali à espera, pronto a receber o efêmero fardo imponderável. Pense no passarinho.

— Não tenha medo — disse o cabo. — Não há nada a temer. Nada que valha a pena temer.

Pareceu um instante que o velho general absolutamente não ouvira o que o cabo dissera. Achava-se de pé, uma cabeça abaixo da cabeça na altura montanhosa do outro sob o aparentemente insuperável peso do chapéu azul-escarlate cruzado de listras, salpintado de galões dourados e pesadas folhas de ouro. A seguir falou: — Medo? Não, não, não sou eu, mas você é que tem medo do homem; não eu, mas é você, que acredita que ele só poderá ser salvo mediante uma morte. Mas eu sei mais, e melhor: sei, por exemplo, que nele existe aquilo que o habilitará a perdurar ainda além de todas as guerras que promove, aquilo que é nele mais durável que todos os vícios, mais durável até que seu derradeiro e mais temível vício, e que o habilitará a perdurar ainda além do próximo avatar da sua servidão e que ele já agora defronta: a sua escravização à progênie demoníaca da sua própria curiosidade mecânica, da qual ele se emancipará mercê daquele antigo método de erro e experiência mediante o qual os escravos sempre obtiveram a liberdade: o método de inculcar nos amos os próprios vícios do escravo — neste caso, o vício da guerra, e aquele outro, que absolutamente não é vício, mas é, ao contrário, a marca de qualidade e a garantia da imortalidade do homem: sua loucura imorredoura. Pois o homem já começou a acrescentar rodas sob seu pátio, sob seu terraço, sob sua varanda da frente; e mesmo com a minha idade, posso prever o dia quando aquilo que foi a sua casa se há de transformar num lugar de armazenagem para sua cama, seu fogão, sua navalha e sua roupa de muda. E você, porque é moço, ainda poderá alcançar (lembre-se do passarinho) o dia em que ele tenha inventado seu próprio clima particular, para afinal transportá-lo, com seu fogão, seu banheiro, sua cama, sua roupa, sua cozinha e o resto, para dentro do seu próprio automóvel, de modo que aquilo a que ele dava o nome de "casa", terá para sempre desaparecido do dicionário. Então, já não mais sairá do seu automóvel, pois não mais terá necessidade de fazê-lo, sendo toda a Terra uma ininterrupta expansão de maquinaria calçada a concreto, sem montanha, sem rio, sem a protuberância de uma árvore, arbusto ou casa ou qualquer coisa que constitua um refúgio ou uma ameaça à visibilidade, e o homem, nu desde o nascedouro, uma legião multiplicada de tartarugas encerradas na sua carapaça individual de rodas e que se lhe ajusta como uma luva, com seus encanamentos e mangueiras a conduzirem para cima, de reservatórios no subsolo, uma carga de esguicho compósito que a um só tempo alimente-lhe a mobilidade, alcovite-lhe a lascívia, sacie-lhe os apetites e acenda-lhe os sonhos: peripatético, ininterrupto, contínuo, desde há muito já não previsível — para afinal morrer ao estalido de uma chave interruptora do mostrador de um velocímetro, quando então já estará igualmente liberto dos ossos, vísceras e tripas, nada deixando para a varridela municipal, exceto uma casca inodora e enferrujada — casca donde ele não sairá, porque não é preciso que saia, mas da qual presentemente não sairá porque não se atreve, porque a casca é a sua única proteção contra o granizo de ferro, refugo das suas guerras, as quais, naquela altura o desalojarão pelo simples distanciamento, a mera debilidade do seu físico já então não podendo continuá-las, suportá-las, assisti-las, estar presente. Naturalmente, ainda tentará fazê-las, e durante algum tempo conseguirá manter seu domínio mediante a construção de maiores carros de combate, mais rápidos e mais invulneráveis, e de uma potência de tiro maior que a de qualquer outro carro anterior, e aeroplanos maiores e mais rápidos, capazes de suportar mais carga e utilizar uma força destruidora maior que a de quaisquer outros; por um curto espaço de tempo, ele os acompanhará, dirigirá, e, segundo julga, os controlará, mesmo depois de perceber que não é a um outro frágil e mortal dissidente da sua política ou das suas noções sobre limites nacionais o inimigo que está combatendo, mas o próprio monstro em cujas entranhas habita. Então, já não será alguém que lhe atire balas porque o odeia, mas será seu próprio *frankenstein*[11] aquele que o estará assando vivo na fornalha, asfixiando-o com a velocidade, e arrancando-lhe, na ferocidade do seu mergulho predatório, as entranhas ainda palpitantes. Não lhe será possível continuar assim indefinidamente, embora durante algum tempo ainda lhe seja permitida a inofensiva ilusão de controlar do chão seu *frankenstein* por meio de botões. Mas também isso passará; anos, décadas, centúrias se escoarão, a partir da última vez em que o *frankenstein* respondeu a seu chamado; o homem terá então esquecido a própria localização das bases de proliferação do monstro, e seu último contato com ele se fará no dia em que se arrastar tremendo para fora da sua toca refrigerada a fim de ir agachar-se entre os caules delicados das suas antenas mortas a lembrarem uma geometria de conto de fada, sob a chuva clangorosa de mostradores, medidores, interruptores e fragmentos exangues de epidermes metálicas, a fim de contemplar os seus dois últimos semelhantes empenhados na derradeira luta gigantesca sobre o fundo de um último céu moribundo, despojado até da escuridão, retumbante com o rugido sem inflexão das duas vozes mecânicas a urrarem entre si polissilábicas banalidades patrióticas, destituídas de verbos. Oh, sim, o homem sobreviverá, porque possui aquilo que o fará resistir mesmo depois de congelar-se lentamente a última, insignificante rocha sem maré no último ocaso vermelho e sem calor, pois já a estrela mais próxima na azul imensidade do espaço se fará clamorosa com o tumulto do seu desembarque, sua débil voz inexaurível, ainda falando, ainda fazendo planos; e também aí, depois de soar e morrer o último dobre da fatalidade, um rumor ainda se ouvirá: o da sua voz, ainda a fazer planos de construir algo mais alto, mais veloz e mais audível; mais eficiente, mais audível e mais veloz

---

[11] Invento prejudicial ao seu inventor. (N. da T.)

que nunca, e entretanto também dotado do mesmo antigo defeito inerente e primordial, pois no fim também isto será impotente para erradicar o homem da superfície da Terra. Não tenho medo do homem. Melhor ainda: respeito-o, admiro-o e dele me orgulho. Tenho dez vezes mais orgulho da imortalidade que lhe é própria, do que ele o tem da celeste imortalidade com que se ilude. Porque o homem e sua loucura...

— Perdurarão — disse o cabo.

— Farão mais — acrescentou com orgulho o velho general. — Prevalecerão. Vamos voltar?

Voltaram então ao carro parado e recomeçaram a descer; atravessaram as vazias e reboantes coelheiras concêntricas que circundavam a afastada Place de Ville, repleta de povo. Entraram depois na viela, onde o carro diminuiu a marcha e de novo parou em frente do pequeno portão trancado, junto ao qual, acima de um grupo de cinco homens empenhados numa luta, os fuzis com baionetas caladas de quatro deles agitavam-se e sacudiam-se como exclamações de fúria. O cabo lançou um olhar ao grupo de lutadores e disse tranquilo:

— São nove agora.

— São nove agora — repetiu o velho general igualmente tranquilo; e fez de novo o gesto imobilizador da fina mão delicada a emergir de dentro do capote. — Espere. Vamos apreciar isto um instante: um homem liberto, aparentemente lutando para voltar àquilo que, segundo ele mesmo já sabe, será sua cela de morte — e ficaram um momento sentados, olhando o quinto homem (o mesmo que, havia duas horas, fora levado fora da cela pelos mesmos guardas que dali retiraram Polchek) que lutava, cheio de fúria no corpo grosso, entre as mãos dos seus quatro capturadores; não para se afastar do portão pequeno, mas, pelo contrário, para aproximar-se dele — até que o velho general, seguido do cabo, saltou do carro e disse sem ao menos levantar a voz:

— Sargento, que distúrbio é esse?

O grupo imobilizou-se em suas atitudes deformadas pela violência. O prisioneiro olhou para trás, arrancou-se dentre os guardas, e, voltando-se, correu pela calçada na direção do general e do cabo, os capturadores seguindo-o e novamente capturando-o.

— Você aí, não se mexa! — sibilou o sargento. — Atenção! O nome dele é Pierre Bouc. Não pertence àquele esquadrão, embora não déssemos pelo engano senão quando um deles... — e olhou para o cabo — até que você condescendeu em mostrar a ordem regimental. Descobrimo-lo quando tentava regressar ao esquadrão. Negou o próprio nome; nem ao menos quis mostrar a ordem, até que lha arrancamos. — Segurando firmemente com uma das mãos o grosso homenzinho furioso, o sargento sacou do bolso e mostrou um papel amarrotado nos cantos. O prisioneiro imediatamente o arrancou das mãos dele. — Mentira! — gritou para o sargento. E antes que alguém pudesse impedi-lo, rasgou a ordem em pedaços, fez com o corpo um rodopio e atirou-os no rosto do velho general. — Mentira! — tornou a gritar em face deste, enquanto os fragmentos de papel caíam como confete de neve, ou como plumas sem peso e sem vento em torno do chapéu dourado, em torno do calmo rosto inescrutável e indiferente, que tudo vira e em nada acreditava. — Mentira! — gritou mais uma vez. — Meu nome não é Pierre Bouc. Meu nome é Piotr... — e acrescentou qualquer coisa numa língua áspera e quase musical do Oriente Médio, língua tão cheia de consoantes, ao ponto de fazer-se quase ininteligível. Em seguida virou-se para o cabo, ajoelhou-se rapidamente, agarrou nas suas a mão dele e disse mais alguma coisa naquela língua incompreensível, ao que o cabo respondeu na mesma, embora o homem continuasse de joelhos segurando a mão do cabo, e este volvesse a falar na mesma língua de antes, como se estivesse repetindo o que dissera, mas já agora com um objeto diferente, talvez um nome diferente, e a seguir, pela terceira vez, com uma terceira e leve alteração no tom da voz, ao que o homem se moveu, levantou-se e de frente para o cabo assumiu posição de sentido, em seguida voltando-se para fazer um impecável cruzado em quarto enquanto os capturadores se dirigiam rapidamente para a entrada e o cabo dizia:

— Não precisam segurá-lo. Apenas abram o portão. — Mas ainda assim o velho general não se mexeu, impassível dentro do escuro vulto do capote, calmo, nem sequer confundido; apenas inescrutável, quando disse naquela voz nem sequer recapituladora ou outra coisa qualquer:

— "Perdoa-me, eu não sabia o que fazia." Mas você disse: "Seja homem", e ele não se mexeu. A seguir disse: "Seja um Zsettlani", e ainda assim, ele não se mexeu. Mas quando você disse: "Seja soldado", aí ele se fez soldado. — E virando-se, encaminhou-se para o carro, o macio e voluminoso abafador do capote voltando à imobilidade em torno dele na extremidade do banco; o sargento cruzou rápido de volta à calçada e tornou a postar-se logo atrás do ombro do cabo. Falou então o próprio general, naquela mesma língua rápida e sem vogais:

— E fez-se soldado. Não: regressou aos braços de um soldado. Boa noite, meu filho.

— Adeus, meu pai — respondeu o cabo.

— Adeus, não — tornou o velho general. — Também eu sou duradouro; não me entrego facilmente. Lembre-se de quem é o sangue com o qual me desafia. — A seguir disse em francês para o motorista: — Agora voltemos. — E o carro partiu. O cabo e o sargento fizeram juntos meia-volta, o sargento mais uma vez postando-se atrás do ombro do cabo sem contudo tocá-lo, e ambos retornando ao portão de ferro que uma das sentinelas conservava aberto para eles passarem, em seguida fechando-o e aferrolhando-o. E novamente, tão arraigado estava nele o velho hábito, o cabo entrou no corredor que conduzia à cela, quando o sargento o interrompeu e fê-lo entrar numa passagem apenas suficientemente larga para uma pessoa e bem pouco alta para qualquer dos dois — espécie de conduto secreto de uma só direção, que conduzia às entranhas do cárcere; o sargento destrancou uma pesada porta e fechou-a entre ele e o cabo, numa cela agora um pouco maior que um grande armário embutido, e que continha, à guisa de leito, um interminável banco de madeira da largura de um homem, um balde de ferro para servir de latrina e dois homens — o todo banhado num feroz ofuscamento de luz. Um dos homens tinha uma cara de mata-mouros, atrevida e sardônica, rebelde e bonachona até no bigode ralo. Trazia a boina imunda, o lenço atado ao pescoço e até o molengo cigarro apagado ao canto da boca, as mãos nos bolsos e um pé negligentemente cruzado em cima do outro, tal como se ainda estivesse encostado a uma parede num estreito beco de Montmartre, enquanto o outro, de pé junto dele, tinha a mesma tranquila e paciente fidelidade de um cachorro cego: sujeito atarracado, este, de aparência simiesca, e cujas mãos, tremendas, vazias e pacíficas, dependuradas até quase tocar-lhe os joelhos, estavam como que amarradas a barbantes escondidos no interior das mangas; a cabeça de símio era pequena e perfeitamente redonda, a cara empastada como se tivesse uma única feição, e num dos cantos da boca lhe escorria um fio de baba.

— Queira entrar — disse o primeiro. — Quer dizer que o encanaram, hein? Meu nome é Lapin; qualquer sujeito da polícia lhe garante que é Lapin. — E sem tirar as mãos dos bolsos, indicou com um gesto do cotovelo o homem ali perto.

— Este aqui é Casse-Tête; para encurtar, Horse. Estamos a caminho da cidade, hein, Horse? — O segundo homem soltou um único som incompreensível. — Estão ouvindo? — perguntou o primeiro. — Sabe dizer "Paris" tão bem como toda a gente. Diga outra vez, tio. Diga o lugar para onde vamos amanhã. — O outro fez de novo o mesmo som espesso e úmido, que o cabo prontamente reconheceu:

— Que faz ele aí metido nessa farda? — perguntou.

— Não sabe? — Aqueles filhos da p... pregaram-lhe um susto — disse o primeiro. — Não os alemães. E não me diga que os chefes ficarão satisfeitos com fuzilar um único soldado do regimento.

— Não sei — respondeu o cabo. — Não foi sempre assim?

— Tem um cigarro aí? — perguntou o outro. — Os meus já acabaram.

Sem ao menos virar a cabeça, o cabo estendeu-lhe o maço de cigarros. O outro cuspiu da boca o toco que restava, e tirou um cigarro do maço. — Obrigado. — O cabo estendeu-lhe o acendedor.

— Obrigado — disse o outro apanhando o isqueiro, acendendo-o, encostando-o ao cigarro, já então falando — ou ainda falando — o cigarro a balançar-se de cá para lá na boca, os braços cruzados no peito e cada uma das mãos a segurar de leve o cotovelo do lado oposto. — Que foi que perguntou? Se ele foi sempre assim? Nããão! Nunca lhe faltaram uns macaquinhos no sótão, mas ia indo muito bem até... O quê?

O cabo encarava-o, a mão estendida.

— Passe pra cá o acendedor.

— Que foi que disse?

— O acendedor — repetiu o cabo. E fitaram-se mutuamente. Lapin fez então um leve movimento de punhos e virou para cima as palmas vazias. O cabo fitava-o, sem recolher a mão.

— Jesus! — disse Lapin. — Não me ofenda. Não diga que me viu esconder o acendedor. Se viu, então eles é que têm razão; eles, com um único dia de atraso... — E fazendo rapidamente um novo movimento da mão, abriu-a, e o acendedor lá estava, pousado na palma. O cabo apanhou-o.

— O próprio Diabo não o faria com mais limpeza, hein? — disse Lapin. — Um homem não é nem ao menos a soma dos seus vícios, mas dos seus hábitos. Hoje estamos aqui, mas, amanhã de manhã, nenhum de nós dois poderá servir-se deste acendedor, e até lá, não tem a menor importância quem seja ou deixe de ser o dono dele... E todavia você quis que eu lhe devolvesse; isto, só porque tem o hábito de ser dono dele, assim como eu tenho o hábito de roubá-lo, pois possuir é também um dos meus hábitos naturais... Quem sabe não será essa a razão de toda a trabalheira e amofinação que vai haver amanhã de manhã — o desfile de uma guarnição completa, só para o efeito de curar três míseros piolhentos do mau hábito que eles têm de respirar? Que diz a isso, Horse? — perguntou ao segundo homem.

— Paris — respondeu este com voz rouca.

— Pode até apostar — acrescentou Lapin. — É disso mesmo que nos vão curar amanhã cedo: do mau hábito de não irmos a Paris depois de quatro anos de labuta na guerra... Mas desta vez iremos de verdade; e o cabo vai conosco para provar que realmente fomos...

— E ele, o que foi que fez? — perguntou o cabo.

— Espere aí — tornou Lapin. — Diga antes: *fizeram*. Foi um crime de morte. Assassinamos. Mas a culpa foi da velha: em vez de contar onde escondera o dinheiro e em seguida calar a boca, deitou-se na cama e pôs a boca no mundo até quase rebentar. Foi preciso afogá-la; do contrário, nunca iríamos a Paris.

— Paris — repetiu o segundo com sua voz molhada.

— Porque era isso mesmo o que queríamos — disse Lapin. — ...era isso que lutávamos para arranjar: ir a Paris! Mas a demais gente teimava em orientá-lo errado, guiando-o sempre na direção contrária, cansando os cachorros em sua perseguição, e os tiras sempre dizendo: "Ponha-se a andar, ponha-se a andar" — o senhor sabe o que é isso. No dia em que nos prenderam, os dois ao mesmo tempo — foi em 1914, em Clermont Ferrand — ele já não sabia há quanto tempo estava caminhando para Paris e nós não sabíamos a idade que ele tinha. Só sabíamos que estava havia muitos anos a caminho de Paris; isso, desde garoto, quando descobriu que precisava ir a Paris; muito tempo antes de descobrir que precisava de mulher, hein, Horse?

— Paris — disse o outro com voz rouca.

— ...e fazia qualquer trabalho, dormia em sebes e estábulos, até os cães ou a polícia lhe caírem em cima. Esta obrigava-o sempre a caminhar, sem ao menos indicar-lhe o caminho certo, o que nos levava a pensar que em toda a França ninguém conhecia Paris nem de nome; nem jamais quis, ou precisou, ir algum dia para lá, hein, Horse?

— Paris — disse o segundo.

— Foi quando ele e eu nos encontramos outro dia em Clermont, e resolvemos tentar a sorte juntos. No começo tudo correu bem. Havia a guerra, e bastava a gente meter-se numa farda azul do governo para se livrar de tiras, de paisanos e da raça humana em geral. O diabo é que era preciso a gente saber a quem devia prestar continência, e prestá-la com a devida rapidez... Presenteamos um sargento com uma garrafa de conhaque...

— A raça humana? — perguntou o cabo.

— Certo — disse Lapin. — Só de olhar, o senhor não dirá: mas Horse é capaz de andar no escuro, calado como um fantasma, e ver no escuro como um gato. Apague essa luz um minutinho, e vai ver esse acendedor sumir do seu próprio bolso. O senhor nem chega a perceber como foi... De modo que ele também se engajou...

— Aprendeu o vício assim depressa? — perguntou o cabo.

— Naturalmente! Mas sempre era preciso ter cautela com as mãos dele: não que tivesse má intenção; ele mesmo não sabia que as tinha tão fortes; isso, até aquela noite no mês passado...

— Mas até aí correu tudo bem? — perguntou o cabo.

— Uma canja! Depois que ele se engajou, às vezes até podia andar de carro à custa do governo, e chegando cada vez mais perto de Paris. Não demorou um ano, e já nos aproximávamos de Verdun, que qualquer alemão lhe dirá que fica às portas de Paris...

— E ainda aí, tudo corria bem — disse o cabo.

— E por que não? Se em tempo de paz a gente não pode confiar o dinheiro a um banco, onde guardá-lo em tempo de guerra, se não for na chaminé, debaixo do colchão ou dentro do relógio? Ou seja lá onde for, pois isto não tem a menor importância no caso. Mas Horse tem um faro para as notas de dez francos, como um porco para as trufas... Isso, até aquela noite do mês passado, e tudo foi culpa da velha: bastava ela contar onde guardara o dinheiro, e depois calar o bico. Isso, porém, não lhe convinha, e ela pôs a boca no mundo, ao ponto de rebentar os tímpanos — até que Horse teve de obrigá-la a ficar quieta. O senhor sabe, tudo sem má intenção: ele só queria apertar um bocadinho a garganta dela a fim de termos um pouco de paz e sossego para dar busca ao dinheiro. Mas íamos esquecendo as mãos... e, quando voltei...

— Quando voltou? — repetiu o cabo.

— Achava-me no andar térreo procurando o dinheiro; quando voltei já era tarde e fomos capturados. Pensei que ficassem satisfeitos com isso, ainda mais porque o dinheiro foi devolvido...

— Então é certo que encontrou dinheiro? — perguntou o cabo.

— Naturalmente! Enquanto ele fazia a velha fechar a boca... Mas não, aquilo não bastou.

— Você achou o dinheiro, saiu com ele e depois voltou?

— Como? — perguntou Lapin.

— Por que mudou de ideia? — insistiu o cabo. Um minuto depois, disse Lapin:

— Me dê outro cigarro. — O cabo deu. — Obrigado — disse. O cabo estendeu-lhe o acendedor. — Obrigado — tornou a dizer Lapin acendendo-o, encostando-o ao cigarro e soprando-o, suas mãos iniciando em seguida o mesmo gesto rápido e envolvente de antes, logo parando, e, no mesmo movimento, uma delas atirando o acendedor de volta ao cabo, os braços logo cruzados, cada cotovelo repousando sobre a respectiva palma oposta, o cigarro a dançar-lhe entre os lábios enquanto ele dizia: — Onde foi que parei? Ah, sim! Mas aquilo não bastou. Não bastou haverem os polícias nos apanhado com tamanha calma e decência, para depois nos mandarem fuzilar; pois, além disso, tiveram de levar Horse para uma cela não sei onde, e quase lhe arrancam os olhos de susto. Isso, por causa da justiça, não sabe? Para defenderem nossos direitos. Não bastava a captura; obrigaram-nos a repetir que fomos nós os assassinos. Falar com naturalidade também não bastava; Horse também foi obrigado a gritar de céu em terra, confessando o crime. Mas agora tudo está normal. Não podem mais prender-nos. — E virando-se, aplicou no segundo homem uma dura e rápida pancada nas costas: — Amanhã cedo Paris, rapaz. Com toda certeza! Vai ver!

Nesse momento a porta abriu-se. Era o mesmo sargento, que desta feita não entrou na cela e apenas disse, dirigindo-se ao cabo: — Outra vez — e ali ficou postado, segurando a porta aberta para o cabo passar. Quando isso aconteceu, o cabo fechou a porta e trancou-a.

Agora era o escritório do próprio comandante diretor da prisão, que o cabo supunha ser apenas qualquer outro oficial não comissionado, até que viu, dispostos em cima da mesa desimpedida, os petrechos da extrema-unção — a urna, a âmbula, a estola, as velas e o crucifixo —, só então reparando na pequena cruz bordada na túnica do homem postado ali perto. A porta foi fechada por outro sargento, e ele e o sacerdote ficaram sozinhos, o sacerdote levantando a mão para inscrever no ar invisível a invisível Paixão e o cabo parando um instante, mal entrara, e todavia não surpreso porém de novo alerta, a fitar o sacerdote; momento esse em que uma terceira pessoa na sala teria decerto reparado serem ambos quase da mesma idade.

— Entre, meu filho — disse o sacerdote.

— Boa tarde, sargento — retribuiu o cabo.

— Não pode chamar-me "padre"? — respondeu o sacerdote.

— Posso — respondeu o cabo.

— Então faça-o — disse o sacerdote.

— Naturalmente, padre — tornou o cabo avançando, e enquanto o sacerdote o fitava, olhando rápido e calado em cima da mesa os petrechos sagrados.

— Não é para isso — disse o sacerdote. — Ainda não. Vim aqui oferecer-lhe a vida.

— Quer dizer que ele o enviou — disse o cabo.

— Ele? — repetiu o sacerdote. — A que "ele" se refere, senão ao Doador de tudo quanto vive? E por que me mandaria Ele aqui para oferecer-lhe aquilo que Ele já lhe dera em depósito? Pois o homem ao qual você alude, com toda a sua graduação e poderio só era capaz de tirar-lhe a vida. Nunca lhe poderia concedê-la, pois com todas as suas estrelas e galões, também não passa de um punhado de cinza podre e efêmera diante de Deus. Com efeito, não foi nenhum dos dois que me enviou: não Aquele que já lhe fez dom da vida, nem o outro, que nunca foi dono da sua própria vida ou da vida de outrem para que lhe pudesse doá-la. O que me enviou para aqui foi o dever. Não isto — e um instante sua mão tocou a pequenina cruz bordada na gola da túnica —; não esta vestimenta, mas a fé que n'Ele deposito. Nem ao menos vim como Seu porta-voz, mas como homem...

— Foi um francês? — perguntou o cabo.

— Certo — respondeu o sacerdote. — Foi um francês, se assim o prefere, que me ordenou viesse eu aqui a exigir, não a pedir ou oferecer, mas a exigir a conservação da vida, cuja extinção nunca lhe coube nem lhe caberá, a fim de salvar a vida de outrem.

— Salvar a vida de outrem? — perguntou o cabo.

— Sim: a do comandante de divisão do seu regimento — respondeu o sacerdote. — Ele também vai morrer por aquilo que os seus conhecidos — que é o único mundo que ele conhece, pois a este dedicou sua vida inteira — chamam de derrota; ao passo que você vai morrer por aquilo que, de qualquer modo, você chama de vitória.

— Então foi ele quem o enviou — disse o cabo. — Para fazer chantagem...

— Cuidado — disse o sacerdote.

— Então ouça: não diga isso a mim, mas a ele — tornou o cabo. — Se posso salvar a vida de Gragnon só pelo fato de não fazer algo que você me diz que já agora não posso ou, de qualquer modo, nunca poderei fazer... Então diga-lhe: diga-lhe que também eu não quero morrer.

— Cuidado — disse o sacerdote.

— Não era a ele que eu aludia — disse o cabo. — Eu aludia...
— Sei a quem aludia — disse o sacerdote. — É por isso que lhe recomendo cuidado. Cuidado com Aquele de Quem zomba, atribuindo-Lhe o seu próprio orgulho mortal; com Ele, que morreu faz dois mil anos para afirmar que o homem não terá nunca, nunca, nunca, nunca, nunca, nunca, nunca suserania sobre a vida e a morte do seu semelhante; com Aquele que absolveu do terrível fardo não apenas você, mas o homem ao qual alude, a você, do direito à suserania, e, a ele, da necessidade de a possuir sobre sua vida; Aquele que livrou para sempre o pobre homem mortal do medo da opressão e da angústia da responsabilidade, que a suserania sobre a fatalidade e o destino humanos lhe teria acarretado como uma maldição, ao rejeitar Ele, em nome do homem, a tentação daquele poder; quando rejeitou a terrível tentação daquele poder ilimitado e irrefreável, ao responder ao Tentador: *Dai a César o que é de César...* Bem sei — acrescentou depressa, antes que o cabo pudesse intervir: — A Chaulnesmont, as coisas que são de Chaulnesmont. Oh, sim, você tem razão, sou primeiro francês. De modo que você até pode citar contra mim a folha de serviços, não é? Pois bem, faça-o.

— A folha? — perguntou o cabo.

— O Livro — tornou o sacerdote. O cabo fitou-o. — Quer dizer que nem ao menos conhece o Livro?

— Não sei ler — respondeu o cabo.

— Então vou citá-lo, intercedendo por você — disse o sacerdote. — Não foi Ele com Sua humildade, Sua piedade, Seu sacrifício, Quem converteu o mundo: foi a Roma pagã e sanguinária que o fez, com o martírio que lhe impôs; furiosos sonhadores intratáveis levaram mais de trezentos anos empenhados em projetar para fora da Ásia Menor aquele mesmo sonho, até que um deles afinal descobriu um César bastante idiota para O crucificar. Você tem razão. E ele também (agora não aludo a Ele, mas ao velho daquela sala branca acolá, em cujos ombros você está querendo lançar o seu direito e dever de decidir e usar de livre-arbítrio). Porque só Roma poderia tê-lo feito e consumado, e Ele mesmo (sim: agora é a Ele que aludo) sentia, sabia, compreendia isto, embora fosse um sonhador alucinado e intratável. Pois Ele mesmo disse: *Sobre esta pedra edificarei Minha igreja;* e disse-o antes de compreender (e nunca compreenderia) a verdadeira significação desse enunciado, pois então ainda julgava estar falando por metáfora, sinônimo e parábola, a palavra *pedra* representando aí o coração instável e inconstante, e, *igreja,* a fé sem raízes. Nem foi o seu primeiro sicofanta favorito quem primeiro compreendeu esse significado — sicofanta ignaro e intratável como Ele próprio, e, como Ele próprio, eletrocutado no fim pelo mesmo fogo indômito daquele sonho. Mas foi Paulo, que em primeiro lugar era romano, depois homem, e só em terceiro lugar, sonhador — foi Paulo o único entre todos capaz de interpretar corretamente aquele sonho e compreender que, para perdurar, um tal sonho não podia continuar sendo uma fé aérea e nebulosa, mas, ao contrário, teria de ser uma *igreja,* um *estabelecimento,* uma moral de comportamento no interior da qual o homem pudesse exercer o seu direito e o seu dever de decidir e usar de livre-arbítrio, não em troca de uma recompensa como a história que se conta à criança a fim de propiciar-lhe o sono na hora de dormir, mas a recompensa devida à sua capacidade de luta pacífica e tenaz com o duro mundo duradouro onde (soubesse ele, ou não soubesse por quê, isso era de somenos, pois agora podia arcar também com isso) ele habitava. Não capturado naquela frágil teia de esperanças, receios e aspirações que o homem chama "coração", porém fixado, estabelecido a fim de perdurar, naquela *pedra* cujo sinônimo era o capital em germe da áspera e duradoura terra perdurável que, de qualquer maneira, sejam quais forem os meios, o homem tem de arrostar se não quiser perecer. Como vê, ele tem razão. Não foi Ele, ou Pedro, porém Paulo que, sendo um terço sonhador, dois terços homem, e metade romano, pôde lutar contra Roma. E fez ainda mais: dando a César, conquistou Roma. E ainda mais: destruiu-a — pois onde está Roma agora? E que resta dela, senão aquela *pedra,* aquela cidadela? Dai a Chaulnesmont o que é de Chaulnesmont. Por que haveria você de morrer?

— Diga isso a ele — falou o cabo.

— Para salvar uma vida que o sonho que você sonha vai eletrocutar — disse o sacerdote.

— Diga isso a ele — tornou o cabo.

— E lembre-se... — ia dizendo o sacerdote. — Claro, não pode lembrar-se, não conhece, não sabe ler. De modo que tenho de ser agora ambas as coisas: acusador e advogado. *Transforma estas pedras em pão e todos os homens te seguirão.* Ao que Ele respondeu: *Nem só de pão vive o homem.* Pois também Ele o sabia, apesar de sonhador alucinado e intratável, que Ele estava sendo tentado a tentar, a conduzir o homem não com o *pão,* mas com o *milagre* daquele pão; que estava sendo tentado a acreditar que o homem não só era capaz daquele logro, mas que também, sequioso, ansiava por ele; que até mesmo quando a ilusão daquele milagre o houvesse levado ao ponto em que mais uma vez o pão devia converter-se em pedra dentro do seu próprio ventre, destruindo-o, seus filhos estariam por seu turno ansiando por agarrar nas mãos a ilusão daquele mesmo milagre que os haveria de destruir. Não, não: dê ouvido a Paulo, que não precisou do milagre nem requereu o martírio. Poupe aquela outra vida. *Não matarás.*

— Diga isso a ele — tornou o cabo.

— Se for necessário, acabe com sua própria vida amanhã — disse o sacerdote. — Mas hoje, poupe a dele.

— Diga isso a ele — tornou o cabo.

— O poder — acrescentou o sacerdote. — Não apenas o poder sobre a Terra, oferecido por aquela tentação do simples milagre; mas aquele poder mais terrível sobre o próprio universo — aquele terrível poder sobre todo o universo, e que lhe seria conferido pelo domínio que Ele tinha sobre a sorte e o destino do homem, não tivesse Ele devolvido, lançando-a na própria cara do Tentador, a terceira e ainda mais terrível tentação: a tentação da imortalidade, à qual tivesse Ele cedido ou sucumbido, equivaleria a destruir o reino de Seu Pai, não apenas sobre a face da Terra mas no próprio céu, uma vez que teria assim destruído o próprio céu, pois que valor na escala humana da esperança e da aspiração, ou que pulso firme, ou que direito à reivindicação, poderia ter esse céu que só era possível granjear mediante um instrumento tão vil como a chantagem; o homem, por sua vez, sem outra garantia além de um único precedente, atirando-se abaixo do primeiro precipício no momento em que se fatigasse do fardo que lhe eram seu livre-arbítrio e sua faculdade de decisão, seu direito ao primeiro e seu dever para com o segundo, e a dizer em desafio ao seu Criador: "Deixe-me cair... se Se atreve!"

— Diga isso a ele — tornou o cabo.

— Poupe aquela outra vida. Concedo que o seu direito ao livre-arbítrio tenha relação com sua própria morte. Mas o dever da escolha não é seu. É dele. Trata-se da morte do general Gragnon.

— Diga isso a ele — tornou o cabo, e ambos se entreolharam. Pareceu em seguida que o sacerdote fazia um terrível esforço constrangido e convulso, ou fosse para falar ou para calar-se (não ficou bem claro), até que disse, como se fizesse um gesto, um adeus, não à derrota e ao desespero e à desesperação, e que mais se diria de rendição:

— Lembre-se daquele passarinho.

— Ah! Então foi ele quem o enviou a mim — disse o cabo.

— Sim — respondeu o sacerdote. — Mandou-me chamar. Mandou-me chamar para dar a César... — E acrescentou: — Mas voltou...

— Quem voltou? — perguntou o sargento. — Foi ele?

— Voltou aquele que o negou — disse o sacerdote. — Aquele que lhe virou as costas. Aquele que se libertou de você. Mas voltou. E agora são de novo onze. — E voltou-se até ficar de frente para o cabo. — Salve-me também a mim — disse, e pôs-se de joelhos ante o cabo, as mãos fechadas no peito. — Salve-me — suplicou.

— Levante-se, padre — disse o cabo.

— Não — tornou o sacerdote palpando o peito da túnica, de cujo interior sacou um missal amarrotado nos cantos, todo manchado da imundície das trincheiras. Dir-se-ia que o missal se abrira automaticamente no lugar da estreita fita cor de púrpura do marcador. O sacerdote virou-o de cabeça para baixo e levantou-o para o cabo. — Queira ler para mim isso que está aí — disse. O cabo apanhou o livro.

— Ler o quê? — perguntou.

— O ofício dos mortos — disse o sacerdote. — Mas não sabe ler, não é mesmo? — E retomando o livro, fechou-o, e em seguida, apertando-o entre as mãos de encontro ao peito, a cabeça ainda curvada: — Então salve-me — disse.

— Levante-se — ordenou-lhe o cabo abaixando-se para segurar-lhe o braço, embora o padre já houvesse principiado a erguer-se e tateasse canhestramente a túnica a fim de aí repor o missal; e ao virar-se, ainda rígido, ainda canhestro, dir-se-ia que tropeçara, que estava a ponto de cair; e sem dar tempo ao cabo de ampará-lo, pôs-se ereto a caminhar rumo à porta, uma das mãos já erguida para ela, ou para a parede, ou talvez apenas erguida, como se também estivesse cego, o cabo fitando-o para dizer apenas: — Esqueceu seus petrechos.

O sacerdote estacou, sem contudo voltar-se. — Sim — respondeu. — Com efeito: esqueci-os. — E acrescentou: — Esqueci-os. — Em seguida virou-se, caminhou para a escrivaninha e apanhou os artigos que se achavam ali — urna, âmbula, estola e crucifixo —, reuniu-os desajeitadamente num dos braços e estendeu a mão na direção das velas para logo em seguida interromper-se, enquanto o cabo continuava a olhá-lo.

— Pode mandar alguém apanhá-los — disse o cabo.

— Isso mesmo — tornou o sacerdote. — Posso mandar alguém apanhá-los — e, voltando-se, demandou novamente a porta e tornou a parar, dentro em breve recomeçando a erguer a mão (embora o cabo já então o precedesse para dar na madeira duas ou três pancadas com o punho fechado, a porta não tardando a abrir-se escancaradamente para revelar a figura do sargento, enquanto o sacerdote, ainda em pé, continuava apertando de encontro ao peito a pilha de símbolos dos seus mistérios. Em seguida espertou: — Sim — disse. — Posso mandar alguém apanhá-los. — E saiu porta afora. Mas desta feita nem entreparou quando o sargento o alcançou para dizer:

— Quer que eu carregue isso para a capela, padre?

— Obrigado — respondeu ele soltando-os; e então, já livre, continuou andando; sentia até segurança lá fora: por companhia, apenas a escuridão da primavera, a noite primaveril, macia e múltipla acima das muralhas escuras e desertas e também entre elas, a encher a erma passagem descoberta e a viela, em cuja extremidade ele podia vislumbrar apenas uma seção da distante cerca de arame e o passadiço intervalado pelas rígidas luzes ofuscantes dos holofotes apontando para baixo, estes por sua vez alternando-se com os olhos vermelhos dos cigarros das sentinelas senegalesas; mais além, a planície tenebrosa, e, além da planície, a débil claridade insone da cidade em vigília. Lembrava-se, agora, de quando foi que os vira pela primeira vez; de quando enfim os vira e se lhes aproximara, fazia dois invernos, nas cercanias do Chemin des Dames — atrás de Combles ou Souchez, não se lembrava — a Place calçada de pedra no crepúsculo suave (não: no crepúsculo suave, era ainda outono, pouco antes de iniciar-se em Verdun aquele derradeiro inverno da maldita e condenada raça humana), a Place já então vazia, e ele desencontrando-se dos demais apenas por alguns minutos, braços e mãos apontando para indicar-lhe o rumo, solícitas vozes contraditórias erguendo-se para informá-lo (com efeito, vozes demais, solícitas vozes demais, rumos demais) até que afinal um homem se prestou a acompanhá-lo até ao extremo limite da vila para indicar-lhe o caminho exato e até apontar-lhe o distante aglomerado da própria fazenda — um terreiro com uma casa, um estábulo e o mais — o crepúsculo já se adensando quando ele os viu aos oito tranquilamente postados junto ao alpendre da cozinha, e depois viu mais dois — o cabo e um outro — ambos sentados no alpendre com aventais de baeta ou oleado, o cabo depenando uma ave, um frango, o outro descascando batatas numa tigela, presididos pela fazendeira com uma jarra e uma criança — uma menina de seus dez anos — que trazia as mãos cheias de tigelas e canecas; e continuando a olhar, viu os três restantes que saíam do estábulo carregando baldes de leite, e, em companhia do fazendeiro, atravessavam o terreiro.

E contudo não se lhes aproximou nem os fez sentir sua presença. Ficou olhando, enquanto a mulher e a menina trocavam a jarra e as vasilhas de beber pelo frango depenado, a tigela de batatas e os baldes de leite, e conduziam-nos para o interior da casa. Então, inclinando a jarra, o fazendeiro começou a encher tigelas e canecas, que o cabo segurava e ia passando de um em um, todos afinal bebendo numa saudação ritual ao trabalho tranquilo, ao tranquilo fim do dia, à antecipação da tranquila refeição à luz da lâmpada ou fosse o que fosse —; e depois escureceu, veio a noite, a noite, com efeito — pois a segunda vez que os viu foi em Verdun, em uma noite enregeladora da França e do homem, pois a França fora o berço da liberdade do espírito humano. Foi nas ruínas de Verdun, ao alcance do ouvido e da angústia de Gaud e Valaumont; desta feita, não se lhes aproximou, mas olhou-os de longe, murado como estava pelos dorsos manchados de dor e imundície perto do lugar onde os treze deveriam estar no centro de um círculo a falarem, a arengarem ou talvez a silenciarem (nunca o saberia nem se atreveria a sabê-lo) pois não precisavam de falar ou arengar, desde que lhes bastava crer — crer simplesmente — e ele pensando; *Sim, eram então treze, e agora ainda restam doze;* e pensando: *Embora fosse apenas um, apenas ele, isso era bastante, era mais do que bastante,* e continuando a pensar: *Apenas esse único para se interpor entre mim e a segurança, entre mim e a proteção, entre mim e a paz;* embora conhecesse bem a prisão e seus arredores, ficou um instante desorientado, assim como às vezes acontece ao entrar-se às escuras num edifício estranho, ou por uma porta para se sair à luz por outra, embora este não fosse o caso presente, e ele continuasse a pensar com certa tranquila ausência de espanto: *Sim, decerto eu já sabia, no instante em que me mandou buscar, qual a porta por onde eu deveria sair, qual a única saída que me restava.* Isso, porém, durou apenas um instante ou dois, talvez menos: o tempo infinitesimal e vertiginoso de uma guinada, quando então os muros de tijolo e pedra reassumiram a seus olhos a feição ordeira e para sempre execrada. Uma esquina, uma volta — e eis a sentinela no mesmo sítio em que devia estar na sua lembrança, não de ronda mas comodamente em pé, com a coronha do fuzil pousada no chão, junto ao portão menor.

— Boa noite, meu filho — disse o sacerdote.

— Boa noite, padre — respondeu o soldado.

— Será que poderia emprestar-me sua baioneta? — perguntou o sacerdote.

— Minha o quê? — inquiriu o soldado.

— Sua baioneta — repetiu o sacerdote, estendendo a mão.

— Não posso fazer isso — disse o soldado. — Estou em revista... estou no posto. O cabo lhe emp... O oficial do dia pode aparecer por aí...

Diga-lhe que a levei comigo — disse o sacerdote.

— Que a levou com o senhor? — perguntou o soldado.

— Então, que a pedi a você — disse o sacerdote sem retirar a mão. —Vamos. — E avançou a mão, não com pressa, para retirar a baioneta do cinto do soldado. — Diga-lhe que a levei — rematou, voltando as costas. — Boa noite.

O soldado talvez até lhe houvesse correspondido; talvez até se fizesse ouvir na viela silenciosa e erma o eco evanescente de uma última e cálida voz humana emitindo num protesto humano e cálido, ou num assombro, ou numa simples resistência insofismável, a afirmação de um *é*, e pelo simples motivo de *ser*. Depois, mais nada, exceto ele pensando: *Era uma lança; eu devia ter trazido o fuzil também*; e pensando: *Do lado esquerdo, e eu não sou canhoto*, e, em seguida: *Ele ao menos não usava capote de soldado de infantaria nem camisa do Magazin du Louvre, por conseguinte sou capaz de fazer ao menos isso*; e desabotoando o paletó, atirou-o para trás, abriu a camisa até sentir a fria ponta minúscula da lâmina contra a carne, em seguida o frio, fino chiar da lâmina penetrando-a com uma espécie de agudo grito audível e como que atônita ante sua própria rapidez; e todavia, ao olhar para baixo, viu que a ponta ainda mal desaparecera e disse então tranquilamente, em voz alta: — E depois? — *Mas ele não estava de pé,* pensou em seguida; *estava cravado e dar-me-á seu perdão;* e, firmando a baioneta de jeito que a ponta do punho batesse primeiro nos ladrilhos do piso, atirou-se de flanco e foi-se voltando devagar até encostar a face nos ladrilhos ainda tépidos; começou então a chorar um débil, manso choro de frustração e desespero, até que a mão crispada entre a cruz da guarda da baioneta e sua própria carne o esclarecesse, e ele enfim pudesse deixar de chorar — o suave murmúrio espesso e tépido a sair-lhe da boca num jorro subitâneo.

Buzinando insistentemente — não por maldade nem por desejo de amofinar os outros nem por irritação, mas, com efeito, por causa de certo indefectível alheamento enfarado de gaulês — o carro do estado-maior francês arrastava-se pela Place de Ville, como se a toques de buzina estivesse a dar palmadinhas de massagem, suaves, porém firmes, na multidão compacta, a fim de a fazer recuar para ambos os lados e abrir caminho para que ele passasse. Não se tratava de um carro grande a esvoaçar pendões ou emblemas de qualquer natureza; era, antes, um pequeno carro indubitavelmente pertencente ao exército francês, guiado por um soldado francês e conduzindo mais três soldados — três soldados americanos — os quais não se conheciam entre si antes de se encontrarem na sala de oficiais de Blois, e, fazia quatro horas, serem apanhados pelo carro francês. Dois deles sentavam-se no banco traseiro, outro na frente ao lado do motorista, enquanto o carro balia anunciando sua passagem de lesma por entre a aglomeração de rostos insones, pálidos de fadiga.

No assento traseiro, um dos americanos debruçava-se para fora do carro, a olhar sôfrego em torno, não os rostos mas os edifícios mais próximos circundando a Place. Segurava aberto nas mãos um mapa vincado pelo muito dobrar e desdobrar e tornar a dobrar. Era ainda bastante novo, e tinha os olhos castanhos, confiantes e tranquilos de uma vaca, postos numa cara leal e franca, irremediavelmente bucólica — cara de fazendeiro feito para o amor da sua pacífica propriedade agrária (seu pai, e ele depois do pai, criavam porcos no Iowa, plantando milho e forragem para alimento destes, antes de os levar ao mercado) pela simples razão de que, até o fim de seus dias de fácil digestão (e o que estava para acontecer-lhe dentro dos próximos trinta minutos haveria naturalmente de persegui-lo de tempos a tempos, mas somente em sonho, como sói acontecer com os pesadelos) nunca lhe haveria de ocorrer a possibilidade de ele descobrir outra coisa mais digna do seu amor; debruçado sofregamente para fora do carro, fazia completa abstração do aglomerado de rostos entre os quais passava, e perguntava açodado:

— Qual deles? Qual deles?

— Qual deles o quê? — indagou o americano que ia ao lado do motorista.

— O quartel-general — respondeu. — O Hotel de Vili.

— Espere até a hora de entrar nele — respondeu o outro. — Pois não foi para isso que se ofereceu como voluntário?

— Bom, mas também quero vê-lo por fora — disse o primeiro. — Foi para isso que vim de voluntário nesta coisa não-sei-como-diga. Pergunte-lhe — acrescentou, indicando o motorista; — pergunte-lhe você aí, que fala *franciú*...

— Desta vez não pergunto — respondeu o outro. — Meu francês não serve para esta espécie de edifícios... — Também não foi preciso perguntar nada, pois logo a seguir ambos avistaram as três sentinelas — a americana, a francesa e a britânica — flanqueando a porta, e o carro enveredou portão adentro até ao pátio coalhado de motocicletas e carros de oficiais com suas respectivas insígnias. O carro deles, porém, não parou ali: atirando-se por entre os outros a uma velocidade verdadeiramente desenfreada, fez a curva e rumou para a extrema retaguarda da horrorosa mole barroca. — E agora? — perguntou o do assento dianteiro ao homem do Iowa ainda debruçado para fora a fim de ver as vertiginosas ameias traseiras do edifício. — Pensei que nos iam convidar a entrar pela frente...

— Está bem — disse o homem do Iowa. — Foi assim mesmo que imaginei esse castelo...

O carro rodava, dirigindo-se para um polícia americano postado junto a uma espécie de poço de luz de adega, e que lhes acenava com um farolete manual. O veículo cresceu para o lado do polícia e aí parou. O polícia abriu a porta, mas como o homem do Iowa estava empenhado em dobrar o mapa, o soldado americano do assento dianteiro foi quem primeiro saltou. Chamava-se Buchwald. Seu avô fora rabino de uma sinagoga em Minsk, até ao dia em que um sargento cossaco rebentou-lhe os miolos a cascos ferrados de cavalo. Seu pai fora alfaiate, e ele próprio nascera em Brooklin, no quarto andar de uma casa de cômodos sem elevador e sem água quente. Dentro de dois anos após a decretação da Lei Seca, as mãos vazias, não fosse por uma metralhadora Lewis reconstruída com o excedente do exército, ele iria transformar-se no czar de um império de um milhão de dólares que abrangia toda a costa atlântica, desde o Canadá até a menor enseada ou palmo de areia da costa da Flórida onde se plantasse. Seus olhos eram pálidos, quase incolores, e ele próprio, sólido e magro, embora em dia futuro, poucos meses menos de dez anos a contar dessa data, jazendo em seu caixão de dez mil dólares, amontoado com uma importância quase igual em flores cortadas, devesse parecer cheio de corpo, quase gordo. O polícia militar enfiou a cabeça no interior do carro a fim de olhar o assento traseiro.

— Vamos, vamos — falou. Ao que o homem do Iowa apareceu, tendo em uma das mãos o mapa canhestramente dobrado, e, com a outra, dando palmadinhas no bolso. Ao passar por Buchwald, fintou como um meia-esquerda futebolístico e atirou-se à frente do carro, onde abriu o mapa à luz de um dos holofotes, continuando a dar pancadinhas no bolso.

— Diacho! — exclamou. — Perdi meu lápis! — Mas já o terceiro soldado americano descia do carro. Era preto, mas de um preto bem preto, não aliviado. Surgiu com uma certa elegância de dançarino de balé, não picando o passo, nem afetado ou adamado, porém antes, e a um só tempo, masculino e virginal, ou melhor, epiceno, e postando-se numa atitude não de todo estudada, enquanto o homem do Iowa rondava fazendo fintas em torno dos três — de Buchwald, do polícia e do negro — e, carregando o mapa que agora se esfrangalhava rapidamente, mergulhava a parte superior do corpo dentro do carro e dizia ao polícia: — Empreste-me seu farolete.

Meu lápis deve ter caído no chão.

— Ladrãozinho — disse Buchwald. — Venha daí.

— É meu lápis — disse o homem do Iowa, — Ainda o tinha na última cidade grande que atravessamos. Como era o nome dela?

— Vou chamar o sargento — disse o polícia. — Será que preciso fazer isso?

— Neres — disse Buchwald. E virando-se para o homem do Iowa: — Vamos. Deve haver um lápis lá dentro. O pessoal daqui também sabe ler e escrever. — O homem do Iowa afastou-se do carro e endireitou o corpo, pondo-se a enrolar o mapa. Com o polícia guiando, dirigiram-se os três para o poço de luz e aí desceram, o homem do Iowa acompanhando com a vista o voo remontado do edifício. — Decerto que há de haver... — respondeu. Desceram em seguida alguns degraus, cruzaram uma porta, e acharam-se os três num estreito corredor de pedra. O policial abriu uma porta e todos entraram numa antessala: o policial saiu e fechou a porta atrás de si. Havia na ante-sala um catre, uma escrivaninha, um telefone e uma cadeira. O homem do Iowa dirigiu-se para a escrivaninha e começou a remexer os papéis que estavam em cima dela.

— Se não fizer anotações, não é capaz de lembrar que andou por aqui, hein? — disse Buchwald.

— Não é por mim — disse o homem do Iowa, revolvendo os papéis. — É pela moça minha noiva. Fiz-lhe a promessa...

— E ela também gosta de porcos? — perguntou Buchwald.

— ...o quê? — perguntou o homem do Iowa, parando e volvendo a cabeça; ainda debruçado na escrivaninha, voltou para Buchwald seu manso olhar leal, confiante e sem alarma.

— E por que não? — perguntou. — Que é que há com os porcos?

— OK — disse Buchwald. — Então você fez promessa à moça...

— Fiz, sim — disse o homem do Iowa. — Quando soubemos que eu viria à França, prometi-lhe trazer comigo um mapa e assinalar todos os lugares por onde passasse, principalmente aqueles dos quais sempre se ouve falar: Paris, por exemplo. Estive em Blois, em Brest, e porque me apresentei voluntário nesta missão, irei até Paris. Irei até mesmo a Chaulnesmont, ao grande quartel-general de toda esta guerra — assim que descobrir um lápis. — E começou novamente a dar busca entre os papéis sobre a escrivaninha.

— E que vai fazer com ele? — perguntou Buchwald. — Quero dizer: com o mapa, quando voltar para casa...

— Vou mandar emoldurá-lo para pendurá-lo na parede — disse o homem do Iowa. — Mas o que você pensa que eu faria?

— Tem certeza de querer anotar também isto no seu mapa? — perguntou Buchwald.

— Como assim? — perguntou o homem do Iowa. — E por quê?

— Sabe acaso que missão é esta para a qual se apresentou como voluntário? — perguntou Buchwald.

— Como não hei de saber? — disse o homem do Iowa. — Apresentei-me para ter a oportunidade de visitar Chaulnesmont!

— Então nunca ninguém lhe disse o que você vinha fazer aqui? — perguntou Buchwald.

— Novato no exército, hein? — disse o homem do Iowa. — No exército a gente nunca faz perguntas; simplesmente faz o que mandam, mais nada. Esse é o jeito de progredir em qualquer exército: nunca indagar por que nos mandam fazer isto ou aquilo ou a coisa que pretendem depois que o fazemos. O certo é a gente fazer a coisa e sumir; porque se acaso o sargento vir a gente, logo se lembra de alguma incumbência a dar. O certo seria ele já ter alguma incumbência no programa antes de procurar alguém a quem a dê. Diacho! Aqui também parece não haver nem sombra de lápis!

— Decerto. Sambo tem um — disse Buchwald, e olhou para o negro. — E você? Por que se apresentou como voluntário nisto — se não foi com interesse numa licença de três dias para ir a Paris? Ou foi também para ir de visita a Chaulnesmont?

— Qual o nome que me deu? — perguntou o negro.

— Sambo. — disse Buchwald. — Tu não gostaste?

— Meu nome é Filipe Manigault Beaucham — disse o negro.

— Vá falando. — disse Buchwald.

— Escreve-se Manigault, mas pronuncia-se Manigô — disse o negro.

— Caluda — fez Buchwald.

— Tem aí um lápis, mano? — disse ao negro o homem do Iowa.

— Não — tornou o negro sem sequer olhar o interlocutor. Continuava olhando para Buchwald. — Que pretende sacar de tudo isso?

— Eu? — disse Buchwald. — De que parte do Texas você é?

— Do Texas — repetiu o negro com certo desdém zombeteiro. Fitou as unhas da mão direita, em seguida esfregou-as vivamente no flanco — Mississípi. Vou morar em Chicago depois da guerra. Vou ser agente funerário, se lhe interessa saber...

— Agente funerário? — perguntou Buchwald. — Gosta de defuntos, hein?

— Será que nesta guerra ninguém tem um diacho de lápis? — perguntou o homem do Iowa.

— Sim — respondeu o negro. Estava em pé, alto, esguio, sem nenhuma pose, apenas postado em equilíbrio. De repente lançou a Buchwald um olhar feminino e desconfiado, — Gosto de empreitar enterros. Que tem isso?

— Ah! Então já sabe por que se apresentou como voluntário nisto, hein?

— Pode ser que saiba, pode ser que não — disse o negro. — E você, por que se apresentou? Qual o motivo, além de uma licença de três dias para ir a Paris?

— Porque adoro Wilson — respondeu Buchwald.

—Wilson? — repetiu o homem do Iowa. — Conhece o sargento Wilson? É o melhor sargento do exército!

— Então não conheço — disse Buchwald sem olhar para o homem do Iowa. — Os oficiais não comissionados, sem exceção, são uns filhos da p...! E virando-se para o negro: — Disseram-lhe alguma coisa? — Nisto o homem do Iowa pôs-se a fitá-los, relanceando o olhar de um para o outro.

— Que é que há? — perguntou. A porta abriu-se. Era um primeiro--sargento americano. Entrou rápido, fitou-os rapidamente. Trazia consigo uma pasta de adido.

— Quem é o encarregado aqui? — perguntou e olhou para Buchwald. — É você. — Abriu a pasta e tirou de dentro um objeto. Era uma pistola.

— É uma pistola alemã — disse o homem do Iowa. Buchwald apanhou-a. O primeiro-sargento tornou a remexer dentro da pasta; desta vez tirou uma chave, uma chave de porta, que estendeu a Buchwald.

— Para que é? — perguntou Buchwald.

— Tome-a — disse o primeiro-sargento. — Ou pensa que o segredo vai durar para sempre? — Buchwald apanhou a chave, pô-la no bolso junto com a pistola.

— Por que diacho vocês mesmos não se incumbem da coisa? — perguntou.

— Como, se até para uma briga noturna tivemos de mandar buscar briguentos em Blois! — respondeu o primeiro-sargento. — Vamos. Acabe logo com isso. — E voltou-se para partir. Aí o homem do Iowa disse em voz alta:

— Olhe aqui, que história é essa? — O primeiro-sargento parou e fitou o homem do Iowa, em seguida o negro. Disse então a Buchwald:

— Já estão bancando os moles com você, hein?

— Os moles, hein? — repetiu Buchwald. — Não se impressione. Fumaça não adianta, a moleza também é hábito, costume ou distração desse tal. Quanto ao outro, ainda nem desconfia do que "mole" quer dizer...

— OK — disse o primeiro-sargento. — O abacaxi é seu. Está pronto?

— Espere — respondeu Buchwald sem olhar para trás, para o lugar junto à escrivaninha onde estavam os dois fitando-o a ele e ao primeiro-sargento. — Que história é essa?

— Pensei que já soubesse — disse o primeiro-sargento.

— Não, não sei, diga lá o que sabe — pediu Buchwald.

— O sujeito tem dado um trabalhão — começou o primeiro-sargento. — A coisa tem de ser feita de frente — por causa dele e dos outros doze. Mas parece que não conseguem convencê-lo. Ele tem de ser morto pela frente, e com uma bala alemã, percebe? Está entendendo? Como se tivesse sido morto naquele ataque de segunda-feira cedo... Como vê, dão-lhe todas as vantagens. Seria como se ele tivesse morrido naquele dia de manhã cedo, quando não tinha nada a fazer naquele lugar e bem podia ter ficado o resto da vida na retaguarda como major-general e apenas comandando as tropas: "Soldados, mandem eles pro inferno!"... Mas qual o quê! Preferiu comparecer no local, dirigir o ataque para a vitória da França, a vitória da mãe-pátria... Vai até ganhar mais uma medalha; mas até agora não se deixou convencer...

— Do que será que tem medo? — perguntou Buchwald. — Já não sabe que seu destino é esse mesmo?

— Decerto sabe — respondeu o primeiro-sargento. — Sabe que está no fim. Mas a questão não é essa. Não é por isso que esperneia. Mas se recusa a consentir que a coisa acabe desse jeito. Jura fazer-se matar não pela frente, mas pelas costas, como qualquer primeiro-sargento ou cerra-fila que se julgasse rijo demais para ter medo e duro demais para se deixar ferir. E você compreende: quer que todo o mundo fique sabendo que não foi o inimigo, mas sua própria tropa que o matou.

— E por que não o agarram e executam de uma vez? — perguntou Buchwald.

— Ora, ora — tornou o primeiro-sargento. — Pensa que é assim fácil agarrar um general francês e disparar-lhe um tiro na cara...

— Então por que nos creem capazes de fazer isso? — perguntou Buchwald. O primeiro-sargento fitou-o. — Oh! — exclamou Buchwald. — Agora entendo. Soldados *franceses* não servem nesse caso. Quem sabe se de outra feita o general não vai ser um general americano, e se três comedores de rã não vão ganhar uma viagem para Nova Iorque?

— Quem sabe? — respondeu o primeiro-sargento. — Contanto que me deixem escolher o general... Como é, já está pronto?

— Estou — disse Buchwald sem mover-se. E acrescentou: — Sim. Por que havemos de ser nós? Se o general é francês, por que não o matam seus próprios compatriotas? Por que é preciso sermos nós os matadores?

— Talvez porque um soldado de infantaria americano seja o único degenerado a se deixar subornar com uma viagem a Paris — disse o primeiro-sargento. — Vamos.

Ainda assim, Buchwald não se mexeu: seus duros olhos incolores estavam fixos e pensativos. — Vamos — disse. — Explique-se.

— Se pretendia fugir a isso, por que não o fez antes de sair de Blois? — perguntou o primeiro-sargento.

Buchwald respondeu de uma forma impossível de reproduzir-se em letra de fôrma. — Explique — disse. — Acabemos com isso.

— Bem — tornou o primeiro-sargento. — A coisa é dividida em partes. Os franceses têm de fuzilar o regimento francês — porque este é francês. Na quarta-feira tiveram de trazer para cá um general alemão, a fim de explicarem o motivo por que teriam de fuzilar o regimento francês — e os ingleses ganharam. Agora têm de fuzilar esse general francês, para explicarem o motivo por que trouxeram o general alemão para cá, e aí nós ganhamos. Decerto tiraram a sorte. Entendeu agora?

— Sim — respondeu de repente Buchwald com voz áspera, e soltou umas pragas. — Você tem razão. Acabemos com isso.

— Espere um pouco — gritou o homem do Iowa. — Não! Eu...

— Não se esqueça do mapa — disse Buchwald. — Não voltaremos mais aqui...

— Não me esqueço, não — disse o homem do Iowa. — Por que imagina que o trago sempre comigo?

— Bem — disse Buchwald. — Conserve-o: quando lá em sua terra o prenderem por baderna, poderá marcar aí o nome de Leavenworth.

Em seguida enveredaram todos pelo corredor e foram andando. O corredor estava vazio, alumiado a intervalos por fracas lâmpadas elétricas. Não viam nenhum sinal de vida, e de repente pareceu-lhes que nunca o veriam antes de saírem do corredor, que era muito estreito e já não descia em declive nem tinha degraus. Dir-se-ia que a terra que furava em túnel afundara-se como um elevador se afunda, preservando o corredor intacto, imune, vazio de qualquer sinal de vida ou qualquer rumor, exceto o rumor das botas, suas pedras caiadas porejando numa alucinadora imobilidade sob o peso concentrado da História, estrato empilhado sobre estrato de tradição defunta e represada pelo Hôtel de Ville que os encimava — monarquia, revolução, império e república, duque, *fermier-general* e *sans-culotte*, tribunal revolucionário e guilhotina, liberdade, fraternidade, igualdade e morte, e o povo — o povo sempre sofrendo e perdurando —, o grupo, o bloco acotovelando-se, acelerando o passo, quando o homem do Iowa tornou a berrar:

— Digo-lhe que não! Eu não... — e Buchwald parou, fazendo os demais parar; voltou-se então e disse ao homem do Iowa numa fúria concentrada:

— Dê o fora.

— O quê? — perguntou o homem do Iowa. — Não posso dar o fora. E para onde iria?

— Como diabo hei de saber? — disse Buchwald. — O descontente aqui não sou eu.

— Vamos — disse o primeiro-sargento; e continuaram a andar. Chegaram a uma porta: estava trancada. O primeiro-sargento destrancou-a, abrindo-a.

— Vamos apresentar-nos? — perguntou Buchwald.

— A mim, não — disse o primeiro-sargento. — Pode até ficar com a pistola como lembrança. O carro continua esperando no mesmo lugar onde o deixaram — e estava quase a fechar a porta, quando Buchwald, depois de relancear a vista pela sala, pôs o pé de encontro à porta e tornou a dizer naquela áspera voz tranquila, ferozmente concentrada:

— Oh, Cristo, aqueles filhos da p... nem providenciaram um padre!

— Estão providenciando — disse o primeiro-sargento. — Faz duas horas que mandaram alguém à prisão buscar um, mas esse alguém ainda não voltou. Parece que não conseguiram nada.

— Decerto esperam que aguardemos a chegada do padre — disse Buchwald naquele tom áspero, ao mesmo tempo calmo, insuportavelmente afrontoso.

— Quem é que espera? — perguntou o primeiro-sargento. — Toca a andar! — ao que Buchwald obedeceu. A porta fechou-se, o cadeado ringiu cerrando-se após eles, e os três acharam-se numa cela, um cubículo ferozmente caiado e com uma única lâmpada elétrica sem abajur, uma tripeça que lembrava o banquinho de um tirador de leite, e o general francês. Isto é, o rosto era de francês, e pelo ar e a fisionomia, de tão longa data habituado à patente, que isso lhe bastava para ter rosto de general; além disso, as divisas, o espesso borrão das fitas condecorativas, o cinto Sam Browne e as perneiras de couro, embora o uniforme que os trazia fosse composto apenas da túnica e das calças de sargento de cavalaria. Estava de pé, ereto e rígido, como que encerrado na aura esvaecente do movimento convulso que o fizera erguer-se, e disse vivamente em francês:

— Posição de sentido, aí!

— Como? — perguntou Buchwald ao negro que o ladeava. — Que foi que disse?

— Como diabo hei de saber? — respondeu o negro. — Depressa! — acrescentou com voz ofegante. — Aquele degenerado do Iowa: dê um jeito nele; depressa.

— Está bem — tornou Buchwald virando-se. — Agarre você o francês — e acabou de virar-se para enfrentar o homem do Iowa.

— Não, não! Digo que não! — gritou este. — Eu não vou...
— Mas Buchwald golpeou-o com destreza, de um golpe que se diria sem efeito até o momento em que o homem pôs-se a recuar para a parede com o ímpeto de um tiro de catapulta e em seguida

escorregou para o chão, enquanto Buchwald se voltava a tempo de ver o negro agarrar o general francês, que se virou vivamente a fim de encostar o rosto na parede e dizer em francês por sobre o ombro, ao passo que Buchwald destravava a pistola:

— Atire agora, sua escumalha de bordel! Não me viro!

— Faça-o virar de frente — disse Buchwald.

—Trave esse maldito fecho! — pediu o negro arquejando e voltando o olhar para Buchwald. — Quer que eu também seja fuzilado? Vamos! Aqui são precisos dois. — Buchwald travou o fecho sem largar a pistola enquanto os três, ou os dois, lutavam para afastar da parede o general francês a fim de o fazerem virar de frente para eles. — Marrete-o! — disse o negro ofegando. — Temos de derrubá-lo.

— Como diabo derrubar um homem que já está morto? — arquejou Buchwald.

—Vamos — disse o negro. — Marrete-o. Um pouco só. Depressa! — E Buchwald golpeou, calculando a força do golpe; e tinha razão para isso: o corpo foi caindo até que o negro o amparou, não completamente morto, os olhos ainda abertos, fitando Buchwald, fitando em seguida a arma que Buchwald ergueu e cujo fecho de segurança destravou; uns olhos sem medo ou desespero sequer; apenas inexoravelmente alertas e racionais, com efeito, de tal maneira alertas, que se diria terem visto Buchwald calcar a mão ao disparar a arma, o súbito movimento repentino da explosão fazendo-o virar não apenas o rosto mas todo o corpo, de modo que o orifício redondo da bala na realidade se lhe fez atrás do ouvido, no momento em que o corpo caía em terra. De pé acima dele, Buchwald e o negro arquejavam, o tambor da pistola ainda quente encostado à perna de Buchwald.

— Filho da p... — disse Buchwald ao negro. — Por que não o segurou?

— Foi ele que escorregou — respondeu o negro ofegando.

— Escorregou os c...! — disse Buchwald. — Foi você que não segurou.

— Filho da p... é você! — berrou o negro resfolegando. — Queria que eu ficasse segurando ele para a bala também me pegar?

— Está bem, está bem — disse Buchwald. — Agora vamos tapar aquele furo e dar-lhe outro tiro.

— Tapar o furo? — perguntou o negro.

— E então? — respondeu Buchwald. — Que diabo de agente funerário você vai ser, se ainda nem sabe tapar o furo num degenerado que a bala atingiu no lugar errado? Para isso basta um pouco de cera. Vá arranjar uma vela.

— Arranjar uma vela? Mas onde? — perguntou o negro.

— Saia no corredor e solte uns berros — disse Buchwald mudando a pistola para a mão esquerda, e, com a direita, tirando do cinto a chave da porta, que estendeu ao negro. — Saia berrando por aí, até topar com algum comedor de rã. Esses tipos devem ter velas. Nesse país de p..., devem ter ao menos uma coisa que não foi preciso trazermos de uma lonjura de duas mil milhas para dar a eles.

Sexta-feira, sábado, domingo

Luminosa e primaveril anunciava-se uma nova manhã, vibrante de cotovias; os vistosos uniformes, as armas, os chocalhantes equipamentos e até os rostos de ébano do regimento senegalês dir-se-iam brilhar nela, enquanto aos gritos incompreensíveis, de trilho equatorial, dos seus não comissionados, o regimento desfilou no pátio de revista e formou em três lados do quadrilátero vazio, de frente para os três postes recentemente implantados e dispostos em fila simétrica à beira de uma comprida cova, ou vala, agora já quase repleta e nivelada com refugos de quatro anos de guerra — latas, garrafas, velhas marmitas de rancho, utensílios de cozinha já imprestáveis, botas, indestrinçáveis voltas de arame enferrujado e inservíveis — onde se escavara a terra para formar o aterro da via férrea que atravessava a outra extremidade do pátio e que iria servir de anteparo àquilo que nem as balas nem a carne nem a madeira poderiam jamais absorver. O regimento assumiu posição de sentido, em seguida descansou pousando os fuzis no chão — quando uma algaravia se elevou, ininterrupta e sem ênfase, que nada tinha de festiva: algaravia apenas gregária, como de gente à espera de abrir-se um mercado, os pálidos acendedores, constantes, quase invisíveis, piscando e luzindo de cigarro a cigarro por entre o tagarelar de vozes, os lustrosos rostos de ébano nem sequer olhando o grupo branco de sapadores a socarem a última pá de terra ao pé dos postes, para em seguida partirem esparsos e em desordem como um bando de ceifeiros a deixarem para trás um campo de feno.

Um clarim distante gritou uma ou duas vezes, os não comissionados senegaleses berraram, as vistosas filas apagaram sem pressa os cigarros, e, com uma certa decisão negligente, quase desatenta, puseram-se alerta, depois em posição de *descansar,* enquanto o primeiro-sargento da guarnição citadina, a pistola no coldre dependurado para fora do seu comprido paletó, abotoado nas costas, surgiu no lado vazio do quadrilátero à frente dos três postes, e ali parou, e ali se postou, enquanto ao som das ásperas e abruptas exclamações dos novos oficiais não comissionados, o regimento condenado desfilava para dentro do retângulo vazio e ali se reunia — os mesmos párias de cabeça descoberta e desarmados, de barba por fazer, estranhos, ainda manchados da lama do Aisne, do Oise e do Marne, e, sobre o fundo do pano de Arrás dos senegaleses, a lembrarem outros tantos exaustos refugiados perseguidos e desamparados vindos de outro planeta, um pouco vexados embora quietos, até ordeiros ou, pelo menos, dignos — quando repentinamente um punhado deles (eram onze) irrompeu fora do grupo e correu num bloco maltrapilho para os três postes; e haviam já se ajoelhado de frente para os mesmos no dito bloco maltrapilho, ao tempo em que o primeiro-sargento gritava qualquer coisa e a voz dos não comissionados repetia, e uma fila de senegaleses avançava rápida, rodeando e atravessando o pátio vazio e cercando os homens ajoelhados, aos quais, sem a menor brutalidade, fez erguer-se nos próprios pés, fazendo-os em seguida virar-se e arrebanhando--os de volta para os companheiros, tais guardadores a tangerem um pequeno rebanho de carneiros temporariamente extraviados.

Surgiu então da retaguarda um pequeno corpo de cavaleiros a trote rápido, que parou logo junto e por detrás do quadrilátero: eram o governador da cidade, seu ajudante de ordens, o ajudante do comandante de polícia e três ordenanças. O primeiro-sargento deu um grito, e, com um longo retinir metálico, as tropas (excetuando o regimento pária) puseram-se em posição de sentido; o primeiro--sargento fez meia-volta, batendo a continência ao governador para o outro lado da compacta paliçada de cabeças senegalesas; o governador aceitou a parada, ordenou-lhe *descansar armas,* levou-a em seguida à posição de sentido; quando então devolveu-a ao primeiro-sargento, que por sua vez pô-la de novo a *descansar* e virou-se de frente para os três postes, enquanto abruptamente e sem saber-se de onde, o sargento e a tropa avançaram com os três prisioneiros de cabeça descoberta e esparsos no meio dela, os quais foram depressa amarrados aos três postes: — o homem que se dizia chamar Lapin, depois o cabo, e, a seguir, a criatura simiesca que Lapin chamara de Casse-Tête ou Horse — deixando os três a encararem o vácuo do quadrilátero, embora eles então não pudessem vê-lo, pois naquele instante preciso desfilava entre eles e o pátio um novo esquadrão de cerca de vinte homens com um sargento que o fez parar, dar meia-volta e descansar armas com as costas voltadas para os três condenados, dos quais o primeiro-sargento por sua vez se aproximou a fim de examinar rapidamente a corda que ligava Lapin ao poste, depois a do cabo, já estendendo a mão para a medalha militar no paletó deste último e dizendo num rápido sussurro:

— Não faz questão de ficar com isso...

— Não — respondeu o cabo. — Não vale a pena estragá-la. — Ao que o primeiro-sargento a arrancou do paletó dele, não com brutalidade, mas depressa, pondo-se incontinenti a caminhar.

— Sei a quem dá-la — disse caminhando para o terceiro homem, que murmurou babando um pouco, não assustado nem com açodamento, apenas tímido e insinuante: — Assim nós, ao dirigirmo-nos a alguém, a algum estranho, do qual dependamos numa necessidade urgente, mas que poderá tê-la esquecido temporariamente, não a ela apenas, mas até a nós mesmos:

— Paris.

— Está bem — disse o primeiro-sargento, afastando-se em seguida. Os três homens não podiam ver coisa alguma, exceto os dorsos dos vinte soldados à sua frente, embora ainda pudessem ouvir a voz do primeiro-sargento comandando *descansar armas,* e o qual, sacando em seguida de algum lugar do interior do paletó um papel dobrado e um estojo de óculos, de couro muito usado, desdobrou o papel, acavalou os óculos no nariz e pôs-se a ler em voz alta o que vinha escrito no papel que ele segurava com ambas as mãos contra o leve sopro da brisa matinal, sua voz fazendo-se ouvir clara e débil e curiosamente desamparada no ermo ensolarado vibrante de cotovias por entre a verbiagem forense, redundante e inerte, que, aereamente pompasa e ilusória, aludia ao fim de um homem. — "Por ordem do presidente do tribunal" — salmodiou languidamente o primeiro-sargento; e dobrou o papel e retirou os óculos, pondo os no estojo, a ambos guardando fora das vistas; deu em seguida uma ordem, e os vinte soldados fizeram volta inteira e encararam os três postes, num dos quais Lapin se espichava para fora das cordas a fim de avistar, além do cabo, o terceiro homem.

— Olhe aqui — disse aflito para o cabo.

— *Carregar!*

— Paris — disse o terceiro homem, rouco, a voz úmida e sôfrega.

— Diga-lhe alguma coisa — pediu Lapin ao cabo. — Depressa.

— *Apontar!*

— Paris — repetiu o terceiro homem.

— Está bem — anuiu o cabo. — Nós o esperaremos. Não iremos a Paris sem você.

O poste do cabo devia ter algum defeito; talvez até estivesse um pouco podre, pois a rajada decepou apenas as cordas que prendiam Lapin e o terceiro homem aos seus respectivos postes, de modo que seus corpos só fizeram cair num montão ao pé de cada poste, enquanto o corpo do cabo, o poste, as cordas e o mais foram lançados para trás como uma só peça intacta, indo cair à beira da vala atulhada de lixo, atrás do pátio. Quando o primeiro-sargento, empunhando a pistola que ainda despedia um tênue fumo, se dirigiu de Lapin para o cabo, descobriu que o deslocamento do poste enredara a este, e mais a sua carga, num emaranhamento indestrinçável de velho arame farpado, do qual uma das voltas enlaçava o cimo do poste e a cabeça do homem, como para absolvê-los a ambos numa só ininterrupta continuidade da queda sobre o anonimato da terra. O arame estava corroído e enferrujado, e de modo algum a bala se desviaria; apesar disso, o primeiro-sargento afastou-o cautelosamente com o pé, antes de encostar o cano da pistola no ouvido do cabo.

Ao esvaziar-se o pátio (com efeito, um pouco antes, a ponta da coluna senegalesa ainda não havia desaparecido na ala da companhia), chegaram os faxineiros com uma carrocinha cheia de ferramentas e um encerado dobrado. O cabo de serviço tirou da carrocinha um alicate e aproximou-se do primeiro-sargento, que já desligara o corpo do cabo do poste partido. — Está aí — disse entregando o alicate ao primeiro-sargento. — Decerto não vai desperdiçar mortalha com um deles, pois não?

— Arranque-me aqueles postes — disse o primeiro-sargento — e arranje-me dois homens e uma mortalha.

— Está bem — disse o cabo afastando-se. O primeiro-sargento cortou então no arame enferrujado um pedaço de seis pés de comprido, e, quando se ergueu, viu os dois homens com o encerado dobrado atrás dele, observando-o.

— Abram isso — disse o primeiro-sargento indicando com um gesto. Eles assim fizeram. — Ponham-no aí dentro — disse. Ambos seguraram o cadáver do cabo (o do lado da cabeça com alguma cautela por causa do sangue) — e deitaram-no no encerado. — Vamos — disse o primeiro-sargento. — Enrolem-no. Ponham-no em seguida na carrocinha — e seguiu-lhes no encalço, o cabo dos sapadores desviando subitamente o olhar, e os outros dois soldados repentinamente entretidos em arrancar da terra os postes ali plantados. O primeiro-sargento não voltou a falar. Fez apenas um gesto, ordenando aos dois soldados que pegassem nos varais, e, postando-se ele próprio na retaguarda, segurou uma das quinas do carrinho, onde agia como pivô, imprimindo direção ao veículo carregado, ora empurrando-o de encontro a um, ora de encontro a ambos os puxadores, até todos cruzarem o pátio numa comprida linha inclinada, rumo ao ponto onde a cerca de arame morria em ângulo reto, junto ao muro da velha fábrica. O primeiro-sargento não olhava para trás, e os dois soldados puxavam os varais quase a trote para impedirem que o carrinho os pisasse, ambos prosseguindo na carreira para o canto onde também eles deviam ter avistado, em algum lugar para além da cerca, a alta carroça rústica de duas rodas com seu pesado cavalo de tiro entre os varais, e as duas mulheres e os três homens aguardando ao pé dela. O primeiro-sargento fez então parar a carrocinha, da mesma forma que a pusera a andar, isto é, parando ele próprio, e em seguida fazendo-a rodar pelas duas quinas traseiras para junto do ângulo da cerca, em seguida indo ele próprio até ali e postando-se junto dela. Homem de cinquenta anos que era, e que agora aparentava tê-los; e das duas mulheres, a mais alta — a de rosto trigueiro, comprido e forte e belo, assim como é belo um rosto másculo — se lhe aproximou do outro lado da cerca. A segunda não se movera — a mais baixa, mais cheia de corpo, a mais amável. Olhava, porém, os dois, postados junto à cerca, e escutava, o rosto quase inexpressivo a instantes, mas revelando algo incipiente e tacitamente promissor, tal o lampião escarolado, e ainda não aceso, em cima de uma mesa de cozinha.

— Onde fica a fazenda do seu marido? — perguntou o primeiro-sargento.

— Já lhe disse — respondeu a mulher.

— Diga-o outra vez — pediu o primeiro-sargento.

— Fica além de Châlons — disse a mulher.

— A que distância além de Châlons? — perguntou o primeiro-sargento. — Está bem — disse. — E a que distância de Verdun?

— Fica perto de Vienne-la-pucelle — disse a mulher. — Além de St. Mihiel.

— St. Mihiel — repetiu o primeiro-sargento. — Na zona militar. Pior ainda: na zona de guerra. Com alemães de um lado e americanos do outro. Americanos.

— Os soldados americanos serão piores que os outros? — perguntou a mulher. — Por que entraram na guerra há menos tempo? É por isso?

— Não, mana — interveio a outra mulher. — Não é isso. É que os americanos vieram muito novos para cá. Será fácil para eles. — Os dois junto à cerca não lhe prestaram atenção; apenas se entreolhavam através do arame. Disse então a mulher:

— A guerra acabou-se.

— Ah! — fez o primeiro-sargento.

A mulher ficou parada, sem um gesto, sem um movimento. — Que mais quer dizer isto? Que mais pode explicar isto? Justificar isto? Não, nem sequer justificar isto, mas rogar compaixão, rogar piedade, rogar desespero para isto? — E fitou o primeiro-sargento — fria, sem dor, impessoal. — Rogar exculpação para isto?

— Ora — disse o primeiro-sargento. — Perguntei-lhe alguma coisa? Alguém lhe perguntou? — e acenou com o alicate por sobre o ombro. Um dos homens largou o varal da carrocinha, aproximou-se e apanhou o alicate. — Corte a laçada do fundo — disse o primeiro-sargento.

— Cortar? — perguntou o soldado.

— Animal! — berrou o primeiro-sargento. O soldado principiara a baixar-se, mas o primeiro-sargento já lhe havia arrebatado o alicate e se debruçava sobre a carrocinha, de cujo fundo a laçada tensa saltou com um silvo agudo, quase musical, e em seguida enrolou-se.

— Tire-o da carrocinha — disse o primeiro-sargento. — Depressa. — Então os soldados compreenderam, e, levantando da carrocinha o comprido objeto envolto para um lado, baixaram-no até o chão. A mulher afastara-se para um lado e os três homens esperavam ao pé da cerca a fim de puxarem, arrastarem o objeto, fazendo-o passar pela abertura do arame para em seguida levantarem-no e colocarem-no dentro da carroça campestre. — Esperem — disse o primeiro-sargento. As mulheres pararam. O primeiro-sargento apalpou então o interior do paletó, daí sacando um papel dobrado, que passou através da cerca para a mulher. Esta abriu-o, fitou-o um instante, seu rosto sem nenhuma expressão.

— Sim — disse. — A guerra deve ter-se acabado, pois o senhor até já recebeu o certificado da execução. Que farei com isso? Pendurá-lo num quadro, na parede da sala de visitas? — O primeiro-sargento avançou a mão através do arame, arrancou-lhe o papel, e apanhou os óculos dentro do paletó; depois, com ambas as mãos, e ainda segurando o papel aberto entre elas, colocou os óculos no nariz, correu um instante o olhar pelo papel, e a seguir, num gesto violento, amarrotou o papel no bolso lateral, e de dentro do paletó sacou outro igualmente dobrado, que estendeu através do arame para a mulher, mas antes de a mulher apanhá-lo, sacudiu-o até que se abrisse, dizendo numa voz cheia de fervor recalcado: — Diga que também não precisa deste. Olhe só a assinatura. — O que a mulher fez, pois nunca antes a vira — aquela fina escritura delicada, indistinta, indecifravelmente enigmática, que raríssimas pessoas teriam ainda visto, mas que na época, em todo aquele hemisfério europeu, qualquer pessoa competente para contestar em juízo uma assinatura, teria imediatamente reconhecido.

— Então ele sabe onde fica a fazenda do marido da meia-irmã do filho dele, hein? — perguntou.

— Ora! — respondeu o primeiro-sargento. — Fica ainda para lá de St. Mihiel. Se em caminho a senhora topar com algum portão de ouro e pérolas, isto lhe servirá para entrar. E também isto — disse, tirando a mão do bolso e passando-a através do arame para mostrar em sua palma o bronze oxidado do minúsculo emblema, e a mancha variegada das condecorações. Mas a mulher permaneceu imóvel e, sem tocar nos objetos, olhava a palma aberta do primeiro-sargento, até que este avistou a segunda mulher que o fitava, e cujo olhar inocente e tranquilo sustentou, até que ela se pusesse a falar:

— Verdade que ele é muito bonito, mana. E não tão velho assim.

— Ora! — tornou o sargento. — Apanhe isso aí! — disse largando a medalha na mão da mulher mais alta, que a segurou, em seguida puxando a mão vivamente pelo vão da cerca. — E agora voltem! — disse. — Vão-se embora! Saiam daqui! — concluiu, respirando com certa dificuldade, irascível, quase delirante, demasiado velho para aquilo e a sentir o olhar da segunda mulher pregado nele, que não o encarou de frente, mas, endireitando a cabeça num movimento abrupto, berrou às costas da mulher mais alta: — Mas vocês eram três! Onde está a outra, a amante dele ou sei lá quem ela era? — Teve então de encarar os olhos da segunda mulher, cujo rosto, já não mais inocente, irradiava uma promessa sem limites e lhe sorria terno e doce ao passo que dizia:

— Está bem. Não tenha medo. Adeus.

Partiram então todos — os cinco — o cavalo e a carroça, e na maior pressa; o primeiro-sargento virou-se, apanhou na carrocinha o pedaço de arame enferrujado e atirou-o junto às sobras do rolo.

— Torne a emendar isso aí — ordenou.

— Mas a guerra não se acabou? — perguntou um dos soldados. Ao que o primeiro-sargento tornou com uma quase ferocidade:

— Mas não o exército! — E acrescentou: — Como esperar que a paz extermine um exército, quando a própria guerra não conseguiu exterminá-lo?

Ao cruzarem a velha porta oriental da cidade, iam todos de carroça: numa das pontas do assento alto, Marta, empunhando as rédeas; do lado oposto sua irmã e a moça entre ambas. Tão alto era o assento, que se diria elas estarem rodando não na densa maré enchente que invadia a cidade, mas acima dela: que se diria não fazerem parte dessa maré, mas flutuarem nela como um barco — as três rodando para fora da cidade como a sobrenadarem num préstito carnavalesco, como a fluírem para além da cidade angustiante no próprio esvaimento da angústia, e aparentemente cavalgando a efígie sem rodas e sem pernas de um cavalo e uma carroça, carregadas, numa espécie de triunfo, sobre ombros, carregadas, com efeito, a tal altura, que já haviam quase chegado à porta citadina antes de aparecerem os donos daqueles ombros, ou ainda antes que estes levantassem os olhos ou focalizassem a atenção num ponto suficientemente alto para repararem naquilo que carregavam, ou para simplesmente presumir, imaginar, adivinhar, o conteúdo do carro ou simplesmente retroceder ante sua marcha.

Não um recuo ou uma retração, antes, porém, um apagamento, uma desistência, um repentino círculo de espaço vazio, cada vez mais vasto, contornando a carroça que rodava — assim como a água retrocede de um flutuador, relegando a este a tarefa de perceber, de descobrir não ser ele marítimo, porém terrestre, e nada ter que o sustenha — só ligada à terra por pernas e rodas; um recuo, em suma, como se os ombros que por um instante carregaram, estivessem anulando não apenas o apoio, mas a própria consciência da presença do peso e do fardo, a multidão a afastar-se continuamente da carroça, e até a projetar para a frente, como por osmose, o aviso da sua vinda, ao ponto de uma passagem abrir-se ainda antes da aproximação da carroça que já agora rodava mais depressa do que a multidão, onde os rostos nem sequer viravam para fitá-la — até que a segunda irmã — a de nome Maria — começou a chamar da extremidade do seu alto assento, não peremptória nem admoestando, apenas insistente e serena, como se se dirigisse a crianças: — Venham. Não lhe devem nenhuma obrigação. Nada de ódios. Vocês não o ofenderam, por que hão de ter medo?

— Maria — disse a outra irmã.

— Ou vergonha — acrescentou Maria.

— Cale-se — disse a outra irmã. E Maria volveu a sentar-se.

— Está bem   disse.   Não pretendi assustá-los; quis apenas consolá-los um pouquinho. — E continuou fitando-os, serena e luminosa, enquanto a carroça avançava, a clareira de espaço precedendo-as ininterruptamente, como se o vazio estivesse a aclarar seu próprio vácuo em marcha, de modo que, chegando elas à antiga porta, viram inteiramente ermas as arcadas, sob as quais a multidão fez alto e aglomerou-se de ambos os lados para deixar passar a carroça. Súbito um homem na multidão tirou o chapéu, mais um ou dois fizeram o mesmo, e ao passar a carroça sob as arcadas, foi como se ela houvesse deixado para trás a cidade encerrada num débil marulhar visível e surdo. — Está vendo, irmã? — perguntou Maria, com um tranquilo e sereno triunfo. — Eu apenas quis consolá-los um pouquinho.

Haviam saído da cidade, as longas estradas retas e divergentes irradiando-se como raios em torno de um eixo, sobre as quais se arrastavam lentamente pequenas nuvens intermitentes de poeira, em cujo interior, sozinhos, ou em grupos, às vezes em carroças, toda a cidade se esvaziava; as famílias e os parentes do regimento condenado que para ela acorreram cheios de espanto e de terror, a fim de confundirem entre seus velhos muros a angústia e o vitupério, agora quase se diria estarem fugindo dela, não para se aliviarem da dor, mas por vergonha.

Os ocupantes da carroça nem olhavam para trás, embora a cidade permanecesse ainda algum tempo à vista, acachapada na planura monótona, ainda suprema, ainda cor de cinza, e coroada pela antiga cidadela romana, para esvaecer-se lentamente, até sumir-se em seu devido tempo, conquanto eles não tivessem olhado uma só vez para trás a fim de se inteirarem de que ela com efeito desaparecera, mas continuassem a caminhar na esteira do vigoroso, vagaroso cavalo de tiro, resoluto e pachorrento. Levavam consigo a comida, a fim de não lhes ser preciso parar, exceto ao meio-dia, em algum bosque, para dar de comer e beber ao cavalo. Por conseguinte, só faziam atravessar as vilas por entre rostos interditos e o murmúrio visível e surdo, à medida que se tiravam boinas e chapéus — como se um batedor, ou um correio, precedesse a carroça, a fim de dar aviso da sua passagem; envolta no xale, a moça, encolhida entre as duas mais velhas; Marta, a de rosto de ferro, olhando direto para a frente, sendo Maria a única que olhava em torno, serena, tranquila, nunca atônita, nunca interdita, enquanto as cabeludas patas do cavalo faziam estralejar as pedras sonolentas, deixando mais uma vila para trás.

Chegaram a Châlons ao cair da noite, em plena zona militar, perto do sítio onde cinco dias antes se encontrava a própria zona de guerra, embora a paz já reinasse ali; se não a paz, ao menos um relativo sossego; mas zona militar todavia, pois repentinamente um sargento francês e um americano postaram-se junto à cabeça do cavalo e fizeram-no parar. — Tenho o papel comigo — disse Marta mostrando-o e estendendo-o. — Ei-lo.

— Pode guardá-lo — respondeu o sargento francês. — Não precisa disso aqui. Já está tudo arranjado. — Viu então Marta algo mais: seis soldados franceses carregando um caixão barato, de madeira, aproximarem-se da traseira da carroça; e ao virar-se ela no assento, viu-os que já assentavam o caixão em terra e começavam a puxar de dentro da carroça o cadáver envolto no encerado.

— Esperem — disse-lhes com sua voz rouca, vigorosa, sem vislumbre de choro.

— Garanto-lhe que está tudo arranjado — disse o sargento francês. — Vocês irão de trem para St. Mihiel.

— De trem? — Marta repetiu.

— Então, mana! — exclamou Maria. — De trem!

— Calma — disse a Marta o sargento francês. — Não é preciso pagar. — Garanto-lhe que está tudo arranjado.

— Esta carroça não é minha — observou Marta. — Tomei-a de empréstimo.

— Já sabemos — disse o sargento francês. — Será devolvida ao dono.

— Mas ainda assim terei de levá-la de St. Mihiel para Vienne-la-
-pucelle... O senhor disse St. Mihiel, não foi?

— Por que discute comigo? — perguntou o sargento francês. — Já não lhe disse um milhão de vezes que está tudo arranjado? Seu marido vai esperá-la em St. Mihiel, com sua (dele) carroça, mais o cavalo. Agora desçam daí: vocês três. Só porque a guerra acabou, estão pensando que o exército não tem mais o que fazer senão adular civis? Vamos indo. Estão atrasando o trem, que também tem mais o que fazer.

Viram então o trem. Não haviam ainda reparado nele, embora os trilhos ficassem logo atrás da carroça. Compunha-se de uma locomotiva e um simples vagão de carga, do tipo desses chamados *quarenta e oito*. As mulheres desceram da carroça; estava escuro. Os soldados acabavam de fechar a tampa do caixão e o erguiam, as três mulheres e os dois sargentos seguindo-lhe no encalço até o vagão, junto do qual pararam enquanto os soldados introduziam o caixão através da porta aberta, em seguida subindo, pegando de novo o caixão e transportando-o para fora das vistas, depois reaparecendo para se deixarem novamente cair em terra, um a um.

— Agora entrem — disse o sargento francês. — E não se queixem da falta de bancos. Há aí uma porção de palha limpa. E mais isto aqui. — Aludia a um cobertor do exército. Onde o teria arranjado — nenhuma das três podia adivinhar. Ou melhor: ninguém reparara antes no cobertor. O sargento americano disse então alguma coisa ao francês, sem dúvida em sua própria língua, pois a mesma não fez impressão em nenhuma das mulheres, nem mesmo quando o sargento francês lhes disse: *"Attendez"*. E continuaram paradas à luz tardonha e evanescente, até o instante em que o sargento americano voltou, trazendo um caixote de embalagem, onde se viam marcados os símbolos enigmáticos da intendência da guerra ou dos suprimentos militares; caixote que o americano colocou em frente e embaixo da porta do vagão; só aí elas perceberam, talvez até com certa surpresa, a razão do gesto, subindo então uma a uma no caixote e entrando no vagão, onde mergulharam na escuridão mais profunda e apenas aliviada pela pálida claridade informe proveniente da tampa sem pintura do caixão de madeira. Aí, descobriram a palha. Marta estendeu sobre ela o cobertor, e as três sentaram-se. Naquele instante, alguém saltou para dentro do vagão — um homem, um soldado, e pela sua silhueta recortada na porta onde ainda havia um resto de luz, um soldado americano, portador de um objeto em ambas as mãos. Foi quando elas sentiram o cheiro do café e viram avultar o sargento americano, que dizia em voz baixa:

— *Ici, café. Café* —; em seguida tateando à procura das três canecas, até que Marta as apanhou e distribuiu, sentindo então a dura mão do homem agarrar-lhe a mão e a caneca, ao dirigir ele o bico do bule de café para dentro da caneca. Dir-se-ia que ele até previra o solavanco de partida do trem, porque gritou na língua que lhe era própria — Cuidado! — isso, um ou dois segundos antes de soar o apito estridente, que lembrava o de um vendedor de amendoim — não presságio, mas acompanhamento do solavanco do trem, o que levou o sargento a encostar-se à parede enquanto o vagão se diria precipitar-se da imobilidade para uma velocidade frenética e sem transição de nenhuma espécie. Uma golfada de café fervente saltou da caneca para a mão e o regaço da mulher. Trataram, então, as três, de se apoiarem na parede, o apito novamente estridulando, estridente como um atrito, como se em verdade fosse o barulho um atrito: não um aviso de aproximação, mas uma nota de protesto, uma nota insana de angústia e acusação da dura terra tenebrosa sobre a qual o trem corria atropeladamente, do imenso peso do céu caliginoso sob o qual disparando se entocava, do horizonte inviolável e inalterável, que ininterruptamente fendia.

Então o sargento americano ajoelhou-se, e, tentando manter-se em equilíbrio, serviu-se das duas mãos para encher as canecas, agora, porém, apenas pela metade, de modo que, sentadas junto à parede, as três mulheres puderam enfim beber a prestações o quente e doce café reconfortante, enquanto o vagão se precipitava na escuridão, as mulheres invisíveis uma à outra na escuridão, a própria claridade do caixão agora extinta na outra extremidade do carro, e o corpo delas irmanado, reconciliado com a velocidade do trem, como se o movimento deste houvesse cessado — não fosse, a intervalos, a dura vibração e os gritos angustiosos da locomotiva.

Quando a luz reapareceu, o carro estava parado. Seria com certeza St. Mihiel; disseram-lhe St. Mihiel, e não foi aquele sexto sentido que, mesmo após quase quatro anos decorridos, a avisou da aproximação da terra natal. Por isso, nem bem o carro parou, começou ela a erguer-se, dizendo ao sargento americano: — St. Mihiel? — que ele, naturalmente, haveria de entender ao menos isso... Depois, com certo desespero e ansiedade ia até a dizer: — *Mon homme à moi, mon mari* — antes de ouvir a fala do sargento recorrendo a uma ou duas dentre as escassas palavras que lhe compunham o vocabulário francês.

— Não, não, não. *Attention. Attention.* — E acenava no escuro do vagão para a mulher, com gestos de amestrador ordenando a um cão que se sentasse. Em seguida desapareceu, outra vez projetando-se em silhueta na claridade da porta, e elas ficaram esperando, muito juntas, a fim de se aquecerem na fria manhã primaveril, a mais moça entre as duas, adormecida ou não, tivesse ela dormido ou não durante a noite, Marta não saberia dizê-lo, posto que, a julgar pela sua respiração, Maria, a outra irmã, tivesse dormido bem.

Era dia pleno quando o sargento reapareceu. Estavam então despertas as três (tivessem dormido ou não), viam o sol sabatino e ouviam as perenes cotovias eternas. Havia mais café, de novo o bule cheio, e desta vez pão também, e o sargento americano a dizer muito alto: — *Mongê! Mongê!*[12] e elas — ela via agora o homem jovem, de rosto duramente moldado, onde algo transparecia — impaciência ou comiseração, não podia absolutamente dizê-lo. Nem isso importava, pois pensava em comunicar-se novamente com ele, não fosse o sargento francês haver-lhe dito em Châlons que estava tudo arranjado; e súbito, já não porque pudesse confiar no sargento americano pelo fato de ele saber o que fazia, pois evidentemente as acompanhava obedecendo ordens — mas pelo fato de não poder deixar de confiar nele.

Assim foi que comeram o pão e de novo beberam o doce e cálido café. O sargento tornara a desaparecer, e elas esperaram, Marta não sabia por quanto tempo, pois não tinha meios de marcar ou calcular as horas. Logo, porém, o sargento saltou, ou antes, deu uma cambalhota para dentro do vagão, e então elas compreenderam que o momento chegara. Os seis soldados que trazia, eram desta vez todos americanos. As três mulheres levantaram-se e ficaram à espera, enquanto os seis soldados faziam o caixão deslizar, até a porta, em seguida fazendo-o escorregar até o chão, para longe das vistas das três, de modo que se diria ter o mesmo voado e desaparecido repentinamente pelo vão da porta para onde se dirigiam as três mulheres, enquanto o sargento tornava a saltar do vagão, onde, debaixo da porta, estava outro caixote a fim de elas se servirem dele como degrau para ingressarem em mais uma luminosa manhã; para, piscando os olhos após a escuridão, ingressarem na sexta e luminosa manhã daquela semana, durante a qual não chovera nem houvera sombra. Marta viu então a carroça de sua propriedade ou da propriedade de ambos — e seu marido de pé junto à cabeça do cavalo, e os seis soldados americanos fazendo escorregar o caixão para o interior da carroça, ao que ela se virou para o sargento americano, dizendo em francês: — Obrigada — enquanto o mesmo,

---

[12] Evidentemente, *mangez* — comei. (N. da T.)

um pouco canhestro, tirou o quepe e, rápido e duro, apertou-lhe a mão, e, em seguida, a mão da outra irmã, em seguida cobrindo-se sem olhar a moça ou sequer esboçar um gesto de tocar-lhe a mão, Marta fazendo então a volta à carroça para aproximar-se do marido, homem forte e corpulento, vestido de belbutina, não tão alto quanto ela e positivamente mais velho. Ambos abraçaram-se, e em seguida os quatro voltaram-se de frente para a carroça, formando naquele instante um bloco unido, como em geral fazem as pessoas. Mas não permaneceram assim por muito tempo: não havia na boleia lugar para os quatro, mas a moça já resolvera o caso subindo varais acima e saltando da boleia para o corpo da carroça, onde se encolheu ao pé do caixão, enrodilhada no xale, o rosto cansado e insone, evidentemente precisando de sabão e água.

— E então, irmã, por que não? — disse Maria à irmã mais velha, com sua voz de feliz espanto, quase de prazer, ante uma solução tão fácil: — Eu também vou ficar lá atrás — ao que o marido de Marta ajudou-a a galgar os varais e a transpor o assento da boleia, indo ela sentar-se no lado oposto à moça, junto do caixão. Marta, por sua vez, subiu resoluta e sem nenhuma assistência para a boleia, o marido seguindo-a com as rédeas na mão.

Já se achavam na fímbria da cidade, e assim não lhes foi preciso atravessá-la, mas apenas contorná-la. Conquanto na realidade a cidade já não existisse, nem existissem os limites que serviam de separação entre ela e o campo, pois aquela não era sequer uma zona de guerra, mas zona de batalha, onde a cidade e o campo confundiam-se, indistinguíveis um do outro sob a vasta concentração das tropas francesas e americanas, não já em equilíbrio, antes, porém, cravadas, suspensas debaixo e no interior daquele vasto silêncio e trégua, toda a confusão da batalha paralisada, como em estado de hipnose, imóveis e silentes os transportes, os depósitos de munição e suprimentos — dentro em pouco começaram os viajantes a passar pelos canhões acachapados nos espaldões de frente para o oriente, ainda carregados, porém não assestados, sem ao menos esperarem alguma coisa, qualquer que esta fosse: apenas silenciosos, os viajantes seguindo agora a linha muda do obstinado saliente, velho de quatro anos — de modo que agora o que estavam vendo era a guerra ou o que a guerra fora seis dias antes:

por efeito das bombas, os campos como que picados de bexigas, as árvores sem frondes, algumas das quais apontavam nessa primavera uns poucos renovos verdes e teimosos nos troncos chamuscados — a terra familiar à qual já não viam fazia quase quatro anos, mas que para eles continuava sendo familiar, como se a própria guerra se tivesse provado impotente para apagar por inteiro aquela velha verdade contida nos humanos labores da paz. Mas já beiravam o cascalho do que fora outrora Vienne-la-pucelle, antes de ocorrer a Marta a possibilidade de estarem ainda vivos o terror e o medo; foi aí que disse ao marido, numa voz que não chegou a alcançar as outras duas:

— A casa.

— A casa não sofreu danos — respondeu-lhe o marido. — A razão disso não sei. Mas os campos, as terras de lavradio — destruídos. Destruídos. Vai levar alguns anos. Agora nem me consentem começar. Quando ontem obtive permissão para voltar, proibiram-me lavrar a terra — até que a examinem para localizar as granadas que acaso não hajam explodido.

O marido tinha razão, pois lá surgiu a fazenda, sua terra escavada (não com gravidade excessiva; algumas árvores não haviam perdido a copa) — em crateras de bombas no mesmo local onde ela labutara, no pino das estações, em companhia do marido, e o qual fora a vida do seu irmão que agora ali jazia naquele caixão barato, dentro da carroça, terra que seria dele algum dia: dele, que ela acabava de trazer para dormir em seu seio... O marido tinha razão: a casa estava intacta, salvo por uns pequenos furos de catapora numa das paredes, efeito talvez de uma descarga de metralhadora; mas o marido não olhava a casa: descendo da carroça (um pouco inteiriçado, ela reparou, pela primeira vez, como a artrite dele se agravara) — para sair a contemplar as terras devastadas. Ela tampouco entrou na casa, porém disse, chamando-o pelo nome:

— Venha. Vamos primeiro acabar com isso. — Ele então voltou-se e entrou na casa; pelo visto, trazia consigo desde a véspera algumas ferramentas, pois imediatamente reapareceu com uma enxada e tornou a subir na carroça. Como se soubesse com a maior exatidão o lugar onde pretendia ir, agora era ela que empunhava as rédeas. A carroça pôs-se a rodar, cruzando o campo já agora viçando em ervas daninhas e papoulas bravas, contornando crateras ocasionais, e avançando talvez meio quilômetro até chegar ao montículo sob uma antiga faia, que as bombas haviam poupado.

No montículo era mais fácil de cavar, e todos ali se revezaram, até a moça, embora Marta quisesse dissuadi-la. — Não — respondeu ela. — Deixe-me. Deixe-me fazer alguma coisa. — Largo tempo decorreu até a escavação ficar suficientemente funda para receber o caixão. Quando isso aconteceu, os quatro o empurraram, fazendo-o escorregar para dentro da cova que haviam aberto. — Dê cá a medalha — disse o marido. — Não quer enterrá-la junto com ele? Posso abrir o caixão. — Marta não deu resposta, mas foi a primeira a empunhar a pá até que o marido a tirasse das suas mãos. Finalmente o montículo ficou quase de todo alisado, exceto por algumas marcas da própria pá; a tarde desceu, e era quase noite quando voltaram para casa e as três mulheres entraram, ao passo que o marido saía para a cocheira a fim de aí acomodar o cavalo para o período noturno.

Fazia quase quatro anos que Marta não a via, e mesmo agora não fez a menor pausa para examiná-la. Atravessou o quarto e deixou-a tombar, quase a atirou, na prateleira vazia da lareira, e em seguida voltou-se, em verdade não para examinar o aposento onde estava. A casa não fora danificada, fora apenas estripada. No ano de 1914, naquele dia fatídico, eles haviam carregado com tudo quanto podia caber na carroça, e ainda na véspera seu marido fora buscar tudo de volta — inúmeros pratos, colchões que bastassem, e muitos objetos de nenhum valor, mas que ela insistira em salvar com prejuízo das coisas que, após a volta, sentia serem as de que verdadeiramente necessitavam; agora, porém, nem ao menos se lembrava do que então sentira ou pensara: se haveriam um dia de voltar ou não, ou se aquele dia de angústia não era com efeito o derradeiro dia daquela casa e de toda a esperança; e ao encaminhar-se para a cozinha, nem convinha relembrá-lo. O marido trouxera comida e combustível para o fogo. Maria e a moça já acendiam o fogo no fogão, e Marta disse novamente à moça:

— Por que não descansa?

— Não — respondeu ela. — Deixe-me fazer alguma coisa.

A lâmpada estava acesa; e foi na contiguidade da noite, que Marta reparou não ter ainda o marido regressado da cocheira. Sabia, porém, onde ele estava: imóvel, quase invisível à tênue luz derradeira, olhava as terras devastadas. Marta aproximou-se, tocou-lhe o braço:

— Venha — disse. — A ceia está pronta; — e novamente o reteve ao chegarem ambos à porta aberta e iluminada, até que ele avistasse a irmã mais velha e a moça se locomovendo entre o fogão e a mesa. — Veja-a — disse Marta. — Nada lhe resta. Nem ao menos era parente dele: apenas o amava.

Dir-se-ia, porém, que ele era incapaz de lembrar-se ou de sofrer por outra coisa que não fossem suas terras. Finda a refeição, deitaram-se ele e ela no leito familiar entre as paredes familiares sob as vigas familiares; ele adormeceu imediatamente, e embora ela continuasse inteiriçada e insone a seu lado, viu-o de repente sacudir violentamente a cabeça, e gritar numa língua enrolada: — A fazenda. A terra — e despertar: — Que é? Que foi?

— Não foi nada — respondeu Marta. — Volte a dormir — pois de repente percebeu que o marido tinha razão. Stefan morrera, tudo se acabara, findara, terminara, para nunca mais voltar. Ele fora-lhe um irmão; ela, porém, lhe fora uma segunda mãe; sabendo, como sabia, que não teria filhos, criara-o, desde ele criança; nessa altura, a França, a Inglaterra e também os Estados Unidos estariam provavelmente repletos de mulheres que doaram a vida de seus filhos para a defesa da pátria e a preservação da justiça e do direito; quem, pois, era ela, para se arrogar exclusividade na dor? Seu marido tinha razão: com efeito, era a fazenda, a terra, aquela coisa imune até mesmo ante a explosão e a calcinação da guerra. Claro, era mister trabalhá-la; talvez por muitos anos; eles quatro, porém, tinham capacidade para o trabalho. Melhor ainda: o lenitivo e a felicidade deles era o trabalho que tinham de enfrentar, o trabalho, que é o único anestésico mediante o qual a dor se torna vulnerável. Melhor ainda: a recuperação da terra não apenas mitigaria a dor, mas a íntegra minúscula, que era a fazenda, seria a afirmação de que Stefan não morrera em vão, não sendo aquela afronta a causa por que sofriam, antes sofrendo pela simples dor de sofrer. A única alternativa para isso seria a inação; mas entre a dor e a inação, só um covarde optaria pela última.

Mas até ela afinal adormeceu — sem sonhos; tão alheia a sonhos, que nem sabia se dormira, quando, de repente, alguém a sacudiu. Era Maria, atrás da qual estava a moça com seu rosto cansado e sujo de sonâmbula, mas que ainda poderia vir a ser belo, dessem-lhe sabão e água e uma semana de alimentação adequada. Raiava a madrugada, e ela — Marta — ouviu o estrondo antes de Maria gritar: — Escute, irmã! — o marido igualmente acordando para continuar deitado alguns instantes ainda e em seguida soerguer-se entre as roupas de cama revolvidas.

— Os canhões! — gritou. — Os canhões! — E os quatro ficaram alguns segundos cravados no chão como figuras de um quadro vivo, enquanto o estrondo da barragem dir-se-ia rolar diretamente para cima deles, e cravados, continuando mesmo após começarem a ouvir, acima ou abaixo, o rugido ininterrupto das explosões e o silvo das granadas assobiando por cima da casa. O marido então se mexeu. — Saiamos daqui — disse num movimento abrupto, jogando-se fora do leito e quase caindo, não fosse a mulher imediatamente ampará-lo. Ainda em roupas de dormir, os quatro atravessaram depressa o quarto e saíram de casa, abandonando a proteção de um telhado, de um teto, para saírem correndo atropeladamente nos pés descalços sob aquele outro teto estrondejando em trovões e silvos demoníacos, ainda sem perceberem que o fogo de barragem deixara de acertar na casa apenas por duzentos ou trezentos metros. E continuaram as três correndo atrás do marido de Marta, que parecia saber o lugar exato que demandava.

Sabia-o, com efeito: seu destino era uma enorme cratera aberta no campo, talvez por um *howitzer* dos grandes, e em sua direção corriam os quatro, tropeçando no mato rasteiro e nas papoulas cor de sangue pesadas de orvalho, afinal descendo à cratera, o marido a empurrar as três mulheres contra a parede situada abaixo da borda que defrontava a barragem, as três agachando-se e curvando a cabeça como em oração, o marido gritando ininterruptamente numa voz aguda como o estrídulo rechinar de uma cigarra: — A terra. A terra. A terra.

Isto é: exceto Marta. Esta nem sequer curvara a cabeça. Alta, ereta, olhava pela borda da cratera o fogo de barragem que margeava a casa e as outras construções sem focá-las, contornando o alvo aparentemente com a mesma precisão, com a mesma deliberação com que uma foice contorna um roseiral, e rolando em seguida para leste, do outro lado do campo, numa vasta mortalha de poeira pontilhada de clarões vermelhos, a poeira continuando suspensa no ar mesmo depois que as granadas, rebentando em clarões, piscavam e passavam para desaparecerem além dos confins do campo como uma alucinante migração de gigantescos pirilampos diurnos, que deixassem em sua esteira apenas o estrondo da passagem, que todavia começava a diminuir.

Marta pôs-se então a subir para fora da cratera. Subia veloz e vigorosa, ágil como um cabrito montês, atirando os calcanhares para trás, para o marido que lhe agarrara a fímbria da camisola, e, em seguida, os pés descalços; e continuou a subir, para logo emergir da cratera e pôr-se a correr com força por entre as ervas e as papoulas, desviando-se das velhas crateras esparsas até alcançar a faixa da barragem onde os três, agachados na cratera, podiam vê-la saltando, logo caminhando entre uma profusão de crateras recém-abertas. Então o campo encheu-se de soldados a irromperem de uma linha quebrada de tropas francesas e americanas que a alcançaram, logo ultrapassando-a; viram em seguida alguém — oficial ou sargento — parar e fazer um gesto em direção a Marta, a boca dele aberta, um instante emudecida por causa do grito, logo ele se voltando e pondo-se a correr com os demais atacantes, os três saindo por sua vez da cratera e correndo aos tropeções sobre as crateras novas, imersos no âmago da poeira evanescente e na feroz fedentina evanescente de cordite.

A princípio, nenhum deles foi capaz de descobrir o montículo. Quando, porém, o descobriram, a velha faia já não estava ali, nem havia sinal algum que os orientasse. — Estava aqui, mana! — gritou a irmã mais velha. Marta, porém, não respondeu ,e resoluta continuou a correr, os três seguindo-a, até que também viram o que ao parecer ela já vira — lascas e fragmentos, ramos inteiros ainda intactos na folhagem — tudo isso espalhado por uma centena de metros. Quando a alcançaram, viram que ela retinha nas mãos um estilhaço da clara madeira nova sem pintura que fora o caixão. Chamou o marido pelo nome e disse-lhe com brandura:

—Você precisa voltar e apanhar a pá. — Antes porém que ele se virasse, já a moça o ultrapassara numa corrida frenética, mas decidida, leve como uma corça a saltar as crateras e os restos de erva e papoulas sedentas, seu vulto diminuindo à medida que se aproximava da casa. Era domingo. Quando, ainda a correr, a moça regressou trazendo a pá, os quatro revezaram-se durante todo aquele dia, até que a escuridão lhes embargasse a vista. Descobriram mais alguns estilhaços e fragmentos do caixão; mas o corpo — esse — desaparecera.

Amanhã

Eram de novo doze, conquanto desta feita os conduzisse um sargento. O carro era um carro especial, embora de terceira classe, do qual foram retirados os bancos e em cujo piso descansava um ataúde militar, novo em folha, porém vazio. Haviam os treze saído de Paris à meia-noite, e ao chegarem a St. Mihiel, estavam completamente bêbados. Porque aquela tarefa, aquela missão, ia-lhes ser desagradável naquele momento justo, em novembro, quando a paz e a vitória desceram sobre a Europa Ocidental (seis meses após aquele falso armistício de maio, aquele curioso feriado semanal que a guerra a si mesma se facultara, e que fora tão falso ao ponto de o recordarem apenas como um fenômeno) e um homem, ainda que fardado, já se podia julgar livre (pelo menos até o início da próxima) dos cadáveres da véspera. Fora-lhes por isso permitida uma ração extra de vinho e conhaque como compensação, sendo o sargento encarregado de distribuí-la segundo a necessidade de todos. O sargento, porém, que também não quisera tomar parte naquilo, era um obstinado introvertido, e logo se isolara com uma revista obscena num dos compartimentos vazios da frente, ainda o trem não havia saído de Paris. Espreitando a oportunidade, quando o sargento saiu do compartimento para descer em Châlons (não sabiam para quê, nem isto os preocupava, talvez descesse para procurar um mictório ou, quem sabe, para cumprir algum dispositivo do regulamento), dois deles (um dos quais, antes de 1914, fora um bem-sucedido ladrão na vida civil e fazia planos de reassumir o posto assim que lhe fosse permitido despir a farda) entraram no compartimento, e, abrindo a valise do sargento, dali retiraram duas garrafas de conhaque.

Quando o expresso de Bar-le-Duc desengatou o carro em St. Mihiel, onde o trem local para Verdun o apanharia, os soldados, com exceção do sargento, estavam ainda um pouco mais do que completamente bêbados; e logo após raiar o dia, quando o trem local levou o carro para um desvio junto do cascalho de Verdun, estavam todos ainda um pouco mais embriagados do que antes; nessa altura, o sargento deu por falta das duas garrafas de conhaque, contou as que sobravam na valise, e, com o consequente tumulto da oprobriosa e irada acusação, acrescido da própria condição em que estavam, nenhum deles reparou na velha, só reparando que havia ali uma espécie de comitê a aguardá-los, como se a notícia da hora da chegada, e da comissão de que se incumbiam, os tivesse precedido. Era, aquele comitê, um conjunto, um aglomerado, um pequeno grupo (de homens, menos um) de trabalhadores da cidade e camponeses das cercanias, que os fitavam tranquilos, enquanto o sargento (carregando a valise) rosnava maldições sobre eles, dentre os quais a velha irrompeu e logo lhe agarrou a manga da túnica — camponesa que era, e que, vista de perto, parecia mais velha na aparência do que na idade, seu rosto consumido e enrugado demonstrando que ela talvez não tivesse dormido ultimamente o quanto precisava, mas já agora se animando, iluminado por certa sofreguidão e esperança frenéticas.

— Ei! — exclamou o sargento. — Que é que há? O que é que você quer?

— Os senhores dirigem-se aos fortes, não é? — perguntou a velha. — Bem sabemos o que vão fazer lá. Levem-me em sua companhia.

— Levar você? — perguntou o sargento (e agora todos prestavam atenção). — Por quê?

— Por causa de Teódulo — disse a velha. — É meu filho. Disseram-me que ele morreu lá, em 1916, mas não o mandaram para casa e não me deixaram lá ir procurá-lo.

— Procurá-lo? — repetiu o sargento. — Depois de três anos?

— Eu o reconheceria — disse ela. — Só quero que me deixem chegar até lá para dar uma espiada. Haveria de reconhecer meu filho. O senhor tem mãe. Imagine só o sofrimento dela se o senhor morresse longe e eles não o mandassem de volta para casa. Leve-me junto. Digo-lhe que sou capaz de reconhecer meu filho. De reconhecê-lo imediatamente. Vamos. — E agarrava o braço do sargento, que tentava sacudi-la de si.

— Largue-me! — exclamou. — Não posso levá-la para lá sem uma ordem, mesmo que quisesse. Temos um trabalho a executar; você só podia atrapalhar. Largue-me!

Ela, porém, continuava agarrada ao braço do sargento e a olhar os demais rostos, cujos olhos estavam postos nela, que dizia cheia de sofreguidão, ainda não convencida: — Rapazes — rapazes — vocês também têm mãe... algum de vocês...

— Largue-me! — gritou o sargento mudando a valise para a outra mão e desta feita libertando-se com uma sacudidela. — Vá-se embora! Retire-se! — e segurando-a pelos ombros, a valise premida de encontro às costas dela, fê-la virar-se e empurrou-a plataforma afora, na direção do grupo calado que ficara observando. — Lá não há mais nada, a não ser carniça; mesmo que fosse lá, nunca poderia descobrir seu filho.

— Poderia, sim — respondeu a velha. — Sei que poderia. Vendi meu sítio. Tenho dinheiro. Posso pagar...

— Não a mim — disse o sargento. — Se eu pudesse fazer o que quero, deixá-la-ia ir procurar seu filho e trazer-nos o morto que desejamos. Enquanto isso, ficaríamos aqui, esperando sua volta... Mas você é que não pode ir. — Disse, e soltou-a, falando em seguida quase com brandura: — Volte para sua casa e esqueça essa história. Seu marido veio junto?

— Meu marido também morreu. Morávamos no Morbihan. Quando a guerra acabou, vim aqui à procura de Teódulo.

— Então volte para o lugar onde atualmente mora. Não podemos levá-la conosco.

Ela, porém, não foi para mais longe do que o grupo do qual saíra, e ali ficou postada, atenta, o rosto consumido e insone e ainda cheio de ânsia, nunca convencido, indômito, enquanto o sargento se voltava para o esquadrão, ao qual lançou um último olhar enviesado e fulminante. — Está bem — disse afinal. — Os que não estão vendo dobrado que me acompanhem. Não pretendo ficar arranchado muito tempo por lá, só por causa de uma carcaça fedorenta, quanto mais duas.

— E se antes de sair tomássemos um gole? — disse um deles.

— Atrevam-se, se são capazes!

— Deixa eu carregar sua valise, sargento? — perguntou outro. A resposta que o sargento deu foi simples, lacônica, obscena. Em seguida virou-lhes as costas, e eles seguiram-no, dispersos. Um caminhão —

um furgão fechado — esperava-os com seu motorista e um cabo. O caixão foi arrastado para fora do compartimento e transportado para o veículo, onde o fizeram deslizar, ambos a seguir entrando no caminhão. Lá dentro havia palha para se sentarem; quanto ao sargento, foi sentar-se mesmo em cima do caixão, a valise no colo e uma das mãos ainda agarrada à sua alça, como se temesse que algum dos soldados, ou todos juntos, a arrebatassem. O caminhão principiou a rodar.

— Não vamos almoçar? — perguntou um dos soldados.

— Seu almoço você já o bebeu — disse o sargento. — Depois de roubá-lo... — Mas não deixou de haver almoço: pão e café, no balcão de zinco de um minúsculo botequim, por alguma razão poupado às bombas, mas ostentando como telhado uma folha de ferro de fabricação americana a espetar a altura por entre o montão confuso das paredes derruídas que o cercavam, encerrando-o em seu interior. Mas também isso fora previamente ajustado; a refeição já estava paga por ordem de Paris.

— Oh, Cristo! — disse um deles. — O exército decerto precisa muito desse cadáver, pois já começou a fornecer boia grátis aos civis...

O sargento comia, tendo a valise no balcão à sua frente e entre ambos os braços. Depois voltaram todos para o caminhão, o sargento com a valise agarrada ao peito. Pela porta aberta nos fundos do furgão que se arrastava penosamente entre montes de cascalho e antigas crateras, podiam avistar uma parte da cidade devastada — montes e montanhas de alvenaria esboroada que os soldados já tratavam de remover, e entre os quais iam surgindo, numa espantosa profusão, os telhados de ferro de fabricação americana a brilharem como prata ao sol da manhã. Era bem verdade não terem os americanos combatido todo o tempo naquela guerra, mas ao menos pagavam agora a restauração das suas ruínas.

Isto é, o sargento era quem via tudo isso, pois seus comandados haviam imediatamente caído num estado parecido com a coma, isso ainda antes de cruzarem a ponte do Mosa e chegarem à esquina onde as cinco figuras de tamanho heroico iriam, em seu devido tempo, alongar para o oriente os olhos espantados, fixos e intrépidos, no baixo-relevo do painel simbólico do bastião de pedra que as emoldurava e continha. Ou antes: o sargento estaria habilitado a ver tudo aquilo, sentado, como estava, com a valise abraçada ao colo, a modo da mãe com o filho doente no regaço, e contemplando intencionalmente, talvez por uns dez minutos, os soldados estendidos ao comprido na palha e aconchegados um ao outro, enquanto o furgão avançava e a cidade se dissolvia na distância. Logo, porém, levantou-se, mas sem largar a valise; na parede fronteira do furgão havia um pequeno painel inclinado que ele descerrou, dizendo em voz baixa através dele algumas palavras rápidas ao cabo que ia ao lado do motorista; abriu em seguida a valise, tirou de dentro todas as garrafas de conhaque — menos uma — e passou-as ao cabo; depois fechou a valise onde ficara apenas uma de resto, voltou-se e tornou a sentar-se em cima do caixão, a valise novamente abraçada ao colo.

Ao mesmo tempo em que o furgão, a fim de seguir a curva do Alto Mosa, galgava a estrada já reconstruída, ao sargento era ao menos facultado olhar pela porta aberta a terra se desenrolando, devastada e assassinada — com efeito, o cadáver da terra se desenrolando, e da qual uma grande parte, porque acidificada para sempre com cordite, sangue humano e angústia, jamais haveria de voltar à vida, como se não somente houvesse ela sido abandonada pelo homem, mas para sempre posta em execração pelo próprio Deus; as crateras, as antigas trincheiras e o arame enferrujado, as árvores despidas e chamuscadas, as vilas e os sítios como crânios estilhaçados ao ponto de não mais se reconhecerem como tais — tudo já começando a desaparecer sob uma feroz e cerrada vegetação de relva descorada e raquítica a crescer, não amorosamente da superfície da terra, mas como que oriunda, numa profundidade de milhas e de léguas, do próprio inferno, tal se o mesmo demônio intentasse esconder o que o homem fizera à terra — mãe do homem.

Apesar de danificado, o forte resistira, conquanto a França, a civilização, já não mais precisassem dele. Com efeito, resistira — ainda que apenas para corromper o ar não só por mais dois anos depois de finda a batalha e cicatrizada a gangrena em massa, porém por mais duas vezes aquele mesmo número de meses após a cessação da própria guerra.

Nem bem o sargento — agora de pé e abraçado à valise — os despertara com o flanco da bota, já eles começaram a sentir o cheiro que o lugar emanava. Claro, não pensavam começar a senti-lo ainda antes de entrarem no forte; e quando, entre palavrões, o sargento aplicou um pontapé no derradeiro deles, atropelando-o para fora do caminhão, viram todos a causa da fedentina — o montão de ossos branqueados e de crânios, alguns ainda parcialmente cobertos de tiras e remendos daquilo que parecia couro preto ou castanho, e as botas, e as fardas enodoadas, e, aqui e acolá, o que devia ser algum corpo ainda inteiro, envolvido num pedaço de encerado — tudo num mono tão junto a uma das portas baixas, abertas na parede de pedra; e enquanto observavam, viram dois soldados, com aventais de açougueiros e tiras de pano enroladas nas narinas e na parte abaixo do rosto, emergirem de uma das portas baixas. Empurravam a dois um carrinho sem rodas, amontoado de mais pedaços e fragmentos dos que foram em 1916 os velhos defensores do forte. Ali se erigiria a seu tempo uma vasta capela guarnecida de torres, um ossuário visível por muitas milhas do outro lado do Alto Mosa, lembrando a efígie, ligeiramente futurista, de um enorme ganso cor de cinza ou de um iguanodonte esculpido na pedra cor de cinza, não por escultores, mas por pedreiros especializados — sua comprida nave gigantesca rodeada de nichos, em cada um dos quais arderia uma lâmpada constante, a entrada de cada nicho cercada de nomes inscritos a buril na pedra, e retirados não de fichas de identidade, porém de listas regimentais, desde que ali não haveria a menor possibilidade de confrontação — o monumento acachapado sobre a cova funda e imensa, para o interior da qual os descarnados ossos anônimos e irreconhecíveis daquilo que fora outrora um homem ou homens, seriam enfim varridos e selados; à sua frente, em desfile ordenado, o declive alvejante de cruzes cristãs, portadoras dos nomes e designações dos ossos que foram possíveis de identificar; e mais adiante, outro declive, este já não mais com filas de cruzes, mas de lápides mortuárias, assentadas de leve, porém teimosamente oblíquas na direção de Meca, assentadas com uma obliquidade consistente e quase formal, inscritas de hieróglifos enigmáticos e indecifráveis, pois também ali eram os ossos identificáveis com aquilo que outrora foram homens provindos da lonjura grande do seu sol e suas areias ardentes, lonjura grande do lar e de todas as coisas familiares, a fim de fazerem eles esse derradeiro sacrifício sob a chuva do norte, por entre a lama e o frio — e por amor de que causa, a menos que seus guias, igualmente ignorantes, pudessem explicar-lhes sequer uma parte dela, ao menos um poucochinho dela, e em seu próprio idioma? O que viam, porém, eram apenas as paredes pardacentas da fortaleza a erguerem-se, danificadas e resistentes, flanqueadas como por gigantescos cogumelos pelas redondas cúpulas submersas de concreto dos espaldões das metralhadoras e a carniça, e os dois soldados com aventais de açougueiro despejando o carrinho em cima dela para voltarem com ele vazio, e por sobre os trapos esticados em suas bocas e narinas, olhando um instante os demais com o olhar de espanto incansável, cego e fixo, de sonâmbulos imersos em pesadelos, antes de se porem novamente a descer os degraus. Mas a tudo sobrelevando — invencível, e tudo permeando — o odor, o cheiro, como se, vítimas do homem, e, em consequência, com ele quitados, os mortos lhe houvessem legado aquilo que já lhes fora inexpugnável por três anos, e que o seria por mais trinta ou mais trezentos; de modo que o único recurso que ao homem lhe restava era afastar-se desse legado, fugindo para longe dele.

Os soldados olhavam a carniça e o buraco aberto muito baixo na pedra pardacenta, onde se diria terem os dois soldados mergulhado e caído, como se o fizessem nas entranhas da terra. Ainda não sabiam que também em seus olhos se estampava aquele ar espantado, inconsolável e fixo, de pesadelo. — Oh, Cristo! — exclamou um deles. — Qualquer cadáver nos serve, e isto que vá para o diabo!

— Não senhor — disse o sargento, deixando transparecer na voz, não tanto uma nota de vindita quanto de reprimida satisfação antecipada — se eles apenas pudessem compreendê-la. Desde setembro de 1914 vinha vestindo a farda, sem jamais ser soldado; que continuasse a usá-la mais uma década, e ainda assim não seria soldado. Era homem de escritório — meticuloso e digno de confiança; com seus arquivos sempre em ordem e suas tabelas estatísticas sempre em dia; não fumava ou bebia; nunca em sua vida ouvira um tiro de espingarda, exceto os tiros desfechados por esportistas amadores a alvejarem qualquer coisa que acaso se mexesse nos arredores da pequena vila do Loire, onde ele nascera e vivera até que a mãe-pátria o chamara. Talvez fosse esse o motivo por que lhe fora confiada aquela incumbência.

— Não — acrescentou ele. — A ordem reza o seguinte: "Prosseguir até Verdun, e daí, com toda diligência e despacho, dirigir-se às catacumbas sob o Forte de Valaumont, e aí destrinçar o cadáver inteiro de um soldado francês não identificado e insuscetível de identificação com base no nome do seu regimento ou da sua patente, e trazê-lo para cá." O que temos de fazer é isso mesmo. Então, vamos para a frente!

— Tomemos primeiro um gole — sugeriu um deles.

— Não — respondeu o sargento. — Depois. Depois que puserem o cadáver no caminhão.

— Ora, *sarge!* — disse outro. — Imagine só o fedor ali embaixo naquele buraco!

— Já disse que não! — exclamou o sargento. —Vão descendo! Vamos! Para a frente! — e desta vez não ia à frente deles, mas tangia-os, arrebanhava-os, levava-os a curvarem a cabeça um a um à entrada do túnel de pedra, e a deixarem-se cair, mergulhando na íngreme ladeira em socalcos de pedra, como se se afundassem nas entranhas da terra, na umidade e na treva, embora naquele instante, para além do lugar onde o chão afinal se nivelava em túnel, eles pudessem vislumbrar um débil, trêmulo clarão vermelho, não de luz elétrica (era demasiado trêmulo e vermelho) mas de tochas. Eram em verdade tochas: uma delas, pregada à parede junto ao primeiro vão sem porta que ali fora aberto, e sob a qual eles agora viam-se uns aos outros amarrando nas narinas e na parte inferior do rosto quantos lenços sujos e trapos imundos puderam encontrar nos bolsos (sem qualquer outro recurso, um deles levantava junto ao rosto a gola do paletó), todos eles andando de atropelo para em seguida pararem ante um oficial de rosto enfaixado num pano de seda e que surgira na abertura. Apertaram-se então contra a parede do estreito túnel, enquanto o sargento da valise avançava e apresentava a ordem ao oficial, que a abriu e relanceou o olhar por ela, para a seguir virar a cabeça e falar com alguém que estava na sala detrás, donde um cabo emergiu carregando uma tocha elétrica e uma padiola dobrada; trazia pendurada ao pescoço uma máscara contra gases.

De tocha em punho, pôs-se o cabo à frente da fila, e com os primeiros soldados dela carregando a padiola, puseram-se todos a andar entre os muros porejantes de umidade, o próprio chão sob seus pés viscoso e engordurado ao ponto de escorregadio, a fila cruzando o vão sem porta aberto na parede além do qual se podiam lobrigar as camas-beliches onde a seu tempo, e durante aqueles cinco meses de 1916, os soldados aprenderam a dormir sob o trovão e o tremor abafado da terra e sob o cheiro de cordite que na superfície emanava uma certa pungência, como se o que irremediavelmente ainda partilhasse um poucochinho daquele movimento era ainda vida, mas que ali embaixo não se tornava maior, porém mais familiar — de uma velha familiaridade defunta, corrompida e gasta, que o homem jamais conseguiria erradicar, e à qual se habituaria com o tempo, ao ponto de deixar de senti-la — cheiro subterrâneo, cheiro claustrófobo e condenado à treva, não somente à treva da putrefação, mas também do medo, do suor azedo, do excremento velho e do sofrimento; medo atenuado até aquele ponto em que lhe era necessário escolher entre a coma e a loucura, e que nas intermitências da coma, já não mais era medo, porém fedor.

Soldados aos pares, de rostos mascarados, e carrinhos e padiolas atulhados continuavam a passar por eles; súbito, mais degraus porejantes e víscidos afundaram-se sob seus pés; junto à escada o túnel fazia um ângulo agudo já não mais pavimentado, ou fechado entre paredes, ou coberto de concreto; e ao dobrarem eles a saliência na pista do cabo, viram que aquilo já não era um túnel, mas uma escavação, caverna, cova ou grande nicho escavado na parede, e onde, no auge da batalha, quando já não havia outro destino a dar-lhes, os soldados apenas mortos, e os outros não apenas mortos porém desmembrados no forte ou nos covis de metralhadoras ali adjacentes, eram atirados e cobertos de terra, o próprio túnel prolongando-se então, para além do nicho, numa toca pavimentada de tábuas, insuficiente para nela caber sequer um homem de pé, através da qual, e ainda além dela, vislumbraram um insistente clarão branco que deveria ser de luz elétrica, e de cujo foco, à medida que o fitavam, emergiam mais dois soldados encapuçados e de avental, a carregarem uma padiola com um corpo, que desta vez parecia estar ainda inteiro.

— Esperem aí — disse o cabo.

— A ordem que recebi reza que... — ia a dizer o sargento.

— ...a ordem que lhe deram — repetiu o cabo. — Mas nós aqui temos um sistema. Fazemos tudo à nossa moda. Aqui você está na ativa, camarada. Quero apenas dois de seus soldados e a padiola. Acompanhe-nos, se quiser; se achar que é preciso isto para destapar-lhe o nariz...

— É o que farei — disse o sargento. — A ordem que recebi reza...
— Mas o cabo não esperou pelo resto e continuou a andar, já os dois soldados carregando a padiola, o sargento abaixando-se por último para entrar mais fundo no túnel, sua valise ainda aconchegada ao peito como uma criança enferma. Não levaram muito tempo — como se houvesse material de sobra à escolha na transversal vizinha — e quase imediatamente (assim pareceu aos dez restantes) viram o sargento surgir agachado da toca, ainda com a valise agarrada ao peito, e seguido pelos dois soldados carregando a padiola, já ocupada, numa espécie de corrida de tropeções, por último o cabo que sem sequer entreparar já se dirigia para a escada, quando o sargento o interrompeu: — Espere aí — disse, a valise ainda sob o braço, enquanto exibia uma ordem e um lápis que sacou do bolso, e sacudia o papel até abri-lo. Em Paris também há um sistema. Esse morto é francês?

— Certo — respondeu o cabo.
— Então está tudo aí. Não falta nada.
— Certo — tornou o cabo.
— Nenhuma identificação possível do nome do regimento e da patente.
— Certo — disse o cabo.
— Então assine — falou o sargento, estendendo o lápis ao cabo, que se aproximava. — Você aí — disse este ao soldado mais próximo. — Volte as costas e abaixe-se. — O soldado obedeceu, ao que o sargento colocou-lhe o papel aberto nas costas, para o cabo assinar. — O primeiro-tenente tem de assinar aqui — disse o sargento apanhando o lápis do cabo. — Pode ir na frente avisá-lo.
— Certo — tornou o cabo, recomeçando a andar.
— E vocês — disse o sargento aos carregadores da padiola — levem-no daqui.
— Ainda não — tornou o primeiro padioleiro. — Vamos primeiro tomar um gole.

— Não — disse o sargento. — Só quando largarem isso no caminhão.

Evidentemente, não desejara aquela incumbência, até não fazia parte daquilo, de modo que, desta feita, eles não fizeram mais que lhe arrebatar a valise num só movimento simultâneo dos doze: não à traição, ou com violência, mas simplesmente com rapidez, ao mesmo tempo sem nenhuma cólera, quase impessoais, quase desatentos, assim como se arrancassem da parede a folhinha do ano anterior para servir-lhes de acendalha; o ex-ladrão nem ao menos disfarçando o roubo, mas exibindo o objeto roubado à vista de todos os demais, que se lhe juntavam à volta para vê-lo abrir a valise. Talvez estivessem a pensar que a presteza e a facilidade do roubo se devessem ao fato de serem eles em número superior; mas ao baixarem o olhar para a garrafa — a única — contida na valise, sua expressão foi primeiro de surpresa, depois de ofensa, depois de quase terror — enquanto o sargento, postado atrás e acima deles, ria-se sem parar com uma satisfação vingativa e triunfante.

— Onde estão as outras? — perguntou um deles.

— Joguei-as fora — respondeu o sargento. — Despejei-as no chão.

— Despejou-as? Diabo! — disse um. — Vendeu-as; isso sim!

— Quando? — perguntou outro. — Quando teve ocasião de vendê-las? Ou de jogá-las fora?

— Na vinda para cá; enquanto dormíamos no caminhão.

— Mas eu não dormi — disse o segundo.

— Está bem, está bem — interveio o ex-ladrão. — Não tem importância o destino que ele deu à bebida. Já se foi mesmo... Vamos beber esta aqui. Onde está seu saca-rolhas? — perguntou a um terceiro. Mas este já descobrira o saca-rolhas e punha-se a abrir a garrafa. — Muito bem — disse o ex-gatuno ao sargento. — Pode ir apresentar-se ao oficial; nós levamos a coisa para cima e colocamo-la no caixão.

— Bem — tornou o sargento apanhando a valise vazia. — Eu também quero dar o fora. Nem preciso de um gole para provar que não gosto deste ambiente... — E saiu. Passando-a de mão em mão, os demais esvaziaram rapidamente a garrafa e jogaram-na fora.

— Muito bem — disse o ex-gatuno. — Levantem isso e vamos andando. — Era ali o líder inconteste; desde quando, ninguém diria ou sabia ou cuidaria de dizer ou saber. Os soldados já não estavam bêbados, porém loucos, o último conhaque a pesar-lhes no estômago com uma frialdade e solidez de gelo, enquanto quase corriam conduzindo a padiola pela escada íngreme.

— Mas onde estará o conhaque? — perguntou o que vinha atrás do ex-gatuno.

— Deu-o ao cabo que ia na frente do caminhão — respondeu o ex-gatuno. — Passou-o por aquele painel enquanto dormíamos. — E aí desembocaram no ar livre, no mundo, na terra, de novo no ar macio, onde o caminhão já esperava com seu motorista e o cabo postados a alguma distância, num grupo de soldados. Todos ouviram o que dissera o ex-gatuno, e, largando a padiola sem a menor hesitação, precipitaram-se para o veículo, até que o ex-gatuno interveio: — Deixem — disse. — Deixem que eu faço. — Mas as garrafas desaparecidas não se achavam em parte alguma do caminhão. O ex-gatuno voltou então para o pé da padiola.

— Chame aqui aquele cabo — disse um deles. — Sou capaz de obrigá-lo a dizer onde estão as tais...

— Idiota — disse o ex-gatuno. — Não sabe o que acontecerá se fizer isso! Ele chamará a polícia militar, dar-nos-ão voz de prisão e arranjarão outra guarda com o ajudante de Verdun. Não podemos fazer nada aqui. Vamos esperar até chegarmos a Verdun.

— E o que faremos em Verdun? — perguntou outro. — Comprar bebida? Mas com quê? Nem uma bomba de sucção conseguiria de nosso bolso um franco que fosse!

— Morache pode vender o relógio — lembrou um quarto.

— Mas quererá vendê-lo? — perguntou um quinto. E aí, todos os olhares convergiram para Morache.

— Deixem disso — disse Morache. — Picklock tem razão. Primeiro temos de voltar a Verdun. Vamos pôr essa coisa no caixão. — Carregaram a padiola até o veículo e levantaram o corpo que ali jazia, envolto no encerado. A tampa do caixão não fora fechada, e no interior dele havia pregos e um martelo. O corpo foi então jogado dentro do caixão — de costas ou de bruços, ninguém sabia nem isso importava — a tampa foi recolocada e os pregos cravados na tampa a uma profundidade apenas suficiente para mantê-la no lugar. Com sua valise agora vazia o sargento subiu no caminhão pela traseira e sentou-se novamente no caixão. Era evidente que o cabo e o motorista também haviam regressado, pois imediatamente o caminhão começou a rodar com os doze homens sentados outra vez em cima da palha junto aos guardas, todos quietos agora, exteriormente sérios como crianças bem-comportadas, mas na realidade insanos, prontos para tudo, eventualmente conversando entre si, tranquilos, enquanto o caminhão rodava de regresso a Verdun; até que, chegando a essa cidade, o caminhão parou a uma porta, junto à qual se postava uma sentinela: estavam evidentemente no quartel-general do comandante, e o sargento principiou a erguer-se de cima do caixão. Picklock fez então a segunda tentativa:

— Ouvi dizer que a ordem era para servir-nos conhaque, não só para irmos a Valaumont e tirar o defunto de lá, mas para levá-lo a Paris. Ou estarei errado?

— Se está errado, de quem é a culpa? — perguntou o sargento, fitando Picklock mais um instantinho. Voltou-se em seguida para a porta: era como se também ele reconhecesse em Picklock o maioral. — Tenho de assinar alguns papéis. Leve o corpo para a estação, ponha-o no vagão e espere por mim. Depois lancharemos.

— Está bem — disse Picklock.

O sargento saltou em terra e desapareceu; imediatamente, e ainda antes que o caminhão recomeçasse a rodar, a expressão de todos eles se modificou, como se os próprios caracteres e personalidades se tivessem alterado ou, por outra, não se tivessem alterado, porém deixado cair as máscaras e as capas. A própria fala deles era agora curta, rápida, sucinta, enigmática, até às vezes prescindindo de verbos, como se não tivessem necessidade de se comunicarem entre si, mas apenas de incitarem-se uns aos outros a uma mútua presciência de conhecimento.

— O relógio de Morache — disse um deles.

— Deixem disso — tornou Picklock. — Primeiro a estação.

— Então diga-lhe que se apresse — disse outro. — Ou direi eu mesmo — e começou a erguer-se.

— Deixe isso — tornou Picklock agarrando-o. — Está querendo que apareça a polícia militar? — Em seguida calaram-se e permaneceram sentados, imóveis e rodando, furiosos na imobilidade, como homens esticados contra uma pirâmide, esticados pela premência da sua necessidade e sua paixão na traseira do caminhão que avançava. Este afinal parou. Iam eles já descendo, os primeiros deixando-se cair em terra ainda antes que o caminhão parasse, as mãos já postas no caixão. A plataforma achava-se deserta, ou assim a julgaram, ou teriam julgado se nela reparassem, o que não fizeram, nem mesmo após olharem para aquele lado ao arrastarem o caixão para fora do caminhão, conduzindo-o quase de corrida para o vagão que esperava no desvio. Em nada repararam, até que alguém começou a puxar a manga de Picklock, e uma voz aflita a dizer-lhe junto ao cotovelo:

— Senhor cabo! Senhor cabo!

Picklock olhou para baixo: era a mesma velha que ele vira de manhã, e cujo filho morrera na batalha de Verdun.

— Retire-se, vovó — falou Picklock puxando o braço. — Vamos. Abram essa porta.

Mas a velha continuava agarrada a ele, a falar com a mesma terrível angústia: — O senhor arranjou um cadáver lá em Verdun. Quem sabe é Teódulo. Sou capaz de reconhecê-lo. Deixe-me ver.

— Largue disso! — respondeu Picklock. — Estamos ocupados. — E não foi Picklock, reconhecidamente o líder, porém um dos outros, que disse rápido e vivo, num resmungo:

— Ora, esperem! — E embora a mesma ideia parecesse ocorrer-lhes simultaneamente, uma extremidade do caixão já descansando no piso do vagão e quatro homens já segurando-o para empurrá-lo o resto do caminho, todos pararam e olharam para trás, enquanto aquele que falara continuou: — Hoje cedo a senhora falou em vender a fazenda...

— Vender a fazenda? — perguntou a velha.

— Dinheiro! — disse outro a meia voz.

— Sim! Sim! — respondeu a velha tateando sob o xale e dali retirando um velho retículo quase tão grande quanto a valise do sargento. Foi quando Picklock interveio:

— Parem com isso! — disse por sobre o ombro; e dirigindo-se à mulher: — Se a deixarmos vê-lo, promete nos comprar duas garrafas de conhaque?

— Diga logo três — falou um terceiro.

— E comprar adiantado — disse um quarto. — Pois quando olhar dentro do caixão, nem poderá dizer o que viu...

— Posso sim — disse ela. — Reconhecerei, se for ele. Deixem-me apenas ver.

— Está bem — aquiesceu Picklock. — Vá comprar o conhaque e deixaremos a senhora olhar. Depressa, antes que o sargento esteja de volta.

— Sim, sim — disse ela, e virou-se, pondo-se a correr, inteiriçada e canhestra, agarrada ao retículo de volta à plataforma.

— Está bem — disse Picklock. — Arrastem o caixão para dentro. Um de vocês apanhe o martelo no caminhão. — Felizmente as ordens foram no sentido de eles não aprofundarem demasiado os pregos, mas apenas firmarem temporariamente a tampa (podia-se supor que o corpo devia ser transferido para algum caixão mais elegante ou, de qualquer modo, mais conforme à finalidade que o esperava em Paris), razão por que a tampa foi levantada sem maiores dificuldades, e em seguida retirada, para imediatamente todos retrocederem ante o fino jato de mau cheiro que sobre eles se precipitou de maneira quase visível, à guisa de tênue fumaça — último e débil adeus da corrupção e da mortalidade, como se o cadáver o trouxesse três anos de reserva para aquele momento, ou para qualquer momento parecido, com a jubilosa sensibilidade demoníaca de menino novo. A velha, porém, já regressava, aconchegando ao peito duas garrafas; vinha correndo, ou melhor, trotando, trêmula, ofegante e como que fisicamente extenuada, pois ao chegar à porta não foi sequer capaz de subir os degraus do vagão, de modo que dois dos soldados saltaram em terra e içaram-na para cima, um terceiro tirando-lhe as garrafas sem que ela parecesse reparar nisso. Decorreram mais alguns segundos, e ela ainda parecia não estar vendo o caixão. Quando afinal o viu, foi como se a metade dela se ajoelhasse e a outra metade desmaiasse à sua cabeceira, ao afastar o encerado para descobrir aquilo que outrora fora um rosto. Tinha razão aquele que dissera não poder a velha reconhecer feição alguma naquele rosto que já não era um rosto de homem. Perceberam então que ela nem sequer o fitava: ali ajoelhada, tinha uma das mãos pousada naquilo que fora um rosto, enquanto com a outra acariciava uns restos de cabelo. Afinal disse:

— Sim, sim. É Teódulo. Meu filho. — E súbito levantou-se, já agora cheia de vigor, e encarou-os, investindo para o caixão e olhando rápido de um rosto para outro até avistar Picklock; e a voz se lhe fez calma e potente, quando disse: — Preciso ficar com ele.

— Mas a senhora disse que só queria olhar — disse Picklock.

— É meu filho. Precisa voltar comigo para casa. Tenho algum dinheiro. Compro-lhes uma centena de garrafas de conhaque. Ou dou o dinheiro, se preferem.

— Quanto dá? — perguntou Picklock. A mulher lhes estendeu sem titubear o retículo fechado.

— Conte o senhor mesmo — disse.

— Mas como pode levá-lo daqui? Precisa força para transportá-lo.

—Tenho um cavalo e uma carroça. Ficaram atrás da estação. Estão lá esperando, desde o momento em que soubemos o que os senhores vinham fazer aqui.

— Mas como soube? — perguntou Picklock. — Isso é assunto oficial.

— Que importa? — ela retrucou, quase impaciente. — Conte o dinheiro.

Sem abrir o retículo, Picklock voltou-se para Morache: — Acompanhe-a e traga a carroça. Encoste-a à janela, do outro lado do vagão. Depressa. Landry vai chegar a qualquer momento.

Não demorou muito, e a vidraça ergueu-se; quase imediatamente Morache trouxe a carroça, o enorme cavalo de tiro marchando num trote duro e espantado. Morache freou-o, enquanto no vagão os outros já equilibravam no peitoril da janela o corpo amortalhado. Morache passou as rédeas para a velha que estava no assento a seu lado, saltou sobre o assento e puxou o corpo para a carroça, em seguida saltando em terra. Nesse instante, Picklock, que estava no vagão, atirou pela janela o retículo, que foi cair dentro da carroça.

— Vá-se embora! — disse Morache à velha. — Suma-se, c'os diabos! E depressa! — E ela partiu. Morache voltou para o vagão. — Quanto era? — perguntou a Picklock.

— Tirei cem francos — respondeu Picklock.

— Cem francos? — repetiu o outro com uma incredulidade cheia de assombro.

— Sim — tornou Picklock. — E amanhã ficarei com vergonha por haver tirado mesmo isso... Dá para comprar uma garrafa de conhaque para cada um — e estendeu o dinheiro ao homem que falara por último. — Vá buscá-las. — E aos outros: — Vão tornar a pôr a tampa no lugar. Que esperam? Que Landry apareça para ajudar?

A tampa foi recolocada de volta ao caixão, os pregos enfiados nos mesmos buracos de antes. Um mínimo absoluto de prudência tê-los-ia aconselhado, ou ao menos sugerido, colocarem primeiro um peso qualquer no interior do caixão; mas quem se preocupava com prudência? O *ganimedes* já vinha de volta, aconchegando ao peito uma esfiapada cesta de vime que lhe foi arrebatada ainda antes que ele subisse no vagão, o dono do saca-rolhas já começando a abrir as garrafas que lhe iam passando.

— O homem disse para devolver a cesta — avisou o *ganimedes*.

— Então devolva-a — disse Picklock; e não mais falaram; as mãos a arrebatarem as garrafas ainda antes de desarrolhadas, de modo que, cerca de uma hora depois, ao regressar o sargento, seu sentimento de ultraje — não ira —, seu sentimento de ultraje não teve limites. Mas desta vez foi impotente para reagir: os soldados estavam nada menos que comatosos, esparramados pelo chão e roncando em meio a uma indestrinçável imundície feita de palha, urina, vômito, conhaque derramado e garrafas vazias, imunes e invulneráveis no bálsamo do esquecimento onde mergulharam, até que lá pelo meio da tarde uma locomotiva engatou o vagão e levou-o de volta a St. Mihiel, onde o deixou estacionado em outro desvio. Os soldados só acordaram ao clarão amarelo da luz a entrar pela janela e a inundar o vagão, e com o rumor de um martelo a bater-lhe nos flancos, e que foi acordar Picklock.

Apertando a cabeça latejante e fechando depressa os olhos contra a claridade insuportável, parecia a Picklock que nunca antes presenciara um nascer de sol tão feroz. Esse parecia feito de luz elétrica, e Picklock não atinava com o jeito de pôr-se em pé a uma tal luz, e, quando o fez, combaleava como um ébrio. Não lhe era possível imaginar como conseguira ficar de pé, ele que insistia em apoiar-se contra a parede, ao mesmo tempo em que atirava pontapés a uns e a outros, trazendo-os à sensibilidade ou, de qualquer modo, à consciência.

— Levantem-se — dizia. — Levantem-se. Temos de sair daqui.
— Onde estamos? — perguntou um deles.
— Em Paris — respondeu Picklock. — Já é o amanhã.
— Oh, Cristo — disse uma voz. Todos acordados, não estavam para a memória, pois embora em quase estado de coma nada haviam esquecido, mas para a simples compreensão — como sonâmbulos que acordassem para se surpreenderem no peitoril de uma janela do quadragésimo andar. A bebedeira lhes passara, e nem sobrou tempo para a náusea. — Cristo, sim — disse a voz. E cambaleando até se equilibrarem em pé, sacudindo-se e estremecendo, os soldados cruzaram a porta aos tropeções e juntaram-se num bolo, todos a piscarem sob a claridade crua até poderem suportá-la. Claridade de luz elétrica, pois ainda era a noite da véspera (ou talvez a noite do amanhã, tão pouco eles sabiam ou curavam saber a respeito), e dois holofotes, iguais aos que as baterias antiaéreas costumavam empregar durante a guerra contra o voo noturno dos aeroplanos, passeavam ao comprido do trem o seu feixe de luz, a cuja claridade, homens trepados em escadas pregavam longas faixas de pano preto e lutuoso em todo o comprimento dos beirais do vagão. Mas aquilo não era Paris.

— Ainda estamos em Verdun — disse um deles.
— Então a estação foi mudada para o outro lado dos trilhos — observou Picklock.
— Seja como for, isto aqui não é Paris — disse um terceiro.
— Preciso tomar um trago.
— Não — respondeu Picklock. Você vai mais é beber café e comer alguma coisa. — E virando-se para o *ganimedes:*
— Quanto sobrou?
— Já lhe devolvi as sobras — disse o *ganimedes.*
— Ao diabo com isso — protestou Picklock espichando a mão. — Passe os cobres para cá. — O *ganimedes* sacou do bolso um pequeno

maço de notas e algumas moedas. Picklock apanhou-os e contou depressa. — Creio que basta — disse. — Vamos. — Em frente à estação havia um boteco. Picklock guiou para ele e entrou. Junto ao balcão de zinco, um único freguês, de rústico paletó de belbutina e, abancados a duas mesas, outros homens em grosseiras roupas de sitiantes e operários a empunharem copos de café ou vinho, ou a jogarem dominó, os mais se viraram para fitar Picklock a guiar o bando que se aproximava do balcão, onde uma tremenda mulher, vestida de preto, perguntou:

— *Messieurs?*

— Café, madame; e pão, se o tem — disse Picklock.

— Não quero café — disse um terceiro. — Quero um trago.

— Pois não — respondeu Picklock numa voz cheia de contida ira, até baixando-a um poucochinho. — Espere até surgir alguém que levante aquele caixão e lhe suspenda a tampa... Aí lhe darão um trago. Dizem que sempre o dão ao condenado, antes de ele subir os tais degraus...

— Mas quem sabe poderíamos arranjar mais um corpo... — começou a dizer um quarto homem.

— Cale a boca — disse Picklock. — Beba esse café. Deixe-me pensar um pouco. — Foi quando uma nova voz se manifestou:

— Que é que há? — perguntou. — Meteram-se em alguma enrascada? — Quem falava era o homem que eles viram junto do balcão ao entrarem. Todos os olhares voltaram-se para ele, que era um tipo entroncado e sólido, evidentemente lavrador, não tão velho quanto o julgavam pela cara maciça e redonda e desconfiada, com sua fita na lapela — não uma fita das melhores, mas todavia uma das boas, a combinar com a que Picklock também trazia ao peito. Talvez fora por isso que ele se dirigira a Picklock, e ambos por um instante se entreolharam.

— Onde a ganhou? — perguntou Picklock.

— Em Cambles — respondeu o desconhecido.

— Eu também — disse Picklock.

— Mas o que é que há? Caíram em alguma esparrela? perguntou o desconhecido.

— Por que diz isso? — perguntou Picklock.

— Olhe aqui, camarada — disse o desconhecido. — Pode ser que você estivesse lacrado debaixo de ordens ao sair de Paris; mas desde que o seu sargento desceu do carro hoje de tarde, essa história já não é segredo para ninguém. Afinal, quem é ele? Algum pregador da religião reformada, desses que dizem existir na Inglaterra e nos Estados Unidos? Estava num estado! Parecia não ligar à borracheira de vocês, mas o que o atormentava era vocês terem conseguido arranjar mais doze garrafas de conhaque, sem que ele soubesse como foi!

— Hoje de tarde? — perguntou Picklock. — Quer dizer que o dia ainda é o mesmo; que ainda é hoje? Onde estamos?

— Em St. Mihiel. Passarão a noite aqui, até eles acabarem de pregar bastante pano de luto no vagão a fim de o transformarem em catafalco. Um trem especial virá buscá-los amanhã de manhã, conduzindo-os a Paris. Mas qual foi a esparrela? Aconteceu alguma coisa?

Picklock fez então uma volta repentina. —Vamos lá para os fundos — disse. O desconhecido seguiu-o. Achavam-se agora ligeiramente apartados dos demais, no ângulo entre o balcão e a parede dos fundos. Picklock falava depressa, sem nada omitir, enquanto o estranho ouvia-o tranquilamente.

—Você precisa é de mais um corpo — disse.

— E é você quem me diz isso? — tornou Picklock.

— E por que não? Tenho um comigo, no meu campo. Descobri-o na primeira aração. Dei parte às autoridades, mas elas, moita! Tenho aqui uma carroça com seu cavalo; gastaremos cerca de quatro horas entre ida e volta. — E fitaram-se. Resta-lhe toda a noite; isto é, tem de ser agora mesmo.

— Está bem — disse Picklock. — Quanto quer?

— Diga você. Você é que sabe o pouco, ou o muito, que precisa dele...

— Dinheiro não há.

— Que pena! Até me dói o coração — disse o desconhecido, ambos entreolhando-se. Então, Picklock, sem tirar os olhos dele, levantou um pouco a voz: — Morache! — E Morache apareceu. — O relógio — disse Picklock.

— Espere um pouco — respondeu Morache.

O relógio era suíço, e de ouro. Morache sempre o cobiçara — desde que viu o primeiro exemplar até que finalmente descobriu um relógio semelhante no pulso de um oficial alemão que jazia ferido na cratera de uma bomba, uma noite depois que ele, Morache, se destacara de uma patrulha enviada a dar caça a um prisioneiro vivo ou, pelo menos, bastante vivo para poder falar. Viu primeiro o relógio, antes de ver seu possuidor, ao atirar-se na cratera justo a tempo de preceder o foguete de iluminação, e ao clarão cadavérico do magnésio vendo primeiro o brilho do relógio antes de ver o oficial — um coronel, ferido talvez na espinha, pois se diria paralisado, de todo consciente e talvez sem sentir muitas dores, e que devia ser exatamente o homem que a patrulha fora enviada a procurar — o mesmo, exceto pelo relógio, por cuja causa Morache assassinou-o com seu facão de trincheira (um tiro teria provavelmente levado todo o fogo de barragem a focalizar-se em cima dele), apanhou o relógio e deitou-se no lado externo da sua própria cerca até a patrulha voltar (de mãos abanando) e dar com ele ali. Nos primeiros dias, Morache não se mostrou muito disposto a servir-se do relógio, nem a olhá-lo sequer, até ocorrer-lhe que, naquela noite, sua cara estava pintada de preto, e o próprio alemão não poderia dizer o que ele era, quanto mais quem era; além disso, o homem morrera. — Espere — disse.
— Espere aí.

— Pois não — respondeu Picklock. — Espere você naquele vagão até aparecer alguém para apanhar o caixão. Não sei o castigo que lhe podem dar; só sei que se fugir será igualmente castigado, pois fugir equivale a desertar. — E estendeu a mão: — O relógio. — Morache desafivelou-o e entregou-o a Picklock.

— Exija também umas garrafas de conhaque — disse Morache.

O estranho avançou a mão para o relógio.

— Nada disso! Espie daí mesmo — disse Picklock segurando o relógio na palma da mão levantada.

— Como não? Também dou conhaque — disse o desconhecido. Picklock fechou o relógio dentro da mão e deixou-a tombar.

— Quanto dá? — perguntou.

— Cinquenta francos — respondeu o desconhecido.

— Duzentos — disse Picklock.

— Cem francos.

Duzentos — insistiu Picklock.

— Onde está o relógio? — perguntou o desconhecido.

— Onde está a carroça? — perguntou Picklock.

Passaram-se mais de quatro horas.

— Precisa esperar que eles acabem de pregar os panos de luto e saiam do vagão — disse o desconhecido. Eram quatro. — Bastam mais dois — disse o desconhecido. — Aí podemos rodar diretamente até o lugar — ele, Picklock, e o desconhecido, na boleia; Morache e mais outro, atrás, os quatro rumando para o nordeste da cidade e a escuridão do campo, o cavalo sem guia enveredando pela estrada certa, sabendo de antemão ser aquele o caminho da cocheira. Na escuridão, os solavancos ininterruptos dos trancos do cavalo, o baque e o matraquear da carroça — rumor e vibração antes que progresso — de modo que eram as árvores da beira da estrada que caminhavam, que surgiam do escuro para se precipitarem e recuarem para além deles, até ao fundo do horizonte. Iam, porém, rodando, embora a Picklock parecesse fazê-lo eternamente, as árvores da beira da estrada repentinamente repartindo-se numa dispersão de postes, e o cavalo, ainda sem guia, dando subitamente uma violenta guinada para a esquerda.

— Um setor, hein? — disse Picklock.

— Sim — respondeu o desconhecido. — Os americanos romperam-no em setembro. Vienne-la-pucelle acolá — disse, apontando. — Também foi atingida. Ficava logo na ponta. Estamos chegando. — E todavia demorou um pouco, até que afinal chegaram. Era uma fazenda e seu terreiro, ambos às escuras. O desconhecido fez o cavalo parar e entregou as rédeas a Picklock. — Vou buscar uma pá. E um lençol para amortalhar.

Não demorou muito, e, passando a pá e o lençol para os dois que vinham atrás, o desconhecido tornou a subir à boleia e apanhou as rédeas; o cavalo jogou-se para a frente e fez um esforço decidido para virar na direção do portão do terreiro, mas com um violento puxão de rédeas, o desconhecido fê-lo virar de bordo. Toparam logo adiante com o portão da sebe; Morache desceu e abriu-o para dar passagem à carroça. — Deixe-o aberto — disse o desconhecido. — Na volta o fecharemos. — Morache obedeceu e galgou a carroça que passava junto dele. Achavam-se em pleno campo, na terra afofada pela aração, o cavalo sem guia continuando a enveredar pelo caminho certo, este já não mais em linha reta, porém sinuoso, até às vezes se dobrando sobre si mesmo, embora Picklock não pudesse adivinhar o motivo de tantos volteios. — Bombas sem explodir — explicou o desconhecido. — Estão rodeadas de bandeirolas, e assim ficarão até que acabem de desenterrá-las. Só fazemos traçar com o arado um círculo em torno delas. Segundo a opinião das mulheres e dos velhos que na época estavam aqui, foi no campo acolá que a guerra recomeçou logo depois daquela trégua de maio. Os donos do campo são uns tais Desmont. O homem morreu naquele mesmo verão; acho que não pôde suportar duas guerras em suas terras, com o intervalo de uma semana só, entre uma e outra. Foi pesado demais. A mulher dele lavra o campo em companhia de um trabalhador assalariado. Não que precise dele: pode tocar um arado tão bem quanto o dito. Tem mais uma: a irmã dela. Esta faz a cozinha. Ela tem mosquitos aqui. — Estava de pé, espiando para a frente; posto em silhueta contra o céu, deu um tapa no lado da cabeça. Súbito fez o cavalo executar uma violenta guinada, obrigando-o a parar. — Chegamos — disse. — A cinquenta metros daqui, naquele montículo de separação, havia a faia mais bonita de toda a zona. Meu avô dizia que o próprio avô dele já não se lembrava de ter visto a faia quando árvore nova. Decerto foi arrasada naquele mesmo dia. Muito bem — acrescentou. — Vamos desenterrá-lo. Os senhores não hão de querer perder muito tempo aqui.

Mostrou-lhes em seguida o lugar onde o arado primeiro havia desenterrado o corpo, que ele tornara a cobrir de terra, marcando o sítio. A cova não era funda, e eles nada enxergavam. Já havia decorrido algum tempo depois do enterramento, mas talvez porque o cadáver fosse apenas um, o cheiro não estava muito forte, o comprido, indistinto montão de ossos leves e vestuário logo desenterrado, removido e posto nas dobras da mortalha, e, em seguida, na própria carroça, o cavalo, por sua vez, pensando que desta feita certamente o destinavam à cocheira, tentando reassumir na terra fofa da aração o seu pesado tranco de músculos atados, Morache fechando novamente a porteira da sebe e em seguida tendo de correr para alcançar a carroça, pois o cavalo pusera-se a trotar pesadamente mesmo a contragosto das rédeas, outra vez querendo enveredar para o terreiro, até que o desconhecido tornou a desviá-lo, desta vez com o chicote, até que ele tomasse pela estrada que levava de volta a St. Mihiel.

Decorreram mais de duas horas, e talvez fosse preciso ser assim. A cidade achava-se às escuras, e o botequim donde partiram era agora um montão de sombra a desprender-se de um bloco maior de sombra, o primeiro fragmentando-se em formas separadas quando os nove que ficaram rodearam a carroça, que rodava ininterruptamente para o lugar onde o vagão, amortalhado em lutuosos panos, desaparecera por completo dentro da noite. Estava, porém, no mesmo lugar. Os que permaneceram na cidade tinham até retirado de novo os pregos, de modo que só foi preciso levantarem a tampa do caixão, arrastarem o embrulho amortalhado janela adentro, tombá-lo dentro do caixão e tornar a fixar os pregos.

— Meta-os bem para dentro — disse Picklock. — Agora, que importa o barulho? Onde está o conhaque?

— Já vai — disse uma voz.

— Quantas garrafas vocês abriram?

— Uma — disse a voz.

— A contar de onde?

— Por que hei de mentir, quando você pode tirar a prova contando as que sobraram? — disse a voz.

— Está bem — tornou Picklock. — Agora saiam e fechem a janela —; e todos desceram. O desconhecido não descera da carroça, e desta feita era certo o cavalo voltar à sua cocheira. Os outros, porém, não esperaram pela partida, voltando-se a um só tempo, já correndo, já se atropelando, já se acotovelando à porta do vagão, finalmente mergulharam, como em um ventre, no interior do catafalco. Sentiam-se salvos. Estavam de posse de um cadáver, e de bebida para encher a noite. Restava o dia seguinte, e, naturalmente, Paris. Isso, porém, quem o encheria era Deus.

Carregando a colheita de ovos no avental, Maria, a irmã mais velha, cruzou o terreiro em direção a casa, como que levada numa nuvem macia e fofa de alvos gansos. Estes a rodeavam, encerrando-a, como que movidos por um amoroso e sôfrego desejo; dois dentre eles, um de cada lado, marcavam com ela o passo exato, encostando-lhe às saias os compridos pescoços ondulantes, achatando-os de encontro aos seus quadris balouçantes, as cabeças empinadas para trás, os duros bicos amarelos entreabertos como bocas, os duros olhos insensíveis cobertos de uma película que se diria de enlevo; daí, em linha reta para a varanda, cujos degraus ela galgou, abrindo em seguida a porta, entrando rápido por ela e fechando-a, os gansos em enxame empurrando-se em torno e acima no interior da própria varanda para irem bater de encontro à folha da porta por pintar, seus pescoços espichados, as cabeças tombadas um pouco para trás como se estivessem à beira de um desmaio, e a soltarem suas roucas vozes ásperas e sem música, débeis gritos suaves, trespassados de angústia, de dor de separação, de mágoa irremediável.

Aquela era a cozinha, já recendendo à aproximação da sopa do meio-dia. Maria só fez livrar-se da colheita de ovos, levantar um instante a tampa do caldeirão fervente em cima do fogão, e em seguida colocar rapidamente na mesa de madeira uma garrafa de vinho, um copo, uma terrina de sopa, um pão, um guardanapo e uma colher. Depois atravessou a casa e saiu pela porta da frente, que abria para a estrada e o campo mais além, e onde já lhe era possível divisá-los: o cavalo atrelado ao gradador, e o homem guiando-os (este, o trabalhador assalariado que ali labutava já fazia quatro anos, desde a morte do marido da irmã de Maria) e aquela, caminhando pelo panorama das terras como num ritual, a mão e o braço mergulhando no saco dependurado do seu ombro, para emergir naquele largo gesto de semeadura, o segundo, em antiguidade, entre todos os gestos e ações imemoriais do homem; então ela — Maria — pondo-se a correr, a contornar as velhas crateras eriçadas de finas varetas donde pendiam retalhos de pano vermelho, lá onde o capim profuso e sem vida crescia sobre granadas não explodidas, já ela dizendo, já ela gritando com sua clara voz serena e envolvente: — Mana! O moço inglês chegou para apanhar a medalha. São dois. Vêm subindo o atalho.

— Traz junto um amigo? — perguntou a irmã.

— Não um amigo — respondeu Maria. — O outro está à procura de uma árvore.

— Uma árvore! — repetiu a irmã.

— Sim, mana. Pode vê-lo daí?

E ambas puseram-se a olhar os dois que vinham pelo atalho; os dois homens, evidentemente. Porém, mesmo àquela distância, podia-se perceber que um deles não caminhava como um ser humano; e, chegando mais perto, não caminhava, absolutamente não caminhava como um ser humano, se comparado ao caminhar ereto e desempenado do outro; mas era um lento caminhar às guinadas e aos solavancos, à maneira de inseto gigantesco que se pusesse a caminhar de pé, e, ao parecer, não fazendo nenhum progresso, mesmo antes que Maria os distinguisse e dissesse: — Está de muletas -: sua única perna balançando-se como um metrônomo incansável, contudo irreprimível, entre os gêmeos contragolpes rítmicos das muletas — golpes intermináveis, e, contudo, também irreprimíveis e indisfarçavelmente aproximando-se, até ambas distinguirem que também o braço daquele lado se perdera, decepado que fora perto do cotovelo, e (agora já mais perto) o que ambas fitavam não era sequer um homem inteiro, pois a metade da sua carne visível era uma furiosa cicatriz cor de açafrão que principiava no seu avariado chapéu-coco e dividia-lhe o rosto exatamente pela ponte do nariz, cruzando-lhe a boca e o queixo, e descendo até a gola da camisa. Isto, porém, era apenas externo, pois a voz lhe saía forte e sem ternura, e o francês no qual se lhes dirigiu era fluente e correto, e só doente era o homem que o acompanhava — um cadáver alto e magro de homem, inteiro certamente, e com ar de malandro, mas de insolente cara doentia e intolerável sob o imundo chapéu no qual vinha espetada uma comprida pluma oblíqua e tão alta, que se diria ele ter cerca de oito pés de estatura.

— Madame Desmont? — perguntou o primeiro homem.

— Sim — respondeu Maria com seu sereno sorriso claro e sem ternura.

O homem das muletas virou-se para o companheiro. — Está bem — disse em francês. — São elas mesmo. Continue. — Maria, porém, não esperava por eles, e pôs-se a falar em francês com o homem das muletas.

— Estávamos à sua espera. A sopa está pronta, e o senhor deve estar com fome depois da caminhada que fez desde a estação. — Em seguida virou-se para o outro e falou não em francês, mas na velha língua balcânica da sua infância: — O senhor também. Precisa comer para aguentar até o fim.

— Que diz? — perguntou repentinamente a irmã numa voz áspera, dirigindo-se em seguida na mesma língua montanhesa ao homem que trazia a pluma no chapéu: — Você é Zsettlani?

— Como? — perguntou em francês o homem da pluma em voz alta e ríspida. — Também falo francês. Tomarei a sopa. Posso pagar. Quer ver? — disse, enfiando a mão no bolso. — Olhe!

— Já sabemos que traz dinheiro — disse Maria em francês. — Vamos entrar. — E, uma vez na cozinha, puderam ambas ver de perto o que restava do primeiro homem: a escara cor de açafrão não se lhe interrompia na linha do chapéu numa feroz sutura endurecida; não havia olho nem orelha daquele lado, onde o canto da boca se arregaçava duramente, como se o rosto que falava não fosse o mesmo que ia agora mastigar e engolir. Vestia uma imunda camisa fechada no pescoço mediante duas descoradas tiras em fiapos, remanescente de uma gravata que elas não sabiam haver outrora pertencido a um regimento inglês, e um sujo *smoking* enodoado, de cujo peito esquerdo pendiam duas fitas com as respectivas medalhas; suas calças de *tweed,* sujas e coçadas, tinham uma das pernas dobrada para trás e amarrada abaixo da coxa por um pedaço de arame; no centro da cozinha, apoiado ainda um instante nas muletas, o homem olhava o aposento em torno, o olho alerta, calmo e sem ternura, enquanto logo atrás seu companheiro se postava junto à porta com sua inquieta cara insolente e devastada, ainda encimada pelo chapéu cuja pluma tocava tão alto, que se diria ele estar suspenso do próprio teto.

— Então é aqui que ele morava — disse o homem das muletas.

— Sim — respondeu Marta. — Como sabia? Como sabia onde estávamos?

— Ora, mana — interveio Maria. — Como viria ele buscar a medalha, se não soubesse onde estávamos?

— A medalha? — repetiu o inglês.

— Sim — disse Maria. — Mas primeiro tome a sua sopa. Está com fome.

— Obrigado — respondeu o inglês. E indicando com um movimento de cabeça o homem que continuava postado atrás dele: — Ele também? Convidam-no também?

— Naturalmente — disse Maria; e tirando da mesa duas tigelas, dirigiu-se para o fogão, sem antes oferecer auxílio ao das muletas; nem sua irmã Marta teve tempo, ou pressa suficiente, para prestar-lhe alguma ajuda, tão rápido o inglês atirou sua única perna por cima do banco de pau, especou as muletas junto de si e desarrolhou a garrafa antes que o homem são ao pé da porta pudesse fazer o menor movimento, enquanto Maria, levantando a tampa do caldeirão, voltava-se a meio para fitar o segundo homem, ao qual se dirigiu em francês:

— Sente-se. Vai comer em nossa companhia. Já ninguém se importa.

— Importa-se com o quê? — disse rapidamente o homem da pluma.

— Já o esquecemos — respondeu Maria. — Mas primeiro tire o chapéu.

— Posso pagar — disse o homem da pluma. — Não deve dar-me nada grátis, está vendo? — E enfiando a mão no bolso, logo a sacudiu para fora espalhando as moedas, arrojando-as rumo à mesa, em cima da mesa e ainda além dela, as moedas espalhando-se e tilintando soalho afora, enquanto ele se aproximava atirando-se no banco sem espaldar, fronteiro ao inglês, e num só movimento voraz apanhava a garrafa e uma caneca.

— Junte seu dinheiro — disse Maria.

— Junte-o a senhora, se não quer que ele fique ali — disse o homem enchendo a caneca, despejando o vinho dentro dela e já agora levantando a caneca à altura da boca.

— Deixe-o — disse Marta. — Sirva-lhe a sopa. — E deu uns passos, não o suficiente para se colocar atrás do inglês, mas antes, acima dele, suas mãos repousando uma na outra, seu comprido e austero rosto montanhês, que teria sido audaz e belo como um rosto de homem a fitar o inglês que apanhava a garrafa e servia-se de vinho, em seguida assentando a garrafa na mesa e levantando o copo até avistar Marta do outro lado.

— À sua, madame! — disse.

— Mas como é que você sabia? — Marta perguntou. — Quando o conheceu?

— Jamais o conheci. Nunca o vi. Ouvi falar dele — deles — em 1916, quando voltei. Fiquei então sabendo do caso, e depois que soube, já não era preciso vê-lo, mas apenas aguardar os acontecimentos, evitar atrapalhá-lo, até que ele pudesse exigir...

— Traga a sopa — disse áspero o homem da pluma. — Já não mostrei que tenho dinheiro para comprar toda a casa?

— Sim — respondeu Maria junto ao fogão. — Tenha paciência. Não demora. Vou até juntar o dinheiro do chão — e aproximou-se trazendo as duas tigelas de sopa. O homem da pluma nem esperou que ela pusesse à sua frente a que lhe destinava; mas arrebatando-lha das mãos, pôs-se a tomar vorazmente a sopa, esgazeando seus mortiços olhos intolerantes e ofendidos, enquanto a moça se abaixava aos pés deles e em torno da mesa para catar as moedas esparsas. — São apenas vinte e nove — disse. — Deve haver mais uma. — Com a tigela ainda empinada de encontro ao rosto, o homem da pluma sacou do bolso outra moeda e atirou-a sobre a mesa.

— Está satisfeita? — perguntou. — Torne a encher a tigela. — Assim fez a moça; e enquanto ela trazia a tigela, ele novamente despejava o vinho violento e farto dentro da caneca.

— Coma também — disse ela ao homem das muletas.

— Obrigado — respondeu este sem sequer olhá-la, mas fitando o rosto frio da outra irmã que lhe estava à frente. — Ao aproximar-se aquela época, ou durante aquela época, ou naquela época, ou fosse quando fosse depois que despertei, encontrava-me num hospital da Inglaterra; de modo que chegou a primavera seguinte, antes de eu poder convencê-los a me deixarem voltar à França e ir a Chaulnesmont; aí foi que descobri aquele primeiro-sargento, que me contou onde vocês se achavam. Com a diferença de que então vocês eram três. Havia também uma moça. Mulher dele?

A mulher alta apenas o fitou — calma, fria, inescrutável. — Talvez sua noiva.

— Sim — acrescentou Maria. — É isso mesmo: noiva dele. O termo é esse. Tome a sopa.

— Era para se casarem — disse Marta. — Ela foi prostituta em Marselha.

— Como disse? — perguntou o inglês.

— Mas deixou de sê-lo — disse Maria. — Estava aprendendo a ser esposa de lavrador. Tome a sopa antes que esfrie.

— Sim — disse o inglês. — Obrigado... — mas nem a olhou. — E que fim levou a moça?

— Voltou para a terra.

— Para a terra? Quer dizer... para Marselha?

— Para o bordel — disse a mulher alta. — Diga-o. Diga-o você, inglês. Os americanos também. Por que hesita o seu francês ante essa palavra que é tão boa como qualquer outra? A moça também precisa viver — rematou Marta.

— Obrigado — tornou o inglês. — Mas ela podia ter ficado aqui.

— Sim, podia — respondeu a mulher.

— Mas não ficou.

— Não; não ficou — disse a mulher.

— Como vê, não era possível — disse Maria. — Tem uma velha avó a sustentar. Isso é admirável!

— De acordo — disse o inglês; e apanhou a colher.

— Está bem — tornou Maria. — Coma. — Ele, porém, fitava a outra irmã, sua colher parada acima da tigela. Desta vez, o homem da pluma nem esperou que lhe perguntassem se queria mais sopa; mas jogando as pernas para trás do banco e carregando ele mesmo a tigela até o fogão, mergulhou-a, mão e tudo, dentro do caldeirão, antes de voltar com a tigela transbordante e pingando para a mesa onde Maria fizera com as moedas uma pilha bem ordenada e onde o inglês continuava a olhar a irmã de alta estatura, dizendo:

— Naquele tempo a senhora tinha marido.

— Mas morreu. Naquele mesmo verão.

— Oh! — exclamou o inglês. — A guerra?

— A paz — respondeu a mulher alta. — Quando enfim consentiram que ele voltasse para casa, e quando, antes de ter ele assentado o arado no chão, a guerra recomeçou — aí provavelmente foi que sentiu já não poder suportar uma nova paz. Foi assim que morreu. E depois? — disse. O homem, que já provara uma colherada de sopa, tornou a imobilizar a colher.

— Depois o quê? — perguntou.

— Que mais pretende de nós? Que lhe mostremos a cova onde o enterramos? — Dissera apenas o enterramos, porém todos sabiam a quem aludia. — Isto é, o lugar onde julgávamos estar localizada sua cova... — E o inglês simplesmente repetiu: — Sua.

— Que adianta? — acrescentou. — Tudo se acabou.

— Acabou-se? — repetiu ele numa voz ríspida e severa.

— O que ele quis dizer não foi isso, irmã — interveio Maria. — Ele quis dizer que nosso irmão agiu o melhor que pôde, fez tudo quanto pôde, e agora já não mais precisa aborrecer-se. Só lhe resta descansar. — E fitou o homem — serena, sem surpresa, sem ternura. — O senhor gosta de rir, não é?

Porque ele agora ria — com força, continuadamente, totalmente ria com o lado da boca que ainda era capaz de movimento, capaz de abrir-se numa risada — seu único olho cravado nos olhos dela — nos olhos dos demais — nos francos olhos tranquilos dela, sem ternura e por igual risonhos. — A senhora também é capaz de rir, hein? — disse o homem a Maria. — Não é verdade que é?

— Ora, naturalmente — respondeu Maria. — E agora, irmã, dê--me a medalha.

Saíram todos para o atalho, e eram agora três, ao invés das duas trazidas por Marta: três pedacinhos de bronze simbólico e gravado, a penderem, muito lustrosos, das três fitinhas listradas, vistosas como carnavais, berrantes como um pôr de sol, no peito do imundo *smoking;* e encarando as mulheres, ele especou as muletas sob as axilas, e em seguida, com a mão que lhe sobrara, retirou o amassado chapéu-coco, e, num largo gesto impecável, tornou a pô-lo na cabeça, empinado em ângulo precário; depois, voltando-lhes as costas, recomeçou a caminhar, sua única perna novamente forte e firme e incansável entre o rítmico balanceio infatigável e os golpes das muletas revertidas à sua função. E lá se foi ele pelo atalho, de regresso ao lugar onde ele e o homem da pluma haviam surgido, embora o avanço infinitesimal estivesse fora de toda a proporção com o tremendo esforço exigido pela marcha ininterrupta, infatigável, perdurável e perseverante, ele se fazendo cada vez menor pela distância, até afinal perder toda a aparência de progressão e surgir fixado numa furiosa inquietação parada de encontro ao fundo do horizonte, não desamparado, apenas solitário e irremediavelmente singular. Em seguida desapareceu.

— Com efeito — disse Maria. — Ele é capaz de caminhar depressa. Vai chegar a tempo — e ambas as irmãs voltaram-se, ainda que a mais alta fizesse uma pausa, como se apenas ela estivesse a lembrar-se do outro homem — o da pluma — porque Maria disse: — Oh, também ele vai chegar a tempo!

Mas o da pluma já não se achava no interior da casa. O que elas viram foi a mesa cheia de manchas, a tigela e a caneca reviradas, ali onde ele conspurcara, desperdiçara a substância que continham, a mancha de vinho e sopa formando uma pequena poça onde se erguia a pilhazinha de moedas arrumada por Maria; e toda aquela tarde, enquanto a irmã mais alta voltava ao campo e à sementeira, e a noite ia descendo, Maria fez a limpeza da cozinha e dos pratos sujos, enxugou as moedas uma a uma e tornou a empilhá-las no mesmo mudo fulgor de pirâmide. Quando, porém, escureceu de todo, e elas voltaram a entrar na cozinha e a acender a lâmpada, o homem cresceu para elas dentre as sombras, alto e cadavérico sob a pluma empinada, e a dizer com sua áspera voz insuportável:

— Que é que têm contra o dinheiro? Vamos. Apanhem-no. — E já tornara a levantar a mão para varrê-lo e atirá-lo ao chão, quando a irmã mais alta interveio:

— Já uma vez ela o apanhou do chão para você. Não torne a fazer isso.

— Olhem, fiquem com o dinheiro. Por que não o querem? Foi ganho com o meu trabalho, com o meu suor, é o único dinheiro que em toda a vida ganhei com suor honesto — e só o ganhei para isto; ganhei-o e passei por todas as tribulações, apenas para isto: para descobrir onde vocês estavam e dá-lo a vocês... Mas recusam-no! Olhem — e elas apenas o fitavam, alheias, sérias: uma delas, fria e digna; a outra, com aquela serenidade luminosa e desapiedada — até que ele enfim disse com certo ar de espanto: — Então, recusam-no. Verdade que o recusam — e após fitá-las ainda um instante, aproximou-se da

mesa, apanhou as moedas e meteu-as no bolso, em seguida voltando-
-lhes as costas e dirigindo-se para a porta.

— Está bem — disse Maria com voz serena e sem ternura. — Agora vá. Não fica muito distante. Seu desespero já não durará muito tempo. — Ao que, ouvindo-o, ele parou, emoldurado um minuto entre os batentes, o rosto lívido e insuportável, sem outra expressão que não fosse a insolência, a alta pluma do chapéu jamais retirado roçando a trave da porta, de modo a parecer uma corda pela qual ele estivesse pendurado de encontro à forma vazia da escuridão primaveril lá fora. Em seguida desapareceu.

— Já recolheu os gansos para a noite? — perguntou a irmã mais alta.

— Naturalmente, irmã — Maria respondeu.

O dia era sombrio, embora aquele ano não o fosse. O próprio tempo nada tivera de sombrio a contar daquela data, fazia agora seis anos, em que o herói morto, ao qual as multidões descobertas e mudas, alinhadas em ambos os lados da avenida dos Campos Elísios, desde a praça da Concórdia até o Arco do Triunfo, e os dignitários, humildemente a pé, que compunham o cortejo, vinham prestar agora a sua homenagem; em que o herói morto varrera todas as sombras da face da Europa Ocidental, e, com efeito, de todo o mundo Ocidental. Somente o dia era sombrio, como se estivesse de luto por aquele a quem devia (e eternamente haveria de dever) o direito e o privilégio de prantear em paz, liberto de preocupação ou terror.

Jazia em uniforme de gala no esplêndido ataúde, com suas medalhas (as originais, aquelas que lhe foram colocadas ao peito pelas próprias mãos do presidente da sua pátria, pelos reis e os presidentes das nações aliadas, cujos exércitos ele conduzira à vitória, achavam-se nos Inválidos; as que agora iam reverter com ele à terra eram apenas réplicas), o bastão do seu marechalato sob as mãos cruzadas no peito, na carreta militar puxada por cavalos cobertos de preto e sacudindo as borlas sob a bandeira à qual, na hora de maior desespero, ele por seu turno acrescentara glória e águias; seguindo-a em lenta e compassada procissão, guardas de cor conduziam as bandeiras das demais nações, sobre cujos exércitos ele, supremo, comandara.

As bandeiras não vinham em primeiro lugar, pois logo atrás da carreta caminhava (ou antes, corcovava-se, sem marchar ao compasso de ninguém, como que mergulhado em si mesmo e de tudo esquecido) o velho camarada que o sobrevivera. Vestia o mesmo antigo uniforme e trazia na cabeça o capacete de aço, ambos inocentes, incontaminados da guerra, e, suspenso ao revés no ombro recurvo, e mercê do cuidado atento e carinhoso, o fuzil tão brilhante como uma colher de servir, ou atiçador de sala de visita, ou candelabro. Sobre o negro coxim de veludo, que carregava à sua frente, via-se o sabre embainhado, sobre o qual a cabeça lhe pendia como a de velho acólito ante um fragmento da Cruz ou as cinzas de um santo. Vinham em seguida os dois sargentos cavalariços conduzindo o corcel de batalha ajaezado de preto, e as botas, com suas esporas, revertidas aos estribos. Só então vinham as bandeiras e os tambores abafados, e, com braçadeiras de luto, os uniformes de graduação indistinta dos generais, e as vestiduras e as mitras e os ostensórios da Igreja, e o sombrio pano inglês sob as humildes cartolas de seda dos embaixadores, todos caminhando no dia lutuoso e escuro ao som dos tambores abafados e o surdo ribombo, espaçado de minuto a minuto, de um canhão grande localizado em alguma parte, na direção do Forte de Vincennes; subindo a lutuosa e larga avenida entre as enlutadas bandeiras a meio pau de metade do mundo, no rito e acompanhamento marciais e pagãos: o chefe morto, o escravo, o corcel e as medalhas, símbolos da sua glória, e as armas com as quais ele as granjeara, escoltados pelos barões menores do seu feudo e magnificência para a terra donde ele proviera — príncipe e cardeal, soldado e estadista, herdeiros aparentes de seus reinos e impérios, e os embaixadores e os representantes pessoais das repúblicas, a multidão humilde e anônima despejando-se na esteira dos derradeiros, esplêndidos acompanhantes, a escoltar, a guardar, a vê-lo que subia a avenida rumo ao vasto, sereno e imorredouro arco triunfal que coroava a crista como para um ato de imolação ou de rito sutil.

Erguia-se o arco para o céu sombrio e lutuoso, invencível e impérvio, para durar eternamente, não porque fosse de pedra, nem por causa do seu próprio ritmo e simetria, mas devido ao símbolo que ele era, coroa da cidade. No chão de mármore, exatamente sob o centro que remontava à altura, ardia a pequena chama perpétua acima do sono eterno dos anônimos ossos trazidos até ali, cinco anos antes, dos campos de batalha de Verdun; e o cortejo caminhava para o arco, a multidão humilde e silenciosa repartindo-se e fluindo para ambos os lados dele, até cercar completamente e encerrar em seu bojo o sagrado, consagrado monumento, o cortejo finalmente fazendo alto, deslocando-se em seguida, e agitando-se um pouco, quando enfim o protocolo do silêncio foi mais uma vez cumprido e apenas a carreta continuou rodando até parar exatamente ante o arco e a chama, voltando então a reinar apenas o silêncio e o dia lutuoso, e, de minuto a minuto, o ribombo cavernoso de um canhão na distância.

Foi quando um homem em roupa de gala e coberto de medalhas avançou dentre os príncipes e os prelados e os generais e os estadistas. Com efeito, o primeiro homem da França: poeta, filósofo, estadista, patriota, orador, e pôs-se de cabeça descoberta, diante da carreta, enquanto na distância o canhão fazia retumbar mais um minuto no seio da eternidade. Em seguida falou:

— Marechal.

Mas somente o dia respondeu, o canhão distante marcando outro intervalo na regularidade da fúnebre elegia. O homem voltou a falar, desta vez mais alto, insistente, não peremptório, um grito:

— Marechal!

Reinava o canto fúnebre do dia, a elegia da França dolorida e vitoriosa; a elegia da Europa e ainda do ultramar reinando lá onde os homens despiam as fardas nas quais, pelo sofrimento, foram conduzidos à paz por aquele que agora ali jazia na carreta sob a bandeira arrepanhada em pregas; reinando ainda mais longe, lá onde as pessoas jamais ouviram pronunciar-lhe o nome nem sabiam que, se eram ainda livres, a ele o deviam — e a voz do orador retumbando no enlutado ambiente em torno, a fim de que todos os homens, por toda parte, a ouvissem:

— Bem está, grande general! Jazei para sempre com o vosso rosto voltado para leste, a fim de que, vendo-o eternamente, acautelem-se os inimigos da França!

Nesse instante, porém, fez-se uma súbita agitação, um vagalhão de povo irrompendo em certo ponto. Podiam-se distinguir os quepes, as capas e os bastões dos policiais debatendo-se em direção ao distúrbio. Antes, porém, de o alcançarem, algo saltou súbito dentre a multidão — não um homem, mas uma cicatriz ereta e que caminhava; uma cicatriz ambulante e apoiada em muletas. Tinha um só braço e uma só perna e todo um lado da cabeça descoberta era uma escara sem cabelo, sem olho e sem orelha. Vestia-o um imundo *smoking,* de cujo peito esquerdo pendiam de suas fitas variegadas como porta de tinturaria, a Cruz Militar Britânica, a Medalha de Conduta Distinta e uma Medalha Militar Francesa; a qual (a francesa) foi provavelmente o motivo por que os franceses não se atreveram a impedir-lhe a irrupção, e porque, logo em seguida, não se atreveram a agarrá-lo obrigando-o a retroceder à medida que ele se atirava para a frente com aqueles horríveis solavancos animalescos, peculiares aos portadores de muletas, e penetrava o espaço vazio que circundava o arco, onde continuou a avançar até se defrontar com a carreta. Aí parou, firmou as muletas nas axilas, e, com a única mão que lhe restava, agarrou no peito a condecoração francesa e gritou em voz alta e sonora:

— Marechal, ouvi-me. Ela pertence-vos: tomai-a! — e arrancando, dilacerando do imundo paletó a medalha, que era a sua proteção e o talismã fiador do seu santuário, levantou o braço e deitou-o para trás, a fim de arrojá-la de si. Dir-se-ia que tinha plena consciência do que o esperava, nem bem soltasse a medalha da mão, mas aceitava o desafio; conservando-a pousada numa das palmas, chegou a parar e a olhar para trás a multidão que agora se diria como que agachada, atada no esforço tenso de esperar que ele abrisse mão da própria imunidade. Mas não triunfante, apenas indômito, ele ria com aquela banda devastada que no seu rosto ainda era capaz de rir. Em seguida voltou-se, e arrojando a medalha em cima da carreta, tornou a erguer a voz sonora no ar fremente de assombro, enquanto a multidão precipitava-se, caindo em cima dele: — Também vós ajudastes o homem a carregar a tocha para aquele crepúsculo onde seu ser perecerá. Agora ouvi-lhe os epitáfios: "Não passarão!" "Certo ou errado, é meu país!" "Aqui está um lugar que é a Inglaterra para sempre."

Nesse instante agarraram-no, e ele desapareceu como sob um vagalhão, uma maré de ombros e cabeças, acima dos quais uma muleta apontou de repente numa mão que se diria pretender golpeá-lo, até que alguns policiais, confluindo (havia então dúzias deles a convergirem de todos os lados), sacudiram a muleta para longe, enquanto outros formavam rapidamente um cordão de braços enlaçados, forçando a multidão a recuar gradualmente, o rito e a solenidade agora interrompidos de uma vez, os comandantes de polícia fazendo estridularem seus apitos de revista, o próprio comandante de polícia agarrando pelas rédeas os cavalos da carreta e fazendo-os virar abruptamente enquanto gritava ao cocheiro: — Para a frente! — e o resto do cortejo aglomerando-se em desordem, o protocolo momentaneamente anulado enquanto todos se precipitavam a trouxe-mouxe na esteira da carreta, como pessoas em fuga ante os destroços de uma catástrofe.

O causador do incidente jazia então na sarjeta de uma pequena viela lateral sem saída, para onde fora carregado por dois policiais que o arrebataram, antes que a multidão, por ele mesmo açulada, lograsse exterminá-lo: e ali jazia de costas, o rosto inconsciente e agora quase tranquilo, a boca sangrando um pouco por um dos cantos, os dois policiais postados junto dele, ainda que nesse momento, aplacada a fúria, dir-se-ia bastarem seus simples uniformes para manter a distância a multidão que os seguira e ali ficara em círculo, a fitar o rosto inconsciente e finalmente em paz.

— Quem é ele? — perguntou alguém.

— É um conhecido nosso — disse um polícia. — Um inglês. Sempre nos deu trabalho — desde o começo da guerra. Não foi esta a primeira vez que insultou nosso país e desonrou o dele.

— Parece que agoniza — disse outro.

Aí, o homem da sarjeta abriu os olhos e começou a rir, ou antes, fez um esforço para rir, a princípio sufocando-se, em seguida experimentando virar a cabeça como a querer limpar a boca e a garganta daquilo que o sufocava — quando um homem apontou dentre a multidão e se lhe aproximou: homem velho este, um gigante descarnado de homem, dono de um enorme rosto cansado e doentio, e um olhar faminto e apaixonado encimando um branco bigode militar. Vestia um paletó com três fitinhas desbotadas à lapela, e aproximando-se, ajoelhou-se junto ao homem deitado, e, enfiando-lhe o braço sob a cabeça e os ombros, levantou-o e virou-lhe um pouco a cabeça para facilitar-lhe cuspir fora o sangue e os dentes rebentados, e deixar sair--lhe a fala. Ou melhor, para que pudesse rir, pois foi isso o que em verdade ele fez em primeiro lugar — ali deitado no braço do velho como num berço, a rir para cima, a rir para os rostos que o cercavam, dizendo em francês:

— Está bem. Tremei. Não morrerei. Jamais.

— Não estou rindo — disse o velho debruçado sobre ele. — O que você vê são lágrimas.

Dezembro de 1944
Oxford — Nova Iorque — Princeton
Novembro de 1953

Conheça os títulos da Coleção Clássicos de Ouro

132 crônicas: cascos & carícias e outros escritos — Hilda Hilst
24 horas da vida de uma mulher e outras novelas — Stefan Zweig
50 sonetos de Shakespeare — William Shakespeare
A câmara clara: nota sobre a fotografia — Roland Barthes
A conquista da felicidade — Bertrand Russell
A consciência de Zeno — Italo Svevo
A força da idade — Simone de Beauvoir
A guerra dos mundos — H.G. Wells
A ingênua libertina — Colette
A mãe — Máximo Gorki
A mulher desiludida — Simone de Beauvoir
A náusea — Jean-Paul Sartre
A obra em negro — Marguerite Yourcenar
A riqueza das nações — Adam Smith
As belas imagens (e-book) — Simone de Beauvoir
As palavras — Jean-Paul Sartre
Como vejo o mundo — Albert Einstein
Contos — Anton Tchekhov
Contos de terror, de mistério e de morte — Edgar Allan Poe
Crepúsculo dos ídolos — Friedrich Nietzsche
Dez dias que abalaram o mundo — John Reed
Física em 12 lições — Richard P. Feynman
Grandes homens do meu tempo — Winston S. Churchill
História do pensamento ocidental — Bertrand Russell
Memórias de Adriano — Marguerite Yourcenar
Memórias de um negro americano — Booker T. Washington
Memórias de uma moça bem-comportada — Simone de Beauvoir
Memórias, sonhos, reflexões — Carl Gustav Jung
Meus últimos anos: os escritos da maturidade de um dos maiores gênios de todos os tempos — Albert Einstein
Moby Dick — Herman Melville

Mrs. Dalloway — Virginia Woolf
O amante da China do Norte — Marguerite Duras
O banqueiro anarquista e outros contos escolhidos — Fernando Pessoa
O deserto dos tártaros — Dino Buzzati
O eterno marido — Fiódor Dostoiévski
O Exército de Cavalaria — Isaac Bábel
O fantasma de Canterville e outros contos — Oscar Wilde
O filho do homem — François Mauriac
O imoralista — André Gide
O muro — Jean-Paul Sartre
O príncipe — Nicolau Maquiavel
O que é arte? — Leon Tolstói
O tambor — Günter Grass
Orgulho e preconceito — Jane Austen
Orlando — Virginia Woolf
Os mandarins — Simone de Beauvoir
Retrato do artista quando jovem — James Joyce
Um homem bom é difícil de encontrar e outras histórias — Flannery O'Connor
Uma fábula — William Faulkner
Uma morte muito suave (e-book) — Simone de Beauvoir

Direção editorial
Daniele Cajueiro

Editora responsável
Ana Carla Sousa

Produção editorial
Adriana Torres
Laiane Flores
Juliana Borel

Revisão
Alessandra Volkert
Daiane Cardoso
Clarice de Mattos Goulart
Rita Godoy

Capa
Victor Burton

Diagramação
Leticia Fernandez Carvalho

Este livro foi impresso em 2021
para a Nova Fronteira.